Knaur

Über die Autorin:

Elke Schneefuß, Jahrgang 1960, lebt in Lüneburg. Sie ist verheiratet, hat eine Tochter und arbeitet als Juristin. Ihre Studienzeit verbrachte sie in Berlin und Kiel. In dieser Zeit lernte sie Schleswig-Holstein kennen und lieben und entwickelte ein besonderes Interesse für historische Themen. Im Herbst 2002 erschien im Knaur HC ihr zweiter Roman »Im Wechsel der Gezeiten«.

Elke Schneefuß

Das Rote Kliff

Roman

Knaur

Bitte besuchen Sie uns im Internet:
www.knaur.de

Vollständige Taschenbuchausgabe 2003
Droemersche Verlagsanstalt Th. Knaur Nachf., München

Umschlaggestaltung: ZERO Werbeagentur, München
Umschlagfoto: AKG Images, Berlin
Satz: Ventura Publisher im Verlag
Druck und Bindung: Clausen & Bosse, Leck
Printed in Germany
ISBN 3-426-61970-9

2 4 5 3

Prolog

Jarrelund, im Herbst 1893

Hanna stand regungslos im Flur, den Rücken flach an die Wand gepresst. Sie konnte nur an eines denken: an die bevorstehende Flucht. Es würde sie viel Überwindung kosten, gerade heute Nacht zu gehen, denn der Zeitpunkt war ungünstig gewählt. Draußen im Freien war es zum ersten Mal in diesem Herbst richtig windig und kalt. Ob sie es bei diesem Wetter die ganze Nacht auf der Landstraße aushalten würde, ohne dass Kälte und Sturm sie zurücktrieben nach Hause? Stundenlang würde sie ohne Begleitung auf der Chaussee unterwegs sein, der Dunkelheit und ihrer eigenen Angst ausgeliefert. Was, wenn ihr in der Finsternis jemand auflauerte und sie überfiel? Hanna versuchte diese entmutigenden Gedanken zu verscheuchen, sie schüttelte den Kopf. Sie musste einfach gehen, sie hatte keine andere Wahl. Morgen konnte es schon zu spät sein. Wenn sie Pech hatte, würde Richard sie morgen schon gegen ihren Willen von hier fortgeschafft haben.

Vorsichtig machte sie ein paar Schritte nach vorn. Sie spähte über den Rand des Treppengeländers in die Halle hinunter. Es war stockfinster da unten. Der Diener, der abends die letzten Lichter löschte und den Haupteingang verriegelte, hatte seine Arbeit heute schon getan. Nichts rührte sich, nur die Mahagoniverkleidung an den Wänden des Treppenhauses knarrte leise. Hanna ging weiter, sie schlich die Treppe hinunter. Die Möbel und der Kerzenleuchter an der Decke schienen in der Finsternis lebendig zu werden. Das Porträt Seiner Majestät des Kaisers, das unten neben der Tür hing, verfolgte sie mit Blicken, während die Fensterläden draußen bedrohlich klapperten. Alles, was ihr sonst bei Tag so vertraut erschien, wirkte bei Nacht auf einmal unheimlich und fremd. Hanna spürte, wie die Angst von ihr Besitz ergriff. Sie biss sich auf die Unterlippe. Unsinn, sie durfte keine Angst haben. Sie würde das alles hinter sich lassen, sie musste fort. Vorsichtig bückte sie sich und zog beide Schuhe aus. Jede falsche Bewegung in der Dunkelheit konnte eine Lawine von Geräuschen auslösen, die das ganze Haus aufwecken und sie verraten würden. Es war spät, dennoch war Hanna nicht sicher, dass die restlichen Hausbewohner schliefen. Richard ging früh zu Bett, aber Luise blieb oft lange auf, um in ihrem Zimmer noch zu malen oder zu lesen.

Ganz langsam tastete Hanna sich auf Zehenspitzen die Treppenstufen hinunter. Endlich hatte sie das Erdgeschoss erreicht. Sie überlegte, ob sie die Schuhe wieder anziehen sollte, als etwas neben ihr plötzlich zu rasseln begann. Instinktiv duckte sie sich unter dem Geräusch, sie ging in Deckung, als erwarte sie einen Schlag, der sie niederstrecken würde. In gleichen Augenblick war ein Knacken zu hören, dann schlug das Uhrwerk der Standuhr.

Mitternacht.

Hanna atmete durch. Die Uhr, es war bloß die Uhr gewesen. Niemand hatte ihr aufgelauert, niemand war ihr gefolgt. Sie schob sich ein Stück weiter voran, als im nächsten Moment draußen eine Eule rief. Hanna erschrak und seufzte leise. Bei Nacht wirkte die ganze Welt unheimlich. Jeder noch so kleine Laut warf einen Nachhall in die Stille hinein wie ein Stein Ringe hinterließ auf der Oberfläche eines Sees. Es war so entsetzlich gruselig, nachts allein durch das Haus zu schleichen – doch es half nichts, die Begegnung mit der nächtlichen Einsamkeit musste sie aushalten.

Hanna schlich zu der Tür, die in den Dienstbotentrakt führte. Sie wollte durch die Küche auf den Hof hinaus – das Haus durch den Haupteingang zu verlassen wäre zu riskant gewesen. Mit ihrer Reisetasche und den Schuhen in der Hand tastete sie sich durch die dunklen Wirtschaftsräume. Endlich an der Hintertür angekommen, holte sie sich den Schlüssel von dem Balken darüber, doch als sie ihn ins Schloss schob, stellte sie fest, dass gar nicht abgeschlossen gewesen war. Entweder einer der Dienstboten hatte vergessen abzusperren, oder es war noch jemand draußen auf dem Hof – vielleicht auf dem Abtritt, vielleicht im Stall. Wenn nun ausgerechnet jetzt einer der Hausbewohner zurückkam und Hanna hier in der Küche mitsamt ihrem Gepäck entdeckte? Hanna überlegte einen Moment, doch verschieben wollte sie ihr Vorhaben nicht – jetzt nicht mehr, wo sie schon so weit gekommen war. Sie schlüpfte in ihre Schuhe, packte die Reisetasche und betrat den Hof. So leise wie möglich schloss sie die Tür hinter sich.

Der kühle Nachtwind rauschte durch die Bäume und Büsche, die unten am Ufer des Sees standen. Immer wieder verschwand der volle, silberne Mond hinter den Wolken, die der erste Herbststurm am nächtlichen Himmel vor sich hertrieb. Ohne sich noch einmal nach dem Gutshaus umzudrehen, in dem sie geboren und aufgewachsen war, schlug Hanna den Weg zu der Lindenallee ein, die direkt zum Tor führte. Ihre Schritte knirschten im Kies der Auffahrt. Der Wind kam in immer kräftigeren Böen, er schüttelte die Kronen der Bäume. Hanna zog ihren dunklen Mantel aus Wollserge enger um den Körper, doch im nächsten Moment blieb sie stehen. Dort unten am Ufer des kleinen Sees, der neben dem Gutshaus im Mondenschein lag, stand eine menschliche Gestalt. Eine Frau starrte regungslos auf die Wellen.

Hanna wagte nicht, sich zu rühren. Wer war das da unten am Ufer? Und was wollte die Person um diese Zeit dort allein? Sie hatte doch hoffentlich nicht vor, ins Wasser zu gehen?

Hanna runzelte die Stirn. Ausgerechnet heute Nacht wollte sie nicht dazukommen, wenn die Fremde versuchte, sich das Leben zu nehmen. Sie spürte, wie sie bei diesem Gedanken unruhig wurde. Noch hatte die Frau am Ufer sie nicht bemerkt. Hanna drehte sich um. Was sollte sie tun? Das weiße Gutshaus schlief still im Hintergrund, in den hohen Fenstern brannte nirgendwo

Licht. Sollte sie zurücklaufen und Hilfe holen oder einfach weitergehen und die Person am See ihrem Schicksal überlassen?
Die Gestalt am Wasser bewegte sich, sie schien auf Hanna aufmerksam geworden zu sein. Sie hob ihre Röcke und kam näher. Hanna dachte daran wegzulaufen, doch im nächsten Moment erkannte sie, dass es ihre Schwägerin Luise war, die ihr über die Steine an der Uferböschung entgegenkletterte. Jetzt hatte sie den Kiesweg erreicht und blieb ein paar Schritte vor Hanna stehen. Luise musterte sie von Kopf bis Fuß. »Du bist es also, Hanna. Was machst du hier draußen mitten in der Nacht?«
Hanna versuchte, möglichst gelassen zu wirken. Sie zuckte mit den Achseln. »Was ich hier mache? Danach könnte ich dich auch fragen. Als ich dich unten am Ufer stehen sah, habe ich zuerst gedacht, du willst ins Wasser gehen.«
Hanna spürte, wie ihr rechter Arm allmählich erlahmte. Zögernd setzte sie ihre schwere Tasche auf dem Boden ab. Luises Blick fiel sofort darauf, nachdenklich betrachtete sie Hannas Gepäck. »Warum sollte ich das tun wollen? Ich konnte vorhin bloß nicht gleich einschlafen – da bin ich noch einmal heruntergekommen, um in Ruhe ein bisschen nachzudenken. Und wohin willst du mit der Tasche?«
Hanna schwieg. Luise schien die Antwort auf ihre Frage selbst gefunden zu haben. Sie hob ruckartig den Kopf und beugte sich dann zu ihr vor. »Du willst ausreißen, oder? Mein Gott, Hanna – sag bitte, dass das nicht wahr ist.« Um ihrer Schwägerin trotz der Dunkelheit ins Gesicht schauen zu können, trat Luise näher. Hanna wich ihrem Blick aus, indem sie den Kopf senkte. Luise packte Hannas Schulter und schüttelte sie leicht. »Mädchen, komm zur Vernunft. Was du da vorhast, kannst du nicht tun.«
Hanna lachte müde. »Und ob ich kann. Mir bleibt gar keine andere Wahl. Richard hat mir gedroht, Luise.«
»Ich weiß, dass ihr einen heftigen Streit hattet. Er hat mir davon erzählt. Aber das ist doch noch lange kein Grund –«
»Und ob das ein Grund ist. Wenn Richard mit dir gesprochen hat, dann weißt du doch Bescheid.«
»Nein, das tue ich nicht. In die Einzelheiten eurer Auseinan-

dersetzung hat Richard mich nicht eingeweiht. Du musst mir natürlich auch nicht sagen, was vorgefallen ist – aber verrate mir bitte wenigstens, wohin du gehen willst. Du hast doch niemanden, Hanna. Wenn du Jarrelund verlässt, wohin willst du denn dann?«

»Lass das meine Sache sein, Luise. Ich gehe weg, mein Entschluss steht fest.«

»Und dann? Wie soll es weitergehen mit dir? Du erwartest ein uneheliches Kind. Du brauchst die Hilfe deiner Familie. Als ledige Mutter wirst du alleine nicht zurechtkommen, glaube mir bitte.«

Hanna sah schweigend zu Boden. Was Luise da sagte, stimmte leider – sie erwartete tatsächlich ein uneheliches Kind, noch dazu von einem Mann, der nicht bereit war, sich zu seiner Vaterschaft zu bekennen. Mit ihrem Bruder hatte sie sich heute Nachmittag gestritten deswegen – er hatte ihr gedroht, sie entweder gegen ihren Willen zu verheiraten oder sie hinter den Mauern eines Stifts für gefallene Mädchen verschwinden zu lassen. Beides erschien ihr als Aussicht für die Zukunft gleichermaßen furchtbar. Für Hanna gab es nur einen Ausweg: Sie musste fort von hier.

Luise machte einen Schritt auf Hanna zu. Ihr aschblondes Haar flatterte im Wind. »Wenn du weggehst, werden deine Schwierigkeiten damit nicht weniger. Denk doch mal nach. Du hast kein eigenes Geld und kein Dach über dem Kopf. Dabei brauchst du für dich und das Kind einen Ort, an dem du unterschlüpfen kannst.«

»Diesen Ort werde ich auch finden. In Jarrelund kann ich jedenfalls nicht bleiben, Luise. Richard würde mir das Leben hier zur Hölle machen. Sein alberner Standesdünkel, das ganze Getue mit seinen adeligen dänischen Vorfahren – er würde mich bis aufs Blut quälen, und das nur, weil ich keinen Vater für mein Kind habe.«

»Das mag sein, und ich kann verstehen, dass du dir das nicht gefallen lassen willst. Trotzdem machst du einen Fehler, wenn du jetzt gehst. Warte doch wenigstens, bis das Kind da ist. Schwan-

gerschaft und Geburt in der Fremde, das schaffst du nicht allein.«
Hanna schwieg. Sie war anderer Ansicht, hielt es aber für besser, sich mit Luise deswegen nicht zu streiten. Obwohl sie ihre Schwägerin gern hatte, wusste sie doch, dass Luise als Richards Ehefrau eine andere Sicht auf die Dinge hatte als sie selbst.
Luise seufzte. »Du willst nicht mit mir reden, du bist genauso ein Dickkopf wie dein Bruder. Hast du denn überhaupt ein bisschen Geld dabei? Nein, natürlich nicht. Woher solltest du es auch haben? Richard gibt uns ja keins.«
Hanna sah, wie Luise beide Hände hob und sich in den Nacken griff. Sie löste den Verschluss der Kette, die sie trug, und legte sie der Schwägerin in die Hand.
»Da, nimm sie, die ist für dich. Verkaufe sie, wenn es sein muss.«
Hanna starrte das Gold, das in ihrer Hand lag, einen Augenblick an, dann schüttelte sie den Kopf. »Das ist sehr großzügig von dir, aber ich kann das nicht annehmen. Die Kette hast du doch von Richard zur Hochzeit bekommen.«
»Und wenn schon. Ich werde behaupten, dass ich sie verloren habe.« Luise machte einen Schritt auf Hanna zu. »Du musst mir unbedingt schreiben, Hanna. Wenn du irgendetwas brauchst, dann meldest du dich bei mir, ja?« Hanna nickte, doch Luise schien mit dieser Antwort nicht zufrieden zu sein. Sie kam noch ein Stück näher. »Versprich mir, dass wir uns wiedersehen. Von jetzt an bin ich ganz allein auf Jarrelund. Ich werde dich vermissen, Hanna. Außer mir warst du die einzige junge Frau hier draußen.«
Hanna nickte und umarmte Luise flüchtig. »Ich schreibe dir, ich verspreche es. Sobald es geht, werden wir uns wiedersehen, ganz bestimmt.«
Hanna griff nach ihrer Reisetasche und hob sie auf. Luises Kette schob sie in die Tasche ihres Mantels. Sie konnte verstehen, dass es Luise schmerzte, sie gehen zu lassen, aber allein ihretwegen konnte sie nicht hier bleiben. Auf ein neues Leben zu verzichten wäre eine bodenlose Dummheit gewesen, die sie mit Sicherheit bereut hätte. Sie konnte nicht hier sitzen und darauf warten,

dass ihr Bruder sie eigenmächtig mit irgendeinem sturen, alten Bauern aus der Gegend verheiratete, der nur hinter ihrer Mitgift her war.

Hanna drehte sich um und ging. An der Toreinfahrt angekommen, schaute sie noch einmal zurück. Luise stand noch immer dort, wo Hanna sie verlassen hatte. Hanna winkte, dann trat sie durch die kleine schmiedeeiserne Pforte neben dem großen Tor auf die Chaussee. Dort draußen lag die Freiheit. Sie war fest entschlossen, alles zu tun, um das Leben in den Griff zu bekommen, das sie in der Fremde erwartete.

Teil 1

Kapitel 1

Westerland auf Sylt, im Sommer 1911

»Finger weg!«
Hastig zog Ingeborg die Hand zurück, mit der sie eben das graue, pelzige Maul des Esels hatte streicheln wollen, der auf der Strandpromenade neben einer Litfaßsäule stand und auf Kundschaft wartete. Mit zusammengekniffenen Augen musterte sie den jungen Burschen, der die Zügel des zotteligen Tieres fest umklammert hielt. Seiner Kleidung nach zu urteilen handelte es sich bei ihm um einen dieser typischen Einheimischen in einer dreiviertellangen, an den Knien geflickten Hose. Auf dem Kopf trug er eine dunkle Ballonmütze aus Tuch, deren breiter Schirm ihn vor der Nachmittagssonne schützte.
»Vier Runden kosten einen Groschen, wenn du mal reiten willst.« Der Bursche kam ihr ein Stückchen entgegen und deutete dabei auf ein Pappschild, das er an einen Fahnenmast neben der Promenade gebunden hatte. »Eselreiten, der Spaß für Groß und Klein – zehn Minuten nur zehn Pfennig. Auskünfte hier!«, stand dort in geschwungener Schrift zu lesen.
»Und wenn ich das Tier nur anfassen will? Kostet das etwa auch was?« Ingeborg legte die Hand schützend über die Augen. Das Gesicht ihres Gegenübers war im Gegenlicht kaum zu erkennen. Der Fremde grinste. Seine Augen schimmerten dunkel, die Sonne hatte seine Gesichtshaut tief gebräunt. Er hatte dunkle Haare und ein schmales, fein geschnittenes Gesicht, Gesichtszüge, wie sie auf der Insel selten vorkamen. Die meisten Einheimischen, die Ingeborg bisher auf Sylt getroffen hatte, waren

blond gewesen – blond und sommersprossig, mit hohen Wangenknochen und schlanken Körpern. Wenn sie sprachen, klang das, was sie sagten, durch den Einfluss des Friesischen breit und behäbig. Im Vergleich zu ihnen wirkte der Bursche mit der Ballonmütze geradezu, als käme er von einem anderen Kontinent. Vielleicht war er doch nicht von hier? Er trat zu seinem Esel und legte ihm einen Arm um den Hals.

»Mein Grauer lässt sich nicht von jedem streicheln. Der schnappt zu, wenn du ihn anfasst. Probier's aus, wenn du mir nicht glaubst.« Er winkte Ingeborg heran. Sie zögerte. Wenn sie daran dachte, was sie zu hören bekommen würde, wenn sie nachher mit einem blutenden Finger zurückkehrte, dann schien es ihr ratsam, das Tier nicht anzufassen. Ihre Mutter saß in der Strandhalle und trank mit anderen Urlaubern Kaffee. Die Standpauke, die sie ihr halten würde, wenn der Esel zuschnappte und ihr oder dem neuen Matrosenkleid irgendeinen Schaden zufügte, würde bestimmt nicht ohne sein. Seitdem Ingeborg in diesem Frühjahr wochenlang mit einem gefährlichen Lungenfieber im Bett gelegen hatte, war ihre Mutter in Bezug auf die einzige Tochter noch ängstlicher geworden, als sie es ohnehin schon immer gewesen war. Manche Tage bestanden für sie inzwischen nur noch aus mütterlichen Ermahnungen und guten Ratschlägen.

Nachdenklich betrachtete sie den Esel, der friedlich und geduldig in der Sonne döste. So wie er dastand, schien er kein Wässerchen trüben zu können. Sie streckte die Hand aus. Gerade in dem Moment, als sie mit den Fingerspitzen die Nüstern des Tieres streifte, bäumte es sich plötzlich auf. Der Esel fing an zu schreien, er schlug mit den Hinterbeinen aus und legte die Ohren an. Ingeborg erschrak und wich einen Schritt zurück, während der Bursche das Tier packte und zu Boden drückte. Blech schepperte. Das Geräusch lenkte Ingeborgs Aufmerksamkeit auf das Hinterteil des Esels. Irgendjemand hatte ihm eine Schnur an den Schwanz gebunden, an deren anderem Ende eine Reihe von leeren Konservenbüchsen hing. Der Esel geriet bei jeder seiner eigenen Bewegungen in Panik, er wollte die Schnur unbedingt loswerden und trat mit den Beinen heftig nach allen Seiten. Bei jedem seiner Tritte fingen die Dosen an, ohrenbetäubend laut zu klappern. Sein Besitzer versuchte das Tier zu beruhigen, indem er ihm immer wieder besänftigend auf den Rücken klopfte. Der Esel wollte sich aber nicht zur Ruhe bringen lassen, er schrie weiter aus Leibeskräften, er versuchte anscheinend den Krach der Blechdosen noch zu übertönen. Mittlerweile waren die ersten Schaulustigen auf der Promenade stehen geblieben und beobachteten die Szene mit unverhohlenem Interesse. Endlich bekam der junge Mann den Schwanz des Esels zu fassen. Hastig löste er die Schnur, die daran befestigt war, und schleuderte sie in weitem Bogen beiseite. Er griff in seine Hosentasche und holte eine Mohrrübe heraus, die er dem Tier unter die Nase hielt. Der Esel gab noch einen letzten Jammerlaut von sich, dann schnappte er nach dem Leckerbissen. Im nächsten Moment stand er zufrieden kauend im Licht des späten Nachmittags auf der Promenade, ganz so, als sei überhaupt nichts passiert.

Der Menschenauflauf, der sich auf der hölzernen Wandelbahn am Strand gebildet hatte, zerstreute sich allmählich. Während die Leute weitergingen, warf Ingeborg einen Blick auf die Schnur mit den Blechdosen, die ein paar Meter entfernt von ihr auf dem Boden lag.

»Wer hat dem armen Esel die Dosen an den Schwanz gebunden? Das ist doch Tierquälerei.«

»Was weiß ich.« Der junge Mann zuckte gleichgültig mit den Schultern. »Irgendwer. Es war meine eigene Schuld, ich hätte besser aufpassen müssen. Es gibt immer mal wieder den einen oder anderen Spaßvogel, der mich ärgern will.«

Ingeborg schaute ihn zweifelnd an. »Jemand, der dich ärgern will, indem er deinen Esel quält? Na hör mal, das ist doch ein ganz schön starkes Stück. Ich finde das nicht spaßig. Warum machen die Leute so etwas?« Während sie auf eine Antwort wartete, musterte sie den Besitzer des Esels aus den Augenwinkeln. Er mochte ungefähr in ihrem Alter sein, sie schätzte ihn auf 17 oder 18 Jahre. War es richtig, ihn einfach zu duzen? Egal, die Einheimischen nahmen es damit nicht so genau, und schließ-

lich hatte er sie ja auch einfach geduzt, warum sollte sie es also bei ihm nicht genauso halten?
Der junge Mann schob seine Mütze ein Stück in den Nacken. »Warum die Leute so etwas machen? Ganz einfach, weil es mir das Geschäft verdirbt, deshalb. Wenn die Badegäste sehen, wie mein Grauer sich aufführt, wenn man ihn reizt, dann kriegen sie es mit der Angst zu tun. Auf so einer Bestie wie dieser hier lässt doch kein Mensch freiwillig seine Kinder reiten und bezahlt auch noch einen Groschen dafür.«
Ingeborg runzelte die Stirn. »Du scheinst Feinde zu haben. Ich frage mich, wen es stört, wenn du dir hier ein bisschen Geld verdienst.«
Der Besitzer des Esels beugte sich vor. Ohne Ingeborg anzusehen, streichelte er dem Tier den Rücken. »Ach, Feinde, ich weiß nicht, das ist vielleicht ein bisschen übertrieben. Neider hat man doch immer ein paar, oder? Es gibt da ein paar Jungen aus dem Ort, die mich auf dem Kieker haben. Sie ärgern sich, dass sie nicht selber auf die Idee mit dem Eselreiten gekommen sind.« Er griff nach den Zügeln des Tieres. »Egal, es ist sowieso schon spät. Ich mache Schluss für heute.«
»Kommst du morgen wieder?« Ingeborg verschränkte die Arme. Eigentlich war das eine blöde Frage, die sie da gestellt hatte. Daraus ging eindeutig zu viel Anteilnahme hervor. Warum sollte irgendein Fremder in geflickten Hosen, der sich sein Geld an der Promenade verdiente, wichtig sein für sie? Fürs Eselreiten war sie sowieso zu alt, mit siebzehn setzte man sich nicht mehr auf den Rücken eines Esels, um ein paar Runden am Strand zu drehen.
Der junge Mann musterte sie kurz, dann nickte er. »Ich bin morgen wieder da. Bei gutem Wetter stehe ich jeden Nachmittag hier – außer am Sonntag.« Er tippte an den Schirm seiner Mütze. »Also – bis dann. Vielleicht hast du ja morgen einen Groschen dabei. Kannst ja mal deinen Papa fragen, ob er dir zehn Pfennig gibt. Dann kannst du noch mal dein Glück bei meinem Esel probieren.« Er grinste, dann wandte er sich ab und führte sein Tier in Richtung Süden davon. Ingeborg starrte ihm hinterher. Sie spürte, wie langsam der Ärger über seine letzte Be-

merkung in ihr aufwallte. Was bildete er sich überhaupt ein, dieser überhebliche Kerl? Der behandelte sie ja wirklich unmöglich. Ihren Papa sollte sie nach einem Groschen fragen! Sie war doch kein kleines Kind mehr. Sah sie etwa so aus, als ob sie sich eine Tour mit dem Esel über die Wandelbahn nicht leisten konnte, wenn sie es denn gewollt hätte? Ihr Vater war immerhin Landrat in Plön. Bei ihnen daheim auf Jarrelund kam es auf zehn Pfennig mehr oder weniger bestimmt nicht an. Nein, sie würde morgen nicht wiederkommen. Sollte dieser Blödmann doch sehen, an wen er seinen dusseligen Esel vermietete.
Obwohl sie wütend war, konnte Ingeborg sich noch nicht entschließen, zu ihrer Mutter in die Strandhalle zurückzukehren. Sie kniff die Augen zusammen und schaute dem jungen Mann hinterher, der inzwischen in Höhe des Musikpavillons angekommen war. Gerade wollte sie sich endgültig abwenden, als ihr drei Burschen auffielen, die plötzlich stehen geblieben waren und jetzt eine Reihe vor dem Eseltreiber bildeten. Breitbeinig standen sie da und versperrten ihm den Weg. Der junge Mann sprach mit ihnen. Ingeborg konnte nicht verstehen, was er sagte, doch den Mienen der Beteiligten war anzusehen, dass es keine freundliche Unterhaltung war, die da geführt wurde. Während er sprach, bewegte der Besitzer des Esels sich nicht, aber seine Kontrahenten näherten sich ihm langsam. Mit einem Mal löste sich der Größte der drei aus der Gruppe. Er machte einen Satz nach vorn, schwang die Faust und schlug dem jungen Mann mitten ins Gesicht. Der ließ die Zügel seines Esels los und ging zu Boden. Ingeborg holte tief Luft. Was war da los? Da kam eine richtige Prügelei mitten auf der Promenade in Gang, und kein einziger Passant kümmerte sich darum. Es war einfach nicht zu fassen, wie feige die Leute sein konnten. Kurz entschlossen raffte Ingeborg ihre Röcke zusammen und begann zu laufen. Mit riesigen Schritten stürmte sie auf den am Boden liegenden jungen Mann zu. Die drei ihm gegenüber nahmen gerade Anlauf, anscheinend hatten sie vor, sich als Nächstes gemeinsam auf ihn zu werfen. Kurz vor ihnen blieb Ingeborg stehen und ballte drohend die Hand zur Faust. »Was macht ihr hier? Verschwindet, habt ihr gehört?«

Die drei Schläger starrten sie irritiert an.
»Verschwindet, habe ich gesagt. Da hinten kommt der Schutzmann, ich habe ihm eben Bescheid gesagt. Seht zu, dass ihr Land gewinnt!«
Ingeborg ging neben dem Besitzer des Esels in die Hocke, der sie mindestens genauso verblüfft ansah wie seine drei Gegner. Sie runzelte die Stirn. »Seid ihr taub? Der Schutzmann kommt, jeden Moment kann er hier sein. Macht endlich, dass ihr wegkommt!« Ingeborg griff dem dunkelhaarigen jungen Mann unter die Arme, um ihm auf die Beine zu helfen.
»Was ist hier denn los? Gibt es Ärger?« Ein Urlauber war stehen geblieben, ein breiter Herr mit Prinz-Heinrich-Mütze auf dem Kopf beugte sich zu ihr hinunter. Schweigend warfen sich die drei Blondschöpfe untereinander noch einen letzten ratlosen Blick zu, dann packte den Ersten von ihnen die Angst. Ohne ein Wort zu sagen, drehte er sich um und rannte davon. Die beiden anderen taten es ihm gleich, alle drei ergriffen nacheinander die Flucht. Kurz darauf waren sie in der Menge der sie umgebenden Urlauber verschwunden.
»Danke, es ist alles in Ordnung.« Ingeborg erhob sich und lächelte den Herrn mit Prinz-Heinrich-Mütze dankbar an. »Es gab ein kleines Missverständnis, mehr nicht.«
Der Urlauber nickte, er schien mit dieser Auskunft zufrieden zu sein. Langsam schlenderte er weiter. Ingeborg wartete, bis der junge Mann mit der Ballonmütze aufgestanden war. Er klopfte sich den Staub von den Hosenbeinen und schaute sie dann an. Sein Lächeln wirkte ziemlich gequält. »Danke schön. Respekt übrigens. Ich habe dich unterschätzt, du bist ja tatsächlich mutig. Nicht nur, wenn du einen Esel vor dir hast.«
»Die drei eben waren auch Esel, nur welche auf zwei Beinen. Ich fand es nicht in Ordnung, was die mit dir gemacht haben. Drei gegen einen ist feige. Was hast du ihnen getan? Warum sind die hinter dir her?«
»Nichts habe ich denen getan. Wie heißt du eigentlich?«
»Ingeborg. Und du?«
»Nicolai.«

Ingeborg nickte, ganz so, als würde sie den Vornamen ihres neuen Bekannten eher beiläufig zur Kenntnis nehmen. Tatsächlich war sie beeindruckt, versuchte aber, sich das nicht anmerken zu lassen. Nicolai war ein ausgesprochen hübscher Name – allerdings nicht für jemanden, der hier auf der Insel geboren und aufgewachsen war. Er musste ein Zugereister sein. Auf Sylt hießen die Männer Jan und Sören, Uwe und Swen – sie hatten alle praktische Namen mit nordischem Klang, die man sich leicht merken konnte. Nicolai lächelte sie an, er streckte die Hand aus und schüttelte die ihre.

»Freut mich, dich kennen gelernt zu haben, Ingeborg. Vielen Dank noch mal für deine Hilfe.«

»Gern geschehen. Kannst du mir sagen, was die anderen gegen dich haben, Nicolai? Die drei von eben haben dir doch aufgelauert. Erst die Sache mit deinem Esel und den Dosen. Und jetzt diese Schlägerei – was hat das zu bedeuten?«

»Gar nichts hat es zu bedeuten. Da steckt weniger dahinter, als du denkst. Ich bin nicht von hier, das ist alles. Die Insulaner haben was gegen Leute vom Festland. Besonders, wenn sie hier Geschäfte machen wollen.«

Ingeborg runzelte die Stirn. Das klang einigermaßen nachvollziehbar, reichte ihr als Begründung aber noch nicht. Immerhin wusste sie jetzt, dass Nicolai tatsächlich kein Einheimischer war. Trotzdem hielt sie es für unwahrscheinlich, dass er sich den Hass der anderen jungen Leute auf der Insel nur deshalb zugezogen hatte, weil er nicht auf Sylt geboren war.

Ingeborg zog ein Taschentuch heraus und hielt es Nicolai hin.

»Deine Unterlippe blutet.«

Nicolai nickte, eilig wischte er sich mit dem weißen Leinentuch über den Mund. Der Stoff färbte sich sofort tiefrot.

»Das ist nicht schlimm, es hört bestimmt gleich wieder auf. Tut auch gar nicht weh. Trotzdem – vielen Dank.« Er reichte ihr das Taschentuch zurück. In dem Moment, als Ingeborg das fleckige Stück Stoff in der Tasche ihres Kleides verstaute, hörte sie ihre Mutter rufen. Sie stand hinten am Eingang der Strandhalle und winkte. Ihre Wangen hatten sich gerötet, sie wedelte hektisch mit den Armen in der Luft herum. Ganz sicher gefiel es ihr nicht, dass ihre Tochter, ein Mädchen aus besseren Kreisen, mit einem einheimischen Eseltreiber auf der Strandpromenade herumstand. Eine Unterhaltung mit einem schlecht gekleideten Fremden war in ihren Augen völlig neben jeder Art von gutem Benehmen.

Ingeborg sah Nicolai an. Auch er hatte ihre Mutter bemerkt und lächelte jetzt. Er wirkte ein bisschen verlegen dabei. »Das da hinten ist deine Mutter, oder? Ich glaube, du solltest besser zu ihr rübergehen.« Mit einem Kopfnicken deutete er auf die Strandhalle. »Vielen Dank noch mal für deine Hilfe, Ingeborg. Ich muss jetzt den Esel zurückbringen. Zu Hause warten sie bestimmt schon auf mich. Also dann – vielleicht bis morgen, ja?«

Nicolai tippte an den Schirm seiner Mütze, dann marschierte er los. Schweigend schaute Ingeborg ihm hinterher. Dieser junge Mann mit dem Esel machte einen eigenartigen Eindruck. Er war nicht unfreundlich, aber in Bezug auf die Schlägerei hatte er ihr nicht die Wahrheit gesagt, das verriet ihr der Instinkt. Ingeborg lächelte. Sie würde schon noch herauskriegen, was er ihr nicht verraten wollte.

Einen kurzen Moment beobachtete sie noch, wie seine schlanke Gestalt in Richtung Süden davontrabte. Dann drehte sie sich um und ging zur Mutter hinüber, die mit vorwurfsvollem Gesicht an der Strandhalle stand. Ingeborg wusste, dass es jetzt erstmal eine Strafpredigt geben würde, aber was störte sie das? Sie hatte eine interessante Bekanntschaft gemacht, das entschädigte sie schon im Voraus für den Ärger, den sie gleich bekommen würde. Es war Sommer, die großen Ferien auf der Insel hatten gerade erst begonnen. Da blieb Zeit genug, um dem Geheimnis des eingewanderten Inselbewohners mit dem schönen Namen Nicolai auf die Spur zu kommen.

Leise fluchend legte Richard von Lassen den Hörer seines Telefons zurück auf den Handapparat, der vor ihm auf dem Schreibtisch stand.

Dieser Tag brachte nur schlechte Nachrichten. Eine nach der anderen ging auf ihn nieder wie die Hagelschauer, die im Frühjahr reihenweise über das Land zogen. Es gab Ärger wegen eines Wilderers im Staatsforst, der schon seit Wochen großen Schaden anrichtete. Und dann war da noch die Sache mit dem neuen Lehrer, dessen Ankunft seit Tagen vergeblich in der Kreisstadt erwartet wurde. Der Mann kam einfach nicht, wusste der Teufel, womit der sich so lange abgab im nahe gelegenen Kiel an der Förde. Noch waren Schulferien, doch Richard von Lassen hätte es gern gesehen, wenn der neue Mann nicht erst in letzter Minute vor Dienstantritt in Plön eingetroffen wäre. Bei Lehrern war es ratsam, sie sich vorher einmal anzuschauen – auch der Gesinnung wegen, schließlich sollte der Mann die Jugend der Umgebung erziehen. Wie man hörte, war der Herr Schulmeister erst dreiundzwanzig, gerade eben frisch vom Lehrerseminar. Verheiratet war er auch nicht – Grund genug, den Burschen genauer unter die Lupe zu nehmen.
Richard von Lassen stand auf und ging zum Fenster. Von hier aus hatte er freie Sicht auf den Marktplatz vor dem Landratsamt. Heute allerdings spielte sich draußen nichts ab, im trüben Licht des späten Nachmittags lag der mit Kopfstein gepflasterte Platz wie ausgestorben vor ihm. Nirgends war auch nur eine Menschenseele in Sicht. Was war denn los, schliefen sie schon wieder alle, diese Provinzler?
Von Lassen seufzte. Manchmal hasste er die Kleinstadt geradezu. Die ereignislose Trägheit, mit der das Leben hier in immer gleichen Bahnen lief, ging ihm auf die Nerven. Wenn er seine Arbeit als Landrat in Plön mit dem verglich, was er als bedeutungsloser juristischer Hilfsarbeiter im Berliner Ministerium zu tun gehabt hatte, war er nahe dran zu verzweifeln. Damals im Innenministerium hatte er noch nicht einmal eine eigene Planstelle besessen, er war nicht mehr als der schlecht besoldete Fußabtreter seiner Vorgesetzten gewesen – und trotzdem, die Aussichten auf eine Karriere waren damals besser gewesen als heute. Alles, was ihm der Posten eines Landrats in diesem verschlafenen Kaff in den nächsten Jahren noch würde

bieten können, war Routine, nervenaufreibende, sinnlose Routine.

Für einen Augenblick legte er die Stirn gegen die kühle Fläche des Fensterglases. Wenn er doch nur nach Berlin zurückgedurft hätte. Berlin war eine Metropole, das Zentrum der Macht. Die Atmosphäre des Hofes war in der Stadt allgegenwärtig, die Wellenschläge der großen Politik reichten bis in jedes Ministerium hinein. Aber er saß ja leider seit beinahe zwanzig Jahren in der Provinz, er langweilte sich in einer absolut bedeutungslosen Position halb zu Tode.

Wenn wenigstens die Möglichkeit bestanden hätte, nach Kiel zu gehen – auch das war immer noch tiefe Provinz, aber es wäre wenigstens eine Veränderung gewesen, ein kleiner Schritt aufwärts auf der Leiter. Bisher hatte sein Antichambrieren bei den Herren der Landesregierung leider nichts gebracht. Was konnte er noch tun? Er ging auf die vierzig zu – und die Zeit lief ihm davon. Es schien so, als sei er dazu verdammt, in dieser Einöde langsam zu verschimmeln.

Während von Lassen an den Schreibtisch zurückkehrte, öffnete sich plötzlich die Tür zu seinem Amtszimmer. Meta kam mit dem Tee herein. Er musste ihr Klopfen überhört haben. Schwanger war sie, wieder einmal – der unförmige Bauch war auch unter der geblümten Schürze nicht mehr zu verbergen. Schwerfällig stampfte sie mit dem Teetablett quer durch den Raum, bevor sie das klappernde Geschirr auf seinem Schreibtisch absetzte. Von Lassen sah der jungen Frau schweigend dabei zu, wie sie ihm eine Tasse hinstellte und den dampfenden Tee eingoss. Wenn er daran dachte, dass er Meta vor Jahren einmal nachgestellt hatte, dass er ein Verhältnis mit ihr hatte anfangen wollen – heute konnte er sich über seine Idee von damals nur wundern. Was hatte er an der Frau nur anziehend gefunden? Seitdem sie verheiratet war, geriet das schlanke Mädchen von einst immer mehr aus den Fugen. Meta verlor ihre Reize, sie quoll auf wie ein ins Wasser geworfener Schwamm. Kein Wunder, jedes Jahr erwartete sie ein neues Kind. Der Schuster von nebenan, dessen Ehefrau sie gewor-

den war, trank zu viel und gab auch sonst keine Ruhe, wie es schien.
»Brauchen Sie noch etwas, Herr Landrat?« Meta warf ihm aus ausdruckslosen Augen einen fragenden Blick zu.
Er schüttelte den Kopf. »Danke nein. Du kannst gehen. Bis morgen dann.«
Meta wollte sich zurückziehen, doch sie kam nicht weit. An der Tür prallte sie mit einem Herrn zusammen, der plötzlich aus dem Nichts aufgetaucht zu sein schien und nun auf der Schwelle stand. Der Besucher entschuldigte sich mit einem Kopfnicken und trat zurück, um Meta vorbeizulassen. Richard musterte den Fremden, der in seinem einreihigen Flanellmantel und mit den glänzenden Lacklederschuhen einen auffallend eleganten Eindruck machte. Erst nachdem er den Unbekannten lange genug taxiert hatte, stand er auf, um ihn zu begrüßen. Er wollte nicht den Eindruck erwecken, er sei gleich für jedermann zu sprechen, also blieb er hinter seinem Schreibtisch stehen. Richard nickte seinem Besucher zu. »Guten Tag – darf ich um Ihren Namen bitten? Sind Sie angemeldet?«
Während Meta die Tür des Amtszimmers schloss, begann der Fremde zu lächeln. Er streifte die Lederhandschuhe von den Händen und kam langsam näher. »Nein, ich bin nicht angemeldet. Es ließ sich zeitlich nicht einrichten, aber ich hoffe, solche Formalitäten sind auch nicht nötig nach all den Jahren.« Der Unbekannte breitete lachend beide Arme aus. »Ich bin es, Richard, mein Bester! Entschuldige, dass ich einfach so eingedrungen bin in dein Allerheiligstes! Ich habe vorne an der Eingangstür geklingelt, aber niemand kam, um mich hereinzulassen.«
Von Lassen nickte, aber tatsächlich war er ziemlich erstaunt über die vertrauliche Begrüßung des Mannes mit den Lacklederschuhen. Er kam ihm schon irgendwie bekannt vor, aber ihm fehlte der passende Name zu der Gestalt, die vor seinem Schreibtisch stand und anscheinend darauf wartete, besonders herzlich begrüßt zu werden. Um Zeit zu gewinnen, griff Richard erst mal nach der Hand, die ihm gereicht wurde, und schüttelte sie, wobei er insgeheim darauf hoffte, dass sein Gast von allein

und unaufgefordert auf die Idee kommen würde, sich vorzustellen.

»Nett hast du es hier!« Der Besucher hob den Blick und musterte den hohen Raum. Richard fühlte sich gelobt, er lächelte zustimmend. Sein Zimmer hier im Amt hatte er dem Arbeitszimmer Seiner Majestät Wilhelm des Ersten nachempfunden. Von dem Raum hatte er einmal eine Fotografie in einer Zeitschrift gesehen – der alte Kaiser hinter dem Schreibtisch im Berliner Stadtschloss, das hatte Richard seinerzeit schwer imponiert. Weil das so war, hatte er sich daraufhin eigens die schweren, dunklen Möbel angeschafft, die sehr gut mit den groß gemusterten Tapeten harmonierten. Die hohen Bücherschränke waren dicht gefüllt mit den dickleibigen Wälzern großer deutscher Dichter. Sogar ein Porträt des verstorbenen ersten deutschen Kaisers hatte er über seinem Schreibtisch aufhängen lassen, um seine Ergebenheit dem Haus Hohenzollern gegenüber zeigen zu können.

»Wirklich nett. Das macht schon etwas her.« Der Mann in dem Flanellmantel betrachtete die Portieren aus Samt, aus deren dunkelrotem Stoff auch die Fenstervorhänge angefertigt worden waren. Er lächelte anerkennend. »Nicht schlecht, mein Lieber, das hat Stil. So etwas kann sich ein einfacher Berliner Ministerialrat bei den Preisen in der Hauptstadt natürlich nicht leisten. Darf ich?« Der Besucher deutete auf den Stuhl, der vor dem Schreibtisch stand. Richard von Lassen nickte. Erleichterung machte sich in ihm breit. Das Stichwort Berlin hatte ihm gefehlt, jetzt wusste er endlich, mit wem er es zu tun hatte. Konrad war es, der ihn besuchte – Konrad von Waltersporn, ein verarmter Adeliger aus Schlesien und ehemaliger Kollege aus dem Ministerium in Berlin. Der Mann war in Plön abgestiegen, weiß Gott, was ihn dazu gebracht hatte, ausgerechnet hierher zu kommen. Seinerzeit hatten sie Tür an Tür im Innenministerium gearbeitet, hatten beide Vorgänge zu erledigen gehabt, denen sich sonst kein Mensch annehmen wollte. Von Waltersporn war offenbar mittlerweile zum Ministerialrat avanciert, aber nach beinahe zwanzig Jahren Dienst sollte er das wohl auch. Die elegante

Kleidung konnte er sich von dem Gehalt eines Rates allerdings nicht leisten, dafür brauchte er das Geld seiner Frau. Von Waltersporn hatte vor Jahren eine dralle, schwerreiche Kaufmannstochter geheiratet und lebte seitdem privat wie die Made im Speck.
Richard nahm hinter seinem Schreibtisch Platz und setzte dabei sein schönstes Begrüßungslächeln auf. Es freute ihn tatsächlich, Konrad wieder zu sehen nach all den Jahren, die sie getrennt gewesen waren. Er griff nach der Schachtel mit den Zigarren, öffnete sie und streckte sie Konrad entgegen. »Dass du hier bist, das nenne ich eine Überraschung, mein Lieber! Wir haben uns ja ewig nicht zu Gesicht bekommen. Was führt dich ausgerechnet nach Plön?«
»Wir haben uns lange nicht gesehen, das stimmt. Aber ich habe dich nicht vergessen. Ich wollte dir eigentlich immer schreiben – na ja, du weißt, wie das ist. Der Dienst im Ministerium und die Familie, das fordert den ganzen Mann, nicht wahr? Es ist kaum mal Zeit übrig für das, was man eigentlich tun möchte.«
»Natürlich. Umso schöner, dass du jetzt hier bist. Wie lange kannst du bleiben?« Richard zog die geöffnete Zigarrenkiste zurück, aus der sein Gast sich offensichtlich nicht zu bedienen wünschte. Er warf Konrad einen fragenden Blick zu, denn er hoffte tatsächlich, dass Konrad eine Weile bleiben würde. Sein Besuch war eine schöne Abwechslung, eine Gelegenheit zum Feiern. Richard wusste zwar noch nicht, weshalb von Waltersporn eigentlich hergekommen war, aber er würde ihn auf jeden Fall nach Jarrelund einladen. Wenn der gute Konrad schon von den bescheidenen Amtsräumen hier in Plön so beeindruckt war, wie beeindruckt würde er da erst von dem Gutshof sein, den einst seine dänischen Vorfahren erworben hatten und der nun schon seit Generationen im Besitz der Familie von Lassen war. Auf Jarrelund wimmelte es von privaten Schätzen und landschaftlichen Sehenswürdigkeiten, dort ließ es sich wirklich leben. Luise war allerdings momentan nicht zu Hause, sie war mit Ingeborg zur Erholung nach Sylt gefahren – aber was machte das schon, Haus und Hof allein waren schon prächtig genug.

Von Waltersporn lehnte sich auf seinem Stuhl nach hinten. »Weißt du, ich würde gerne ein paar Tage bleiben, aber leider bin ich nur auf der Durchreise. Ein Verwandtenbesuch in Kappeln steht an, ich muss heute noch weiter.«
Richard von Lassen beugte sich über den Tisch. Er war ernsthaft enttäuscht und gab sich auch keine Mühe, das zu verbergen. Betrübt schüttelte er den Kopf. »Das ist nicht dein Ernst, oder? Wir haben uns jahrelang nicht gesehen, es gibt so viel zu erzählen – da kannst du doch nicht sofort weiterfahren. Ich würde dir wirklich gern etwas von der Gegend hier zeigen. Du musst dir unseren Familiensitz ansehen. Jarrelund ist eine Perle.«
»Das glaube ich dir. Ein anderes Mal komme ich gern. Wenn du der Mann bist, für den ich dich halte, werden wir in Zukunft ohnehin wieder häufiger Gelegenheit haben, uns zu sehen.« Von Waltersporn schlug die Beine übereinander.
Richard runzelte die Stirn. »Wie meinst du das? Willst du dich verändern? Kommst du nach Kiel ins Ministerium?«
»Ich und nach Kiel ins Ministerium? Gott bewahre.« Konrad von Waltersporn lachte. »Berlin ist meine Stadt, Richard, das weißt du. Außerdem habe ich höhere Ziele, als Dienst in der Provinz zu tun. Ich hoffe, dein Ehrgeiz reicht auch noch ein Stück weiter als bis an die Förde. Früher wolltest du einmal in den auswärtigen Dienst eintreten, wenn ich mich recht erinnere. Was ist damit? Alles vergessen und begraben?«
Richard von Lassen wandte den Blick ab. Mit einer heftigen Bewegung schob er die Zigarrenkiste beiseite. Musste von Waltersporn ausgerechnet jetzt auf dieses unrühmliche Kapitel seiner gescheiterten Karriere zu sprechen kommen? Seinen Eintritt in den auswärtigen Dienst hatte vor Jahren eine böse Intrige verhindert, an die er heute noch nicht denken konnte, ohne dass ihn die Wut packte. Man hatte ihm damals eine Affäre mit einem leichten Mädchen angedichtet, das er tatsächlich kaum gekannt hatte. Die Sache wollte er jetzt aber auf keinen Fall aufwärmen. Er zwang sich zu einem kurzen Lächeln. »Reden wir nicht mehr darüber, das ist lange her. Möchtest du vielleicht

eine Tasse Tee? Er ist noch heiß. Ich habe auch einen Cognac hier, wenn du magst.«

»Danke, nein. Ich habe leider nur wenig Zeit, Richard. Ich bin gekommen, um mit dir etwas zu besprechen, was mir sehr wichtig ist. In Berlin ist einiges los, weißt du? Es liegt etwas in der Luft, mein Lieber. Ich will noch nicht zu viel verraten, aber ich bin überzeugt, dass demnächst bei Hof Köpfe rollen werden. Wie ist es – hast du noch Schneid genug, um nach Berlin zurückzukehren und mich in einer Angelegenheit zu unterstützen, bei der ich die Hilfe eines fähigen Mannes gebrauchen kann?«

Richard von Lassen öffnete den Mund, aber er schwieg. Er spürte, wie sich sein Herzschlag beschleunigte. Berlin, das war das Zentrum der Macht. Dort wollten sie ihn haben? Das war zu schön, um wahr zu sein, das klang verheißungsvoll. Kam jetzt vielleicht endlich seine große Bewährungsprobe, nach der er sich in den letzten Jahren immer wieder so gesehnt hatte? Richard räusperte sich. Er war innerlich aufgewühlt, versuchte aber trotzdem, seiner Stimme einen ruhigen Klang zu geben, als er weitersprach. »Das klingt aufregend, aber ich verstehe noch nicht ganz, worum es geht, Konrad. Steht meine offizielle Berufung ans Ministerium an? In diesem Fall bin ich natürlich jederzeit gerne bereit, dem Vaterland einen Dienst zu erweisen.«

»Eine offizielle Berufung kann man es nicht nennen, was ich mit dir vorhabe, noch nicht. Aber um unser Vaterland und dessen Zukunft geht es schon dabei, das passt.«

Von Waltersporn stand auf und ging zum Fenster. Er schaute einen Moment auf den Marktplatz hinaus, dann hob er eine Hand und winkte jemandem zu, der offenbar draußen stand und wartete.

»Weißt du was? Ich schlage vor, wir machen einen kleinen Spaziergang. Schauen wir uns doch den See an, den ihr hier habt. Am Wasser hört uns niemand, da sind wir ungestört. Außerdem möchte ihr dir noch jemanden vorstellen, den ich mitgebracht habe.«

»Du hast jemanden mitgebracht?«

»Ja, das habe ich. Lass dich überraschen.« Von Waltersporn

ging zur Tür. Richard von Lassen holte seinen Hut und den Spazierstock aus dem Schrank, dann folgte er seinem Besucher auf die Straße. Konrad steuerte die gegenüberliegende Seite des Marktplatzes an. Dort stand neben einer Gaslaterne eine junge Frau in einem eleganten Reisekostüm aus beigefarbenem Stoff. Die taillierte Jacke und der eng geschnittene Rock schmeichelten ihrer Figur, aber nicht nur ihre Körperformen wirkten anziehend. Auch ihr Gesicht war ausgesprochen schön, es wirkte beinahe etwas exotisch auf Richard. Unter der breiten Krempe ihres mit Fasanenfedern verzierten Strohhutes schimmerten zwei sehr dunkle, beinahe schwarze Augen. Ihre Lippen glänzten in einem tiefen Rot und bildeten einen reizvollen Kontrast zu ihrem dunklen Haar.
Konrad küsste die Fremde auf beide Wangen, doch Richard zögerte einen Moment, bevor er die junge Frau mit einem artigen Handkuss begrüßte. Die Schöne an Konrads Seite konnte mit der Angelegenheit, deretwegen Konrad ihn sprechen wollte, eigentlich nicht viel zu tun haben. Wahrscheinlich hatte der gute von Waltersporn sich eine Geliebte zugelegt, deren Vorzüge er jetzt gebührend bewundert wissen wollte. Unwillkürlich musste Richard an die dicke Kaufmannstochter denken, die Konrad damals in Berlin mit einer aufwendigen Feier zu seiner Ehefrau gemacht hatte. Ob Walterspörns Angetraute von der Reisebegleiterin ihres Mannes auch nur einen blassen Schimmer hatte? Wahrscheinlich nicht. Vermutlich hockte sie daheim in Berlin und ahnte nichts von der charmanten Gespielin ihres Gatten. Eines jedenfalls musste man von Waltersporn lassen: Er hatte Courage. Er war nicht nur im Ministerium aufgestiegen, sondern gönnte sich auch sonst eine Art von Leben, nach dem Richard sich bisher immer vergeblich gesehnt hatte.
Während von Lassen dastand und grübelte, erklärte Konrad seiner Begleiterin mit ein paar Worten die Situation. Die junge Frau, die er Therese nannte, schien mit allem einverstanden zu sein, was er ihr vorschlug. Sie nickte Konrad zu und reichte ihm den Arm. Zu dritt spazierten sie zu der Uferpromenade hinunter. Richard warf Konrad einen fragenden Blick zu, doch der lä-

chelte nur. »Wir können ganz offen sprechen, alter Freund. Vor Therese habe ich keine Geheimnisse, weißt du? Sie ist eine enge Vertraute. Die Geschichte, um die es geht, kennt sie ohnehin schon aus Berlin.«
Während Richard von Lassen noch überlegte, ob es wohl besonders klug war, mit der eigenen Geliebten über politische Fragen zu diskutieren, blieb von Waltersporn plötzlich stehen. »Die Zeit drängt, kommen wir am besten gleich zur Sache. In Berlin tun sich Dinge, die moralisch nicht einwandfrei sind.« Konrad warf Richard einen verschwörerischen Blick zu. »In der Umgebung Seiner Majestät gibt es jemanden, der seine hohe Stellung bei Hof nicht im Mindesten verdient. Die Geschichte, um die es geht, ist ausgesprochen heikel. Eine Person von Rang und Namen leistet sich sittliche Verfehlungen. Ich habe mich gemeinsam mit einer Hand voll aufrechter und christlich gesonnener Patrioten zusammengetan, um der Unmoral die Stirn zu bieten. Wir sind angetreten, um unser Land vor Schande zu bewahren. Das ist in Kürze der Sachstand.«
Konrad kam etwas näher, er senkte die Stimme. »Was ich dir jetzt erzähle, muss in jedem Fall unter uns bleiben. Bist du bereit, mir das zu versprechen? Wirst du auf Ehre und Gewissen über das schweigen, was ich dir berichten werde?«
Richard runzelte nachdenklich die Stirn. Das Ganze klang ja wirklich ausgesprochen dramatisch. Um was mochte es dabei gehen? Was auch immer es sein würde, seine Neugierde war jedenfalls geweckt. Er nickte von Waltersporn zu. »Ich verspreche dir, dass ich über unsere Unterredung Stillschweigen bewahren werde.«
»Auf Ehre und Gewissen?«
»Bei allem, was mir heilig ist.«
Konrad von Waltersporn legte Richard von Lassen lachend eine Hand auf die Schulter. »Gut. Dann bist du aufgenommen in den Bund der Verschwörer. Und nun pass auf, mein Lieber. Die Geschichte, die ich dir jetzt erzählen werde, wird dein Weltbild erschüttern.«
Richard von Lassen verkniff sich jede Erwiderung darauf. Kon-

rad neigte zu Übertreibungen, da war es besser, wenn man nicht zu viel erwartete.
Von Waltersporn senkte erneut die Stimme. »In der unmittelbaren Umgebung Seiner Majestät des Kaisers hat sich eine Person eingenistet, die unzüchtige Handlungen begeht. Du verstehst, was ich meine, nicht wahr?«
Richard antwortete nicht, er bemühte sich, äußerlich keine Regung zu zeigen. Tatsächlich verstand er überhaupt nicht, was gemeint war, wollte das aber ungern zugeben.
»Also gut, ich sehe schon, ich muss ein bisschen deutlicher werden. Der Mann, um den es geht, hegt widernatürliche Neigungen für das eigene Geschlecht. Er ist ein enger Vertrauter des Kaisers, hat einen gewissen Einfluss auf die Meinungsbildung unseres allerhöchsten Herrschers und stellt somit natürlich eine Gefahr für unsere Gesellschaft dar. Jemand wie er tritt die sittlichen Werte unseres Landes mit Füßen. Das verruchte Leben, das dieser Verbrecher führt, gibt unserer Jugend ein schlechtes Beispiel, es untergräbt jede Form von Anstand.« Von Waltersporn hatte begonnen, mit beiden Händen zu gestikulieren, seine Wangen hatten sich gerötet. »Wäre diese Person nur irgendein unbedeutender Lakai im Tross Seiner Majestät, so ginge es ja vielleicht noch an. Aber leider ist das nicht der Fall. Der Kaiser hat Zuneigung zu diesem Mann gefasst und überhäuft ihn mit Gunstbeweisen. Er hat keine Ahnung, mit wem er sich abgibt. Er muss von diesem Mann befreit werden, ein für alle Mal.«
»Seine Majestät ist absolut ahnungslos?«
»Ja, das ist er. Und genau darum geht es, Richard: Seiner Majestät müssen die Augen geöffnet werden. Wir brauchen unschlagbare Beweise für die schamlosen sittlichen Verfehlungen, die der angebliche Freund Seiner Majestät sich bisher hat zu Schulden kommen lassen. Der Einfluss dieses Mannes bei Hof ist momentan zu groß, verstehst du? Er muss aus seiner Position entfernt werden.«
»Sicher, ich verstehe. Darf ich fragen, um wen es eigentlich geht? Ist es eine Person, deren Namen ich kennen müsste?«

»Vermutlich kennst du den Namen des Mannes, den ich meine – aber ich möchte über die Einzelheiten der Angelegenheit hier draußen in der Öffentlichkeit nicht sprechen. Wenn du bereit bist, uns zu unterstützen, dann schließe dich uns an. Wir sind ein Kreis tatkräftiger, ehrenwerter Männer. Komm nach Berlin, lerne meine Mitstreiter kennen und lass uns über die weiteren Schritte, die anstehen, gemeinsam sprechen.« Konrad griff in die Tasche seiner Weste und warf einen Blick auf seine Uhr. »Es ist Zeit, ich muss weiter, wenn ich heute noch nach Kappeln will. Meine private Adresse hast du?« Von Waltersporn zog ein weißes Kärtchen aus der Tasche, das er seinem Gegenüber reichte. »Wie sieht es aus – kann ich auf dich rechnen? Du wirst es nicht bereuen, glaube mir. Unserem Kreis gehören einflussreiche Persönlichkeiten an. Dir werden sich wichtige Türen in Berlin öffnen, wenn du zu uns stößt.«
Richard von Lassen schwieg, hastig überflog er die Anschrift auf der Visitenkarte, die er in Händen hielt. Konrad lebte in einer Villa im Grunewald – er hatte es wirklich zu etwas gebracht, das musste der Neid ihm lassen. Richard sah auf. »Natürlich kannst du auf mich zählen, Konrad. Sobald ich mich in meinem Amt für ein paar Tage freimachen kann, werde ich dich besuchen, darauf hast du mein Wort.«
»Hervorragend, mein Freund, das höre ich gern. Warte nicht zu lange, damit die Ereignisse dir nicht davonlaufen. Was getan werden muss, sollte bald geschehen.« Von Waltersporn ergriff seine Hand und drückte sie. »Bis bald in der Reichshauptstadt, Richard. Wir sehen uns, nicht wahr?«
Von Lassen nickte. Stumm schaute er zu, wie Konrad und seine elegante Begleiterin Seite an Seite über die Uferpromenade in Richtung Stadt davonwanderten. Ein hübsches Paar waren die zwei, ohne Frage. Man musste einfach beeindruckt sein von ihrem Anblick. Richard seufzte. Was hätte er nicht alles gegeben, um jetzt an Konrads Stelle zu sein?

Kapitel 2

»Der sitzt fest. Da gehen einige Stürme übers Meer, bevor der wieder wackelt.« Boy Odde schob seine Mütze in den Nacken und betrachtete sein Werk. Am Rahmen des Fensterflügels, den er eben in mühevoller Arbeit hergerichtet hatte, war ein wenig vom Lack abgeblättert – dafür funktionierte das Scharnier jetzt aber wieder, der Flügel ließ sich mühelos öffnen und schließen, nichts klapperte, nichts klemmte.

Boy Odde warf der Frau neben sich einen fragenden Blick zu. »Na, was ist, mein Deern – zufrieden?«

Hanna Boysen nickte lächelnd. »Und ob ich zufrieden bin – vielen Dank auch, Boy. Ich habe übrigens in der Küche einen frisch geräucherten Schinken als Dankeschön für dich hingelegt. Du kannst ihn mitnehmen, wenn du nach Hause gehst.«

»Schinken?« Der Tischler schob beide Hände in die Taschen seiner ausgebeutelten Hose. »Nun sei man nicht so geizig, Hanna. Schinken kann ich mir auch selber kaufen, wenn ich welchen haben will.« Er grinste und blinzelte Hanna zu, bevor er breitbeinig zu ihr hinübergestapft kam. Das dünne Hemd, das er trug, verströmte einen intensiven Geruch nach Tabak und Schweiß. Darunter zeichnete sich deutlich sein muskulöser Oberkörper ab. Odde kam auf Armeslänge heran. Unmittelbar vor Hanna blieb er stehen und streckte lächelnd die Hände nach ihr aus. »Du willst mich doch nicht einfach so wieder vor die Tür setzen, meine Schöne. Seit Ewigkeiten bist du jetzt schon allein, so was ist ungesund für eine Frau in den besten Jahren. Sei man nicht so garstig zu mir und komm her. Dieses vornehme Getue passt sowieso nicht zu dir.«

Odde legte beide Hände um Hannas Taille und zog sie an sich. Hanna sträubte sich, sie versuchte ihn abzuwehren, doch der Tischler war ihr an Kraft deutlich überlegen. Anstatt von ihr abzulassen, holte er sie noch ein Stück näher heran. Hanna fühlte die Wärme, die sein breiter Körper ausstrahlte, doch gleichzeitig stieg ihr sein penetranter Körpergeruch in die Nase. Hanna

spürte, wie Ekel in ihr aufstieg, hastig wandte sie das Gesicht ab.
»Hör auf, Boy. Du weißt, dass ich das nicht haben will. Du wirst Ärger bekommen, wenn du mich nicht loslässt.«
»Ich bekomme Ärger? Mit wem denn?« Der Tischler grinste. Ihre Warnung schien ihn nicht im Mindesten beeindruckt zu haben, seine Lippen näherten sich unaufhaltsam den ihren. Obwohl Hanna den Kopf wegdrehte, spürte sie im nächsten Augenblick Oddes dichten Vollbart und seinen Mund auf ihrer Haut. Ein neuer Schwall aus Tabak und Schweißgeruch umgab sie, während seine Lippen ihre Wange streiften. Hanna lehnte sich so weit wie möglich zurück, mit beiden Händen stemmte sie sich gegen Oddes Oberkörper. Der hielt sie an sich gepresst und betrachtete sie dabei mit zusammengekniffenen Augen. Sein Gesichtsausdruck spiegelte den Ärger und die Ungeduld wider, die er empfand.
»Was soll das? Warum bist du so widerspenstig, Hanna? Lässt keinen an dich ran, nicht mal einen, der es ehrlich mit dir meint. Ich bin ein anständiger Kerl, das weißt du. Habe ich dich etwa auch nur einmal im Stich gelassen in den vergangenen Jahren? Mir kannst du vertrauen. Ich bin keine schlechte Partie, ich habe von meinem Lohn etwas zurückgelegt für meine alten Tage. Worauf wartest du? Auf einen Prinzen?«
»Ich warte auf niemanden, Boy. Ich will dich nicht, und ich will auch keinen anderen. Ich habe Nicolai, und das reicht mir. Ich brauche keinen Mann im Haus. Mit Männern habe ich schlechte Erfahrungen gemacht, das ist alles.«
Boy Odde warf lachend den Kopf ein Stück zurück und entblößte dabei eine Reihe von Zähnen, die vom Kautabak fleckig waren. »Du hast Nicolai, ja? Der Junge ist doch kein Ersatz für einen echten Kerl. Eine richtige Frau braucht einen Mann im Bett, der sie wärmt und für ihr Vergnügen sorgt.«
Bevor Hanna antworten konnte, beugte Odde sich erneut zu ihr vor. Er versuchte, ihren Hals zu küssen. Sie wand sich in seinen Armen, aber es gelang ihr nicht, ihn abzuschütteln. Der Tischler war stämmig, ihre Kräfte reichten nicht, um ihn loszuwerden. Obwohl sie das wusste, bäumte sie sich auf und prügelte

mit beiden Fäusten auf seinen Oberkörper ein, doch der Mann lachte nur.
»Das lass man sein, mein Deern! Freu dich lieber, dass ein ganzer Kerl wie ich Gefallen an dir findet!«
Odde senkte den Kopf. Hanna erschrak, denn sie bemerkte, dass er sich an den Knöpfen ihrer Kleidung zu schaffen machte. Er griff so fest nach dem Stehkragen ihrer Bluse, dass gleich darauf der oberste Knopf absprang. Der Baumwollstoff gab nach und riss mit einem Ruck entzwei. Hanna stieß einen kleinen Schrei aus und begann noch verzweifelter um sich zu schlagen. Sie trat nach den Beinen des Tischlers, sie kratzte und biss. Ihn schien das nicht zu kümmern, lachend machte er sich weiter an ihrer Bluse zu schaffen. Hanna fühlte, wie die Angst sie packte. Der Mann würde doch wohl nicht wirklich Gewalt anwenden und in ihrem eigenen Haus über sie herfallen? Mit aller Kraft holte sie aus und gab Oddes Oberkörper einen Stoß. »Lass mich los, hörst du? Mein Sohn wird gleich nach Hause kommen, und dann gnade dir Gott!«
Odde hielt einen kleinen Moment inne und sah sie an. »Denkst du, ich habe Angst vor dem? Soll er nur kommen, der kleine Klugscheißer.« Er beugte sich wieder hinunter, er befingerte ihre nackte Haut unter dem Stoff der Bluse. Seine Hände waren heiß und fühlten sich feucht an. Er betastete sie wie ein Stück Fleisch, das er kaufen wollte, dann streichelte er unbeholfen ihre Schulter. Hanna versuchte erneut, sich zu befreien, sie wand sich in den Armen des Tischlers, doch der ließ sie nicht los. Gierig beugte er sich über sie, seine nassen Lippen schienen überall zu sein. Hanna dachte daran, laut um Hilfe zu schreien, doch sie wusste, dass ihr in diesem leeren Haus niemand beistehen würde. Sie überlegte, ob sie wohl weit genug ausholen konnte, um Odde mit dem Knie genau dort zwischen den Beinen zu treffen, wo es ihm besonders wehtun würde. In diesem Augenblick öffnete sich plötzlich die Tür zum Hausflur. Im Türrahmen stand Nicolai. In der Hand hielt er eine Forke, deren Spitze er drohend auf den Tischler gerichtet hatte.

»Hände weg von meiner Mutter, Boy Odde! Wenn du sie nicht sofort loslässt, ramme ich dir die Mistgabel in den Leib!«
Odde erstarrte. Er klappte den Mund auf, einen Augenblick schien es, als wolle er auf Nicolai losgehen, doch dann zog er sich zurück. Zögernd machte er einen Schritt auf das Fenster zu, wobei er zum Zeichen seiner Friedfertigkeit beide Hände hob. »Nun mal sachte, mein Junge! Das ist doch bloß ein kleiner Spaß gewesen, das Ganze. Du denkst doch nicht etwa, dass ein anständiger Mann wie ich deiner Mutter was Böses will.«
Nicolai schüttelte den Kopf. In seinen dunklen Augen funkelte der Zorn. »Halt den Mund, hörst du? Ich habe dich vom Garten aus beobachtet. Du wolltest meiner Mutter an die Wäsche, das war nicht zu übersehen. Verschwinde und komm nicht wieder her! Wenn du unser Haus noch einmal betrittst, gehe ich mit einem Messer auf dich los. Im ganzen Dorf werde ich erzählen, dass du über wehrlose Frauen herfällst, wenn sie alleine zu Hause sind. Mach, dass du wegkommst!« Nicolai kam langsam näher, die eisernen Spitzen seiner Mistgabel waren noch immer direkt auf Boy Odde gerichtet.
Der machte einen weiteren Schritt nach hinten. »Nun mal nicht so stürmisch, ja? Was du im Dorf erzählst, glaubt dir sowieso keiner. Du bist nicht von der Insel. Dich kann hier keiner leiden. Du gehörst nicht zu uns, du Eseltreiber.« Der Tischler wandte ruckartig den Kopf, dann stieß er den Fensterflügel auf, den er eben repariert hatte. Mit einem Satz sprang er auf das Fensterbrett und von dort aus in den Garten. Im Laufschritt stürmte er zwischen den Obstbäumen hindurch und setzte dann über den steinernen Wall, der das alte Friesenhaus umgab.
Nicolai schaute ihm noch einen Augenblick hinterher, dann legte er die Forke auf den Boden und schloss das Fenster.
Hanna ließ sich auf den nächsten Stuhl sinken. Sie hob die Hände, um ihr Gesicht darin zu verbergen. Nicolai sollte nicht sehen, dass ihr die Tränen kamen. Das alles war nur ihre Schuld. Wie oft hatte Nicolai sie nicht schon vor Boy Odde gewarnt. Nur weil sie so unvernünftig gewesen war und den Zimmermann

heute Nachmittag ins Haus gelassen hatte, war es zu diesem peinlichen Zwischenfall gekommen. Hanna spürte, wie sie zu zittern begann. Mühsam unterdrückte sie ihr Schluchzen.

»Nicht weinen, Mutter.« Nicolai ging neben ihr auf die Knie und strich ihr sanft über das Haar. »Du kannst nichts dafür. Boy Odde ist ein Schuft. Du darfst nicht allein mit ihm bleiben, das habe ich dir schon so oft gesagt. Wenn ich nicht im Haus bin, darfst du ihn gar nicht erst reinlassen, egal, was es hier zu reparieren gibt.«

»Ich weiß, du hast Recht. Unserem Tischler kann man nicht vertrauen.« Hanna griff nach dem Zipfel ihres Rockes und fuhr sich damit über die Augen, um ihre Tränen abzuwischen. »Es ist bloß – bisher hat er mich noch nie angefasst. Ich habe nicht geglaubt, dass er das wagen würde. Bestimmt wird er jetzt im ganzen Dorf rumlaufen und schlecht über mich reden.«

»Was soll er denn über dich erzählen? Dass er dich begrabbeln wollte und du dich dagegen gewehrt hast? Er wäre ein schöner Idiot, wenn er mit dieser Geschichte hausieren gehen würde. Von mir aus kann er im Übrigen reden, was er will. Auf Boy Odde hört sowieso kein Mensch. In Kampen weiß jeder, dass er ein Säufer und Lügner ist.« Nicolai strich seiner Mutter noch einmal kurz über die Wange, dann richtete er sich auf. »Komm, hör auf zu weinen. Es ist ja noch einmal gut gegangen. Vergiss die Sache einfach, hörst du?«

Nicolai griff in die Tasche seiner Hose und streckte Hanna auf der Handfläche ein paar Münzen entgegen. »Es gibt etwas zu feiern. Fünf Groschen habe ich heute unten am Strand mit dem Esel verdient – das ist doch ganz ordentlich, oder?«

Hanna schloss die Knöpfe ihrer Bluse. Sie nickte. »Ja, das ist nicht schlecht, herzlichen Glückwunsch. Aber was ist mit deiner Lippe? Die ist ganz verschwollen. Hast du dich auf der Promenade wieder mit den Jungen aus Westerland geprügelt?« Sie stand auf, um Nicolais Unterlippe zu begutachten, aber der legte eilig eine Hand auf den Mund und wich ihr aus, indem er einen Schritt nach hinten machte. Hanna schüttelte den Kopf. »Warum bleibst du nicht in Kampen und vermietest hier deinen Esel?

In Westerland ist es zu gefährlich für dich. Da dulden sie keine Fremden.«
»Ich bin kein Fremder, ich bin hier geboren.« Nicolai ließ die Münzen in die Tasche seiner Hose zurückgleiten. »Ich habe dasselbe Recht, da am Strand herumzustehen wie jeder andere. Hier in Kampen ist nicht genug los, hier nehme ich an einem Tag höchstens zwanzig Pfennig ein. In Westerland auf der Wandelbahn kann ich das Dreifache verdienen. Außerdem habe ich mich mit niemandem geprügelt. Ich bin bloß auf der Treppe zum Strand ausgerutscht, als ich den Esel zum Milchhändler zurückbringen wollte.«
Nicolai wandte sich ab, doch Hanna folgte ihm. Sie legte einen Arm um die Schulter ihres Sohnes, damit er ihr nicht weglaufen konnte. Nicolai neigte dazu, längeren Debatten über seine Schwierigkeiten einfach aus dem Weg zu gehen, indem er sich aus dem Staub machte. Hanna zog ihren Sohn ein Stück zu sich heran. »Du schwindelst, mein Junge, ich sehe es dir an. Es gab wieder Ärger mit den Westerländern. Du hast dich geprügelt.« Anstatt zu antworten, befreite Nicolai sich mit einem Ruck aus dem Arm seiner Mutter. Hanna seufzte leise. »Ich wünschte, dieses armselige Leben, das wir führen, würde irgendwann ein Ende haben.«
Nicolai sah auf. »Ich habe mich nicht beklagt, oder? Wir tun beide, was wir können, und ich finde, so schlecht sieht es gar nicht aus. Du hast dein Café, und ich verdiene hier und da ein bisschen was dazu. Wir kommen doch über die Runden, oder?«
Hanna widersprach nicht, obwohl sie es um der Wahrheit willen eigentlich hätte tun müssen. Tatsächlich war ihre Lage alles andere als rosig. Ihre Erfahrung sagte ihr, dass es wieder einmal knapp werden würde in den nächsten Wochen. Sie konnte sich drehen und wenden, wie sie wollte, aber das Geld reichte bei ihnen niemals lange genug.
Langsam ging sie zum Tisch zurück. Auf der weißen Leinentischdecke lag unbenutzt das gute Silberbesteck, daneben stand das Sonntagsgeschirr, das sie von ihren Großeltern geerbt hatte. Seit Beginn dieses Sommers wartete sie vergeblich darauf, end-

lich Gäste in ihrem Haus bewirten zu können, wie es schon so viele ihrer Nachbarn aus dem Dorf taten. Leider hatte sich auch heute wieder kein einziger Gast in das kleine Café verirrt, das sie liebevoll mit den besten Stücken ihres Hausrats hergerichtet hatte.

Gedankenverloren strich Hanna über das Tischtuch, das vor ihr lag. »Wenn nur endlich aus meinem Cafébetrieb etwas Gescheites werden würde. Ich verstehe nicht, warum die Gäste ausbleiben. Urlauber haben wir doch im Dorf. Ich habe sogar dieses teure Schild vor der Tür anfertigen lassen – Einladung in das kleine Friesencafé, das klingt doch hübsch, oder? Zu Uwsens Hof von nebenan verirren sich die Leute doch auch. Neulich war ein ganzer Pferdewagen mit Ausflüglern aus Wenningstedt bei denen zum Kaffee.« Hanna breitete mit einer resignierenden Geste die Arme aus. »Ich verstehe es nicht, Nico. Der Kuchen nebenan ist doch nicht besser als meiner, oder?«

Nicolai lächelte. »Bestimmt nicht. Der ist sogar um einiges schlechter, würde ich sagen. Nur weiß das eben keiner. Die Leute kennen dein Friesencafé nicht, Mutter. Du musst Reklame machen, sonst erreichst du nichts.«

»Reklame. Ich kann mir keine Reklame leisten.« Hanna ging zum Tisch und begann das Besteck gerade zu rücken. »Woher soll ich das Geld dafür nehmen? Es reicht doch so schon kaum für uns zwei.«

»Nun sei mal nicht so geknickt. Überlass die Sache mir.« Nicolai griff nach der Forke, die noch immer auf den Holzdielen lag, und hob sie auf. »Ich habe da schon so eine Idee. Wenn das klappt, sieht es bei uns bald anders aus.«

Hanna beobachtete, wie ihr Sohn zur Tür hinüberging. Sie wollte ihn nicht entmutigen, aber im Augenblick sah die Zukunft in ihren Augen traurig aus. Trotzdem lächelte sie. »Du meinst es gut, Nico. Leider habe ich das Gefühl, dass wir beide es nicht alleine schaffen. Wenn Großvater noch leben würde, hätten wir es leichter. Dann wäre wenigstens ein Mann im Haus.«

»Jetzt bin ich der Mann im Haus, Mutter. Wir werden nicht verhungern. Ich bin schließlich nicht auf den Kopf gefallen. Ich sorge schon für dich.« Nicolai wandte sich ab, mit der Forke in der Hand verließ er den Raum. Hanna schaute ihrem Sohn hinterher. Vermutlich hatte der Junge das Gefühl, sie würde ihn nicht ernst nehmen, wahrscheinlich war er jetzt gekränkt. Aber was sollte sie tun? Die Lage schönreden konnte sie auf Dauer auch nicht. Dass es ihnen an Geld fehlte, merkte er doch selbst. Hanna seufzte. Es war ohnehin egal, was sie sagte oder tat, der Umgang mit Nicolai war schwierig. Er kam nach seinem Vater, war intelligent, empfindsam und schnell beleidigt. Jeder noch so kleine, auch nur angedeutete Tadel verletzte ihn sofort tief, jede Ungerechtigkeit brachte ihn auf. Im Grunde passte ein so empfindlicher Charakter wie der seine nicht auf die Insel. Sylt bestand aus einer kleinen Gemeinschaft alteingesessener Familien, die Sitten hier waren in mancher Hinsicht noch beinahe so derb wie im Mittelalter. Die Eigenarten der Bewohner, ihr Widerwillen gegen alles Fremde und Neue, machte jedem Außenstehenden zu schaffen. Kein Wunder, dass ein feinfühliger Junge wie Nicolai damit nicht zurechtkam.

Hannas Blick fiel auf ihre Bluse, sie betastete den Riss im Stoff. Nachdenklich ließ sie sich auf einen der Stühle am Tisch sinken. Die Bluse war dahin, und genug Geld, um Stoff für eine neue zu kaufen, hatte sie nicht. Wenn sie nur für sich selber hätte sorgen müssen, wäre es ja noch angegangen, aber sie trug auch die Verantwortung für ihren Sohn. Was sollte bloß aus dem Jungen werden? Die Insel war im Grunde nicht der richtige Aufenthaltsort für ihn. Auf eine höhere Schule würde er passen, oder in ein Kontor in der Stadt, aber nicht hierher, wo man nur als Fischer oder Handwerker überleben konnte. Auf das Internat nach Husum geben konnte sie ihn nicht, weil sie das Schulgeld nicht aufbrachte. Nicht einmal die Gewerbeschule war drin – und das, obwohl ihr der Dorflehrer schon mehr als einmal dazu geraten hatte, Nicolai zur Ausbildung auf das Festland zu schicken.

Hanna betrachtete ihre geröteten, rauen Hände. Sie besaß nicht einmal etwas, was sie ins Pfandhaus hätte tragen können. Sie hatte kaum Schmuck und auch sonst keine Wertgegenstände. In ihrer Not hatte sie sogar schon daran gedacht, bei Nicolais leiblichem Vater um Geld für seinen Sohn zu betteln – aber bisher hatte sie nicht gewagt, nach Flensburg zu schreiben. Es war nicht nur ihr Stolz, der sie davon abhielt. Es war auch Angst dabei – die Angst, ihren einzigen Sohn fortgehen lassen zu müssen. Hannas Blick fiel auf den festlich gedeckten Tisch mit den beiden schweren Kerzenhaltern aus Messing. Ihr Kopf sank auf die Tischplatte. Wie sollte sie nur mit diesen Sorgen alleine zurechtkommen?

Luise von Lassen sah von dem Brief auf, den sie in Händen hielt. Graubraun gesprenkelte Möwen stießen in das helle Blau des Himmels, unter dem glitzernd das Meer lag. Die Ähren des Strandhafers wippten auf den Dünen, die sich als endlose Kette aus sanften Hügeln bis weit ins Landesinnere zu erstrecken schienen. Luise seufzte. Wie friedlich die Welt doch war, wenn man sie von hier oben betrachtete. Über den Rand des Steilufers hinweg hielt sie Ausschau nach Ingeborg, die unten am Strand mit einem fremden Mädchen Federball spielte. Ingeborg war eindeutig die schnellere und grazilere der beiden Spielerinnen. Ihr offenes, nur von zwei silbernen Spangen gehaltenes Haar flatterte im Wind, während sie dem kleinen Ball hinterherlief, der durch den makellos blauen Himmel flog.
Luise lächelte. Wenn sie sah, was aus dem kleinen Mädchen, das man ihr seinerzeit ins Haus gebracht hatte, mittlerweile geworden war, dann mischten sich Stolz und Rührung in ihr. Sie dachte daran, wie das Waisenkind, zu dessen Vormund man Richard damals überraschend bestimmt hatte, im zarten Alter von sechs Monaten zum ersten Mal in ihrem Arm gelegen hatte. Ein pummeliges Bündel mit großen Augen war Ingeborg gewesen, ein verschrecktes, weinerliches Ding. Aus dem Mädchen war mittlerweile eine selbstbewusste kleine Schönheit geworden. Gebildet und adrett wie sie war, würde sie bestimmt eines Tages eine Partie machen, mit der man als Mutter zufrieden sein konnte. Ingeborg hatte sich herausgemacht, Luise war wirklich stolz auf sie. Womit sie ganz und gar nicht zufrieden sein konnte,

das war das Leben, das sie nun schon seit Jahren als verschmähte Ehefrau an Richards Seite führte.
Luise faltete den Brief zusammen, den sie an diesem Morgen von ihrem Mann bekommen hatte, und steckte ihn in die Handtasche. Ohne aufzusehen, marschierte sie den Weg hinunter, der zum Strand führte. Richard hatte ihr in immerhin doch fünf ganzen Zeilen mitgeteilt, dass er auf dem Weg nach Berlin sei, um dort wichtigen Geschäften nachzugehen, die ihn voraussichtlich einige Wochen in der Stadt festhalten würden. Wichtige Geschäfte, natürlich! Für Richard gab es immer irgendwelche Dinge, die ihm wichtiger waren als seine Familie. Er hatte hoch und heilig versprochen, ihnen Anfang August auf die Insel nachzukommen und Ingeborg dann persönlich zu ihrem siebzehnten Geburtstag zu gratulieren. Luise war so naiv gewesen, seinen Versprechungen Glauben zu schenken. Jetzt würde sie Ingeborg erklären müssen, warum der Vater nicht kam – obwohl sie selbst nicht wusste, weshalb irgendeine alberne, kleine Verwaltungsangelegenheit wieder einmal wichtiger sein sollte als seine Tochter.
Luise blieb stehen, um den Sand aus ihren Schnürstiefeletten zu entfernen. Manchmal kam ihr das Leben, das sie führte, reichlich sinnlos vor. Weder hatte sie Glück in ihrer Ehe gefunden, noch hatte sie die große Familie gründen können, von der sie als junges Mädchen immer geträumt hatte. Vielleicht hätte sich die Ehe mit Richard besser entwickelt, wenn sie ihm die Schar von Nachkommen beschert hätte, die er immer hatte haben wollen. Wahrscheinlicher allerdings schien ihr, dass Richard auch in diesem Fall nicht anders geworden wäre, als er jetzt war. Dem Mann ging es immer nur um sich selbst – um seine Karriere, um seinen Besitz, um sein Ansehen. Sein ganzer Ehrgeiz war darauf gerichtet, sich aus dem Schatten seines verstorbenen Vaters herauszuarbeiten. Jeder, der ihm bei der Verwirklichung seiner Ziele keine Hilfe war, war überflüssig in seinem Leben.
Luise schlüpfte wieder in ihren Schuh und verschnürte ihn. Der Pfad, der die Steilküste hinunterführte, war sandig und stark abschüssig. Schritt für Schritt tastete Luise sich an dem Zaun ent-

lang, der den Weg begrenzte. Endlich unten am Strand angekommen, blieb sie stehen. Wo war Ingeborg inzwischen? Luise zog die Krempe ihres Strohhutes tiefer ins Gesicht, um im vollen Sonnenlicht besser sehen zu können. Das Mädchen tobte doch tatsächlich dort vorn am Wasser mit einem großen Hund herum. Das Tier sprang immer wieder an ihr hoch und warf sie fast um dabei. Keine Spur mehr von der kleinen, harmlosen Federballspielerin, mit der Ingeborg sich noch bis eben vergnügt hatte. Kaum drehte man dem Mädchen für einen Moment den Rücken zu, nutzte sie sofort die Gelegenheit, um etwas anzustellen.

Luise von Lassen raffte ihre Röcke zusammen. Mit großen Schritten näherte sie sich dem Hund, drohend fuchtelte sie mit ihrem Sonnenschirm vor seiner Nase herum. Der Hund blieb stehen und sah sie an. Er legte den Kopf ein wenig schief und wirkte beinahe erstaunt. Luise stampfte mit dem Fuß auf. »Verschwinde, du Bestie! Sieh zu, dass du fortkommst! Geh weg!«

Der Hund bellte, dann zog er sich ein Stück zurück.

»Mama!« Ingeborg kam durch den Sand herangestapft. »Lass ihn doch, er tut mir nichts. Wir spielen zusammen!« Sie deutete auf den kleinen zerknautschten Lederball, den sie in der Hand hielt.

»Untersteh dich! Mit so einem riesigen Vieh spielt man nicht. Woher willst du denn wissen, ob er nicht beißt? Geh weg, du Scheusal!« Luise von Lassen riss ihre Handtasche hoch und wedelte dem Tier damit vor der Schnauze herum. Der Hund guckte verständnislos, bevor im nächsten Moment ein lang gedehnter Pfiff ertönte. Das Tier wandte den Kopf und lief davon.

Ingeborg ließ den Ball fallen, den sie in der Hand gehabt hatte und warf ihrer Mutter einen ärgerlichen Blick zu. »Jetzt ist er weg. Du hast ihn vertrieben.«

»Na, hör mal! Sein Besitzer hat ihn zurückgerufen, und das ist gut so. Du kannst doch nicht einfach mit einem fremden Hund spielen, den du noch nie zuvor gesehen hast, Ingeborg – noch dazu, wenn er so groß ist wie das Tier eben. So etwas ist gefährlich. Dass du immer so über die Stränge schlagen musst, wenn man dich mal einen Moment allein lässt, das verstehe ich nicht.«

Luise von Lassen öffnete ihre Handtasche. Sie wollte ihr Taschentuch herausholen, um sich die verschwitzte Stirn trockenzutupfen, als plötzlich eine Windböe Richards Brief erfasste. Der Umschlag stieg auf und flog dem Wasser entgegen, er flatterte über den Sand in das lichte Blau des Himmels, immer höher und weiter, bis er nicht mehr zu sehen war.

»Was war denn das?« Ingeborg kam näher. »Was ist da eben weggeflogen?«

»Ach, nichts.« Luise von Lassen wandte den Blick ab und klappte ihre Handtasche zu. »Es war nichts, bloß ein Stück Papier. Nichts, was wichtig wäre.«

Durch eine Tapetentür betrat Richard von Lassen den schmalen Gang, der ins Treppenhaus führte. Dort, so hatte Konrad ihm gesagt, sollte der so genannte Klubraum liegen – ein Hinterzimmer, das von Konrads rätselhafter Gefolgschaft regelmäßig für ihr geheimnisvolles Zusammentreffen genutzt wurde.

Richard überquerte den kahlen Flur und sah sich im nächsten Moment einer weiß gestrichenen Tür gegenüber, hinter der Stimmengemurmel zu hören war. Er öffnete sie einen Spalt breit und warf einen vorsichtigen Blick in den Raum dahinter. Seine erste Idee war, sofort auf dem Absatz wieder kehrtzumachen. In dem Hinterzimmer mit den vergilbten Tapeten war die Luft zum Schneiden dick, der Raum quoll über von fremden Menschen. Lauter unbekannte Gesichter starrten ihn an – alles Herren in den besten Jahren, gut gekleidet, ansonsten aber unauffällig. Sie alle schienen sich untereinander bestens zu kennen, nur er war ein Fremder.

»Kann ich Ihnen helfen, mein Herr?«

Richard von Lassen schrak zusammen. Ein Kellner war neben ihm auf der Türschwelle aufgetaucht und musterte ihn jetzt von Kopf bis Fuß.

»Dies ist eine geschlossene Gesellschaft. Haben Sie eine Einladung?«

Der große, schlanke Mann in der dunklen Livree setzte ein Lächeln auf, doch auf seinem Gesicht zeichnete sich eine mit Herablassung gepaarte Ungeduld ab. Er schob das silberne Tablett, das er bei sich trug, von einer Handfläche auf die andere, ohne dass die beiden Tassen voller heißem, dampfendem Kaffee auch nur einen Millimeter verrutschten.

Richard runzelte die Stirn. Eine Einladung? Um diesen Raum betreten zu dürfen, brauchte er eine Einladung? Konrad hatte ihn aufgefordert zu kommen, telefonisch hatten sie sich für den heutigen Tag hier im Hinterzimmer des Cafés Viktoria verabredet.

Richard wollte dem Kellner eine passende Antwort geben, doch er kam nicht mehr dazu. Konrad von Waltersporn war im Türrahmen erschienen. Er griff nach Richards Oberarm und zog ihn mit sich in den Raum. Dem Kellner nickte er kurz zu. »Das ist schon in Ordnung, der Herr wird erwartet. Er gehört zu mir.«

Konrad schloss die Tür und lächelte Richard an. »Schön, dass du da bist. Ich wollte eigentlich draußen auf dem Gang auf dich warten, aber das schien mir dann doch nicht so günstig. Heute herrscht ein bisschen viel Wirbel hier. In der Etage über uns wird eine Hochzeit gefeiert, davon habe ich vorher nicht gewusst. Solche Volksaufläufe sind ungünstig für uns. Wir tagen lieber unter Ausschluss der Öffentlichkeit. Nun, es lässt sich nicht mehr ändern. Jedenfalls freue ich mich, dich zu sehen. Komm, ich stelle dich den anderen vor.«

Richard von Lassen nickte, er folgte Konrad quer durch den lang gestreckten Raum mit den verblichenen Tapeten, behielt Hut und Stock jedoch in der Hand. Noch war er nicht sicher, dass er wirklich bleiben würde, noch stand die Sache auf der Kippe. Er hatte mit einer kleinen Runde gerechnet – einer solchen Menge von unbekannten Menschen ausgeliefert zu sein behagte ihm nicht. Menschenmengen von diesem Ausmaß weckten unangenehme Erinnerungen in ihm. Als Kind hatte er große Gesellschaften hassen gelernt. Seine Eltern hatten früher auf Jarrelund regelmäßig Soireen veranstaltet, bei denen außer seiner Mutter auch immer er selbst als einziger Sohn der Familie mit kleinen

Darbietungen aufgetreten war. Mit zitternden Knien hatte er jedes Mal in der Runde der Erwachsenen gestanden, um mit Angstschweiß auf der Stirn sein Gedicht aufzusagen oder zu Mutters Klavierbegleitung eines der traurigen Schubertlieder zu singen. Voller Grausen dachte er an diese Abende zurück. Niemals war ihm ein Vortrag oder ein Lied so gelungen, wie er es sich gewünscht hatte, niemals hatte er ein Lob von seinen Eltern dafür eingeheimst, obwohl ihm als Kind gerade daran so viel gelegen hatte.

»Fangen wir dort drüben an?« Konrad griff wieder nach Richards Arm, er deutete auf eine Gruppe aus drei älteren Herren, die in einer Nische am Fenster standen und angeregt miteinander plauderten.

»Guten Tag, meine Herren.« Konrad von Waltersporn verbeugte sich nach allen Seiten, bevor er Richard nach vorne schob. »Ich darf Ihnen einen guten alten Freund von mir vorstellen, einen Neuzugang aus Schleswig-Holstein. Dies ist Richard von Lassen, seines Zeichens Landrat, ein alter Studienfreund und einer meiner ältesten Weggefährten. Und dies –«, von Waltersporn wies auf einen dicken, großen Mann mit Backenbart, »dies ist der Major von Alten, Träger des Roten Adlerordens, einer unserer Helden in China. Du erinnerst dich bestimmt an seinen Namen, Richard. Die Zeitungen haben ausführlich über sein erfolgreiches Vorgehen während des Boxeraufstandes berichtet.«

Der vermeintliche Held, der Richard gegenüberstand, lächelte huldvoll und drückte von Lassen kurz die Hand.

»Ich habe die Ehre, dir außerdem Herrn von Meinigen vorzustellen, er ist Unterstaatssekretär im Kultusministerium. Neben ihm haben wir Herrn Doktor von Rahl, derzeit Attaché der deutschen Botschaft in Paris.«

Die beiden Herren nickten stumm, Richard seinerseits verneigte sich tief. Da war er ja tatsächlich in eine illustre Gesellschaft geraten. Lauter hochrangige Persönlichkeiten, Militärs, Diplomaten, hohe Beamte – bestimmt lauter Leute, die Zugang zum Hof besaßen. Es schien ganz so, als habe Konrad ihm doch nicht zu viel versprochen. Generäle, Unterstaatssekretäre – im Schatten derjenigen, die sich in diesem Raum versammelten, kam er sich schon beinahe minderwertig vor. Was war er schon im Vergleich zu denen hier, was hatte er erreicht? Ein ehemaliger Hilfsarbeiter aus dem Innenministerium war er, einer, dem es mit Hilfe familiärer Beziehungen gerade noch gelungen war, den Posten eines Landrats in der tiefen Provinz zu ergattern. Jeder, der sich ein bisschen auskannte, wusste, dass diese Position sich kaum lohnte. Wenn er wenigstens Regierungs- oder Oberpräsident gewesen wäre, das hätte bestimmt sehr viel mehr Eindruck gemacht. So aber, ausgestattet bloß mit dem bescheidenen Titel eines Landrats, war seine Situation inmitten dieser hochkalibrigen Herren alles andere als beneidenswert. Wenn die übrigen Anwesenden genauso hochrangig waren wie die drei Männer ihm gegenüber, dann würde er hier einen schweren Stand haben.

Konrad ging weiter und nahm ihn mit. Immer neue Namen und Titel wurden Richard genannt, so viele, dass er sie kaum behalten konnte. Er fühlte sich fast erdrückt von der Menge der Adeligen, Offiziere und Ministerialen. Es kam ihm vor, als schlafwandle er – es war Ball bei Hofe, und er war mittendrin, als Zaungast allerdings nur, denn noch konnte er sich nicht vorstellen, was seine Rolle in dieser Versammlung großer Persönlichkeiten sein sollte.

Nachdem sie gemeinsam eine Runde durch den Raum gedreht hatten, nahm Konrad ihn beiseite. Er führte ihn zu einer Ecke des Zimmers, in der es ein wenig ruhiger war. Lächelnd beugte von Waltersporn sich zu ihm hinüber. »Nun Richard, was sagst du? Das dürfte doch eine Gesellschaft sein, in deren Mitte du dich wohl fühlst, oder?«

»Du hast viel Prominenz um dich geschart, ohne Frage.« Richard nickte anerkennend. »Ich wüsste nur gern, warum diese Männer alle hier sind. Was habt ihr vor?«

Von Waltersporn kam noch etwas näher heran. Er senkte die Stimme, als er wieder zu sprechen begann. »Unser Treffen heute ist im Grunde nur von untergeordneter Bedeutung. Es werden

keine großen Entscheidungen fallen, so weit sind wir noch nicht. Die Zusammenkunft dient vor allem dazu, den Kontakt zueinander zu halten und Neuigkeiten auszutauschen.«
»Und welche Neuigkeiten sind das? Ich möchte endlich erfahren, um was es geht, Konrad. Wie soll ich dir nützlich sein, wenn ich nicht weiß, was ich zu tun habe?«
»Sagt dir der Name Ludwig von Gerstetten etwas?« Konrad warf ihm einen bedeutungsvollen Blick zu. Seinem Gesichtsausdruck nach zu urteilen hatte er soeben ein Staatsgeheimnis preisgegeben.
Richard runzelte die Stirn. »Du meinst den Fürsten von Gerstetten und Neuberg, den Botschafter?«
Ein Lächeln huschte über Konrads Gesicht, doch er schaute düster dabei. »Botschafter, das ist einer seiner hochtrabenden Titel, ja. Tatsächlich hat der Mann noch niemals hinter dem Schreibtisch einer deutschen Botschaft gesessen. Offiziell dient er im preußischen Staat als Minister des Großherzogtums Baden, aber da unten in Karlsruhe kennt ihn kein Mensch persönlich. Im Grunde ist er einfach ein Günstling Seiner Majestät, einer, der aufgrund seiner Beziehungen zu unserem allergnädigsten Kaiser lediglich seine eigenen Belange verfolgt. Leider benimmt er sich dabei schlecht – Vetternwirtschaft, das ist alles, worauf er sich versteht.«
Richard schwieg, er wusste nicht, was er dazu sagen sollte. In seinen Augen war seine Exzellenz der Fürst von Gerstetten bisher eine unantastbare Persönlichkeit gewesen. Er war ein Männerfreund des Kaisers, das schon, galt aber allgemein als ein hochrangiger und begabter Mann. Das Bild, das Richard bis zum heutigen Tag von ihm gehabt hatte, war untadelig gewesen.
Konrad senkte noch einmal die Stimme. Er flüsterte jetzt nur noch. »Vergiss alles, was du bisher über von Gerstetten gehört hast, mein Lieber. Der Mann ist ein Dämon. Wenn du wüsstest, was ich über ihn weiß, dann würdest du seinen Namen nicht mehr in den Mund nehmen wollen.«
»Was hat er denn getan? Ich dachte immer, er sei ein Freund des Kaisers und des Reichskanzlers. Damit dürfte er doch wohl

unanfechtbar sein – egal, was er politisch verbrochen hat, oder?«
»Die Freundschaft zum Kanzler, das war einmal, die Zeiten sind vorbei. Der Fürst ist eine Zumutung, Richard. Der Kanzler wäre den Mann gerne los, lieber heute als morgen, das kannst du mir glauben. Von Gerstetten ist nicht länger haltbar – leider ist Seine Majestät der Einzige bei Hof, der das noch nicht eingesehen hat.«
»Nicht länger haltbar? Wieso denn nicht?«
Konrads Mund verzog sich zu einem schwachen Lächeln. »Von Gerstetten treibt Unzucht mit Knaben. Reicht das nicht, um ihn unhaltbar sein zu lassen?«
Richard schluckte. Ihm war, als träfe ihn unerwartet ein Schlag mit voller Wucht. Von Gerstetten sollte ein Homophiler sein? Konnte das angehen? Der Mann war doch verheiratet, hatte immerhin vier Kinder. Im Grunde war diese Behauptung ungeheuerlich. Richard von Lassen sah zu Boden. Eine Affäre um einen Perversen, darum sollte es also gehen? In was für eine ungesunde Geschichte wurde er da verwickelt, wenn er sich an diesem Komplott beteiligte? Mit Abartigkeiten dieser Art hatte er ungern zu tun. Im Umgang mit moralisch zweifelhaften Existenzen war er ungeübt – und zog es auch vor, das zu bleiben.
Er räusperte sich leise. »Bist du sicher, dass dieses Gerücht über den Fürsten stimmt, Konrad? Ist das Ganze nicht vielleicht nur die böse Nachrede seiner Gegner?«
Konrad hob die Augenbrauen. »Das ist kein Gerücht, Richard, das ist die lautere Wahrheit. Es gibt eindeutige und beweisbare Tatsachen, die keinen Zweifel zulassen. Ich kann dir meine Quellen zugänglich machen, wenn du mir nicht traust.«
»Natürlich vertraue ich dir – die Sache klingt nur so schauerlich, ich muss mich an den Gedanken erst gewöhnen. Was gedenkt ihr denn jetzt gegen den Fürsten zu unternehmen?«
»Er muss natürlich aus allen Ämtern entfernt werden. Ein Mann wie er bei Hof, das schadet dem Ruf unseres Vaterlandes. Wir werden alles daransetzen, um den Mann loszuwerden. Du verfügst doch über gute Verbindungen zu vielen alten Bekann-

ten deines Vaters. Unter den Freunden von damals befinden sich große Namen. Ich denke zum Beispiel an den Grafen von Wolkenstein und die Barone von Ölmünz. Wenn wir diese Leute für unsere Sache gewinnen könnten, dann wären wir ein ganzes Stück weiter.« Konrad warf Richard von Lassen einen forschenden Blick zu. »Außerdem ist deine Frau doch entfernt verwandt mit unserer Kaiserin, nicht wahr? Vielleicht ließe sich auch über diese Verbindung etwas erreichen. Wenn wir mehr Einfluss auf Ihre Majestät bekämen, wäre das sehr nützlich für uns. Du weißt, die Kaiserin hält viel von den christlichen Werten, sie ist eine zutiefst tugendhafte Frau. Einen Mann wie Gerstetten bei Hofe zu haben wird ihr nicht gefallen. Wenn sie erfährt, was mit ihm los ist, wird sie etwas gegen ihn unternehmen wollen, und das völlig zu Recht.«

Richard nickte zögernd. Die alten Freunde seines Vaters wieder aufzusuchen, das traute er sich zu. Mit vielen von ihnen war er aufgewachsen, er kannte etliche von ihnen noch aus Kindertagen. Sie würden ihm die Tür nicht vor der Nase zuwerfen, schon gar nicht, wenn er interessante Nachrichten von einem Prominenten mitbrachte. Ob Luise ihm allerdings dabei helfen würde, Zugang zu den Kreisen um die Kaiserin zu bekommen, das bezweifelte er insgeheim. Seine Frau lebte ihr eigenes Leben, nur nach außen wahrte sie den Schein einer halbwegs funktionierenden Ehe. Ihre Verwandtschaft hielt sie sorgsam von ihm fern, sofern sie selbst die Verbindung zum Hause Glücksburg überhaupt pflegte.

»Na, was meinst du? Bist du interessiert? Wenn unser Vorhaben gelingt, werden die Karten bei Hof ganz neu verteilt, Richard. Das wird auch für dich von Vorteil sein.« Konrad zog sein Zigarettenetui hervor und bot ihm daraus an, doch Richard schüttelte nur stumm den Kopf. Er wusste nicht, was er antworten sollte, noch war er unentschlossen. Die Aufgabe, die Konrad ihm in Aussicht stellte, reizte ihn durchaus, umso mehr, da sie ihn in die Nähe der Macht führte – dorthin, wo er immer hatte sein wollen, sein ganzes Leben lang. Aber die Sache, um die es hier ging, war auch gefährlich. Die politischen Ambitionen der

Verschwörer waren hoch gesteckt. Ihre Verbindungen reichten anscheinend weit hinein bis in die unmittelbaren Zirkel um Seine Majestät. Wenn das Attentat auf den Ruf des Fürsten gelang, würden die Mitglieder dieses geheimen Zirkels davon sicher profitieren – aber was geschah, wenn sie scheiterten? Der Kaiser würde das Vorgehen gegen seinen Freund ganz sicher nicht tolerieren. Den Zorn des Allerhöchsten zu erregen war ein gefährliches Spiel.

»Denk über das alles nach, Richard, du musst dich nicht gleich entscheiden.« Konrad nickte ihm zu. »Schlaf eine Nacht drüber, in Ordnung?«

»Das werde ich.« Richard lächelte zustimmend. Im nächsten Moment fiel sein Blick zufällig auf eine Gruppe aus drei Personen, die nur ein paar Schritte entfernt von ihm stand. Er stutzte. Unter den dreien befand sich überraschenderweise eine Frau – noch dazu eine junge Frau in einem hoch taillierten, blassroten Seidenkleid, dessen Überwurf mit beigefarbener Spitze geradezu überladen war. Plötzlich wandte die Unbekannte ihm ihr Gesicht zu, das von einem breiten Strohhut mit schwarzen Federn überschattet wurde. Richard erstarrte. Selten zuvor hatte er Augen gesehen wie diese. Sie leuchteten in einem geheimnisvollen bernsteinfarbenen Ton, es schien, als würden sie ihn aus endloser Tiefe heraus anfunkeln. Richard konnte nicht anders, obwohl es sich nicht gehörte, starrte er mitten in dieses fremde Gesicht hinein – ihm kam es vor, als würde er von dem Blick der Unbekannten unausweichlich angezogen. Was mochte diese extravagante Schönheit hier zu suchen haben?

Vorsichtig berührte er Konrad am Ellenbogen. »Konrad – dort drüben – wer ist das?«

Von Waltersporn folgte seiner Kopfbewegung mit einem kurzen Blick. »Das ist Jekaterina von Ertelschwing. Sie ist russischer Abstammung, eine geborene Baronesse von Trezwitsch, seit ein paar Monaten mit dem Major a. D. von Ertelschwing verheiratet. Sie ist eine Augenweide, nicht wahr? Der alte General macht keinen Schritt mehr ohne sie. Gebrechlich, wie er ist, tut er vielleicht auch ganz gut daran.« Konrad von Waltersporn lä-

chelte vieldeutig. »Ich kann dich mit der Dame bekannt machen, wenn du möchtest. Du siehst, wir haben einige Persönlichkeiten von Rang und Namen zu bieten.«
Richard schwieg. Vorsichtig wandte er sich noch einmal nach der jungen Frau um, die nach wie vor in seiner Nähe stand und mit einem älteren Herrn in einem grauen Zweireiher plauderte. Ob sie wusste, über welche unsittlichen Machenschaften man hier beriet? Was hatte eine strahlende Erscheinung wie diese Blondine mit den rätselhaften Bernsteinaugen an einem Ort wie diesem überhaupt zu suchen? Richard konnte sich ihre vornehme Gestalt beinahe überall vorstellen, in der Oper, im Adlon zum Nachmittagstee, auf einem Hofball – nur hier in diesem verräucherten Hinterzimmer hatte sie bestimmt nichts verloren.
Konrad legte ihm eine Hand auf den Unterarm. »Also Richard – ich schlage vor, du denkst noch einmal in Ruhe über alles nach und setzt dich dann morgen mit mir in Verbindung. Meine Karte hast du ja. Einverstanden?«
»Ja, natürlich. Ich melde mich bei dir.« Richard nickte Konrad zu, dann machte er sich auf den Weg zur Tür. In der letzten Viertelstunde war so vieles geschehen, er musste wirklich gut nachdenken über das, was er hier gehört und gesehen hatte. Das alles war zu kompliziert, um einen schnellen Entschluss zu fassen. Er brauchte jetzt Zeit und Ruhe, um in sich zu gehen.
Kurz vor der Türschwelle blieb Richard von Lassen noch einmal kurz stehen. Er warf einen letzten, flüchtigen Blick auf die junge Frau des Majors, der Konrad gerade betont höflich seine Aufwartung machte. Er spürte, wie ein Anflug von Neid ihn überfiel. Die Bekanntschaft mit dieser Schönen zu schließen, das schien ihm verlockend – aber wohin sollten ein paar Plaudereien mit der attraktiven Russin ihn führen? Vermutlich würde es ihm wenig bringen, wenn er ihr den Hof machte. Sie war verheiratet, und er war es auch. Sicher, ihr Ehemann war alt, viel zu alt für eine begehrenswerte Frau wie Jekaterina es war. Irgendwann würde es ihn nicht mehr geben, den altersschwach wirkenden Major a. D., der bei jedem Satz, der an ihn gerichtet

wurde, Hilfe suchend eine Hand an das Ohr legte. Ein Greis, das war der Mann, unfähig, eine Frau wie die seine zu besitzen, geschweige denn sie glücklich zu machen. Irgendwann würde die Natur das Problem, das der Major darstellte, beseitigen.
Richard runzelte nachdenklich die Stirn. Ob es sich für ihn wohl lohnte, auf diesen Tag zu warten?

Kapitel 3

Ingeborg schaute sich um.
Hier stand sie nun an diesem überfluteten Fähranleger, eingepfercht in einen Pulk von Menschen, die ihr die Sicht nach vorne versperrten. Es war heiß in der Mittagssonne, kein Windhauch ging. Über der Menschenmenge lag der moderige Geruch, den der abgestandene Schlick im Hafenbecken verströmte. Ingeborg wischte sich den Schweiß von der Stirn. Wie viel lieber wäre sie jetzt am Strand gewesen, dort, wo der Wind immer eine frische Brise vom Wasser ans Land brachte.
Sie hob die Hand, um ein paar von den kleinen, schwarzen Fliegen zu verscheuchen, die mit ständig neuen Attacken über sie herfielen. Ihr einziger Trost war, dass es den übrigen Neugierigen, die sich am Fährhafen Munkmarsch eingefunden hatten, nicht viel besser ging als ihr. Auch sie schwitzten und wurden von Insekten gebissen. Und wofür mussten sie das alles durchstehen? Für irgendeine Verwandte des Kaisers, deren Ankunft heute Mittag auf Sylt erwartet wurde.
Ingeborg seufzte leise. Von dem Spektakel, das da vorn auf dem Landungssteg ablief, bekam sie kaum etwas mit. Alles, was sie sehen konnte, waren eine Reihe aus dicht aneinander gedrängten Körpern und ein wogendes Meer aus Sonnenschirmen und Kopfbedeckungen.
Sie schob ihren Sonnenhut ein Stück in den Nacken. Wie lange musste sie wohl noch hier herumstehen? Am liebsten wäre sie einfach weggegangen, sie hatte genug von dem Durcheinander. Gekommen war sie sowieso nur der Mutter zuliebe, die unbedingt einen Blick auf eine echte Prinzessin aus der endlosen kaiserlichen Verwandtschaft hatte werfen wollen.
Endlich schien da vorne an der Mole etwas zu passieren. Ingeborg spürte, wie sie von den Schaulustigen hinter ihr erst ein Stück nach vorne und dann wieder zur Seite geschoben wurde. Um mitten im Gedränge nicht verloren zu gehen, hielt sie krampfhaft den Arm ihrer Mutter umklammert, die neben

ihr stand. Hurra-Rufe brandeten auf, erst wenige, dann immer mehr. Bewegung kam in die Menschenmasse, die sich hinter einer eilig zusammengezimmerten Absperrung zusammendrängte. Fähnchen mit dem Wappen der Hohenzollern wurden geschwenkt, die besonders Kaisertreuen begannen begeistert zu klatschen.
Ingeborg sah auf ihre Schuhspitzen hinunter. Wenn dieses Theater hier noch lange dauerte, würde sie Nicolai auch heute wieder verpassen. Gestern war er nicht an der Promenade gewesen, obwohl er es ihr am Tag zuvor versprochen hatte. Den ganzen Nachmittag über hatte sie vergeblich in der Nähe des Musikpavillons herumgelungert – ohne Erfolg, Nicolai war nicht aufgetaucht. Immer wieder hatte sie ihre Mutter mit irgendwelchen Ausreden dazu gebracht, noch einmal mit ihr über die Promenade zu spazieren – und dann war Nicolai einfach nicht gekommen. Wenigstens heute hatte sie ihren neuen Schwarm wiedersehen wollen, aber ausgerechnet heute musste sie am Fähranleger Munkmarsch stehen und auf eine dämliche Prinzessin warten, die so weit von ihr entfernt über die Mole stolzierte, dass Ingeborg noch nicht einmal die Federn des erlauchten Hutes vorbeiflattern sehen konnte.
Ingeborg griff nach dem Ärmel des Mantelkleides, das ihre Mutter trug. »Kannst du etwas sehen?«
»Nicht sehr viel, Herzchen. Nur Hüte und ein paar Fähnchen.« Mutter schaute sie an. »Dir ist heiß, nicht wahr? Möchtest du lieber gehen?«
Ingeborg nickte eilig. »Ja, bitte. Ich würde lieber noch für eine Weile am Strand sein. Wir kriegen ja doch nichts mit von dem ganzen kaiserlichen Zirkus.«
Mutter lächelte. »Also gut. Mal schauen, ob wir hier herauskommen, ohne zerquetscht zu werden.«
Luise von Lassen begann zu drängeln, mit ganzer Kraft schob sie sich zwischen den Menschen hindurch, die sie umringten. Auch Ingeborg drängte und schob, so gut sie konnte, auf keinen Fall wollte sie den Anschluss verlieren. Sie hatten es beinahe geschafft, die Reihen der Schaulustigen um sie herum lichteten

sich schon, als Ingeborg plötzlich jemanden aufstöhnen hörte. Sie drehte sich um. Hinter ihr war eine junge Frau ohnmächtig geworden. Reglos, mit wachsbleichem Gesicht lag sie inmitten der Menschenmenge auf dem von Grassoden durchsetzten Sandboden. Ein junger Mann beugte sich über sie und schob ihr behutsam einen Arm unter den Kopf.

»Mama!« Ingeborg gab ihrer Mutter einen kleinen Stoß in die Seite. »Schau doch mal!«

Sie wies auf das Paar neben ihr, um das sich bereits eine Traube aus neugierigen Zuschauern gebildet hatte. Luise von Lassen blieb stehen, sie schien einen Augenblick zu überlegen, dann machte sie kehrt und bahnte sich mit ein paar energischen Bewegungen einen Weg zurück. Im nächsten Moment kniete sie auch schon neben dem jungen Mann am Boden.

Ingeborg runzelte die Stirn. Auch das noch. Mutter musste natürlich gleich wieder die Krankenschwester spielen. Egal, wo sie gerade war und mit wem sie es zu tun hatte – wenn sie helfen konnte, war sie in ihrem Element. Dabei hatte sie es hier bestimmt nicht mit einer schweren Krankheit zu tun, es handelte sich vermutlich nur um eine harmlose, kleine Ohnmacht – wahrscheinlich war ein zu eng geschnürtes Korsett daran schuld, vielleicht lag es auch an der Hitze oder der stickigen Luft. Ingeborg seufzte leise. So wie sie ihre Mutter kannte, würde sich der Aufbruch zum Strand jetzt hinziehen. Tatsächlich, Luise verteilte bereits Anweisungen an die Umstehenden und reihte sich dann in den kleinen Trupp aus Helfern ein, der sich anschickte, die Bewusstlose zu dem Fährhaus zu tragen, das der Mole gegenüberlag.

»Ingeborg – du bleibst hier, hörst du? Ich bin gleich wieder da, lauf nicht weg!« Die Stimme ihrer Mutter kam schon aus der Ferne. Ohne sich noch weiter um Ingeborg zu kümmern, machte sie sich auf den Weg zu dem Hotel am anderen Ende des Fähranlegers. Wieso musste sie jetzt auch noch in die Gaststube mitgehen? Es waren doch schon genug Leute da, die für die fremde Frau sorgen konnten. Entnervt nahm Ingeborg ihren Hut vom Kopf und fächelte sich damit frische Luft zu. Sie spürte, wie eine

schwer beherrschbare Wut sie packte. Was für ein Tag! Das, was sie sich für heute vorgenommen hatte, war gescheitert. An den Strand würde sie heute nicht mehr kommen, und Nicolai würde sie auch nicht wieder sehen, das stand fest.
In der Ferne ertönte ein lang gezogener Pfiff. Der Sonderzug, in dem die kaiserliche Verwandte saß, dampfte davon. Alles, was Ingeborg von der Ankunft der preußischen Prinzessin zu sehen bekommen hatte, waren die Rücklichter des Salonwagens, der Ihre Hoheit von hier fortbrachte.
Wütend stieß sie mit den Füßen ein paar Steine beiseite und wanderte zum Landesteg hinunter, an dem die vom Festland kommenden Fährschiffe anlegten. Plötzlich entdeckte sie unten am Ufer eine Gestalt, die ihr bekannt vorkam. Ingeborg blieb stehen und guckte. Neben dem hölzernen Wartehäuschen an den Bahngleisen lief ein schmächtiger junger Bursche in dreiviertellangen Hosen herum. Heute trug er keine Ballonmütze, aber sie brauchte trotzdem nicht zwei Mal hinzusehen, um zu wissen, mit wem sie es zu tun hatte. Nicolai war da. Mochte der Himmel wissen, was er hier zu suchen hatte, aber er war es, jeder Irrtum war ausgeschlossen. Nicolai schob sich durch die Menge und verteilte Handzettel. Jedem Urlauber drückte er ein Blatt Papier in die Hand – einige nahmen es an, andere griffen gar nicht erst danach. Die meisten warfen den Zettel, kaum dass sie ihn gelesen hatten, wieder weg, aber Nicolai schien das nicht zu bemerken. Verbissen kämpfte er sich durch die Menge und verteilte seine Flugblätter, ohne sich auch nur einmal umzusehen.
Ingeborg lächelte. Diese Gelegenheit für ein Wiedersehen schickte ihr der Himmel. Im Eilschritt überquerte sie den Fähranleger und blieb erst kurz vor Nicolai wieder stehen. Bevor er etwas sagen konnte, streckte sie die Hand aus.
»Hallo, Nicolai!« Ingeborg setzte ihr schönstes Begrüßungslächeln auf. »Was hast du denn da? Gib mal her!«
Sie griff nach einem der Zettel, die er unter dem Arm trug, und überflog den Text darauf. »Kaffee und Kuchen im Friesencafé in Kampen! Kommen Sie und seien Sie zu Gast bei der Familie Boysen. Lassen Sie sich in einem alten Reetdachhaus unweit des

berühmten Roten Kliffs bewirten. Zivile Preise und gute Küche in der original friesischen Stube.«
Ingeborg ließ das Stück Papier in ihrer Hand sinken und sah auf. Nicolai schaute sie ärgerlich an und streckte ungeduldig eine Hand aus. »Was soll denn das? Die Dinger gehören mir. Gib das Blatt wieder her.«
Ingeborg schüttelte den Kopf. »Nein, tu ich nicht. Wie nennst du das, was du hier treibst? Falls du Reklame machen willst, das kann ich besser. Lass mich mal. Ich zeig dir, wie es geht.«
Ohne ein weiteres Wort von Nicolai abzuwarten, holte Ingeborg sich den Stapel mit Zetteln, den er bis eben festgehalten hatte. Sie schob sich den Packen Papier unter den Arm, drehte sich auf dem Absatz um und marschierte auf das erstbeste Paar zu, das in der Nähe stand. Ingeborg knickste artig vor der Dame und wandte sich dann dem Herrn in ihrer Begleitung zu. »Guten Tag, die Herrschaften. Möchten Sie der gnädigen Frau einen besonders schönen Urlaubstag schenken, mein Herr? Dann besuchen Sie das Friesencafé in Kampen. Es wird Ihnen bestimmt gefallen.«
Ingeborg lächelte sanft, drückte dem Mann einen Zettel in die Hand und ging dann weiter zu einer älteren Dame, die auf einer Holzbank vor dem Wartehäuschen saß. Wieder sagte sie ihr Sprüchlein auf und lieferte lächelnd ihren Handzettel ab, den die Frau auf der Bank auch tatsächlich entgegennahm. Ingeborg wollte gerade weitergehen, als plötzlich Nicolai neben ihr stand. Er griff nach ihrem Arm. »Hör mal, das da sind meine Zettel. Gib sie mir wieder.«
Ingeborg nickte. »Gut. Du bekommst die eine Hälfte davon. Ich verteile den oberen Teil vom Stapel und du den unteren. Ist das in Ordnung?«
»Nein, ist es nicht. Warum willst du dich in meine Geschäfte einmischen?«
»Weil ich denke, dass ich besser Reklame machen kann als du. Freu dich doch, wenn ich dir helfe. Je mehr du loswirst von dem Packen hier, desto besser, oder?«
Nicolai schüttelte den Kopf. »Ich brauche keine Hilfe, ich kann

das allein. Kümmere du dich um deine Sachen. Du hast Ferien, also geh an den Strand, die Möwen füttern. Oder bau dir eine Sandburg, dann bist du beschäftigt.«
Ingeborg zögerte einen Moment, dann gab sie die Handzettel zurück. Sie wurde von dem Gefühl geplagt, sich blamiert zu haben. Sie versuchte zu lächeln, hatte aber selbst den Eindruck, dass es ihr misslang. »Du bist vielleicht giftig. Wieso soll ich dir denn nicht helfen?«
»Weil ich deine Hilfe nicht brauche, deshalb.« Nicolai machte Anstalten zu gehen. Ingeborg wollte noch etwas sagen, doch in diesem Moment hörte sie hinter sich die Stimme ihrer Mutter, die laut nach ihr rief. Ingeborg drehte sich um und winkte ihr zu. »Gleich! Ich komme gleich!«
Sie wandte sich ab und setzte Nicolai nach, der sich schon ein ganzes Stück von ihr entfernt hatte.
»Hallo, warte doch mal!« Ingeborg baute sich vor Nicolai auf, der auch tatsächlich stehen blieb. Sie stemmte die Hände in die Taille. »Warum bist du so komisch? Ich will dir doch bloß helfen! So grässlich, wie du dich benimmst, findest du niemals Freunde, das kannst du mir glauben!«
»Freunde?« Nicolai lachte. Er warf Ingeborg einen geringschätzigen Blick zu. »Warum sollten wir Freunde sein? Du bist doch nur für zwei oder drei Wochen hier, dann fährst du wieder nach Hause. Außerdem brauche ich keine Freunde. Ich hatte noch nie welche.«
»Ingeborg! Bitte komm her!« Wieder war Mutters Stimme zu hören, lauter und energischer diesmal als zuvor. Ingeborg stand da und fühlte sich hilflos. Sie hätte Nicolai gern gesagt, wie enttäuscht sie von ihm war, aber sein Gesichtsausdruck wirkte so abweisend, dass sie lieber schwieg. Wortlos wandte sie sich um und ging langsam auf das Hotel Munkmarsch zu, das auf einer kleinen grasbewachsenen Anhöhe lag.
Er hatte noch nie Freunde gehabt, hatte Nicolai gesagt. Meinte er das ernst, oder wollte er sie veralbern? Ein Mensch, der keine Freunde hatte, gab es denn so etwas überhaupt? Was war nur los mit ihm?

Tief in Gedanken versunken marschierte Ingeborg die Böschung hinauf, an deren Ende die Mutter sie erwartete. Nachdenklich runzelte Ingeborg die Stirn. Es hatte doch eine Adresse auf diesen Handzetteln gestanden, die Nicolai unter den Leuten verteilt hatte. Kaffee und Kuchen wurden da angepriesen, es ging um ein Haus mit dem Namen Friesencafé – und es lag in Kampen, in der Nähe des Roten Kliffs. Das Lokal dürfte nicht schwer zu finden sein. Ob ein Zusammenhang bestand zwischen Nicolai und dem Café, für das er so ungeschickt Reklame machte?

Ingeborg blieb stehen und drehte sich noch einmal um. Sie hielt Ausschau nach ihm, der ganz am anderen Ende der Mole versuchte, noch ein paar von seinen Flugblättern loszuwerden. Nein, so leicht ließ sie sich nicht abschütteln von diesem Querkopf. Ein Besuch im Friesencafé ließ sich bestimmt einrichten. Sicher würde Mama nachgeben und mit ihr da hinfahren, wenn sie nur lange genug darum bettelte. Ingeborg lächelte. Kaffee und Kuchen unter dem Reetdach – eigentlich war ein Besuch im Friesencafé genau das, wonach ihr der Sinn stand.

Hanna stand auf einem kleinen hölzernen Schemel und polierte energisch den alten Spiegel im Messingrahmen an der Wand. Das gute Stück drohte allmählich zu erblinden. Egal, wie lange und wie heftig sie auf seiner Oberfläche herumrieb, das Glas blieb milchig und trüb. Als sie zum wiederholten Male mit dem Lappen über die Spiegelfläche wischte, ertönte mit einem Mal eine Stimme hinter ihr.

»Entschuldigen Sie – könnten wir bei Ihnen wohl etwas zu trinken bekommen?«

Hanna drehte sich um. In der offenen Haustür standen zwei Frauen in der typischen Kleidung der Badeurlauber. Beide trugen schlichte Röcke und helle Blusen, zum Schutz gegen den Wind hatten sie ihre Hüte mit schmalen Tüchern unter dem Kinn festgebunden.

Hanna stieg von ihrem Schemel. Diese beiden Damen waren heute ihre ersten Gäste – und wenn sie nicht noch sehr viel

Glück hatte, würden sie es vermutlich auch bleiben. Umso mehr kam es darauf an, besonders freundlich zu ihnen zu sein. Wenn es ihnen hier gefiel, würden sie vielleicht andere Urlauber herschicken, und die würden wiederum ihren Bekannten vom Friesencafé erzählen. Auf jeden einzelnen Gast kam es an, mochte er auch noch so mäkelig und unsympathisch sein.
Hanna schob ihre Fußbank beiseite und legte die alte, fleckige Schürze ab, die sie zum Putzen umgebunden hatte. Dann lächelte sie. »Guten Tag, meine Damen. Herzlich willkommen im Friesencafé. Treten Sie näher, und nehmen Sie Platz. Was darf ich Ihnen bringen? Tee oder Buttermilch, Kaffee oder vielleicht lieber ein Glas mit selbst gemachtem Apfelsaft? Ich habe auch eine sehr gute Limonade, die ist ebenfalls hausgemacht.«
»Apfelsaft? Das hört sich gut an. Ja, ich glaube, das wäre das Richtige.« Die ältere der beiden Frauen kam zögernd näher, wobei sie sich immer wieder nach allen Seiten umschaute. Ausgiebig musterte sie die holzverkleideten Wände im Flur, die Holzplanken auf dem Fußboden und die zweigeteilte Klöntür, die dem Hauseingang am Ende der langen Diele genau gegenüber lag. Hanna beobachtete, wie ihr Gast einatmete und gleich darauf die Nase leicht kraus zog. Sie ahnte schon, was gleich kommen würde. Es roch im Flur wieder nach Hühnern. Mit Sicherheit hatte Lisa die Tür zum Stall aufgelassen. Es war schon ein Kreuz mit diesen alten Häusern, bei denen Mensch und Vieh unter einem Dach lebten. Dass Lisa aber auch so schusselig sein musste! Wie oft hatte sie dem Hausmädchen schon eingeschärft, dass sie die Tür zu den benachbarten Federviechern jedes Mal hinter sich zu schließen hatte! Den Besuchern vom Festland war der Stalldunst, den das Leben auf dem Land nun einmal unweigerlich mit sich brachte, immer ausgesprochen unangenehm. Die kamen her, weil sie meinten, auf Sylt gäbe es nur gute Luft, reines Wasser und endlos Sonne – lauter gesunde Dinge, die man in der Stadt vergeblich suchte.
Mit einem Satz war Hanna an der Tür, die zum Hof führte, und zog sie ins Schloss. Lächelnd wandte sie sich wieder ihren Gästen zu. »Bitte, meine Damen, kommen Sie doch weiter. Wenn

Sie mir in unsere gute Stube folgen wollen? Da ist es schattig und angenehm kühl. Setzen Sie sich doch.«

Hanna nahm an der Türschwelle zum Wohnraum Aufstellung und sah zu, wie die etwas ältere der beiden Besucherinnen ihrer Begleiterin einen fragenden Blick zuwarf. Noch schienen die zwei nicht entschlossen zu sein, ihr Angebot anzunehmen und zu bleiben.

»Wenn Sie möchten, bringe ich Ihnen auch gern ein Stück Apfelkuchen. Der ist ganz frisch, ich habe heute Morgen erst gebacken. Friesentorte wäre auch im Haus.« Hanna setzte ein neues Lächeln auf und schenkte es den beiden Damen, die sich ihr inzwischen immerhin schrittweise genähert hatten. Endlich lächelte die jüngere der beiden Frauen zaghaft. »Ein Stück Apfelkuchen hätte ich ganz gern, glaube ich. Was meinst du, Ilse?«

Ilse schwieg. Noch einmal nahm sie den Flur in Augenschein, blieb dann aber kurz vor der Schwelle zur guten Stube stehen. Hanna beobachtete, wie ihr kritischer Blick einen Strohhalm erfasste, der auf dem Fußboden lag. Obwohl sie das kleine Stück Stroh zu missbilligen schien, sah sie auf und nickte Hanna zu. »Hübsch haben Sie es hier, wirklich. Ein echtes altes Friesenhaus mit allem, was dazugehört, ein richtiges Schmuckstück, geradezu pittoresk. Sie sind zu beneiden.«

Hanna wollte sich gerade für das Kompliment bedanken, sie hatte sich die Worte dafür schon zurechtgelegt, als plötzlich die jüngere der beiden Damen zu sprechen begann.

»Hast du den Deckenbalken gesehen, Ilse? In so einem Haus wie diesem hier muss der Schimmelreiter gelebt haben, was meinst du?«

»Oh ja, sicher, Theodor Storm. Du hast vollkommen Recht, mein Liebes. In einem Haus wie diesem kann man sich die Novelle sehr gut vorstellen. Die holländischen Fliesen an den Wänden, die alten Truhen auf dem Flur und die Messingleuchter, das passt alles. Ob Storm jemals hier war, was meinst du?«

»Ich weiß nicht. Du hast doch seine Werke alle gelesen.«

»Sicherlich habe ich das. Versuche nur mal, dir das Ganze bei Nacht zu denken, wenn der Sturm um das Haus fegt und an den

Fenstern rüttelt. Drinnen sitzen die Bewohner des Hauses im Kerzenschein beieinander, und auf einmal –«

Es krachte. Ein klirrendes Geräusch erfüllte den Raum, Glas splitterte, bevor im nächsten Moment irgendetwas polternd zu Boden ging. Eine der beiden Damen kreischte vor Schreck, während Hanna sich hastig umdrehte und in die gute Stube lief. Dort auf den Holzbohlen lag ein großer weißer Stein. Hanna stürmte weiter, mit einem Blick erfasste sie das Loch im unteren Teil ihres Wohnzimmerfensters und die Glasscherben, die sich auf dem Boden verteilt hatten. Sie riss das Fenster auf. »Verschwinde, Boy Odde! Lass dich hier nicht wieder sehen, sonst hetze ich dir den Hund auf den Hals. Ich jag den Gendarmen hinter dir her, wenn ich dich hier nur noch einmal herumstrolchen sehe!«

Obwohl sie genau wusste, dass der flüchtende Boy Odde sich nicht nach ihr umdrehte, hob Hanna drohend die Faust und schüttelte sie. Innerlich vor Wut bebend sah sie zu, wie die Gestalt des Tischlers über die steinerne Umzäunung kletterte, die ihr Grundstück vom Ehler'schen Hof abgrenzte. Odde war betrunken, wie ein Blatt im Sturm schwankte er davon. Seine Mütze saß schief, seine ausgebeulten Hosen aus abgetragenem Tuch hingen ihm beinahe in den Kniekehlen und behinderten ihn bei jedem Schritt. Immer wieder zog er am Bund seiner Hose, bis er an der Ehler'schen Hofeinfahrt stolperte. Beinahe wäre er über die eigenen Holzschuhe gefallen, wenn er sich nicht im letzten Moment doch noch gefangen hätte.

Im nächsten Moment verschwand der Tischler hinter dem Schweinestall.

Hanna seufzte und schloss das Fenster. Was sollte man mit einem wie Boy Odde nur anfangen? Seine verletzte Eitelkeit und der Suff trieben ihn zu den übelsten Schandtaten. Die Reparatur des Wohnzimmerfensters würde sie ein kleines Vermögen kosten.

Hanna drehte sich um. Sie überlegte noch, mit welchen möglichst verharmlosenden Worten sie ihren Gästen das Malheur mit der zerschlagenen Fensterscheibe erklären konnte – doch als sie den Flur hinunterschaute, stellte sie fest, dass er leer war. Die beiden Damen hatten still und heimlich den Rückzug angetreten, sie waren einfach verschwunden. Ihre womöglich einzigen Gäste dieses Tages hatte Boy Odde verjagt, der Mann, dem sie einen Korb gegeben und der sich nun auf so bittere Art dafür gerächt hatte.

Hanna lehnte sich gegen die Wand und ließ sich zu Boden sinken. Warum musste es nur so mühselig sein, dieses Geschäft? Auf diese Art und Weise würde sie niemals große Einnahmen haben, das stand fest. Das zersplitterte Fensterglas schlug mit mindestens zehn Mark an Kosten zu Buche. Und was hatte sie dafür heute eingenommen? Gar nichts, keinen Heller. Wie sollte das nur alles weitergehen, wie lange sollte sie sich noch für nichts und wieder nichts abstrampeln?

Stumm schüttelte Hanna den Kopf. Im Dorf gab es einige Leute, die ihr das kleine Café, das sie so verzweifelt aufzupäppeln versuchte, missgönnten. Trotzdem – sie konnte nicht klein beigeben. Das Café war alles, was sie besaß, sie würde es damit irgendwie schaffen müssen. Es würden neue Gäste kommen, zahlungskräftige Großstädter und elegante Damen, ganz bestimmt. Es würde so sein, weil es einfach so sein musste.

»Na, was ist, siehst du ihn? Links hinten, in der zweiten Kutsche, gleich neben dem Kronprinzen, das ist er.« Konrad von Waltersporn deutete aufgeregt auf den Korso aus offenen Landauern, die, besetzt mit allerlei Prominenz aus Politik und Adel, den Boulevard Unter den Linden hinabrollten.

Richard von Lassen reckte sich, um über die Köpfe der vor ihm Stehenden hinweg etwas sehen zu können. Es gelang ihm, einen kurzen Blick auf die Kutsche zu werfen, die Konrad ihm beschrieben hatte. Neben dem Kronprinzen Wilhelm, dessen Gesicht er von Fotografien her kannte, entdeckte er einen älteren, schwergewichtig wirkenden Herrn in der Galauniform des Garde du Korps. Sein Oberkörper funkelte nur so von Orden und Ehrenabzeichen, von der Uniform darunter war bei all dem Lametta kaum noch etwas zu sehen. Das Gesicht des Fürsten

leuchtete, ein zutiefst gütiges Lächeln lag auf seinen breiten, von einem Vollbart eingerahmten Lippen. Von Zeit zu Zeit hob der Dicke die Hand, um der jubelnden Menge am Straßenrand zuzuwinken. Der 45. Jahrestag der siegreichen Schlacht von Königgrätz wurde heute in der Reichshauptstadt mit einer Militärparade und einem anschließenden Wagenkorso durch die Innenstadt gefeiert – und er war dabei: der Fürst Ludwig von Gerstetten, der Mann, der angeblich Unzucht mit Knaben trieb.
Richard von Lassen ließ das Fernglas sinken, das er umgehängt hatte, und runzelte die Stirn. So wie er in der Kutsche saß, auf seinem Ehrenplatz neben dem Thronfolger, wirkte von Gerstetten eher wie ein biederer Großvater und nicht wie ein Mann mit perversen Neigungen.
»Hast du ihn gesehen?« Konrad stieß Richard in die Seite, noch einmal deutete er auf die Kutsche, die inzwischen weiter dem Stadtschloss entgegenrollte. »Der Dicke neben Kronprinz Wilhelm, das war von Gerstetten.«
»Ja, ich habe ihn gesehen. Und ich finde es beachtlich, dass er neben dem Thronfolger sitzen darf.«
»Das verdankt er allein der Gunst des Kaisers. Seine Majestät hält große Stücke auf den Fürsten. Er lädt ihn auch jedes Jahr im Herbst nach Rominten zur Jagd ein. Bei allen großen Hoffesten ist er dabei. Kein Soupé, keine Gala, keine Parade, bei der man ihn nicht sieht. Der Kaiser ist geradezu vernarrt in den Mann. Bei der Kaiserin steht er deutlich weniger hoch im Kurs. Vermutlich ist ihre Menschenkenntnis in diesem Fall die bessere.«
Richard wollte etwas erwidern, doch Konrad packte ihn am Arm und drängte ihn voran. »Komm jetzt, Richard. Wir haben eine Verabredung, zu der ich keinesfalls zu spät kommen möchte.«
Konrad von Waltersporn schlug den Weg hinunter zur Friedrichstraße ein. Richard folgte ihm, so schnell das im Gedränge möglich war. Konrad hatte bereits angekündigt, dass heute im Café Viktoria eine Überraschung auf Richard warten würde. Er hatte allerdings überhaupt keine Vorstellung davon, welcher Art diese Überraschung sein sollte. Vielleicht würde

er jemanden aus seiner Zeit im Ministerium wieder sehen, aber wer konnte das sein? Einen kurzen, aufregenden Moment lang überlegte Richard, ob Konrad vielleicht ihm zuliebe ein Treffen mit der Majorsgattin Jekaterina von Ertelschwing arrangiert hatte – doch ihm dämmerte sehr bald, dass Letzteres ziemlich unwahrscheinlich war. Konrad hatte vermutlich gar nicht bemerkt, wie sehr Richard bei seiner ersten kurzen Begegnung an der jungen Frau Gefallen gefunden hatte. Es war auch besser so, schließlich war die schöne Jekaterina die Ehefrau eines Mitverschwörers. Wenn Richard eine allzu deutliche Zuneigung zu der extravaganten Russin zeigte, dann würde das nur zu Schwierigkeiten bei dem Komplott führen, das Konrad und seine Mitstreiter planten.

An Konrads Seite betrat Richard das Café Viktoria, das sich aufgrund seiner günstigen Lage direkt am Prachtboulevard Unter den Linden großer Beliebtheit erfreute. In den hohen Räumen mit den funkelnden Kronleuchtern und den Mahagonimöbeln drängten sich die Menschen. Trotz der großen Militärparade, die gerade draußen abgehalten wurde, war das Café zur Mittagszeit gut besucht. Die elegante Welt Berlins traf sich hier zwischen den hohen Zimmerpalmen und den verspiegelten Wänden, die dem Ort etwas Weitläufiges gaben, obwohl es sich in Wirklichkeit eher um schmale, kleine Räume handelte.

Richard war im Parterre stehen geblieben, er hätte sich gern im Eingangsbereich noch etwas umgeschaut, doch Konrad schob ihn zur Treppe hinüber und von dort aus hinauf in die erste Etage. Oben lag unter einer breiten Markise und hinter einem schmiedeeisernen Geländer die Sonnenterrasse des Cafés im gleißenden Mittagslicht. Konrad sah sich kurz um, dann steuerte er auf einen Tisch zu, an dem ein sehr junger Mann in einem dunklen Anzug saß.

Richard zögerte, schließlich blieb er stehen.

Konnte es wirklich sein, dass Konrad sich zu diesem Fremden an den Tisch setzen wollte? Der junge, gelackte Mensch mit dem gelben Seidenbinder und den sorgfältig pomadisierten Haaren, den Konrad gerade ansprach, war ein wenig zu schön, um ein

Ehrenmann zu sein. Er besaß etwas Weibisches, er hatte eine Ausstrahlung, die Richard erschreckte. Mit diesem zweifelhaften Subjekt sollte er in aller Öffentlichkeit Kaffee trinken? Allein der Gedanke daran war ihm unangenehm. Konrad von Waltersporn schien sich dagegen an der auffälligen Erscheinung des Unbekannten nicht zu stören. Er begrüßte den jungen Schönling lächelnd und mit Handschlag, dann winkte er Richard heran. Richard überlegte allerdings ernsthaft, ob er nicht auf dem Absatz umdrehen und wieder gehen sollte. Eine Begegnung mit einem Nachtschattengewächs wie diesem hier war seinem guten Ruf bestimmt nicht förderlich. Er konnte sich nicht vorstellen, dass dieser parfümierte Mensch mit den Gamaschen ihm irgendetwas mitzuteilen haben würde, was ihn einerseits interessierte und andererseits nicht kompromittierend war.

Konrad kam zu ihm und packte ihn am Ärmel seines Jacketts. »Was ist los? Worauf wartest du? Du fällst auf. Komm endlich mit!«

Er wandte sich dem Fremden zu und lächelte. »Darf ich vorstellen? Richard, dies ist Wenzel, ein Student der Philosophie, seines Zeichens ein bedeutender Lebenskünstler dieser Stadt. Wie sehr er zu leben versteht, hat er heute schon allein dadurch gezeigt, dass er bereits eine ganze Flasche vom besten Schampus auf meine Rechnung bestellt und ausgetrunken hat.«

Konrad deutete auf den Sektkühler, der in einem kleinen Ständer neben dem Tisch aufgebaut war. Lächelnd nahm er neben Wenzel Platz, der ihm unter seinen langen schwarzen Wimpern hervor einen kurzen, spöttisch wirkenden Blick von der Seite zuwarf. Im Übrigen schien er es nicht nötig zu haben, selbst das Wort zu ergreifen. Schweigend zog er an seiner Zigarette.

Konrad wies auf den freien Stuhl neben sich. »Komm, Richard, nimm Platz. Du hast sicher bemerkt, wie sehr Wenzel sich freut, dich kennen lernen zu dürfen. Nachdem die Formalitäten erledigt sind, wird er dir gleich eine Geschichte erzählen, die dich bestimmt interessieren wird, nicht wahr, Wenzel?«

Der dunkelhaarige Schöne lächelte undurchsichtig, während er zu seinem Glas griff und einen Schluck Sekt nahm. Richard sah sich um. Was für eine Szene, was für ein Auftritt. Mit was für Leuten verkehrte Konrad eigentlich? Ob es nicht doch besser wäre, einfach zu gehen? Mit einem solchen Abgang würde er Konrad allerdings gehörig brüskieren – und das wollte er beim derzeitigen Stand der Dinge vielleicht doch lieber nicht riskieren. Richard seufzte leise. Obwohl ihm ganz und gar nicht danach zu Mute war, nahm er auf dem freien Stuhl neben von Waltersporn Platz. Er vermied es, sein Gegenüber anzuschauen, doch der junge Schönling schien auch nicht darauf erpicht zu sein, ein Gespräch mit ihm zu beginnen. Wenzel stellte sein leeres Sektglas auf die Tischplatte zurück und musterte dann voller Hingabe seine Fingernägel, die er sehr viel faszinierender zu finden schien als alle Anwesenden.

»Nun, Wenzel, mein Bester? Was gibt es Neues? Was hat sich ereignet seit unserem letzten Treffen?« Konrad von Waltersporn legte seinen Spazierstock beiseite und beugte sich dann zu Wenzel hinüber, der noch immer seine feingliedrigen Hände betrachtete.

»Neues?« Ohne aufzusehen, zuckte Wenzel mit den Schultern. »Ach, viel Neues gibt es nicht. Das Übliche halt. Der Kampf ums Dasein in allen seinen Spielarten. Die Kundschaft macht sich rar in letzter Zeit, vielleicht liegt es an der Sommerhitze. Jedenfalls sind die Dinge nicht so, wie sie es meiner Meinung nach sein sollten. Zu viele Ausgaben und zu wenig Einnahmen. Es ist immer dasselbe.«

»So weit, so schlecht. Und was ist mit unserem gemeinsamen Freund? Besucht er dich noch genauso häufig wie früher?«

»Nicht ganz so häufig, aber er kommt dann und wann. In letzter Zeit war er von seinen Geschäften sehr in Anspruch genommen – behauptete er jedenfalls. Im Übrigen peinigt ihn sein Rheuma. Monsieur leidet an sich selbst – und die Ärzte können nicht helfen. Ist es nicht einfach schlimm, was die Menschen manchmal alles aushalten müssen?« Wenzel lächelte spöttisch.

»Ja, es ist traurig.« Konrad nickte. »Und das Schlimmste daran ist: Es kann immer noch schlimmer kommen.« Er lehnte sich für einen Moment zurück, dann wandte er sich Richard zu. »Unser

Freund Wenzel verfügt nämlich über Beziehungen, Richard. Er ist in der Lage, Auskünfte über eine bestimmte Person, der du heute schon begegnet bist, zu erteilen. Wenn wir es wünschen, wird Wenzel über genau diese Person zu gegebener Zeit gewisse Aussagen machen, nicht wahr, mein Bester?«
»Das ist eine Frage des Preises, würde ich sagen.«
»Sicher, der Preis muss stimmen. Keine Angst, ich werde mich nicht lumpen lassen.« Konrad lächelte sanft.
Wenzel nickte mit Nachdruck. »Das hoffe ich sehr. Schließlich muss ein jeder sehen, wo er bleibt. Im Übrigen möchte ich nur darauf aufmerksam machen, dass ich in den nächsten vier Wochen voraussichtlich wenig von unserem gemeinsamen Freund zu sehen bekommen werde. Monsieur beabsichtigt, in Wiesbaden die Kur zu nehmen. Sein Rheuma, ich habe schon davon erzählt. Ich bitte das im Rahmen Ihrer Strategie zu berücksichtigen, meine Herren.«
»Das werden wir.« Konrad griff in die Innentasche seines Jacketts. Er holte einen Umschlag hervor und schob ihn schnell unter dem Tisch zu Wenzel hinüber. »Ich danke dir, dass du gekommen bist. Der Schampus geht auf meine Rechnung.«
Wenzel nickte. Er verstaute den Umschlag in seiner Jackentasche, dann stand er auf. »Habe die Ehre, meine Herren. Es hat mich sehr gefreut.« Er kam um den Tisch herum und blieb kurz vor Richard stehen. Noch ehe der richtig begriffen hatte, was geschah, packte Wenzel sein Kinn, hob es an und beugte sich zu seinem Gesicht hinunter. Einen Moment lang fürchtete Richard, Wenzel werde ihn küssen, doch kurz bevor ihre Lippen sich berührten, hielt Wenzel in seiner Bewegung inne. Mit klopfendem Herzen saß Richard da und starrte mit großen, schreckgeweiteten Augen in das ebenmäßige Gesicht, das unmittelbar vor dem seinen schwebte.
Wenzel grinste. »Es hat mich besonders gefreut, gerade Sie kennen zu lernen, mein Herr. Falls Sie jemals einsam sein sollten – Ihr Tischnachbar weiß, wo Sie mich finden können.« Sanft strich er Richard über die Wange. Dieser hielt den Atem an, er schwieg. Gleichzeitig spürte er, wie er errötete. Was für eine

peinliche Szene, und das mitten am Tag und vor aller Augen. Männer mit widernatürlichen Neigungen hatte er schon immer gehasst – dieser ekelhafte Auftritt war der Beweis dafür, dass seine Ablehnung vollkommen zu Recht bestand. Endlich wandte der junge Schönling sich von ihm ab. Ohne sich noch einmal umzudrehen, verließ er den Tisch. Richard schaute in die Runde, doch von den Umstehenden beachtete ihn scheinbar niemand. Vielleicht hatte er Glück gehabt, vielleicht hatte tatsächlich keiner der Anwesenden bemerkt, was hier gerade vorgefallen war.

Konrad klopfte ihm beruhigend auf die Hand. »Mach dir nichts daraus, Richard. Wenzel provoziert gern. Er ist ein Filou, ich weiß – aber er ist wichtig für uns. Ich habe ihn dir nur vorgeführt, damit du dich davon überzeugen kannst, dass wir etwas in der Hand haben gegen unsere Zielperson. Wenzel wird unser Hauptbelastungszeuge sein, wenn es zum Prozess kommt.«

»Prozess?« Richards Stimme klang heiser. Er räusperte sich und griff nach seinem Taschentuch, um sich die schweißnasse Stirn damit zu betupfen. »Ihr wollt den bewussten Herrn verklagen? Warum denn das? Weil er sich mit Geschöpfen wie diesem Wenzel trifft?«

»Das, was die beiden treiben, ist immerhin strafbar. Aber ob wir den Weg der öffentlichen Klage beschreiten werden, um den Herrn bloßzustellen, ist noch nicht ganz sicher. Im Augenblick sammeln wir noch Material gegen ihn. Die Suche ist sehr ergiebig, das kannst du mir glauben. Über die Wahl der Waffen werden wir entscheiden, wenn wir genug in der Hand haben, um unsere Zielperson aufs Korn zu nehmen.«

»Offen gestanden glaube ich nicht, dass der Kaiser einen Prozess gegen den betreffenden Herrn zulassen würde.«

»Der Kaiser wird irgendwann vielleicht keine andere Wahl mehr haben. Er wird seinen Intimus fallen lassen müssen, so oder so, Richard, glaube mir. Und dann gehörst du zu denjenigen, die davon profitieren werden.«

»Meinst du? Offen gestanden zweifle ich daran ein wenig. Bis jetzt fühle ich mich nicht sehr wohl in meiner Rolle. Wenn ich

daran denke, dass dein Plan abhängig ist von Leuten, die wie dieser Wenzel beschaffen sind, dann wird mir übel.«
»In dieser Hinsicht machst du dir zu viele unnötige Gedanken, Richard. Den Umgang mit Wenzel überlasse nur ruhig mir. Für dich sollte nur zählen, was bei der Sache am Ende herauskommt. Das Ergebnis ist entscheidend. Unsere Aussichten sind gut, denn unter unseren Verbündeten sind große Namen. Wenn der Kaiser unserer Zielperson schließlich den Gnadenstoß gibt, wird es zu einem großen Stühlerücken kommen. Der bewusste Herr und alle seine Günstlinge werden vom Hof verschwinden. Das schafft Platz für neue Namen und neue Gesichter, Richard. Du könntest einer der Aufsteiger sein.« Konrad schob eines der leeren Gläser beiseite, die auf dem Tisch standen. »Entscheide dich für uns. Gib mir dein Wort, dass du uns unterstützen wirst, dann werde ich dich mit unseren weiteren Vorhaben vertraut machen. Du willst doch nicht abseits stehen, wenn wir Geschichte schreiben, oder?«
Richard von Lassen presste schweigend eine Hand gegen seine Stirn. Die Hitze hier draußen war erdrückend, und es fiel ihm schwer, nach den Vorkommnissen von eben einen klaren Gedanken zu fassen, aber das Bild, das Walter da von seiner Zukunft entwarf, war trotz allem verlockend. Zwanzig Jahre hatte er in der Provinz gehockt und davon geträumt, dass sich ihm eine solche Möglichkeit eröffnen würde. Die Vorstellung, wieder in Berlin zu leben – und das im Wohlstand und in verantwortlicher Stellung –, war zu reizvoll, um einfach abgetan zu werden.
Richard beugte sich vor. »Gut, Walter, einverstanden. Ich bin dein Mann. Sag mir, was ich tun soll, und ich bin dabei.«
Von Waltersporn lehnte sich zurück, er lächelte. »Fabelhaft. Ich wusste, dass du kein Feigling bist, Richard.«
Richard erwiderte das Lächeln seines Gegenübers. Er und ein Feigling? Nein, das war er bestimmt nicht. Mochte kommen, was da wolle – er würde versuchen, das Glück mit beiden Händen zu packen und festzuhalten. Jetzt oder nie, das war die Devise.

Kapitel 4

Ingeborg liess sich im Gras nieder und lehnte sich mit dem Rücken gegen die Hauswand. Es war immer wieder dasselbe: Sobald es interessant wurde, schickte man sie hinaus. Dabei wäre sie so gerne drinnen geblieben und hätte zugehört, was Mama und die Wirtin vom Friesencafé sich zu erzählen hatten. Anscheinend kannten die beiden sich von früher, jedenfalls waren sie einander zur Begrüßung plötzlich in die Arme gefallen. Auf Anhieb hatten sie sich beim Vornamen genannt. Mutter hatte sogar angefangen zu weinen, als diese Frau, der das Café gehörte, sie in den Arm genommen hatte. Leider hatte man Ingeborg gleich darauf rausgeschickt – »Geh ein bisschen in den Garten, Ingeborg«, hatte Mama gesagt und sie geradezu hinausgedrängt aus der guten Stube mit den holländischen Fliesen an den Wänden, in der sie eigentlich zusammen hatten Kaffee trinken wollen.

Ärgerlich runzelte Ingeborg die Stirn. Dieser Besuch verlief ganz anders, als sie sich das vorgestellt hatte. Anstatt hier bei einer Tasse Kakao zu sitzen und auf Nicolai zu warten, hatte es ein tränenreiches Wiedersehen gegeben, bei dem sie nicht mal dabei sein durfte. Nicolai dagegen war bis jetzt noch gar nicht aufgetaucht – wahrscheinlich wohnte der überhaupt nicht hier, sondern hatte bloß Werbezettel für dieses Lokal verteilt, weil er dafür bezahlt wurde.

Ingeborg holte tief Luft. Irgendwie war der Tag vermurkst. Was für eine blöde Idee von ihr, hierher zu kommen. Sie streckte die Beine aus und hielt ihr Gesicht in die Nachmittagssonne, die noch hoch über dem kleinen Garten hinter dem weiß getünchten Reetdachhaus stand. Eine Amsel saß in den Johannisbeerbüschen und sang lauthals. Um sie herum stand zwischen den hohen Grashalmen die Schafgarbe in voller Blüte. Ingeborg saß still da. Plötzlich stutzte sie. Das Fenster neben ihr war offen. Wenn sie sich ganz still verhielt, konnte sie von drinnen Mutters Stimme hören. Vorsichtig rutschte sie dichter an den offenen

Fensterflügel heran. Jetzt konnte sie genau verstehen, was in der guten Stube gesprochen wurde. Ingeborg lauschte.
»Ja, sie ist ein Schatz – wenn auch manchmal ein bisschen anstrengend.«
Das war ein Kompliment, das bestimmt ihr galt – endlich wurde sie auch einmal gelobt. Ingeborg lächelte still in sich hinein. Eine zweite Stimme erklang.
»Anstrengend sind alle Kinder in dem Alter. Das ist mit meinem Nicolai nicht anders.«
Nicolai? Dann wohnte der also doch hier! Ingeborg spürte, wie ihr Herz vor Freude einen kleinen Sprung tat. Sie hatte ihn gefunden, ihren neuen Schwarm! Schnell beugte sie sich vor, um weiter mitzuhören.
»Eigentlich sind sie ja gar keine Kinder mehr, das macht es gerade so schwierig. Ingeborg wird demnächst achtzehn, das musst du dir mal vorstellen. Wenn wir in der Großstadt leben würden, dann könnten wir sie in diesem Herbst schon in die Gesellschaft einführen. Achtzehn Jahre ist das Mädchen alt!« Mutter seufzte.
»Und du bist jetzt auch schon seit achtzehn Jahren von zu Hause weg, Hanna. Hast du es bereut, fortgegangen zu sein?«
»Nein, ich habe es nicht bereut. Obwohl das Leben hier auf der Insel kein Zuckerschlecken ist. Das Haus habe ich von den Großeltern mütterlicherseits geerbt, das gibt mir eine gewisse Sicherheit, aber ansonsten ist es nicht leicht. Wir müssen jeden Pfennig dreimal umdrehen, Nicolai und ich. Der Junge ist sehr fleißig, er verdient dazu, wo er nur kann. Leider reicht das Geld trotzdem nie. Mein kleines Café kommt nicht so richtig in Schwung, daran liegt es wohl, dass wir so knapsen müssen.«
»Warum hast du mir nie geschrieben, Hanna? Ich hätte dir doch geholfen. Ich habe mich so oft gefragt, was wohl aus dir geworden ist. Ich hatte ja keine Ahnung, wo du abgeblieben bist. In den ersten Wochen nach deinem Verschwinden habe ich täglich auf Post von dir gewartet. Irgendwann habe ich es aufgegeben. Du ahnst nicht, was für Sorgen ich mir gemacht habe. Richard hat mir nie erzählt, dass deine Großeltern von der Insel kommen und hier ein Haus haben.«

»Vermutlich war er der Meinung, die Verbindung zu ihnen sei mit dem Tod meiner Mutter abgerissen. Ich bin ja nur Richards Halbschwester, Luise. Um die Verwandten meiner Mutter hat Richard sich nie richtig gekümmert. Schließlich war meine leibliche Mutter bloß seine Stiefmutter. Ich glaube, im Grunde war er froh, als er mich damals nach dem großen Streit los war.«
»Vielleicht. Und trotzdem hättest du mir schreiben sollen. Wenn Ingeborg mich nicht hierher gelotst hätte, dann hätten wir uns vermutlich niemals wiedergesehen.«
»Du hast Recht, das hätte ich tun sollen. Ich war einfach zu stolz damals, ich wollte mich und das Kind allein durchbringen, ohne fremde Unterstützung. Weißt du, solange mein Großvater noch am Leben war, brauchte ich gar keine Hilfe, es ging uns nicht schlecht. Wir drei haben von seinen Ersparnissen gelebt, eine Weile ging das gut. Seit dem Tod meines Großvaters haben Nicolai und ich es allerdings ziemlich schwer.«
Einen Augenblick war es still im Raum, dann hörte Ingeborg, wie ein Stuhl zurückgeschoben wurde.
»Ich werde uns jetzt erst mal eine gute Tasse Tee kochen, ja? Was meinst du, mag deine Tochter vielleicht eine warme Schokolade?«
»Bestimmt. Ingeborg liebt Schokolade.« Mutter lachte. »Nicht mehr lange, und sie wird sich an Sekt und Kaffee gewöhnt haben, dann können wir mit Schokolade nichts mehr ausrichten bei ihr. Ich frage mich, wann ihr erster Verehrer bei uns daheim auf der Türschwelle stehen wird. Das Mädchen ist eine gute Partie, so was spricht sich herum, sogar bei uns auf dem Lande.«
»Weiß sie eigentlich, dass sie nicht eure leibliche Tochter ist?«
»Nein, bis jetzt weiß sie das nicht. Eines Tages werden wir ihr natürlich sagen müssen, wer ihre wirklichen Eltern waren. Vielleicht ergibt sich an ihrem Geburtstag eine gute Gelegenheit dafür.«
»Sei nicht voreilig damit, Luise. Das Mädchen wird die Neuigkeit vielleicht nicht so schnell verkraften. Warte ab, bis Ingeborg volljährig ist. Je älter sie wird, desto leichter trägt sie es, du wirst sehen.«

»Mal schauen. Ich werde die Sache nicht über das Knie brechen, das verspreche ich dir. Kann ich dir in der Küche etwas helfen?«

»Nein, ich glaube nicht. Aber komm ruhig mit rüber, wenn du magst. Dann können wir zwei uns noch ein bisschen was erzählen, während ich den Tee aufbrühe.«

Schritte waren zu hören, eine Tür klappte. Dann war es still. Ingeborg wartete noch einen Moment, dann stand sie langsam auf. Sie hatte Mühe, auf die Beine zu kommen, so benommen fühlte sie sich. Was hatte ihre Mutter da eben gesagt? Eines Tages werden wir ihr sagen müssen, wer ihre wirklichen Eltern waren? Was hatte das zu bedeuten? Sie schluckte krampfhaft. War sie in Wirklichkeit gar nicht das Fräulein von Lassen? Die Frau, die sie Mama genannt hatte, seitdem sie denken konnte, war gar nicht ihre Mutter? Es hatte sich angehört, als sei sie bloß eine Adoptivtochter, als stamme sie aus einer Familie, die sie nicht kannte, die vielleicht viel weniger angesehen war als die von Lassens.

Ingeborg fühlte sich schwindelig, die Welt um sie herum schien sich zu drehen. Sie machte einen Schritt nach vorn, um sich an den Ästen des alten Apfelbaums festzuhalten. Sie fühlte sich gar nicht wohl, eine leichte Übelkeit stieg in ihr auf. War das die Hitze? Oder war es die Verwirrung über das, was sie mit angehört hatte? Warum hatte sie auch unbedingt lauschen müssen? Das war der Lohn für ihre Neugierde. Ganz plötzlich und aus heiterem Himmel hatte sie erfahren, dass sie bloß ein herrenloses Fundstück war, ein Findelkind, das Luise irgendwo aufgegriffen und zu sich genommen hatte – wahrscheinlich, weil sonst niemand es hatte haben wollen.

Ingeborg spürte, wie Tränen in ihr aufstiegen. Alles, woran sie ein Leben lang so fest geglaubt hatte, gehörte plötzlich nicht mehr zu ihrem Leben. Von einer Sekunde zur anderen besaß sie nichts mehr, worauf sie stolz sein oder woran sie sich festhalten konnte. Sie war nicht die Tochter des Landrats von Plön, ihr Großvater war nicht Staatssekretär unter dem berühmten eisernen Kanzler gewesen, und ihre Mutter war auch keine Verwandte der Kaiserin. Sie war ein Nichts, ein unbeschriebenes Blatt ohne Herkunft und eigene Geschichte.

Mit Tränen in den Augen sah Ingeborg sich um. Bestimmt würde ihre Mutter gleich aus dem Haus kommen und sie hereinrufen, damit sie mit den beiden Frauen drinnen ihre Schokolade trank. Ingeborg schüttelte stumm den Kopf. Nein, sie konnte jetzt nicht in der guten Stube hocken und so tun, als sei nichts geschehen. Sie brauchte Ruhe, sie musste nachdenken.
Ingeborg machte ein paar Schritte in den Garten hinein. Jenseits des Steinwalls, der das Grundstück umgab, lag die Heide und dahinter die See. Es war Ebbe da draußen, in der Ferne glänzten die Wasserlachen des Wattenmeeres in der Sonne. Möwen kreisten schreiend über dem braunen Sand. Am Horizont zeichneten sich schemenhaft die Konturen des Festlands ab.
Ingeborg hörte Schritte über den Kiesweg kommen, der um das Haus herumführte. Ohne lange zu überlegen, lief sie los. Sie wollte jetzt niemanden sehen und mit niemandem sprechen, sie wollte bloß weg. Wenn Mutter bemerkte, dass etwas mit ihr nicht stimmte, würde sie sie mit Fragen überschütten. Ein solches Verhör würde Ingeborg nicht aushalten, nicht jetzt. Hastig kletterte sie über den Steinwall, der den Garten begrenzte, und rannte auf das Watt zu. Ihr Rock streifte das kniehohe Heidekraut und verfing sich an den Ginsterbüschen, die noch in voller Blüte standen. Irgendwo zwischen den Krähenbeeren rief ein Kiebitz, während Ingeborg bis zu der steilen Böschung weiterlief, die zum Wattenmeer hinunterführte. Sie schlitterte zum Strand hinunter, sie versuchte, sich an den Sträuchern festzuhalten, die am Abhang wuchsen, aber die stacheligen Zweige boten ihr keinen Halt. Rutschend und stolpernd erreichte sie schließlich den Strand. Dort angekommen, rannte sie in das Watt hinein, dem Festland entgegen, dessen Umrisse nur verschwommen im Nachmittagsdunst zu erkennen waren. Sie kümmerte sich nicht um den Matsch, der ihr um die Beine spritzte und ihre weißen Strümpfe schmutzig braun färbte. Die Tränen rannen ihr über das Gesicht, aber sie achtete nicht darauf. Sie wollte fort, sie wollte einfach nur weg von hier. Allein sein, ganz allein, das schien ihr in diesem Moment das Einzige, was erträglich war.

»Extrablatt! Extrablatt der *Berliner Zeitung!* Attentat auf den Fürsten von Gerstetten! Alles über den Schuss im Morgengrauen!« Der Zeitungsverkäufer mit der breiten Ledertasche über der Schulter schlängelte sich zwischen den Menschen hindurch, die an der Kreuzung zwischen Friedrichstraße und Leipziger Straße auf den Omnibus warteten. Rasch drückte Richard von Lassen dem Verkäufer eine Münze in die Hand und nahm das Blatt entgegen, das ihm der Mann im Vorübergehen reichte.

ATTENTAT AUF DEN VERTRAUTEN DES KAISERS

In dicken Lettern prangte die Neuigkeit auf der Titelseite der Sonderausgabe. »Schüsse im Morgengrauen. Fürst Ludwig von Gerstetten verletzt in die Berliner Charité eingeliefert«.

Richard von Lassen runzelte die Stirn. Was hatte das zu bedeuten? Hatte die Realität die Pläne seiner Mitverschwörer etwa schon überholt? Oder was sonst steckte hinter dem Attentat? Hatte die Gruppe um Konrad von Waltersporn vielleicht gehandelt, ohne ihn davon zuvor in Kenntnis zu setzen?

Er überflog in aller Eile den Artikel. Von einem Anschlag aus dem Hinterhalt war da die Rede, von einem Schuss, der den Fürsten an der Schulter getroffen habe. In den frühen Morgenstunden hatte man von Gerstetten in die Charité eingeliefert. Nach Auskunft seiner Ärzte befand er sich nicht in Lebensgefahr. Der Täter sei flüchtig, hieß es, in der gesamten Stadt werde nach ihm gesucht. Richard ließ die Zeitung sinken. Die Hintergründe des Anschlags blieben vollkommen im Dunkeln. In dem Bericht stand kein Wort über die perversen Neigungen des Fürsten. Nicht ein Hinweis auf das schamlose Doppelleben, das der Mann führte. Was für eine ärgerliche Entwicklung der Dinge! Wer auch immer hinter der Sache stecken mochte, das Attentat auf von Gerstetten war mit Sicherheit eine große Dummheit. Hoffentlich hatten Konrads Leute nichts damit zu tun. Diese Geschichte würde dafür sorgen, dass von Gerstetten an Sympathie in der Bevölkerung eher noch gewann. Als Opfer eines ruchlosen Anschlags aus dem Hinterhalt würde er auf das Mitleid der Leute zählen können.

Richard klemmte sich die Zeitung unter den Arm und machte sich auf den Weg zu Konrad von Waltersporn, der am Ende der Straße in einem fünfstöckigen Gebäude aus hellem Sandstein eine noble Zweitwohnung unterhielt. Dort oben im ersten Stock hinter den gerafften Gardinen aus weißem Tüll hatte Konrad nicht nur seine Geliebte standesgemäß untergebracht, sondern traf sich auch zu verabredeten Zeiten mit den Männern aus dem geheimen Zirkel, den er nach und nach aufgebaut hatte.

Richard stieß die Haustür auf und betrat das Treppenhaus, in dem es intensiv nach frischer Farbe roch. Immer zwei Stufen auf einmal nehmend, lief er die Treppe hinauf und klingelte an der ersten Tür im Obergeschoss. Ein Dienstmädchen in weißer Schürze und mit weißem Häubchen öffnete ihm. Sie wünschte ihm einen guten Morgen und wollte ihn anscheinend um seinen Namen bitten, doch Richard ließ sie nicht zu Wort kommen. Er drängte sich in den Wohnungsflur hinein, im Vorbeigehen reichte er dem Mädchen seine Melone und den Spazierstock. In diesem Moment öffnete sich ihm gegenüber auch schon eine Schiebetür aus Glas. Konrad von Waltersporn erschien auf der Türschwelle, noch in Morgenmantel und Pantoffeln, aber schon mit der Zeitung in der Hand. Er wirkte nicht überrascht, offenbar hatte er damit gerechnet, seinen Freund zu sehen. Konrad nickte ihm zu. »Du bist es, Richard. Guten Morgen. Komm herein.«

Richard folgte ihm in den Salon, einen üppig dekorierten Raum mit hohen Fenstern, die alle nach Süden hinausgingen. Das Zimmer enthielt jede Menge zierliche Möbel aus Kirschbaumholz – lauter handgefertigte Kostbarkeiten, von denen Richard wusste, dass Konrads Geliebte sie allesamt eigens nach ihren Vorstellungen für den Salon hatte herstellen lassen.

Das Licht der einfallenden Morgensonne ließ die türkisfarbenen Bezüge der Sessel und Stühle matt glänzen. Auf einem kleinen, runden Beistelltisch am Fenster wartete noch das Tablett mit dem Kaffee, daneben, auf einem langen Diwan, stand ein mit Kippen gefüllter Aschenbecher.

Konrad schloss die Tür hinter sich. Richard ging zum Sofa, entfaltete seine Zeitung und hielt Konrad das Titelblatt entgegen. »Du hast es schon gelesen, nicht wahr? Der Anschlag auf Gerstetten. Du bist im Bilde, oder?«

Konrad nickte. »Ich weiß Bescheid, ich habe schon heute Nacht davon gehört. Meine Informanten waren ausgesprochen schnell.«

»Deine Informanten? Heißt das, dass du mit dem Attentat etwas zu tun hast?«

Konrad wollte antworten, doch in diesem Moment klopfte es an der Tür. Die schöne Therese betrat den Raum, eingehüllt in ein aufregend enges Kleid aus tiefgrüner Seide schwebte Konrads Geliebte lächelnd an Richard vorüber, bevor sie sich Konrad von Waltersporn zuwandte. »Ich will nicht stören, mein Lieber, ich bin nur gekommen, um rasch auf Wiedersehen zu sagen. Wir sehen uns zum Mittag im »Petite Delice«, wie verabredet. Ich kann auf dich zählen, nicht wahr?«

»Ich werde mich bemühen, da zu sein, mein Herz. Falls ich verhindert sein sollte, so hast du ja in Frau von Ertelschwing eine nette Gesellschafterin.«

Therese runzelte die Stirn. Die sonst kaum sichtbaren Fältchen um ihren Mund vertieften sich ein wenig. »Wie darf ich das verstehen? Heißt das, dass du voraussichtlich nicht kommen wirst?«

»Das heißt, dass ich versuchen werde, zum Mittag bei dir zu sein. Da ich heute allerdings einiges zu regeln habe, könnte es sein, dass ich unsere Verabredung nicht einhalten kann. Und nun geh und mach dir einen schönen Tag.«

Therese zögerte. Ein Anflug von Ärger überflog die ebenmäßigen Züge ihres Gesichts. Sie schien noch etwas sagen zu wollen, doch dann drehte sie sich wortlos auf dem Absatz um und verschwand.

Richard sah zu, wie sie hoch erhobenen Hauptes den Raum verließ. Er warf Konrad einen fragenden Blick zu. »Deine Therese geht mit Frau von Ertelschwing aus?«

»Ja, die beiden haben sich angefreundet. Warum auch nicht?

Für eine junge Frau wie die Majorin ist es einfach trostlos, immerzu draußen in Wannsee mit einem alten, schwerhörigen Ehemann zusammenzuhocken. Sie braucht Gesellschaft.«
Richard nickte. Doch, Gesellschaft brauchte Jekaterina bestimmt. Richard sah ihr Bild vor sich, er erinnerte sich an das mit Spitze übergossene Kleid, das sie bei ihrer ersten Begegnung im Café Viktoria getragen hatte. Für den Bruchteil einer Sekunde fühlte er den intensiven Blick ihrer bernsteinfarbenen Augen auf sich gerichtet, bevor das Bild verblasste und schließlich ganz verschwand. Wie gern wäre er an Stelle von Therese mit Jekaterina ausgegangen, wie gern hätte er ihr die Cour gemacht. Er hätte sie in einer Art und Weise unterhalten, wie die gute Therese das sicherlich niemals würde tun können.
»Möchtest du Kaffee?« Konrad war zum Fenster hinübergegangen und hatte die Porzellankanne vom Rechaud genommen.
»Nein, danke.« Richard schüttelte den Kopf. »Erzähl mir lieber, was du mit dem Anschlag auf von Gerstetten zu tun hast.«
»Was ich damit zu habe? Na, hör mal, gar nichts habe ich damit zu tun. Ich würde eine solche Tat niemals gutheißen, geschweige denn sie in Auftrag geben. Wie ich schon mehrfach betont habe, geht es mir allein um den politischen Aspekt der Angelegenheit. Mag der Mann herumhuren, so viel er will und mit wem er will. Das ist seine Privatsache. Meine Absicht ist es, von Gerstetten die Geschicke unseres Landes aus den Händen zu nehmen, mehr nicht. Wenn ich daran denke, dass ein Mann wie er als persönlicher Berater des Kaisers fungiert, wird mir übel. Aber deshalb würde ich ihn nicht erschießen lassen. Ihn zu diskreditieren reicht mir vollkommen.«
»Also gut.« Richard nickte erleichtert. Konrads Erklärung klang glücklicherweise glaubwürdig, das erlaubte es ihm, der Bewegung treu zu bleiben. Richard sah zu, wie sein Freund sich Kaffee eingoss. »Wenn du nichts mit dem Anschlag zu tun hast, wer hatte dann seine Finger dabei im Spiel?«
Konrad zuckte mit den Schultern. »Keine Ahnung, woher soll ich das wissen? Soweit ich bisher in Erfahrung bringen konnte, handelt es sich um einen Racheakt aus dem Milieu. Eifersucht,

verstehst du? Man munkelt, dass der Fürst sich einen neuen, sehr schönen und sehr jugendlichen Liebhaber zugelegt hat. Und das hat dann wohl einen seiner bisherigen Bettgefährten aus der Fassung gebracht. Wie man hört, sollen diese Leute ja im Ernstfall tatsächlich zu ähnlichen Regungen fähig sein wie unsereiner.«

Richard von Lassen runzelte die Stirn. »Ein neuer Liebhaber also. Das alles hört sich so an, als ob von Gerstetten wirklich eine ziemlich unmoralische Lebensweise an den Tag legen würde.«

Konrad nahm auf dem Diwan Platz. »Es hört sich nicht nur so an, mein Bester, es ist tatsächlich so. Bei Hof munkelt man schon so einiges, nur der Kaiser weigert sich beharrlich, zu sehen, was im Grunde nicht mehr zu übersehen ist. Was meinst du, warum ich Gerstetten aus der Nähe unseres Allerhöchsten entfernen möchte?« Konrad schlug die Beine übereinander. »Gut, es gibt Zeiten, in denen der besagte Herr sich etwas unauffälliger verhält. Im Augenblick allerdings treibt er es anscheinend mal wieder gar zu toll. Vielleicht liegt es daran, dass der Kaiser nicht in Berlin ist und der Fürst sich unbeaufsichtigt fühlt. Jedenfalls lässt er seinen zügellosen Begierden wieder einmal freien Lauf. Ein Aufenthalt in der Charité tut ihm da bestimmt ganz gut. Dort kann er seine Leidenschaften abkühlen.«

Richard sah zu, wie Konrad einen Schluck von seinem Kaffee nahm, dann fiel sein Blick auf eine Fotografie, die in einem Silberrahmen auf einem kleinen Tisch neben dem Sofa stand. Das Bild zeigte Konrad im Kreis seiner Familie. Seine rundliche Ehefrau schaute ernst in die Kamera, seine beiden Töchter und der einzige Sohn lächelten dagegen schüchtern. Richard spürte, wie ihn beim Anblick der Fotografie ein leichtes Unbehagen überfiel. Offiziell gab Konrad sich gern als guter Familienvater, aber insgeheim hielt er sich nebenbei eine Geliebte. Was mochte er empfinden, wenn er über die Unmoral eines Fürsten von Gerstetten lästerte? Um Konrads Anstandsgefühl war es offensichtlich nicht viel besser bestellt als um die Wertvorstellungen anderer Leute. Oder war ein Ehebruch in seinen Augen eine weniger delikate Angelegenheit als eine Liebschaft unter Männern?

Richard drehte sich um, er spürte, dass er beobachtet wurde, und setzte ein unverfängliches Lächeln auf. »So weit, so gut, mein Lieber. Was willst du jetzt unternehmen?«

Bevor Konrad antworten konnte, klingelte es an der Wohnungstür. In dieser Wohnung schien es zuzugehen wie in einem Taubenschlag. Richard warf Konrad einen fragenden Blick zu, aber der zuckte nur schweigend mit den Schultern. In diesem Moment öffnete sich auch schon die Tür zum Salon, und auf der Türschwelle erschien ein großer, dunkelhaariger Mann in einem eleganten Anzug aus schwarzem Tuch. Unter seinem blütenweißen Kragen leuchtete ein grüner Seidenbinder. Richard hatte den jungen Mann noch nie gesehen, aber Konrad schien ihn zu kennen. Mit einer kurzen Handbewegung schickte er das Dienstmädchen aus dem Raum und stellte seine Kaffeetasse beiseite. Der Mann kam näher. Er ging an Richard vorbei und zu dem Sofa hinüber, auf dem Konrad saß.

Konrad stand auf. »Du liebe Güte, wer hat Sie denn herbestellt? Habe ich Ihnen nicht verboten, zu mir nach Hause kommen?«

»Ich weiß, dass ich nicht herkommen soll, aber es musste sein. Vor einer Stunde haben sie Wenzel verhaftet.«

Konrad erschrak sichtlich und fuhr sich mit der Hand durch das Haar. Von einem Moment zum anderen wirkte er blass und nervös. »Wenzel ist verhaftet worden? Stimmt das wirklich?«

»Ja, wenn ich es doch sage. Die Polizei war bei ihm zu Hause. Er wird verdächtigt, das Attentat auf von Gerstetten begangen zu haben.«

»Um Gottes willen, das kann doch nicht wahr sein! Wenzel würde doch niemals –« Konrad verstummte. Er musterte den Jüngling mit zusammengekniffenen Augen. »Wenzel hat doch nichts mit der Sache zu tun, oder?«

»Woher soll ich das wissen? Ich war nicht bei ihm, als es geschah.« Der junge Fremde lächelte müde. »Natürlich werde ich versuchen, für ihn auszusagen. Ich werde behaupten, dass er bei

mir war die ganze Nacht – ob sie mir glauben werden, ist allerdings eine andere Sache.«
Konrad von Waltersporn griff Halt suchend nach den Revers seines Morgenmantels, dann schüttelte er den Kopf. »Einen versuchten Mord traue ich Wenzel nicht zu. Dafür hat er nicht die Nerven, das Ganze ist falscher Alarm. Wenzel braucht einen guten Anwalt, und zwar sofort. Ich werde Doktor Knöring anrufen, damit er die Verteidigung übernimmt.«
»Ach ja? Tatsächlich? Sie wollen sich ganz offiziell an Ihren Anwalt wenden? In Ihrem eigenen Namen und vor aller Welt wollen Sie sich für einen Mann einsetzen, der in einschlägigen Kreisen bestens bekannt ist?«
»Ein Anwalt ist zur Verschwiegenheit verpflichtet. Mein Name wird in dem Zusammenhang bestimmt nicht erwähnt werden.«
»Und wenn es doch rauskommt, dass Sie für Wenzel eintreten? Bleiben Sie besser in Deckung, und lassen Sie mich die Angelegenheit regeln.« Der junge Mann lächelte kühl. »Im Gegensatz zu Ihnen habe ich keinen guten Ruf mehr zu verlieren. Dass Wenzel und ich im gleichen Milieu verkehren, ist eine stadtbekannte Tatsache.«
Konrad stand noch einen Augenblick still da, dann nickte er. Schweigend ging er zu einem Sekretär aus Kirschbaumholz hinüber, dessen oberste Schublade er öffnete. Mit mehreren Geldscheinen in der Hand kehrte er zurück. Hastig und ohne nachzuzählen drückte er sie dem jungen Mann in die Hand, der die Scheine in der Innentasche seines Anzugs verstaute. Konrad ging zu seinem Schreibtisch zurück und verschloss die oberste Schublade. »Doktor Knöring wird einen Vorschuss verlangen. Das Geld, das ich Ihnen gegeben habe, sollte fürs Erste reichen, mehr habe ich nicht im Haus. Ich lasse Ihnen wieder etwas zukommen, sobald ich flüssig bin.«
»Danke.« Die Gesichtszüge des Unbekannten entspannten sich, er wirkte erleichtert. Er nickte Konrad zu. »Das Beste wird wohl sein, wenn ich mich sofort um den Anwalt kümmere.«
»Ja, tun Sie das. Wie gesagt, ich empfehle Doktor Knöring, er ist ein ausgezeichneter Strafverteidiger. Seine Kanzlei liegt am Kur-

fürstendamm in der Nähe des Warenhauses Tietze. Sie können sie nicht verfehlen. Und wenn Sie Wenzel in der Haft besuchen dürfen, sagen Sie ihm, er soll die Aussage verweigern. Kein Wort soll er sagen.«

»Falls es dafür noch nicht zu spät ist, werde ich es ausrichten. Besten Dank vorerst.« Der junge Mann drehte sich um und ging zur Tür. Ohne sich noch einmal umzusehen, verließ er den Raum.

Richard schaute ihm noch einen Moment hinterher. »Bist du sicher, dass du diesem Menschen vertrauen kannst?«

»Ich denke schon. Er wird nicht mit dem Geld durchbrennen – falls es das ist, was du meinst. Er liebt seinen Wenzel abgöttisch. Ich denke, er wird versuchen, ihm wirklich zu helfen. Bleibt nur zu hoffen, dass Wenzel in der Zwischenzeit keine Dummheiten macht. Wenn der jetzt anfängt zu plaudern, könnte es unangenehm werden.«

»Du meinst, Wenzel könnte die Bewegung gegen von Gerstetten verraten?«

»Er könnte mich verraten. Über unseren Zirkel weiß er so gut wie nichts.« Konrad atmete tief durch. Er ging zum Sofa zurück und ließ sich neben einem der türkisfarbenen Kissen nieder. Richard von Lassen folgte ihm. »Was hast du jetzt vor, Konrad?«

Konrad lachte bitter. »Gegenfrage: Was kann ich tun?«

»Meiner Meinung nach solltest du das Eisen schmieden, solange es heiß ist. Beginne eine Offensive gegen den Fürsten – jetzt, noch heute, solange die Geschichte mit dem Attentat frisch ist. Wenn die Hintergründe der Tat an die Öffentlichkeit gelangen, dann ist der Fürst erledigt. Wenn herauskommt, dass einer seiner männlichen Liebhaber auf ihn geschossen hat, dann wird auch der Kaiser ihn nicht mehr halten können. Dann ist von Gerstetten ein für alle Mal am Ende.«

»Ich weiß nicht, ob der Zeitpunkt für ein solches Vorgehen günstig ist. Die Leute haben doch gerade jetzt jede Menge Mitgefühl mit dem Mann. Er ist das Opfer einer ruchlosen Tat, ein bedauernswerter Freund des Kaisers, der mit einer Schussverletzung im Krankenhaus liegt.«

»Wenn sie erfahren, warum er da liegt, dann dürfte es mit ihrer Anteilnahme bald vorbei sein.« Richard ließ sich neben Konrad von Waltersporn auf dem Diwan nieder. »Tu etwas, Konrad. Bring die Hintergründe der Tat von heute Nacht in die Zeitung. Von Gerstetten ist ein Homosexueller – das ist eine Sensation, die sich keine Zeitung entgehen lässt. Im Reichstag gibt es genügend Abgeordnete der konservativen Fraktion, die über den Fürsten herfallen werden. Nicht einmal die Sozis werden es wagen, für ihn Partei zu ergreifen. Hast du jemanden an der Hand, der Verbindung zur Presse für dich aufnehmen könnte?«

»Ich kenne selbst einige von den Schreiberlingen.« Konrad lehnte sich zurück. Nachdenklich griff er nach der Kordel seines Morgenmantels und begann sie zwischen den Fingern hin und her zu drehen. »Am besten geeignet für eine solche Sache wäre wohl Maximilian Beerenberg, der Herausgeber der *Berliner Woche*. Er steht dem Kaiserhaus kritisch gegenüber. Alles, was gegen den Kaiser und seine engsten Männerfreunde geht, ist ihm recht. Beerenberg würde die Sache vermutlich mit tragen, wenn wir ihm ausreichend Stoff für einen Artikel liefern.«

»Ausreichend Stoff dürfte doch wohl vorhanden sein, oder?«

»Ja, eigentlich schon. Aber warum sollte der Kaiser auf das hören, was die Zeitungen über den Fürsten schreiben? Er lässt sich sonst auch nicht von der Presse beeinflussen.«

»Wenn das, was dieser Beerenberg schreiben wird, genügend Zündstoff bietet, um den Ruf des kaiserlichen Freundes zu ruinieren, dann wird Seine Majestät dem Fürsten den Laufpass geben. Ihm wird gar keine andere Wahl bleiben, glaube mir. Die Kaiserin und der Kronprinz werden schon das Ihrige tun, um den Mann endlich loszuwerden. Sie können ihn doch sowieso beide nicht leiden, hast du mir erzählt.«

Konrad von Waltersporn dachte noch einen Augenblick nach, dann nickte er. »Also gut. Versuchen wir es auf diesem Weg. Mein ursprünglicher Plan war zwar ein anderer – aber du hast Recht, die Gunst der Stunde sollte man nutzen. Vielleicht bringen wir den Stein so ins Rollen.« Lächelnd drehte er sich um. »Du hast Ideen, mein Bester, du entwickelst dich. Freut mich zu sehen, dass dir unsere Sache am Herzen liegt. Du wirst es nicht bereuen, dich engagiert zu haben. Wenn unsere Stunde kommt, werde ich an dich denken, Richard.«,

Richard von Lassen nickte nur. Die Dinge liefen tatsächlich gut für ihn – das war ein Gefühl, das er mit Konrad teilte. Wenn der sein Versprechen hielt, dann würde seine langweilige Existenz in der Provinz bald zur Vergangenheit gehören. Richard schaute zum Fenster hinüber. Berlin, die Stadt seiner Träume. Mit ein bisschen Glück würde sie bald ein Teil seines neuen Lebens sein.

Ingeborg sah sich um. Der Himmel über ihr hatte sich zugezogen, das Festland, das sie bis eben noch im Osten zu sehen geglaubt hatte, war mit einem Mal hinter dicken Nebelschwaden verschwunden. Dort, wo sie bis vor ein paar Minuten noch den Uferstreifen der Insel vermutet hatte, war nichts mehr – kein Land in Sicht, nicht mal mehr dunkle Umrisse, nur noch eine einzige weiße Wand.

Sie blieb stehen. Ratlos suchte sie ihre Umgebung mit Blicken ab. Es waren keine Vögel am Himmel, nicht einmal der Wind ging mehr über das Watt. Stattdessen senkten sich Wolken einem Vorhang gleich immer tiefer über den matschigen Sand. Feuchter Dunst kroch unter den Stoff ihres Kleides und in ihre Haare. Ingeborg fror. Ihre Füße waren schon längst nass, das Wasser hatte zuerst die Schuhsohlen und dann auch die Strümpfe durchweicht. Ihr ganzer Körper begann allmählich vor Kälte zu zittern. Sie war allein hier draußen, sie hatte sich verlaufen. Niemand würde sie hören, wenn sie um Hilfe schrie. Die grauen Nebelschwaden saugten jedes Geräusch auf und verschluckten es sofort. Die Luft fühlte sich an wie klebrige Watte. Wie hatte sie nur so dumm sein können? Warum hatte sie sich so weit ins Watt vorgewagt? Seit plötzlich und unerwartet der Nebel aufgezogen war, hatte sie das Gefühl für die Himmelsrichtungen vollkommen verloren. Alles um sie herum sah gleich aus – das ganze Wattenmeer schien sich in ein undurchdringliches, graues Tuch gehüllt zu haben.

Ingeborg spürte, wie die Angst in ihr mächtiger wurde. Irgend-

wann würde die Flut kommen. Wenn das Wasser zurückkehrte, würde sie früher oder später darin ertrinken oder erfrieren. Sie konnte schwimmen, ihre Mutter hatte es ihr schon als kleines Mädchen beigebracht – aber ihre bescheidenen Schwimmkünste würden nicht ausreichen, um sie länger als ein Viertelstündchen über Wasser zu halten. Das Meerwasser war kalt, außerdem war die Strömung stark. Eine ungeübte Schwimmerin wie sie würden die Kräfte bald verlassen.
Ingeborg schaute sich noch einmal um. War sie denn wirklich ganz allein? Vielleicht war doch jemand in ihrer Nähe – irgendein Fischer, der seine Reusen leerte, oder ein Muschelsammler, jemand, der die Vögel beobachten wollte, irgendwer, der sie retten konnte? Sie stellte sich auf die Zehenspitzen und legte beide Hände trichterförmig um den Mund.
»Hilfe. Zu Hilfe – ich bin hier draußen!«
Ingeborg wartete. Nichts. Nicht einmal das Echo ihres Hilferufs kehrte zu ihr zurück. Noch zweimal schrie sie, so laut sie konnte, dann ließ sie die Hände wieder sinken. Nein, hier war wirklich niemand – niemand außer ihr. Sie drehte sich um, sie vermutete, dass der Küstenstreifen der Insel hinter ihr lag. Musste sie dorthin, wo der dichte Nebel war, oder sollte sie doch lieber nach rechts laufen? Sie hatte die Orientierung völlig verloren. Überall weiße Wände und Feuchtigkeit, sonst nichts.
Ingeborg schluckte. Mit dem Ärmel ihres Kleides wischte sie sich ein paar Tränen aus dem Gesicht. Vor einigen Tagen hatte sie zugeschaut, wie die Männer vom Seenotdienst am Strand von Westerland eine Übung zur Rettung Schiffbrüchiger veranstaltet hatten. Es konnte doch sein, dass diese Männer jetzt auch ausrückten, um nach ihr zu suchen? Aber wer sollte ihnen den Befehl dazu erteilt haben? Ihre Mutter vielleicht. Sie hatte inzwischen hoffentlich bemerkt, dass Ingeborg verschwunden war. Den Garten hinter dem Friesencafé hatte sie sicher längst erfolglos durchkämmt, vermutlich hatte sie auch die Heidelandschaft und die Dünen abgesucht und machte sich jetzt Sorgen. Vielleicht kam sie sogar auf die Idee, im Wattenmeer nach Inge-

borg zu suchen, immerhin war das Watt vom Garten des Hauses nicht mehr so weit entfernt.
Ingeborg legte schützend beide Arme um ihren Oberkörper. Mittlerweile fror sie erbärmlich. War es wirklich so kalt hier draußen? Oder war bloß ihre Angst daran Schuld, dass sie am ganzen Körper zitterte? Wenn sie den Sand zu ihren Füßen betrachtete, dann wurde sie das Gefühl nicht los, dass der Untergrund, durch den sie mit schmutzigen Schuhen watete, immer matschiger wurde. Bewegte sie sich etwa in der falschen Richtung, wanderte sie immer weiter aufs Meer hinaus, anstatt zur Insel zurückzukehren? Oder war es die Flut, die schon zurückkam und langsam den Schlick zu ihren Füßen durchweichte?
Ingeborg spürte, wie sie mit den Zähnen zu klappern begann. Noch einmal legte sie die Hände um den Mund und schrie aus Leibeskräften um Hilfe. Sie lauschte. Keine Antwort. Sie war allein, mutterseelenallein. Warum nur hatten sie unbedingt heute Nachmittag in dieses unselige Friesencafé kommen müssen. Dort hatte das ganze Unglück seinen Lauf genommen. Und das bloß, weil sie Nicolai hatte wieder sehen wollen. Dabei machte der sich ohnehin nichts aus ihr. Und wieder sehen würde sie ihn nun auch nicht, nie wieder.
Ingeborg schrak zusammen. Hinter ihr war ein leises Gluckern zu hören. Sie fuhr herum. Das Wasser lief auf! Die Flut kam, oder bildete sie sich das nur ein? Bestimmt war es das Wasser, das kam, um sie zu holen. Irgendwann musste es doch so weit sein, sie irrte bestimmt schon seit Stunden hier herum, da musste das Meer irgendwann wiederkommen.
Ingeborg fühlte, wie ihr die Tränen über das Gesicht liefen, warm flossen sie ihr über die Wangen. Schluchzend ging sie in die Knie und hockte sich auf das Stück nassen Sand unter ihr. Wenn sie schon sterben sollte, dann konnte sie das auch hier tun. Wozu noch immer weiter herumirren in dieser feuchten Kälte?
Während sie dahockte und weinte, hatte sie das Gefühl, dass der Boden unter ihren Füßen nachgab. Ihre Schuhe sackten im-

mer tiefer ein im Watt. Was sollte sie jetzt tun? Weglaufen – aber wohin? Hier sah alles gleich aus.
In diesem Augenblick erreichte sie ein gedämpftes Geräusch – es klang, als würde in der Ferne ein Hund bellen. Ingeborg richtete sich auf. Das gleiche Geräusch war ein zweites Mal zu hören, lauter und aus geringerer Entfernung diesmal.
»Ich bin hier! Hallo, hier bin ich!« Ingeborg wedelte mit beiden Armen, obwohl sie wusste, dass niemand sie in diesem Nebel sehen konnte. Im nächsten Moment stürzte ihr tatsächlich ein Hund entgegen, ein großer Schäferhund kam auf sie zugelaufen. Er sprang an ihr hoch und bellte. Ingeborg strich dem Tier vorsichtig über den Kopf. Sie war erstaunt, den Hund hier zu sehen, aber sie war auch unglaublich erleichtert darüber, nicht mehr allein zu sein. Menschliche Gesellschaft wäre ihr lieber gewesen, aber das Gefühl, die Einsamkeit mit einem lebenden Wesen zu teilen, beruhigte sie zumindest für einen Augenblick. Was machte das Tier hier im Watt? Ob es seinem Herrchen weggelaufen war? Vielleicht konnte es den Weg zurück zur Küste finden. Ingeborg tätschelte den Hund und griff nach seinem Halsband. »Komm, bring uns zurück auf die Insel. Wir wollen nach Hause, zurück an den Strand, komm.«
Der Hund setzte sich in Bewegung. Er zog Ingeborg mit sich in eine Richtung, die sie selber für Norden gehalten hätte. Sie folgte dem Tier und fiel bald in einen Laufschritt. Obwohl sie nicht sicher war, dass der Hund den richtigen Weg gewählt hatte, lief sie weiter. Ob Tiere im Nebel auch die Orientierung verlieren konnten? Die Insel musste im Westen liegen – aber wo war Westen? Mühsam hielt Ingeborg mit dem Hund Schritt, es blieb ihr nichts anderes übrig, als ihm zu vertrauen. Ohne ihn war sie bestimmt nicht besser dran, sie musste alle Hoffnungen auf seinen Instinkt setzen. Ingeborg rannte keuchend weiter, bis der Nebel vor ihr sich plötzlich teilte. Für den Bruchteil einer Sekunde glaubte sie, endlich Land zu sehen, doch es war Wasser, das vor ihr lag. Ein Priel versperrte ihr den Weg. Seine schmutzig braunen Wellen wirkten trübe, das Gewässer schien tief und breit zu sein. Der Hund an ihrer Seite war stehen geblieben und bellte.

»Hör auf zu bellen, Hund. Da können wir nicht rein, das ist zu gefährlich. Wir zwei werden ersaufen, wenn wir das versuchen. Komm lieber her und tröste mich.« Ingeborg wischte sich mit dem Ärmel ihres Kleides über das Gesicht. Der Hund hob witternd die Schnauze, dann machte er ein paar Schritte ins Wasser hinein, blieb wieder stehen und kläffte. Anscheinend wollte er tatsächlich, dass sie ihm in den Priel folgte. Ingeborg schüttelte den Kopf, doch sie ging trotzdem noch ein Stück weiter. Wieder kläffte das Tier, es kam zu ihr und packte den Rock ihres Kleides mit den Zähnen. Ingeborg ließ sich bis an den Rand des Priels mitziehen. Vielleicht kannte der Hund sich aus, vielleicht wusste er, dass die Küste nicht mehr weit entfernt war? Vielleicht waren es nur noch ein paar Meter, die sie schwimmend überwinden mussten, bis der Strand in Sichtweite kam? Ingeborg zögerte. Sie hatte gehört, dass Priele tückisch waren. Sie besaßen gefährliche Strömungen, die selbst einen geübten Schwimmer sekundenschnell in die Tiefe ziehen konnten. Doch was erwartete sie, wenn sie hier stehen blieb? Sie würde ertrinken oder erfrieren. Ihre Füße waren schon jetzt so kalt, dass sie kein Gefühl mehr darin zu haben glaubte.
Es half nichts, sie musste durch den Priel. Langsam tastete sie sich in das Wasser hinein, das grau und trüb in seiner Senke lag. Wie tief mochte es sein? Ob ihre Kraft noch reichte, um den Wasserlauf zu durchschwimmen? Ingeborg ging weiter, die eiskalten Fluten umspülten ihre Knie. Der Rock ihres Kleides wurde nass und färbte sich dunkel. Der Hund war ihr gefolgt, er hielt sich neben ihr. Ingeborg zitterte vor Angst und Anspannung, doch sie ging weiter. Sie tastete sich abwärts, bis sie plötzlich keinen Grund mehr unter den Füßen spürte. Von einer Sekunde zur nächsten musste sie schwimmen. Das Wasser erfasste ihren Körper, seine Kälte nahm ihr für einen Moment den Atem. Ingeborg stieß einen kleinen Schrei aus, erschrocken japste sie nach Luft. Sie bewegte sich, so schnell sie konnte, aber ihre Beine gehorchten ihr nicht, sie fühlten sich bleischwer an. Kein Wunder, dass sie kaum noch Kraft besaß – seit einer kleinen Ewigkeit hatte sie nichts gegessen und getrunken,

stattdessen war sie stundenlang im Watt herumgelaufen. Ingeborg strampelte gegen die Strömung an, dennoch kam es ihr so vor, als bewege sie sich nur auf der Stelle. Das kalte Salzwasser wurde zum Feind, es war überall. Der Hund neben ihr machte es besser als sie, er schwamm zügig, ohne abzusetzen, ihm schien die Kälte nichts auszumachen. In der Hoffnung, vielleicht schon wieder stehen zu können, tastete Ingeborg mit den Füßen nach Grund, doch da war nichts, wo sie hätte Halt finden können. Für einen Moment ging sie unter, Wasser drang ihr in Mund und Nase. Ingeborg spuckte und rang gleichzeitig nach Luft, sie kämpfte verbissen darum, wieder an die Wasseroberfläche zu kommen. Sie langte nach dem Hund, bekam ihn aber nicht zu fassen. Sie wollte schreien, verschluckte sich jedoch und begann zu würgen. Noch einmal reckte sie mit letzter Kraft den Kopf aus dem Wasser. In ihren Ohren rauschte und gluckerte es, aber trotzdem schien es ihr, als würde aus der Ferne so etwas wie ein lang gezogener Pfiff über das Watt hallen. Gleich darauf erklang eine menschliche Stimme, die etwas rief. Ingeborg wollte antworten, doch in diesem Augenblick zog es sie endgültig in die Tiefe. Noch einmal hörte sie den Hund neben sich bellen, irgendetwas griff nach ihr und zog an ihrem Körper. Ingeborg fühlte, dass ein Lebewesen in ihrer Nähe war – eine fremde Hand packte sie bei der Schulter, doch bevor sie wirklich wusste, was vor sich ging, war da auf einmal eine tiefe Finsternis, die alles um sie endgültig verschluckte.

Kapitel 5

Eine ruhige Ecke der Stadt, so hatte Konrad das Viertel genannt, in dessen Gassen Richard nun schon seit mindestens einer Stunde herumirrte. Angenehme Ruhe schien der Wedding nicht auszustrahlen, Richard hielt die Gegend eher für ärmlich. An vielen Fassaden blätterte der Putz von den Wänden der Häuser, deren Fronten sich dicht aneinander reihten, Vorgärten gab es kaum. Rotznasige Kinder spielten barfuß in den Rinnsteinen, aus den Hinterhöfen kamen die verschiedensten Gerüche, die sich alle miteinander zu einem nur schwer zu beschreibenden Gestank vermischten. Wenigstens sorgte die langsam einsetzende Dämmerung dafür, dass die Kulisse weniger deutlich zu erkennen war und so ein bisschen von ihrer Traurigkeit einbüßte.

Richard blieb stehen und tastete mit einer Hand nach dem Umschlag, den Konrad ihm mitgegeben hatte. Noch war es da, das Kuvert mit den Geldscheinen. Es lag sicher und warm in der Innentasche seines Jacketts – und trotzdem war Richard nervös. Allzu gern wäre er das Geld endlich losgeworden. Seit einer kleinen Ewigkeit lief er nun schon in den Straßen hinter dem Stettiner Bahnhof herum und wartete auf Wenzels Freund, diesen Schönling, der die Verbindung zu Wenzels Anwalt hielt. Aus irgendeinem Grund kam der Kerl einfach nicht.

Richard seufzte. Als Konrad ihn gefragt hatte, ob er an diesem Abend das besagte Geld übergeben würde – schließlich kenne er Wenzels Bekannten vom Ansehen und sei außerdem vertrauenswürdig –, hatte Richard sich geschmeichelt gefühlt. Immerhin war es das erste Mal, dass er dem Zirkel um Konrad von Waltersporn einen Dienst erweisen durfte. Inzwischen wusste er, dass seine Aufgabe schwieriger war, als er es sich vorgestellt hatte. Der Wedding war schmutzig und dunkel, außerdem lungerten hier eine Menge Gestalten herum, die nicht gerade einen harmlosen Eindruck machten.

Richard warf noch einmal einen Blick in die Runde, doch so

weit er sehen konnte, war er allein auf der Straße. Entweder hatte er Wenzels Freund schon verpasst, oder der nahm es nicht so genau mit der Pünktlichkeit. Richard zog seine Taschenuhr hervor und betrachtete das Zifferblatt. Es war schon beinahe eine halbe Stunde über die vereinbarte Zeit. Wo mochte er stecken, dieser Hallodri, der sich hier mit ihm hatte treffen sollen? Angeblich konnte man sich auf Wenzels Busenfreund doch verlassen, das jedenfalls hatte Konrad behauptet. Vermutlich hatte Konrad sich geirrt. Ehrenmänner waren die Perversen um von Gerstetten doch alle nicht – was konnte man von denen schon erwarten?

Richard schaute sich um. Allmählich wurde ihm die Angelegenheit lästig. Er wollte das Geld in seiner Tasche los sein, immerhin hatte er ganze fünfhundert Mark bei sich, das war kein Pappenstiel. Außerdem quälte ihn schon seit geraumer Zeit ein dringendes menschliches Bedürfnis. Dort drüben auf der anderen Straßenseite stand eines von diesen rechteckigen Blechhäuschen, ein so genanntes Pissoir. Normalerweise vermied Richard es, solche schmutzigen Orte aufzusuchen, doch heute blieb ihm anscheinend keine andere Wahl.

Während er sich vorsichtig nach allen Seiten umschaute, überquerte er die Fahrbahn. Er schien wirklich ziemlich allein hier auf der Straße zu sein, wenn man mal von dem einsamen Betrunkenen absah, der vor ein paar Minuten aus der Eckkneipe gegenüber gestolpert war und sich jetzt torkelnd in entgegengesetzter Richtung entfernte.

Richard wollte eben im Schutz der Dämmerung den Eingang des Pissoirs betreten, als plötzlich eine Gestalt aus dem Gebüsch am Rand des Bürgersteigs auftauchte. Ein junger Mann stellte sich ihm in den Weg, breitbeinig und mit einem hinterhältig wirkenden Grinsen im Gesicht stand er da und starrte Richard an.

»Schönen guten Abend auch, der Herr. Ein bisschen Gesellschaft gefällig?« Er kam noch einen Schritt näher und betätschelte grinsend Richards Arm. Sprachlos starrte Richard auf die fremde Hand, die es gewagt hatte, ihn zu berühren.

»Nur nicht so schüchtern, mein Herr. Wir zwei werden uns

schon vertragen.« Der Junge in der verblichenen dreiviertellangen Hose schob seine Mütze mit dem großen Schirm ein Stück in den Nacken. Er grinste weiter, auf seiner Nase tanzten hunderte von Sommersprossen. Seine Augen wirkten sehr blau und sehr kühl, sein ganzer Gesichtsausdruck besaß etwas Herausforderndes.

Richard wich ein Stück zurück, doch der Fremde, der beide Hände in die Taschen seiner ausgebeutelten Hose schob, folgte ihm. Er drängte sich an Richard heran, so dicht, dass ihre Oberkörper einander berührten.

»Na, wie wäre es mit uns beiden? Von hinten kostet es einen Fünfer mehr, für alles andere nehme ich zehn Mark. Keine Angst, es wird Ihnen schon gefallen. Ich beiße nicht.«

Richard spürte, wie er errötete. Wo in Gottes Namen war er hier gelandet? Offenbar handelte es sich bei diesem Stadtteil um eine Hochburg der Abartigen – kein Wunder, dass Wenzels vermeintlicher Freund ihn gerade in diese Gegend bestellt hatte.

Richard hob abwehrend beide Hände. »Entschuldigung – das muss ein Irrtum sein. Ich wollte hier nur ... ich habe kein Interesse.« Er wich erneut zurück, dann drehte er sich um. Er wollte gerade die Flucht ergreifen, als ihm mit einem Mal ein zweiter Mann in den Weg trat. Eine bullige Gestalt in einem deutlich zu eng sitzenden Anzug war plötzlich aus dem Dunkel aufgetaucht. Mit vor dem Oberkörper verschränkten Armen stand er vor Richard und musterte ihn aus zusammengekniffenen Augen. »Na, was ist – willst du dich etwa verdünnisieren, ohne zu bezahlen, Freundchen? Erst genießen und dann nichts berappen wollen, was? So was haben wir nicht so gern.«

Richard spürte, wie ihm der Schweiß ausbrach. Er suchte nach seinem Taschentuch, fand es aber nicht und schüttelte den Kopf. »Also hören Sie, ich wollte gar nicht ... ich habe nicht –«

»Das ist mir egal, ob du hast oder nicht.« Der Mann lachte dröhnend. »Darauf kommt es nicht an. Was du mit deinem Schwanz anstellst, ist deine Sache. Bezahlt wird in jedem Fall. Los, raus mit den Moneten, oder es setzt Prügel.«

Richard schluckte. Er musste an das Geld denken, das er bei sich trug. Fünfhundert Mark in großen Scheinen standen auf dem Spiel, das war nicht eben wenig. Ob es etwas nützte, wenn er hier im Schatten dieses stinkenden Blechkarrees um Hilfe rief? Der Mann in seinem zu kleinen Anzug kam näher, er hob drohend die Fäuste. Richard fühlte, wie sein Herzschlag sich beschleunigte. Er presste eine Hand von außen auf die Tasche seines Jacketts. Er fühlte die Geldscheine darin, er meinte, sie knistern zu hören.

»Finger weg, du Rindvieh. Der Herr gehört zu mir, der wird schon bedient.«

Richard schrak zusammen. Ein dritter Mann war aufgetaucht, seine Gestalt lehnte im Eingang des Pissoirs. Der bullige Mensch im Anzug fuhr herum. Hinter ihm stand Wenzels Freund. Der schöne Jüngling zündete sich in aller Gemütlichkeit einen Zigarillo an, bevor er im nächsten Moment das abgebrannte Streichholz in den Rinnstein warf.

»Verschwindet, ihr zwei, macht eure schmutzigen Betrügereien anderswo, sonst muss ich mich über euch beschweren. Der Herr ist eine Nummer zu groß für euch. Zieht Leine.« Der Jüngling nahm seinen Zigarillo aus dem Mund und blies den Rauch in die Luft. Ohne ein Wort des Protests trat der Kerl mit den Sommersprossen den Rückzug an. Sein Kumpan folgte ihm gleich darauf, wortlos verließen sie beide das Pissoir. Nebeneinander gingen sie die Straße hinunter, ruhig und friedlich, als sei überhaupt nichts geschehen.

Richard atmete hörbar aus. Er griff in seine Hosentasche und holte jetzt endlich sein Taschentuch hervor, mit dem er sich über die verschwitzte Stirn wischte.

»Guten Abend.« Wenzels Freund lächelte ihn an. Er wirkte völlig ungerührt. »Tut mir Leid, dass Sie warten mussten – noch dazu in so unerfreulicher Gesellschaft. Haben Sie das Geld dabei?«

»Ja, natürlich. Um ein Haar hätte ich es Ihnen allerdings nicht mehr geben können. Diese beiden ekelhaften Ganoven waren gerade dabei, es mir abzunehmen.« Richard holte das prall gefüllte Kuvert hervor und reichte es an Wenzels namenlosen Freund weiter.

»Danke sehr. Ich sagte ja bereits, dass es mir Leid tut. Beim nächsten Mal werde ich einen anderen Treffpunkt wählen – falls es ein nächstes Mal geben sollte.«

»Das will ich nicht hoffen.« Richard sah zu, wie der Briefumschlag mit den Geldscheinen in der Anzugtasche seines Gegenübers verschwand. Er musste den Blick abwenden, so sehr störte es ihn, dass ein derart zweifelhafter Zeitgenosse eine so große Summe einstecken durfte. Richard räusperte sich. »Auf ein nächstes Mal kann ich verzichten. Ich werde diese Gegend freiwillig bestimmt nicht wieder aufsuchen.«

»Das bleibt ganz Ihnen überlassen, mein Herr. Legen Sie Wert darauf, dass ich Sie noch zu einem Mietdroschkenstand begleite, damit Sie sicher und unbehelligt die Heimfahrt antreten können?«

»Danke, nein.« Richard schüttelte den Kopf. Mit einem von Wenzels Gleichgesinnten wollte er auf gar keinen Fall noch länger in der Öffentlichkeit gesehen werden. Er schaute die Straße hinunter.

»Bis zum Stettiner Bahnhof ist es nicht weit – und von dort aus finde ich meinen Weg allein. Ich will nicht hoffen, dass man mir ein zweites Mal an diesem Abend auflauert. Ihresgleichen steht hier ja wohl hoffentlich nicht an jeder Straßenecke und belästigt anständige Bürger, oder?«

»Nicht dass ich wüsste. Die Stadt leidet eigentlich eher darunter, dass es zu viele vermeintlich anständige Spießbürger gibt. Leute mit einer Doppelmoral. Scheinheilige, Lügner, biedere Familienväter, die hinter dem Rücken ihrer Ehefrau mit anderen Frauen herumhuren – Sie verstehen, wen ich meine? Habe die Ehre, der Herr. Und grüßen Sie Herrn von Waltersporn von mir.« Wenzels Freund lächelte, dann drehte er sich einfach um und ging. Richard wandte sich ab. Jemand wie dieser Schönling konnte ihn nicht beleidigen. Für Kreaturen wie ihn konnte er überhaupt nichts empfinden – außer ein bisschen Verachtung vielleicht.

Ingeborg schlug die Augen auf. Über ihr schwebten Wolken – weiße und blaue, leicht zerfaserte und ganz runde. Wo war sie?

Und wo war der Hund? Wie war sie aus dem Priel herausgekommen, gegen dessen übermächtige Strömung sie zuletzt so verzweifelt angekämpft hatte? Ingeborg richtete sich langsam auf. Sie war klitschnass und voller Sand. Alles an ihr fühlte sich klamm und kalt an. Es musste Stunden her sein, dass sie aus dem Garten hinter dem Café fortgelaufen war – mittlerweile wurde es Abend, es dämmerte. Wie war sie hierher zurückgekommen? Hatte sie die schaurige Geschichte im Priel nur geträumt? Nein, ein Traum konnte es nicht gewesen sein. Der salzige Geschmack des kalten Meerwassers lag noch auf ihren Lippen, ihre Beine waren schwer wie Blei. Aus ihren Haaren tropfte in kleinen Rinnsalen das Wasser. Sie war wirklich im Watt gewesen, und sie wäre dort beinahe ertrunken. Irgendein Wunder musste sie gerettet haben.
Ingeborg stützte sich mit den Händen ab, sie versuchte aufzustehen. In diesem Moment fiel ihr Blick auf eine Gestalt, die zu ihren Füßen im Sand hockte. Verwundert öffnete sie den Mund. Nicolai war da! Ingeborg ließ sich in den weißen Sand zurückgleiten. Wie kam er hierher? Über ihr kreischten ein paar Möwen, die sich vom Abendwind landeinwärts treiben ließen. Sie fuhr sich über die Stirn. Träumte sie etwa doch? Das Erstaunen darüber, dass sie noch lebte, war schon groß genug – doch dass der erste Mensch, dem sie nach ihrem Abenteuer im Priel begegnete, Nicolai war, verblüffte sie beinahe noch mehr. Wortlos musterte sie ihn von Kopf bis Fuß. Er schien auch im Wasser gewesen zu sein. Sein kariertes Hemd und die dreiviertellangen Hosen waren nass. Seine Holzschuhe lagen neben ihm im Sand, die Spitzen seiner Haare glänzten feucht.
»Was ist, kannst du aufstehen?« Nicolai erhob sich und streckte ihr eine Hand entgegen. »Komm, versuche es. Ich helfe dir.«
Ingeborg blieb sitzen. Sie schüttelte den Kopf. »Was machst du denn hier? Wie hast du mich gefunden?«
»Nicht ich, sondern der Hund hat dich gefunden. Er hat mich bis an den Priel gebracht, in dem du fast ertrunken wärst. Ich konnte dich gerade noch rechtzeitig herausholen.«
»Du warst das also. Du warst bei mir im Wasser, als ich ohn-

mächtig wurde.« Ingeborg starrte Nicolai an. Sie spürte, wie sie errötete. Erst in diesem Augenblick wurde ihr bewusst, dass sie sich kräftig blamiert hatte. Nicolai hatte sein Leben riskieren und sie aus dem Wasser fischen müssen, nur weil sie auf die dumme Idee gekommen war, ganz alleine im Watt spazieren zu gehen. Was würde er jetzt wohl von ihr denken? Wahrscheinlich hielt er sie schlicht und einfach für eine dämliche Gans. Kein normaler Mensch war so leichtsinnig, noch dazu, wenn er die Gegend nicht kannte und nicht wusste, wann die Flut wieder einsetzte. Verlegen saß sie da und überlegte, was sie sagen sollte. Sie schluckte. »Es tut mir Leid – was ich getan habe, war ziemlich blödsinnig. Einfach so ins Watt zu laufen, nur weil gerade Ebbe ist – ich danke dir, dass du mich rausgezogen hast. Ohne dich wäre ich ertrunken.«

»Da hat nicht viel gefehlt, aber bedanken musst du dich vor allem bei Senta. Wenn die Schäferhündin unserer Nachbarn nicht gewesen wäre, würdest du jetzt wahrscheinlich den Fischen Gesellschaft leisten.« Nicolai beugte sich ein Stück vor. »Komm, steh auf. Reden können wir später. Du frierst, das sieht man. Du brauchst trockene Kleidung, sonst erkältest du dich. Was meinst du, schaffst du es alleine die Böschung hinauf?«

Ingeborg lächelte vorsichtig. »Ich glaube schon – aber zuerst möchte ich dir noch einmal sagen, wie Leid mir das alles tut. Ohne dich wäre ich nicht mehr am Leben.«

Nicolai nickte, aber er wich ihrem Blick aus. »Ist schon gut, eine große Sache war es nun auch wieder nicht. Ich bin ein guter Schwimmer. Nachdem Senta dich entdeckt hatte, ging alles ganz schnell.«

Ingeborg richtete sich auf. Während sie schwankend auf die Beine kam, beobachtete sie Nicolai aus den Augenwinkeln. Er schien tatsächlich nicht besonders stolz auf das zu sein, was er geleistet hatte. War er wirklich so bescheiden? Oder war ihm ihr Schicksal einfach nur gleichgültig? Ingeborg sah zu, wie er notdürftig den Sand von seinen nassen Hosenbeinen klopfte.

»Lass uns gehen. Wir können jetzt beide eine heiße Tasse Tee zum Aufwärmen gebrauchen.«

»Wir sind jetzt quitt, nicht wahr?«

Nicolai runzelte die Stirn. »Quitt? Wie meinst du das, wir sind quitt?«

»Ich habe dir in Westerland geholfen, als sie dich verprügeln wollten. Du hast mich aus dem Priel gerettet. Wir schulden einander nichts mehr. Wir sind quitt.«

»Wenn du es so siehst, meinetwegen. Aber jetzt komm, ich friere.« Nicolai griff nach ihrer Hand und marschierte los. Ingeborg ließ sich von ihm mitziehen, obwohl sie eigentlich ein bisschen enttäuscht war. Nicolai schien überhaupt nicht aufgeregt, er zeigte kaum Gefühl. Wahrscheinlich war es ihm tatsächlich herzlich egal, ob sie am Leben war oder nicht. Er war in das kalte Wasser gesprungen, um ein Menschenleben zu retten – aber ob es dabei um sie oder jemand anders ging, das interessierte ihn gar nicht. Insgeheim hatte sie für den Bruchteil eines Augenblicks gehofft, seine gute Tat wäre eine Art Liebesbeweis für sie gewesen, aber da hatte sie sich wohl geirrt. Nicolai scherte sich nicht einen Deut um sie.

Sie war nicht ertrunken, stattdessen stand sie nun hier an Land, tropfnass und verfroren, und wurde von ihren Erinnerungen eingeholt. Ingeborg musste an die Geschichte denken, die ihre Mutter im Café erzählt hatte. Es fiel ihr noch immer schwer, die Sache mit der Adoption zu begreifen. Plötzlich schien ihre Lage ihr selbst hoffnungslos verworren zu sein. Eine Träne lief ihr über das Gesicht, erst eine und dann auch schon die nächste und die übernächste. Ingeborg biss sich auf die Unterlippe. Nicolai sollte nicht sehen, dass sie weinte, doch es war schwer, das zu verbergen. Sie war enttäuscht – von ihm, von ihrer Mutter, von allen und jedem. Erst die erschütternde Nachricht über ihre Adoption, die so überraschend gekommen war. Und dann die Sache mit Nicolai. Sie hatte ihn furchtbar gern, das war ihr spätestens in dem Moment deutlich geworden, als sie ihn am Strand wieder gesehen hatte. Er dagegen tat so, als würde er das nicht merken. Nicolai war ihr einziger Trost, der einzige Lichtblick inmitten all ihrer Verlorenheit. Und ausgerechnet er wollte von ihr nichts wissen.

Ingeborg schluchzte. Sie hätte mit Nicolai gerne über ihre Gefühle gesprochen, wusste aber nicht, ob sie das wagen konnte. Hatte er ihr nicht gerade zu verstehen gegeben, dass ihre Rettung für ihn nichts Besonderes war? Zeigte er damit nicht, dass es ihm gleichgültig war, wie es ihr ging?
Nicolai schien bemerkt zu haben, dass sie weinte. Er blieb stehen und wandte sich ihr zu. »Was ist denn mit dir los? Jetzt ist doch alles wieder in Ordnung. Die Gefahr ist vorbei. Beruhige dich, hörst du?« Behutsam legte er Ingeborg einen Arm um die Schulter. »Pass auf, wir klettern jetzt zusammen die Böschung hinauf. Und dann ist es gar nicht mehr weit. Ich zieh dich hoch, wenn du es nicht schaffst. Komm, stütz dich auf mich.«
Ingeborg wischte sich mit dem Handrücken durch das von Tränen feuchte Gesicht, dann nickte sie stumm. In diesem Augenblick ertönte irgendwo über ihnen ein kurzer Aufschrei. Ingeborg erschrak und hob den Kopf. Dort oben am Rand des Steilufers wartete ihre Mutter. Die Wirtin des Friesencafés war bei ihr, sie hatte einen Arm um ihre Schulter gelegt. Der Schäferhund, der Ingeborg aus dem Watt gerettet hatte, lief ruhelos um die zwei herum. Woher wussten die beiden Frauen, dass sie hier war? Ob der Hund sie hergeführt hatte? Es musste wohl so sein, jedenfalls wirkte ihre Mutter unruhig und nervös. Sie rang die Hände und strich sich die Haare aus dem Gesicht, bis sie schließlich ihre Röcke zusammenraffte. Unbeholfen versuchte sie, die Böschung hinunterzusteigen.
»Nicht doch, bleiben Sie oben – wir kommen hoch!« Nicolai gab Luise ein Handzeichen. Die rutschte noch ein kleines Stück das Steilufer hinunter, blieb dann aber stehen.
Ingeborg seufzte leise. Auf das Wiedersehen mit ihrer Mutter freute sie sich ganz bestimmt nicht. Zwischen ihr und der Frau, die dort oben stand, war schlagartig alles anders geworden. Die Frau, die sie für ihre Mutter gehalten hatte, hatte sie jahrelang belogen. Sie hatte Ingeborg niemals die Möglichkeit gegeben, die Wahrheit über sich selbst und ihre Familie zu erfahren. Dank der Komödie, die ihr vorgespielt worden war, hatte Ingeborg ihr

Leben lang mit einer Lüge gelebt. Und sie wusste immer noch nicht, wer sie eigentlich war und woher sie kam.
Sie schaute zu der Frau hinauf, in deren Obhut sie aufgewachsen war. Sie stand zwischen den niedrigen Büscheln aus Strandhafer und wartete darauf, ihre Tochter in Empfang nehmen zu dürfen. Wie sollte Ingeborg sich von jetzt an ihr gegenüber verhalten? Ihre Mutter hatte ihr etwas verheimlicht, Ingeborg spürte, dass sie ihr das nachtrug. Andererseits war sie immer fürsorglich und liebevoll gewesen. Sie hatte Ingeborg gut behandelt in all den Jahren.
Ingeborg biss sich auf die Unterlippe. Eigentlich hätte sie ihr gern gesagt, wie unglücklich sie über das war, was sie heute Nachmittag am offenen Fenster zufällig mit angehört hatte. Aber vielleicht war es klüger, genau das vorerst nicht zu tun – jedenfalls nicht hier, in Gegenwart von Nicolai. Er musste ja nicht mitbekommen, wie es war, wenn sie Streit miteinander hatten. Ingeborg wandte sich Nicolai zu. Sie hatte bemerkt, dass er sie schon die ganze Zeit über ansah.
»Was ist? Kannst du nicht weiter?« Er deutete auf die Böschung. Erst jetzt bemerkte Ingeborg, dass sie am Fuß des Steilufers stehen geblieben war. Sie versuchte zu lächeln. »Doch, es geht schon. Ich wollte mich nur einen kleinen Moment ausruhen.«
»Dann komm, deine Mutter wird schon ungeduldig. Sie ist ziemlich aufgeregt, glaube ich. Wir sollten sie nicht länger warten lassen.«
Ingeborg senkte den Kopf und schloss die Augen. »Sie ist nicht meine Mutter.« Sie hatte die letzten Worte nur geflüstert. Nicolai schien sie nicht verstanden zu haben, er warf ihr einen fragenden Blick zu. »Was sagst du?«
Ingeborg schwieg. Hatte sie sich nicht eben vorgenommen, vorerst nichts über ihre Adoption zu sagen? Sie schüttelte den Kopf. »Ach, vergiss es. Es ist nicht wichtig.«
»Dann nimm meine Hand. Deine Mutter wird dir schon nicht den Kopf abreißen. Glaub mir, die ist viel zu erleichtert, dass du wieder da bist. Sie wird dir keine Standpauke halten.«

»Da kennst du sie aber schlecht. Standpauken sind ihre Spezialität.«
Nicolai lachte. »Das ist bei allen Müttern so. Zum Glück beruhigen sie sich ja auch irgendwann wieder.« Er griff nach Ingeborgs Hand und zog sie mit sich. Ingeborg folgte ihm die Böschung hinauf, wobei ihr Blick immer wieder auf ihre Hand fiel, die in seiner lag. Ihr Herz klopfte heftig. Es war aufregend, so Hand in Hand mit ihm zu gehen. Sie fühlte sich hellwach und innerlich aufgewühlt. Was mochte in Nicolai vorgehen, wenn er ihre Hand hielt? Vielleicht empfand er gar nichts dabei, vielleicht ging es ihm wirklich nur darum, endlich nach Hause zu kommen? Ingeborg war noch immer in die Betrachtung ihrer ineinander verschlungenen Hände versunken, als sie plötzlich an den Schultern gepackt wurde. Ihre Mutter war da und riss sie an sich. Sie schluchzte herzzerreißend, mit aller Kraft klammerte sie sich an Ingeborg fest, so dass diese Nicolais Hand loslassen musste. Luise weinte und lachte gleichzeitig, ihr ganzer Körper bebte. Ingeborg stand steif und schweigend da und wartete darauf, dass sie sich beruhigte. Über die bebende Schulter hinweg folgte sie Nicolai mit den Augen.
»Großer Gott, mein Mädchen, wie konntest du mich so in Angst und Schrecken versetzen? Was hast du überhaupt da draußen gewollt?« Ihre Mutter strich ihr über das feuchte Haar, immer und immer wieder. »Ich bin fast gestorben vor Angst, weißt du das? Wie konntest du nur so unvernünftig sein? Du bist doch kein kleines Kind mehr!«
»Nein, bin ich nicht.« Ingeborg versuchte sich aus der erstickenden Umarmung zu befreien, es gelang ihr aber nicht, ihre Mutter hielt sie weiter fest umklammert. Ingeborg spürte, wie sich leise der erste Ärger über dieses übertriebene Betragen in ihr regte.
»Ich begreife einfach nicht, warum du das getan hast, Ingeborg. Wir haben überall nach dir gesucht, das ganze Dorf war auf den Beinen. Ich habe es kaum ausgehalten vor Angst um dich. Du hast dich unmöglich benommen. So etwas darfst du nie wieder tun. Du hast mit deinem Leben gespielt, weißt du

das? Findest du nicht, dass du dich wenigstens entschuldigen solltest?«
Ingeborg seufzte. Was für ein Theater sie machte! Musste das denn sein? Ingeborg verzog den Mund. »Nein, ich möchte mich nicht entschuldigen. Das Ganze war nicht nur meine Schuld. Hör bitte endlich auf, auf mir herumzuhacken, wenn andere Leute dabei sind.« Mit einem Ruck befreite sie sich aus der Umarmung.
Luise starrte sie an. »Was ist denn mit dir los? Wie benimmst du dich? Hast du den Verstand verloren?«
»Nein. Ich möchte nur, dass du endlich damit aufhörst, mir immer die Schuld an allem zu geben, hörst du? Du übertreibst immer so fürchterlich bei allem, was du tust. Immer mäkelst du an mir herum. Ich halte das nicht länger aus. Schließlich bist du gar nicht meine richtige Mutter. Du bist es gar nicht!«
Ingeborg trat einen Schritt zurück. Nun war es also doch heraus. Hastig legte sie eine Hand auf den Mund, doch konnte sie keines der Worte wieder rückgängig machen, die ihr herausgerutscht waren. Ihre Mutter hatte sie so provoziert, dass sie alle guten Vorsätze vergessen hatte.
Ingeborg sah, wie Luise unter dem Eindruck der letzten Bemerkung zusammenzuckte. Sie sah die betretene Miene der Wirtin des Friesencafés und Nicolais fragendes Gesicht. Das alles war peinlich, so entsetzlich peinlich. Ingeborg drehte sich um. So schnell sie konnte, rannte sie über die Heide auf das Haus zu. Sie lief, als ginge es noch einmal um ihr Leben. Sie musste fort, ganz schnell fort von hier, denn jetzt kamen sie erst richtig, die Tränen, die sie mit aller Kraft zurückgehalten hatte. Sie liefen und liefen. Nichts und niemand konnte die Flut jetzt mehr aufhalten.

Ein abendlicher Ball in der Villa Ertelschwing: Musik, Kerzenlicht und jede Menge Menschen, die im Glanz des Lichts unter den großen Kronleuchtern tanzten. Richard von Lassen stolzierte gemessenen Schrittes durch den Ballsaal. Immer wieder blieb er stehen, um den Anblick zu genießen, der sich ihm bot.

Die Brillanten und Saphire glitzerten mit den Seidenroben der Damen um die Wette, es schimmerten die Orden am Band und an der Spange in nahezu jeder Couleur. Die Herren in ihren Garde- und Galauniformen mit Lametta auf der Brust überwogen, aber auch die tiefschwarzen Frackschöße von Zivilisten waren im Saal zu sehen. Wer in Berlin etwas auf sich hielt, der zeigte sich heute Abend bei Ertelschwings in ihrem Haus am Wannsee.
Richard hob sein Glas und trank einen Schluck Champagner. Er schob eine Hand in die Tasche seines Fracks und schaute zu, wie dieser Zeitungsfritze von der *Berliner Abendpost* in seinem zu kurz geratenen, wahrscheinlich geliehenen Anzug sich Notizen machte. Jedes Detail dieser gelungenen Veranstaltung würde morgen in den Klatschspalten der Berliner Zeitungen nachzulesen sein. Richard lächelte. Dass er auf Konrads Betreiben eine Einladung hierher erhalten hatte, machte ihn stolz. Er war heute schon vielen wichtigen Persönlichkeiten begegnet – dem norwegischen Honorarkonsul und einem Flügeladjutanten des Kaisers hatte er die Hand geschüttelt, und sogar mit dem Innenminister hatte er ein paar Worte gewechselt. Und das war noch nicht alles: Jekaterina von Ertelschwing hatte ihm einen Tanz gewährt. Einen Walzer hatten sie miteinander auf das Parkett gelegt, einen wunderschönen, sehr langen, sehr romantischen Walzer. Die neidischen Blicke der vielen anderen Männer, denen Jekaterina einen Korb gegeben hatte, waren Richard gefolgt, während er mit der schönen Russin durch den Saal geschwebt war. Wenn Richard die Augen schloss, dann spürte er noch immer ihren graziösen, wohl geformten Körper in seinen Armen.
»Richard – hier bist du also! Ich habe dich schon überall gesucht.« Richard schaute sich um. Plötzlich war Konrad neben ihm. »Ich möchte dich unbedingt mit jemandem bekannt machen.«
Im nächsten Moment sah er sich einem rundlichen Herrn gegenüber, dessen Gesichtszüge ihm vage vertraut vorkamen. Neben dem Fremden stand Jekaterina und lächelte. Ihr schmal ge-

schnittenes Ballkleid aus blassrotem Satin, die Kette aus Rubinen, dazu die blütenweißen Glacéhandschuhe und der mit Perlen besetzte Stirnreif – sie schimmerte und glänzte, sie wirkte beinahe wie ein lebendes Kunstwerk. Ganz ohne jeden Zweifel war die Gastgeberin heute Abend die Schönste im Saal. Richard konnte sich kaum losreißen von dem Anblick, den sie bot.

Konrad wandte sich dem rundlichen Herrn in der Paradeuniform des ersten Garderegiments zu. »Darf ich vorstellen? Hier haben wir meinen alten Freund Richard von Lassen, seines Zeichens Landrat in Plön. Richard, ich habe die Ehre, dich mit seiner Exzellenz, dem Fürsten von Gerstetten, bekannt zu machen. Richard ist ein großer Verehrer Ihrer Gedichte, Exzellenz.« Konrad lächelte undurchdringlich.

Richard nickte irritiert, er murmelte etwas davon, dass es ihm eine besondere Ehre sei, und verbeugte sich dann vor dem Fürsten. Insgeheim war er alles andere als erfreut. Warum schleppte Konrad ihm ausgerechnet den Mann an, den zu vernichten sie sich vorgenommen hatten? Warum war dieser widerliche Mensch überhaupt bei den Ertelschwings zu Gast? Richard hatte von Gerstetten eigentlich noch seiner Schussverletzung wegen in der Charité vermutet. Und außerdem – warum erzählte Konrad diesen Unfug? Ausgerechnet ihn als einen Verehrer der Dichtkunst des Fürsten auszugeben war absurd. Bis vor einer Minute hatte er noch nicht einmal gewusst, dass von Gerstetten überhaupt Gedichte schrieb. Ein Perverser, der dichtete – das schien ihm in hohem Grad albern. Warum dienerte Konrad bloß in einer so unerträglichen Weise vor diesem charakterschwachen Geschöpf herum?

Richard stand da und schwieg, doch Jekaterina rettete an seiner statt die Situation, indem sie einen der Diener in Livree heranwinkte, von denen etliche im Saal herumschwirrten. Sie nahm ein Glas Champagner von seinem Tablett und lächelte von Gerstetten zu. »Ich finde, wir sollten einen Trinkspruch auf die rasche Genesung unseres hohen Gastes ausbringen, nicht wahr?«

Richard beobachtete Jekaterina aus den Augenwinkeln. Ihre

Stimme besaß ein wunderbares Timbre, sie besaß diesen fremdartigen, etwas verrucht wirkenden Klang, der für die in Deutschland lebenden Exilrussen so typisch war.
Der Diener trat zu ihm und hielt ihm das Tablett mit dem Champagner unter die Nase. Er sah, dass von Gerstetten und Konrad sich bereits bedient hatten, also blieb ihm nichts anderes übrig, als es ihnen gleichzutun.
»Auf die glückliche Wiederherstellung Ihrer Gesundheit, Exzellenz.« Jekaterina prostete dem Fürsten zu.
»Dem schließe ich mich an – möge Ihnen ein langes Leben beschieden sein, Exzellenz!« Auch Konrad hob lächelnd sein Glas.
Richard zwang sich zu einer möglichst unbeteiligten Miene, obwohl ihm die Bedeutung der Schmierenkomödie, die hier vor seinen Augen ablief, nicht klar war. Warum machten sie sich allesamt so unerträglich mit dem Feind gemein? Wozu sollte das gut sein? Er nahm einen kleinen Schluck aus seinem Glas, obwohl er schon längst kein Verlangen nach Champagner mehr spürte. Heute Abend hatte er bestimmt schon mehr als genug davon gehabt.
Jekaterina stellte ihr Glas beiseite und nahm von Gerstettens Arm. Mit einem betörenden Augenaufschlag sah sie ihn an. »Herr von Lassen stammt übrigens auch aus Schleswig-Holstein, Exzellenz, genau wie Sie. Wie war doch noch gleich der Name des Stammsitzes Ihrer Familie, Herr von Lassen?«
»Jarrelund. Das Gut liegt nördlich von Plön.«
»Ich kenne die Gegend.« Von Gerstetten zwirbelte sich den Bart. »Ein herrlicher Flecken Erde, dieses Land im Norden. Gut, dass wir es den Dänen abgenommen haben, nicht wahr? Die Seen sind einzigartig. Und das offene Meer haben Sie auch gleich in der Nähe. Ich bedauere es immer wieder, nicht öfter dort oben sein zu können. Sind Sie Jäger, Herr von Lassen?«
Anstatt sofort zu antworten, schob Richard sein erst zur Hälfte geleertes Glas von einer Hand in die andere. Er zögerte mit der Antwort. Dass von Gerstetten genau wie der Kaiser leidenschaftlich gern jagte, wusste er. Er selber hasste die Jagd und beteiligte sich nur daran, wenn seine Position als Landrat ihm

keine andere Wahl ließ. Er hatte einfach keinen Spaß daran, stundenlang durch den Wald zu streifen und dabei entweder vor Kälte zitternd oder vor Hitze schwitzend nach einer von Schlamm verkrusteten Hirschkuh zu suchen, die sich in Todesangst im Unterholz verkrochen hatte. Natürlich war ihm bewusst, dass er sich mit einer ehrlichen Antwort auf die Frage des Fürsten unbeliebt gemacht hätte, also nickte er.

»Ich habe schon des Öfteren an größeren Jagdausflügen teilgenommen, Exzellenz. In unseren Wäldern trifft man sich häufig zur Fuchsjagd.«

»Ich weiß. Da kann ich Ihnen wunderbare Anekdoten erzählen. Die kaiserlichen Jagden auf Rominten sind immer wieder für eine hübsche Geschichte gut. In der letzten Saison zum Beispiel fehlte es an wilden Hasen, also hatte der dortige Oberaufseher in seiner Not zahme Tiere einkaufen lassen und sie ausgesetzt. Als Seine Majestät mit seinem ganzen Tross dann anrückte, hockten die Viecher überall herum und mümmelten ihr Gras, schließlich waren sie ja zahm und an Menschen gewöhnt. Keine Spur von einem Jagdvergnügen. Also hat Seine Majestät die Langohren alle einsammeln und dem Herrn Aufseher am Abend vor dessen Haustür setzen lassen.« Gerstetten machte eine Pause und sah sich um. Er schien die Wirkung seiner Geschichte abwarten zu wollen, doch Richard konnte sich absolut nicht dazu entschließen, über die flaue Pointe zu lachen.

»Das ist doch komisch, nicht wahr? Also wir haben uns hinterher herzlich darüber amüsiert.« Von Gerstetten schlug Richard lachend mit einer Hand auf die Schulter. Richard zuckte zusammen, das Glas in seiner Hand bewegte sich, bevor im nächsten Moment ein Schwall Champagner über den Rand auf Richards Oberkörper schwappte. Er sah an sich hinunter. Champagner tropfte vom weißen Stoff seiner Hemdbrust auf die Hose. Instinktiv hob Richard eine Hand, um den Rest der Flüssigkeit abzuschütteln. Von Gerstetten stand da und starrte den Fleck auf dem Frackhemd an. »Um Himmels willen, was für eine Ungeschicklichkeit von mir. Sie müssen entschuldigen, mein Herr, aber das war nicht meine Absicht. Warten Sie bitte einen Mo-

ment –« Von Gerstetten zog ein weißes Taschentuch hervor und reichte es an Richard weiter, der das Tuch zwar annahm, es aber bloß schweigend festhielt, anstatt es zu benutzen.
»Das ist mir wirklich sehr unangenehm. Hätten Sie vielleicht etwas Wasser und Seife für uns, gnädige Frau?« Der Fürst drehte sich zu Jekaterina von Ertelschwing um, die hinter ihm stand.
»Selbstverständlich. Am besten, wir gehen nach oben in das Ankleidezimmer meines Mannes. Dort können wir den Fleck entfernen.« Jekaterina wies auf die Tür am anderen Ende des Ballsaals. Richard reichte sein Glas an einen Diener weiter. Der Fleck auf dem neuen Hemd war mehr als handtellergroß. Dieser von Gerstetten war nicht nur pervers, er war auch noch ein Trottel. Derartig ungeschickt, wie der sich benahm, war es ein Wunder, dass man ihn bei Hof überhaupt tolerierte. Aber was konnte er gegen einen so hochrangigen Dummkopf schon tun? Der Mann war nicht satisfaktionsfähig. Seine Dummheit musste man einfach ohne viel Aufhebens ertragen. Richard verneigte sich kurz in die Runde, dann schloss er sich ohne ein weiteres Wort Jekaterina an, die schon auf die Tür des Saales zusteuerte.
»Sie müssen mir erlauben, die Reinigung des Fracks auf meine Kosten vornehmen zu lassen, mein Herr.« Richard drehte sich um. Von Gerstetten war noch immer da, er lief ihm hinterher wie ein Dackel seinem Herrchen. Anscheinend war ihm die Sache mit dem Fleck tatsächlich peinlich. Der Fürst wischte über sein vor Aufregung gerötetes Gesicht. Seine Stirn glänzte vor Schweiß. Noch einmal schüttelte er den Kopf. »Ich habe Ihnen mit meiner Ungeschicklichkeit den ganzen Abend verdorben, das tut mir Leid. Seien Sie doch so gut, und überlassen Sie mir Ihre Visitenkarte. Es wäre mir eine Ehre, Ihnen den Frack ersetzen zu dürfen.«
»Das wird nicht nötig sein, Exzellenz. Der Fleck wird sich herauswaschen lassen, davon bin ich überzeugt.«
»Wahrscheinlich wird er das, aber das reicht mir nicht. Ich möchte Sie für den Ärger entschädigen, den Sie meinetwegen haben. Anstatt sich hier im Saal mit den anderen Gästen amü-

sieren zu können, verbringen Sie jetzt einen Teil des Abends damit, Ihren Anzug wieder herzurichten. Und das alles bloß, weil ich zu temperamentvoll war. Sie müssen mir unbedingt erlauben, Ihnen für den Schaden Ersatz zu leisten.«
Richard bemühte sich um ein Lächeln. »Das alles ist wirklich halb so schlimm. Unsere charmante Gastgeberin wird die Sache ganz schnell in Ordnung bringen.« Richard sah zu Jekaterina hinüber, die auf der Schwelle des Ballsaals stehen geblieben war, um auf ihn zu warten.
Von Gerstetten nickte. »Ja, natürlich – trotzdem, ich stehe in Ihrer Schuld. Erlauben Sie, dass ich Ihnen meine Karte gebe. Falls Sie sich doch einen neuen Frack anfertigen lassen möchten, schicken Sie die Rechnung dafür bitte an mich. Wollen Sie mir das versprechen?« Der Fürst hielt Richard seine Visitenkarte unter die Nase, auf der außer seiner Adresse auch sein Familienwappen prangte. Richard zögerte einen Moment, dann nahm er die Karte an sich. Ohne einen weiteren Blick darauf zu werfen, schob er sie in die Tasche seiner Weste. »Vielen Dank, Exzellenz, das ist sehr großzügig von Ihnen. Erlauben Sie mir, dass ich Ihnen auch meine Karte überreiche – für alle Fälle sozusagen?«
»Selbstverständlich. Ich danke Ihnen.« Von Gerstetten betrachtete Richards Visitenkarte beinahe respektvoll, bevor er sie einsteckte. »Sie müssen mir versprechen, sich zu melden, wenn Sie sich einen neuen Frack machen lassen.«
»Das werde ich.«
»Gut, das ist gut. Haben Sie Ihnen übrigens wirklich gefallen? Meine Gedichte, meine ich. Sie haben sie doch gelesen, oder?«
Richard spürte, wie er langsam errötete. Die Gedichte! Um Himmels willen, was hatte Konrad ihm da eingebrockt? Wenn überhaupt, dann las er die Klassiker, bestenfalls mal eine Biografie, aber niemals Gedichte. Trotzdem nickte er langsam. »Selbstverständlich habe ich sie gelesen, Exzellenz. Im Stil erinnern sie mich ein wenig an das Werk dieses Engländers, wie heißt er doch gleich –«
»Lord Byron. Ist es der, den Sie meinen?«

»Ja.«
»Das ist ein großes Kompliment für mich, Herr von Lassen. Byron hat mich tatsächlich sehr inspiriert.« Der Fürst lächelte sanft. »Erlauben Sie mir, Ihnen zur Erinnerung an unser Zusammentreffen ein paar meiner neuesten Verse zuzuschicken – mit Widmung natürlich. Ansonsten überlasse ich Sie jetzt den Händen unserer anmutigen Gastgeberin.« Der Fürst strich sich über sein im Ansatz bereits schütteres, grau meliertes Haar, bevor er sich umdrehte und in der Menge der übrigen Gäste verschwand.
Richard schaute ihm noch einen Moment nach, dann verließ er gemeinsam mit Jekaterina den Saal. Inzwischen war er nahe daran, sich über von Gerstetten zu amüsieren. Dieser besondere Freund des Kaisers schien ziemlich naiv zu sein, er freute sich wie ein Kind über ein Lob, mochte es noch so dick aufgetragen und unglaubwürdig sein. Sich selbst mit Lord Byron zu vergleichen, das schlug dem Fass doch den Boden aus! Aber vielleicht hatte die Leichtgläubigkeit des Fürsten ja auch Vorteile. Es dürfte nicht besonders schwierig sein, einen Mann mit seinem Charakter zum Opfer einer Intrige werden zu lassen. Von Gerstetten war vertrauensselig wie ein frisch geborener Säugling. Der würde das Zuschnappen der Falle, in der er saß, gar nicht bemerken. Die Geschichte mit dem Fleck eröffnete vielleicht neue Möglichkeiten. Jetzt, wo Richard dem Fürsten seine Visitenkarte gegeben hatte, waren sie miteinander bekannt. Vielleicht ließ dieser Umstand sich ausnutzen.
Richard beschleunigte seine Schritte, um Jekaterina einzuholen, die draußen im Gang auf ihn wartete. Er lächelte die Majorin an. »Ein Prachtkerl, unser Fürst, nicht war? So unbedarft hatte ich ihn mir gar nicht vorgestellt.«
Jekaterina erwiderte sein Lächeln nicht. Ihr Blick wirkte kühl. »Finden Sie? Meiner Ansicht nach ist der Fürst ein überaus höflicher Mann. Er bemüht sich, die Formen zu wahren. Kommen Sie – das Ankleidezimmer meines Mannes liegt im ersten Stock.«
Richard hob die Augenbrauen. Er hatte die Abfuhr, die Jekaterinas kurze Antwort bedeutete, sehr wohl registriert. Wortlos stieg

seine Gastgeberin vor ihm die Treppe hinauf. Sie führte ihn in einen lang gestreckten Raum im Obergeschoss, der von einer Reihe verspiegelter Schränke aus Schleiflack beherrscht wurde. Jekaterina wies auf einen Stuhl am Fenster. »Nehmen Sie doch Platz, Herr von Lassen. Ich werde den Kammerdiener meines Mannes rufen lassen. Er wird sich um Ihr Hemd kümmern.«
Richard nickte, doch er setzte sich nicht. Stattdessen blieb er dicht neben Jekaterina stehen. »Habe ich Sie mit dem, was ich eben über den Fürsten sagte, verletzt, gnädige Frau? Mir scheint, als sei er Ihnen sympathisch. Bitte verstehen Sie mich nicht falsch, das soll kein Tadel sein. Ich kenne den Mann ja kaum – ich hatte ihn mir nur ganz anders vorgestellt.«
»Ich weiß, welches Bild Sie sich gemacht haben, aber ich finde den Fürsten angenehm im Umgang. Er ist weder arrogant noch eitel und kann sich benehmen. Letzteres kann man nicht von jedem Freund des Kaisers sagen. Ich habe da mit anderen Herren auch schon ganz andere Erfahrungen gemacht.«
»Ich verstehe. Sie mögen ihn also. Ist Ihr Gemahl der gleichen Meinung, was den Fürsten angeht?« Richard sah Jekaterina ins Gesicht. Das Gespräch mit ihr begann interessant zu werden. Sollte diese bezaubernde Frau, die hier im Halbdunkel mit ihm plauderte, etwa eine heimliche Zuneigung für diesen Perversen hegen, von der niemand bisher etwas geahnt hatte? Für ihn war das schwer vorstellbar, aber ausgeschlossen war es deshalb natürlich nicht.
Jekaterina schwieg, sie warf einen Blick in den Spiegel hinter ihm. Richard konnte den Stoff ihres Kleides rascheln hören. Die schöne Russin war ihm so nah, dass er sie ohne Schwierigkeiten hätte an sich ziehen und küssen können. Er war nahe daran, das zu tun, doch dann hielt er in seiner Bewegung inne und schaute sie nur an. Er durfte jetzt nicht die Beherrschung verlieren. Schließlich ging es um etwas Bedeutenderes als um eine kurze körperliche Annäherung, mochte dieses Geschöpf vor ihm auch noch so kostbar und verlockend wirken. Im Augenblick war es wichtiger zu erfahren, inwieweit Jekaterina hinter dem Komplott stand, das ihr Ehemann gemeinsam mit einigen anderen

schmiedete. Richard räusperte sich. »Sie wissen doch, gnädige Frau, was man sich über den Fürsten erzählt, nicht wahr?«
Die Russin verzog den Mund zu einem dünnen Lächeln. Mit einer Hand rückte sie das Schmuckstück gerade, das auf ihrem Dekolleté schimmerte. »Zu diesen Gerüchten möchte ich nichts sagen, Herr von Lassen. Und was meinen Mann angeht, so fragen Sie ihn am besten selbst nach seiner Meinung. Wenn ich sonst nichts mehr für Sie tun kann, dann würde ich mich gerne wieder meinen Gästen unten im Saal widmen.«
Jekaterina wandte sich der Tür zu, doch Richard war schneller. Er griff nach ihrem Arm und hielt sie fest. Jekaterina fuhr herum. Eine Woge ihres Parfums flutete durch den Raum. Der Duft, den sie verströmte, war unbeschreiblich betörend. Sie war stehen geblieben, mit zusammengekniffenen Augen starrte sie ihn an. Ihre Gesichtszüge verrieten die Mischung aus Ablehnung und Verwirrung, die sie empfand. Richard begriff, dass er zu weit gegangen war. Diese Frau ließ sich nicht anfassen – nicht von ihm, noch nicht jedenfalls. Er gab sie frei und trat ein Stück zurück. »Verzeihen Sie bitte, gnädige Frau. Ich wollte Ihnen nicht zu nahe treten. Alles, was ich möchte, ist, Ihre Meinung zu hören. Ich bin fremd in dieser Stadt und kenne hier außer Ihnen kaum jemanden, dem ich vertrauen kann. Es gäbe da einiges, was ich gerne erfahren würde. Sind Sie so großzügig und beantworten mir ein paar Fragen?«
»Das kommt auf Ihre Fragen an, würde ich sagen.«
Richard nickte. »Gut, versuchen wir es einfach. Sie können sich bestimmt vorstellen, dass ich mich nicht nur zu meinem Vergnügen in der Hauptstadt aufhalte.«
»Über Ihre Pläne bin nicht im Bilde, Herr von Lassen.«
»Ich bin hier, um Konrad von Waltersporn in einem bestimmten Vorhaben zu unterstützen, bei dem es im Kern darum geht, eine bestimmte Person vom Hof zu entfernen.«
»Ich habe von dieser Sache gehört. Aber wenn Sie darüber mit jemandem sprechen möchten, sind Sie bei meinem Mann sicher besser aufgehoben.« Jekaterina sah zu Boden. Es schien, als versuche sie bewusst, seinem Blick auszuweichen.

»Ich möchte aber Ihre Meinung dazu hören. Was halten Sie davon? Sie wissen doch, dass es von Gerstetten ist, gegen den man vorgehen will, nicht wahr?«
Jekaterina schwieg, sie schaute an ihm vorbei und zum Fenster hinüber. Richard beugte sich ein Stück vor, so weit, dass sein Gesicht dem ihren ganz nah war. »Ihre Schönheit hat mich vom ersten Moment an fasziniert, Jekaterina. Ich vertraue Ihnen – und Sie können mir vertrauen. Alles, was hier gesprochen wird, bleibt unter uns, das versichere ich Ihnen.«
Jekaterina lehnte sich zurück. Wieder hatte er den Eindruck, als würde sie mit aller Macht versuchen, ihm auszuweichen. Dass sie seine körperliche Nähe so unübersehbar mied, kränkte ihn. Richard trat einen Schritt beiseite. Jekaterina sollte nicht glauben, dass ihre Anziehungskraft auf ihn übermächtig war. Endlich sah sie ihn an. »Dass es ein Komplott gegen den Fürsten geben soll, ist mir bekannt. Was das anbetrifft, sind Sie allerdings an der falschen Adresse, Herr von Lassen. Ich verstehe nichts von Politik.«
»Bestimmt nicht? Ich glaube, Sie sind zu bescheiden. Sie haben doch Menschenkenntnis, gnädige Frau. Mehr braucht man nicht, um etwas von Politik zu verstehen. Ich glaube, in Ihrem Haus gibt es heute Abend keine, die Ihnen das Wasser reichen kann.«
»Ich bin in dieser Angelegenheit überfragt. Warum halten Sie sich nicht einfach weiter an Ihren Freund von Waltersporn? Ein Mann wie er würde niemals in eine völlig aussichtslose Sache investieren, denke ich. Und nun entschuldigen Sie mich bitte, ich muss wieder hinunter in den Saal.«
Richard folgte ihr bis zur Tür. »Der Fürst tut Ihnen Leid, nicht wahr? Sie stehen nicht hinter der Bewegung, der Ihr Ehemann sich angeschlossen hat. Weiß der Major, wie Sie zu von Gerstetten stehen?«
Jekaterina drehte sich um. Der Satin ihres Kleides schimmerte im Halbdunkel. »Der Fürst ist ein Mensch, Herr von Lassen, so wie wir beide auch. Seine Vorliebe für das eigene Geschlecht macht ihn meiner Meinung nach noch nicht zu einem Staats-

feind. Wie würden Sie sich verhalten an seiner Stelle? Vielleicht hat er ja gar keine freie Wahl. Vielleicht kann er sich von seinen Neigungen nicht befreien, weil sie stärker sind als er? Womöglich kämpft er schon seit langem erfolglos dagegen an und bemüht sich inständig um eine Änderung seiner Lebensweise. Ich weiß, der Gedanke ist ketzerisch – und doch frage ich mich, ob der Mann nicht sogar darunter leidet, anders zu sein als wir. Vielleicht empfindet er Schmerz und Trauer darüber, dass seine Art von Liebe verpönt ist und ihn vom Rest der Menschheit entfremdet? Wenn Sie seine Gedichte wirklich gelesen hätten, dann wüssten Sie, dass der Mann zu tiefen Gefühlen im Stande ist. Er kennt das Gefühl der Scham. Er ist kein primitiver Rohling.«

Richard antwortete nicht. Er stand da und starrte Jekaterina an. Ihre Mutmaßungen schienen ihm unwahrscheinlich und phantastisch, einfach zu weit hergeholt. Schließlich war von Gerstetten ein erwachsener Mensch, der für seine Taten verantwortlich zu machen war. Richard erinnerte sich an die peinliche Szene, die er erst vor kurzem im Wedding hatte erleben müssen. Nein, das Bild, das Jekaterina da entwarf, traf die Sache nicht. So wie er sie kennen gelernt hatte, waren diese Perversen eine niedere Sorte von Menschen. Wenn von Gerstetten in unmoralischer Weise Unzucht mit Männern trieb, dann hatte er auch für die Folgen seines Verhaltens geradezustehen.

Jekaterina machte eine kurze Pause, sie holte Luft. »Haben Sie schon einmal überlegt, was uns dazu berechtigt, uns zum Richter über die Gefühle anderer aufzuschwingen?«

»Die Neigungen des Fürsten sind ziemlich extrem, gnädige Frau. Die Art von Liebe, mit der er sich abgibt, ist in meinen Augen nicht von Gott gewollt. Sie ist unanständig und schmutzig. Vor ihren Praktiken müssen wir die Gesellschaft schützen.«

»Sie empfinden das so. Aber wer besitzt Ihrer Ansicht nach das Recht, zu entscheiden, was in der Liebe erlaubt ist und was nicht, Herr von Lassen? Es gibt so viele Menschen unter Gottes Sonne. Und sie alle haben unterschiedliche Wünsche, Neigungen und Hoffnungen. Wenn es nicht der Wille des Allerhöchs-

ten gewesen wäre, das zu tolerieren, warum hat er dann erst Menschen geschaffen, die anders sind als wir beide? Auf diese Fragen gibt es keine absolut richtigen Antworten, ich weiß. Aber darauf kommt es mir auch gar nicht an, denn meiner Ansicht nach geht es in Sachen von Gerstetten gar nicht um Anstand und Moral. Es geht darum, den Fürsten vom Hof zu vertreiben. Seine geschlechtlichen Vorlieben sind nur ein Vorwand, um den Mann aus seinen Ämtern zu entfernen.«
Richard runzelte die Stirn. »Richtig, darum geht es. Aber es kann ja auch nicht gut sein, einem Mann mit derart schädlichen Leidenschaften Zugang zur Macht zu gewähren. Die Folgen für unsere Gesellschaft sind unübersehbar.«
»Ja, meinen Sie? Welchen politischen Schaden hat der Fürst denn bisher angerichtet? Mir scheinen seine Ratschläge an den Kaiser nicht besser und nicht schlechter zu sein als die anderer Leute. Das Komplott richtet sich doch nur deshalb gegen ihn, weil von Gerstetten genügend Angriffsfläche bietet. Es hätte genauso gut einen anderen treffen können. Sein Liebesleben ist nur ein Vorwand, mehr nicht.«
»So sehen Sie das Ganze also?«
»Ja, so sehe ich das Ganze. Das Leben ist oft nicht viel mehr als eine Aneinanderreihung von Zufällen, Herr von Lassen. Zufällig hat jemand entdeckt, dass der Fürst ein Doppelleben führt. Es hätte genauso gut irgendeinen anderen in der Umgebung Seiner Majestät treffen können – wenn irgendeine Persönlichkeit von Rang sich eine Blöße gegeben hätte, dann hätte sich die Meute auf einen anderen Kadaver geworfen.« Jekaterina strich sich mit einer lässigen Bewegung eine Strähne aus der Stirn. »Aber natürlich spielt meine Meinung keine große Rolle. Tun Sie, was Sie für richtig halten. Schließlich bin ich bloß eine Frau, die nichts von Politik versteht. Das jedenfalls behauptet mein Mann. Und vermutlich hat er damit Recht. Die Männer haben das Recht schließlich gepachtet. Wie wir alle wissen, steht das schon in der Bibel.«
Noch bevor Richard auf ihren letzten Satz etwas erwidern konnte, war sie verschwunden. Die Tür zum Ankleidezimmer

klappte zu. Er hörte, wie Jekaterina den Gang hinunterlief. Nachdem das Geräusch ihrer Schritte verklungen war, wurde es draußen still. Richard wartete noch einen Moment, dann ging er zum Fenster hinüber.

Was für ein rätselhaftes, faszinierendes Geschöpf diese Frau doch war! Sie war bemerkenswert durch und durch. Mit ihren Ansichten hielt sie jedenfalls nicht zurück – selbst wenn sie damit allein dastand. In der Ehe mit diesem tumben alten Major a. D. konnte eine Frau wie Jekaterina unmöglich glücklich sein. An ihre Seite gehörte ein Mann, der sie zu nehmen und ihr Temperament zu lenken verstand. Ihre Auffassungen mochten manchmal merkwürdig sein, aber jedenfalls besaß die Frau Intelligenz. Wie unbefriedigend musste es für sie sein, neben diesem tatterigen Alten zu leben, der vermutlich hauptsächlich Pflegedienste von ihr verlangte? Von Ertelschwing war immerhin siebzig Jahre, der Mann war schwerhörig und litt an der Gicht. Mit dem war bestimmt nicht mehr viel anzufangen.

Richard legte den Kopf gegen die kühle Fensterscheibe.

Wie wunderbar musste es sein, Jekaterina zur Ehefrau zu haben. Welche großen Taten würde er mit ihrer Unterstützung vollbringen können? Wenn er an Luise und ihre betuliche Art dachte, dann wurde ihm der Unterschied zwischen den beiden Frauen erst richtig bewusst. Richard seufzte. Sein ganzes Leben lief in die falsche Richtung. Er war mit der falschen Frau verheiratet, er lebte in der falschen Ecke dieses Landes und war obendrein beruflich erfolglos – konnte es ein härteres Schicksal geben für einen Mann wie ihn, der so ehrgeizig und fleißig war?

Richard wandte sich vom Fenster ab. Er würde das Komplott gegen von Gerstetten weiter unterstützen. Es gab keine andere Karte, auf die er setzen konnte. Die Verschwörung gegen den Mann musste zu einem erfolgreichen Ende geführt werden. Das Komplott gegen ihn war für Richard die einzige Möglichkeit, nach oben zu kommen. Nur als erfolgreicher Mann in einer gesicherten Position würde er Aussichten darauf haben, eine Frau wie Jekaterina zu erobern. Der Sieg in diesem gefährlichen Spiel, das war alles, was unter dem Strich zählte.

Kapitel 6

»Mit Ingeborg komme ich in letzter Zeit nicht zurecht, weißt du? Anstatt für ihre Rettung dankbar zu sein, ist sie mir gegenüber nur noch frech und abweisend. Ich gebe ja zu, dass nicht ich es war, die sie vor dem Ertrinken gerettet hat, aber immerhin bin ich doch ihre Mutter. Ich meine es nur gut mit dem Mädchen. Ich begreife nicht, warum sie sich so benimmt.«
Ingeborg schloss die Augen. Natürlich, das alte Lied, die alte Klage. Mama war ja so liebevoll und so tüchtig, aber sie erntete nur Undank dafür – so jedenfalls sah sie es. Ingeborg lehnte sich gegen die warme Hauswand hinter ihr. Sie konnte sich gut vorstellen, wie ihre Mutter mit säuerlichem Gesicht da drinnen auf Hannas geblümtem Sofa saß und jammerte.
»Deine Tochter wird erwachsen, Luise. Das ist nicht einfach für ein junges Mädchen, glaube mir.«
Es war Hanna, die gesprochen hatte. Ingeborg rutschte ein Stück vor. Im letzten Moment entdeckte sie, dass der offene Fensterflügel jetzt genau über ihrem Kopf schwebte, und wich ihm aus.
»Schon, aber das kann nicht der ganze Grund sein, Hanna. Mein Gefühl sagt mir, dass mehr dahinter steckt.«
Beinahe hätte Ingeborg gelacht, doch sie unterdrückte diese Regung mit aller Macht. Begriff ihre Mutter wirklich nicht, was los war? Hatte sie tatsächlich keine Vorstellung davon, was in ihrer eigenen Tochter vorging? Ingeborg wünschte sich nichts weiter, als endlich ernst genommen zu werden. Mehrfach hatte sie in den letzten Tagen versucht, mit ihrer Mutter über die Adoption zu sprechen, aber die tat so, als hätte es niemals eine Adoption gegeben. Mit aller Macht hielt sie an dem Märchen fest, das sie beinahe zwanzig Jahre lang erzählt hatte: dass es sich bei Ingeborg um ihr leibliches Kind handelte, geboren an einem heißen Sommertag des Jahres 1893 auf Jarrelund. Dabei wusste Ingeborg doch inzwischen ganz genau, dass sie keine geborene von Lassen war. Wie gern hätte sie endlich erfahren, woher sie tatsächlich kam und wer ihre leiblichen Eltern gewesen waren.

Doch ihre Mutter verweigerte jedes Gespräch über diese Fragen. Wenn Ingeborg versuchte, trotzdem darüber zu reden, dann brach sie früher oder später in Tränen aus.
Ingeborg senkte den Kopf. Sie hatte genug gehört. Das Gespräch zwischen den beiden Frauen da drinnen langweilte sie heute. Sie blinzelte in das Licht der Nachmittagssonne. Eigentlich waren sie hierher gekommen, weil Ingeborg sich noch einmal bei Nicolai bedanken wollte, der sie so mutig vor dem Tod durch Ertrinken gerettet hatte. Sie hatten die Idee gehabt, ihm als Dankeschön für die Rettung etwas zu schenken. Zwei Tage lang hatte Ingeborg auf mütterlichen Befehl sicherheitshalber das Bett hüten müssen, aber nachdem sich wider Erwarten kein Fieber bei ihr eingestellt hatte, hatte sie heute wieder aufstehen dürfen. Den halben Vormittag war sie mit ihrer Mutter durch Westerland gelaufen, um irgendetwas Hübsches als Belohnung für Nicolai zu kaufen. Nun waren sie hier, eine teure Taschenuhr samt Uhrenkette im Gepäck, und Nicolai war nicht zu Hause. Angeblich hatte seine Mutter keine Ahnung, wo ihr Sohn sich herumtrieb, und so hatte Luise sich auf dem Sofa in der guten Stube niedergelassen, um dort auf ihn zu warten. Enttäuscht und missmutig war Ingeborg allein in den Garten gegangen. Jetzt saß sie hier im hohen Gras, um dabei zuzusehen, wie die weißen Wolken am Himmel über ihr landeinwärts zogen.
Eine Biene summte vorbei. Sie steuerte auf die runden, rosafarbenen Dolden des Phlox zu, der an der Hauswand blühte. Ein paar Möwen drehten am Himmel kreischend ihre Kreise, während der Wind den Geruch von Salz und Seetang in den Garten trug. Die ganze Welt wirkte ruhig und von Sonnenlicht gekrönt. Über dem Garten lag ein tiefer sommerlicher Frieden. Mit einem Seufzer griff Ingeborg nach ihrem Taschentuch. Ein Schnupfen quälte sie, Husten würde sie bestimmt auch noch bekommen, den bekam sie nämlich jedes Mal, wenn sie sich verkühlte. Ärgerlich wischte sie sich mit dem Taschentuch über die gerötete Nase, dann rappelte sie sich auf. Wenn Nicolai nicht zu Hause war, war es langweilig bei Boysens. Das Lauschen am offenen Wohnzimmerfenster hatte sich heute nicht gelohnt,

und auch sonst passierte hier anscheinend nichts Spannendes, höchstens ein paar Insekten summten vorbei.
Ingeborg folgte dem Trampelpfad, der einmal um das Reetdachhaus herumführte. Vielleicht sollte sie Nicolai suchen gehen? Sie hatte zwar keine Vorstellung, wo sie ihn finden konnte, aber vielleicht hatte sie ja Glück und traf ihn zufällig. Wenn er heute Nachmittag wieder in Westerland gewesen war, um seinen Esel zu vermieten, nahm er vielleicht den Rückweg am Strand entlang.
Ingeborg schaute zum Himmel hinauf. Die Sonne verschwand immer häufiger hinter dichten Wolken, es wurde allmählich kühler. Der Wind frischte von der offenen See her böig auf. Sie überlegte noch einen Augenblick, dann marschierte sie trotzdem los. Regnen würde es schon nicht. Und weit gehen wollte sie ja auch nicht, bloß auf die Seite von Kampen. Sie wollte zum Roten Kliff – dorthin, wo die Wellen unter der steilen Abbruchkante aus rötlichem Lehm und hellem Sand an das Land schlugen. Wenn Nicolai aus Westerland kam, musste er an dieser Stelle vorbei. Wenn sie dort auf ihn wartete, konnte sie ihn nicht verfehlen.
Ingeborg zupfte an den Enden des Schals, den sie zusätzlich zu der mit Streublümchen bestickten, verhassten Strickjacke trug. Beides hatte sie nur angezogen, um ihre Mutter zu beruhigen, die im Augenblick mal wieder ein riesiges Theater um Ingeborgs Gesundheit machte. Ingeborg überlegte kurz, ob sie noch einmal zu ihr hineinmarschieren und um Erlaubnis für den Spaziergang zum Roten Kliff fragen sollte, aber sie entschied sich dagegen. Mama war beschäftigt, die würde gar nicht bemerken, dass ihre Tochter nicht mehr im Garten saß und den Bienen hinterherguckte.
Ingeborg wanderte los und versuchte dabei sich vorzustellen, was für ein Gesicht Nicolai machen würde, wenn sie unten am Strand aufeinander trafen. Würde er sich freuen, sie wieder zu sehen? Doch, das würde er bestimmt. Die Geschichte im Watt hatte sie einander näher gebracht. Nachdem Nicolai ihr das Leben gerettet hatte, war er jetzt so etwas wie ein Freund für sie.

Ingeborg war fest davon überzeugt, dass er ihre freundschaftlichen Gefühle teilte. Die Erinnerung an den Nachmittag nach ihrer Rettung am Strand, die Erinnerung an den kurzen Moment, als sie beide Hand in Hand die Uferböschung hinaufgeklettert waren, ließ Wärme und Sehnsucht in ihr aufsteigen. Ein Wiedersehen mit Nicolai, das besaß etwas Verlockendes. Schon der Gedanke daran brachte Ingeborgs Herz dazu, ein bisschen schneller zu schlagen.

Lächelnd marschierte sie durch die Dünen, hinter denen das offene Meer lag. Der mittlerweile stürmische Wind zerrte an ihrem Kleid und der blauen Strickjacke. Ingeborg senkte den Kopf und kämpfte sich näher an das Rote Kliff heran, neben dem ein rutschiger Sandweg zum Strand hinunterführte. Einen Moment lang blieb sie an der großen Düne neben dem Steilweg stehen und schaute von dort aus erst über das Land und dann auf das Meer hinunter. Weiß, Blau und ein sanftes Grün, die weite Dünenlandschaft zeigte die Farben der Insel in üppiger Pracht. Der Ruf eines Austernfischers hing in der Luft, das Geschrei der Silbermöwen wurde vom Wind über das Land getragen. Durch die dichten Wolken brach an einigen Stellen diffus das Sonnenlicht, aber es war dennoch kalt hier draußen. Der Strand zu Ingeborgs Füßen war fast menschenleer. Kein Badegast weit und breit, nur ein paar einsame Gestalten, die zwischen Wasser und Strand hin- und herliefen – Fischer wahrscheinlich, die ihren Fang anlandeten.

Ingeborg wollte sich schon abwenden und in Richtung Süden weitergehen, als sie plötzlich stutzte. Fischer, die ihren Fang anlandeten? Warum sollte ein Fischer das gerade hier am Roten Kliff tun, noch dazu bei diesem Wetter? Der nächsterreichbare Ort war Kampen, aber Kampen war bloß ein langweiliges Nest. Falls jemand überhaupt seinen Fisch vom Meer direkt dorthin bringen wollte, landete er bestimmt nicht ausgerechnet an diesem Strandabschnitt, der so weit von jeder menschlichen Siedlung entfernt lag.

Ingeborg betrachtete noch einmal den Horizont, aber sie fand keinen Kutter, der in der Nähe geankert hätte. Nur ein einsames Ruderboot schaukelte draußen auf den Wellen, ansonsten war kein Schiff weit und breit zu sehen. Die drei Männer, die sie auf den ersten Blick für Fischer gehalten hatte, waren offenbar damit beschäftigt, das Ruderboot zu entladen. Sie brachten runde Holzfässer an Land, und so wie es aussah, hatten sie es eilig damit. Hastig schleppten sie ihre Fracht vom Boot an den Strand, wo die Fässer auf einem wartenden Pferdekarren verstaut wurden.

Was mochte drin sein in den Holzfässern?

Ingeborg überlegte, aber auf Anhieb fiel ihr nichts Vernünftiges ein. Je länger sie dastand und guckte, desto merkwürdiger kam es ihr vor, was da unten vor sich ging. Die drei waren in Eile, sie schauten sich so häufig um, dass man auf die Idee kommen konnte, sie müssten sich in Acht nehmen vor Verfolgern. Zwei der Männer am Strand waren schon etwas älter, aber der dritte wirkte ziemlich jung. Bei näherem Hinsehen besaß er sogar eine gewisse Ähnlichkeit mit Nicolai. Nicht nur seine Statur und Körpergröße waren ähnlich, er trug auch ein blaues Fischerhemd und eine schwarze Latzhose von der Art, wie Ingeborg sie gerade vor zwei Tagen an ihm gesehen hatte. Wenn es wirklich Nicolai war, der da unten herumlief, dann fragte sie sich, was er mit den beiden Männern wohl zu schaffen hatte.

Ingeborg überlegte, ob sie weitergehen sollte. Ihr war kalt, gesünder wäre es bestimmt gewesen, umzudrehen und ins Friesencafé zurückzukehren – aber ihre Neugierde war stärker als die Sorge um ihre Erkältung. Fest entschlossen, der Sache am Strand auf den Grund zu gehen, suchte sie hinter der nächsten Düne Deckung. Ob es Schmuggler waren, die ihre Ware entluden? Vielleicht holten sie Schnaps und Zigaretten auf die Insel, unverzollte Ware, die sie aus England herüberbrachten?

In diesem Moment fiel eines der Holzfässer unten am Strand zu Boden, der Deckel sprang auf. Ingeborg reckte den Hals. Irgendetwas kullerte in den Sand, handtellergroße, grauschwarze, längliche Teile fielen aus dem Fass. Kein Alkohol, kein Tabak – Muscheln vielleicht. Für wen würde es sich wohl lohnen, Muscheln zu schmuggeln? Die waren doch nichts wert, Muscheln

gab es hier überall, die konnte man massenweise aus dem Meer holen. Vielleicht waren es doch bloß harmlose Fischer und keine Schmuggler, die unten am Ufer ihre Arbeit taten.
Ein wenig ernüchtert über die enttäuschende Entdeckung, die sie gemacht hatte, sah Ingeborg von ihrem Versteck aus zu, wie einer der Männer sich bückte, um die verschüttete Ladung wieder aufzuheben. Im gleichen Moment packte ihn einer der anderen beiden am Kragen und schüttelte ihn durch. Die drei unten am Strand gerieten aneinander, ein Handgemenge entstand. Jetzt prügelten die sich auch noch – und das alles wegen ein paar Muscheln? Das passte nicht zusammen, die Sache wirkte merkwürdig und schien es auch zu bleiben, denn ebenso schnell, wie der Streit unten am Strand entstanden war, wurde er wieder beigelegt. Ingeborg beobachtete, wie das letzte Fass zu dem Pferdekarren gebracht wurde. Einer der drei Männer nahm den Gaul bei den Zügeln und führte das beladene Fuhrwerk in Richtung Norden davon. Der Zweite der Männer watete ins Wasser, er stieg ins Boot und holte den Anker ein. Der Dritte der Männer war an Land geblieben und kam jetzt den Abhang herauf. Aus ihrem Versteck beobachtete Ingeborg, wie er den Steilweg neben dem Roten Kliff erklomm. Wenn er diese Richtung beibehielt, dann würde er genau an der Düne vorbeikommen, hinter der sie sich versteckt hatte. Ingeborg hatte mittlerweile keinen Zweifel mehr daran, dass es Nicolai war, der da durch den Sand auf sie zugestapft kam. Gut gelaunt pfiff er vor sich hin. Noch hatte er sie nicht gesehen. Ob es besser war, sich nicht bemerkbar zu machen, sondern ihn einfach vorbeigehen zu lassen? Wenn er sie hier entdeckte, würde er glauben, dass sie ihm auflauerte, und das würde ihm bestimmt nicht gefallen. Möglicherweise war es ihm nicht recht, dass sie ihn bei seinem merkwürdigen Treiben unten am Strand beobachtet hatte.
Ingeborg duckte sich in den Schatten der Düne, hinter der sie hockte. Plötzlich spürte sie, wie etwas Kaltes, Feuchtes sie mitten im Gesicht traf. Erschrocken sprang sie auf die Beine und griff sich mit einem kleinen Aufschrei an die Wange. Eine graue, weiche Masse klebte an ihren Fingern. Über ihr rausch-

ten Flügel, eine Möwe flog davon. Der Vogel hatte ihr mitten ins Gesicht geschissen, Möwendreck hing an ihren Fingern. Ingeborg fluchte leise und suchte dabei hastig nach einem Taschentuch, während Nicolai ein paar Schritte von ihr entfernt stehen geblieben war und sie erstaunt musterte. Energisch wischte sie sich mit ihrem Taschentuch über beide Wangen, was nicht nötig gewesen wäre, denn die Möwe hatte nur die rechte Wange getroffen. Nicolai kam langsam näher. Ingeborg schob ihr Tuch in die Tasche der Strickjacke zurück. Sie spürte, wie sie unter Nicolais forschenden Blicken errötete. Noch immer hatte er nichts gesagt, er starrte sie einfach nur an. Ingeborg kam sich vor, als sei sie bei etwas Verbotenem ertappt worden, dabei war er es doch, der sich heimlich mit irgendwelchen Leuten am Strand getroffen hatte. Sie versuchte, die unangenehme Situation mit einem Lächeln zu überspielen, und nickte Nicolai zu. »Hallo, schön, dich zu sehen!«
Er schob die Hände in die Taschen seiner weiten Hose. »Hallo. Was machst du denn hier? Bist du alleine hier draußen?«
»Ja, bin ich. Ich – ich wollte an den Strand. Muscheln suchen.« Ingeborg wandte den Blick ab, denn sie spürte, dass sie wieder errötete, heftiger noch als beim ersten Mal. Muscheln suchen – Himmel, was redete sie denn da? Nach dieser dusseligen Antwort musste in Nicolai doch erst recht der Verdacht aufkommen, dass sie ihn am Strand beobachtet hatte.
»Muscheln wolltest du suchen? Bei dem Sturm? Das ist nicht dein Ernst, oder? Wer hat dich hergeschickt?« Nicolais Blick wirkte finster. Ingeborg blieb stumm, ihr fiel nichts Gescheites ein, was sie hätte sagen können. Fest stand, dass sie dieses Wiedersehen gründlich vermasselt hatte. Warum war die dumme Möwe auch ausgerechnet in dem Moment aufgeflogen, in dem Nicolai vorbeigegangen war? Wenn der Vogel nicht gewesen wäre, hätte sie sich nicht verraten.
»Komm schon, raus mit der Sprache. Du spionierst mir doch hinterher.« Nicolai kam näher. Er packte sie am Oberarm und schüttelte sie leicht. Ingeborg warf ihm einen verwunderten Seitenblick zu, dann machte sie sich mit einem Ruck los. Was fiel

dem denn ein, der war ja richtig giftig zu ihr. Von Wiedersehensfreude kein Spur. Enttäuschung machte sich in ihr breit. Nicolai schien das Zusammentreffen mit ihr unangenehm zu sein. Die Geschäfte, in die er verwickelt war, mussten von ziemlich dunkler Art sein, wenn er so sehr darauf bedacht war, sie vor ihr geheim zu halten.

»Was soll denn das? Wer sollte mich denn wohl hierher geschickt haben?« Ingeborg trat einen Schritt zurück, um sich Nicolai zu entziehen. Der stand noch immer da und beobachtete sie finster. In seinem Blick lauerte das pure Misstrauen. Im Grunde konnte sie ihn sogar ein bisschen verstehen. Sie wäre an seiner Stelle auch verärgert gewesen. Egal, was er getan hatte, es gehörte sich nicht, sich anzuschleichen und zu spionieren. Was hätte sie gefühlt, wenn umgekehrt er sie heimlich belauert hätte?

Ingeborg zuckte mit den Schultern. »Tut mir Leid, wenn es dir nicht passt, mich hier getroffen zu haben. Mir war langweilig, also habe ich einen Spaziergang gemacht. Meine Mutter sitzt bei euch zu Hause auf dem Sofa und plauscht mit deiner Mutter. Es war der reine Zufall, dass wir uns hier getroffen haben.«

Nicolai schnaufte. »Ach, wirklich? Und das soll ich dir glauben?«

»Glaube mir oder lass es bleiben – es ist jedenfalls die Wahrheit. Falls du denkst, ich hätte dir aufgelauert –«

»Das hast du doch auch.« Nicolai verschränkte die Arme vor dem Oberkörper. »Du bist ziemlich lästig, weißt du das? Erst rennst du ins Watt, kurz bevor die Flut zurückkommt. Dann steigst du mir hinterher, wenn ich arbeiten muss. Sehr liebenswert, deine Neugierde. Und jetzt? Was muss ich dir geben, damit du den Mund hältst und niemandem verrätst, was du unten am Strand gesehen hast?«

»Du musst mir überhaupt nichts geben. Ich bin keine Verräterin. Ob du es glaubst oder nicht, ich kann den Mund halten.«

»Tatsächlich? Und wie lange soll das gut gehen?« Nicolai neigte den Kopf. Ein prüfender Blick aus seinen dunklen Augen streifte Ingeborg.

»So lange du es willst. Du hast mir das Leben gerettet. Ich weiß zwar nicht, was du eigentlich unten am Strand angestellt hast, aber ich werde jedenfalls mit niemandem darüber sprechen. Zufrieden?«

Nicolai nickte langsam. »Also gut. Ich nehme dich beim Wort. Du schweigst, abgemacht?«

Ingeborg nickte. Er musste sie für ziemlich naiv halten, wenn er ihr dieses alberne Versprechen abnahm, aber da sie keinen Sinn darin sah, sich länger mit ihm zu streiten, signalisierte sie mit einem Kopfnicken ihr Einverständnis.

»Gut. Dann können wir ja jetzt gehen.« Nicolai setzte sich in Bewegung. Ingeborg folgte ihm, sie marschierte hinter Nicolai durch den Sand, den Blick fest auf ihre staubigen Schuhe gerichtet. Alles in allem war es enttäuschend verlaufen, dieses Wiedersehen. Das Schlimme daran war, dass sie es selbst vermasselt hatte. Sie wurde das Gefühl nicht los, durch den Vorfall eben in Nicolais Gunst deutlich gesunken zu sein. Er hielt sie für neugierig, leichtsinnig und naiv – und das Schlimme war, dass er teilweise sogar Recht hatte mit dem, was er über sie dachte. Seitdem sie ihn kannte, benahm sie sich kindisch, das war nicht zu übersehen.

»Und wie geht es dir? Hast du das unfreiwillige Bad im Meer gut überstanden?« Nicolai verlangsamte seine Schritte, was ihr die Möglichkeit gab, zu ihm aufzuschließen. Sie nickte.

»Doch, habe ich schon. Ich habe mir bloß einen Schnupfen eingehandelt, mehr nicht.«

»Na fein. Dann bringe ich dich jetzt am besten zu deiner Mutter zurück, die wird sich bestimmt schon Sorgen machen.«

Ingeborg sah auf. »Soll sie doch. Ich muss ja wohl nicht die ganze Zeit an ihrem Rockzipfel hängen, oder? Mutter tut immer noch so, als wäre ich ein kleines Kind. Dabei bin ich fast achtzehn. Ich bin alt genug, um meine eigenen Wege zu gehen.«

»Ich glaube, das sieht deine Mutter anders.«

»Dann sieht sie es eben falsch. Sie gängelt mich ständig. Wenn es nach ihr ginge, müsste ich stundenlang mit ihr auf eurem Sofa

hocken und mir die langweiligen Geschichten anhören, die unsere Mütter sich gegenseitig erzählen.«
Nicolai grinste. »Irgendwie habt ihr ein paar Schwierigkeiten miteinander, du und deine Mutter, stimmt's?«
Ingeborg verzog das Gesicht, antwortete aber nicht. Sollte sie Nicolai die Sache mit ihrer Adoption erzählen? Alle Auseinandersetzungen, die sie mit ihrer Mutter in den letzten Tagen auszustehen gehabt hatte, waren letztlich eine Folge der Adoption, über die sie nicht sprachen. Bevor Ingeborg sich entschieden hatte, ob sie Nicolai Vertrauen schenken konnte, redete er schon weiter. »Ich glaube, du bist zu streng mit deiner Mutter. Unsere Mütter haben sich so lange nicht gesehen, da ist es klar, dass sie jetzt viel nachzuholen haben. Versuch doch einfach, ein bisschen Geduld mit den beiden zu haben.«
»Wie bitte? Unsere Mütter haben sich lange nicht gesehen? Dass ich nicht lache.« Ingeborg schüttelte den Kopf. »Es ist doch noch gar nicht lange her, dass die den ganzen Nachmittag zusammengehockt und geschnattert haben. Als ich mich im Watt verirrt habe, da –«
»Das meine ich nicht. Bevor ihr nach Sylt gekommen seid, haben sie sich lange nicht gesehen. Jahrelang nicht – seit meiner Geburt nicht mehr.«
Ingeborg blieb stehen. »Du meinst, unsere Mütter kennen sich von früher?« Nachdenklich griff sie nach ihrem Zopf am Hinterkopf und begann dessen Strähnen zwischen ihren Fingern zu drehen. »Stimmt, als sie sich neulich begegneten, sah es ganz so aus.«
»Und ob die sich kennen, schließlich sind sie miteinander verwandt. Deine Mutter ist meine Tante, und du bist meine Cousine.«
»Was sagst du da? Wir sind miteinander verwandt?« Ingeborg lachte. Im ersten Moment wirkte die Vorstellung, mit Nicolai verwandt zu sein, aus irgendeinem Grund komisch auf sie. Ungläubig starrte sie ihn an. Was für ein Märchen versuchte er ihr da aufzutischen? Sie warf ihren Zopf über die Schulter nach hinten. »Tut mir Leid, aber ich glaube dir kein Wort. Das mit unse-

rer Verwandtschaft hast du dir ausgedacht. Du machst dich lustig über mich.«

»Nein. Warum sollte ich mir so etwas ausdenken? Und was sollte daran komisch sein? Dein Vater und meine Mutter sind Geschwister. Wir zwei sind uns nie begegnet, weil meine Mutter Jarrelund schon vor meiner Geburt verlassen hat. Dein Vater und meine Mutter haben die Verbindung zueinander abgebrochen, die mögen sich nicht. Vielleicht ist es deinem Vater peinlich, eine Schwester zu haben, die als Gastwirtin ihr Geld verdient. Die Boysens sind dem Herrn Landrat wahrscheinlich nicht vornehm genug.«

»Wir sollen Cousin und Cousine sein, du und ich?« Ingeborg verzog das Gesicht, doch dann kniff sie die Augen zusammen, um Nicolai noch einmal genau zu betrachten. Eingehend musterte sie seinen schmalen Mund, seine strahlenden Augen und das dichte braune Haar, auf das die tief stehende Sonne einen rötlichen Schimmer warf. Nein, Ähnlichkeiten zwischen ihm und den restlichen von Lassens konnte sie nicht feststellen, auch wenn sie intensiv danach suchte. Aber was besagten Äußerlichkeiten schon? Bis vor kurzem hatte sie fest daran geglaubt, ihrer Großmutter väterlicherseits zu ähneln. Wie oft hatte sie vor deren Porträt im Salon gestanden, um ihre eigenen Gesichtszüge mit denen auf dem Bild zu vergleichen, das daheim über dem Kamin hing? Sie hatte sich der verstorbenen Großmutter sehr nahe gefühlt in diesen Momenten. Dabei war alles nur Einbildung gewesen, nichts davon hatte jemals wirklich existiert.

Ingeborg hob die Hand, als wolle sie Nicolais schmales Gesicht berühren, ließ sie aber gleich darauf wieder sinken. Auch wenn Nicolai niemandem der Lassens ähnlich sah, konnte er dennoch ihr Cousin sein. Über die Verwandtschaft zu einem anderen Menschen entschied weder seine Augen- noch seine Haarfarbe, das hatte sie inzwischen begriffen. Wenn Nicolai tatsächlich ihr Cousin war, dann war das keine gute Neuigkeit. Ihre Verwandtschaft machte die Zuneigung, die sie für ihn empfand, zu etwas Verbotenem. Die Liebe zwischen Cousin und Cousine ersten

Grades war verboten, das hatte sie gelesen. Wer Blutschande beging, der konnte dafür ins Zuchthaus wandern.
Ingeborg schüttelte schweigend den Kopf. Sie machte sich bestimmt unnötig Sorgen. Cousin und Cousine, das würden sie niemals wirklich sein. Schließlich hatte man sie als Kind adoptiert. Sie trug zwar den Namen ihrer Adoptiveltern, war aber viel weniger eine von Lassen als Nicolai – falls seine Mutter wirklich aus dieser Familie stammte.
»Was ist? Woran denkst du?« Nicolai schaute ihr in die Augen. Ingeborg hätte ihm gern erklärt, was in ihr vorging, doch ihre Gedankengänge waren zu verwickelt, als dass sie ihm hätte begreiflich machen können, woran sie dachte. Ihr fehlten die richtigen Worte, um unbefangen über ihre Gefühle zu sprechen. Was würde passieren, wenn Nicolai von ihrer wahren Herkunft erfuhr? Vielleicht würde er sie als Fräulein Namenlos nicht mehr mögen? Vielleicht würde er über ihre Empfindungen lachen. Wie war es eigentlich um seine Gefühle für sie bestellt? Mochte er sie überhaupt? Ingeborg versuchte sich in dem Durcheinander zurechtzufinden, das in ihrem Kopf herrschte, hatte aber nicht den Eindruck, dass es besser wurde, wenn sie länger darüber nachdachte. Hilflos und verwirrt stand sie da und sah schweigend zu Boden.
»Was ist los? Warum sagst du nichts? Ist die Vorstellung, mit mir verwandt zu sein, so fürchterlich?« Nicolai legte behutsam eine Hand unter ihr Kinn. Sanft schob er ihren Kopf nach oben. Es blieb ihr nichts anderes mehr übrig, als seinem forschenden Blick standzuhalten.
Nicolai wirkte ernst. »Ich lüge nicht, falls du das glaubst. Meine Mutter hat den Mädchennamen ihrer Mutter wieder angenommen, deshalb heißt sie Boysen. Aber geboren ist sie als Hanna von Lassen. Sie ist mindestens so adelig wie du.«
»Aber ich bin nicht adelig. Ich bin kein bisschen adelig.« Ingeborg befreite ihren Kopf mit einem Ruck aus Nicolais Hand. Es würde sie einiges an Überwindung kosten, ihm die Wahrheit über ihre Herkunft zu sagen, aber sie würde es tun müssen. Sie war ein Fräulein Niemand, ein Mensch ohne eigene Geschichte

und ohne eigenes Geld – aber wenigstens war sie nicht seine Cousine ersten Grades.
Nicolai stand da und musterte sie mit einem fragenden Blick. Er schien nicht viel mit ihrer Antwort anfangen zu können, jedenfalls schüttelte er den Kopf. »Hör mal, du scheinst mir wirklich ziemlich durcheinander zu sein. Wieso bist du nicht von Adel? Was soll das heißen?«
»Ich bin keine geborene von Lassen. Meine Eltern haben mich adoptiert. Kann schon sein, dass deine Mutter die Schwester meines Vater ist. Deine Cousine bin ich aber auf keinen Fall. Ich gehöre nicht wirklich zur Familie. Meine Eltern haben mich bloß adoptiert. Meine richtigen Eltern kenne ich gar nicht.«
»Du bist ein Adoptivkind? Stimmt das?«
»Ja, wenn ich es dir doch sage. Ich habe mit angehört, wie unsere Mütter sich in eurer guten Stube über mich unterhalten haben. Meine Mutter hat deiner Mutter von meiner Adoption erzählt. Ich habe neulich Nachmittag am offenen Fenster gelauscht und war danach so durcheinander, dass ich geflüchtet bin. Ich wollte einfach allein sein, deshalb bin ich hinaus ins Watt gelaufen. Das war der Grund.«
Nicolai schwieg einen Augenblick, dann lächelte er. »Allmählich begreife ich, was los ist. Dass die Geschichte dir nahe gegangen ist, verstehe ich. Es ist bestimmt merkwürdig, zu erfahren, dass man jemand ganz anderes ist, als man immer dachte. Was mich betrifft, brauchst du dir deshalb allerdings keine Sorgen zu machen. Ich finde das alles halb so schlimm, wirklich. Ob du adoptiert worden bist oder nicht, ist mir egal. Ich mag dich so, wie du bist. Ob du von Adel bist, spielt für mich keine Rolle.«
Ingeborg lächelte schwach. »Und ich dachte, du würdest mich vielleicht nicht mehr leiden können, wenn du die Wahrheit über mich erfährst.«
Nicolai schüttelte den Kopf. »Wieso denn? Wie kommst du bloß auf so etwas?«
Ingeborg zuckte mit den Schultern. »Ich weiß nicht, ich dachte es eben. Ehrlich gesagt, ist es mir sogar lieber, wenn wir nicht miteinander verwandt sind. Schließlich hätten wir sonst nur

Scherereien gehabt. Cousin und Cousine ersten Grades dürfen nämlich nicht heiraten.«
Ingeborg verstummte. Im nächsten Moment spürte sie, wie ihr schlagartig das Blut ins Gesicht schoss, ihre Wangen brannten. Was war ihr da jetzt wieder herausgerutscht? Vermutlich hatte sie sich jetzt endgültig vor Nicolai blamiert. Ihm etwas von einer Heirat zu erzählen, das war nun wirklich albern. Er mochte sie anscheinend doch ein klein wenig, gut und schön, jedenfalls hatte er das eben behauptet – aber von einer Heirat waren sie doch weit entfernt. Je länger Ingeborg über das nachdachte, was sie da gesagt hatte, desto mehr wuchs ihre Verlegenheit. Schweigend starrte sie zu Boden. Wenigstens waren sie hier draußen allein. Wenn er jetzt über sie lachte, würde es außer ihr niemand erfahren. Ingeborg wartete darauf, aber Nicolai machte keine Anstalten zu lachen. Er runzelte die Stirn. »Was sagst du da? Cousin und Cousine dürfen nicht heiraten?«
Ingeborg schluckte. Wenn schon, denn schon. Sie hatte damit angefangen, jetzt musste sie es auch durchstehen. Sie nickte langsam. »Direkte Blutsverwandte dürfen nicht heiraten. Es gibt ein Gesetz, das es ihnen verbietet. Cousin und Cousine ersten Grades dürfen sich nicht einmal ineinander verlieben. Jedenfalls nicht richtig. Mit Anfassen und so.«
Nicolai schmunzelte. »Ist ja interessant, worüber du dir so Gedanken machst.« Er trat näher – er war ihr so nahe, dass Ingeborg seinen Atem auf ihrer Wange fühlen konnte. Sie spürte, wie er sie bei den Schultern nahm und an sich zog. »Habe ich dich richtig verstanden? Du hast darüber nachgedacht, ob wir zwei uns ineinander verlieben dürfen?«
Ingeborg schluckte. »Ja, das habe ich.«
»Und warum denkst du über so etwas nach?«
Ingeborg schwieg, doch als sie bemerkte, dass Nicolai sie mit großen Augen erwartungsvoll ansah, nahm sie allen Mut zusammen. »Dumme Frage, warum wohl? Aber bitte, wenn du es unbedingt noch einmal hören musst: Ich freue mich darüber, nicht mit dir verwandt zu sein, weil du etwas Besonderes für mich bist. Du hast mir vom ersten Augenblick an gefallen. Ich laufe dir

nicht hinterher, weil ich neugierig bin, sondern weil ich gern in deiner Nähe sein möchte. Aber wenn du mich jetzt auslachst, siehst du mich nie wieder.«
Ingeborg verstummte. Die letzten Worte hatte sie schnell gesprochen, beinahe zu schnell. Sie fürchtete sich vor der Antwort, die Nicolai ihr darauf geben würde.
Einen Moment lang sagte er gar nichts, sondern schaute sie nur an. Allein der Wind und das Geräusch der Wellen, die im Hintergrund auf den Strand schlugen, waren zu hören. Dann nahm er plötzlich ihr Gesicht in beide Hände. »Eigentlich bist du ganz niedlich, weißt du das?«
»Niedlich? Na hör mal, ich bin doch kein Schoßhündchen, das du niedlich finden kannst. Ich bin eine fast erwachsene Frau.«
Nicolai lächelte. »Ja, sicher. Nur liegt die Betonung dabei auf ›fast‹. Im Übrigen möchte ich wetten, dass du dich in mancher Hinsicht in mir täuschst.«
»Das kann sein. Aber –«
»Schon gut.« Nicolai beugte sich zu Ingeborg herunter, sein Gesicht näherte sich dem ihren. Sie schloss die Augen und spürte gleich darauf seine Lippen auf ihrem Mund. Sein Körper verströmte den Duft salziger Meeresluft. Trotz des kalten Windes strahlte er eine wunderbare Wärme aus. Seine kräftigen Arme hielten sie fest, als sei ihnen das ganz selbstverständlich erlaubt. Ingeborg schmiegte sich eng an ihn. Von einer Sekunde auf die nächste fühlte sie sich sicher und geborgen. Niemals zuvor hatte sie sich so wunderbar gefühlt wie bei diesem ersten Kuss, der ihr so viel von dem versprach, wovon sie träumte.

Richard saß mit dem Opernglas vor den Augen im Parkett des Theatersaals und schaute hinauf in den ersten Rang. Dort oben in der mit rotem Samt ausgeschlagenen Loge des Hofes residierte heute Abend Ludwig von Gerstetten, der Intimus und Freund des Kaisers. Sein massiger Körper hockte in der Galauniform inmitten der kaiserlichen Familie. Der Kronprinz saß zu seiner Rechten, direkt vor ihm hatte niemand Geringeres als Seine Majestät persönlich Platz genommen. Im Opernhaus

Unter den Linden wurde heute Abend die »Elektra« gegeben, die musikalische Leitung hatte immerhin der berühmte Herr Richard Strauss höchstselbst. Seine Majestät der Kaiser hatte es sich nicht nehmen lassen, zu diesem Ereignis seinen alten Freund von Gerstetten in die kaiserliche Loge zu bitten.
Richard fand das Schauspiel, das von Gerstetten hier ablieferte, einfach geschmacklos. Insgeheim hatte er gehofft, der Fürst sei durch die Affäre, die das Attentat auf ihn ausgelöst hatte, aus der kaiserlichen Gunst verdrängt worden, aber er hatte sich getäuscht. Ludwig von Gerstetten war genesen und wieder an der Seite seines Herrschers, er durfte sich unübersehbar in der kaiserlichen Huld aalen. Dass ein stadtbekannter Homosexueller auf den Fürsten geschossen hatte, schien seinem Ruf bei Hof nicht geschadet zu haben, der Kaiser protegierte ihn nach wie vor.
Der Fürst saß da und sonnte sich im Glanz der Kronleuchter über ihm, er strahlte über das ganze Gesicht. Wenn Seine Majestät zu scherzen beliebte, dann war es von Gerstetten, der als Erster so laut und dröhnend lachte, dass man es bis ins Parkett hören konnte. Wenn Seine Majestät nicht zu scherzen beliebte, dann plauderte der Fürst angeregt mit der Dame zu seiner Linken, während er nebenbei immer wieder nach allen Seiten grüßend ins Publikum nickte.
»Na? Was sagst du nun?« Konrad nahm Richard das Opernglas aus der Hand, um selbst einen Blick in die kaiserliche Loge zu werfen. »Habe ich es nicht vorhergesagt? Der Kaiser hat Gnade vor Recht walten lassen. Besagter Herr ist in Ehren wieder aufgenommen bei Hof. Die ganze peinliche Sache mit dem Attentat – alles vergeben und vergessen.«
Richard nickte. »Es scheint so. Und? Was willst du jetzt unternehmen?«
Konrad beugte sich zu ihm hinüber. Seine Stimme war nicht mehr als ein leises Raunen. »Wir werden handeln, mein Lieber, das kannst du mir glauben. Alles ist vorbereitet. Wenzel ist heute Morgen aus der Haft entlassen worden. Übermorgen erscheint in einer großen Berliner Wochenzeitung ein Artikel, in

dem er über seine Erlebnisse mit dem besagten Herrn dort oben berichtet. Wenzel wird einige pikante Details über das Liebesleben des Fürsten zum Besten geben, dafür habe ich gesorgt. Es wird bestimmt nicht der einzige Artikel in dieser Angelegenheit bleiben. Die Geschichte wird Furore machen, da kannst du sicher sein.«

»Wenzel ist tatsächlich wieder frei? Damit hatte ich so bald nicht gerechnet.«

»Es ist aber so. Sie konnten ihm nichts beweisen, für einen Prozess gegen ihn reichte das Material nicht aus. Der Anwalt hat ganze Arbeit geleistet. Er hat Wenzel mit einem hieb- und stichfesten Alibi ausgestattet.«

Richard runzelte die Stirn. »Und Wenzel ist wirklich bereit, über unseren gemeinsamen Bekannten in der Zeitung zu plaudern? Hat er denn keine Angst, dass er sich dadurch belastet? Wenn er sich durch den Artikel verdächtig macht, könnte doch die Polizei auf die Idee kommen, ihn erneut zu verhaften.«

Konrad neigte sich über die Lehne seines Sessels zu Richard hinüber. »Mach dir darum keine Sorgen, Richard. Er wird in dem Artikel natürlich nicht namentlich erwähnt. Im Übrigen tut Wenzel für Geld einfach alles. Ich habe ihm versprochen, dass er die Stadt in der nächsten Woche verlassen kann – zumindest für so lange, bis wir unsere Arbeit erledigt und die Wogen sich wieder geglättet haben.« Konrad ließ das Opernglas in seiner Hand sinken. »Weißt du, Wenzel sieht sich einfach viel zu gern im Mittelpunkt des Interesses. Als ich ihm sagte, er könne einen eigenen Artikel in einer großen Berliner Zeitung bekommen, war er sofort begeistert. Wenzel liebt es, im Rampenlicht zu stehen. Er ist nichts weiter als ein eitler Idiot. Aber was soll es, für unsere Zwecke ist es gut, so wie es ist.«

Richard schwieg, er schaute zur Bühne hinauf. Noch immer hatte sich der Vorhang nicht gehoben, die Vorstellung begann mit Verspätung. Er wollte eben seine Taschenuhr zücken, als Konrad ihn am Ärmel seines Jacketts zupfte. »Da ist übrigens noch eine Kleinigkeit, um die ich dich bitten wollte.« Er rückte ein Stück näher an Richard heran, seine Stimme war jetzt nur

noch ein kaum wahrnehmbares Flüstern. »Weißt du, die Arbeit in unserer Bewegung hat in letzter Zeit leider Gottes eine ganze Menge Geld verschlungen. Der Anwalt, die Zeitungsfritzen, der neue Unterschlupf für Wenzel, seine neue Garderobe und all das, was nötig war, um unsere Sache am Laufen zu halten. Außerdem brauchte ich auch ein paar größere Scheine in bar für Wenzel, als Haftentschädigung sozusagen. Bisher habe ich alles, was in den letzten Wochen anfiel, aus meiner privaten Schatulle beglichen – aber du wirst verstehen, dass meine Kapazitäten auch irgendwann erschöpft sind, nicht wahr?«
Richard nickte zurückhaltend. Konrad erwartete wohl, dass er Verständnis zeigen würde für die prekäre finanzielle Lage, in der er sich angeblich befand. Tatsächlich hatte er alles andere als Verständnis für Konrads Sorgen. Soweit er wusste, war Konrads Ehefrau doch von der schwerreichen Sorte, jedenfalls hatte Konrad damit immer geprahlt. Ihre Familie besaß große Ländereien im Osten, Konrads Schwiegervater gehörten einige Bergwerke in Oberschlesien. Nach seinen Angaben hatte die Familie diesen Reichtum mit erfolgreichen Börsenspekulationen in den letzten Jahren noch weiter vermehrt. Konrads Schwiegervater stand in dem Ruf, einer der reichsten Männer Schlesiens zu sein. Um den Mann rankten sich zahlreiche Anekdoten, die von seinem Wohlstand kündeten – davon hatte sogar er bereits gehört. Und jetzt sollte das viele Geld, in dem Konrad mit seiner Frau vermutlich schwamm, plötzlich nicht mehr ausreichen, um die Spesen zu begleichen, die ein homosexueller Taugenichts verursacht hatte?
Richard runzelte die Stirn, er musterte Konrad von Waltersporn schweigend. Er hätte seine Zweifel an Konrads Darstellung der Lage gern geäußert, aber er wusste nicht, wie er sie ausdrücken sollte, ohne Konrad zu beleidigen.
Konrad seinerseits schien zu ahnen, was in Richard vorging. Er nickte langsam. »Ich weiß, du glaubst, ich könnte alle Unkosten für unsere Sache ganz bequem selber tragen, schließlich habe ich ja das Geld meiner Frau zur Verfügung. Leider sind auch mir Grenzen gesetzt. Mein Schwiegervater ist ein Geizkragen. Er ist

nicht bereit, den Unterhalt seiner Tochter weiter zu erhöhen. Und außerdem – weißt du, jeder unserer Freunde hat bisher seinen Beitrag zum Gelingen unseres Vorhabens geleistet. Alle anderen habe ich auch schon um eine gewisse Summe bitten müssen. Du bist der Letzte, der unsere Bewegung noch nicht durch eine Zahlung unterstützt hat.«

Richard schluckte. Das hatte er nicht gewusst. Wenn dem so war, würde er sich Konrads Bitte nicht entziehen können. Richard begann, im Geiste seine Außenstände und die Verbindlichkeiten gegeneinander aufzurechnen. Das Ergebnis war nicht gerade ermutigend. Als kleiner Landrat aus der Provinz war er längst nicht so zahlungskräftig, wie Konrad wahrscheinlich annahm. Die letzten Ernten auf Jarrelund waren schlechter ausgefallen als erwartet. Sein Gehalt als Verwaltungsbeamter reichte kaum für eine standesgemäße Haushaltsführung. In den vergangenen Jahren war ihm sein Schwiegervater gelegentlich mit einer kleinen Summe beigesprungen, doch er konnte nicht sicher sein, dass das auch diesmal so sein würde. Der Aufenthalt hier in Berlin kostete ihn so einiges, an die Kosten des ausgedehnten Sylturlaubs, den seine Frauen gerade verbrachten, mochte er gar nicht denken. Mit einem mulmigen Gefühl im Magen saß er da und dachte an die roten Zahlen auf seinem Bankkonto, wobei er insgeheim wünschte, dass die Vorstellung auf der Bühne endlich beginnen möge. Er brauchte Zeit zum Nachdenken, er musste seine finanzielle Lage in Ruhe kalkulieren. Leider hob sich der Vorhang nicht einen Millimeter, vorne auf der Bühne blieb alles still. Konrad saß an seiner Seite und wartete offensichtlich auf Antwort. Endlich sah Richard ihn an. »An welche Summe hattest du denn gedacht?«

»Nun ja, zweitausend Mark sollten fürs Erste reichen, um mich wieder flüssig zu machen. Wenn du mehr geben möchtest, steht dir das natürlich frei. Wir würden deine Großzügigkeit bestimmt zu würdigen wissen im Falle eines Falles.«

Richard nickte. Er war bemüht, Gelassenheit zu zeigen, doch tatsächlich schlug ihm vor Aufregung über diese Summe das Herz bis zum Hals. Zweitausend Mark, das war ein gewaltiger

Haufen Geld. Damit konnte er die Löhne seiner Dienstboten daheim auf Jarrelund mindestens ein Jahr lang bezahlen. Woher sollte er eine solch horrende Summe nehmen?
Konrad hatte sich abgewandt, er ließ seine Blicke durch das Parkett gleiten. Plötzlich tippte er Richard auf die Schulter. »Schau nur, dort drüben sitzt Frau von Ertelschwing mit einer Freundin. Eine hübscher als die andere, nicht wahr?« Konrad deutete nach rechts, er zeigte auf eine der Logen im Seitenflügel. Richard riss die Augen auf. Jekaterina war da, tatsächlich. Auf dem Stuhl neben ihr saß noch ein zweites, ebenso prachtvolles Geschöpf wie sie selbst. Die Schöne neben Jekaterina war etwas jünger als sie, auch ein klein wenig fülliger, wie es schien, aber ansonsten beinahe ebenso attraktiv und elegant wie Frau von Ertelschwing.
»Erstaunlich, dass sie hier ist. Ich hörte, dem Major ginge es mal wieder gesundheitlich nicht gut.« Konrad lächelte boshaft. »Sein Herz, weißt du? Lange wird der alte Knabe es wohl nicht mehr machen. Ist doch schade, wenn man bedenkt, dass er erst vor einem Jahr sein halbes Vermögen der Bank verpfändet hat – und das nur, um Jekaterina von ihrer Familie freikaufen zu können. Jetzt, nach nur einem Jahr Ehe, soll er nichts mehr davon haben?« Konrad seufzte. »Die schöne Witwe von Ertelschwing. Da wird es an neuen Ehekandidaten wohl nicht mangeln. Wie sieht es mit dir aus, wärst du interessiert?«
Richard fuhr herum und warf Konrad dabei einen strafenden Blick zu. Dieses Gerede war ausgesprochen peinlich. Er schaute sich um, doch niemand der übrigen Anwesenden schien mitgehört zu haben. Richard beugte sich vor und sprach dabei so leise wie möglich. »Ich bitte dich, Konrad, was soll das? Sprich doch von derartigen Dingen nicht in der Öffentlichkeit. Wie du weißt, bin ich bereits verheiratet.«
»Schon, aber so etwas lässt sich doch regeln. Wozu gibt es Scheidungen? Heutzutage geht so etwas glatt über den Tisch, wenn man es nur richtig anstellt.« Konrad grinste über das ganze Gesicht. Für einen Moment fühlte Richard sich ertappt. Ob Konrad von seiner Zuneigung zu Jekaterina wusste? Eigent-

lich konnte er davon nichts wissen, Richard hatte niemals ein Wort darüber verloren. Doch vielleicht ahnte er trotzdem etwas, seine Anspielungen jedenfalls waren ziemlich eindeutig. Vielleicht hatte er beobachtet, wie Richard sich auf dem Hausball der Ertelschwings um Jekaterina bemüht hatte.

Richard sah zu Boden, bis endlich im Saal das Licht ausging. Es wurde dunkel, der Vorhang hob sich zum ersten Akt. Er saß da und starrte vor sich hin. Von der Tragödie, die oben auf der Bühne ihren Lauf nahm, bekam er kaum etwas mit. Mit klopfendem Herzen dachte er darüber nach, wie er das Geld beschaffen sollte, das er nicht besaß. Geld, immer ging es nur um Geld. In was für eine unmögliche Lage hatte er sich da gebracht? Wenige Schritte von ihm entfernt saß Jekaterina, die Frau, die er so sehr begehrte. Ihrer Familie hing der Ruf an, käuflich zu sein. Sie selbst, so hieß es, hatte nur geheiratet, um einem Leben in Armut zu entgehen. Neben ihm saß ein Freund, der glaubte, Richard müsse nur in die eine oder andere Westentasche greifen, um eben mal zweitausend Mark hervorzuholen. Und er selbst hatte sein Schicksal an eine Intrige gekettet, die ihn in Teufels Küche bringen würde, wenn sie scheiterte.

Es war klar, dass etwas geschehen musste, wenn er in dem Spiel gegen von Gerstetten weiter eine Rolle spielen wollte. Er musste handeln, Geld musste her. Nur woher er dieses Geld nehmen sollte, das wusste Richard in diesem Moment noch nicht.

Kapitel 7

»Du isst ja gar nichts.« Nicolai beugte sich zu Ingeborg hinüber. Mit besorgter Miene musterte er ihren immer noch randvollen Teller. »Magst du keine Plummen und Klüten?«

»Was mag ich nicht?« Ingeborg warf Nicolai einen irritierten Seitenblick zu, während sie mit der Gabel ein paar Bissen ihrer mittlerweile nur noch lauwarmen Mahlzeit auf dem Teller hin und her schob.

»Ob du keine Klöße mit Pflaumen magst, will ich wissen.«

»Doch, eigentlich schon. Aber ich habe schon viel zu viel gegessen. Ich kann einfach nicht mehr.« Ingeborg ließ ihre Gabel sinken. Wann waren die Leute hier wohl endlich mit ihrer Mahlzeit fertig? Gleich nach der kirchlichen Trauung des jungen Paares hatte sich die Gesellschaft an der Hochzeitstafel niedergelassen, die im Haus des Bräutigams aufgebaut worden war. Seitdem wurde nur noch gegessen und getrunken. Es war bestimmt eine Ehre, dass sie beide dabei sein durften, wenn einer der Nachbarn aus dem Dorf heiratete. Aber sie war nicht zum Essen, sondern zum Tanzen hierher gekommen. Sehnsüchtig warf sie einen Blick zur offenen Tür hinüber. Das Festmahl war noch immer nicht zu Ende, die Mädchen, die für das Servieren zuständig waren, brachten neue Teller und Schüsseln in den Raum. Der Nachtisch wurde hereingetragen – rote Grütze mit Sahne – und dazu immer neue irdene Krüge mit Swetskilk, dem selbst gebrauten Hochzeitsschnaps.

»Du bist fertig, nicht? Komm, wir gehen schon mal raus.« Nicolai griff nach Ingeborgs Hand und zog sie mit sich. Gemeinsam liefen sie an Braut und Bräutigam vorbei, die am Kopfende der Tafel saßen. Der Bräutigam war ein junger Kerl mit glatten Gesichtszügen, dessen Wangen sich von zahlreichen Schnäpsen, die er heute schon hatte trinken müssen, stark gerötet hatten. Seine Braut war eine blasse junge Frau, die man in die traditionelle Tracht der Insel gesteckt hatte. Die zierliche Person drohte in den unzähligen Lagen aus Stoff, die in einem üppigen, weißen

Rock unterhalb der Knie endeten, fast zu verschwinden. Ihr flachsblondes Haar hatte man ihr aufgesteckt und unter dem Huif verborgen, einer Krone aus schwarzem Samt, die im oberen Teil mit glänzenden Silbertalern verziert war.
Nicolai verließ den Raum und ging mit Ingeborg in den Garten hinaus, wo der Tanzboden errichtet worden war. Die Musiker saßen schon bereit und stimmten ihre Instrumente.
Nicolai legte den Arm um Ingeborg. Sie schmiegte sich an ihn und schaute den vier Männern zu, die ihre Geigen, Flöten und ein Schifferklavier mitgebracht hatten. Bis tief in die Nacht hinein sollte hier draußen gefeiert werden, so war es auf Sylter Hochzeiten der Brauch. Ingeborg sah sich um. Noch waren sie fast allein hier im Freien, die übrigen Gäste hielten sich drinnen im Haus auf.
Vorsichtig legte Ingeborg den Kopf an Nicolais Schulter. Was für ein herrliches Gefühl es war, mit ihm zusammen zu sein! Die letzten Wochen waren einfach wunderbar gewesen. Ingeborg erinnerte sich an die heimlichen Momente ihrer Zweisamkeit, von denen sie sich jeden einzelnen hatten erkämpfen müssen. Immer neue Ausreden für Mama hatte Ingeborg sich einfallen lassen, ein Täuschungsmanöver hatte sich an das andere gereiht, nur um ein wenig mit Nicolai allein sein zu können. Nicolais Mutter, die sie jetzt Tante Hanna nannte, war ihr in stillem Einverständnis so manches Mal mit einer kleinen Notlüge zur Hilfe gekommen. Und so hatte Ingeborg mit Nicolai einige Male unterwegs sein können. Zu zweit waren sie durch die Dünen gestreift oder am Strand gewandert. Sie hatten nach Möweneiern und Bernstein gesucht und Unmengen von Muscheln gesammelt. Sogar in Westerland waren sie zusammen gewesen und hatten in einer hübschen kleinen friesischen Teestube Kakao mit Schlagsahne getrunken, bevor Nicolai ihr bei einem Juwelier einen Kettenanhänger gekauft hatte, den sie seitdem ständig trug. Der Anhänger bestand aus dem Gehäuse einer kleinen, in Silber gefassten Seeschnecke. Ingeborg liebte dieses ausgefallene, zierliche Schmuckstück über alles. Sie war ungeheuer stolz darauf, es zu besitzen, zumal Nicolai ein kleines Ver-

mögen dafür bezahlt hatte. In Ingeborgs Augen waren sie jetzt wirklich ein Paar – seit dem ersten Kuss gehörten sie endgültig zueinander. Auch Nicolai schien das so zu empfinden, denn er scheute sich nicht davor, ihr seine Zuneigung zu zeigen.
Lächelnd stand Ingeborg da und betastete die Kette mit dem Anhänger, die sie unter dem Stoff ihres Kleides verborgen trug. Sie war glücklich hier auf der Insel, glücklicher als jemals zuvor. Das Einzige, was ihr Kummer bereitete, war die Tatsache, dass der Sommer unübersehbar seinem Ende entgegenging. Inzwischen war es September geworden. Jeden Tag wurde es ein bisschen einsamer auf der Insel, ein großer Teil der Badegäste war schon abgereist. Auch Luise ging daran, die bevorstehende Rückreise vorzubereiten. Vielleicht war dieser Abend hier für lange Zeit der letzte, den Ingeborg mit Nicolai verbringen durfte. Und auch diese letzten Stunden würde sie nicht ganz auskosten können, denn Mutter hatte darauf bestanden, dass Ingeborg pünktlich um neun Uhr wieder im Hotel zu sein hatte.
»Na, was ist? Wollen wir tanzen, schönes Fräulein?« Nicolai strahlte sie an, er umfasste ihre Taille mit beiden Händen.
Ingeborg lachte. »Das geht leider nicht, junger Mann. Der Tanz ist doch noch gar nicht eröffnet.«
Nicolai beugte sich zu ihr vor, sanft küsste er sie auf den Hals. Ingeborg lächelte. Es war so wunderbar, verliebt zu sein. Mutter und ihr ständiges Gemäkel, der ganze Kummer um ihre Adoption, das alles war ganz weit weg, wenn sie in Nicolais Nähe war. Ingeborg schloss die Augen und schmiegte sich in seine Arme. Um diese Wärme und Geborgenheit genießen zu können, lohnte sich jeder Einsatz. Die vielen misstrauischen Fragen, mit denen Mutter sie neuerdings dauernd löcherte, waren auf Dauer nur schwer zu ertragen. Ingeborg versuchte das alles scheinbar ungerührt über sich ergehen zu lassen und gab auf die Nachfragen nur nichts sagende, ausweichende Antworten. Doch obwohl sie sich alle Mühe gab, ihre Verliebtheit zu verbergen, ahnte ihre Mutter anscheinend trotzdem, dass Ingeborg nicht bloß eine harmlose Freundschaft mit Nicolai verband.
»Die Köksch kommt.« Nicolai deutete auf eine ältere Frau in ei-

nem bunt gestreiften Kleid, die in diesem Moment ein mit Tonkrügen beladenes Holztablett aus dem Haus brachte. Den Musikanten wurden die Reste des Hochzeitsessens serviert. Bier und Räucherfisch, Kuchen und Schnaps wurden aufgetragen. Kurze Zeit später tauchte auch das Brautpaar auf. Mit stolzer Miene führte der Bräutigam seine junge Frau auf die Tanzfläche. Die Hochzeitsgäste bildeten einen Kreis um den Tanzboden, die Musik setzte ein.

Nicolai beugte sich zu Ingeborg hinüber. »Komm. Jetzt fängt der Abend richtig an.«

Ingeborg nickte. Obwohl die Vorstellung, zum ersten Mal mit Nicolai zu tanzen, sie ein bisschen nervös machte, folgte sie ihm gehorsam auf den Tanzboden. Natürlich hatte sie zu Hause Tanzstunden gehabt – aber ob ihr das heute Abend helfen würde, bezweifelte sie insgeheim. Alles, was sie seinerzeit an Wiener Walzern und Sarabanden gelernt hatte, war mit den friesischen Volkstänzen nicht zu vergleichen. Sie hatte die Einheimischen schon zuvor feiern sehen und wusste, dass der Tanz der Friesen von anderer Art war als die Schritte, die man ihr zu Hause beigebracht hatte. Wenn auf der Insel getanzt wurde, ging es fröhlich und viel weniger geziert zu als daheim.

Ingeborg schaute sich nach den Paaren in ihrer Nähe um. Würde sie mit den anderen Mädchen hier mithalten können?

Nicolai legte beide Hände um ihre Taille und zog sie an sich. Aufgeregt und unbeholfen stolperte sie los, während Nicolai sich lächelnd mit ihr im Kreis drehte. Nach ein paar Minuten hatte Ingeborg das Gefühl, den Rhythmus der Musik fühlen zu können. Ihre Bewegungen wurden gleichmäßiger und ruhiger, nach und nach erahnte sie jeden der Schritte, die Nicolai als Nächstes machen würde, im Voraus. Bisher hatte sie nur auf ihre Füße gestarrt, jetzt hob sie den Kopf und lächelte. Es ging links herum und rechts herum – egal, wohin sie trat, Nicolai hielt sie fest. Ingeborg genoss jeden Augenblick in seinen Armen. Sie spürte, wie fremde Rockschöße sie berührten, sie sah lachende Gesichter, die an ihr vorbeizufliegen schienen, das offene Haar anderer Tänzerinnen streifte ihre Wangen. Fackeln waren im Garten entzündet worden, der Schein des Feuers tauchte die Tanzfläche und die Tänzer in ein rotgoldenes Licht. Ausgelassen absolvierte Ingeborg einen Tanz nach dem anderen, während eine Melodie die nächste ablöste. Ingeborg hatte nur noch Augen für Nicolai, es kam ihr vor, als würde sie schweben. Der Spätsommerabend war angenehm warm. Eine milde Brise kam vom Meer und mischte sich mit dem Duft nach feuchtem Gras und reifen Äpfeln, die an den Bäumen im Garten hingen. Ingeborg spürte, wie Nicolai sie enger an sich zog, und lehnte sich an ihn. Sie schloss die Augen und stellte sich vor, mit ihm ganz allein zu sein. Wie wäre es, wenn sie von heute an für immer bei ihm bleiben würde, hier auf der Insel, als seine Frau? Wie eine echte Sylterin würde sie dann an den Sonntagen die Tracht der Insel tragen und alle Tage in einem Haus mit Reetdach leben. Im Sommer würde sie Badegäste vom Festland beherbergen und im Winter am Kachelofen sitzen und das Messing putzen, das daheim auf dem Regal in der guten Stube stand. Bei dem Gedanken an so ein Leben musste Ingeborg lächeln. Sie wusste, dass ihre Vorstellungen hoffnungslos romantisch waren, und trotzdem gefiel ihr dieser kleine Tagtraum wie kein Zweiter, den sie jemals geträumt hatte. Sie sah darin ein untrügliches Zeichen ihrer Liebe zu Nicolai. Gerade wollte sie ihm sagen, wie glücklich sie war, als er plötzlich stehen blieb. Irritiert schaute Ingeborg sich um. Neben ihnen hatte sich breitbeinig ein Kerl aufgebaut, der ihnen den Weg versperrte. Ein junger Mann mit rotem Haar und Sommersprossen machte einen Schritt auf sie zu und packte Ingeborg bei der Schulter. Dabei musterte er Nicolai aus zusammengekniffenen Augen. Mit dem ausgestreckten Arm schob er Nicolai beiseite. »So Freundchen, du hast genug jetzt. Lass gefälligst auch mal andere ran bei dem schönen Fräulein. Jetzt bin ich an der Reihe.«

Ohne auf eine Antwort zu warten, legte er die Hände um Ingeborgs Taille und zog sie mit sich auf die Tanzfläche. Ingeborg sah, wie Nicolai stehen blieb und ihnen mit fassungslosem Gesichtsausdruck hinterherschaute. Er machte Anstalten, ihnen zu folgen, doch sie warf ihm über die Schulter ihres Partners hinweg einen bittenden Blick zu. Auf keinen Fall durfte es Streit geben, nicht wegen dieses einen Tanzes. Der Kerl benahm sich mit Sicherheit unmöglich – aber es lohnte sich nicht, deshalb mit ihm Streit anzufangen. Er roch nach gebratenem Fisch und Alkohol, doch obwohl seine Gegenwart ihr zuwider war, wollte Ingeborg diesen einen Tanz mit ihm unbedingt durchstehen. Wenn Nicolai sich jetzt einmischte und seine Rechte geltend machte, dann würde es bestimmt unnötigen Ärger geben. Bei Nicolais Temperament war es nicht ausgeschlossen, dass eine kleine Auseinandersetzung schnell in einer richtigen Prügelei endete.

Der Rothaarige mühte sich schnaufend mit seinen Tanzschritten ab, während Ingeborg sich schweigend von ihm hin und her schieben ließ. Erleichtert stellte sie fest, dass Nicolai sich beruhigt zu haben schien. Er stand am Rand der Tanzfläche und beobachtete sie. Zumindest vorerst schien er nichts gegen ihren neuen Verehrer unternehmen zu wollen. Ingeborg musterte den großen, sommersprossigen Kerl aus den Augenwinkeln. Eigentlich hätte ihm auffallen müssen, dass Ingeborg Distanz zu ihm hielt, doch er beachtete sie kaum, ihm schien es egal zu sein, wen er da im Arm hielt. Sein Gesicht war unbewegt, er starrte zu Boden, schwitzend stolperte er mit ihr vorwärts. Bei jedem zweiten Schritt trat er ihr auf die Füße, während er gleichzeitig die anderen Paare auf der Tanzfläche gnadenlos anrempelte.

Ingeborg runzelte die Stirn, sagte aber keinen Ton. Der Kerl machte nicht den Eindruck, ein begeisterter Tänzer zu sein. Vielleicht hatte er sie nur geholt, um Nicolai zu ärgern? Konnte es sein, dass er sich mit ihr nur abgab, weil er Streit suchte? Er ließ sie los, um sich mit dem Handrücken den Schweiß von der Stirn zu wischen, und hielt Ausschau nach Nicolai.

»Na, was ist? Hast du schon genug? Das war doch noch nicht alles, oder?« Ingeborg lächelte ihr Gegenüber so freundlich wie möglich an. Der Kerl grunzte etwas Unverständliches, ließ sich aber von ihr widerstandslos zurück auf die Tanzfläche ziehen. Ingeborg hätte gern auf den Rest des Tanzes verzichtet, aber es schien ihr klüger, die anstrengende Schieberei mit dem groben Klotz irgendwie hinter sich zu bringen. Wenn sie einen Streit vermeiden wollte, musste sie Nicolai und den Rothaarigen voneinander fern halten. Ingeborg dirigierte ihren Tänzer an den Rand der Tanzfläche und sah sich um. Nicolai stand mit tief in den Taschen seiner Jacke vergrabenen Händen ein paar Schritte entfernt im Gras. Ingeborg versuchte, ihm über die Schulter ihres Tänzers hinweg zuzulächeln, um ihn aufzumuntern. Ob das etwas nutzte, wusste sie nicht, denn sein Gesicht blieb absolut ausdruckslos. Ohne eine Miene zu verziehen, schaute er ihr hinterher.

Endlich ließen die Musiker ihre Instrumente sinken, der Tanz war zu Ende. Erleichtert löste sich Ingeborg aus den Armen ihres Partners, doch der griff nach ihrem Oberarm und hielt sie fest.

»Nicht so eilig, Fräulein. Jetzt kommt der gemütliche Teil. Du trinkst doch wohl noch einen mit mir?«

Der Kerl deutete mit einer Kopfbewegung auf das Haus hinter ihm. Mit finsterem Gesichtsausdruck wartete er auf Antwort. Sie schüttelte vorsichtig den Kopf. »Tut mir Leid, ich möchte nichts trinken. Ich habe keinen Durst. Außerdem bleibe ich lieber hier draußen an der frischen Luft.« Ingeborg versuchte, sich aus dem Klammergriff des Grobians zu lösen, aber er gab sie nicht frei.

»Nun mal nicht so eilig. Du bist dir wohl zu fein, um mit mir zu trinken, was?«

»Unsinn.« Ingeborg machte sich mit einem Ruck los. »Ich habe einfach keinen Durst und möchte jetzt gehen. Ich habe mit dir getanzt und möchte mich jetzt ausruhen.«

»Ausruhen!« Der Rothaarige lachte. »Ausruhen will sie sich! Bist du etwa eine alte Frau? Du trinkst jetzt einen mit mir. Ich habe dich eingeladen. Eine Einladung von mir schlägt man nicht einfach in den Wind!«

»Die junge Dame möchte nichts trinken, Bleick. Du hast es eben gerade gehört, also halte dich gefälligst auch daran.« Nicolai war da, er schob sich zwischen Ingeborg und ihren Tänzer. In seinen Augen funkelte es gefährlich. Ingeborg kannte Nicolai

inzwischen gut genug, um zu wissen, was das bedeutete. Behutsam legte sie ihm eine Hand auf den Unterarm. »Lass nur, Nicolai. Ich kann schon auf mich aufpassen.« Sie trat einen Schritt vor, doch weder Nicolai noch der Kerl, den Nicolai Bleick nannte, beachteten sie. Der Grobian mit den roten Haaren runzelte die Stirn. »Was willst du denn hier? Wer hat dich denn gerufen, du kleine Ratte? Von dir lass ich mir bestimmt nichts sagen, du verdammter Schmuggler. Dir werde ich gleich das Fell über die Ohren ziehen.«
»Du willst dich prügeln? Na dann los, du Hohlkopf.« Nicolai packte Bleick am Kragen seiner grauen Joppe und zog seinen Körper scheinbar mühelos ein Stück zu sich heran. »Komm schon, zeig was du kannst, du fette Kröte. Ich prügle dir deine Stielaugen einzeln ins Hirn. Dein Kopf ist sowieso so leer wie das Wattenmeer bei Ebbe.«
Bleick grunzte. Er holte mit dem rechten Arm aus, doch Nicolai tauchte blitzschnell darunter weg. Angetrunken, wie der Rothaarige war, geriet er bei seinem verfehlten Schlag aus dem Gleichgewicht. Er torkelte ein Stück und rempelte dabei mit dem ganzen Gewicht seines massigen Körpers einen der Umstehenden an. Einer der Männer neben Bleick stieß ihn beiseite. »Pass auf, wohin du trittst, du Trampeltier!« Er kippte dem Rothaarigen den Inhalt eines Schnapsglases ins Gesicht, das er in der Hand hielt. Bleick schnaufte. Hastig wischte er sich mit dem Handrücken die Flüssigkeit aus den Augen, bevor er sich auf seinen Nachbarn stürzte, um auf ihn einzuschlagen. Ingeborg schien es nicht ratsam, hier noch länger herumzustehen. Sie griff nach Nicolais Arm und zog ihn mit sich. Nicolai folgte ihr nur widerstrebend, aber er gab schließlich nach und lief mit ihr zum Gartentor.
»Was soll das? Wohin willst du?« An der Gartenmauer blieb Nicolai stehen.
»Ich will weg von hier, was denn sonst. Komm schon, oder willst du dich von diesem rothaarigen Schläger da drüben verprügeln lassen?« Ingeborg reckte sich, sie suchte mit Blicken die Tanzfläche ab. Dort herrschte schon jetzt ein heilloses Durcheinander.

Mittlerweile waren mehrere Hochzeitsgäste aufeinander losgegangen, sie stießen sich gegenseitig an, es wurde geflucht und geschubst, getreten und geschrien.
Nicolai folgte Ingeborgs Blick. Er lächelte. »Das ist üblich bei uns, das wird eine richtige Prügelei, so etwas gehört zu einer Sylter Hochzeit dazu. Wer sich davor drückt, ist ein Feigling.«
Nicolai wandte sich ab, er wollte sie offenbar stehen lassen und auf die Tanzfläche zurückkehren, doch Ingeborg hielt ihn fest. »Ich bitte dich, tu das nicht. Bleib hier.«
»Ich muss aber gehen. Bleick hat mich vor aller Ohren beleidigt, das kann ich nicht auf mir sitzen lassen.«
»Du willst dich doch nicht in eine Schlägerei mit dem ganzen Dorf verwickeln lassen, oder? Selbst wenn du mit Bleick fertig wirst, sind immer noch genug andere da, die es nicht gut mit dir meinen. Du bist nicht gerade beliebt hier. Denk nur an den Nachmittag, an dem wir uns kennen gelernt haben. Die Sache mit dem Esel auf der Kurpromenade, hast du die schon vergessen?«
Nicolai runzelte die Stirn. Er schien ihr etwas antworten zu wollen, doch bevor er dazu kam, erklang ein Aufschrei. Der Rothaarige stand schwankend am Rand des Tanzbodens. Sein Gesicht war wutverzerrt. Er fuchtelte mit den Armen in der Luft herum. Seine Stimme klang heiser, als er zu brüllen begann. »Komm her, du feiges Stück Eselsdreck! Weglaufen gilt nicht!« Bleick schob die Ärmel seiner Joppe nach oben. »Komm her, oder ich hol dich zurück!«
Er stolperte vorwärts, mit hochrotem Gesicht machte er sich auf den Weg. Seine Beine schienen ihm nicht zu gehorchen, er schlingerte auf das Gartentor zu, an dem Nicolai und Ingeborg standen.
»Komm doch her, du alter Suffkopp, aber pinkel dir nicht in die Hosen vor Angst!« Nicolai lachte. Die Herausforderung des Betrunkenen schien ihn nicht sonderlich zu beeindrucken.
»Hör auf, ihn zu provozieren, komm lieber mit!« Ingeborg griff erneut nach Nicolais Hand, doch der schüttelte sie einfach ab.

»Lass mich los, hörst du? Wenn ich jetzt kneife, wird mich die ganze Hochzeitsgesellschaft für feige halten.«
»Und wenn schon, dann tut sie das eben! Besser feige als dumm. Komm mit, Nicolai, ich bitte dich! Ich möchte nicht, dass du hier Prügel beziehst.«
»Tut mir Leid, aber ich gehöre hierher. Die Insel ist meine Heimat. Für mich ist wichtig, was die Leute über mich reden. Ich will nicht, dass sie mich für einen Angsthasen halten.«
»Lass sie reden, das kann dir doch egal sein. Ich möchte nicht zuschauen, wie sie dich in Stücke hauen, nur weil du zu stolz bist, um vernünftig zu sein. Wenn du mich wirklich liebst, dann gehst du mit mir!« Ingeborg versuchte, Nicolai mitzuziehen. Ihr Herz klopfte laut, während der betrunkene Bleick auf sie zutorkelte. Nicolai zögerte noch.
»Na, du Blödmann? Schlag doch zu, wenn du noch kannst!« Er grinste den Rothaarigen an, der jetzt schwankend vor ihm stand und mit hochrotem Gesicht irgendetwas vor sich hinbrabbelte. Bleick schaukelte verdächtig, er machte einen Schritt auf Nicolai zu, bevor er gleich darauf plötzlich stolperte und zu Boden ging. Polternd schlug sein hünenhafter Körper der Länge nach im Gras auf. Nicolai zog den Fuß zurück, den er Bleick in den Weg gestellt hatte, und nahm Ingeborg bei der Hand. Lachend rannte er mit ihr den Weg hinunter, der quer durch das Dorf an den Strand führte. Sie liefen davon, ohne sich umzudrehen. Hand in Hand erreichten sie die Dünen, über denen die tiefe, nächtliche Dunkelheit lag. Nur ein paar Sterne erleuchteten das Meer und den Sand. Nicolai führte Ingeborg den Steilweg zum Wasser hinunter. Im Schatten des Roten Kliffs angekommen, ließ er sich lachend in den weichen Sand fallen.
»Himmel, das war gut. Wenn Bleick nicht so besoffen gewesen wäre, hätte er mich wahrscheinlich nach Strich und Faden durchgeprügelt.«
»Du hattest also doch Angst vor ihm?«
»So betrunken wie er jetzt ist, ist er keine große Gefahr. In Acht muss man sich nehmen, wenn er nüchtern ist.«

»Und was machen wir jetzt hier?« Ingeborg sah sich um und schob sich dabei eine Strähne aus dem Gesicht, die sich bei ihrem Dauerlauf aus ihrem Zopf gelöst hatte. Weit und breit war kein Mensch zu sehen. Am Fuß des Kliffs stand ein winzige Hütte aus grauen, verwitterten Brettern.
»Ich dachte, du willst mit mir allein sein? Jetzt sind wir allein. Außer uns ist hier keine Menschenseele.«
Nicolai stand auf und klopfte sich den Sand von den Hosenbeinen. »Sieht aus, als ob wir Regen kriegen. Komm mit, da hinten können wir uns unterstellen.«
Ingeborg sah auf. Der Himmel hatte sich tatsächlich bezogen, der Wind fegte in Stößen über den Strand. Sie nahm Nicolais Hand und ließ sich von ihm zu der Bretterhütte führen, die ein paar Schritte entfernt stand.
»Gehört die Hütte dir?«
Nicolai schüttelte den Kopf. »Nein, die gehört niemandem. Früher war das ein Geräteschuppen für die Seenotrettung – mittlerweile steht die Bude leer.«
»Du kommst öfter hierher, oder?«
»Manchmal, wenn ich meine Ruhe haben will.«
»Oder wenn du deinen Geschäften nachgehst, von denen ich nichts wissen darf. Die Sache mit den zwei Männern am Strand neulich Abend, das hat sich doch auch hier abgespielt. Als ihr diese Holzfässer an Land gebracht habt – das muss da vorne gewesen sein.« Ingeborg deutete auf die Stelle neben dem Steilweg, an der sie Nicolai gemeinsam mit seinen Kumpanen dabei beobachtet hatte, wie sie ihre geheimnisvolle Fracht an Land geschafft hatten.
»Ich weiß nicht, wovon du sprichst, Ingeborg.«
»Nein, wirklich nicht? Was ist mit dir? Leidest du an Gedächtnisschwund?«
Nicolai warf ihr einen verärgerten Blick zu. »Die Sache geht dich nichts an, verstehst du? Ich muss Geld verdienen, um mich und meine Mutter über Wasser zu halten – und ich tue das auf meine Weise. Du hast keinen Grund, deine neugierige Nase in meine Geschäfte zu stecken.«

»Ich weiß sowieso, was los ist. Du bringst unverzollte Ware aus England auf die Insel, nicht wahr? Der Rothaarige hat dich vorhin einen Schmuggler genannt.«
»Und wenn schon. Der redet viel, wenn der Tag lang ist.«
»Was eignet sich denn so alles für heimliche Geschäfte?« Nachdenklich legte Ingeborg die Stirn in Falten. »Ich dachte immer, die Zeit der Piraten und Schmuggler wäre vorbei. Also, weshalb kommst du eines Tages ins Gefängnis? Wegen Alkohol oder wegen Zigaretten? Womit machst du dein Geld, Nicolai?«
»Spar dir die Fragerei, aus mir kriegst du nichts raus.« Nicolai lehnte sich kopfschüttelnd gegen die Holzwand hinter ihm. »Ich werde nichts verraten. Es ist besser für uns beide, wenn du von nichts weißt, glaub mir.«
»Gut, dann behalte dein finsteres Geheimnis eben für dich.« Ingeborg schob mit der Schuhspitze ein kleines Häufchen Sand zusammen. Sie fühlte sich von Nicolais Geheimnistuerei beleidigt und verspürte den unwiderstehlichen Wunsch, ihm zum Ausgleich dafür einen kleinen Dämpfer zu versetzen. Nach einem kurzen Moment der Stille sah sie ihn an. »Es ist spät, ich muss los. Wir packen morgen. Übermorgen fahren wir mit der ersten Fähre aufs Festland zurück.«
»Was denn – übermorgen schon?« Nicolai kam näher, er wirkte tatsächlich überrascht. Anstatt ihm zu antworten, nickte Ingeborg nur. Auf die bevorstehende Trennung hinzuweisen war wohl doch kein so kluger Schachzug gewesen. Es fiel ihr selbst schwer, an den Abschied von Nicolai zu denken. Der Gedanke daran legte sich bleischwer auf ihre Stimmung und machte sie traurig.
»Wann kommst du wieder?« Nicolai legte beide Arme um sie und zog sie an sich. Ingeborg fühlte seinen warmen Atem auf ihrer Haut. Sie versuchte zu lächeln, spürte aber, dass es ihr nicht gelang. »Ich weiß es nicht. Irgendwann, wenn meine Eltern es zulassen. Ich kann ja versuchen, mir noch mal eine Lungenentzündung zuzulegen, damit sie mich zur Erholung wieder hierher schicken.«
»Wirst du mir schreiben?«

»Das werde ich. Jeden Tag, wenn du willst.« Ingeborg lehnte den Kopf an Nicolais Schulter.
»Ich werde dich vermissen.«
Ingeborg nickte tapfer, doch sie konnte nicht verhindern, dass ihr eine Träne über die Wange rollte. Eilig senkte sie den Kopf, doch Nicolai hatte schon bemerkt, dass sie weinte. Er nahm ihr Gesicht in beide Hände und hob es behutsam ein Stück an, so weit, dass sie ihm direkt in die Augen schauen musste.
»Nicht weinen, hörst du? Wir wussten doch beide, dass unser gemeinsamer Sommer irgendwann zu Ende geht. Wenn wir Glück haben, sehen wir uns im nächsten Jahr wieder.«
»Im nächsten Jahr? Mein Gott, bis dahin dauert es noch eine halbe Ewigkeit. Wie soll ich es aushalten bis dahin?«
Nicolai seufzte leise. »Das wirst du schon. Wenn du erst einmal wieder zu Hause bist, vergisst du mich ja vielleicht sogar ganz schnell.«
»Ich soll dich vergessen? Was soll das denn heißen?« Ingeborg starrte Nicolai mit weit aufgerissenen Augen an. Der zuckte die Achseln. »Kann doch sein, dass du zu Hause einen anderen findest, der dir gefällt. So eine Sommerliebe wie unsere vergeht manchmal so schnell, wie sie gekommen ist. Vielleicht lernst du auf dem Festland etwas Standesgemäßes kennen – irgendwen, den deine Eltern gut leiden können und der besser zu dir passt als der uneheliche Sohn einer Gastwirtin von der Insel.«
»Ich will aber dich.« Ingeborg fuhr sich hastig mit dem Ärmel ihrer Bluse über das von Tränen feuchte Gesicht.
»Das sagst du jetzt. Warten wir doch einfach ab, ob du Wort hältst.«
Ingeborg befreite sich aus seinen Armen. »Was soll das alles, Nicolai? Ich liebe dich – und du, was tust du? Du zweifelst an meinen Gefühlen. Das ist genau das, was ich jetzt gebrauchen kann, weißt du das?« Ingeborg trat einen Schritt zurück. »Anstatt mir Mut zu machen, erzählst mir etwas über meine zukünftigen Verehrer. Glaubst du wirklich, ich habe nichts Besseres zu tun, als nach Hause zu fahren und dich zu vergessen? Wenn das so einfach wäre, würde ich es ja vielleicht sogar tun, aber ich weiß

schon jetzt, dass ich es nicht kann. Schau mich an, sieh mir ins Gesicht!«

Nicolai tat, wie ihm geheißen, aber er schwieg dabei.

»Wenn ich dich nicht lieben würde, würde ich dann jetzt hier stehen und weinen?«

»Darum geht es doch gar nicht. Zwischen uns besteht trotz der Verwandtschaft unserer Eltern ein ziemlicher Standesunterschied. Dein Vater wird versuchen, eine bessere Partie für dich zu finden. Aus seiner Sicht wäre das verständlich, oder? Und wer weiß, wie es dir dabei geht? Schließlich kann es doch sein, dass du im nächsten Sommer ganz anders über mich denkst als jetzt.«

»Danke, das genügt – wirklich, es genügt vollkommen.« Ingeborg holte tief Luft, sie spürte, wie die Wut in ihr aufstieg. »Standesunterschied, bessere Partie, was soll der ganze Unsinn? Du zweifelst an meinen Gefühlen, das ist alles, was ich begreife. Wenn es dir Leid tut, dass du deine Zeit in diesem Sommer mit mir verschwendet hast, dann sag das doch. Wenn das Ganze für dich nur eine kleine Spielerei war, dann sei zumindest so ehrlich und sage es mir ins Gesicht. Dann weiß ich wenigstens, woran ich bin.«

Nicolai schüttelte langsam den Kopf. Er wirkte bestürzt, machte aber keine Anstalten, sich ihr noch einmal zu nähern. »Hör mal, so habe ich das nicht gemeint.« Er verstummte. Schweigend stand er da und starrte Ingeborg an.

»Danke, ich verstehe. Das war sehr überzeugend.«

»Mir tut es nicht Leid. Dieser Sommer mit dir war schön. Ich weiß nur nicht, ob es vernünftig ist, wenn wir uns zum Abschied ewige Treue schwören oder so. Du wirst andere Männer kennen lernen, die dir vielleicht besser gefallen. Und –«

»Schluss jetzt, hör auf, bitte!« Ingeborg wandte sich ab. »Es reicht, ich will nichts mehr hören. Ich gehe.«

Sie drehte sich um und lief in den Regen hinaus, der inzwischen eingesetzt hatte. Nicolai blieb zurück, er rief noch einmal nach ihr, aber Ingeborg reagierte nicht darauf, sondern lief weiter. Der nasse Sand flog ihr um die Beine, der Wind pfiff ihr ins Gesicht.

Obwohl ihre Kleidung schon nach den ersten Metern völlig durchnässt war, rannte sie weiter bis zu dem Steilweg, der in die Dünen führte. Standesunterschied, bessere Partie – das waren doch nur Ausreden. Nicolai liebte sie nicht, das war die Wahrheit. Aber das würde ihr eine Lehre sein. Wie hatte sie nur so dumm sein können? Wie hatte sie sich nur in einen solchen Querkopf wie Nicolai verlieben können?
Ingeborg blieb stehen und horchte. Waren da nicht Schritte, die ihr folgten? Hastig drehte sie sich um. Nein, da war niemand. Nur der Regen rauschte gleichmäßig, er fiel auf die von Strandhafer bedeckten Dünen und das graue Meer.
Mit hängenden Schultern, den Kopf gesenkt, ging sie langsam weiter. Sie würde Nicolai einfach vergessen. Vorausgesetzt, ihr verwundetes Herz ließ zu, dass sie das wirklich tat.

»Zum Potsdamer Platz, bitte!« Richard ließ die Tür des Mietautomobils hinter sich ins Schloss fallen und nahm auf dem Rücksitz Platz. Während er es sich in den Lederpolstern der Benzinkutsche bequem machte, sah er die Fassade des ehrwürdigen Bankhauses »Löwe und Sohn« in der Tauentzienstraße langsam aus seinem Blickfeld verschwinden. Es war ihm nicht leicht gefallen, zu tun, was getan werden musste, aber nach einem langen Anlauf hatte er es nun doch über sich gebracht.
Richard warf einen beinahe liebevollen Blick auf den kleinen Lederkoffer, der neben ihm auf dem Rücksitz lag. Zweitausend Mark in großen Scheinen warteten darin – wenn das kein Opfer war. Er hatte eine neue Hypothek auf Jarrelund aufnehmen müssen, die endgültig letzte, um an eine solche Summe zu kommen. Angesichts seiner ohnehin prekären finanziellen Lage war das Geld nur noch gegen enorme Zinsen von seiner Hausbank zu haben gewesen. Wenn er an die unangenehmen Verhandlungen dachte, die er mit dem Bankdirektor Doktor Rosenfeld deswegen hatte führen müssen, wurde ihm noch immer ganz mulmig. In der Rolle des Bittstellers hatte Richard sich noch nie wohl gefühlt. Obendrein war Rosenfeld einer, der dazu neigte, seiner Kundschaft mit einer gewissen Überheblichkeit gegenüberzu-

treten. Dementsprechend hatte er sich bei den Verhandlungen am Telefon gebärdet, er hatte getan, als stünde ihm persönlich der Konkurs ins Haus, wenn er Richard noch ein allerletztes Mal finanziell unter die Arme griff. Nun gut, das war vorbei. Diese Demütigungen hatte er hinnehmen müssen, aber jetzt war das Geld hier und würde gleich bei Konrad sein.
Richard schlug die Beine übereinander und sah zu, wie sein Chauffeur durch lautes Hupen ein paar Tauben von der Straße scheuchte. Aufgeregt flatterten sie auseinander, ein Knäuel aus gurrenden Schnäbeln und Federn stob auf in den Himmel. Richard lächelte. So würde es gewissen Herrschaften ihm gegenüber auch bald gehen. Auseinander treiben würde er sie, aufschrecken aus ihrer unerträglichen Selbstgefälligkeit. Denen, die ihm jetzt auf der Nase herumtanzten, würde er schon Respekt beibringen. Nicht nur Rosenfeld würde sich noch wundern. Mit dem enormen Betrag, den er bei sich hatte und den er für die große Sache zu opfern bereit war, würde er die Bewegung um Konrad von Waltersporn noch einmal beträchtlich stärken. Wenn die Intrige gegen von Gerstetten dann endlich zu einem guten Ende gelangt war, dann würden einige der Leute, die ihn bisher von oben herab behandelt hatten, sehr über ihn staunen.
Richard sah aus dem Fenster. Draußen über der Allee, die von der Tauentzienstraße bis hin zur Gedächtniskirche reichte, lag eine milchige Septembersonne. Das Laub schimmerte schon in den ersten sanften Herbstfarben, doch die Damen auf den Gehsteigen trugen noch ihre leichte Garderobe, so angenehm mild war es noch immer im Freien. Der Sommer wollte in diesem Jahr scheinbar nicht weichen. Er hatte an Kraft verloren, doch noch stemmte er sich den ersten Ausläufern des Herbstes mit aller Macht entgegen.
»Na, der Herr? Ham Se heute die Zeitung schon jelesen?« Der Chauffeur drehte sich flüchtig zu ihm um und deutete auf die Rückbank. »Wat da wieder drinsteht, is nich zu glooben.« Scheinbar ernsthaft entrüstet schüttelte der Mann den Kopf.
Richard rutschte ein Stück nach vorn und warf ihm einen fragenden Blick zu. Dieser unmögliche Dialekt, den die Stadtbe-

wohner hier allen Ernstes benutzten, klang einfach haarsträubend ordinär und war außerdem manchmal nicht zu verstehen. Richard wollte sich gerade erkundigen, was der Mann vor ihm gemeint hatte, als er die zusammengefaltete Zeitung bemerkte, die neben ihm auf dem Sitz lag. Er griff danach und strich die Titelseite glatt.

»Beichte eines Lebemannes. Das unwürdige Treiben eines kaiserlichen Freundes.«

Richard lächelte. Ach, das hatte der Chauffeur gemeint. Nun war es also endlich so weit. Konrad hatte einen Schreiberling gefunden, der bereit war, Wenzels amouröse Abenteuer mit dem Fürsten in die Tagespresse zu bringen. Jetzt würde sie beginnen, die Hatz auf den Herrn von Gerstetten. Blieb nur zu hoffen, dass der Kaiser sich nicht allzu lange hinter seinen pervers veranlagten Männerfreund stellte und damit den zu erwartenden Gang der Dinge unnötig hinauszögerte.

»Det jeht doch in keene Tüte! Wie marode allet jeworden is, finden Se nich? Keine Ehre ham die mehr im Leib, die Leute.« Der Fahrer schüttelte erneut den Kopf. »Wenn det der olle Willem noch erlebt hätte. Kaisers Jroßvater, der hätte uffjeräumt bei Hof. In der juten alten Zeit wäre so wat nich passiert.«

»Ja, da haben Sie Recht.« Richard musste schreien, um das Motorgeräusch des Wagens zu übertönen, der gerade mit hoher Geschwindigkeit ein Pferdefuhrwerk überholte. Das Aufjaulen des Motors war nur schwer zu übertönen. Richard beugte sich zum Fahrer vor. »Hauptsache, der Kaiser schafft jetzt schnell Ordnung in seinen Reihen, nicht wahr?«

Der Mann hinter dem Steuerrad nickte, sagte aber nichts mehr. Entweder hatte Richard ihn nicht richtig verstanden, oder er war so mit dem lebhaften Straßenverkehr beschäftigt, dass er keine Zeit fand für eine weitere Unterhaltung.

Richard lehnte sich auf dem Sitz zurück. Im Grunde war alles in bester Ordnung, alles nahm den gewünschten Verlauf. Wenzels Enthüllungen waren endlich gedruckt und damit in der Welt. Der Volkszorn kochte bereits, wie die wenigen, aber deftigen Bemerkungen seines Chauffeurs zeigten. Konrad würde das Feuer noch ein wenig schüren, indem er hier und da ein weiteres Detail von Wenzels Bettgeschichten in die Presse brachte und so den Skandal noch eine Weile in den Gazetten hielt. Schließlich würde der Kaiser dem allgemeinen Druck nachgeben und von Gerstetten in die Wüste schicken müssen. Damit war der Weg für neue Gesichter bei Hof frei. Konrad hatte ihm fest zugesagt, dass er alles zukünftig in seiner Macht Stehende tun werde, um ihn für seine Dienste mit einem bedeutenden Posten belohnen zu können.

Richard seufzte zufrieden. Er stellte sich vor, wie er eines nicht mehr allzu fernen Tages als Staatssekretär durch die langen Flure der Ministerien wandeln und dabei in Gedanken mit bedeutenden Staatsangelegenheiten beschäftigt sein würde. Wie würden sie dann alle vor ihm buckeln und dienern! Der Gedanke daran amüsierte ihn schon jetzt. Was für ein Gesicht würde Luise machen, wenn er ihr mitteilte, dass er nach Berlin berufen worden war? Er sah seinen Namen schon in Bütten gedruckt vor sich, verziert mit dem Familienwappen. Kein Fest in der Hauptstadt würde er auslassen. Die Berliner Theater würde er mindestens zweimal im Monat besuchen, jede Opernpremiere würde er aus einer eigenen Loge verfolgen. Für diesen Erfolg lohnte sich jede Entbehrung, auch wenn sie ein noch so großes neues Loch in seine Haushaltskasse riss.

Das Automobil hielt am Gehsteig.

»Potsdamer Platz, Ecke Bellevue, der Herr. Macht drei fuffzig.«

Richard kramte in seiner Börse und reichte dem Chauffeur großzügig vier Mark, wofür der sich etliche Male bedankte. In seinem hellen Radmantel sprang er aus dem Wagen und öffnete dem Fahrgast die Tür. Lächelnd griff Richard nach seinem Koffer mit dem Geld und stieg aus. Dort drüben lag Konrads Wohnung im Licht des friedlichen Spätnachmittags.

Das Schicksal walten lassen und abwarten, das war im Wesentlichen alles, was er jetzt noch tun musste. Was für ein Gefühl es doch war, endlich dorthin zu gelangen, wohin man gehörte!

Kapitel 8

Ingeborg stand an der Reling des Raddampfers »Freya«, um dabei zuzusehen, wie das Schiff den Kai verließ. Schwarzer Rauch kroch aus dem Schornstein und verdunkelte den Himmel, der sich heute Morgen auch ohne diesen Trauerflor nicht von seiner freundlichen Seite zeigte. Schwere Wolken lagen über dem Meer, es sah aus, als würde es jeden Moment zu regnen beginnen. Einer der Matrosen machte die letzte Leine los, das Schiff setzte sich langsam in Bewegung. Noch war das Festland weit entfernt und unsichtbar, es verbarg sich hinter einem dichten Schleier aus Nebel. Ingeborg wandte sich noch einmal der Insel zu, von der das Schiff sich langsam entfernte. Plötzlich fiel ihr ganz hinten am Pier eine Gestalt auf, die sich dem Ufer im Laufschritt näherte. Ingeborg reckte den Hals. War das nicht Nicolai, der da winkte und rief? Sie stieg auf die untere Querstrebe der Reling, so weit wie möglich beugte sie sich über den Handlauf. Ingeborg hörte Luises Warnungen, nur ja nicht über Bord zu fallen, aus dem Hintergrund, doch sie drehte sich nicht um. Es war tatsächlich Nicolai, der ihr vom Ufer aus zuwinkte und dabei aus Leibeskräften schrie.

»Ingeborg! Ich werde dir schreiben! Ich denke an dich!«

Ingeborg hatte verstanden. Sie nahm den Strohhut vom Kopf und schwenkte ihn. Vor Glück und Verwirrung über diesen unerwarteten Abschied stiegen in ihr Tränen auf.

»Nicolai! Ich komme wieder im nächsten Sommer!«

Ingeborg hatte Mühe, ihre Beherrschung zu bewahren. Nicolai hatte sich in aller Herrgottsfrühe ihretwegen auf den Weg von Kampen nach Munkmarsch gemacht, er war gekommen, um sie noch ein letztes Mal zu sehen. Er liebt mich, er liebt mich doch, schoss es ihr durch den Kopf. Alle Ereignisse des vorletzten Abends besaßen schlagartig keine Bedeutung mehr. Ihr Streit am Strand, all die bösen Worte, die sie ihm an den Kopf geworfen hatte – Missverständnisse waren das gewesen, mehr nicht! Ingeborg spürte, wie ihr Herz vor Freude einen kleinen, begeisterten Sprung tat. Jetzt hatte sie etwas, worauf sie sich den ganzen langen Winter über freuen konnte. Das Wiedersehen mit Nicolai im nächsten Sommer nahm vor ihrem inneren Auge schon Gestalt an. Die Freudentränen, die sie dann weinen würde, die ersten Umarmungen, der erste Kuss nach den vielen Monaten der Trennung, das alles sah sie vor sich, als stünde es unmittelbar bevor.

Nicolai war am Pier stehen geblieben, er winkte noch immer. Ingeborg winkte zurück und strahlte. Während der Wind ihr Haar zauste, stand sie oben an der Reling und hatte das Gefühl, von nun an die schmerzliche Sehnsucht ertragen zu können, die sie quälen würde. Voller Dankbarkeit stellte sie fest, dass sie noch immer glücklich verliebt war und es auch bleiben durfte. Ihre Gefühle hatten hier auf Sylt eine Heimat gefunden. Und wenn der Sommer wiederkam, dann würde ihre Sehnsucht sie hierher zurückführen, zurück zu dieser herrlichen Insel im Meer.

Noch einmal erklang im Hintergrund Luises warnende Stimme. »Ingeborg, komm endlich da herunter. Lehn dich bitte nicht so weit über die Reling!«

Ingeborg seufzte, tat diesmal aber, wie ihre Mutter befohlen hatte. Langsam setzte sie die Füße einen nach dem anderen wieder auf das Deck zurück. Den Blick hielt sie weiter auf den Hafen gerichtet, obwohl Sylt allmählich zu einem schmalen Streifen am Horizont wurde, zu klein, um einzelne Punkte darauf erkennen zu können. Selbst die Gebäude am Kai waren zu winzigen schwarzen Flecken zusammengeschmolzen. Die Insel verschwand aus ihrem Blickfeld, von Minute zu Minute schrumpfte sie ein Stück.

Ingeborg ließ die Arme sinken. Plötzlich verschwand ihre Zuversicht und machte der Trauer Platz. Ausgerechnet jetzt fahre ich nach Hause, dachte sie, ausgerechnet jetzt. Dabei hätten Nicolai und ich uns noch so viel zu sagen gehabt. Wie gerne wäre ich noch geblieben, um bei ihm sein zu können. Es gibt noch so viel, was wir voneinander nicht wissen. Von einer Sekunde auf die nächste schien ihr das Wiedersehen im kommenden Sommer unerreichbar weit entfernt. Die Tränen waren jetzt nicht mehr aufzuhalten, mit einer energischen Handbewegung wischte Ingeborg sie von der Wange. Ufer und Hafen waren inzwischen endgültig aus ihrem Blickfeld verschwunden. Die »Freya« dampfte mit gemäßigter Geschwindigkeit auf das Festland zu. Langsam drehte Ingeborg sich um. Nicolai war fort, und was war ihr geblieben? Ihre Mutter war natürlich noch da, und wie immer hatte sie reichlich gute Ratschläge für jedermann parat. Sie saß auf einer der Holzbänke vor dem Salon an Deck und plauderte mit einer gewissen Frau Mönkemeier, der Ehefrau eines Kommerzienrates aus Berlin. Bei Frau Mönkemeier handelte es sich um eine hagere Person mit einem viel zu großen Hut und einer Handtasche unter dem Arm, in der sie Vorräte für eine ganze Woche zu transportieren schien. Die Frau Kommerzienrat hatte Luise an Land in Munkmarsch wegen irgendeiner Belanglosigkeit angesprochen und war seitdem nicht mehr von ihrer Seite gewichen. Ingeborg fand die geschwätzige Person ziemlich lästig, aber ihre Mutter schien unverständlicherweise Sympathie für sie zu hegen. Anfangs hatte sie versucht, Ingeborg für die stocklangweiligen Töchter Mönkemeier zu begeistern, aber Ingeborg hatte sich diesen beiden Backfischen gegenüber einsilbig und desinteressiert gegeben, um nicht in das Schlepptau der beiden Fräuleins zu geraten. Mit weiß gerüschten Strümpfen und in üppig weiten Reisemänteln saßen sie stumm neben ihrer Mama auf der Holzbank. Ingeborg warf ihnen einen bedauernden Blick zu. Was für eine langweilige Versammlung. Die beiden Fräulein Mönkemeier schauten so ängstlich, als fürchteten sie sich davor, jeden Augenblick durch eine plötzliche Katastrophe von ihrer geliebten Mutter getrennt und vom Meer verschlungen zu werden.

Ingeborg umfasste den Handlauf der Reling und wandte sich wieder dem Wasser zu. Sie beobachtete die Wellen, die sich gleichmäßig an der Außenwand des Schiffes brachen. Plätschernd schlug die Gischt gegen den schwarz gestrichenen Schiffskörper. Kleine, weiße Kronen schaukelten auf den Wogen, doch ansonsten wirkte die See endlos grau. Ingeborg hielt nach Fischen unter der Wasseroberfläche Ausschau, sah aber

nichts außer ein paar Algen, die als lange grüne Fäden auf den Wellen schwammen.
Sie seufzte leise. Wie unvollkommen doch alles war, wie sehr in der Schwebe. Eben hatte sie noch gezittert vor Glück und Freude, jetzt erschien ihr die Ungewissheit, ob und wann sie Nicolai wiedersehen würde, schon wieder unerträglich. Sie fühlte, wie der Trennungsschmerz sie packte. Die Erinnerung an Nicolais ersten Kuss kehrte zurück, an seine Umarmungen am Strand. Sie schloss die Augen und sah Nicolai noch einmal vor sich, so nah und so leibhaftig, als könne sie ihn berühren. Sie hörte seine Stimme, sah ihn lachen.
Sie musste einfach wiederkommen im nächsten Sommer.
Sie musste Nicolai überzeugen, dass es ihr mit ihm ernst war. Das Glück, das sie auf Sylt gefunden hatte, durfte ihr nicht verloren gehen. Nachdenklich tastete Ingeborg nach der Kette, die sie um den Hals trug. Da war es, Nicolais Geschenk. Kühl lag das Silber unter dem Stoff ihrer weißen Bluse auf der Haut. Ingeborg schlug die Augen auf und schaute hinaus auf die graue Wasseroberfläche. Sie hatte einmal von einem alten Brauch gelesen, dem zufolge Liebende immer an den Ort zurückkehrten, an dem sie ihr Glück gefunden hatten – vorausgesetzt, sie ließen dort etwas Wertvolles von sich selbst zurück.
Die Schnecke mit dem in Silber gefassten Gehäuse war ihr einziges Andenken an Nicolai. Sie dachte an den Moment, an dem er es ihr um den Hals gelegt hatte. Sich von dem Schmuckstück zu trennen fiel ihr sehr schwer. Aber was würde ihr das Stück Silber noch nützen, wenn sie Nicolai nicht wiedersehen durfte?
Kurz entschlossen packte Ingeborg den Anhänger und zog daran. Ein kleiner, kaum wahrnehmbarer Ruck, und schon gab der Verschluss nach. Im nächsten Moment hielt sie die Kette in den Händen. Die Kettenglieder schimmerten matt im Tageslicht. Ingeborg betrachtete den Silberschmuck noch ein allerletztes Mal, dann hob sie den Anhänger an ihre Lippen und flüsterte dabei Nicolais Namen.
»Ingeborg, was machst du denn da immerzu? Turn bitte nicht so nah am Wasser herum. Komm doch bitte mal zu mir!« Luises

Stimme klang mittlerweile gereizt, von ihrem Platz auf der Bank aus sandte sie einen bösen Blick. Während sie ihre Tochter anstarrte, nestelte sie mit einer Hand an der Krempe ihres Huts mit den kunstseidenen Veilchen herum. Ihr Gesichtsausdruck ließ deutlich erkennen, dass ihre Geduld mit Ingeborg sich eindeutig ihrem Ende zuneigte.

»Ich komme gleich!« Ingeborg schob die Hand zwischen dem Gestänge der Reling hindurch und öffnete die Faust, in der die Kette lag. Das Schmuckstück war leicht, ganz schnell rutschte es ihr durch die Finger. Ingeborg konnte fühlen, wie die kühlen Kettenglieder eines nach dem anderen über ihre Haut glitten. Sie bildete sich ein, ein leises, kaum wahrnehmbares Klatschen zu hören, dann nichts mehr. Die Kette war verschwunden. Ingeborg drehte sich um.

Das Meer hatte ihr Opfer angenommen. Es war still, nur ein paar vom Wind zerfledderte Silbermöwen kreisten schreiend über dem Oberdeck. Für einen kurzen Moment brach die Sonne zwischen den Wolken hervor, ganz so, als wolle sich der Himmel für ihre Liebesgabe an die offene See bedanken.

Ingeborg verließ ihren Platz an der Reling. Sie lächelte. Sie würde wieder hierher kommen – jetzt war es sicher, nun würde ihr Wunsch in Erfüllung gehen. Von jetzt an musste sie nur noch ganz fest daran glauben.

Richard von Lassen öffnete die Tür seines Hotelzimmers und spähte auf den menschenleeren Gang hinaus. Wo blieb denn bloß dieser Bummelant von einem Gepäckträger, der seine Koffer abholen sollte? Es war bestimmt schon zehn Minuten her, seit er sich telefonisch bei der Rezeption gemeldet und um die Abholung seines Gepäcks gebeten hatte. Er hatte es doch dringend gemacht – und trotzdem standen seine beiden Koffer aus dunklem Leder noch immer hier neben seinem Hotelbett und warteten darauf, in die Halle hinuntergeschafft zu werden. Verärgert schloss Richard die Zimmertür. Natürlich konnte er sein Gepäck auch selber hinuntertragen, wenn es sein musste – aber das würde vielleicht auffallen. Er hatte beschlossen, sich so normal wie möglich zu verhalten, äußere Anzeichen von Panik durfte es nicht geben. Seine Abreise sollte keinesfalls nach einer Flucht aussehen.

Richard zog sich in den Raum zurück und begann erneut, mit auf dem Rücken verschränkten Armen neben seinem Bett auf und ab zu wandern. Immer wieder fiel sein Blick auf die Abendausgabe der *Berliner Zeitung*, die auf dem Stuhl neben der Tür lag. Nichts Böses ahnend hatte er das Blatt vor einer Stunde auf der Straße gekauft und mit ins Hotel genommen. Gleich nachdem er den ersten Blick auf das Titelblatt geworfen hatte, war ihm vor Schreck das Herz fast stehen geblieben. Erst eine Woche war es her, dass Wenzels Enthüllungsgeschichte über von Gerstetten in der Zeitung gestanden hatte. Er hatte große Hoffnungen auf das Erscheinen dieser Bekenntnisse gesetzt, eine ganze Weile war er wegen dieser Geschichte in absoluter Hochstimmung gewesen. Es hatte sich auch gut angelassen, dem ersten Artikel waren weitere gefolgt, gleich mehrere Blätter hatten sich auf Wenzels Geschichte gestürzt. Jetzt, da von Gerstettens abartige Neigungen öffentlich gemacht worden waren, würde der Fürst gehen müssen – davon jedenfalls war Richard fest überzeugt gewesen. Und tatsächlich hatte der Kaiser schließlich der Bitte seines Freundes von Gerstetten um die Entlassung aus dem Dienst entsprochen. Die Intrige gegen den Fürsten neigte sich ihrer Vollendung entgegen – Richard hatte innerlich frohlockt, hatte sich schon für den Tag präpariert, an dem man ihn zwecks Berufung in ein Amt in das Ministerium zitieren würde. Alles war bereit gewesen, sein Aufstieg konnte beginnen. Als Staatssekretär hatte er sich bereits gesehen, als geheimer Rat bei Hofe. Und nun plötzlich das: »Ein Schuss im Morgengrauen – Fürst von Gerstetten wählt den Freitod«, stand in dicken Lettern auf der Titelseite der *Berliner Zeitung*. Der Fürst hatte sich heute in aller Herrgottsfrühe im Grunewald die Pistole an die Schläfe gesetzt und abgedrückt. Ein von Spaziergängern hinzugerufener Arzt hatte nur noch von Gerstettens Tod feststellen können.

Richard blieb stehen und starrte auf seine frisch gewienerten

Schuhspitzen hinunter. Seine erste Reaktion auf diese unerwartete Nachricht war ein Triumphgefühl gewesen. Doch dann, nachdem er sich ein paar Minuten Zeit genommen hatte, um über die Folgen dieser Tat nachzudenken, hatte er das wahre Ausmaß der Katastrophe erkannt. Der Selbstmord des Fürsten würde im ganzen Reich Erschütterung auslösen. Man würde Ermittlungen anstellen, um offene Fragen zu klären. Richard seufzte. Mit seinem Selbstmord hatte von Gerstetten es ein allerletztes Mal verstanden, sich die Sympathien der Bevölkerung zu sichern. Bei Hof, so wusste denn auch der Korrespondent der *Berliner Zeitung* zu berichten, habe man den Tod des Fürsten mit tiefer Betroffenheit aufgenommen. Seine Majestät sei entsetzt, so ließ man verlauten, er habe eine rücksichtslose Aufdeckung der Angelegenheit verlangt. Angeblich sollte es eine harte Bestrafung derjenigen geben, die an von Gerstettens schicksalhaftem Schritt Mitschuld trugen.

Doch damit nicht genug. Von der Verhaftung eines hochrangigen Berliner Offiziers a. D. war in dem Zeitungsartikel die Rede gewesen. Richard war überzeugt, dass es der alte von Ertelschwing war, den man festgenommen hatte. Offenbar waren sie Konrads geheimem Zirkel auf die Spur gekommen und brachten nun dessen Mitglieder mit dem Tod des Fürsten in Verbindung. Vermutlich ging die Polizei davon aus, dass die Männer um Konrad von Waltersporn von Gerstettens Tod in irgendeiner Form mitzuverantworten hatten – und ganz so falsch lag sie damit ja auch nicht. Womöglich würde man versuchen, Konrads Verbündeten auch das gescheiterte Attentat auf den Fürsten zur Last zu legen.

Die Wendung der Ereignisse war fatal, das war Richard bewusst. Es schauderte ihn noch immer, wenn er daran dachte, wohin die Entwicklung der Dinge führen konnte. Seit er endgültig begriffen hatte, in welcher Situation er sich befand, kämpfte er gegen eine sich ständig verstärkende innere Panik. Er hatte versucht, seine Lage noch einmal in Ruhe zu betrachten, doch seine Gedanken liefen Amok. Die Intrige gegen den Fürsten war in seinen Augen vollständig gescheitert. Die Polizei war dem gehei-

men Zirkel um Konrad dicht auf den Fersen, und die Verhaftung des alten Ertelschwing war erst der Anfang. Ob sie Jekaterina auch verhaftet hatten? Eine Frau wie sie in Haft, das war einfach unvorstellbar. Und Konrad, ob der auch schon im Gefängnis saß? Der Nächste würde in jedem Fall er selbst sein, das war Richard klar. Sie würden ins Hotel kommen und ihn holen.
Vor einer halben Stunde hatte Richard in aller Eile seine Sachen gepackt. Er musste weg aus Berlin, und das so schnell wie möglich. Wenn er erst einmal wieder in Plön war, würde er sich sicherer fühlen. Bis jetzt hatte er zwar keine Ahnung, wodurch die geheime Reichspolizei so schnell von dem Komplott gegen von Gerstetten erfahren hatte. Aber wer der Verräter in den eigenen Reihen war, war jetzt auch nicht mehr ausschlaggebend. Wichtig war nur noch, dass er selber die Hauptstadt ungehindert verlassen konnte. Daheim in Plön war er eine Persönlichkeit, da hatte sein Wort Gewicht. Wenn er erst einmal wieder im Landratsamt saß, würde es der Polizei schwer fallen, ihm die Beteiligung an einer Intrige in Berlin nachzuweisen. Er würde alles bestreiten und sich völlig ahnungslos geben – schließlich, was hatte er mit einem Fürsten von Gerstetten zu tun? Ein Beamter aus der tiefen Provinz kümmerte sich für gewöhnlich nicht um die große Politik.
Richard zog noch einmal seine Uhr aus der Westentasche – das Zifferblatt zeigte viertel nach vier.
Wo blieb nur dieser dusselige Hoteldiener? Er musste weg, er musste zum Bahnhof, die Zeit drängte. Den Fahrplan der Fernzüge in Richtung Westen hatte er in der Hotelhalle schon eingesehen. Um siebzehn Uhr zehn ging vom Lehrter Bahnhof noch ein Zug nach Hamburg, der letzte für heute. Wenn er den bekam, würde er unterwegs irgendwo übernachten müssen, aber was machte das schon? Dem Zugriff der Polizei war er dann jedenfalls vorerst entzogen. Er war weg aus der Stadt, die sich für ihn zu einem gefährlichen Pflaster entwickelt hatte. Auf der Reise in die Heimat würde er in Ruhe noch einmal über alles nachdenken können. Hier in Berlin, in dem breiten, kalten Hotelbett, würde er heute Nacht sowieso kein Auge mehr schlie-

ßen vor Aufregung. Er würde die ganze Zeit nur daliegen und auf jedes Geräusch achten, das vom Gang herüberkam.
Richard setzte seinen Hut auf und griff nach dem Mantel mit dem dunklen Samtkragen. Der Zweireiher war ein Modell nach neuester Mode – eine Maßanfertigung, eng im Schnitt, der Stoff aus dichtem englischem Kammgarn. Der Mantel war wirklich ein gutes Stück, er hatte ihn gerade erst vor einer Woche machen lassen. Schade um das Geld, das er gekostet hatte. So vornehme Kleidung wussten sie in Plön nicht zu würdigen. Das Geld dafür war verschwendet – verschwendet an eine Zukunft, die nicht mehr stattfinden würde.
Mit einem Seufzer legte Richard sich den Mantel über den Arm. Mit beiden Koffern in der Hand verließ er sein Zimmer. Auf Zehenspitzen tastete er sich bis zum Treppenhaus vor. Von dort warf er einen Blick über das Messinggeländer hinunter ins Erdgeschoss. Unten schien alles ruhig, aus der Halle kamen keine verdächtigen Geräusche. Das Hotel war eines von der kleineren Sorte, Aufruhr irgendwelcher Art machte sich hier schnell bemerkbar. Immerhin war es nicht ausgeschlossen, dass seine Verfolger ihm schon dicht auf den Fersen waren. Vielleicht lauerten ihm seine Häscher da unten in irgendeiner Ecke auf.
Richard atmete tief durch und machte sich auf den Weg. Er musste sich zwingen, die Stufen ganz ruhig hinunterzugehen und nicht zu laufen. Nur keine unerwünschte Aufmerksamkeit erregen, alles sollte so harmlos aussehen wie möglich. Betont gelassen schlenderte er durch die Halle. Der Portier an der Rezeption las die Abendzeitung. Richard tat so, als interessiere er sich nicht dafür, er nickte dem Mann zu und verlangte lächelnd nach seiner Rechnung. Der Portier sah auf. »Sie reisen ab, der Herr?«
Richard nickte.
»Ach, und so plötzlich? Das ist aber schade.« Der Portier legte die Zeitung beiseite und begann, in seinem Register zu wühlen, in dem die Zimmernummern mitsamt der dort logierenden Gäste aufgeführt waren. »Ich hoffe, es hat Ihnen in der Hauptstadt gefallen?«
Richard nickte wieder. Die penetranten Hinweise der Berliner

darauf, dass man sich in ihrer heiß geliebten Hauptstadt befand, ging ihm allmählich auf die Nerven. Die Leute hier bildeten sich entschieden zu viel auf ihre Stadt ein, die letztlich auch nicht mehr zu bieten hatte als andere Hauptstädte in Europa.
Richard zwang sich zu einem neuen Lächeln. »Berlin ist eine sehenswerte Stadt, aber ich muss leider zurück in die Heimat. Dringende Geschäfte, Sie verstehen. Was bin ich schuldig?«
Der Portier schwieg, er rechnete noch. Es schien eine Ewigkeit zu dauern, bis er den Preis für Richards Aufenthalt in Zimmer vier herausgefunden hatte. Die Stirn in Falten gelegt, addierte und subtrahierte der Mann hinter dem Tresen, als habe er eine Denksportaufgabe zu lösen. Endlich sah er auf und nannte eine Summe. Richard griff in seine Brieftasche und legte das Geld in bar auf den Tresen.
»Danke sehr, der Herr. Einen Moment bitte noch, ich schreibe Ihnen eine Quittung aus. Schließlich muss ja alles seine Ordnung haben, nicht wahr?«
Dieser Behauptung konnte Richard nicht widersprechen, obwohl er auf das Papier, das der Portier hinter seinem Tresen liebevoll mit vielen Schnörkeln versah, gern verzichtet hätte. Während er dastand und wartete, öffnete sich die gläserne Eingangstür hinter ihm. Richard drehte sich um. Ein Herr im eleganten Pelz und mit Hut kam herein. Er blieb im Eingangsbereich stehen, in aller Gemütsruhe zündete er sich eine Zigarette an. Richard schluckte. Der Fremde weckte sein Misstrauen. Ein Mann, der einen derart teuren Pelz trug und in diesem eher mittelklassigen Hotel abstieg – das passte nicht zusammen. Was mochte er hier wollen? Kam er vielleicht im Auftrag der Reichspolizei? Spionierte er Richard etwa nach?
Der Portier hielt ihm die Quittung unter die Nase. »Eine Unterschrift brauche ich bitte noch, der Herr.«
Das Telefon begann schrill und aufdringlich im Hintergrund zu läuten. Hastig setzte Richard seinen Namen unter das Papier, das der Portier noch immer festhielt.
»Danke sehr, der Herr. Und wenn es Ihnen gefallen hat, dann empfehlen Sie uns doch bitte weiter. Angenehme Heimreise

wünsche ich. Soll ich Ihnen eine Kraftdroschke zum Bahnhof bestellen?«
Richard überlegte einen Moment, doch dann lehnte er das Angebot ab. Wenn der Portier für ihn nach einem Automobil telefonierte, dann bedeutete das, dass er weiter hier in der Hotelhalle warten musste, die Blicke des mysteriösen Mannes im Pelz auf sich gerichtet. Er bedankte sich kurz, nahm sein Gepäck und ging. Ohne sich umzudrehen, stürmte er auf die Straße hinaus. Bis zum Lehrter Bahnhof war es zu Fuß noch ein langer Weg. Die große, runde Standuhr vor der Apotheke gegenüber zeigte auf halb fünf. Das konnte knapp werden. Von hier zu Fuß quer durch die vom abendlichen Verkehr verstopfte Stadt, das dauerte seine Zeit. Richard machte große Schritte, er rannte beinahe. Ihm kam es so vor, als seien von überall her fremde Blicke auf ihn gerichtet. Hinter jeder Straßenlaterne, in jedem Hauseingang wähnte er mindestens einen Verfolger. Wenn er nur die Koffer nicht gehabt hätte, dann wäre er schneller gewesen – doch so stolperte er beinahe bei dem Versuch, mit einem schwungvollen Manöver einer Blumenfrau auszuweichen, die sich mit ihrem Bauchladen gerade zu ihm umdrehte.
»Blumen, der Herr, ein frisches Sträußchen für die Frau Gemahlin daheim?«
Richard hörte die Stimme der Blumenfrau hinter sich, doch er reagierte nicht auf ihre Frage. Keuchend lief er weiter. Es war beschämend, diese Stadt so verlassen zu müssen – in beinahe auffälliger Hektik, auf der Flucht vor der Polizei. Ein hupendes Automobil überholte ihn, es fuhr so dicht am Kantstein vorbei, dass der Schmutz einer Pfütze im hohen Bogen aufspritzte. Während Richard weiterhastete, betrachtete er leise fluchend den Fleck auf seinem neuen Mantel. Offenbar hatte sich heute alles gegen ihn verschworen. Er kam nicht voran, tausend Hindernisse verbauten ihm den Weg. Als auf der Straße eine Pferdedroschke vorbeigezuckelt kam, trat Richard auf die Fahrbahn und hielt den Wagen durch ein Handzeichen an. Es war eine ziemlich altersschwache Karre, die er sich da ausgesucht hatte. Der unmoderne Landauer wurde von zwei Gäulen gezogen, die

aussahen, als seien sie auf dem Weg zum Abdecker. Doch damit nicht genug, zu allem Überfluss war der Kutscher auch noch schwerhörig. Dreimal musste Richard ihm sein Ziel ins Ohr brüllen, bevor der Mann endlich begriffen hatte, wohin es gehen sollte.

Richard nahm Platz, der Wagen ruckte an. Erschöpft und gleichzeitig hellwach vor Aufregung hockte er auf der Vorderkante der durchgesessenen Sitzbank im Fond. Seine beiden Koffer hatte er griffbereit neben sich, während er immer wieder die Zeiger seiner Taschenuhr kontrollierte. Es war viertel vor fünf, und er besaß noch keine Fahrkarte. Die Zeit wurde knapp, und der Wagen holperte in einem Tempo über das Pflaster, als hätte er es kein bisschen eilig. Endlich tat sich vor Richard die Siegesallee auf, zu deren Seiten links und rechts der Tiergarten in prachtvoll herbstlicher Färbung lag. Richard hatte kein Auge für die Schönheiten der Natur, jetzt nicht. Sobald der Bahnhofsvorplatz in Sichtweite kam, riss er den Verschlag des rollenden Wagens auf. Dem Kutscher warf er ein paar Münzen hin, bevor er gleich darauf nach seinem Gepäck griff. Er stürmte los, er rannte mit seinen unhandlichen Koffern quer über den großen Platz vor dem Bahnhof. Richard hastete in das Bahnhofsgebäude, denn mittlerweile war es schon nach fünf Uhr. Für eine Fahrkarte am Schalter würde es nicht mehr reichen, er würde im Abteil lösen müssen.

Schwitzend schob er sich mit den beiden Koffern unter den Armen durch die immer dichter werdende Menschenmenge. Ohne Rücksicht auf die Beschimpfungen der Umstehenden bahnte er sich über Treppen und Trottoirs seinen Weg zum Bahnsteig. Der Fernzug nach Hamburg ging normalerweise von Gleis vier, das wusste er, weil er den Fahrplan der Reichsbahn im Hotel gründlich studiert hatte. Er konnte nur hoffen, dass es heute nicht ausnahmsweise anders war. Der Schweiß stand ihm auf der Stirn, seine Handflächen klebten, als er endlich das richtige Gleis erreichte. Eingekeilt in einer Menge aus Menschen hörte er das Abfahrtssignal des Schaffners. Ein gellender Pfiff ertönte neben der Bahnsteigkante. Richard spürte, wie sein

Herzschlag sich beschleunigte. Der Zug fuhr langsam an, aber noch wollte er nicht aufgeben. Er nahm Anlauf und hechtete los. Ohne nach rechts und links zu sehen, zwängte er sich zwischen Leibern, Koffern und Paketen hindurch. Fremde Knie stießen gegen seine, irgendwer rammte ihm im Vorbeilaufen den Ellenbogen zwischen die Rippen. Richard biss die Zähne zusammen und kämpfte sich weiter voran. Dort war der Zug, er rollte bereits. Richard packte den Türgriff des nächsten Wagens, den er erreichen konnte, und riss die Tür mit aller Gewalt auf. Im nächsten Augenblick sprang er mit einem großen Satz die Stufen hinauf, stolperte dabei über seine eigenen Beine und fiel. Hinter sich hörte er die wütende Stimme des Schaffners, der die Reisenden aufforderte, auf dem Bahnsteig zurückzubleiben. Richard lag da, das Gesicht auf dem schmutzigen Boden des Waggons, seine Koffer neben sich. Die Tür schlug hinter ihm zu. Schwer atmend versuchte er, sich aufzurichten. Seine Knie schmerzten, er hatte sich bestimmt ein paar blaue Flecken geholt. Sein Herz klopfte von der gerade überstandenen Anstrengung, das Gestänge der Eisenbahn unter ihm ratterte, die Lokomotive pfiff.

Mühsam rappelte Richard sich Stück für Stück auf. Ein junges Paar stand nur wenige Schritte entfernt und starrte ihn an. Es war knapp gewesen, denkbar knapp, aber er hatte es geschafft. Er war unterwegs, er war fort aus Berlin. Mit jeder neuen Umdrehung der eisernen Räder des Zuges ließ er die große Stadt ein Stück weiter hinter sich. Wer konnte sagen, ob er sie jemals wieder sehen würde? Gemeinsam mit der Zukunft in der Hauptstadt hatte er Konrads Freundschaft verloren – und damit alle Aussichten auf eine Karriere. Mit seiner Flucht gab er alles auf, was er sich so mühsam erkämpft hatte. Die vage Hoffnung auf ein Leben an Jekaterinas Seite hatte sich genauso zerschlagen wie sein Traum vom Aufstieg zu einem bedeutenden Beamten. Für ihn würde es jetzt nichts mehr geben außer dem nervtötenden Alltag in der Provinz, der sich nur aus einer schier endlosen Reihe der immer gleichen Rituale zusammensetzte. Was hatte ihm sein Berliner Abenteuer gebracht? Zerplatzte Träume und

horrende Schulden, die er gemacht hatte, um bei Hof aufsteigen zu können. Die Zukunft schien ihm Grau in Grau, dunkler als die Abenddämmerung, die draußen vor dem Fenster ihre ersten Schleier über den Himmel warf.
Mit einem erschöpften Seufzer ließ Richard sich auf einen seiner Koffer sinken.
Wer hoch steigen will, der kann tief fallen – das hatte sein Großvater immer gesagt. Endete sie tatsächlich so, seine zweite Karriere in Berlin?

Teil 2

Kapitel 9

Jarrelund, im Mai 1914

Mit zitternden Händen durchwühlte Luise die Schublade der Kommode in ihrem Schlafzimmer. Hier irgendwo musste es doch liegen, das Perlenarmband ihrer Großmutter. Drei Stränge einzeln geknoteter Perlen übereinander, gehalten von einer goldenen Schließe, eingeschlagen in ein Tuch aus tiefrotem Samt. Wann hatte sie das gute Stück nur zuletzt in Händen gehabt? Jahre musste es her sein, dass sie nach dem Armband geschaut hatte – aber jetzt brauchte sie den Schmuck, sofort und auf der Stelle. Unten im Foyer stand einer von Richards Gläubigern, ein besonders finsterer Kerl diesmal – ein Kaufmann aus Kiel, angeblich auf der Durchreise nach Lübeck. Mit der Polizei und den Gerichten hatte er lauthals gedroht, falls Luise ihn fortschickte, ohne ihm vorher Geld gegeben zu haben. Der rotgesichtige Mann mit den buschigen, dunklen Koteletten hatte in der Halle herumgepoltert und mit den Füßen aufgestampft, dass man es im ganzen Haus hören konnte. Allein mit ihm war Luise mehr und mehr in Panik geraten, hatte schließlich versprochen, seine Forderung zu begleichen, und war dann ins Schlafzimmer geflüchtet, wo sie jetzt in aller Hast nach dem Armband suchte. Das Schmuckstück musste als Bezahlung herhalten, denn Geld hatte sie keines – nicht genug jedenfalls, um den Mann da unten zufrieden zu stellen. Eigentlich hatte sie vorgehabt, Ingeborg das Armband zu ihrer Hochzeit zu schenken, aber damit würde es nun ja wohl nichts werden. Seit neuestem fielen immer öfter die Gläubiger in Jarrelund ein, unerbittlich und in Scharen, wie die

Schmeißfliegen, die im Sommer über Pferdeäpfel am Wegesrand herfielen. Die unbezahlten Rechnungen auf Richards Schreibtisch häuften sich, beinahe jeden Tag gab es inzwischen Ärger mit Lieferanten oder Handwerkern. Wenn Luise in die Stadt fuhr, um einzukaufen, dann traten ihr die Leute zwar mit dem üblichen Respekt entgegen – schließlich war Richard immer noch der Landrat im Kreis Plön. Aber beinahe jedes Mal verlangten sie jetzt sofortige Bezahlung für die Waren, die Luise aussuchte, kaum einer ließ sich noch beschwichtigen oder hinhalten.

Luise wühlte hastig weiter, ihre Hände trafen auf Schals und Handschuhe, Mützen und Tücher. Ungeduldig spähte sie in das Halbdunkel der Schublade. Endlich bekam sie ein Bündel Stoff zu fassen, etwas Weiches mit schwerem Inhalt. Sie zerrte es hervor. Dabei verhedderte sich der Stoffbeutel, sie musste kräftig daran ziehen, um ihn ans Tageslicht zu holen. Gemeinsam mit dem kleinen Paket kam ein Stapel Briefe zum Vorschein, die von einer roten Schleife zusammengehalten wurden. Luise warf einen flüchtigen Blick auf den obersten Umschlag. Die Briefe waren an Richard adressiert, die Schrift darauf war ihr unbekannt. Sie legte den Stapel zur Seite – jetzt war keine Zeit dafür. Mit fahrigen Bewegungen packte sie das Armband aus. Sie ließ seine Perlenstränge einmal kurz durch ihre Hand gleiten, bevor sie sich umdrehte und damit aus dem Raum lief. Während sie die Treppe hinunterhastete, überlegte sie, ob sie Richard im Amt anrufen und ihm Bescheid geben sollte, damit er sich der Sache hier annahm. Immerhin war er doch für die Schulden verantwortlich, die so erdrückend auf Jarrelund lasteten. Sie wusste bis heute nicht, wie er es fertig gebracht hatte, das Gut in den letzten Jahren in eine so tiefe finanzielle Misere zu stürzen. Erklärungen dafür hatte er ihr bisher nicht gegeben, obwohl sie es gewagt hatte, ihn mehrfach darauf anzusprechen.

Luise erreichte die Halle. Der Kaufmann aus Kiel, der im letzten Herbst kistenweise Wein nach Jarrelund geliefert haben wollte, stand noch immer neben der breiten Eingangstür, wo Luise ihn vor ein paar Minuten stehen gelassen hatte. Sein Bündel Rech-

nungen in der Hand, starrte er die lebensgroßen, goldgerahmten Porträts von Richards Ahnen an – lauter von Lassens, die in Feiertagskleidung mit ernster Miene auf den Betrachter hinunterschauten.
Wortlos händigte Luise dem dunkelhaarigen Mann in dem Fuchskragenmantel ihr Schmuckstück aus, das er ihr sofort abnahm. Er betrachtete es aufmerksam, dann fing er an, den alten Schmuck respektlos zu betasten. Mit gerunzelter Stirn drehte er jede Perle einzeln zwischen seinen Fingern hin und her. Es sah aus, als suche er insgeheim nach einem Grund, um das gute Stück als Bezahlung ablehnen zu können.
Luise konnte nicht länger mit ansehen, wie dieser Fremde ihr Armband befingerte. Sie streckte die Hand aus, um es wieder an sich zu nehmen, doch der Fremde entzog sich ihr, indem er einen Schritt zur Seite machte.
Luise legte die Handflächen aneinander, sichtlich darum bemüht, Ruhe zu bewahren, doch sie spürte, dass ihre Stimme zitterte, als sie zu sprechen begann. »Seien Sie bitte vorsichtig, mein Herr. Der Schmuck ist sehr alt, er hat meiner Großmutter gehört. Er ist mit Sicherheit mehr wert als die Summe, die Sie von uns zu bekommen haben.«
Luise verschränkte die Arme vor dem Oberkörper, während der rotgesichtige Mensch, dessen Namen sie schon wieder vergessen hatte, den Schmuck ein weiteres Mal genau in Augenschein nahm. »Ich werde es im Ort bei einem Juwelier schätzen lassen, Frau von Lassen. Falls es nicht ausreichen sollte, um Ihre Schulden zu bezahlen –«
»Ja, bitte tun Sie das. Lassen Sie es schätzen. Falls Sie dann immer noch nicht zufrieden sein sollten, sprechen wir uns wieder. Und jetzt verlassen Sie bitte das Haus. Nachdem Sie mir den Empfang des Schmucks quittiert haben, versteht sich.«
Luise warf ihrem Gegenüber einen auffordernden Blick zu. Der Mann schien begriffen zu haben, dass mehr für ihn hier nicht zu holen war. Er langte in seine flache Aktentasche, die er unter dem Arm bei sich trug, zog ein Blatt Papier hervor und ging damit zu der Anrichte hinüber, die zwischen den beiden Fenstern

stand. Vornübergebeugt kritzelte er, ohne dabei das empfindliche Kirschbaumholz der Anrichte zu schonen, wortlos mit seinem Füllfederhalter auf dem Blatt Papier herum, bevor er sich umdrehte und es an Luise weiterreichte. Ohne sich noch einmal umzusehen, stopfte er sich das kostbare Perlenarmband in die Tasche und ging zur Tür.

Luise nahm die Quittung entgegen und sah zu, wie der Mensch in seinem für die Jahreszeit viel zu warmen Mantel die Halle verließ. Seine Rechnungen hatte er achtlos auf der Anrichte liegen lassen. Dröhnend fiel die Eingangstür hinter ihm ins Schloss. Luise seufzte leise. Die ganze Geschichte war mehr als blamabel. Spätestens morgen würde wahrscheinlich ganz Plön wissen, dass die von Lassens wieder einmal ihre Schulden nicht hatten bezahlen können. Wie lange Richard sich unter diesen Umständen noch würde im Amt halten können, war unklar. Würde der Regierungspräsident ihn nicht irgendwann wegen seiner Schulden aus seiner Position entfernen müssen?

Sie nahm die Papiere an sich, die der Mann zurückgelassen hatte. Vierzig Flaschen Burgunder, dreißig Flaschen Rheinwein und ebenso viel Rotspon standen auf der Rechnung. Von all dem hatte sie nicht einen Tropfen getrunken. Kein Wunder, dass sie wirtschaftlich in Schwierigkeiten waren – Richard lebte weiter auf großem Fuß, als wäre Geld in Hülle und Fülle vorhanden. Bisher hatte sie es abgelehnt, ihm zu helfen, indem sie ihren Vater um Geld bat. Doch vielleicht würde sie jetzt ihren Stolz überwinden und ihrem Vater einen Bettelbrief schreiben müssen? Schließlich ging es ja nicht nur um sie und Richard, sondern auch um Ingeborg. Das Mädchen wurde einundzwanzig in diesem Sommer, sie war schon im heiratsfähigen Alter. Welcher anständige Mann würde sich für eine junge Frau interessieren, in deren Elternhaus der Gerichtsvollzieher beinahe täglich seinen Dienst versah?

Luise wollte gerade in die Küche gehen und der Köchin Anweisungen für das Mittagessen geben, als ihr plötzlich der Packen Briefe wieder einfiel, den sie oben in der alten Kommode gefunden hatte. Sie machte auf dem Absatz kehrt und lief die Treppe hinauf, zurück ins Schlafzimmer. Das Bündel lag verschnürt auf dem Fußboden. Luise bückte sich und hob es auf. Die Handschrift auf den Umschlägen war die einer Frau, wie auf Anhieb an den fein geschwungenen Linien und Bögen zu erkennen war, die jeder einzelne Buchstabe zeigte. Luise musterte den Absender, doch der Name J. von Ertelschwing sagte ihr nichts. Sie lockerte das rote Band, das die Briefe zusammenhielt, und blätterte die Umschläge durch. Alle Briefe stammten offensichtlich von der gleichen Person, jedenfalls war die Handschrift auf allen Kuverts die gleiche.

Merkwürdig, dass Richard gerade Briefe aus Berlin aufgehoben hatte. Nach seiner Rückkehr hatte er immer wieder behauptet, dass er alle Beziehungen in die Hauptstadt vollständig abgebrochen hätte. Wirklich gesprochen worden war allerdings niemals über das, was damals vor drei Jahren in Berlin eigentlich passiert war. Luise kannte Richard gut genug, um zu wissen, dass ihm dort etwas Unangenehmes zugestoßen sein musste. Anders ließ sich nicht erklären, dass er die Erlebnisse in der Stadt ihr gegenüber niemals mehr mit auch nur einem Wort erwähnt hatte.

Sie setzte sich auf den kleinen Stuhl vor ihrem Toilettentisch und schnürte den Packen Briefe auf. Vorsichtig nahm sie den obersten Umschlag von dem Stapel, der in ihrem Schoß lag. Mit einer Hand griff sie nach ihrer Brille, die sie an einem langen Goldkettchen um den Hals trug. Neuerdings musste sie dieses alberne Gestell auf der Nase tragen, wenn sie lesen wollte. Sie mochte die Hornbrille nicht, die sie alt und blass aussehen ließ, aber ohne die Augengläser verschwammen alle Buchstaben vor ihren Augen zu einem einzigen schwarzen Wust.

Luise betastete das Papier in ihrer Hand, behutsam strich sie den ersten Briefumschlag glatt. Es war nicht richtig, den Inhalt zu lesen, das war ihr bewusst. Der Brief war nicht an sie gerichtet, er war offensichtlich nicht für ihre Augen bestimmt – trotzdem griff sie jetzt in den leicht vergilbten Umschlag und zog das Blatt Papier daraus hervor, das darin steckte. Vielleicht würde sie hier eine Antwort auf die Fragen finden, die sie quälten. Wie hatte es mit Jarrelund auf einmal so sehr bergab gehen können? Seit

Richard in jenem Sommer vor drei Jahren aus Berlin zurückgekommen war, hatte sich der Schuldenberg, den sie vor sich herschoben, ständig erhöht. Es musste einen Grund dafür geben, den Luise nicht kannte. Vielleicht hatte Richard in Berlin eine Dummheit gemacht und nicht gewagt, ihr davon zu erzählen? Doch wie in Gottes Namen hatte er es schaffen können, in den wenigen Wochen, die er in der Hauptstadt verbracht hatte, so viel Geld auszugeben, dass ihnen jetzt, drei Jahre später, das Wasser bis zum Hals stand? Richard gab sich auf Reisen für gewöhnlich nicht als Verschwender. Für wen oder was hatte er sich in Berlin in so kurzer Zeit in so tiefe Unkosten gestürzt?

Luise faltete das Stück Papier auseinander, das sie in Händen hielt.

Der Brief war an den sehr verehrten Herrn von Lassen gerichtet. Seine Verfasserin erging sich zunächst über die Hauptstadt und das Wetter im allgemeinen, bevor sie sich darüber beklagte, dass sie seit der Verhaftung ihres Ehemannes ganz allein auf sich gestellt sei. Viele ihrer Freunde und Weggefährten von einst, so schrieb sie, wollten sich jetzt nicht mehr an sie erinnern. Sie bedankte sich für Richards letzten Brief und beteuerte, dass es ihr sehr gut getan habe, seine tief empfundene Anteilnahme in den Zeilen zu spüren, die er ihr geschickt hatte.

Luise stutzte, sie sah auf. Richard hatte mit einer Frau korrespondiert, deren Ehemann verhaftet worden war. Er hatte tatsächlich an die Ehefrau eines Verbrechers geschrieben? Warum tat er so etwas? Der Mann musste doch so einiges auf dem Kerbholz haben, einer Kleinigkeit wegen wurde doch heutzutage niemand mehr in Haft genommen. Und Richard nahm die Sache zum Anlass und tröstete dessen Ehefrau? Merkwürdig, so ein Verhalten sah ihm gar nicht ähnlich. Praktizierte Nächstenliebe gehörte sonst nicht zu seinen größten Tugenden. Es musste sich schon um einen ganz besonderen Fall handeln, wenn er hier seinen Grundsätzen untreu geworden war.

Luise las weiter, doch was sie las, versetzte sie nur noch mehr in Erstaunen. Offenbar hatte Richard der Briefschreiberin geraten, Berlin für eine Weile zu verlassen. Er hatte ihr anscheinend sogar angeboten, sie in der Nähe von Jarrelund unterzubringen. Die besagte Dame hatte das Angebot abgelehnt, wie es schien, und doch – allein die Offerte als solche weckte in Luise Misstrauen gegen die Art von Beziehung, die Richard zu der Fremden unterhalten hatte oder noch unterhielt. Warum kümmerte Richard sich so sehr um diese fremde Frau?

Luise nahm den nächsten Umschlag von dem Stapel und faltete den Bogen Papier auseinander, der zum Vorschein kam. Dieser Brief enthielt politische Andeutungen, es war viel von einer Bewegung und deren Zielen die Rede, die verfehlt worden seien. Ein Prozess kam zur Sprache, für den man nun einen Verhandlungstermin vor dem Berliner Kammergericht anberaumt habe. Der Brief enthielt eine Menge Namen und Ereignisse, die Luise nicht in Beziehung zueinander setzen konnte. Obwohl es scheinbar nur um Politik ging, wurde Luise beim Lesen des Briefes von Zeile zu Zeile immer misstrauischer. Die Formulierungen des Briefes waren seicht, der Ton war freundschaftlich, es kam ihr beinahe so vor, als würden zwischen der Schreiberin und dem Empfänger geheime Botschaften ausgetauscht.

Sie blätterte die restlichen Umschläge durch, die in ihrem Schoß lagen. Schließlich zog sie einen Brief aus dem hinteren Teil des Stapels hervor.

»Liebster Richard«, las sie, »wie viele Wochen sind jetzt vergangen, seit wir uns zuletzt gesehen haben?«

Luise schluckte. »Liebster Richard«. Jetzt wurde die Dame endlich deutlicher. Luise kniff die Augen zusammen und las weiter. Wieder ging es um den Ehemann der Absenderin, der allem Anschein nach sterbenskrank war. Die Fremde schrieb von der Eintönigkeit ihrer Tage am Krankenbett ihres Mannes und von der Qual, die es ihr bereitete, so wenig von ihrem geliebten Richard sehen und hören zu dürfen.

»Die vielen Tage und Nächte ohne dich bedeuten mir nichts«, hatte sie geschrieben.

Luise atmete tief durch. Die vielen Tage und Nächte ohne dich bedeuten mir nichts. Sie schloss die Augen. Schlagartig wurde ihr bewusst, wie viel dieser Satz offenbarte. Die Tage und

Nächte, von denen die Unbekannte schrieb – das waren Tage und Nächte gewesen, die Richard mit ihr hier in Jarrelund verbracht hatte. Sie waren auch für sie als Richards Ehefrau alles andere als glanzvoll gewesen – und doch hatte sie immer fest daran geglaubt, dass alles in Ordnung gewesen sei, dass sie eine zumindest halbwegs solide Ehe geführt hatten während dieser Zeit. Luise hatte ihre Pflicht getan und geglaubt, dass auch Richard seine Pflicht tat – wenn schon nicht aus tief empfundener Liebe, dann doch wenigstens mit einer gewissen Zuneigung, die er für sie und Ingeborg empfand. Offenbar hatte sie sich in dieser Hinsicht getäuscht. Richard war gar nicht bei ihr gewesen, jedenfalls nicht wirklich. Seine Gedanken hatten einer anderen Frau gegolten. Dieser fremden Berlinerin hatte er die Gefühle geschenkt, die er Luise vorenthalten hatte.

Luise schaute hinunter auf den Brief in ihrer Hand. Die Geschichte mit dieser Unbekannten war offenbar ernster, als sie bis vor ein paar Minuten noch angenommen hatte. Dass es eine andere gegeben hatte und vielleicht noch immer gab, die er ihr vorzog, das verletzte sie tief. Bisher hatte Luise die Gründe für das Scheitern ihrer Ehe immer in Richards Charakter gesehen. Sie hatte ihn im Beisein seines Vaters erlebt und geglaubt, dass er aufgrund der strengen Erziehung seiner Eltern nicht gelernt habe, anderen Menschen seine Gefühle offen zu zeigen. Jahrelang hatte sie sich an die Hoffnung geklammert, dass Richard sich ändern könne, dass er sich eines schönen Tages ihr doch noch zuwenden würde. Jetzt wusste sie, dass sie mit einem Irrtum gelebt hatte. Richard hatte sie betrogen. Die Gefühle, die ihr zugestanden hätten, hatte er ihr verweigert, um sie einer anderen zu schenken.

Luise schob das Blatt Papier in den Umschlag zurück. Es war genug, mehr wollte sie davon gar nicht lesen. Immerhin wusste sie jetzt, welcher Art Richards Beziehungen zu dieser Frau gewesen waren.

»Die vielen Tage und Nächte ohne dich bedeuten mir nichts.« Der Satz prägte sich ein, er ging Luise nicht mehr aus dem Kopf. Um sich abzulenken, legte sie die Briefe beiseite und schaute zum Fenster hinaus auf die Pappeln, die am Ufer des nahe gelegenen Sees standen. Wie oft hatte sie in den zurückliegenden Jahren hier gesessen. Der See, auf dem das Sonnenlicht spielte, die hundert verschiedenen Schattierungen von Blau, die das Wasser annahm, wenn Wind, Sonne und Mond darüber hinweggingen – diese Bilder waren immer ein Teil ihres Lebens auf Jarrelund gewesen. Wann immer sie das Gefühl gehabt hatte, nachdenken zu müssen, war sie hierher gekommen und hatte versucht, beim Anblick der Landschaft da draußen ihre Gedanken zu ordnen. Gründe zum Nachdenken hatte sie viele gehabt in den Jahren ihrer Ehe. Da waren Richards wiederholte Zurückweisungen gewesen, sein Geiz ihr gegenüber, seine Unberechenbarkeit und das abendliche Schweigen, mit dem er sie für kleinere Auseinandersetzungen bestraft hatte, die es ab und an zwischen ihnen gab. Stundenlang konnte er dasitzen, die Zeitung oder ein Buch lesen und dabei schweigen. Er rührte sich dann nicht von der Stelle, sondern blieb stumm, er tat so, als würde er nie wieder mit ihr reden wollen.

Luise schüttelte den Kopf. Wie oft hatte sie sich eingeredet, den Kummer über ihre gescheiterte Ehe hinter sich gelassen zu haben. Jetzt wusste sie, dass sie sich in diesem Punkt selber belogen hatte. Der Schmerz, den sie beim Lesen der Briefe empfunden hatte, war stark und nachhaltig. Dass ihre Verzweiflung über Richards Fehltritt nicht so schnell nachließ, war der Beweis dafür, dass sie sich insgeheim und gegen alle Vernunft noch immer etwas von ihrer Ehe erhofft hatte. Doch wenn sie jetzt auf die Jahre zurückschaute, die sie an Richards Seite verbracht hatte, herrschten in ihr nur noch Enttäuschung und Leere.

Dort draußen vor dem Fenster wartete der Frühling. Das Land vor den Toren von Jarrelund schmückte sich mit neuen Farben. Sie hätte hier auf diesem Flecken Erde glücklich werden können – wenn sie eigene Kinder gehabt hätte, wenn Richard sich ihr nur ein bisschen mehr zugewandt hätte, wenn alles nur ein klein wenig anders gekommen wäre. Doch ihr Traum von einem erfüllten Leben an der Seite eines Mannes, der sie liebte, war ge-

storben. Es gab nichts mehr, was sie an seine Stelle setzen konnte – jedenfalls nicht hier auf Jarrelund.
Luise stand auf. Wenn sie noch ein paar ruhige, sorglose Jahre verleben wollte, dann würde sie das in Glücksburg tun müssen, im Haus ihrer Eltern. Ihr Vater war seit vielen Jahren Witwer. Gesellig, wie er war, würde er sich über ihre Rückkehr bestimmt freuen. Das große, weiße Stadthaus, die Heimat aus Kindertagen, würde sie in Gnaden wieder aufnehmen, dessen war sie sicher. Aber was würde aus Ingeborg werden, wenn sie aus Jarrelund fortging? Das Mädchen brauchte einen Ehemann, einen soliden und charakterfesten Menschen mit ausreichendem Einkommen, der ihr Temperament zu zügeln verstand. Ingeborg war intelligent und aufgeweckt, aber sie hatte auch eine anstrengende Art, zu fragen und auf Antworten zu bestehen. Viel zu oft versuchte sie ihren Willen durchzusetzen. Ob man gerade in Glücksburg jemanden finden würde, der zu einem Mädchen wie Ingeborg passte, schien Luise zweifelhaft. Wenn sie nach all den Jahren unglücklicher Ehe in ihr Elternhaus zurückkehrte, dann tat sie das als gescheiterte Ehefrau. Ihre Verbindungen zum Rest der Welt würden sich in Glücksburg auf ein Mindestmaß beschränken. Wer lud schon freiwillig eine verlassene oder getrennt lebende Frau zu sich nach Hause ein? Luise war klar, dass sie in Glücksburg nur wenige Freunde haben würde. Nach einer rosigen Zukunft für eine Zwanzigjährige sah das nicht aus.
Luise seufzte. Nein, gleichgültig, was sie sich für sich selbst wünschte – Ingeborg ging vor, sie musste versorgt sein, bevor sie selbst Jarrelund verlassen konnte.
Luise richtete sich auf, sie lauschte. Unten im Treppenhaus waren Schritte zu hören, Türen klappten. Anscheinend war Richard aus dem Amt nach Hause gekommen – es war seine Stimme, die unten in der Halle erklang. Sie ging zur Tür. Das Beste würde es sein, ihn gleich zur Rede zu stellen. Jetzt waren ihre Wut und ihre Enttäuschung über seinen Betrug noch frisch, jetzt konnte sie ihren Gefühlen am besten Ausdruck verleihen. Nach seinen Schulden wollte sie Richard fragen, und auch nach

den Briefen, die sie in der Kommode gefunden hatte – sofort und auf der Stelle.

Während Luise die Stufen ins Erdgeschoss hinunterstieg, legte sie sich in Gedanken die Worte zurecht, mit denen sie ihrem Mann eröffnen wollte, dass sie vorhatte, ihn zu verlassen. Sie würde Richard sagen, dass sie nur noch so lange auf Jarrelund blieb, bis Ingeborg eine Partie gemacht hatte. Für die Zeit danach würde sie Unterhalt für sich verlangen, und ihre Mitgift würde sie zurückhaben wollen; Möbel, Bilder, Wäsche und immerhin 5000 Mark Bares, das alles würde sie wieder an sich nehmen.

Sie probierte ein paar sprachliche Wendungen aus, die sie anbringen wollte, verwarf sie wieder, suchte nach neuen und überlegte, ob sie sich kämpferisch und entschlossen geben sollte oder einfach nur knapp und kühl. Tief in Gedanken versunken durchquerte sie die Halle und öffnete die breite Flügeltür zum Salon, in dem sie Richard vermutete. Er war tatsächlich da, aber wider Erwarten war er nicht allein. Bei ihm stand ein junger Mann, korrekt angezogen, aber in seiner ganzen Erscheinung irgendwie farblos. Er trug Grau, was ihn nicht kleidete, und hatte glattes, mattblondes Haar, das sehr akkurat den oberen Teil seines länglichen Gesichts umrahmte. Die schmalen blauen Augen, mit denen der Fremde Luise bei ihrem Eintreten anschaute, wirkten verhuscht, als traue sich ihr Besitzer nicht, der Welt offen ins Gesicht zu sehen.

Luise blieb auf der Türschwelle stehen und musterte den Besucher. Richard hatte sich zu ihr umgedreht und sah sie an, doch sein Gesicht war völlig unbewegt. Es verriet wieder einmal nichts von dem, was er dachte. Luise schloss die Tür hinter sich und ging dem Fremden entgegen. Sie versuchte zu lächeln, auch wenn es ihr schwer fiel – es galt, Haltung zu bewahren. Noch war sie die Hausherrin auf Jarrelund.

Luise näherte sich den beiden, doch erst als sie sie beinahe erreicht hatte, trat Richard vor und deutete mit einem Kopfnicken auf den Besucher. »Luise, darf ich bekannt machen? Das ist Herr Gerichtsassessor Timmerland – und dies ist meine Frau.

Herr Timmerland ist der neue Assessor am Landgericht. Sein Vater ist ein alter Freund von mir. Wir haben miteinander in Kiel studiert seinerzeit.« Richard stand jetzt zwischen ihr und dem jungen Fremden, der sie mit einem sanften Lächeln begrüßte. Luise drückte seine Hand und schaute ihm in sein blasses Gesicht. Timmerland schien von der freundlichen, harmlosen Sorte zu sein, so dass es im Grunde eine nette Abwechslung bedeutete, ihn als Gast zu haben – nur kam er heute leider ungelegen. Da Luise ihm genau das jedoch nicht sagen konnte, lächelte sie tapfer. »Es freut mich, Sie kennen zu lernen, Herr Assessor. Bleiben Sie zum Mittagessen bei uns?«
Timmerland wollte antworten, doch Richard war schneller. Er schüttelte den Kopf. »Nein, leider nicht. Wir haben noch etwas Dienstliches in Preetz zu erledigen. Zum Abendessen kannst du uns erwarten, da werden wir zurück sein. Sei so gut und richte den Tisch dann für vier Personen, Luise. Herr Timmerland wird heute Abend unser Gast sein. Er wird auch ein paar Tage bei uns wohnen, bis er eine angemessene Bleibe in Plön gefunden hat.«
»Ich bleibe natürlich nur, wenn es Ihnen recht ist, Frau von Lassen.« Der Assessor hatte sich mit seiner Bemerkung beeilt, jetzt machte er eine kurze Verbeugung in ihre Richtung. Er war rot angelaufen und fuhr sich nervös mit einer Hand durch das Haar. Der junge Mann schien ausgesprochen schüchtern zu sein – schüchterner, als es gut war für einen angehenden Richter in der Provinz, der einen handfesten Charme und viel Humor brauchte, um der Landbevölkerung Paroli bieten zu können. Timmerland tat Luise beinahe schon im Voraus ein wenig Leid, er schien der Position, die man ihm zugedacht hatte, nicht im Mindesten gewachsen. Vielleicht war er ein guter Jurist, aber am Menschlichen fehlte es. Luise nickte ihm trotzdem freundlich zu. Jeder, der sich in Richards Nähe behaupten wollte, brauchte Courage – leider schien es Herrn Timmerland auch daran auf den ersten Blick zu mangeln.
»Also gut. Der Wagen wartet, es ist an der Zeit. Kommen Sie, Timmerland.« Richard winkte den Assessor heran. Ohne sich noch einmal umzudrehen, ging er mit ihm hinaus. Luise blieb al-

lein zurück. Regungslos stand sie da und starrte den beiden hinterher. Sie war verärgert über Richard – und auch über sich selbst. Kein Wort hatte sie ihm gesagt von den Briefen, von ihrer Absicht, ihn zu verlassen. Er dagegen hatte sich betragen wie immer – solide Arroganz, gepaart mit einer deutlichen Kälte ihr gegenüber, auf diese Art pflegte er sie abzufertigen. Es gelang ihm jedes Mal aufs Neue, ihr das Gefühl zu vermitteln, vollkommen überflüssig zu sein. Nicht einmal jetzt, wo ihm das Wasser finanziell bis zum Hals stand, änderte er sein Verhalten ihr gegenüber, obwohl er es gerade jetzt dringend nötig gehabt hätte, freundlicher zu sein. Wenn es für ihn noch eine Rettung vor dem finanziellen Ruin gab, dann nur mit ihrer Hilfe – das musste ihm klar sein.
Luise senkte den Blick. Vielleicht war es ja gut, so wie es war. Richards Verhalten würde ihr den Abschied von Jarrelund erleichtern. Eines nicht mehr fernen Tages würde sie gehen. Eines Tages würde sie es tun – ganz bestimmt.

Ingeborg hatte die Stute Julischka in den Stall hinter den Wirtschaftsgebäuden zurückgebracht und überquerte gerade den Hof, als sie die beiden Männer bemerkte, die das Gutshaus über die große Freitreppe verließen. Einer der beiden war ihr Vater, aber wer war der junge Mann in dem grauen Anzug? Ingeborg musterte den Fremden aus der Ferne. Sie hoffte, dass er auf den zweiten Blick wenigstens ein bisschen interessanter wirken würde als auf den ersten, aber leider machte er auch bei näherem Hinsehen nicht den Eindruck, eine blendende Erscheinung zu sein. Immerhin trug er schwarze Lackschuhe, das verlieh dem langweiligen, einheitlich grauen Anzug ein bisschen Eleganz. Er schien jung zu sein, jünger jedenfalls als Vater. Angeklatschte Haare, ein glattes, ausdrucksloses Gesicht – ein Langweiler. Warum kamen nach Jarrelund immer nur diese Schlafmützen, nervtötende Gestalten, graue Herren, die schwafelten und salbaderten, ohne etwas zu sagen zu haben? Warum kam niemals jemand wie Nicolai?
Ingeborg schüttelte den Kopf. Vielleicht war es ja gut, dass kei-

ner der Besucher ihm das Wasser reichen konnte. So blieb zwischen ihnen alles so, wie es war, sie konnte sich ihre Liebe für Nicolai aufheben. Ingeborg lächelte. Sie hatte ihren Cousin seit drei Jahren nicht gesehen, trotzdem hatte sie ihn nicht vergessen. Unzählige Briefe hatte sie ihm geschrieben, sogar ihr Foto hatte sie Nicolai geschickt. Und er hatte ihr geantwortet. Ihr heimlicher Briefwechsel, in dem sie sich all ihre privaten Sorgen und Freuden anvertraut hatten, war es gewesen, der Ingeborg davon überzeugt hatte, dass es in ihrem Leben immer nur einen Mann geben würde – und das war Nicolai. Weshalb also stand sie jetzt hier herum und machte sich über Vaters Besuch Gedanken?

Sie beschloss, Richard und seinem farblosen Gast auszuweichen, indem sie das Haus durch die Hintertür betrat. Gerade hatte sie sich abgewandt, als Vaters Stimme hinter ihr ertönte. Er hatte sie entdeckt und winkte sie zu sich heran.

Ingeborg zögerte, doch sie wusste, dass sie sich nur Scherereien einhandeln würde, wenn sie ungehorsam war und sich taub stellte. Vater gerade jetzt zu verärgern wäre unklug gewesen. Seit Wochen lag sie ihm schon mit der Bitte in den Ohren, diesen Sommer endlich einmal wieder nach Sylt fahren zu dürfen. In den letzten Jahren war immer etwas dazwischengekommen, aber dieses Mal musste es klappen. Bisher hatte Vater nicht Ja gesagt, aber immerhin hatte er ihr den Wunsch auch nicht endgültig abgeschlagen. Mit ein bisschen Geduld würde es ihr vielleicht doch noch gelingen, ihm die nötige Zustimmung abzuschmeicheln.

Vater rief noch einmal. Ingeborg griff nach der Weste unter ihrem Jackett und zog sie mit zwei Handgriffen gerade. Sie war noch in Reitkleidung und eigentlich nicht recht vorzeigbar. Dann griff sie sich ins Haar und schüttelte die Reste von Zweigen und Blättern heraus, die bei dem Parforceritt heute Vormittag darin hängen geblieben waren. Sie hatte ihre Stute nicht geschont, jeden Wasserlauf hatten sie zusammen durchquert, über jede Hecke waren sie gesetzt, die ihnen den Weg verstellt hatte. Wie immer, wenn sie sich im Wald hatte austoben dürfen, fühlte sie sich ein bisschen erschöpft, aber auch rundherum zufrieden. In dieser Stimmung würde sie eine Gegenüberstellung mit Vaters langweiligem Begleiter aushalten.

Sie überquerte den Rasen und umrundete die Blumenrabatten, die den Weg zur Auffahrt säumten. Richard war inzwischen stehen geblieben, er unterhielt sich mit dem Menschen im grauen Anzug, der seinerseits Ingeborg aus der Entfernung aufmerksam musterte. Ingeborg versuchte, unbefangen zu bleiben. Als sie ihren Vater und dessen Begleiter erreichte, lächelte sie.

»Ingeborg, schön, dass wir dich noch treffen. Ich möchte dir Herrn Timmerland vorstellen, unseren neuen Assessor am Landgericht. Sein Vater und ich sind alte Bekannte, wir haben seinerzeit in Kiel unser Studium gemeinsam absolviert. Und dies hier, Herr Timmerland, ist meine Tochter Ingeborg.«

»Guten Tag, gnädiges Fräulein.« Der Fremde errötete leicht, als er ihr ganz zart die Hand drückte.

Ingeborg nickte ihm nur flüchtig zu, ohne dem jungen Mann allzu viel Beachtung zu schenken. Gerichtsassessoren hatten sie hier schon öfter gehabt, die waren für gewöhnlich wirklich nicht aufregend. Mit ihren fortwährenden Hinweisen auf die Rechtslage hier und die Rechtslage dort sorgten sie nicht dafür, dass das Leben auf Jarrelund auch nur ein bisschen prickelnder wurde. Die meisten der Herren konnten zwar Entscheidungen des Reichsgerichts zitieren, bis einem schwarz vor Augen wurde – nur leider weckten solche Kunststücke nicht gerade Ingeborgs besonderes Interesse.

Vater räusperte sich. »Herr Timmerland wird eine Weile bei uns wohnen, bis er eine passende Bleibe in der Stadt gefunden hat, Ingeborg.«

Ingeborg, die mit der Spitze ihres Reitstiefels ein paar graue Kiesel auf dem Weg hin- und hergeschoben hatte, sah auf. Ein Assessor, der auf Jarrelund wohnen durfte? Das war mal etwas Neues. So viel Gastfreundschaft gab es hier sonst selten. Vaters Entgegenkommen dem Fremden gegenüber machte Ingeborg nun doch etwas neugierig. Sie musterte das Gesicht von Gregor Timmerland, der sie mit großen Augen völlig ungeniert an-

starrte. Sein staunender Gesichtsausdruck erinnerte Ingeborg an ein in Hypnose befindliches Kaninchen, das darauf wartete, jeden Moment von der bösen Schlange verschluckt zu werden.
»Du wirst Herrn Timmerland sicher behilflich sein, sich ein wenig bei uns einzuleben, nicht wahr?« Jetzt schaute Vater sie ganz ernst an, als könne es tatsächlich ihr aufrichtigster Wunsch sein, einem Langweiler wie diesem hier Jarrelund zu zeigen. Ingeborg unterdrückte ein Lachen, sie nickte nur stumm. Timmerlands Miene verklärte sich währenddessen, sein schmaler Mund verzog sich zu einem schwachen Lächeln. Seine Wangen wurden himbeerrot, während er anscheinend nach den passenden Worten suchte, um sich bei seinem Gastgeber zu bedanken. Richard wartete nicht darauf, bis der Herr Assessor seine Sprache wieder gefunden hatte. Er legte ihm kurz eine Hand auf die Schulter und deutete dann mit einem Kopfnicken die Einfahrt hinunter.
»Kommen Sie, Herr Assessor, wir müssen jetzt wirklich los. Das Automobil wartet auf uns. Wir wollen doch nicht zu spät nach Preetz kommen, oder?«
Timmerland schüttelte hastig den Kopf. »Nein, das wollen wir nicht. Auf Wiedersehen, gnädiges Fräulein.« Der Assessor nickte Ingeborg zu, dann ließ er sich von Richard beim Arm nehmen und fortführen. Nachdem er den Weg zum Tor zur Hälfte bewältigt hatte, sah er sich noch einmal um. Sein Blick traf auf den von Ingeborg, worauf er sofort erneut errötete und sich dann schnell wieder abwandte. An Richards Seite stolperte er den Rest des Kiesweges hinunter bis zu dem schmiedeeisernen Gitter, an dem der Wagen mitsamt Fahrer wartete.
Ingeborg schaute zu, wie zuerst ihr Vater und dann der Assessor den Wagen bestiegen. Türen wurden zugeschlagen, das Automobil verließ knatternd die Auffahrt. Erst jetzt begann sie zu lachen. Sie lachte hemmungslos, sie kicherte, bis ihr Tränen in die Augen stiegen. Mein Gott, was für eine Vorstellung hatte er da abgegeben, der neue Herr Assessor. Wenn der seine Verhandlungen genauso ungeschickt und verwirrt führte, wie er sich eben bei ihr vorgestellt hatte, dann würde an den Gerichtstagen in Plön bestimmt bald alles drunter und drüber gehen. Die Leute

aus dem Landkreis mochten behäbig sein, aber dumm waren sie nicht. Mit einem schüchternen Angsthasen wie diesem würden sie sich ihre Späße erlauben, das stand jetzt schon fest.
Ingeborg griff nach dem Taschentuch, das in ihrer Reitweste steckte, und wischte sich damit die Tränen aus den Augenwinkeln. Sie stellte sich vor, was Nicolai zu einer Memme wie dem Herrn Assessor wohl gesagt hätte. Schade, dass er dessen ersten Auftritt auf Jarrelund nicht miterlebt hatte. Sie würde ihm etwas darüber schreiben – am besten sofort, da die Erinnerung noch frisch war.
Mit großen Schritten lief Ingeborg zum Haus hinüber. In Gedanken war sie schon auf Sylt, auf der Insel, die sie lieben würde, solange sie lebte.

»Einen neuen Anstrich braucht das Ganze auf jeden Fall.« Hanna Boysen drehte sich einmal um die eigene Achse und sah dabei zur Zimmerdecke hinauf, bevor sie wieder stehen blieb und noch einmal das leere Gästezimmer des Hotels »Kliffende« in Augenschein nahm. Das Hotel stand zum Verkauf – und Hanna interessierte sich dafür. Die Lage, die Ausstattung, die Größe – bei diesem Haus stimmte einfach alles. Bis auf den Preis vermutlich. Woher sie das Geld nehmen sollte, um ein Haus wie dieses zu kaufen, das wusste sie noch nicht.
Nicolai neben ihr nickte langsam, dann legte er den Kopf ein Stück in den Nacken. »Stimmt, aber ein neuer Anstrich ist doch schnell erledigt, Mutter. Ansonsten ist das Gebäude ziemlich gut in Schuss, finde ich. Gaslicht, Wasserklosetts und Badewannen auf allen Etagen, das ist doch schon was. Ich verstehe überhaupt nicht, warum Thiess Meinert mit so einem komfortablen Haus nicht über die Runden kommen konnte.«
»Es war nicht seine Schuld. Die Krankheit seiner Frau hat ihn in den finanziellen Ruin getrieben.«
»Das Hotel kann es jedenfalls nicht gewesen sein, das ist solide. Wenn das Friesencafé nur halb so gut ausgestattet wäre wie ›Kliffende‹, dann hätten wir ein gutes Dutzend Sorgen weniger und hundert Gäste mehr in jeder Saison.« Er rückte seine Kra-

watte ein Stück von dem frisch gestärkten Kragen weg, den er eigens für die Besichtigung angelegt hatte.
»Das Friesencafé ist auch so schon voll genug, mein Junge. Ich weiß an manchen Tagen doch gar nicht mehr, wohin mit den Leuten.« Hanna ging zum Waschtisch hinüber, dem einzigen Möbelstück im Raum, das bisher nicht gepfändet und versteigert worden war. Die Gläubiger hatten in den vergangenen Monaten das Hotel Stück für Stück geplündert – so lange, bis Thiess Meinert sich ihrem Zugriff nicht mehr hatte entziehen können und das Haus zum Verkauf hatte freigeben müssen.
Langsam strich Hanna mit der Hand über die Oberfläche des Möbelstücks. Der Marmor obenauf war wunderschön – ein echter italienischer Stein in Schwarz und Weiß mit einem sanften Rosaschimmer auf der Oberfläche. Sie konnte sich noch gut an den Tag erinnern, als die Platten vom Hafen in Munkmarsch hierher transportiert worden waren. Das halbe Dorf war als Zaungast dabei gewesen. Draußen auf der Straße hatten die Menschen gestanden und staunend den Handwerkern hinterhergeschaut, wie die ihre schwere Fracht schwitzend von den Pferdewagen abgeladen und ins Haus hineinbugsiert hatten.
»Also, was meinst du? Wollen wir ein Angebot abgeben?« Nicolai kam zu ihr. Anstatt zu antworten, lächelte Hanna ihn nur an. Herrgott, wie groß war ihr Sohn in diesem Winter geworden. Der Junge war fast erwachsen. Die Ähnlichkeit mit seinem Vater war inzwischen nicht mehr zu übersehen. Die Art, wie er die Stirn runzelte, wenn er nachdachte, sein Lächeln, die kleinen Fältchen, die dabei in den Augenwinkeln tanzten – sogar die lässige Bewegung, mit der er gelegentlich beide Hände in die weiten Taschen seiner heiß geliebten Hosen aus Cordsamt schob, alles das erinnerte Hanna an seinen leiblichen Vater.
Hanna nickte. »Natürlich wollen wir ein Angebot abgeben. Ich glaube zwar nicht, dass unsere Ersparnisse reichen werden, um den Zuschlag zu bekommen –«
»Natürlich werden sie das nicht, Mutter. Wir werden einen Kredit aufnehmen müssen, du und ich. Aber das macht mir keine Sorgen. Du hast mit dem Friesencafé eine regelmäßige Einnah-

mequelle. Und ich verdiene hier und da auch etwas dazu. Wenn wir das ›Kliffende‹ in der nächsten Saison wieder eröffnen, wird es ein voller Erfolg. Die Schulden werden uns nicht lange drücken, da bin ich mir sicher.«

»Einen Kredit willst du aufnehmen?« Hanna schüttelte den Kopf und rückte gleich darauf den Strohhut mit den Seidenrosen gerade, den sie trug. »Wer soll uns wohl einen Kredit geben? Du glaubst doch nicht im Ernst, dass wir jemanden finden, der uns zu einem vernünftigen Zins etwas borgt, Nico. Du weißt genau, dass ich für die Leute hier in all den Jahren immer eine Fremde geblieben bin. Hier auf der Insel gibt mir die Bank keine müde Mark. Der Bankdirektor ist ein Schwager von Heiner Uwsen, und Uwsen kann mich nicht ausstehen, weil ich seinem heruntergekommenen Schuppen von einem Café die Gäste wegschnappe. Wir werden es so schaffen müssen, ohne anderer Leute Geld.«

»Das wird uns aber nicht gelingen. Wir können allein niemals so viel flüssig machen, dass es für den Palast hier reicht. Hast du gesehen, wie viele Wirte und Hoteliers zur Besichtigung angerückt sind? Die drängen sich in Scharen unten in der Halle, auf uns hat da keiner gewartet. Wir brauchen einen Kredit, wenn wir kaufen wollen. Aber das macht nichts, wir werden ein Darlehen bekommen – und wenn ich bis nach Husum muss, um eine Bank zu finden, die uns etwas gibt.«

»Daraus wird nichts, Nico. Wir können kaum Sicherheiten bieten. Die Zinsen würden uns erdrosseln.« Hanna verstummte. Sie hatte Schritte gehört und fuhr herum. Auf der Türschwelle hinter ihr stand ein Fremder. Er trug einen noblen dreiteiligen Anzug aus teurem englischem Tuch. Auf seinem Kopf saß einer dieser neumodischen Hüte, die Trilby genannt wurden, ein weiches, braunes Filzding mit aufgeschlagener Krempe. Hanna musterte den Mann wortlos und mit zusammengekniffenen Augen. Ohne dass sie hätte sagen können, woher, kam ihr der Fremde bekannt vor. Während sie noch dastand und überlegte, überfiel sie auf einmal die Erinnerung. Plötzlich und ohne Vorwarnung kamen die Bilder ihrer Jugend zu ihr zurück. Noch bevor sie sich dagegen gefühlsmäßig wappnen konnte, traf die Erkenntnis sie mit voller Wucht: Es war Thomas, der da vor ihr stand. Thomas Eckermann war auf Sylt. Und nicht nur das, er war nicht nur hier auf der Insel, er befand sich auch im gleichen Raum mit ihr.

Für einen Moment fühlte Hanna sich wie gelähmt. Sie stand da und schnappte nach Luft. Eckermann dagegen schien sie noch nicht erkannt zu haben, er wirkte lässig und ungezwungen. Mit großen Schritten schlenderte er in den Raum hinein. Langsam kam er näher, seinem wachen Blick nach zu urteilen schien er sich zumindest für sie zu interessieren. Seine schmalen Augen waren jetzt genau auf Hanna gerichtet, und er begann zu lächeln. Sein Blick verriet weder Abneigung noch Erschrecken, es lag nichts außer reiner Neugierde darin.

»Guten Tag, die Herrschaften. Entschuldigen Sie, wenn ich Sie einfach anspreche – aber ich glaube, wir kennen uns, gnädige Frau. Hanna von Lassen, nicht wahr? Mein Name ist Eckermann, Thomas Eckermann.« Er deutete eine Verbeugung an. Hanna zupfte an den Manschetten des blauen Kleides mit den weißen Tupfen, das sie trug, wohl wissend, dass es nicht mehr ganz der Mode auf dem Festland entsprach. Wenn sie wenigstens ihren neuen Hut aufgesetzt hätte, den mit der großen Schleife aus Plisseestoff, den sie erst vor kurzem hatte anfertigen lassen – aber nein, in einem alten Kleid und mit dem Hut aus der vorletzten Saison stand sie hier und machte sicher alles andere als einen eleganten Eindruck. Sie warf Eckermann einen schnellen Blick zu, dann wandte sie sich an ihren Sohn. »Nicolai, sei doch so gut und geh schon mal runter in die Halle, ja? Halte Ausschau nach Meinert und sage ihm, dass ich ihn sprechen möchte.«

Nicolai runzelte die Stirn. Er zögerte offensichtlich, irgendetwas schien ihn daran zu hindern, dem Wunsch seiner Mutter nachzukommen. Fragend glitten seine Blicke zwischen ihr und dem Fremden hin und her.

»Bitte, Nico. Lass uns einen Moment allein. Warte unten auf mich. Ich komme gleich nach.« Hanna deutete auf die Tür hinter ihr. Endlich setzte Nicolai sich in Bewegung – langsam, sehr lang-

sam verließ er den Raum. Thomas Eckermann folgte ihm bis zur Tür, er beobachtete, wie Nicolai den Gang hinunterging. Nicolais Schritte verhallten auf dem leeren Flur. Hanna blieb zurück und musterte das Parkett zu ihren Füßen, auf dem es im Grunde nichts Interessantes zu sehen gab. Sie fühlte eine Mischung aus Unsicherheit und Wut in sich aufsteigen. Wieso musste es zu diesem unerwarteten Wiedersehen kommen nach all den Jahren? Warum musste Eckermann ausgerechnet heute hier auftauchen? Mit einem Schlag war er plötzlich da, jetzt, wo sie ihn nicht mehr brauchen konnte. Damals vor zwanzig Jahren hatte er sich keinen Deut um sie geschert, da hatte er sie sitzen lassen. Wenn er jetzt versuchte, ihre Bekanntschaft aufzufrischen, würde es ihr nicht mehr viel bedeuten. Sie hatte sich alleine durchbeißen müssen, ohne seine Hilfe hatte sie den gemeinsamen Sohn großgezogen. Dieses Wiedersehen war eine Ironie des Schicksals – es war nur dazu da, sie mit Erinnerungen zu quälen, vor denen sie sich sonst bei jeder Gelegenheit zu schützen versuchte.
Hanna sah auf. Es war eigenartig still im Raum. Thomas Eckermann stand ihr gegenüber und schaute sie nur schweigend an. Er schien völlig in ihre Betrachtung versunken zu sein. Hanna seufzte leise. Zwanzig Jahre waren vergangen seit ihrer letzten Begegnung. Schöner war sie bestimmt nicht geworden seither, wahrscheinlich einfach nur älter. Immerhin waren die Jahre an ihm auch nicht spurlos vorbeigegangen. Seine Haare waren dünner geworden, viele kleinere Linien hatten sich während der Zeit, die sie getrennt voneinander verbracht hatten, um Nase und Mund eingeprägt.
Thomas schien ihre Gedanken erraten zu haben. Er breitete beide Arme aus, holte Schwung und drehte sich dann einmal um sich selbst, bevor er vor Hanna wieder stehen blieb. Mit einem geübten Handgriff zog er seine Weste glatt und schenkte ihr dann ein aufmunterndes Lächeln. »Na? Was sagst du? Habe ich mich einigermaßen gehalten?«
»Doch, das würde ich schon sagen. Ich glaube allerdings nicht, dass es in diesem Moment eine Rolle spielt, wer von uns beiden der vernichtenden Kraft des Alters besser getrotzt hat.«

»Nein? Ich finde das aber doch ganz interessant, muss ich gestehen. Zwanzig Jahre sind eine lange Zeit, aber dir konnten sie anscheinend nicht viel anhaben. Ist es nicht erstaunlich, dass wir uns gerade hier wieder sehen? Nachdem sie auf Jarrelund angeblich seinerzeit nicht wussten, wohin du damals geflüchtet bist, hatte ich mich damit abgefunden, dich verloren zu haben. Und nun stehst du plötzlich und überraschend vor mir – an einem Ort, an dem ich am wenigsten mit dir gerechnet hätte.«

Hanna warf Thomas Eckermann einen ungläubigen Blick zu. »Soll das heißen, dass du dich tatsächlich auf Jarrelund noch einmal nach mir erkundigt hast, nachdem ich dort weggegangen bin?«

»Ja, das habe ich – allerdings ohne Erfolg. Dein Bruder behauptete damals steif und fest, dass du einfach fortgelaufen seist, ohne eine Adresse zu hinterlassen. Du seist bei Nacht und Nebel aus seinem Haus getürmt – so hat Richard sich ausgedrückt. Selbst deine Schwägerin wusste angeblich nicht, wohin es dich verschlagen hatte.«

»Soso. Und jetzt willst du mir hoffentlich nicht erzählen, dass du untröstlich gewesen bist über diese Auskunft.«

Thomas Eckermann schüttelte den Kopf. »Untröstlich war ich nicht – eher verwirrt und ein bisschen hilflos. Ich war noch nicht fertig mit dem Studium und hatte kein eigenes Geld. Was hätte ich tun sollen? Meine Familie saß mir im Nacken, wie du weißt. Meine Eltern sind immer gegen unsere Verbindung gewesen. Und ich selbst war damals noch viel zu jung, um etwas Vernünftiges zu unternehmen. Ich habe erst nach und nach begriffen, welchen Verlust ich erlitten hatte.«

»Aha. Das klingt rührend, mein Lieber.« Hanna verschränkte die Arme vor dem Oberkörper. »Und jetzt bist du durch die vielen Jahre deiner Einsamkeit geläutert? Oder hast du dir allem Kummer zum Trotz doch irgendwann eine Ehefrau und drei Kinder zugelegt? Das wäre natürlich auch wieder traurig, denn dann könntest du das Versäumte mit deiner Jugendliebe in diesem Sommer nicht auf die Schnelle nachholen, nicht wahr?«

»Ganz so ist es nicht, Hanna. Eine Ehefrau habe ich tatsächlich, aber leider keine Kinder. Umso mehr freue ich mich darauf, unser gemeinsames Kind kennen zu lernen. Und ich freue mich außerdem zu sehen, dass es dir gut geht und du noch genauso hübsch und resolut bist wie damals in unserer Jugend. Das also ist er?« Thomas kam ein Stück näher. »Der junge Mann in Schlips und Kragen, ist das unser Sohn?«

»Das ist *mein* Sohn. Du hast niemals sehr viel mit ihm zu tun gehabt, wenn ich mich recht erinnere. Im Übrigen ist es schön, dass du dich freust, mich wieder zu sehen. Ob ich mich auch freue, dich wieder zu sehen, interessiert dich wohl gar nicht, oder?« Hanna nahm ihre blaue Samttasche und schob sie sich unter den Arm.

»Ich habe bereits bemerkt, dass das nicht der Fall zu sein scheint. Ich kann verstehen, dass du nicht auf Anhieb begeistert bist über dieses Zusammentreffen. Du hast mich in schlechter Erinnerung, und das nicht zu Unrecht. Aber vielleicht änderst du deine Meinung über mich, wenn wir uns ein bisschen unterhalten haben.«

»Danke, das ist nicht nötig. Ich muss mir gar keine Meinung mehr bilden, ich kenne dich bereits. Mir reicht das, was ich bisher über dich weiß, vollkommen, Thomas. Offen gestanden erscheint es mir nicht ratsam, die Bekanntschaft mit dir weiter zu vertiefen, nach allem, was geschehen ist. Mir ist nicht danach zu Mute, hier ein rührseliges Wiedersehen mit dir zu feiern.«

»Es muss ja nicht rührselig sein, unser Wiedersehen. Trotzdem können wir doch versuchen, vernünftig miteinander zu reden, Hanna.«

»Und ich will ein Hotel besichtigen, das ich kaufen möchte. Ich weiß nicht, was dich hierher geführt hat, aber ich jedenfalls möchte mich jetzt wieder um meine Geschäfte kümmern. Entschuldige mich bitte. Ich muss hinunter in die Halle.«

»Wozu? Warum hast du es so eilig?«

»Ich will mit dem jetzigen Besitzer des Hotels sprechen. Ich werde ihm ein Angebot machen. Und ich werde sicher nicht die Einzige sein, nehme ich an.«

»Das nehme ich auch an.« Thomas Eckermann verschränkte

die Arme vor dem Oberkörper. »Ich beabsichtige nämlich dasselbe zu tun. Ich werde das Hotel kaufen, Hanna.«
»Du? Was willst du denn mit einem Hotel auf Sylt?«
»Ich erwerbe es für einen meiner Mandanten. So wie es aussieht, sind wir zwei in dieser Sache Konkurrenten. Ich sage es nicht gern, aber geschäftlich könnte es ausnahmsweise einmal schwierig für dich werden, dich durchzusetzen. Wir Rechtsanwälte sind es gewohnt, harte Duelle auszufechten.«
»Ja? Na gut, ich bin beeindruckt, Thomas. Dann auf in die Schlacht. Die Kämpfe, an denen ich mich beteilige, sind mindestens so hart wie deine. Genau genommen habe ich seit zwanzig Jahren nichts anderes getan als gekämpft.« Hanna wollte sich abwenden und gehen, doch Thomas stellte sich ihr in den Weg. Er lächelte zu ihr hinunter. »Und ist dir dabei nie in den Sinn gekommen, aufzugeben und dich in die Arme eines Mannes zu flüchten? Gab es hier auf der Insel keinen, der dir gefallen hat?«
Hanna hob den Blick. »Was soll die Fragerei? Gefallen hat mir schon der eine oder andere. Aber ich bin nicht die Frau, die sich in die Arme eines Mannes flüchtet, wenn das Leben einmal stürmisch wird.«
»Ich frage dich ja nicht aus purer Neugierde, sondern weil ich gerne wissen würde, was aus dir und dem Jungen geworden ist in all den Jahren. Immerhin ist er mein Sohn –«
»Davon hat er bisher nichts gemerkt. Er und ich, wir kommen gut zurecht. Guten Tag, Herr Rechtsanwalt.« Hanna schob Thomas beiseite. Ohne sich noch einmal umzudrehen, verließ sie den Raum. Ein Gefühl des Triumphes stieg in ihr auf, verebbte aber gleich darauf wieder, ohne dass sie es hätte voll auskosten können. Dieses erste Wortgefecht hatte sie scheinbar gewonnen, doch ihr Instinkt verriet ihr, dass die Sache damit noch nicht ausgestanden war. Thomas war hier auf der Insel – und er würde fürs Erste auch hier bleiben.
Nach zwanzig langen Jahren Einsamkeit war ihre Jugendliebe wieder in ihr Leben getreten. Und niemand, nicht einmal sie selbst, konnte sagen, was das für Folgen haben würde.

Kapitel 10

»Sind sie nicht ein hübsches Paar?« Richard von Lassen deutete mit einem Kopfnicken zum See hinunter. Luise sah auf. Schweigend legte sie ihr Buch beiseite, bevor sie die Brille ein Stück den Nasenrücken hinaufschob.

Während sie hier mit Richard auf der Terrasse des Gutshauses saß und las, versuchte Ingeborg gemeinsam mit Gregor Timmerland, die Blüten eines Holunderbusches zu ernten, der unten am Ufer des Sees stand. Die Äste des mächtigen Strauches ragten weit auf das Wasser hinaus. Gregor Timmerland stand nah am Ufer und angelte nach den Blüten, die über der Wasserfläche schwebten.

Luise schaute zu, wie der junge Mann mit einem Messer in der Hand immer wieder nach den Zweigen des Busches griff und versuchte, sie mit einer Hand zu sich heranzuziehen. Er benahm sich so ungeschickt dabei, dass man befürchten musste, er werde jeden Augenblick von der Uferkante abrutschen und in den See fallen. Von ihrem Platz auf der Terrasse aus konnte Luise erkennen, dass Timmerlands Schuhe und Strümpfe schon durchnässt waren. Doch der junge Mann wollte sich nicht geschlagen geben. Gerade reckte er sich wieder nach einem dünnen Zweig, doch auch jetzt rutschten ihm die weißen Dolden, die heute Abend die Maibowle zieren sollten, zwischen den Fingern hindurch.

Luise seufzte tonlos. Was für eine Vorstellung er abgab, der Herr Assessor. Er schien nicht einmal zu bemerken, dass er sich lächerlich machte. Ingeborg stand neben ihm und amüsierte sich sichtlich. Ein Weidenkörbchen unter dem Arm, quittierte sie jeden seiner missglückten Versuche mit einem hellen, spöttischen Lachen. Es war nicht zu übersehen, dass sie Gregor Timmerlands unbeholfene Verrenkungen sehr komisch fand.

Luise warf Richard über den Rand ihrer Brille einen fragenden Blick zu. Ein hübsches Paar sollten die beiden sein? In ihren Augen waren sie alles andere als das. Aus Ingeborgs Äußerungen wusste sie ziemlich genau, wie wenig das Mädchen von ihrem neuen Verehrer hielt. Obwohl Timmerland sich ständig bemühte, Ingeborg mit kleinen Gefälligkeiten und intelligenten Bemerkungen zu beeindrucken, blieb sie ihm gegenüber reserviert und kühl. Manchmal ging ihre offen zur Schau getragene Ablehnung sogar so weit, dass Luise sich veranlasst fühlte, ihre Tochter zu einem etwas höflicheren Umgang mit dem Assessor zu ermahnen.

»Ich bin gespannt, wann er sich erklären wird.« Richard von Lassen griff nach dem Glas mit Sherry, das vor ihm auf dem Tisch stand, und führte es an die Lippen.

Luise ließ sich gegen die Rückenlehne ihres Korbstuhls sinken. Sie war nicht sicher, verstanden zu haben, worauf Richard da gerade anspielte, und warf ihm einen fragenden Blick zu. »Sich erklären? Du meinst, der Junge hat ernste Absichten in Bezug auf unsere Tochter?«

»Selbstverständlich hat er die. Ich bin gespannt, wann er ihr einen Heiratsantrag machen wird. Je eher, desto besser, würde ich sagen. Finanziell könnten wir eine kleine Hilfestellung aus seiner Familie gut gebrauchen.«

Luise runzelte die Stirn. Insgeheim zweifelte sie an Richards Vermutung, wollte aber nicht darüber mit ihm streiten. Behutsam nahm sie ihre Brille von der Nase und klappte sie zusammen. »Glaubst du wirklich, dass Timmerland um Ingeborgs Hand anhalten wird?«

»Genau das glaube ich, jawohl. Und ich hoffe, dass er es bald tun wird. Dann hätten wir endlich ein paar Sorgen weniger.«

»Wir vielleicht schon. Aber was ist mit Ingeborg?«

Richard schob sein Glas auf den Tisch zurück. »Was soll mit ihr sein? Sie schneidet nicht schlecht dabei ab. Uns wäre finanziell geholfen, und das Mädchen hätte eine achtbare Partie gemacht. Timmerlands Vater ist ein hohes Tier in der Konservativen Partei, gerade hat man ihn als Unterstaatssekretär ins Innenministerium berufen. Seine Familie dürfte hocherfreut sein, wenn der einzige Sohn eine unbescholtene Tochter aus altem Landadel mit nach Hause bringt.« Richard kreuzte die Arme vor dem

Oberkörper. Sein Gesicht spiegelte die Zufriedenheit wider, die er zu empfinden schien. »Ich habe mich erkundigt, Luise. Gregors Mutter stammt aus einer angesehenen Lübecker Kaufmannsfamilie – alter, honoriger Geldadel, und das seit mehreren Generationen. Es passt alles aufs Beste zusammen, wenn du mich fragst. Gregor wird im Herbst seine erste feste Richterstelle antreten. Dann hat er ein eigenes Einkommen. Es wird reichen, um eine Familie zu ernähren.«

»Woher weißt du, dass er das überhaupt will? Eine Familie gründen, meine ich. Hat er dir gegenüber etwa eine Andeutung gemacht?«

Richard von Lassen lachte. »Das braucht er doch gar nicht. Sieh dir die beiden da drüben nur mal an. Welcher junge Mann würde wohl so verbissen den halben Nachmittag lang mit einem albernen Holunderstrauch kämpfen, wenn es nicht darum gehen würde, die Angebetete zu beeindrucken? Gregor ist bis über beide Ohren in unsere Tochter verliebt. Warum auch nicht? Sie ist schließlich eine hübsche junge Frau geworden, finde ich.«

Luise nickte. »Das ist sie, ja. Aber wenn du mich fragst – ich glaube nicht, dass Gregor Timmerland derjenige ist, dem Ingeborg freiwillig ihr Jawort geben wird.«

Richard wandte sich ihr zu. Plötzlich zeichnete sich eine steile Falte zwischen seinen Augenbrauen ab. »Wieso sollte sie es nicht tun? Was kann sie gegen Timmerland haben?« Richard verzog den Mund, von einem Moment zum nächsten wirkte sein Gesicht beinahe düster. »Nicht dass das Mädchen jetzt anfängt, Zicken zu machen, Luise. Es stimmt doch einfach alles, es ist nahezu perfekt. Die zwei sind wie füreinander geschaffen. Außerdem würde es uns sehr weiterhelfen, wenn wir Beziehungen zur Familie Timmerland knüpfen könnten.«

»Das mag ja alles sein, aber ich glaube nicht, dass Ingeborg sich von diesen Argumenten beeindrucken lassen wird. Sie hat ihren eigenen Kopf, was ihre Zukunft angeht.«

»Ach ja? Und was stellt das gnädige Fräulein sich vor? Will sie als Missionarin ins dunkle Afrika gehen und den Negerkindern in den Kolonien das Stricken beibringen?«

Luise lächelte vorsichtig. »Das wohl weniger. Ich glaube, sie möchte sich ihren Ehemann einfach nur selber aussuchen, das ist alles.«

Richard schnaufte. »Das kann sie doch – solange sie sich für den Richtigen entscheidet, soll es mir recht sein. Eine Partie wie Gregor Timmerland sehen wir hier draußen auf Jarrelund so bald nicht wieder, das kannst du mir glauben. Wir sind derzeit nicht auf Rosen gebettet, Luise, das weißt du. Der Junge hat Geld, er ist gut erzogen und kann sich benehmen. Er ist ganz einfach der Richtige. Wenn Ingeborg ihn nicht nimmt, kann sie lange warten, bis einer kommt, der genauso gut situiert ist.«

»Das mag richtig sein, Richard. Nur glaube ich nicht, dass wir Ingeborg mit einer solchen Begründung überzeugen werden. Sie hat einen ausgeprägten Hang zu selbständigen Entscheidungen, das weißt du. Gregor hat sich vielleicht in sie verguckt, aber sie sich nicht in ihn. Sie wird seinen Heiratsantrag nicht annehmen – wenn es denn einen Antrag geben wird, heißt das.«

Mit einem Ruck schob Richard seinen Korbsessel zurück. Er stand auf. »Dann wirst du sie gefälligst dazu bringen, dass sie Vernunft annimmt, Luise. Worauf will sie denn warten, hier draußen auf dem flachen Land? Auf einen Königssohn, der hoch zu Ross hier angetrabt kommt und sie mitnimmt auf sein Schloss in den Wolken? Dieser ganze romantische Unfug hilft ihr doch nicht weiter. Rede mit Ingeborg, mach ihr klar, wie die Lage ist. Jarrelund ist finanziell am Ende., Wir brauchen Hilfe, und das sehr bald. Das Mädchen steht in unserer Schuld. Sie ist unter unserem Schutz und auf unsere Kosten großgezogen worden. Wir haben ihr das Waisenhaus erspart. Sie trägt unseren guten Namen.«

»Sicher. Wir hatten ihren verstorbenen Eltern gegenüber allerdings auch eine moralische Verpflichtung zu erfüllen. Ingeborgs Vater war einmal dein bester Freund, vergiss das bitte nicht, deshalb hat man dich ja zu Ingeborgs Vormund bestellt. Außerdem sind uns eigene Kinder versagt geblieben. Ganz so selbstlos, wie es auf Anhieb scheint, war unser Einsatz für das Mädchen also

nicht. Zumindest mir hat es viel bedeutet, ihre Mutter sein zu dürfen in all den Jahren.«
»Natürlich. Aber das rechtfertigt doch Ingeborgs Verhalten in dieser Situation nicht. Wenn sie sich jetzt quer stellt, wäre das ein Zeichen von Undankbarkeit.« Richard warf einen Blick zum Ufer hinunter, wo Ingeborg und Gregor noch immer mit dem Holunderbusch beschäftigt waren. Dann beugte er sich vor, bis er Luise direkt in die Augen schaute. »Sprich mit ihr, Luise, hörst du? Wenn das Mädchen irgendwelche Flausen im Kopf hat, dann treibe sie ihr aus. Du hast sie erzogen. Sie ist das, was du aus ihr gemacht hast. Wenn Ingeborg diese Sache vermasselt, sitzen wir demnächst alle auf gepackten Koffern.«
Noch bevor Luise darauf etwas erwidern konnte, wandte Richard sich ruckartig ab. Mit großen Schritten ging er ins Haus. Luise blieb allein zurück. Sie faltete die Hände im Schoß und seufzte dabei leise. Dieser Auftritt war mal wieder typisch für Richard gewesen. Der Mann stellte seine Forderungen und überließ es ihr, sie zu erfüllen. Wie sie die Dinge ins Lot brachte, das interessierte ihn nicht. Mach dieses, tu jenes, Luise – er war gewohnt, dass er zu befehlen und sie zu gehorchen hatte. Ihr eigener Ehemann kam gar nicht auf die Idee, dass sie einmal nicht seiner Meinung sein könnte.
Luise schüttelte den Kopf. Warum war sie überhaupt immer noch hier? Hatte sie sich nicht ernsthaft vorgenommen, Richard zu verlassen? Hatte sie nicht vorgehabt, ihn wegen der Liebschaft zur Rede zu stellen, die er anscheinend in Berlin mit dieser Madame von und zu Ertelschwing gehabt hatte? Doch, das alles hatte sie tun wollen – aber sie konnte nicht fortgehen, bevor eine Lösung für Ingeborg gefunden war. Auf einen unnötigen Kleinkrieg mit Richard wollte sie sich nicht einlassen. Wenn sie ihn zur Rede stellte, dann musste sie danach auch die Konsequenzen ziehen und ihn verlassen können.
Doch so wie es schien, bahnte sich für Ingeborg jetzt ja eine Lösung an. War es nicht vielleicht wirklich das Beste, wenn aus ihr die zukünftige Frau Timmerland wurde? Natürlich wusste Luise sehr gut, dass Ingeborg noch immer für Nicolai schwärmte. Sie

hatte selbstverständlich bemerkt, dass die beiden einander seit langem heimlich Briefe schrieben. Hannas Sohn ging dem Mädchen offenbar nicht aus dem Kopf. Der langweilige Herr Assessor kam trotz seiner Liebesdienste einfach nicht an gegen den eigensinnigen, auf so wundersame Weise geheimnisvoll wirkenden Jüngling, der mit seiner Mutter auf Sylt lebte. Aber welche Aussichten hatte diese Liebe, der Ingeborg nun schon seit drei Jahren in so rührender Treue anhing?
Richard würde einer Verbindung zwischen Hanna und Nicolai niemals zustimmen. Und falls sie trotzdem zu Stande kam, konnte eine Ehe zwischen den beiden dann wirklich glücklich werden? Ingeborg war verwöhnt, sie verstand es nicht, sich einzuschränken. Immer hatte Luise ihr alle Wünsche erfüllt, wenn nicht sofort und auf der Stelle, dann eben ein bisschen später. Ingeborg hatte keine Geschwister, sie hatte nicht gelernt, zu teilen oder auf etwas zu verzichten. Als Frau Timmerland würde sie immer aus dem Vollen schöpfen können – als Frau Boysen dagegen würde sie weit weniger gut gestellt sein.
Luise sah auf. Gregor Timmerland hatte den Kampf gegen den Fliederbeerstrauch anscheinend aufgegeben. Das Körbchen unter dem Arm, kam er an Ingeborgs Seite zur Terrasse zurück. Ingeborg schaute stumm zu Boden, während der Herr Assessor ihr irgendeinen Vortrag über Zugvögel hielt. Luise musste lächeln. Ihre Tochter langweilte sich unübersehbar in der Gegenwart des Herrn Richters in spe, ihre Mimik verriet es. Immer wieder ließ sie den Blick über das frische Grün der Bäume im Park gleiten, auf dem die warme Sonne des späten Frühlings lag. Timmerland redete und redete, er schien nicht einmal zu bemerken, dass das Mädchen ihm gar nicht zuhörte. Als sie gemeinsam die Terrasse erreichten, hatte Ingeborg nichts Eiligeres zu tun, als sich neben ihre Mutter in einen der Korbsessel zu flüchten, die um den Gartentisch herum standen.
»Nun, Herr Timmerland? Waren Sie erfolgreich?« Luise beugte sich vor und warf scheinbar interessiert einen Blick in das Körbchen aus Weidenruten. Ein halbes Dutzend Blütendolden lagen darin – nicht gerade viel, wenn man bedachte, dass der junge

Mann den halben Nachmittag damit verbracht hatte, diese armselige Beute zu ergattern.

Timmerland lächelte verlegen. »Na ja, viel ist es nicht geworden, gnädige Frau. Der Busch steht ungünstig – zu dicht am Ufer, wenn Sie mich fragen. Man kommt einfach nicht an seine Zweige heran, ganz gleich, wie man es anstellt.«

Luise nickte. Sie bemühte sich, verständnisvoll zu wirken. »Sie haben Recht, der Busch steht ungünstig. Wie auch immer, für unsere Maibowle wird es reichen, schätze ich. Wollen Sie wohl so gut sein und die Blüten selber in die Küche hinüberbringen, Herr Timmerland? Die Köchin wartet sicher schon darauf. Eine Bowle schmeckt einfach besser, wenn ihre Zutaten eine Weile ziehen können.«

»Selbstverständlich, ich gehe sofort ins Haus. Das mache ich doch gern.« Timmerland warf Ingeborg einen letzten sehnsuchtsvollen Blick zu, doch sie beachtete ihn gar nicht. Sie saß in ihrem Korbsessel, hatte die Beine übereinander geschlagen und sah in den Himmel hinauf, an dem die Stare in Scharen ihre Runden zogen.

»Gut, also dann – bis später.« Timmerland wanderte quer über die Terrasse ins Haus zurück. Luise schaute ihm hinterher. Sie wartete, bis er verschwunden war, dann drehte sie sich zu Ingeborg um. »Na? Er gibt sich viel Mühe, der Herr Assessor, nicht wahr?«

»Oh ja, er strengt sich enorm an. Leider ist er trotzdem ein furchtbarer Pedant, wenn du mich fragst. Wenn er nicht gerade ein paar neue und allerneueste Gerichtsurteile zitiert, dann hält er mir Vorträge über die Natur oder sagt mir, wie ich das, was ich gerade tue, noch viel besser tun könnte. Als wenn er einem Mädchen vom Lande erklären müsste, was die Bienen mit den Blüten treiben.«

»Ach, schau an – hat er versucht, dir das zu erklären? Das finde ich bemerkenswert.«

Ingeborg lachte. »Nicht direkt. Das war nur so ein Beispiel von mir. Um solche Erklärungen abzugeben, ist der Bubi doch viel zu feige. Ehrlich gesagt verstehe ich nicht, warum dieser Mensch uns nicht endlich in Ruhe lässt. Er könnte doch längst ein halbes Dutzend passable Wohnungen in Plön oder Preetz gefunden haben, wenn er nur wollte. Ich glaube, dem geht es hier zu gut. Vielleicht sollte ich die Köchin mal bitten, ihm heute Abend einen Esslöffel voll Senf in die Suppe zu rühren.«

Luise beabsichtigte nicht, auf diese Äußerung einzugehen, deshalb stand sie auf, ging zum Tisch und ließ aus der gläsernen Karaffe Sherry in ein unbenutztes Glas laufen, das sie anschließend an Ingeborg weiterreichte. »Komm, trink einen Schluck, Mädchen. Du kannst es brauchen.«

»Oh danke. Ich darf Alkohol trinken, und das am helllichten Tag? Gibt es etwas zu feiern?«

Luise schüttelte schweigend den Kopf. Sie schaute zu, wie Ingeborg das Glas an die Lippen hob und einen kleinen Schluck von der bernsteinfarbenen Flüssigkeit nahm. Dann setzte sie sich wieder auf ihren Platz. Sie wartete einen Moment, bis sie Ingeborg in die Augen sah. »Ich muss etwas mit dir besprechen, Mädchen. Ich bitte dich darum, mir jetzt einfach nur einen Moment lang ruhig zuzuhören. Wirst du das tun?«

Ingeborg nickte. Luise schaute zu Boden. Wie ungeheuer schwer es ihr fiel, mit ein paar Sätzen die Träume ihres einzigen Kindes zerstören zu müssen. Wieder einmal blieb alles an ihr hängen, wieder einmal würde sie es sein, an der sich die Wut und die Enttäuschung der Tochter austoben würden. Langsam hob sie den Kopf. »Du wirst im Sommer einundzwanzig Jahre und damit volljährig, Ingeborg. Vater meint, dass es an der Zeit sei, dich zu verheiraten.«

»Mich verheiraten?« Ingeborg zuckte die Schultern. »Wie kommt er denn ausgerechnet jetzt darauf? Das eilt doch wohl nicht, oder? Kaum eine meiner Freundinnen ist schon verheiratet. Friederike von Baumgarten hat sich zu Ostern verlobt, aber die ist auch zwei Jahre älter als ich. Was ist denn in Vater gefahren? Will er mich loswerden?«

Ingeborg beugte sich vor. Über den Rand ihres Sherryglases hinweg warf sie Luise einen misstrauischen Blick zu.

Luise seufzte leise. »Vater meint, dass Herr Timmerland Absichten auf dich hat – ernste Absichten, verstehst du? Der Herr Assessor kommt aus gutem Hause, er hat einen einwandfreien Charakter, außerdem einen guten Leumund und ist obendrein auch noch vermögend. Damit ist er auf absehbare Zeit vielleicht die beste Partie, die du machen kannst.«

»Timmerland?« Ingeborg richtete sich ruckartig auf. Ihre Stimme klang auf einmal schrill. »Der? Du meine Güte. Da kann ich ja gleich ein paar ausgediente Ärmelschoner heiraten. Den nehme ich auf keinen Fall, das kannst du Vater ausrichten. Eher gehe ich ins Wasser. Ein Leben an der Seite eines solchen Langweilers halte ich nicht aus.«

»Ingeborg, bitte, beruhige dich.« Luise lehnte sich vor und legte dem Mädchen eine Hand auf den Unterarm, die es jedoch mit einer heftigen Bewegung sofort abschüttelte.

»Den will ich nicht, auf gar keinen Fall werde ich dessen Ehefrau. Der Kerl ist doch kalt wie ein Fisch. Vater kann mich nicht zwingen, ihm mein Jawort zu geben. In diesem Jahr werde ich volljährig und dann –«

»Sprich bitte nicht so laut, Mädchen.« Luise senkte die Stimme, als könne sie damit verhindern, dass Ingeborg ihre Meinung allzu lautstark verkündete. Behutsam griff sie nach der Hand ihrer Tochter. »Bleib bitte ruhig, mein Kind. Es wäre doch unerhört peinlich, wenn Timmerland dich hören würde. Noch ist ja gar nichts passiert, wir reden doch nur über Dinge, die sich eventuell ergeben könnten. Vater bittet dich, in aller Ruhe über eine Verbindung mit dem Assessor nachzudenken. Du würdest ihm sehr helfen, wenn du Herrn Timmerland heiratest – immer unterstellt, er macht dir wirklich einen Heiratsantrag.«

»Was hätte Vater denn davon, wenn ich dieses stupide Milchgesicht nehme? Ach, ich weiß schon, sag nichts!« Mit einem kleinen Knall stellte Ingeborg ihr Glas auf den Tisch zurück. Ein spöttischer Ausdruck lag auf ihrem Gesicht. »Es geht mal wieder um Vaters Ambitionen. Timmerland senior hat Beziehungen zu allerhöchster Stelle, stimmt's? Wenn der Junior ein paar Jahre in der Provinz geknechtet hat, wird er mindestens der nächste Justizminister. Vater hofft, dass es ihn mit hinaufzieht, wenn sein

Schwiegersohn Karriere macht. Darum geht es doch, oder? Natürlich, schließlich geht es nie um etwas anderes. Vaters beruflichen Aufstieg, dem haben wir uns alle zu widmen. Koste es, was es wolle.«
»Ganz so ist es nicht –«
»Aber so ähnlich. Vater verfolgt wieder einmal seine eigenen Interessen – und ich soll mich seinen Wünschen fügen. Ich kenne ihn doch. Er tut selten etwas aus freien Stücken. Entweder es geht um Geld oder um seine Karriere. Andere Dinge interessieren ihn gar nicht. Manchmal bin ich froh, dass er nicht mein leiblicher Vater ist, das kannst du mir glauben.«
Luise schüttelte den Kopf. »Werde jetzt bitte nicht unverschämt, Ingeborg.«
»Ich finde es nicht unverschämt, wenn ich es ausnahmsweise wage, einmal die Wahrheit zu sagen. Ich werde den Herrn Assessor Timmerland nicht heiraten. Vor mir aus kann er nach Kiel zurückfahren und da verschimmeln. Ich liebe Nicolai. Erst wenn ich ihn wieder gesehen habe, werde ich entscheiden, was ich tue.« Ingeborg stand auf. Der Korbstuhl rutschte ein Stück nach hinten, seine Füße scharrten über den Fußboden.
Luise hob abwehrend beide Hände. Sie wusste kaum noch, wie sie das Mädchen besänftigen sollte, und warf ihm deshalb einen Blick zu, der sowohl warnend als auch beruhigend gemeint war. »Nicht so stürmisch, Kind. Du hast Nicolai doch seit drei Jahren nicht mehr gesehen. Du weißt überhaupt nicht, was für ein Mensch er inzwischen geworden ist. Es kann doch sein, dass er dich gar nicht mehr haben will.«
»Meinst du? Gut, dann lasst mich nach Sylt fahren und die Situation klären. Danach schauen wir gemeinsam, wie es weitergeht. Ich finde, das ist ein absolut vernünftiger Vorschlag.«
Luise schüttelte den Kopf. Es tat ihr weh, dem Mädchen diesen Wunsch abschlagen zu müssen, aber sie wusste, dass Richard einem solchen Vorhaben niemals zustimmen würde. »Ich fürchte, so viel Zeit haben wir nicht mehr, Ingeborg. Vater ist finanziell schwer in Bedrängnis. Wenn es ihm nicht gelingt, innerhalb we-

niger Wochen einen neuen Geldgeber zu finden, werden wir Jarrelund endgültig verlassen müssen. Das Gut kommt unter den Hammer, Mädchen. Vater ist nicht mehr zahlungsfähig.«

»Nicht mehr zahlungsfähig?« Ingeborg runzelte die Stirn. Sie schien nicht glauben zu wollen, was Luise ihr da erzählte.

»Ja, so ist es. Papa hat Schulden gemacht – ich nehme an, er hat sich damals in Berlin an einem Unternehmen beteiligt, das sich als Fehlschlag erwiesen hat. Genaueres weiß ich aber nicht darüber.«

»So weit ist es also schon. Die Geier kreisen über uns – und nun soll ich als Opfertier zur Schlachtbank geführt werden, damit für euch das Schlimmste verhütet wird. Tut mir Leid, aber da mache ich nicht mit. Ich werde Gregor Timmerland nicht heiraten. Und wenn sie Vater das letzte Hemd vom Leib pfänden – ein käsiges Bleichgesicht wie den Herrn Assessor nehme ich deshalb noch lange nicht zum Ehemann.« Noch bevor Luise etwas entgegnen konnte, drehte Ingeborg sich auf dem Absatz um. Sie lief zur Tür hinüber. Ohne ihm einen einzigen Blick zu gönnen, umrundete sie Gregor Timmerland, der auf der Türschwelle stand und sie mit hochrotem Gesicht anstarrte. Ingeborg preschte an ihm vorbei, sie rannte ins Haus. Drinnen wurde eine Tür zugeschlagen, dann blieb alles still.

Luise saß regungslos da und beobachtete den Assessor, der sie mit zusammengekniffenen Augen kurz musterte, bevor er sich abwandte. Wie viel mochte er von ihrer Unterhaltung mit Ingeborg eben mit angehört haben? Anscheinend genug, um die guten Manieren zu vergessen, die sonst so kennzeichnend für ihn waren. Ohne ein weiteres Wort an Luise zu richten, ging er mit hängendem Kopf ins Haus zurück.

Luise warf ihm einen traurigen Blick hinterher. Diese Geschichte hatte sie vorerst verdorben, und das gründlich. Aber was hätte sie anderes tun, was hätte sie besser machen können? Sie wandte sich dem See zu, dessen Oberfläche ein lauer Wind sanft kräuselte. Nun, sie hatte ihr Bestes versucht. Mochte Richard doch dieses Mal selber sehen, wie er die Kastanien aus dem Feuer holte.

Hanna stand an der Straße vor ihrem Haus und betrachtete die Schiefertafel, die sie eben mit Kreide frisch beschriftet hatte. Sie lehnte an der Gartenmauer neben der Auffahrt, das Licht eines freundlichen Frühsommertages warf helle Kreise auf den Holzrahmen der Tafel.

»Hausgemachte Kuchen und beste Sahnetorten«.

Hanna seufzte. Wie langweilig das war. Ihr Gebäck pries sie schon seit Jahren mit immer den gleichen Worten an. Irgendwann musste es doch mal etwas Neues, Außergewöhnliches und Ausgefallenes geben, was als Reklame für ihr Café herhalten konnte.

Langsam ließ sie den Brocken Kreide, den sie in der Hand hielt, durch ihre Finger gleiten. Alles, was mit dem Friesencafé zu tun hatte, langweilte sie in letzter Zeit. Das Geschäft lief gut, aber aufregende Überraschungen brachte das Servieren von Gebäck und Eisbechern kaum einmal mit sich. Die Zeit ihrer großen finanziellen Sorgen war vorbei, selbst die Dorfbevölkerung hatte sich an ihren Betrieb gewöhnt. Im Grunde hätte sie zufrieden sein sollen, aber ihr fehlte die Abwechslung. Das tägliche Einerlei in der Küche und in der Gaststube ermüdete sie.

Hanna strich ihre Schürze glatt. Vielleicht sollte sie doch versuchen, das Hotel am Roten Kliff zu kaufen. »Kliffende« war etwas Neues und Einzigartiges, das sie nach ihren Vorstellungen formen konnte. Das Haus würde eine wirkliche Herausforderung bieten. »Hotel Kliffende, jetzt unter neuer Leitung«. Hanna sah die Zeitungsanzeige schon vor sich. Das erste Haus in Kampen würde sie aus »Kliffende« machen, einen Treffpunkt der mondänen Welt. Mit den Erfahrungen aus dem Cafébetrieb würde sie einiges anfangen können. Das Problem war nur der Kaufpreis. Wie sollte sie gegen ein Angebot ankommen, das Thomas Eckermann für Geschäftsleute vom Festland abgeben würde? Mit den Summen, die da geboten wurden, konnte sie bestimmt nicht mithalten.

Hanna beugte sich zu der Schiefertafel hinunter und wischte mit einem Ruck den Schriftzug darauf aus. »Original Sylter Pharisäer und Eierpunsch«, schrieb sie stattdessen, während die

Kreide einen quietschenden Laut von sich gab. Pharisäer und Eierpunsch im Mai – ob das neue Gäste lockte? Hanna trat einen Schritt zurück, um ihr Werk zu begutachten.
In diesem Augenblick nahm sie aus den Augenwinkeln eine Gestalt wahr, die sich auf der Dorfstraße näherte. Sie drehte sich um. Auf seinem alten Drahtesel kam der Dorfpolizist die Allee heruntergeradelt, eine Hand grüßend am Schirm der Mütze. Hanna nickte ihm zu, sie wollte sich gerade wieder umdrehen und zum Haus zurückgehen, als sie bemerkte, dass Asmussen seine Fahrt verlangsamte. Die Bremsen seines Fahrrads quietschten, er sprang ab. Staub wirbelte auf, Asmussen landete mit den Füßen neben Hanna im Sand der Straße. Sie betrachtete die abgewetzten Spitzen seiner schwarzen Stiefel, auf denen eine Schicht aus frischem Schmutz lag. Auch oben herum wirkte der Herr Gendarm alles andere als tadellos. Asmussens Uniform schlotterte ihm immer um die Schultern, er sah aus, als hätte er sich den blauen Rock mit den goldenen Tressen in der falschen Größe irgendwo ausgeborgt. An seinem Koppel hing statt des üblichen polizeilichen Handwerkzeugs nur eine Hundeleine. Asmussen verzichtete auf Waffen aller Art, er war ein Hundenarr. Einen Schlagstock brauchte er auf der Insel sowieso nur selten – sein Schäferhund hatte ihm dagegen schon oft gute Dienst geleistet.
Er tippte sich an den Schirm der Mütze. »Guten Morgen, Frau Boysen. Ist Ihr Herr Sohn auch zu Hause?«
»Guten Morgen, Herr Wachtmeister. Sie wollen zu Nicolai?« Hanna runzelte besorgt die Stirn. Was mochte der Junge jetzt wieder angestellt haben?
Asmussen zwirbelte die Enden seines Schnauzers, der neuerdings einen sanften grauen Schimmer zeigte. »Ja, ganz recht, ich möchte zu Ihrem Sohn. Ein paar Fragen hätte ich an ihn. Ist er da?«
»Ich weiß es nicht, Herr Wachtmeister. Ich bin gerade erst von einem Einkauf in Westerland zurückgekommen. Sehen wir doch mal zusammen nach.« Hanna deutete auf die offene Pforte vor ihnen. Asmussen nickte, schweigend schob er sein angerostetes

Fahrrad den Weg hinunter, der sich von der Gartenpforte zur Haustür zog. Hanna folgte dem Polizisten schweigend, sie überlegte fieberhaft, was Nicolai wohl verbrochen haben mochte. Wenn der hiesige Gendarm sich persönlich die Mühe machte, hier heraus zu kommen, dann hatte das mit Sicherheit nichts Gutes zu bedeuten. Hanna grübelte angestrengt, aber in letzter Zeit war ihr nichts Besonderes an Nicolai aufgefallen. Dass das nicht viel besagte, wusste sie allerdings selbst nur zu gut. Der Junge steckte seine Finger immer wieder in Geschäfte, die gefährlich für ihn waren. Woher hatte er nur diesen Mut und seine Tollkühnheit? Sein Vater war doch nicht so – der stammte aus einer kreuzbraven, von guten Manieren und kaufmännischem Anstand durchdrungenen Familie. Geschäftstüchtig waren die Eckermanns, aber mit dem Gesetz in Konflikt gekommen waren sie nie. Ob es das Erbe der Strandräuber und Seepiraten mütterlicherseits war, das Nicolai immer wieder zu irgendwelchen halsbrecherischen Kapriolen verleitete?
Hanna stieß die Haustür auf und wartete dann auf der Türschwelle, bis Asmussen sein Fahrrad an der Hauswand abgestellt hatte. Vielleicht würde es ihr gelingen, den Herrn Wachtmeister mit Kaffee und Kuchen einen Moment hinzuhalten? Was immer den Mann hierher geführt haben mochte, es schien ihr in jedem Fall besser, Nicolai vor ihm zu warnen. Sie führte den Polizisten in die Küche und wies auf einen der Stühle am Tisch.
»Nehmen Sie doch einen Augenblick Platz, Herr Gendarm. Ich werde nachsehen, ob mein Sohn oben ist. Mögen Sie vielleicht ein Stück frischen Teekuchen? Er ist noch warm, gerade erst aus dem Ofen gekommen.«
Asmussen musterte die Backform mit dem duftenden Gebäck und knetete dabei die Spitzen seines Bärtchens. »Nett von Ihnen, Frau Boysen. Vielleicht genehmige ich mir hinterher ein Stück. Erst mal hat der Dienst Vorrang. Wo schläft Ihr Sohn? Darf ich mir mal sein Zimmer ansehen?«
»Natürlich.« Hanna nickte eilig. Eine Besichtigung von Nicolais Zimmer war ungefährlich, das war eine falsche Fährte. Wenn ihr Sohn tagsüber irgendwo ganz sicher nicht zu finden

war, dann in seinem Zimmer unter dem Dach. Nicolai war fast immer unterwegs, der kannte keine Ruhepausen. Mochte Asmussen sich den leeren Raum ruhig ansehen, die Besichtigung würde ihr Zeit zum Nachdenken verschaffen. Hanna ging vor, sie kletterte die steile Treppe hinauf, die der Küche gegenüberlag.

Oben unter dem Reet war es eng und schummerig, Asmussen musste sich bücken, um ihr in Nicolais Zimmer am Ende des Ganges zu folgen. Als Hanna die Tür aufstieß, fiel ihr erster Blick auf das Mädchen, das drinnen mit einem Strohbesen den Fußboden fegte. Hanna durchquerte mit großen Schritten den Raum und nahm Lisa hastig den Besen aus der Hand. »Geh und sag Nicolai, dass die Polizei da ist«, flüsterte sie, während sie sich schon wieder zu Asmussen umdrehte, der sie von der anderen Ecke des Raumes aus mit einem misstrauischen Blick bedachte.

Hanna lächelte das Mädchen an, das regungslos dastand und sie anstarrte. »Lass uns einen Augenblick allein, Lisa, ja?« Hanna nickte ihrem Hausmädchen zu und warf ihr dabei einen verschwörerischen Blick zu. Ob Lisa verstanden hatte, was jetzt zu tun war? Hanna war sich nicht ganz sicher. Das Mädchen war fleißig und gutmütig, aber manchmal so begriffsstutzig, dass man ihr jede Aufgabe drei- bis viermal erklären musste, bevor sie endlich loslegte.

Hanna schaute zu, wie Lisa ging und die Tür hinter sich schloss. Asmussen durchquerte den Raum und musterte dabei eingehend das wenige Mobiliar, das an den Wänden stand. Er schien weder an der alten Truhe mit den Eisenbeschlägen noch an dem Bett und dem Stuhl etwas auszusetzen zu haben. Vor dem Regal mit Nicolais Büchern blieb er kurz stehen. *Der letzte Mohikaner*, *David Copperfield*, *Der Glöckner von Notre Dame* und *Moby Dick*, sie alle reihten sich dicht aneinander. Nichts Ausgefallenes war dabei, lauter Wälzer, wie junge Männer sie gern hatten. Nachdem Asmussen die Titel auf den Buchrücken studiert hatte, ließ er auch gleich wieder davon ab.

»Na, hier oben ist er also offenbar nicht, Ihr Herr Sohn. Wo könnte er denn noch sein, der Nicolai?« Asmussen kam näher, er schob seine Mütze ein Stück in den Nacken. Hanna zuckte die Achseln. »Ich weiß es wirklich nicht, Herr Wachtmeister. Wie ich Ihnen schon sagte, war ich selber den ganzen Vormittag über außer Haus.«

»Also, Frau Boysen, nun mal Schluss mit lustig. Ich möchte dem jungen Mann nur ein paar Fragen stellen, mehr nicht. Wenn ich herausbekomme, dass Sie ihn vor mir verstecken, dann muss ich dienstlich werden. Dann wird es ungemütlich, das verrate ich Ihnen.«

Hanna wollte etwas sagen, doch Asmussen kam ihr zuvor. Der Ton seiner Stimme hatte gewechselt, er sprach jetzt laut und herrisch. »Kommen Sie, ich möchte mir die Gaststube ansehen und Ihr Schlafzimmer auch. Wenn Sie mir so gar nicht entgegenkommen, durchkämme ich eben das ganze Haus, egal, ob Sie gerade Gäste haben oder nicht. Ich –« Asmussen verstummte. Draußen hatte es einen Knall gegeben. Der Wachtmeister hastete zum Fenster. Hanna folgte ihm. Sie stellte sich auf die Zehenspitzen, um über seine Schulter hinweg in den Garten schauen zu können. Unten huschte eine Gestalt davon, der Statur nach zu urteilen war es der Nachbar Jörn Ehlers, der mit einem schweren Gestänge auf den Schultern über den Rasen lief. Lieber Himmel – das, was er da so schnell wie möglich davonschleppte, war ein Streicheisen! Hanna schluckte. Mit diesen eisernen Rahmen gingen die Männer draußen im Watt auf Austernfang. Das also war es, endlich hatte sie begriffen. Austernfischerei. Nicolai plünderte mit Ehlers draußen im Meer die Muschelbänke – und das war verboten. Die wenigen Plätze, die zwischen dem Festland und der Insel von Austern bevölkert wurden, gehörten samt und sonders dem preußischen Staat und wurden deshalb Fiskalbänke genannt. Der Staat hatte das alleinige Austernregal für das ganze Land. Niemand außer den staatlich konzessionierten Pächtern durfte nach den heiß begehrten Muscheln fischen. Wer gegen dieses Verbot verstieß, würde sich früher oder später im Zuchthaus wieder finden.

Verstohlen warf Hanna Asmussen einen Blick zu. Hatte er Jörn

Ehlers auch gesehen? Sicher hatte er das. Aber hatte er auch das Streicheisen auf dessen Schultern bemerkt?
Asmussen wandte sich ruckartig ab, wortlos lief er zur Tür. Hanna raffte ihre Röcke zusammen und folgte dem Polizisten. Hinter ihm lief sie die Treppe hinunter und durch den Hausflur ins Freie. Ihr Herz schlug laut, während sie dem Wachtmeister durch den Garten zum Schuppen folgte. Was würden sie dort vorfinden? Was würde geschehen, wenn Lisa Nicolai nicht rechtzeitig gewarnt hatte? Wenn der Junge damit beschäftigt war, seine illegalen Gerätschaften zu verstauen, dann war es aus und vorbei, dann wurde es ernst. Völlig außer Atem erreichte Hanna dicht hinter dem Gendarm den Bretterverschlag, der sich unter die Äste einer windgeschrägten Kiefer duckte. Seine Tür stand offen. In dem dunklen, schmalen Verhau, in dem Hanna Gartengeräte und alte Möbel aufbewahrte, war Nicolai dabei, Werkzeuge zu sortieren, die er um sich herum ausgebreitet hatte. Ein Hammer, ein Hobel und verschiedene Schachteln und Dosen mit Schrauben und Nägeln lagen verstreut auf dem Boden herum. Asmussen blieb an der Tür stehen. Hanna lehnte sich neben ihn an die Schuppenwand.
»Wir haben kein Öl mehr.« Nicolai schaute hoch. »Ich muss dringend welches besorgen.« Lächelnd richtete er sich auf und klopfte den Staub von den Hosenbeinen. Der Junge wirkte ganz unbefangen, betont langsam wischte er sich die Hände an einem Tuch ab, das er aus einem der Regale an der Wand genommen hatte. »Ich wollte gerade die Tür zur Gaststube reparieren. Guten Morgen übrigens, Herr Wachtmeister. Was verschafft uns die Ehre Ihres Besuches?«
In Asmussens Gesicht zuckte es gefährlich, doch er schwieg. Hanna konnte sehen, wie die deutlich sichtbare Ader an seinem Haaransatz pochte.
»Hattest du hier nicht eben noch Gesellschaft, Boysen? Der Jörn Ehlers war doch hier, oder?«
»Bei mir nicht.« Nicolai warf erst seiner Mutter, dann dem Polizisten einen langen Blick zu. »Ich war allein. Warum fragen Sie, Herr Wachtmeister?«

»Weil ich Ehlers eben gerade durch den Garten habe laufen sehen. Mit einem Streicheisen auf dem Buckel hat er sich davongemacht. Und das ist es auch, was dir die Ehre meines Besuches verschafft. Ich ermittle gegen eine Horde von Dieben, die draußen bei Nacht und Nebel die Austernbänke plündert. Du weißt doch, was auf Schwarzfischerei steht, nicht wahr?«
Nicolai nickte. Sein Gesicht wirkte noch immer völlig ungerührt. »Das weiß jeder hier, Herr Wachtmeister. Wer sich erwischen lässt, wandert für einige Zeit ins Loch.«
»So ist es, mein Junge. Und erwischen werden wir die betreffenden Halunken – früher oder später. Überleg dir gut, ob du die nächsten Jahre in Schleswig hinter schwedischen Gardinen verbringen willst.« Asmussen spähte in das Halbdunkel des Schuppens. Hanna hielt den Atem an. Hoffentlich kam er jetzt nicht auf die Idee, den Verschlag durchsuchen zu wollen. Sie hatte keine Ahnung, welche Überraschungen ihn da drinnen erwarten mochten. Vielleicht versteckte Nicolai hinter den ausgedienten Möbeln und Kartons ja jede Menge Werkzeuge, die ihn verraten konnten? Sie selbst hatte den kleinen, muffigen Raum seit Monaten nicht betreten. In banger Erwartung sah sie zu, wie Asmussen sich anschickte, den Schuppen genauer zu erkunden, als plötzlich ein Hund zu bellen begann. Im nächsten Moment setzte Senta mit einem Sprung über die Gartenmauer. Der Schäferhund der Nachbarn kam angehechtet, anscheinend hatte er Asmussen schon aus der Ferne erkannt. Mit großen Sätzen sprang er dem Polizisten entgegen, der ihn schon so manches Mal mit kleineren Leckerbissen verwöhnt hatte. Asmussen wandte sich von der Tür des Schuppens ab und tätschelte dem Tier lächelnd den Kopf.
»Na, wen haben wir denn da? Soll mich doch der blanke Hans holen, wenn das nicht unsere liebe Senta ist. Na, du guter Hund? Wollen wir mal nachschauen, was der olle Asmussen für dich dabeihat, was?« Der Gendarm begann in der Tasche seines Uniformrockes zu kramen, bis er schließlich ein Stück trockenes Gebäck hervorholte, das nur noch entfernte Ähnlichkeit mit den Resten einer Butterwaffel hatte.

»Da, meine Gute, friss.« Asmussen klopfte dem Tier auf den Hals, während Senta hastig die Süßigkeit verschlang.
»Ein prächtiger Hund bist du, nicht wahr?« Asmussen lächelte immer noch, während der Schäferhund sich abwandte und kläffend in Richtung auf das Haus davonlief. Unterwegs blieb das Tier immer wieder stehen, schaute zurück und bellte.
»Sie will mich nach Hause begleiten, die Gute.« Asmussen rückte seine Mütze gerade. »Ich drehe oft meine Runde durch das Dorf mit ihr zusammen. Sie läuft dann neben meinem Fahrrad her.« Asmussen wollte dem Hund schon folgen, blieb dann aber doch noch einmal stehen. Unter dem Schirm seiner Mütze hervor warf er Nicolai einen kurzen, warnenden Blick zu. »Heute will ich nichts gesehen haben, mein Junge. Aber überleg dir gut, was du tust. Beim nächsten Mal gebe ich kein Pardon.«
Asmussen marschierte zum Haus hinüber. Senta hatte am Haus auf ihn gewartet. Offensichtlich erfreut über sein Kommen, sprang sie an ihm hoch. Gemeinsam verschwanden die beiden um die Ecke.
Hanna seufzte vor Erleichterung. Die Sache war ja gerade noch einmal gut gegangen. Sie dreht sich zu Nicolai um, der bei der ganzen Geschichte scheinbar völlig ruhig geblieben war. Die Hände in den Hosentaschen vergraben, stand er da und schaute sie an. Sein Gesicht war unbewegt – ihr schien es sogar, als würde er sich mit aller Macht das spöttische Lächeln verkneifen, das er oft aufsetzte, wenn er meinte, das Leben nicht so ernst nehmen zu müssen, wie es tatsächlich war.
»Verflixt noch mal, Nico!« Hanna stampfte mit dem Fuß auf. Sie spürte, wie die Wut sie packte. Begriff der Junge denn wirklich nicht, in welcher Gefahr er eben geschwebt hatte? Asmussen hätte ihn verhaften und mitnehmen können. In ihren Augen reichte das, was er hier zu sehen bekommen hatte, vollkommen aus, um seinen Verdacht gegen Nicolai bestätigt zu wissen. Hanna breitete die Arme aus. »Mein Gott, wie kannst du nur so ruhig dastehen und grinsen? Um ein Haar wärst du verhaftet worden!«

»Das glaube ich kaum. Asmussen kann mir doch absolut nichts beweisen. Drinnen im Schuppen ist nichts, was er nicht sehen dürfte.«
»Und das Streicheisen, das Ehlers vorhin so eilig von hier weggeschafft hat?«
»Das gehört mir nicht. Außerdem – nur weil Asmussen meint, Ehlers mit einem Streicheisen auf dem Rücken durch unseren Garten laufen zu sehen, kann er mich nicht einsperren. Das weiß er ganz genau.«
»Halte Asmussen bitte nicht für dümmer, als er ist, Nico. Der ist hartnäckig, der wird wiederkommen. Ich verstehe einfach nicht, warum du dich so in Gefahr begibst.«
Nicolai lachte kurz auf »Das verstehst du nicht? Dann will ich versuchen, es dir zu erklären, Mutter. Vielleicht möchte ich dir helfen, was meinst du? Vielleicht möchte ich Geld ins Haus bringen, damit du dir das Hotel leisten kannst und stolz bist auf deinen Sohn, der ein bisschen dabei geholfen hat. Vielleicht möchte ich den Einheimischen zeigen, was in mir steckt. Und vielleicht möchte ich auch vorsorgen, damit du dich nicht immer weiter in deinem Café abplagen musst, sondern dich eines schönen Tages verdientermaßen zur Ruhe setzen kannst. Das könnte es in etwa sein, was ich möchte.«
Trotz ihres Ärgers war Hanna beinahe gerührt. »Ich bin immer stolz auf dich, Nico. Du bist mein Ein und Alles, das weißt du doch.«
Nicolai schüttelte den Kopf. »Das genügt mir nicht, Mutter. Alle, die mir als Kind das Leben schwer gemacht haben, sollen sehen, was ich kann und wer ich bin. Vielleicht verstehst du das wirklich nicht.«
»Kannst du es nicht auf andere Art? Den Leuten zeigen, was in dir steckt, meine ich. Muss es denn ausgerechnet die Schwarzfischerei sein?«
Nicolai schüttelte den Kopf, er wandte sich ab und ging zum Schuppen zurück.
Hanna sah ihm hinterher. Die Rührung von eben verschwand und machte einem Gefühl der Resignation Platz. Es war wirk-

lich schwer, dem Jungen mit Worten beizukommen. Er spielte die Gefahr herunter, wie er das immer tat, wenn es ernst wurde. Er weigerte sich einfach, den Vorfall mit Asmussen in seiner ganzen Tragweite zur Kenntnis zu nehmen. Hanna überlegte, ob sie Nicolai jetzt einen Vortrag darüber halten sollte, dass es auf Dauer nichts einbrachte, wenn man gegen die Gesetze verstieß – da fiel ihr Blick auf die halb hohe Gartenmauer aus Feldsteinen, die ihr Grundstück zur Nachbarschaft abgrenzte. Die Magd Lisa hatte sie schon fast erreicht. Offensichtlich war sie bei den Nachbarn gewesen, sie kam aus der Richtung des Ehler'schen Hofes. In dem Moment, als Hanna das Mädchen sah, begriff sie, was sich eben abgespielt hatte. Dass die Schäferhündin Senta ausgerechnet in dem Moment hier aufgetaucht war, als der Dorfpolizist sich anschickte, den Schuppen zu kontrollieren, war kein Zufall gewesen. Nicolai hatte Lisa losgeschickt, um den Hund zu holen. Das Tier hatte Asmussen ablenken sollen – und genau das hatte es auch getan.
Hanna sah zu, wie Lisa langsam über die Mauer zurück in den Garten kletterte. Sie hatte die Hundeleine dabei, wohl, um das Tier irgendwann wieder nach Hause zurückführen zu können. Aller Erfahrung nach hielt sich Senta sehr viel lieber hier bei Boysens auf als daheim bei Familie Ehlers, wo sich kaum einer um sie kümmerte.
Ohne ein weiteres Wort ging Hanna schweigend zum Haus zurück. Was hatte sie bei Nicolais Erziehung nur falsch gemacht? Woher rührte dieser mörderische Ehrgeiz, der den Jungen beherrschte? Vielleicht hätte sie doch versuchen sollen, für ihn einen Vater zu finden, anstatt ihn ganz allein aufzuziehen. Vielleicht hatte eine starke männliche Persönlichkeit gefehlt, die dem Jungen den Weg hätte weisen können. Aber dafür war es jetzt zu spät. Nicolai war erwachsen, er würde die Autorität eines fremden Mannes an der Seite seiner Mutter nicht mehr ohne weiteres akzeptieren. Sie war zu nachsichtig gewesen, zu weichherzig und nicht streng genug. Was konnte sie jetzt noch tun, um ihre Fehler von damals zu korrigieren? Nico war ein kluger junger Mann, aber er benutzte seine Intelligenz bedenkenlos

dazu, verbotene Wege zu gehen. Manches seiner kleinen Geschäfte hatte sie schon mit Missfallen beobachtet. Daran, wie viele seiner Unternehmungen bisher hinter ihrem Rücken stattgefunden hatten, mochte sie gar nicht denken. Wo sollte das alles enden? Sie hatte keine Ahnung, sie wusste es einfach nicht. Hanna musste zugeben, dass sie ratlos war – und das nicht zum ersten Mal, was ihren eigenen Sohn betraf.

Kapitel 11

Ingeborg hockte auf der hölzernen Bank und sah zu, wie Ottilie den Gepäckträger entlohnte. Groschen für Groschen zählte sie dem guten Mann in die ausgestreckte Hand – ganz so, als sei es ihr eigenes Geld, das sie da gerade ausgab und von dem sie sich nur schweren Herzens trennte.

Ganz schön hochnäsig für ein Dienstmädchen, fuhr es Ingeborg durch den Kopf, bevor sie sich abwandte und den Blick zu der großen Bahnhofsuhr hob, die links von ihr neben dem Gleis angebracht war. Noch eine Viertelstunde bis zur Abfahrt des Zuges, der sie von Kiel nach Flensburg bringen sollte. Auf Befehl der Eltern musste sie zum Großvater nach Glücksburg, weil sie des Assessors wegen neulich diese Szene auf der Terrasse gemacht hatte. Die Eltern wollten ihr am ersten Wochenende im Juni folgen und dann noch einmal »ein ernstes Wort« mit ihr reden. Vor dieser Unterredung fürchtete Ingeborg sich schon ein bisschen – die Reise nach Glücksburg dagegen bedeutete tatsächlich überhaupt keine Bestrafung. Ihr Großvater war ein wunderbarer alter Herr, großzügig und immer gut gelaunt, ein Mann mit einem großen Herzen und viel Humor. Ingeborg liebte ihren Großpapa heiß und innig – und das wussten sowohl Richard als auch Luise. Wahrscheinlich hatten die beiden auch gar nicht vor, sie zu bestrafen. In Wirklichkeit ging es darum, neue Beziehungen zu der überaus langweiligen Familie Timmerland zu knüpfen. Wie sich inzwischen herausgestellt hatte, besaßen die Timmerlands ein Ferienhaus in Sandwig an der Flensburger Förde – und Sandwig war von Glücksburg nur einen Katzensprung entfernt. Sobald sie allesamt dort oben angekommen waren, würde man bestimmt anfangen, sich gegenseitig zu besuchen. Gregor würde es so einzurichten wissen, dass Einladungen und Gegeneinladungen ausgesprochen und angenommen wurden.

Gregor, ach du liebe Güte!

Ingeborg ließ sich gegen die Rückenlehne der Bank sinken und

schloss die Augen. Trotz des hässlichen Auftritts, den sie am Sonntagnachmittag so bühnenreif unter seinen und Luises Augen absolviert hatte, machte er ihr weiter den Hof. Er war nicht aus dem Gutshaus ausgezogen, und er hatte sie im Anschluss an die Sache mit den Holunderbeeren auch nicht in Ruhe gelassen, wie sie es gehofft hatte.
Ingeborg seufzte. Fast konnte der Mann einem Leid tun. Er war zwar ausgesprochen beharrlich, aber in ihren Augen war sein Ziel unerreichbar. Wenigstens mit Richard verstand der Herr Assessor sich prächtig. Vater scharwenzelte um Gregor in geradezu abstoßender Weise herum – Herr Timmerland hier und Herr Timmerland dort –, und auch Luise gab sich alle Mühe, den Gast bei Laune zu halten. Die beiden mussten wirklich finanziell tief in der Tinte stecken, wenn sie so viel Aufhebens um eine blasse Gestalt wie den Assessor machten.
Ingeborg schlug die Augen auf. Wenn sie daran dachte, wie sie demnächst mit einer ganzen Sippe von blassgrauen Timmerlands auf deren gutem Sofa sitzen und Tee trinken würde, wurde ihr beinahe übel. Egal, was geschah, eines war sicher: Frau Timmerland würde sie freiwillig niemals werden, eher – ja, eher tat sie was?
Ingeborg schaute sich um. Drüben auf dem Gleis wurde ein Zug nach Husum angezeigt, der in zehn Minuten abfahren sollte.
Und wenn sie nun nicht nach Flensburg, sondern stattdessen nach Husum weiterfuhr? Von Husum aus konnte sie den Zug nach Hoyerschleuse und von dort aus das Fährschiff nach Sylt nehmen. Wenn alles gut ging, würde sie auf diese Art Ottilie entkommen können. Ingeborg spürte, wie ihr Herz vor Aufregung über diese Idee schneller zu klopfen begann. Die Aussicht auf ein Wiedersehen mit Nicolai hob ihre Stimmung erheblich. Aber dann? Was würde geschehen, wenn sie auf Sylt angekommen war? Was würden ihre Eltern sagen, wenn sie von ihrer Flucht erfuhren? Richard würde vermutlich toben vor Wut. Und Luise würde auch nicht begeistert sein, das stand fest. Doch was hatte sie zu erwarten, wenn sie sich wehrlos in ihr Schicksal ergab? Ein freudloses Dasein als Ehefrau des Richters

Timmerland, ein Leben neben einem Menschen, dem jeder noch so kleine Anflug von Witz und Charme einfach vollständig fehlte. Nein, das war nichts für sie. Ingeborg schüttelte stumm den Kopf. Sie musste handeln, und das sofort. Ihr Lebensglück stand auf dem Spiel.

Mit einem Handgriff klappte sie ihre Handtasche auf und holte die Geldbörse heraus. Fünfzig Mark in Scheinen und Münzen hatte sie dabei. Für eine Reise auf die Insel musste das doch reichen – eine Schiffspassage von Hoyerschleuse nach Munkmarsch kostete nicht die Welt. Brenzlig konnte es nur werden, wenn sie unterwegs ein Hotelzimmer für die Nacht brauchen würde. Himmel, was für ein Abenteuer erwartete sie da? Egal, zur Not konnte sie immer noch auf die goldenen Ohrringe zurückgreifen, die sie heute trug. Die brachten bei einem Verkauf bestimmt auch noch ein bisschen Bargeld ein.

Ingeborg warf einen Blick auf ihren kleinen Handkoffer, der neben Ottilie auf dem Bahnsteig stand. Den Koffer brauchte sie natürlich. Um an den heranzukommen, musste sie Ottilie ablenken. Im Augenblick war das Mädchen damit beschäftigt, die gigantische Überdachung der Kieler Bahnhofshalle zu bewundern. Ingeborg folgte ihrem Blick zu dem technischen Wunderwerk über ihren Köpfen, dessen unzählige Metallträger wie Fischgräten in den Himmel ragten und dabei eine riesige Kuppel aus milchigem Glas trugen.

Ingeborg verließ ihren Platz auf der Bank und spazierte zu Ottilie hinüber. Als sie sich ihr zuwandte, setzte Ingeborg das freundlichste Lächeln auf, das sie parat hatte.

»Ach, Ottilie, ich habe einen fürchterlichen Durst. Würden Sie vielleicht so gut sein und mir eine Erfrischung besorgen?«

»Jetzt?« Das Mädchen warf ihr einen entgeisterten Blick zu. »Aber das geht doch nicht, Fräulein von Lassen. Unser Zug kommt gleich. Wenn ich jetzt noch einmal weggehe, verpasse ich ihn womöglich.«

Ingeborg seufzte. Sie war bemüht, ihrer Stimme einen leicht gequälten Ausdruck zu geben. »Aber bis zur Abfahrt des Zuges dauert es doch noch fast fünfzehn Minuten, Ottilie. Ich habe

wirklich schrecklichen Durst – es ist so stickig hier drinnen.« Ingeborg griff sich an den Kragen ihres Reisemantels und verdrehte dabei ein wenig die Augen, als sei sie tatsächlich nahe daran zu verdursten. »Wenn Sie den Bahnsteig nicht mehr verlassen möchten, dann kann ich mir ja auch selber eine Limonade holen. Geld habe ich. Ich bin gleich wieder da.«
Ohne eine Antwort abzuwarten, drehte Ingeborg sich um und machte sich auf den Weg. Sie wollte zu der kleinen Passage hinüber, die auf der anderen Seite des Bahnhofsgebäudes lag.
»Gnädiges Fräulein, so warten Sie doch!« Ottilies Stimme klang schrill. »Was ist, wenn Sie sich hier in dem Gewimmel verlaufen?« Ingeborg blieb stehen und sah sich um. Ottilie rückte ihren Strohhut mit den lila Stoffveilchen gerade, bevor sie sich gleich darauf eine widerspenstige Haarsträhne aus dem Gesicht strich. Ihre Wangen schimmerten vor Aufregung in einem zarten Rosa. Eilig griff sie nach den beiden Koffern neben sich und kam damit auf Ingeborg zugehastet. »Ich weiß nicht, gnädiges Fräulein, aber mir wäre es lieber, wenn Sie bei mir blieben. In Eckernförde haben wir doch auch noch einmal Aufenthalt. Der Bahnhof ist sicher etwas kleiner und übersichtlicher als dieser hier. Vielleicht können wir Ihnen dann etwas zu trinken besorgen.«
Ingeborg lachte. »Jetzt übertreiben Sie aber, Ottilie. Ich bin erwachsen, ich werde doch wohl losgehen und mir ein Getränk holen dürfen. Ich bin gleich wieder zurück.« Ingeborg wandte sich ab. Sie hörte noch einmal Ottilies Stimme hinter sich, die Protest anmeldete, aber sie kümmerte sich nicht weiter darum. Ein Zug lief auf dem Nachbargleis ein und übertönte mit den Geräuschen seiner quietschenden Bremsen Ottilies Gejammer vollständig. Dampfwolken erfüllten die Halle, das Gestänge der Lok klapperte. Im nächsten Augenblick verschwand Ottilie in einer Wolke aus weißem Dampf. Ingeborg ergriff die günstige Gelegenheit und huschte ein paar Schritte zurück. Hastig schnappte sie sich den kleineren der beiden Koffer, der zu den Füßen ihres Dienstmädchens stand, und lief mit dem Gepäckstück davon. In der Ladenpassage angekommen, blieb sie nicht

stehen, sondern erfragte bei dem ersten Schaffner, der ihr begegnete, den Weg zu Gleis drei. Von dort würde in Kürze der Zug nach Husum abfahren. Wenn sie jetzt allerdings schon hinüberging zu diesem Bahnsteig, dann war die Gefahr, dort von Ottilie entdeckt zu werden, ziemlich groß. Wohin also stattdessen?
Ingeborg hastete zum Anfang der Ladenzeile zurück und warf von dort aus einen Blick in die Halle. An Gleis drei herrschte noch völlige Leere. Kein Zug war in Sicht, es hielten sich auch kaum Fahrgäste auf dem Perron auf. Vielleicht war es günstiger, noch ein Weilchen im Schutz der Geschäfte zu warten? Das Menschengewühl hier bot eine gute Tarnung.
Von ihrem Platz neben einem Zeitschriftenladen aus beobachtete Ingeborg, wie Ottilie auf dem Bahnsteig auf und ab lief. Sie wirkte nervös. Immer wieder reckte sie sich, um Ausschau nach ihrem Schützling zu halten, der in der Menge der Reisenden spurlos verschwunden zu sein schien. Plötzlich griff sie nach dem großen Koffer zu ihren Füßen und hob ihn auf. Ingeborg erschrak. Was kam denn jetzt? Ottilie machte tatsächlich Anstalten, den Bahnsteig zu verlassen. Sie steuerte die Ladenpassage an, vermutlich wollte sie Ingeborg dort suchen. Das Dienstmädchen schleppte mit vor Anstrengung verzerrtem Gesicht den großen Koffer über den Perron.
Ingeborg spürte, wie ihr vor Aufregung der Schweiß auf die Stirn trat. Jetzt kam Ottilie tatsächlich hierher. Das Ganze drohte in eine richtige Verfolgungsjagd auszuarten. Ingeborg war noch niemals von zu Hause fortgelaufen und hatte keine Ahnung, wie man sich dabei am geschicktesten anstellte. Natürlich konnte sie sich in den Waschraum flüchten, aber der befand sich ganz am anderen Ende der Halle. Was sie auf keinen Fall weiter tun konnte, war, tatenlos hier herumzustehen. Einige Minuten dauerte es bestimmt noch, bis der Zug nach Husum einfuhr. Hoffentlich hatte er nicht auch noch Verspätung, das würde ihre Lage zusätzlich komplizieren.
Einem plötzlichen Entschluss folgend, drehte Ingeborg sich um. In den Geschäften hinter und neben ihr wurden Zeitungen und

Blumen verkauft, Gepäckträger liefen mit Schachteln und Koffern vorbei, Reisende hasteten zu den Schaltern, an denen die Fahrkarten ausgegeben wurden. Ein Stück weiter vorn gab es einen Bahnhofsimbiss. Dort zwischen den anderen Wartenden würde sie vielleicht am wenigsten auffallen. Ingeborg marschierte los, sie reihte sich in die Schlange ein, die vor dem Büffet darauf wartete, bedient zu werden. Während sie sich Stück für Stück der Bedienung näherte, die alle möglichen Erfrischungen ausschenkte und verpackte, fiel ihr Blick zufällig auf einen jüngeren Herrn, der an einem der Stehtische neben dem Ausschank Kaffee trank. Er war nach neuester Mode gekleidet, in sanftem Weiß und Pastellblau wirkte er ganz und gar wie der typische Sommerfrischler.

Ingeborg war an der Reihe und orderte eine Zitronenlimonade. Ungeduldig schaute sie zu, wie die helle Flüssigkeit in ein Glas geschenkt wurde. Eigentlich war es ihr ganz egal, ob sie etwas zu trinken bekam oder nicht. Wichtig war nur, nicht von Ottilie gesehen zu werden. Sie legte ihre abgezählten Münzen auf den Tresen und suchte dann an der Seite des Herrn im hellen Anzug Deckung, der mit einer Zeitung und seinem Kaffee beschäftigt war.

Eilig nahm sie einen kleinen Schluck von ihrem Getränk, während sie nebenbei aus den Augenwinkeln immer wieder nach Ottilie Ausschau hielt. Mittlerweile schien ihr Nachbar auf sie aufmerksam geworden zu sein. Er warf ihr einen kurzen, prüfenden Seitenblick zu. In der Hoffnung, dass er es nicht falsch verstehen würde, nahm sie allen Mut zusammen und lächelte ihn an.

Ihr Nachbar schwieg, Ingeborg nahm noch einen Schluck Limonade. Gab es hier denn keine Uhr? Wie lange hatte sie wohl noch Zeit bis zur Abfahrt ihres Zuges nach Husum? Vielleicht war es besser, jetzt zu gehen, um den Zug nicht zu verpassen. Ingeborg bückte sich. Als sie sich mit ihrem Koffer in der Hand wieder aufrichtete, stieß sie so ungeschickt gegen den Ellbogen des neben ihr stehenden Herrn, dass dieser einen kleinen, unbeabsichtigten Satz nach vorne machte. Aus der Tasse in seiner

Hand schwappte der heiße Kaffee in hohem Bogen auf seine pastellblaue Krawatte und das weiße Hemd. Ganz langsam setzte er seine Tasse ab, sein Blick ging dabei hinunter zu dem braunen Fleck, der sich deutlich auf seiner Kleidung abzeichnete. Ingeborg spürte, wie sie vor Verlegenheit errötete. Sie entschuldigte sich hastig, stellte ihr Gepäck ab und holte ihr Taschentuch heraus, um damit auf dem Hemd und der Krawatte des Mannes herumzuwischen. Sie putzte und rieb und war in Gedanken auf Gleis drei, wo der Zug nach Husum womöglich ohne sie abfuhr, während sie hier mit den Folgen des kleinen Unfalls beschäftigt war, den sie verursacht hatte. Ihr Opfer stand da und ließ alles mit sich geschehen, aber das Wischen und Reiben half nichts, sein Hemd war verdorben. Ein feuchter brauner Fleck befand sich genau in Augenhöhe auf dem weißen Stoff. Traurig zuckte Ingeborg mit den Schultern. »Es ist hoffnungslos, nicht wahr? Es tut mir Leid, bitte verzeihen Sie.«
Ingeborg schaute so zerknirscht wie möglich, doch der Herr vor ihr schien das gar nicht zu bemerken. Er betrachtete eingehend seine Krawatte, die nass und schmutzig an seinem Hals hing. Ingeborg seufzte. Sie musste weg – warum sagte dieser Mensch nicht endlich irgendetwas Belangloses, damit sie ihn seinem Schicksal überlassen konnte?
Schließlich sah er auf. Leicht verwundert stellte sie fest, dass sein Gesicht keine Spur von Verärgerung zeigte. Er schaute sie an und lächelte. »Ja, schade drum. Die habe ich heute zum ersten Mal getragen – und zum letzten Mal, wie es scheint. Das ist ein Geburtstagsgeschenk meiner Tante aus Berlin. Das Neueste vom Neuen – ehemals Berliner Chic, jetzt leider von Kaffeeflecken entstellt.«
Ingeborg nickte. »Ja, ich weiß – ich bin untröstlich, wirklich. Es war nicht meine Absicht, Ihnen die Kleidung zu ruinieren.«
»Das will ich aber auch stark hoffen.« Der Herr lächelte noch immer. Er wirkte tatsächlich nicht im Mindesten bestürzt. Ingeborg erwiderte sein Lächeln flüchtig, warf dabei aber einen sehnsüchtigen Blick zur Halle hinüber. Ob der Zug nach Husum inzwischen weg war? Oder hatte es noch Sinn, zum Bahnsteig zu

laufen und nachzuschauen? Nun würde es sich wider Erwarten als Glücksfall erweisen, wenn der Zug verspätet kam.

Ingeborg hatte gerade den Entschluss gefasst, zum Bahnsteig zu gehen, als sie Ottilie entdeckte. Sie stand mitten in der Ladenpassage und schaute sich nach allen Seiten um. Ihr Bolerojäckchen war verrutscht, das zarte Rosa ihrer Wangen hatte sich mittlerweile in eine hektische Röte verwandelt. Sie drehte sich ein paar Mal um die eigene Achse, jetzt kam für sie der Kaffeeausschank in Sichtweite. Ingeborg hielt den Atem an. So schnell wie möglich verschwand sie hinter dem Rücken ihres neuen Bekannten. Sie sah, wie er sich zu ihr umdrehte und sie mit gehobenen Augenbrauen fragend musterte. Himmel, in was für eine Situation brachte sie sich gerade? Zu dumm aber auch, dass sie ausgerechnet heute den mintgrünen Reisemantel mit den großen Pattentaschen angezogen hatte! Den mochte sie zwar gern, weil er sie älter wirken ließ, aber er war auffällig. Die Gefahr, darin von Ottilie entdeckt zu werden, war ziemlich groß. Warum hatte sie nicht gleich das leuchtend gelbe Jäckchen angezogen und sich ein Schild mit ihrem Namen darauf umgehängt?

Ingeborg rührte sich nicht, sie blieb, wo sie war, bis der Mann sich endgültig mit fragendem Gesichtsausdruck zu ihr umdrehte. Er griff nach ihrem Handgelenk und holte sie hinter seinem Rücken hervor. Immerhin lächelte er auch jetzt noch, obwohl er inzwischen ein klein bisschen ungeduldig wirkte. Kopfschüttelnd stand er vor ihr. »Was soll denn das jetzt, mein Fräulein? Warum verstecken Sie sich? So peinlich muss Ihnen das kleine Missgeschick von eben auch wieder nicht sein, oder?«

Anstatt zu antworten, schlug Ingeborg die Augen nieder. Was sollte sie auf so eine Frage schon sagen?

Ihr Gegenüber beugte sich zu ihr vor. »Was ist los mit Ihnen, junge Dame? Habe ich es etwa mit einer Ausreißerin zu tun? Sie laufen doch vor jemand davon, nicht wahr?«

Ingeborg schüttelte den Kopf, spürte aber, dass sie dabei errötete. »Ich bin keine Ausreißerin. Ich fahre nach Sylt, zu meiner Tante Hanna, das ist alles.«

»Zur Tante nach Sylt soll es gehen, soso. Das trifft sich gut. Ich fahre nämlich auch nach Sylt, allerdings nicht zu Ihrer Tante Hanna. Wollen wir uns nicht vorstellen, mein Fräulein? Mein Name ist Johannes Lehmann, ich komme aus Lübeck, bin Arzt und habe seit zwei Minuten eine Krawatte und ein weißes Hemd weniger anzuziehen. Und Ihr Name lautet wie?«
»Ich heiße Ingeborg von Lassen und komme aus Plön. Kann ich jetzt gehen? Ich möchte meinen Zug nicht verpassen.«
»Der Zug nach Flensburg fährt in fünf Minuten. Und der Zug nach Husum hat heute Verspätung, falls Sie den nehmen wollen.«
»Wirklich? Der Zug nach Husum ist noch nicht abgefahren?« Ingeborg riss die Augen auf. Vor lauter Erleichterung über diese Nachricht wäre sie dem Herrn Doktor am liebsten um den Hals gefallen. Der nickte. »Ja, er hat Verspätung, sonst würde ich hier nicht mehr stehen. Ich habe mich am Schalter erkundigt. Aber wollen Sie die Reise nicht lieber über Flensburg machen? Das ist bequemer.«
Ingeborg runzelte die Stirn. Was ging es den Fremden an, in welchen Zug sie stieg? Dass sie ihr Mädchen abschütteln wollte und deshalb die umständlichere Route über Husum wählte, konnte sie ihm ohnehin nicht sagen, also schüttelte sie nur den Kopf. »Nein, das möchte ich nicht. Ich werde über Husum reisen.«
»Also gut, wie Sie meinen. Sie müssen es ja wissen.« Johannes Lehmann warf ihr einen erwartungsvollen Blick zu, aber Ingeborg schwieg.
»Gut, dann schauen wir doch mal nach, ob der Zug nach Husum inzwischen eingefahren ist. Falls Sie allerdings doch einen Verfolger hinter sich lassen wollen, würde ich dazu raten, den wunderschönen grünen Mantel abzulegen, den Sie tragen. Ohne ihn dürften Sie etwas weniger auffallen in diesem Getümmel. Im Abteil können Sie ihn ja wieder anziehen, wenn Sie möchten. Was halten Sie davon?«
Ingeborg sah zu Boden. Schweigend begann sie, ihren Mantel aufzuknöpfen. Ihr neuer Begleiter ließ sie keinen Moment aus den Augen. Ingeborg sah an ihm vorbei auf die Galerie hinaus.

Keine Spur mehr von Ottilie. Fürs Erste dürfte sie sie abgeschüttelt haben. Doch dafür war sie jetzt Johannes Lehmann ausgeliefert, der offenbar über eine gute Beobachtungsgabe verfügte. Den würde sie wohl nicht so schnell wieder loswerden, das stand fest. Ganz ohne Begleiter schien sie auf dieser Reise nicht auszukommen. Ob es wohl gut oder schlecht war, den Herrn Doktor getroffen zu haben?

»Einhunderttausend?« Hanna Boysen ließ den Teelöffel in ihrer Hand sinken. Langsam legte sie ihn neben der leeren Tasse ab, aus der sie eben ihre holländische Schokolade getrunken hatte. Mit großen Augen starrte sie Thiess Meinert an, der ihr gegenüber auf der Terrasse des Café Raoul saß und mit undurchdringlichem Gesichtsausdruck hinausschaute auf die Wellen, die sich in immergleichem Rhythmus am Strand brachen. Hanna konnte nicht glauben, was sie da eben gehört hatte. Beinahe zehntausend Mark hatte sie gespart in den letzten Jahren. Diese Summe war ihr sehr hoch vorgekommen, sie war stolz darauf gewesen, einen solchen Betrag ihr Eigen nennen zu dürfen – nach all den Jahren, in denen sie um jeden Groschen hatte kämpfen müssen. Und jetzt kam ein Thomas Eckermann mit der übergroßen Geldbörse irgendwelcher Leute vom Festland daher und verdarb auf der Insel die Preise.
Hanna schüttelte energisch den Kopf. »Einhunderttausend Mark – das glaube ich Ihnen nicht, Meinert, das ist nicht reell. Der Preis entbehrt jeder vernünftigen Grundlage. So viel kann ich mit dem Hotel doch gar nicht erwirtschaften.«
»Tut mir Leid, Frau Boysen. Ich sage Ihnen nur, wie es ist. Dieser Rechtsanwalt aus Flensburg hat mir im Namen seiner Mandanten sage und schreibe einhunderttausend Mark für mein Hotel geboten. Warum sollte ich Sie belügen? Ich hab sowieso nichts mehr davon. Das Geld geht fast vollständig an die Bank. Ich hab Schulden wie ein Major, ich sehe für den Rest meines Lebens ohnehin kein Land mehr.« Meinert griff nach dem Glas mit Kräuterschnaps, das neben seiner leeren Kaffeetasse auf dem Tisch stand. Ohne abzusetzen, nahm er einen langen Schluck.

Hanna schaute zu der Westerländer Wandelbahn hinüber, auf die man von der Kaffeeterrasse einen vorzüglichen Blick hatte. Es war später Nachmittag im Mai, die Saison kam allmählich in Gang. Die ersten Badegäste promenierten auf dem endlosen Holzsteg auf und ab, der im Sommer von Menschen geradezu überquoll. Dann sah man dort Prinz-Heinrich-Mützen und Strohhüte dicht an dicht, wohin man auch blickte. Hanna beobachtete ein besonders anmutiges junges Mädchen dabei, wie es sich bemühte, zwei kleine Jungen zur Raison zu bringen, die um ein Holzspielzeug stritten.

»Im Grunde ist es doch Ihre Entscheidung, Herr Meinert. Wollen Sie an jemanden verkaufen, der von der Insel stammt, oder wollen Sie, dass ›Kliffende‹ in völlig fremde Hände gerät? Wir zwei haben doch keine Ahnung, wer hinter diesem Rechtsanwalt aus Flensburg steckt. Hat er Ihnen den Namen seiner Mandanten genannt? Hat er nicht, oder? Vielleicht wirtschaften diese Leute vom Festland Ihr schönes Haus ja völlig runter. Oder sie reißen es sogar ab. Das ist alles schon vorgekommen, Herr Meinert, Sie wissen das.« Hanna warf ihrem Gegenüber einen beschwörenden Blick zu, doch Meinert zuckte nur mit den Achseln. »Und wenn schon, Frau Boysen, und wenn schon. Es kommt, wie es kommt. In meinem Fall ist Hopfen und Malz sowieso verloren, da beißt die Maus keinen Faden ab.« Meinert strich sich über das kleine runde Bäuchlein, das als leichte Erhebung unter seiner Weste zu erkennen war. Hanna schmunzelte wider Willen. Der Mann war ein wandelndes Lexikon, er steckte voller Spruchweisheiten und sammelte Redensarten wie andere Leute Muscheln oder Briefmarken. Manchmal gingen ihr die Sprüche, mit denen er jede seiner Äußerungen garnierte, ein klein wenig auf die Nerven – aber trotz allem war der Hotelier, der sich gern wie ein englischer Gentleman in Tweed und Kammgarn kleidete, ein Original auf der Insel.

Meinert beugte sich über seine Kaffeetasse. »Was den zukünftigen Käufer des Hotels angeht, wird die Bank ein gehöriges Wörtchen mitreden, Frau Boysen. Ich weiß nicht, ob ich da viel ausrichten kann. Mir wäre es auch lieber, wenn mein Haus in gute Hände käme, weiß Gott. Nur, was nicht ist, das ist nun mal nicht. Sie sind vom Fach, Sie haben doch eine Ahnung, wie es zugeht in der freien Wirtschaft, werte Frau Boysen. Derjenige, der den höchsten Preis zahlt, bekommt den Zuschlag.« Thiess Meinert strich sich nachdenklich mit einer Hand über seine glatt rasierten Wangen. »Den Herren von der Schleswiger Gewerbebank geht es ohnehin immer nur um das liebe Geld, der schnöde Mammon lockt. Alles andere ist denen egal. Die werden mit dem Herrn Rechtsanwalt und dessen Mandanten als Käufer mehr als einverstanden sein. Gleich und Gleich gesellt sich gern – sagt man doch so, nicht wahr?«

Hanna nickte. An der Tatsache, dass über den Verkauf des Hotels »Kliffende« letztendlich eine Bank aus Schleswig entscheiden würde, war nicht zu rütteln.

»Haben Sie schon mal überlegt, wie es wäre, wenn Sie weitermachen würden, Herr Meinert?« Hanna legte eine Hand an die umgeschlagene Krempe ihres Strohhuts, um sich gegen die blendenden Sonnenstrahlen abzuschirmen. Hüte mit breiter, aufgeklappter Borte waren die allerneueste Mode auf dem Festland, hatte ihr jedenfalls die Putzmacherin versichert. Vielleicht traf das zu, doch sie fragte sich insgeheim, wozu sie sich im Sommer einen Hut aufsetzen sollte, wenn der vor dem Sonnenlicht kaum noch Schutz bot.

Thiess Meinert runzelte die Stirn und beugte sich ein Stück über den Tisch. »Weitermachen? Wie denn, Frau Boysen? Meine Schulden stehen mir bis zum Hals. Wenn ich mein Hotel behalten könnte, dann säßen wir jetzt nicht hier.«

»Ihr Hotel sollen Sie ja auch nicht behalten, das möchte ich haben. Aber weitermachen könnten Sie doch trotzdem – als mein Geschäftsführer zum Beispiel. Ich habe schon das Friesencafé zu betreuen, das ist Arbeit genug. Und mein Sohn ist noch nicht so weit, dass er ein großes Haus alleine führen könnte. Sie haben noch drei oder vier Jahre vor sich, dann sind Sie in dem Alter, in dem Sie ans Aufhören denken können. Als Pensionär würde ich Ihnen eine schöne Leibrente aussetzen – mit einem lebenslangen Wohnrecht in Ihrem ehemaligen Hotel. Ihre Zukunft wäre gesichert. Ist das nichts für Sie?«

Meinert blinzelte. »Sie wollen mich als Geschäftsführer nehmen? Obwohl ich ›Kliffende‹ in den Ruin getrieben habe? Viel Geschäftssinn beweist das aber nicht, Frau Boysen.«

»Der Bankrott geht nicht allein auf Ihr Konto, Herr Meinert. Ich habe mich erkundigt. Es war die Krankheit Ihrer Frau, die Sie um das Hotel gebracht hat, nicht wahr?«

Hanna bemerkte das Glitzern in Meinerts Augen, er schlug den Blick nieder. Vermutlich wollte er nicht, dass sie ihn weinen sah. Beinahe vier Jahre lang hatte er erfolglos versucht, seine Frau kurieren zu lassen. Die teuersten Kapazitäten auf dem Festland hatte Meinert mit ihr aufgesucht, Kuren in den berühmtesten Heilbädern hatte sie sich unterzogen – alles vergeblich. Im Winter dieses Jahres, gleich nach Weihnachten, als der Frost am ärgsten war, war Gondel Meinert ihrer schleichenden Erkrankung erlegen. Ein Berg unbezahlter Arztrechnungen wartete seitdem darauf, von Thiess Meinert bezahlt zu werden.

Der Hotelier hatte einen Moment lang regungslos dagesessen und zu Boden geschaut. Jetzt sah er auf. Sein Gesicht zeigte eine Mischung aus ungläubigem Staunen und Misstrauen.

»Es ist Ihnen also ernst mit Ihrem Angebot?«

»Absolut.« Hanna nickte.

»Das klingt wirklich formidabel, wie der Franzose sagen würde. Aber warum sollte die Gewerbebank in Schleswig unser Geschäft mitmachen? Denen ist doch egal, was aus einem alten Schlachtross wie mir wird. Der Mohr hat seine Schuldigkeit getan, der Mohr kann gehen. Sie verstehen, was ich meine?«

»Ja, natürlich verstehe ich das. Manchmal muss man dem Glück eben ein wenig auf die Sprünge helfen, Herr Meinert. Sie könnten die Dinge doch so hindrehen, dass der Herr Rechtsanwalt an dem fraglichen Objekt in Zukunft kein Interesse mehr zeigt.«

»Wie soll denn das wohl gehen, Frau Boysen? Der Mann hat das Haus besichtigt, er weiß, was für ein schönes Anwesen das ist.«

»Haben Sie ihm denn nichts von den Sturmfluten erzählt?«

Hanna blinzelte ihrem Gegenüber zu, um anzudeuten, dass ihre

Frage keinen ernsten Hintergrund besaß. Sie war dabei, eine kleine Intrige auszubrüten, und Meinert sollte sich daran beteiligen. Er schien allerdings nicht auf Anhieb zu begreifen, was sie ihm sagen wollte. Er runzelte fragend die Stirn.
»Sturmfluten? Wozu soll ich dem Mann davon was erzählen? Die kommen und gehen wie die Jahreszeiten.«
»Na ja, aber Ihr Haus ist doch mitten in die Dünen hineingebaut, Herr Meinert. Die Architekten haben Ihnen damals händeringend davon abgeraten, aber Sie wollten unbedingt so dicht wie möglich an das Rote Kliff heran. Jahr für Jahr nähert sich nun nach jedem Herbststurm die Abbruchkante dem Haus. Jahr für Jahr Einbußen an Festland, und das bedeutet Jahr für Jahr auch mehr Risse in Ihrem Fundament. Eines schönen Tages wird das Rote Kliff nicht mehr da sein. Der Keller des Hotels ist schon arg in Mitleidenschaft gezogen. Außerdem sind die Wasserleitungen im Haus verrottet, das Trinkwasser schmeckt nach Salz. Oder meinetwegen nach Arsen, falls man das schmecken kann, weiß der Teufel, was. Erfinden Sie etwas, machen Sie dem Herrn Rechtsanwalt den Apfel madig, in den er beißen will.«
»Sie meinen – ich soll ihn belügen?«
Hanna lachte. »Nennen Sie es, wie Sie wollen. Aber denken Sie daran, dass Sie damit Ihren Kopf retten. Ich biete Ihnen einen einwandfreien Arbeitsvertrag für die nächsten vier Jahre. Es gibt ein ordentliches Salär bei mir, Kost und Logis gratis im Hotel. Dafür geht ›Kliffende‹ im Gegenzug an mich – zu einem annehmbaren Kaufpreis von, sagen wir siebzigtausend Mark. Sie werden meinen Sohn zum Geschäftsführer ausbilden und das Haus leiten, bis Sie in Rente gehen. Nach ein paar Reparaturen und Modernisierungen könnten wir in der nächsten Saison neu eröffnen. Wir werden ein Schmuckstück aus dem Hotel machen, glauben Sie mir. Der Laden wird laufen, und Sie sind mittendrin. Was sagen Sie?«
Meinert schluckte. »Das ist – ich weiß nicht, was ich sagen soll, Frau Boysen.«
Der Hotelier wandte sich ab, wohl um die Ergriffenheit zu ver-

bergen, die er empfand. Als er weitersprach, hielt er den Blick noch immer auf das Meer gerichtet.

»Also, wenn das klappt, werde ich Ihnen das nie vergessen. Wenn ich in Lohn und Brot kommen könnte bei Ihnen – das wäre einfach das schönste Geschenk für mich. Sie wissen ja vielleicht, was die Leute hier auf der Insel über Sie reden. Ich kann es nicht bestätigen. Üble Nachrede ist das, mehr nicht. Die Friesen haben nun mal eine Abneigung gegen alles Fremde.«

»So? Was reden die Leute denn, Herr Meinert?« Hanna beugte sich vor, um dem Hotelier ins Gesicht zu sehen.

Meinerts Wangen nahmen eine leichte Rötung an.

»Ach, nur dummes Zeug reden die, Frau Boysen. Dass man mit einem Boysen keine Geschäfte machen soll, zum Beispiel. Weil man doch immer den Kürzeren zieht dabei. Aber das ist blanker Unsinn. Nur der Neid steckt dahinter. Dass Sie mit Geld umgehen können und es nun demnächst zu einem Hotel bringen werden – das ist doch ein Zeichen von Tüchtigkeit, nicht wahr?«

Hanna nickte, aber sie verzichtete auf eine Erwiderung. Sie wusste, dass Meinert ihr nicht die ganze Wahrheit gesagt hatte. Die Leute zerrissen sich die Mäuler darüber, dass ihr Sohn sich als Austernschmuggler betätigte und deshalb früher oder später im Zuchthaus enden würde. Gegen dieses Gerede war sie machtlos. Die Gerüchte waren rufschädigend – aber im Kern trafen sie zu. Nicolai fischte weiterhin schwarz auf den Fiskalbänken im Wattenmeer. Obwohl ihm die Polizei neuerdings dicht auf den Fersen war, konnte er die Finger einfach nicht davon lassen. In seinen Augen war der Austernfang eine gute Möglichkeit, um das Geld für »Kliffende« zusammenzubekommen.

Hanna drehte sich nach dem Kellner um, der gerade am Nachbartisch servierte. In diesem Moment löste sich plötzlich eine Gestalt aus dem Schatten der Litfaßsäule, die der Aussichtsterrasse gegenüberstand, und näherte sich ihrem Tisch. Hanna blinzelte. Im Gegenlicht des sonnigen Nachmittags erkannte sie Thomas Eckermann. Er blieb vor ihnen stehen und verbeugte sich erst vor ihr, dann vor Thiess Meinert, der vor Schreck über die unerwartete Begegnung bleich zu werden schien.

»Guten Tag, die Herrschaften. Das nenne ich eine angenehme Überraschung. Ist es erlaubt?« Eckermann deutete auf einen der beiden freien Stühle. Meinert schaute ratlos, Hilfe suchend warf er Hanna einen fragenden Blick zu.
»Sie dürfen sich gerne setzen, Herr Rechtsanwalt, wenn Ihnen danach zu Mute ist. Wir beide wollten allerdings gerade aufbrechen.« Hanna lächelte matt. Der Illusion, dass Thomas sich jetzt zurückziehen würde, gab sie sich allerdings nicht hin – dafür kannte sie ihn zu gut. Tatsächlich machte er auch keine Anstalten zu gehen. Er stand da und betrachtete schmunzelnd Thiess Meinert, der unruhig auf seinem Stuhl herumrutschte.
»Ja, ich muss wirklich weg, wissen Sie? Ich habe eine dringende Verabredung in Wenningstedt. Die Zeit drängt.« Er erhob sich eilig, Meinert sprang so schnell auf, dass sein Stuhl ins Schwanken geriet. Etwas verlegen nickte er zu Hanna hinüber. »War nett, Sie getroffen zu haben, Frau Boysen. Schönen Tag noch – Ihnen auch, Herr Anwalt.« Der Hotelier wandte sich ab, blieb dann aber noch einmal kurz stehen. Er griff in die Seitentasche seines Jacketts. »Ach ja, ich vergaß – die Rechnung –«
»Lassen Sie nur, Herr Meinert, ich erledige das schon.« Hanna winkte ab.
»Oh – schönen Dank auch. Also, dann …« Er lächelte Hanna noch einmal zu, dann verließ er mit großen Schritten die Terrasse. Hanna zog ihren Geldbeutel aus der Handtasche, die auf dem blütenweißen Tischtuch lag. Sie hoffte, dass Thomas diese Geste richtig deuten würde, doch er schien all die Vorkehrungen, die sie zum Zeichen des bevorstehenden Aufbruchs traf, gar nicht zur Kenntnis zu nehmen. Ungerührt holte er sich einen Stuhl heran und nahm ihr gegenüber am Tisch Platz.
»Herrliches Wetter für die Jahreszeit, findest du nicht?«
Hanna drehte ihr Portemonnaie zwischen den Händen hin und her. Sie verspürte keine große Lust, noch lange hier herumzusitzen und mit Thomas über belangloses Zeug zu schwätzen. Doch einfach aufstehen und gehen wollte sie nicht, das wäre zu unhöflich gewesen. Also nickte sie und bemühte sich, ihrem Gesicht dabei einen gelangweilten Ausdruck zu geben. »Ja, es ist schön

heute – und dabei haben wir erst Mai. Es sieht so aus, als ob wir einen guten Sommer bekommen würden.«

»Und das bedeutet, dass die Insel auch eine gute Saison haben wird. Wie ich höre, beabsichtigen gleich mehrere Mitglieder der kaiserlichen Familie, in diesem Jahr Sylt einen Besuch abzustatten. Badekuren sind offenbar in Mode. Ihr seid im Aufwind, Hanna. Eure Insel wird immer beliebter. Gerade Kampen kommt in Mode. Ihr habt da doch so einen verrückten Künstler, der sich bei euch im Dorf ein Haus hat bauen lassen –«

»Du meinst Avenarius, den Schriftsteller. Ihm gehört Haus Uhlenkamp.«

»Genau der. So einer zieht doch bestimmt neugierige Badegäste in Scharen an. Wenn die Weltlage hält, wird es deinem Café in diesem Sommer nicht an Gästen fehlen.«

»Die Weltlage? Warum sollte die nicht halten?«

»Ich weiß nicht recht, die Stimmung ist sehr aufgeheizt, findest du nicht? Die Nationen haben hochgerüstet in den letzten Jahren. Da genügt ein kleiner Funke, um das Pulver in Brand zu setzen.«

»Du sprichst von Krieg?«

»Möglich wäre es immerhin. Auf dem Balkan haben sie sich ja schon etliche Scharmützel geliefert in den letzten beiden Jahren.«

»Aber der Balkan, der ist doch weit weg. Ich glaube nicht an einen Krieg. Der Kaiser ist im Grunde seines Herzens ein friedliebender Mann, auch wenn er gelegentlich anders daherredet.«

»So, meinst du. Nun, vorausgesetzt, du hast Recht – da würde es sich natürlich ganz gut treffen, wenn du deiner Gastronomie noch ein Hotel hinzufügen könntest. Wie sieht es aus? Bist du handelseinig geworden mit Meinert?«

Hanna zuckte mit den Schultern. »Wie sollte ich wohl? Einhunderttausend Mark habe ich nicht, so viel gibt mir auch keine Bank der Welt. Dich kann ich nicht überbieten.«

»Ich wette, du wirst es trotzdem versuchen. Nicht mit Geld, aber mit List und Tücke, nicht wahr?« Thomas blinzelte ihr zu, bevor er einen der Kellner heranwinkte und sich Tee bestellte.

»Ich bin nur gespannt darauf, wie du es drehen wirst, Hanna. Was habt Ihr zwei euch ausgedacht, hm? Willst du es mir nicht verraten? Es würde die Prozedur sehr verkürzen, glaube mir.«

Hanna schüttelte den Kopf. »Ich weiß nicht, wovon du sprichst, Thomas. Thiess Meinert hat mir den Preis genannt, den du für deine Mandanten zu zahlen bereit bist. Und ich habe ihm gesagt, dass ich da nicht mithalten kann. Das war alles. Im Übrigen muss ich jetzt gehen. Ich werde im Café gebraucht.«

»Es ist nicht so, dass ich dir das ›Kliffende‹ missgönne, Hanna – glaube das bitte nicht. Du hast viel erreicht in den letzten Jahren, das ist nicht zu übersehen. Du bist offensichtlich eine tüchtige Frau. Dein Mann kann stolz auf dich sein.«

»Ich bin nicht verheiratet, Thomas. Ich habe es dir schon einmal gesagt: Ich gehe meinen Weg allein. Nach den Erfahrungen, die ich gemacht habe, halte ich es für das Beste so.«

»Immer noch voller Groll, was mich angeht?« Thomas langte über den Tisch und legte seine Hand auf die von Hanna. Sie erschrak, wollte aber kein Aufsehen erregen und wehrte sich deshalb nicht gegen diese Berührung.

Thomas strich sanft über ihren Handrücken. »Ich weiß, ich habe einen Fehler gemacht. Ich war ein Feigling, ich hätte um dich kämpfen müssen damals. Es tut mir Leid, Hanna. Ich bereue aufrichtig, dich nicht geheiratet zu haben. Ich bereue es umso mehr, nachdem ich dich jetzt wieder gesehen habe und weiß, was du aus dir gemacht hast.«

»Genug davon, Thomas.« Hanna zog ihre Hand zurück. »Vorbei ist vorbei. Wir hatten unsere Affäre, aber das ist lange her. Ich lebe mein Leben jetzt. Du bist Bestandteil meiner Vergangenheit, aber du gehörst nicht zu meiner Zukunft. Das ist alles, was ich dazu zu sagen habe.«

»Warum so schroff, Hanna? Ich kann deine Verbitterung ja verstehen – ich habe dich einmal verletzt und enttäuscht. Aber das ist nun schon so viele Jahre her. Ich würde es nicht noch einmal tun, glaube mir bitte. Diesmal würde ich mich anstrengen. Ich habe dazugelernt.«

»Dann wende dein neues Wissen an, um deine Ehefrau glücklich zu machen.«
»Das wird nicht gehen. Um meine Ehe steht es nicht gut, Hanna.« Thomas ließ sich gegen die Rückenlehne seines Stuhls sinken. Seufzend schüttelte er den Kopf. »Weißt du, Elfriede und ich sind nur noch auf dem Papier verheiratet. Wir sehen uns kaum. Jeder geht seiner Wege, wir leben in Flensburg sogar in zwei verschiedenen Wohnungen. Wenn du mich fragst, ist es für uns beide besser so. Wir haben nie besonders gut zueinander gepasst. Unsere Eltern waren miteinander befreundet, sie haben unsere Verbindung arrangiert. Geld zu Geld, du kennst das. Es war vom Anfang bis zum Schluss nicht das Wahre.«
»Das ist traurig, aber nicht zu ändern. Ich muss jetzt wirklich gehen, Thomas. Wir haben morgen im Café eine Verlobungsfeier. Da gibt es noch eine Menge vorzubereiten.« Hanna klappte ihr Portemonnaie auf und legte ein paar Münzen abgezählt auf den Tisch. »Würdest du so freundlich sein und dem Ober das Geld geben? Ich hatte eine holländische Schokolade, Meinert einen Kaffee und einen Schnaps – der Rest ist Trinkgeld.«
Sie schob ihren Stuhl zurück.
»Mein Gott, Hanna, warum bist du nur so hart gegen mich?« Thomas Eckermann beugte sich vor. Seinem Gesichtsausdruck nach zu urteilen, empfand er ehrlichen Kummer über ihre Ablehnung. »Wenn du schon nichts mehr mit mir zu tun haben willst, was ist dann mit unserem Sohn? Ich habe euch bei der Besichtigung von ›Kliffende‹ beobachtet, der Junge hat einen sehr guten Eindruck auf mich gemacht. Ich wäre bereit, dir alle ausstehenden Alimente auf Heller und Pfennig nachzuzahlen, wenn du mir erlaubst, unser gemeinsames Kind kennen zu lernen.«
»Unser Kind ist kein Kind mehr, Thomas, sondern ein aufgeweckter junger Mann auf dem Weg zu einem erfolgreichen Hotelier. Bisher ist er sehr gut ohne dich zurechtgekommen. Und auf deine Alimente bin ich nicht mehr angewiesen.«
»Vielleicht, aber auf meinen Sohn will ich trotzdem nicht verzichten, Hanna. Ich habe keine Kinder außer ihm. Wenn du mir

nicht erlaubst, ihn zu treffen, dann werde ich auf eigene Faust versuchen, seine Bekanntschaft zu machen.« Thomas lehnte sich nach vorne. Er griff noch einmal nach Hannas Hand und drückte sie kurz. »Sei nicht so schroff, hörst du? Warum sollen wir Feinde sein, du und ich? Rache ist etwas für die Ewiggestrigen, Hanna. Es könnte sein, dass du auf mein Wohlwollen demnächst noch angewiesen bist. Wenn du schon keine Annäherung zwischen uns beiden zulassen willst, dann gib dir wenigstens einen Ruck und stell mich unserem Jungen vor.«
Hanna schaute zu Boden. Ihr Gewissen regte sich, zumindest ein bisschen. Konnte sie Vater und Sohn wirklich auf Dauer voneinander fern halten? War es ihr Recht, das zu tun? Vielleicht sehnte Nicolai sich ja sogar nach einem Vater. Langsam hob sie den Kopf. »Also gut, ich werde über deinen Vorschlag nachdenken. Wo wohnst du?«
»Im Hotel Royal, kennst du das?«
»Natürlich. Ich werde dir eine Nachricht zukommen lassen. Du hörst von mir.« Hanna stand auf. Ohne noch einmal zurückzuschauen, verließ sie die Aussichtsterrasse des Cafés.
Eigentlich hatte sie vorgehabt, mit der Inselbahn nach Kampen zu fahren, doch jetzt beschloss sie, zu Fuß nach Hause zu gehen. Es gab so vieles, worüber sie nachdenken musste. Der Pakt mit Meinert war noch einer von der unsicheren Sorte, und vor allem die Sache mit Thomas ging ihr nicht aus dem Kopf. War es richtig, Nicolai nach all den Jahren mit seinem Vater zusammenzubringen? Was konnte es dem Jungen jetzt noch nützen, wenn er erfuhr, wer wirklich sein Vater war? Um die beiden miteinander bekannt machen zu können, würde sie die Lüge von ihrem verstorbenen Verlobten Nicolai gegenüber endgültig aufgeben müssen. Dem Märchen von dem ertrunkenen Seemann hatte Hanna viele Jahre die Treue gehalten. Sie wusste, dass es ihr nicht leicht fallen würde, Nicolai jetzt die Wahrheit über ihre Vergangenheit zu sagen. Wie sollte sie ihm erklären, dass Thomas sie damals vor zwanzig Jahren nicht hatte heiraten wollen, obwohl sie von ihm schwanger gewesen war?
Es würde demütigend sein, ihrem Sohn die Situation von ehe-

dem haarklein erläutern zu müssen. Nicolai war intelligent, er würde sich nicht mit irgendeiner kurzen Zusammenfassung ihrer Geschichte begnügen. Ihm davon zu erzählen bedeutete, dem eigenen Schmerz noch einmal ins Gesicht sehen zu müssen. Hanna umklammerte den Griff ihrer Handtasche. Sie fühlte sich, als würde eine alte Wunde, die sie jahrelang sorgfältig verborgen hatte, aufbrechen und zu bluten beginnen.

Sie versuchte sich von ihren trüben Gedanken abzulenken, indem sie ihren Blick über das Land rechts und links vom Weg gleiten ließ. Westerland lag hinter ihr, vor ihr erstreckte sich die flache Heide. Das Weiß der Dünen, das Grün des Heidekrauts und das Blau von Wasser und Himmel, das waren die Farben der Insel im Frühjahr. Hornklee und Hahnenfuß standen am Wegrand in voller Blüte, der Wind zauste die Krähenbeerenheide, die im Hochsommer schwarz glänzende Früchte trug. Hanna lächelte. Bilder wie diese kannte und liebte sie. Die Umrisse der reetgedeckten Friesenhäuser, zwischen denen sich wenige Büsche und Krummholzkiefern duckten, die Möwen, die schreiend über das Land glitten – Sylt war ihr mittlerweile auf besondere Art vertraut. Im Laufe der Zeit hatte sich das Gefühl, hierher zu gehören, immer tiefer in ihr Bewusstsein eingegraben. Hier auf der Insel hatte sie ihren Sohn bekommen und großgezogen. Hier hatte sie sich eine eigene Existenz aufgebaut und zum Erfolg geführt. Sollte sie wirklich noch einmal einen Anlauf nehmen und alles umkrempeln? Wenn sie es zuließ, dass Thomas wieder in ihr Leben trat, dann – ja, was dann?

Sie hatte keine Ahnung, was Thomas inzwischen für sie fühlte. Er machte ihr Komplimente und suchte ihre Nähe, aber das musste nichts zu bedeuten haben. Vielleicht wollte er gar keine dauerhafte Verbindung zu ihr. Vielleicht ging es ihm nur darum, durch sie Zugang zu seinem einzigen Sohn zu finden. Schmeichelhaft war diese Deutung nicht für sie, aber unwahrscheinlich war sie auch nicht. Thomas war Anwalt, er wusste genau, wie man andere Menschen für sich gewann.

Hanna seufzte. Nicht nur, dass sie nicht wusste, welche Absichten Thomas verfolgte, machte sie unruhig. Wie sollte sie für sich selbst und für Nicolai das Richtige tun, wenn sie mit ihren eigenen Gefühlen für Thomas Eckermann auch nach zwanzig Jahren noch immer nicht zurechtkam?

Ingeborg ging immer geradeaus, sie folgte dem Lauf der Dorfstraße und bog dann auf den sandigen Weg ein, der in Richtung Watt führte. Sie setzte ihren Koffer ab und schaute zu dem weißen, reetgedeckten Haus am Ende der Kurve hinüber. Es war halb vier Uhr nachmittags – wie sie aus Nicolais Briefen wusste, herrschte um diese Zeit immer Hochbetrieb im Friesencafé. Womöglich störte es, wenn sie ausgerechnet jetzt bei den Boysens hereinschneite? Ob Nicolai überhaupt zu Hause war? Und wenn er es war, was würde er sagen, wenn sie so plötzlich und ohne Vorwarnung vor ihm stand? Würde er sich tatsächlich freuen, sie zu sehen? In jedem der zahllosen Briefe, die sie sich beide in den letzten Jahren geschrieben hatten, war mindestens einmal von ihrem Wiedersehen die Rede gewesen. Wie sehr hatten sie von diesem magischen Augenblick geschwärmt – aber ob Nicolai jetzt auch wirklich begeistert sein würde? Vielleicht hatte er sich inzwischen doch ein anderes Mädchen gesucht, eines von der Insel, das in seiner Nähe lebte und dem man nicht nur schreiben konnte. Wenn Ingeborg ihn danach gefragt hatte, hatte er immer behauptet, für ihn gäbe es keine andere. Sie konnte nur hoffen, dass dem tatsächlich so war, denn ansonsten saß sie jetzt in der Falle. Wenn Nicolai kein Interesse mehr an ihr hatte, dann würde sie den langweiligen Georg Timmerland nehmen und dessen Ehefrau werden müssen. Sie kannte Richard und Luise gut genug, um zu wissen, wie ernst es den beiden mit dieser Heirat war.
Ingeborg strich ihren Mantel glatt und betrachtete von Ferne das Haus, das noch immer genauso aussah, wie sie es in Erinnerung hatte. Sie stand im Windschatten einer der Hecken am Straßenrand. Aus irgendeinem Grund konnte sie sich nicht entschließen weiterzugehen. Zu viel hing davon ab, wie Nicolai und Hanna sie empfangen würden.
Ingeborg schob die Hände in die Taschen ihres weiten Reise-

mantels. Wenigstens so weit hatte sie es geschafft, sie war aus eigener Kraft bis nach Kampen gekommen – fast aus eigener Kraft. Mit Hilfe von Johannes Lehmann war es nicht mehr besonders schwierig gewesen, die Insel zu erreichen. Während der Reise hatte er sich um ihren Koffer gekümmert, hatte Fahrkarten und Getränke für sie beide gekauft und alle notwendigen Auskünfte von Schaffnern und Fährleuten eingeholt.
Doch, er war ein ganz netter Kerl, der Herr Doktor. Allerdings hatte auch er die Vorzüge ihrer Begleitung genossen. Lange Geschichten hatte er ihr aus dem Leben eines jungen Assistenzarztes erzählt – deswegen wusste sie, dass Johannes Lehmann der zukünftige Badearzt im Kurort Westerland sein würde und dass er in einem weißen Jugendstilhaus mit Blick auf das Meer leben würde. Insgesamt war die Reise mit ihm angenehm und störungsfrei verlaufen, nur der Abschied hatte es in sich gehabt. Ingeborg hatte von Munkmarsch aus unbedingt allein weiterfahren wollen, aber Johannes Lehmann war der Ansicht gewesen, er müsse sie noch bis zu Tante Hannas Haus begleiten. Nur mit viel Mühe hatte Ingeborg ihn davon überzeugen können, dass sie den Weg vom Fähranleger bis zum Friesencafé in Kampen ganz bestimmt auch ohne ihn schaffen würde. Bei der Erinnerung an den Handkuss, den der Herr Doktor ihr zum Abschied gegeben hatte, musste Ingeborg lächeln. Sie hatte ihm gefallen, das war nicht zu übersehen gewesen. Lehmann hatte ihr ausdauernd den Hof gemacht – sein Bemühen war allerdings leider vergeblich gewesen. Nun, er konnte ja nicht wissen, dass ihr Herz bereits Nicolai gehörte.
Nicolai.
Ingeborg griff nach ihrem Koffer, den sie neben sich auf der Erde abgesetzt hatte, und hob ihn auf. Gerade in dem Moment sah sie einen großen Hund die Dorfstraße hinuntertrotten. Sie stutzte. Das Tier kam ihr bekannt vor. War das nicht Senta, die brave Schäferhündin vom Hof Ehlers, die ihr vor drei Jahren an jenem scheußlichen Nachmittag im Wattenmeer das Leben gerettet hatte?
Ingeborg hockte sich in der Mitte des Sandweges auf die Gras-

narbe. Sie griff in ihre Manteltasche und holte den Rest eines Butterbrötchens mit Mettwurst hervor, das sie sich für die Überfahrt gekauft, aber dann nicht aufgegessen hatte.

»Senta!« Ingeborg rief nach der Hündin, die sofort stehen blieb und sie aus geringer Entfernung neugierig beobachtete. Ingeborg hielt dem Hund ihr Brötchen hin. »Senta, schau mal, was ich habe! Komm und friss, das ist für dich!«

Die Hündin näherte sich langsam und zunächst scheinbar misstrauisch. Zuerst beschnüffelte sie Ingeborgs Hand, dann leckte sie ihr die Finger ab, bevor sie endlich nach dem Brötchen schnappte.

»Braves Mädchen. Das ist doch meine gute Senta, ich habe dich gleich wieder erkannt. Was ist, weißt du auch noch, wer ich bin?« Ingeborg streichelte dem Tier den Kopf, während Senta hastig ihre Mahlzeit verschlang. Ingeborg öffnete ihre Handtasche und zog ein Taschentuch aus Leinen hervor, das mit ihren Initialen bestickt war. I. v. L. – Ingeborg von Lassen. Wenn Nicolai das in die Finger bekam, musste er eigentlich begreifen, was los war. Ingeborg hielt der Hündin das Tuch vor die Schnauze. »Ein hübsches Taschentuch, nicht wahr? Es duftet nach Maiglöckchen. Bring es zu Nicolai, Senta. Verstehst du mich? Das Tuch soll Nicolai haben. Lauf, ab mit dir, bring es zu ihm!«

Senta nahm das Taschentuch tatsächlich. Sie schnappte danach und trug es davon. Ingeborg beobachtete, wie das Tier den Sandweg hinuntertrabte und auf das Friesencafé am Ende der Wegbiegung zuhielt. Schnell hob sie ihren Koffer auf und folgte Senta, die das Tor vor Hannas Haus schon erreicht hatte. Dort angekommen, blieb die Hündin stehen und schaute sich um. Ingeborg nickte ihr zu, sie deutete mit einer Hand auf das Haus der Boysens. Die Hündin wandte sich gehorsam ab und lief weiter. Das Taschentuch in ihrem Maul flatterte wie eine weiße Fahne neben ihr her.

Ingeborg begann zu laufen – sie wollte unbedingt Nicolais Gesicht sehen, wenn Senta ihm das Taschentuch überreichte. Mit großen Schritten rannte sie den Gartenweg hinauf. Die Hündin

war schon außer Sichtweite. Ingeborg zögerte einen Augenblick. Es hörte sich an, als würde neben dem Haus jemand Holz hacken. Ob es Nicolai war, der da hinter dem Schuppen arbeitete?
Ingeborg blieb stehen, vorsichtig spähte sie um die nächste Hausecke.
Ja, es war tatsächlich Nicolai, der dort neben dem alten Schuppen stand. Er war also doch zu Hause. Und nicht nur das – Senta hatte ihn auch wirklich sofort gefunden. Sie stand vor ihm und wedelte mit dem Schwanz, jetzt sprang sie sogar an seinen Beinen hoch. Nicolai lachte, dann endlich legte er die Axt aus der Hand. Beim ersten Blick in sein Gesicht erschrak Ingeborg. Wie erwachsen er geworden war! Hatte sie sich auch so sehr verändert? Aus ihrem Versteck beobachtete sie jede von Nicolais Bewegungen. Nein, so sehr verändert hatte er sich im Grunde doch nicht. Er war älter geworden, das schon, aber ansonsten sah er noch aus wie damals – das schmale Gesicht, eingerahmt von braunem Haar, die dunklen Augen und der schmale Mund. Ingeborg erkannte das alles wieder, und doch war es ihr nicht mehr so vertraut wie in dem Sommer vor drei Jahren. Wahrscheinlich lag es einfach daran, dass Nicolai jetzt kein Junge mehr war. Seine Gestalt wirkte größer und breiter als früher, sein Gesicht besaß nur noch andeutungsweise die sanften Züge, in die sie sich bei ihrer ersten Begegnung in Westerland verliebt hatte.
Nicolai beugte sich zu Senta hinunter und nahm ihr das Taschentuch aus dem Maul. »Was ist denn das? Woher hast du das, Senta? Hast du das einer Dame im Café aus der Tasche gezogen, du böser Hund? Das geht nicht, Senta. Das Tuch müssen wir zurückbringen. Wo kommt das her, hm?«
Der Hund jaulte leise und setzte sich auf seine Hinterbeine. Nicolai runzelte die Stirn, er betastete den weißen Stoff. Jetzt hatte er am Rand die Initialen entdeckt. I. v. L. Seine Augen weiteten sich vor Überraschung. Ingeborg trat hinter der Hausecke hervor, hinter der sie gewartet hatte.
»Guten Tag, Nicolai.«
Nicolai sah auf, ihre Blicke trafen sich. Ingeborg meinte, in sei-

nen Augen das gleiche Erstaunen zu lesen, das auch sie bei seinem Anblick empfunden hatte. Für einen Moment schien die Zeit still zu stehen und sich bis in alle Ewigkeit ausdehnen zu wollen. Nicolais Gesicht verriet keine Regung, er schaute sie nur an.

War er enttäuscht über das, was er sah?

Ingeborg schluckte, sie brachte kein einziges Wort mehr heraus. Obwohl sie sich auf der Überfahrt hierher eine richtige kleine Begrüßungsrede für Nicolai zurechtgelegt hatte, fiel ihr jetzt, wo es so weit war, nichts mehr davon ein. Sie begann zu zittern, es kam ihr sogar so vor, als würden ihre Zähne vor Angst über das, was jetzt geschehen konnte, leise klappern. Was, wenn er sie nicht mehr haben wollte und einfach fortschickte? Ingeborg fühlte jeden ihrer Herzschläge. Wenn nicht gleich etwas geschah, würde sie unter der Last ihrer inneren Anspannung zusammenbrechen. In dem Augenblick, als sie glaubte, es nicht mehr aushalten zu können, riss Nicolai die Arme hoch und stürmte los. Er kam auf sie zugerannt, packte sie und zog sie an sich.

»Ingeborg.«

Den Mund in ihren Haaren, flüsterte Nicolai ihren Namen. Seine Stimme klang warm und ließ sie die Freude ahnen, die er zu empfinden schien. Im nächsten Moment spürte sie seine Lippen auf den ihren. Er küsste sie – nicht mehr so vorsichtig und tastend wie damals in ihrem ersten gemeinsamen Sommer, sondern fest und entschlossen. Sie erwiderte seine Umarmung und den Kuss. Endlich war sie hier, am Ziel ihrer quälenden Sehnsucht, die sie in all den nutzlos vertanen Sommern seit ihrer Trennung empfunden hatte. Ingeborg schloss die Augen und ließ sich von ihren Erinnerungen und Gefühlen davontragen. Endlich war alles wieder so wie damals, in jenem allerersten, wunderbaren Sommer. Wieder waren da die Wärme von Nicolais Körper, die Kraft seiner Arme und der Geruch nach See und Wind in seinen Haaren. Ingeborg fühlte, wie Nicolai plötzlich ihre Taille umfasste. Er hob sie hoch und drehte sich lachend mit ihr einmal um sich selbst. Vor Vergnügen und Erleichterung lachte auch sie. Ihre Eltern, Gregor Timmerland und Jarrelund – das alles war jetzt ganz weit weg. In Nicolais Nähe fühlte sie sich sicher und geborgen, mit ihm an ihrer Seite würde sie nichts tun müssen, was sie nicht wollte. Ingeborg spürte, wie Glück und Zuversicht sich in ihr ausbreiteten. Sie hatte die Reise hierher nicht vergeblich gemacht. Ihre Liebe hatte alles überstanden, was inzwischen geschehen war und was sie beide voneinander hätte trennen können. Sie wusste jetzt, dass sie hierher gehörte, hierher auf die Insel zwischen dem blauen Meer und dem weiten Himmel.

Kapitel 12

»Wenn Sie dann bitte hier unterzeichnen würden.« Der Notar schob die Urkunde, deren Inhalt er den Anwesenden eben sehr ausführlich erläutert hatte, quer über den Tisch. Ohne zu zögern griff Hanna nach dem Füllfederhalter, den der Notar ihr unter die Nase hielt. Schwungvoll setzte sie ihren Namenszug unter das mit dem roten Amtssiegel geschmückte Blatt Papier. Jetzt, in diesem Moment, in dem auch Thiess Meinert seine Unterschrift leistete, wurde sie die neue Herrin von »Kliffende«. Das Geschäft, für das sie wochenlang so leidenschaftlich und mit allen Mitteln gekämpft hatte, war endlich unter Dach und Fach. Nach zwei langen Gesprächen mit Meinert in der vergangenen Woche hatte Thomas sein Angebot für das Hotel tatsächlich zurückgezogen. Kurz darauf hatte die Gewerbebank in Schleswig Hannas Kaufofferte für »Kliffende« akzeptiert. Jetzt stand ihrem Glück als Hotelbesitzerin nichts mehr im Wege. Lächelnd sah Hanna dabei zu, wie der Notar die auf dem Tisch verteilten Papiere einsammelte.

»Danke sehr, die Herrschaften. Frau Boysen, ich gratuliere Ihnen.« Der Notar reichte Ingeborg mit einem Kopfnicken die Hand, bevor er daranging, jeder der Parteien eine Ausfertigung des Vertrages auszuhändigen.

»Eine Abschrift der Unterlagen ist für Sie bestimmt, Frau Boysen, und eine für Sie, Herr Meinert. Sobald die Eintragung Ihres neu erworbenen Eigentums in das Grundbuch vollzogen ist, erhalten Sie weitere Nachricht von mir, gnädige Frau.« Der Notar warf Hanna über den Rand seiner Brille hinweg einen Blick zu. Sie nickte. Während sie die eben erhaltenen Seiten des Vertrages zusammenraffte, erhob sie sich. Thiess Meinert hielt bereits die Tür auf und wartete ab, bis zuerst der Notar und dann Hanna den Raum verlassen hatten.

»Kommen Sie doch noch mit auf ein Glas Sekt in das Hotel Miramar, Herr Meinert.« Hanna war im Vorzimmer der Kanzlei stehen geblieben und beobachtete Thiess Meinert dabei, wie er

seine Aktentasche zuklappte. Er sah auf und schüttelte energisch den Kopf. »Es ist sehr liebenswürdig von Ihnen, mich einzuladen, Frau Boysen, ich weiß die Ehre zu schätzen. Aber ich denke, jetzt steht bei Ihnen die Familie an erster Stelle, nicht wahr? Ich habe draußen auf der Straße vorhin Ihren Herrn Sohn mit seiner Verlobten gesehen. Die warten bestimmt schon auf Sie. Stoßen Sie heute mal lieber ohne mich an. Ich komme später irgendwann einmal dazu, wenn sich die Gelegenheit ergibt.«
»Also gut, wie Sie möchten. Dann auf bald.« Hanna gab Thiess Meinert die Hand, bevor sie sich umdrehte und die Kanzlei verließ. Das Hochgefühl, das sie schon bei der Unterzeichnung des Vertrages empfunden hatte, hielt an – und das nicht ohne Grund. Man schrieb den 29. Juni 1914 – und sie, Hanna Boysen, war an diesem Tag Eigentümerin des zukünftig vornehmsten Hotels auf der ganzen Insel geworden.
Erfüllt von Triumph und Freude betrat Hanna die Friedrichstraße, die vor ihr im gleißenden Sonnenlicht des späten Vormittags lag. Auf der gegenüberliegenden Straßenseite wartete Nicolai in seinem Sonntagsstaat. Zur Feier des Tages hatte er den dunklen Anzug herausgeholt, das gute Stück mit der kragenlosen, einreihigen Weste, das Hanna vor kurzem gemeinsam mit ihm in Husum ausgesucht hatte. Er wirkte darin derart erwachsen, dass es ihr beim Anblick ihres eigenen Sohnes beinahe die Sprache verschlug. Neben ihm stand Ingeborg, ihre Schwiegertochter in spe. Das Mädchen würde als Nicolais Zukünftige und spätere Hoteliersfrau eine gute Figur abgeben. Sie war hübsch, fröhlich und klug – ein wirklicher Gewinn für die Familie. Aber wichtiger als alles andere war, dass sie Nicolai aufrichtig zu lieben schien.
Hanna seufzte. Was für ein hübsches Paar die beiden doch waren! Ingeborg trug heute ein herrlich leichtes, pastellfarbenes Sommerkleid mit hoch angesetzter Taille und gerafftem Rock, unter dessen Saum weiße Seidenstrümpfe hervorguckten. Das Mädchen sah aus, als sei es eben den Modeseiten einer Zeitschrift entstiegen. Am Abend zuvor hatte Nicolai verkündet, dass sie noch in diesem Sommer heiraten wollten. Hanna hatte

den beiden sofort alles Glück dieser Erde gewünscht. Sie wusste natürlich, dass Ingeborgs Eltern mit der Heirat nicht einverstanden wären. Welche Schwierigkeiten die von Lassens ihrer Tochter machen würden, wagte sie sich nicht vorzustellen – sie jedenfalls hoffte für die Kinder von ganzem Herzen nur das Beste. Die zwei schienen füreinander bestimmt zu sein. Wozu da noch länger mit der Heirat warten? Hanna hielt es für richtig, wenn sie noch in diesem Sommer miteinander zum Altar gingen. Schon allein, damit die Leute im Dorf aufhörten, über das Mädchen zu reden, das unter ihrem Dach lebte, ohne mit Nicolai verheiratet zu sein.

»Geschafft?« Nicolai hatte mit Ingeborg am Arm die Straße überquert. »Habt ihr unterschrieben?«

»Ja. Das Hotel gehört uns.« Hanna nickte. Noch einmal spürte sie die Mischung aus Stolz und Erleichterung über den Kauf des Hauses. Es war ein großer Tag, das war es wirklich, auch wenn Nicolai jetzt die Stirn runzelte und dabei ein bisschen spöttisch zu ihr hinunterlächelte.

»Uns, sagst du? Das Hotel gehört uns? Das ist vielleicht ein bisschen übertrieben. Erst einmal gehört es dir. Herzlichen Glückwunsch, Mutter.« Nicolai umarmte sie, gleich darauf küsste Ingeborg sie lächelnd auf beide Wangen. Hanna strahlte. Der Gedanke an den immensen Kredit, den sie für das Hotel in den nächsten Jahren würde abzutragen haben, bedrückte sie ein bisschen, zumal für das geliehene Geld ein ziemlich horrender Zins zu zahlen war. Aber davon abgesehen war sie wirklich stolz darauf, ein so schönes Haus wie »Kliffende« ab heute ihr Eigen nennen zu können.

»Lasst uns doch ins Hotel Miramar gehen und ein bisschen feiern. Mir ist jetzt nach einem Gläschen Schampus zu Mute, was meint ihr?« Hanna wandte sich zu Nicolai um, der mit einem Kopfnicken seine Zustimmung zum Ausdruck brachte. Gemeinsam machten sie sich auf den Weg, wobei Ingeborg ihnen auf dem schmalen Bürgersteig ein paar Schritte vorausging. Nicolai schob sich an die Seite seiner Mutter und holte ein schmales Schächtelchen aus der Tasche seines Anzugs. Wortlos klappte er es auf und

ließ Hanna einen Blick hineinwerfen. Ein goldener Ring lag da auf rotem Samt. In seiner Mitte schimmerte in milchigem Weiß eine große, in Gold gefasste Perle. Beim Anblick des Schmuckstücks begann Hanna sofort zu überlegen, was ein Ring dieser Größe gekostet haben mochte. Nicolai musste dafür tief in die Tasche gegriffen haben. Sie wollte lieber nicht daran denken, woher das Geld für ein so kostspieliges Verlobungsgeschenk wohl stammte. Der Austernklau, der einen Perlenring finanzierte – das passte auf sehr makabre Weise zusammen.
Stumm warf sie ihrem Sohn einen Blick zu. Unter den gegebenen Umständen fiel es ihr schwer, Freude über das teure Schmuckstück zu zeigen. Sie konnte nur hoffen, dass der Junge seine gefährlichen Abenteuer auf See endlich aufgeben würde, wenn Ingeborg seine Ehefrau geworden war.
»Schön, Nico«, murmelte sie deshalb nur leise, als er, sichtlich enttäuscht über ihre Zurückhaltung, die Schachtel wieder in der Anzugtasche verstaute. In diesem Moment hatten sie das Ende der Friedrichstraße erreicht. Als sich vor ihnen die Strandpromenade auftat, fiel Hanna als Erstes der Menschenauflauf ins Auge, der sich auf dem weiten Platz vor dem Hotel Miramar gebildet hatte. Ein Zeitungsjunge stand neben einer Litfaßsäule und schrie aus Leibeskräften. Hanna verstand das Wort »Extraausgabe« – doch alles andere trug der Wind in Richtung Meer davon.
»Was ist denn da vorne los?« Hanna drückte Nicolais Arm. »Es scheint etwas passiert zu sein. Offenbar bringt die *Sylter Zeitung* ein Extrablatt.«
Nicolai griff in die Tasche seines Jacketts und holte ein Geldstück hervor. »Ja, scheint so. Ich gehe mal nachschauen. Ihr bleibt am besten hier und wartet auf mich.«
Während Hanna und Ingeborg sich gemeinsam auf einer der weiß gestrichenen Holzbänke vor dem Hotel niederließen, tauchte Nicolai in der Menge unter, die den Platz bevölkerte. Unter den Leuten herrschte deutlich spürbare Unruhe. Etliche Gruppen hatten sich gebildet, viele Urlauber standen beisammen und disputierten erregt miteinander.

Ingeborg runzelte die Stirn. »Was ist bloß passiert? Ich verstehe das nicht, die Leute scheinen mir völlig aus dem Häuschen zu sein. Hoffentlich gibt es keine schlechten Nachrichten.«
Noch bevor Hanna auf diese Frage antworten konnte, tauchte Nicolai wieder auf. Er hielt ihr die Titelseite der *Sylter Zeitung* unter die Nase. »Österreichischer Thronfolger von Schüssen getroffen! Serbischer Student tötet Erzherzog Franz Ferdinand in Sarajewo!«, stand in dicken, schwarzen Lettern auf Seite eins zu lesen.
Hanna schluckte. »Sie haben den österreichischen Thronfolger umgebracht? Um Himmels willen, warum das denn? Der arme Franz Joseph kann einem allmählich Leid tun. Erst erstechen sie in der Schweiz seine Ehefrau, und jetzt muss sein Neffe dran glauben. Wie erträgt der alte Mann das alles nur?« Hanna schüttelte den Kopf.
»Der Kaiser hat mein ganzes Mitgefühl, Mutter.« Nicolai legte ihr die Zeitung auf den Schoß. »Aber offen gestanden mache ich mir um die weltpolitische Lage im Augenblick mehr Sorgen als um den Mann in der Wiener Hofburg. Das Attentat könnte Folgen haben. Der Balkan gleicht schon seit längerem einem Pulverfass. Die Menschen dort fühlen sich von Österreich unterdrückt. Sie streben nach einer politischen Unabhängigkeit, die Österreich ihnen nicht geben will. Nach dem Mord an dem Erzherzog werden die österreichischen Militärs der serbischen Freiheitsbewegung einen Denkzettel verpassen wollen.« Nicolai reichte die Zeitung an Ingeborg weiter, die hastig die Zeilen auf der ersten Seite überflog.
Gleich darauf ließ Ingeborg die Zeitung wieder sinken. »Was bedeutet das alles, Nicolai? Meinst du, dass Österreich jetzt gegen Serbien in den Krieg ziehen wird?«
»Ach, Kinder – und wenn schon.« Hanna zuckte die Achseln. »Was schert uns das? Was haben wir mit dem österreichischen Thronfolger zu tun? Das Ganze ist furchtbar, sicherlich. Aber in erster Linie ist und bleibt diese Geschichte doch eine Sache der Österreicher, oder? Lasst uns reingehen und unseren Sekt trinken, deshalb sind wir doch hier.« Hanna stand auf, sie warf Ni-

colai einen fragenden Blick zu. In ihren Augen wurde hier mal wieder viel Lärm um Nichts gemacht. Sie hoffte wirklich, dass die Politiker jetzt die Ruhe behielten. Österreich, Serbien, der Balkan – das war doch alles unendlich weit weg, das hatte doch mit der deutschen Politik nichts zu tun. In der Hoffnung, dass ihr Sohn ihre Meinung teilen werde, sah Hanna zu ihm auf, doch er schüttelte nur stumm den Kopf. Er schien anderer Ansicht zu sein als seine Mutter, aber bevor er seine Meinung äußern konnte, löste sich ein junger Mann aus der Menschenmenge, die sie umgab. Er sprang auf eine der freien Holzbänke neben Hanna und legte beide Hände um den Mund.
»Rache für den österreichischen Thronfolger! Nieder mit Serbien!« Sein Ruf gellte über den weiten Platz vor dem Hotel. Einzelne Fäuste reckten sich plötzlich in den Himmel, der Beifall der Umstehenden wurde laut. Weder Nicolai noch Hanna klatschten.
»Nieder mit Serbien!« Die Parole, die der junge Mann aufgebracht hatte, erklang erneut und setzte sich in der Menge fort. »Es lebe der Kaiser!«
»Was soll denn das? Warum rufen die Leute so etwas? Nieder mit Serbien – es kann uns doch egal sein, was in Serbien geschieht!« Ingeborg schaute sich verständnislos um, sie wirkte zunehmend verwirrter und unruhiger. Sie war aufgestanden, ihre Wangen hatten sich gerötet. Unruhig blickte sie erst zu Hanna und dann zu Nicolai. Behutsam legte er ihr einen Arm um die Schulter.
»Du brauchst dich nicht aufzuregen, mein Liebling, es lohnt sich nicht.«
»Aber was hat das alles zu bedeuten?« Ingeborg griff nach der Zeitung, knüllte sie zusammen und warf sie in den nächsten Papierkorb. »Was geht uns die serbische Freiheitsbewegung an? Ich begreife offen gestanden nicht, was mit den Leuten hier los ist.«
Nicolai nickte. »Schon gut, Liebes, ich werde es dir erklären. Deutschland ist mit Österreich verbündet, die beiden Staaten verbindet ein militärischer Beistandspakt. Falls Österreich Serbien den Krieg erklären sollte –«
»Dann müssen wir da auch mitmachen?«

»Dann wäre Deutschland verpflichtet, bei Bedarf Truppen zur Verfügung zu stellen.«
»Was denn, unser Heer soll auf dem Balkan kämpfen? Das ist doch unmöglich. Das glaube ich nicht.« Ingeborg schüttelte den Kopf.
Hanna seufzte. »Ich glaube das auch nicht. In Berlin werden sie doch vernünftig sein und sich da raushalten. Die werden doch nicht unsere Männer und Söhne in den Krieg schicken – wegen einer Geschichte, mit der wir absolut nichts zu tun haben.«
»Aber unsere Männer würden ja nicht nur in den Krieg geschickt.« Ingeborg runzelte die Stirn. Hanna bemerkte, dass sie zitterte. »Unsere Männer würden auch sterben in einem Krieg, mit dem wir absolut nichts zu tun haben. Etliche von unseren Männern würden nicht wiederkommen. Und das alles nur, weil ein Verrückter am anderen Ende Europas einen österreichischen Herzog erschossen hat. Warum machen sie in Österreich nicht einfach jemand anders zum Thronfolger? Der Kaiser hat doch genug Verwandte.«
»Liebes, ich kann deine Aufregung ja verstehen, aber sprich bitte nicht so laut.« Nicolai drückte Ingeborgs Arm. »Das, was du da sagst, könnte missverstanden werden. Wir sind Österreichs Verbündete. Wir haben den Österreichern Beistand zu leisten. Zu einer Zusicherung, die Deutschland einem befreundeten Staat einmal gegeben hat, muss die Nation stehen. Aber noch ist ja nichts entschieden. Abgesehen von euch beiden hat bisher niemand das Wort Krieg in den Mund genommen. Vielleicht kann man ja auf diplomatischem Wege noch etwas erreichen. Dafür sind Diplomaten schließlich da.«
»Das hoffe ich sehr.« Hanna umfasste ihre Handtasche. »Wenn ich daran denke, was für einen Berg von Schulden ich mir gerade aufgehalst habe, wird mir bei der Aussicht auf einen Krieg ganz übel. Vor einer halben Stunde habe ich ein Hotel gekauft – und jetzt ermordet irgendein Vandale irgendwo in der finstersten Provinz einen österreichischen Erzherzog und bringt dadurch alle meine Träume ins Wanken. Das Leben ist manchmal ungerecht, wisst ihr das? Wenn Deutschland wirklich in

den Krieg zieht, dann ist diese Saison doch verloren. Und die nächste ist es vielleicht auch noch. Wenn wir uns mit den Serben oder wem auch immer herumschlagen müssen, dann denkt doch vorerst kein Mensch mehr daran, Urlaub an der See zu machen.«

»Es ist noch gar nicht gesagt, dass es so weit kommt, Mutter. Ich halte es für besser, wenn wir jetzt erst einmal nach Hause gehen. Lass uns das alles daheim in Ruhe besprechen, wenn wir allein miteinander sind, ja?« Während er Ingeborg beruhigend über den Rücken strich, warf Nicolai seiner Mutter einen bittenden Blick zu. Hanna seufzte und schwieg. Sicher, es war nicht ratsam, sich unnötig aufzuregen, doch die Wut, die sie über dieses überflüssige Attentat empfand, konnte sie nicht einfach so hinunterschlucken. Mit finsterem Gesicht musterte sie noch einmal die Menschenmenge, die sie umgab. Eben gerade hatte sie in der Hoffnung darauf, dass es mit der Insel weiter bergauf gehen werde, eine sündhaft teure Immobilie erworben. Und nun kam irgendein Verrückter daher und sorgte in tausenden von Kilometern Entfernung dafür, dass alle ihre Hoffnungen in Minutenschnelle zu Asche zerfielen.

Sie beobachtete, wie Nicolai Ingeborg etwas zuflüsterte. Im nächsten Moment zog er die kleine, eckige Schmuckschatulle mit dem Ring aus der Tasche seines Anzugs und klappte sie auf. Schweigend nahm er den Perlenring heraus und schob ihn Ingeborg auf den linken Ringfinger. Die betrachtete ihn einen Augenblick, dann lächelte sie endlich schwach. Im nächsten Moment tauschten die zwei einen innigen Kuss.

Hanna lächelte. Ihre Verlobung wollten sie sich offenbar nicht nehmen lassen – und das war gut so. Was sie alle drei jetzt brauchten, war eine kleine Aufheiterung. Sie machte einen Schritt auf das junge Paar zu und legte die Arme um die Schultern der beiden. »So, ihr Turteltauben, jetzt kümmern wir uns nicht um die politische Weltlage. Nach Hause gehen und uns da graue Haare über die Politik wachsen lassen, das können wir immer noch. Ich schlage vor, wir gehen jetzt doch erst mal ins Miramar hinüber. Wir wollen auf eure Verlobung

anstoßen. Einen Schluck Sekt haben wir uns jetzt wirklich verdient.«
Sie marschierte los, dem Haupteingang des Hotels entgegen. Als sie sich umdrehte, folgten Nicolai und Ingeborg ihr gehorsam. Noch war nirgends auch nur eine einzige Kanone gegen den Feind in Stellung gebracht worden. Noch konnten sich alle drohenden Katastrophen wieder in Luft auflösen. Vielleicht würde dieser Inselsommer wider Erwarten doch in Frieden vorüberziehen. Wie oft hatte schließlich nicht irgendwer in den letzten Jahren behauptet, ein Krieg stehe entweder schon vor der Tür oder in nächster Zeit auf dem Kontinent unbedingt an? Sie hoffte ganz einfach, dass alle diese Vorhersagen auch diesmal wieder falsch sein würden – sie hoffte es für sich selbst, für Ingeborg und Nicolai und für das neue Hotel, an dem ihre ganze Zukunft hing.

Richard stand am Ufer des Plöner Sees und starrte in das am Uferstreifen von Algen bedeckte Wasser. Die Sonne stand hoch an einem wolkenlosen Julihimmel. Zwei Gendarmen in Uniform stocherten draußen von einer Barke aus mit großen eisernen Haken im Wasser herum. Sie suchten nach der Leiche eines Säuglings. Eine der Mägde des nahe gelegenen Gutshofs stand unter dem Verdacht, heimlich ein Kind zur Welt gebracht und gleich nach der Geburt im See ertränkt zu haben. Nachdem man in der Kammer der jungen Frau blutige Laken und verklebtes Stroh gefunden hatte, war an diesem Morgen mit der Suche nach dem Leichnam begonnen worden. Weil die Verdächtige nicht weit vom See entfernt lebte, war der Dorfpolizist auf die Idee gekommen, seine Leute auf das Wasser hinauszuschicken, um dort nach dem toten Kind zu suchen.
Richard trat einen Schritt vom Ufer zurück.
Die Luft stand schwül über dem See. Gerade heute war die hochsommerliche Hitze schwer auszuhalten. Es fehlte der Wind, der in den letzten Tagen für etwas Abkühlung gesorgt hatte. Das Wetter belastete Richard, schon seit dem Morgen ging es ihm nicht gut. Schwere Kopfschmerzen und eine immer wieder auf-

wallende Übelkeit quälten ihn. Er war nur deshalb noch immer hier, weil der örtliche Polizeivorsteher ihn ausdrücklich darum gebeten hatte, noch zu bleiben, bis die angeforderte kriminalpolizeiliche Verstärkung aus Kiel eingetroffen war. Später bei Gericht würde es womöglich auf die Einzelheiten des Leichenfundes ankommen. Richard hatte diese Notwendigkeit schweren Herzens akzeptiert und wartete jetzt in der glühenden Mittagshitze ruhelos darauf, dass etwas geschah. Er tat seine Pflicht, doch insgeheim hoffte er inständig, dass es nicht mehr lange dauern würde, bis die Herren aus Kiel anrückten und seine Anwesenheit überflüssig machten.
Richard griff nach seinem Taschentuch und fuhr sich damit über die mit Schweißperlen bedeckte Stirn. In diesem Augenblick näherte sich in schneller Fahrt ein Automobil, das mit quietschenden Bremsen am oberen Ende der Böschung anhielt. Das mussten sie endlich sein, die Kriminalen. Er drehte sich um. Dankbar, den Blick nicht immerzu nur auf die von Algen grün gefärbte Wasseroberfläche richten zu müssen, sah er zum erhöhten Uferweg hinauf. Die Tür des Wagens öffnete sich, und heraus kletterte nicht etwa ein Kriminalbeamter, sondern seine Frau. Richard ließ das Taschentuch in seiner Hand sinken und runzelte verärgert die Stirn. Luise hatte sich einen Fahrer bestellt und war hier herausgekommen? Was mochte sie dazu bewogen haben, ausgerechnet jetzt hier aufzutauchen? Bei ihr draußen in Jarrelund konnte doch kaum etwas vorgefallen sein, was keinen Aufschub bis heute Abend geduldet hätte.
Richard machte einen Schritt auf den Fahrweg zu, überlegte es sich dann jedoch wieder anders und blieb einfach stehen. Sollte Luise doch zu ihm herunterkommen, wenn es denn unbedingt sein musste. Er würde sich jedenfalls nicht auch noch die Mühe machen, ihr entgegenzugehen. Anstatt seine Frau zu begrüßen, drehte Richard ihr den Rücken zu. Mit ernster Miene beobachtete er, wie die Barke mit den Polizisten sich Meter für Meter auf dem See vorarbeitete. Richard hörte Luise kommen, doch er wandte sich noch immer nicht zu ihr um. Wie versteinert wartete er darauf, dass sie etwas sagen würde. Sie trat neben ihn.

»Was ist hier denn los? Was machst du hier am See, Richard? Was geht hier vor sich?« Richard spürte den fragenden Blick, den Luise auf ihn gerichtet hatte.
»Das Gleiche könnte ich dich fragen.« Er runzelte missbilligend die Stirn. »Man hat mich gebeten, bei der Suche nach einer Kinderleiche dabei zu sein – als Zeuge. Und was hast du hier draußen verloren?« Richard schob sein Taschentuch in das Jackett zurück. »Woher weißt du überhaupt, dass ich hier bin?«
»Von Meta. Sie war in deinem Büro, als ich dort ankam. Freundlicherweise hat sie mir verraten, wo ich dich finden kann. Könnte ich dich bitte ein paar Minuten unter vier Augen sprechen?«
»Jetzt? Hier geht es um einen Mordfall, Luise. Ich kann nicht einfach kommen und gehen, wie es mir gerade einfällt.«
Luise schnappte nach Luft, sie wirkte unruhig, sogar ein bisschen verstört. Richard überlegte, ob er klein beigeben und mit ihr gehen sollte, doch er kam nicht dazu, ihr das anzubieten. Luises Wangen hatten sich gerötet, aufgebracht schüttelte sie den Kopf. »Was soll das heißen, du kannst nicht kommen und gehen, wie es dir gefällt? Ich bin hier, um eine wichtige Angelegenheit mit dir zu besprechen. Es geht um Ingeborg, ich mache mir große Sorgen um sie. Soll ich vielleicht unsere familiären Sorgen vor allen Leuten ausbreiten?«
Richard stutzte. Von einem Moment zum anderen wurde seine Frau geradezu unverschämt. Der Tonfall, in dem sie mit ihm sprach, missfiel ihm, er ärgerte sich auch über die Dreistigkeit, mit der sie ihn hier vor aller Ohren abkanzelte – doch leider sah er keine Möglichkeit, sie dafür jetzt zur Rechenschaft zu ziehen. Er atmete hörbar ein, schwieg aber. Die Frechheit, ihm einfach ins Gesicht zu sagen, was sie gerade fühlte und dachte, besaß Luise in letzter Zeit immer häufiger. War es das nahende Alter, das sie so widerspenstig machte? Oder lag es an der schlechten finanziellen Lage auf Jarrelund, dass sie so aufsässig war? Natürlich sah sie die Verantwortung für die Geldnöte daheim nur bei ihm. Seine Schulden drückten das Gut ja auch wirklich, auch

ihm machten seine Geldsorgen mehr und mehr zu schaffen. Ein Mann, dem täglich die Gläubiger die Haustür einrannten, um mit Pfändungen und Mahnbefehlen zu drohen, hatte vermutlich von seiner Familie nicht den gleichen Respekt zu erwarten wie jemand, der seine Rechnungen pünktlich bezahlte und den Familienfrieden damit aufrecht hielt.
Richard warf dem Polizeivorsteher, der am Ufer stand und seine Leute mit seinen Anweisungen herumscheuchte, einen kurzen Blick zu. Der Mann erteilte ständig neue Kommandos, er schien die bisher völlig ergebnislose Suche einfach nicht aufgeben zu wollen. Richard nahm Luise beim Arm und ging mit ihr ein paar Schritte beiseite. Hinter einer Gruppe Trauerweiden blieb er stehen.
»Also gut, was gibt es so Wichtiges, dass du dir eigens meinen Dienstwagen mitsamt Fahrer schnappst und hierher kommst? Weißt du, was für einen Eindruck das auf die Leute machen muss, wenn du hier mit meinem Chauffeur auftauchst?«
»Schon gut, Richard.« Luise machte sich mit einem Ruck los. »Ich bin nicht gekommen, um mir von dir Vorhaltungen machen zu lassen, zumal wenn sie nutzlos sind. Ich bin gekommen, weil ich das hier mit der Morgenpost erhalten habe. Ich bin sehr in Sorge um unsere Tochter.« Luise zog einen Umschlag aus der Tasche ihres Mantels und hielt ihn Richard hin.
»Was ist das?«
»Ein Briefumschlag, würde ich sagen. Mach ihn bitte auf.«
Richard betrachtete das Kuvert in Luises Händen. Die Handschrift auf dem Brief kam ihm bekannt vor, aber er konnte sie trotzdem nicht auf Anhieb einem bestimmten Absender zuordnen. Langsam nahm er den Umschlag an sich und zog ein gefaltetes Stück Papier daraus hervor. Es war ein Brief seines Schwiegervaters aus Glücksburg. Der alte Herr fragte an, wann denn nun mit dem Besuch von Ingeborg und ihren Eltern zu rechnen sei? Er warte schon seit einiger Zeit vergeblich auf eine Nachricht aus Jarrelund und sei ein wenig verstimmt, weil niemand ihn besuche und er auch sonst keine Mitteilungen bekommen habe. Ob jemand von ihnen etwa krank geworden sei? Oder ob

man es sich einfach anders überlegt habe und etwas später kommen wolle?
Richard ließ das Blatt Papier in seiner Hand sinken. Mit leerem Blick starrte er auf das Wasser hinaus. Luise nahm ihm den Brief aus der Hand, faltete ihn sorgfältig zusammen und schob ihn den Umschlag zurück.
»Und? Was sollen wir jetzt tun?«
»Was wir tun sollen? Dumme Frage. Das Ganze dürfte wohl ein Fall für die Polizei sein.« Richard warf Luise einen entnervten Blick zu. So naive Fragen wie diese konnte auch nur eine Frau wie die seine stellen. Ingeborg war ausgerissen – nur die Polizei würde klären können, wo sie sich derzeit herumtrieb.
»Hältst du das wirklich für richtig?«
»Ja, sicher. Was sollen wir sonst machen? Unsere Tochter verschwindet mitsamt ihrem Mädchen am helllichten Tag aus der Weltgeschichte. Wer außer der Polizei könnte da sinnvolle Nachforschungen anstellen?«
»Wir selbst, zum Beispiel.« Luise schob den Brief zurück in die Tasche ihres Kleides. »Wenn du die Polizei auf die Sache ansetzt, wird das Aufsehen erregen. Ich persönlich hoffe, dass Ingeborg nichts zugestoßen ist. Ich halte es für möglich, dass sie auf der Flucht vor der Heirat ist, zu der wir sie drängen wollen. Wahrscheinlich hat sie sich abgesetzt, um der Ehe mit dem Herrn Assessor Timmerland zu entgehen.«
»Ach, meinst du. Und wo kann sie deiner Meinung nach jetzt stecken?« Richard runzelte die Stirn. Luises Idee klang einleuchtend, aber es fiel ihm dennoch schwer, das einzugestehen. Eine Flucht der Liebe wegen, war Ingeborg das zuzutrauen? Bisher war das Mädchen doch immer gehorsam gewesen. Wohin sollte sie wohl gegangen sein – ohne Geld und eine Bleibe, ohne jemanden, der ihr Beistand leistete? Er schüttelte den Kopf. »Ich weiß nicht, ob unsere Tochter so etwas tun würde. Ich kann mir keinen Ort vorstellen, an dem Ingeborg lange allein durchkäme.«
»Sie könnte zum Beispiel nach Sylt gefahren sein, zu Hanna. Die beiden mögen einander sehr.« Luise warf Richard einen kur-

zen, prüfenden Seitenblick zu. Sie hatte Richard damals nach ihrem Inselurlaub von Hanna und dem Café auf Sylt erzählt, auch ein paar Andeutungen im Hinblick auf Nicolai hatte sie gemacht, war dann aber ganz bewusst auf diese Geschichte nie zurückgekommen. Sie wusste genau, dass Richard auf seine Halbschwester noch immer nicht gut zu sprechen war, auch nach all der Zeit nicht, die sie einander nun schon nicht mehr gesehen hatten. In Richards Augen lebte die Schande, die Hanna der Familie damals mit ihrer unehelichen Schwangerschaft bereitet hatte, weiter fort.

Luise sah zu, wie Richard die Augenbrauen hob und ihr einen zweifelnden Blick zuwarf. »Ingeborg soll zu Hanna gefahren sein? Brillanter Einfall. Und ihr Mädchen hat sie mitgenommen, oder wie?« Richard lachte kurz und bitter. »Das ist doch absurd, Luise. Was sollten die beiden denn auf Sylt wollen? Ottilie brüht als Kaltmamsell im Friesencafé meiner Schwester den Tee auf, und Ingeborg geht ihr in der Küche zur Hand – stellst du dir das so vor? Das ist doch alles Unsinn, Luise. Ingeborg müsste dümmer sein, als sie ist, wenn sie sich für diese Möglichkeit entschieden hätte.«

»Ich habe nicht gesagt, dass ich Ottilie auch auf Sylt vermute, Richard. Ingeborgs Mädchen hat aufgrund unserer Zahlungsschwierigkeiten seit mindestens drei Monaten ihren Lohn nicht bekommen. Wenn Ingeborg ausgerissen ist, hat Ottilie vielleicht beschlossen, nicht freiwillig nach Jarrelund zurückzukehren. Sie musste befürchten, dass wir ihr die Schuld an Ingeborgs Verschwinden zuschieben. Das zu ertragen, wenn man drei Monate keinen Lohn mehr von seiner Herrschaft gesehen hat, ist schon ziemlich schwer. Da ist es viel einfacher, unterzutauchen und andernorts in Stellung zu gehen.«

»Unsere Tochter und Ottilie sind also ausgerissen. Und du meinst, Ottilie lässt alle ihre Habseligkeiten auf Jarrelund zurück und macht sich aus dem Staub? Ohne Zeugnis von mir? Das glaube ich nicht.« Richard schüttelte den Kopf. Ganz von der Hand zu weisen waren Luises Vermutungen jedoch nicht – wenn da nicht die Sache mit Ottilie gewesen wäre, hätte er sich

mit Luises Verdacht vielleicht sogar ernsthaft auseinander gesetzt.
Luise schob die Hände in die Taschen ihres kurzärmligen Kleides. »Natürlich habe ich keine Beweise für meine Annahme. Trotzdem glaube ich, dass Ingeborg nach Sylt gefahren ist. Mein Gefühl sagt mir, dass sie dort ist. Sie wird Ottilie irgendwo unterwegs zurückgelassen haben. Und das Mädchen hat sich dann nicht getraut, uns davon zu unterrichten. Wenn wir wie beabsichtigt vor vier Wochen nach Glücksburg zu meinem Vater gefahren wären, hätten wir das Verschwinden der beiden im Übrigen viel eher bemerkt.«
»Ich war dienstlich daran gehindert, zum vorgesehenen Zeitpunkt nach Glücksburg zu fahren, das weißt du. Wer kann denn auch ahnen, dass unsere Tochter solche Dummheiten macht?«
Richard fuhr sich mit einer Hand über das Gesicht. Es war ihm unangenehm, aber der Schweiß trat ihm aus allen Poren. Diese Hitze hier draußen machte ihm wirklich schwer zu schaffen. Als Erstes musste er Luise loswerden. Danach würde er sich ein schattiges Plätzchen suchen und dort die Ankunft der Kriminalen aus Kiel abwarten.
Er nickte Luise zu. »Du meinst also wirklich, die Aussicht auf eine Verbindung mit Gregor Timmerland hat Ingeborg dazu gebracht, sich in die Arme meiner Schwester zu flüchten? Sie weiß doch, dass ich keine gute Meinung von Hanna habe.«
»Entschuldige, aber das dürfte Ingeborg nicht sonderlich beeindrucken. Hanna hat dasselbe getan wie Ingeborg. Auch sie ist von zu Hause ausgerissen – damals vor zwanzig Jahren. Sie wird Verständnis für Ingeborg haben.«
»Hanna war schwanger seinerzeit. Sie erwartete ein uneheliches Kind. Das war eine besonders heikle Situation für sie. Ingeborg dagegen –«
»Ingeborg soll sich mit einem Mann verloben, den sie nicht liebt. Das ist auch eine große Belastung für eine junge Frau, die so viele Erwartungen an das Leben hat wie Ingeborg.«
Richard seufzte leise. »Also gut. Ich werde nach Sylt fahren und nachsehen, ob sie dort ist. Hanna einen Brief zu schreiben hätte

wohl nicht viel Sinn. Sie würde mir doch nicht antworten, schätze ich.«
Luise zuckte mit den Achseln. »Das weiß ich nicht. Ich weiß nur, dass du dich beeilen musst.«
»Warum?«
»Ingeborg wird demnächst einundzwanzig Jahre alt. Dann ist sie volljährig.«
»Ja, und?« Richard griff sich an den Kragen seines Hemdes, um ihn etwas zu lockern. »Was macht das für einen Unterschied, ob sie zwanzig oder einundzwanzig ist?«
»Mit einundzwanzig Jahren kann Ingeborg heiraten, wen sie will.«
»Und wenn schon. Sie weigert sich doch gerade zu heiraten. Ich verstehe nicht, was ihr Geburtstag mit dieser Sache zu tun hat.«
Luise lächelte flüchtig. »Ingeborg weigert sich, Gregor Timmerland zu heiraten, das ist richtig. Sie will ihn nicht, weil sie ihn nicht liebt. Aber für Hannas Sohn hat sie einiges übrig. Die beiden jungen Leute schreiben sich schon seit Jahren heimlich Briefe, Richard.«
»Sie schreiben sich?«
»Ja, allerdings.«
»Und das hast du geduldet?«
Luise schwieg. Sie warf ihrem Mann nur einen kurzen Blick zu. Richard bemerkte sehr wohl das triumphierende Lächeln, das dabei um ihre Mundwinkel spielte. Ihr schien es zu gefallen, was Ingeborg da ausgeheckt hatte. Womöglich hatte sie das schamlose Treiben hinter seinem Rücken auch noch gedeckt. Richard spürte, wie Ärger in ihm aufwallte, doch bevor er den loswerden konnte, begann Luise erneut zu sprechen.
»Ingeborg gehört einer anderen Generation an als du und ich, Richard.« Sie verschränkte die Arme vor dem Oberkörper. »Unsere Tochter will aus Liebe heiraten – und nicht, weil ihre Eltern zahlungsunfähig sind und einen reichen Schwiegersohn brauchen. Das Mädchen ist eigensinnig. Wenn sie nur lange genug durchhält, wird sie ihren Willen auch bekommen, das sagt mir mein Gefühl. Und mein Gefühl irrt sich selten.«

Luise wandte sich ab und ging zum Wagen, der am Uferweg auf sie wartete. Richard blieb am Fuß der Böschung zurück, wortlos starrte er vor sich hin. Nicolai, Hannas Sohn – das war der Mann, dem das Herz seiner Tochter gehören sollte? Der Junge war ein Bastard ohne standesgemäße Herkunft. Richard sah zu Boden, er versuchte sich ein Bild von dem Neffen zu machen, den er noch niemals zuvor gesehen hatte. Er stellte ihn sich als einen rothaarigen, sommersprossigen und schlaksigen Kerl vor, als jemanden, der Friesisch sprach, nach Fisch stank und sich benahm wie ein Bauerntölpel. Richard schüttelte sich, um das Bild vor seinem inneren Auge zu verscheuchen. Das alles durfte nicht wahr sein. Er hatte das Gefühl, als würde sein ganzer aufgestauter Zorn ihn packen und zu Boden drücken, doch er wehrte sich standhaft gegen seine Gefühle. Es lag am Wetter, dass er so reagierte, wenn nur diese Hitze nicht wäre, dann könnte er eher einen klaren Gedanken fassen. Mit offenem Mund stand er da und rang nach Luft. Die stickige Schwüle des Hochsommertages erschlug ihn beinahe.
Richard hob den Kopf und atmete so tief durch wie möglich, er wollte das Gefühl der Enge vertreiben, das er im Brustkorb spürte.
Nein, so leicht gab er sich nicht geschlagen. Er würde retten, was noch zu retten war. Er würde nach Sylt fahren und Ingeborg zurückholen – und wenn es das Letzte auf dieser Welt sein sollte, was er überhaupt noch tun würde.

Der Wind zauste ihr Haar, die Sonne wärmte sie, und über der Insel lag der Duft nach salzigem Meerwasser, den Ingeborg so liebte. Bei solchem Wetter fuhr sie gerne Fahrrad – ärgerlich war nur, dass sie noch nie auf einem Herrenrad gesessen hatte. Nicolais Drahtesel war ein Stück zu groß für sie. Die blöde Stange zwischen dem Sattel und dem Lenker störte sie zusätzlich, sie war nichts weiter als ein Hindernis, nur dazu da, ihr das Leben schwer zu machen. Solange sie auf dem sandigen Weg geradeaus fuhr, ging es ja noch, aber wehe, sie wollte auf- oder absteigen, dann wurde es schwierig. Dabei durfte ihr gerade heute nichts passieren. Sie war auf dem Weg zur Schneiderin, um ihr Brautkleid anmessen zu lassen. Dort wollte sie nach Möglichkeit heil ankommen und sich nicht noch bei einem Sturz vom Fahrrad die Beine aufschrammen.

Ingeborg trat etwas schneller in die Pedale. Um drei war sie bei der Schneiderin in Westerland angemeldet. Ein Brautkleid mit schmaler Taille und weit schwingendem Überrock wollte sie haben, unter dem ein zweiter, schmaler und bodenlanger Rock hervorschauen sollte. Am liebsten sollte das Ganze aus schneeweißer Seide sein, vorausgesetzt, der Stoff erwies sich als bezahlbar.

Während sie leise ein Lied vor sich hin summte, nahm sie den nächsten Hügel in Angriff. Der Wind frischte auf und erschwerte ihr die Strampelei, aber viel machte ihr das nicht mehr aus, der Ortseingang von Westerland war ja schon in Sichtweite. Friedlich lag das Städtchen im hellen Sonnenlicht des frühen Nachmittags. Vom Wasser kommend strich der Wind über die grünen und weißen Köpfe der Dünen im Hintergrund. Ingeborg radelte an den hellen Häusern der Stadt vorüber, es ging jetzt über breitere Wege. Reetdachhäuser gab es in Westerland kaum noch, hier wurden inzwischen nur noch mehrstöckige Villen mit Erkern und Balkonen gebaut. Stadthäuser, wie man sie in dieser Bauweise auch in Hamburg oder Berlin finden konnte, reihten sich aneinander. Insgeheim beneidete Ingeborg die Westerländer um den Komfort, der in ihrer Stadt herrschte. Sie fand es ausgesprochen schade, dass Hanna sich ausgerechnet in einem langweiligen Dorf wie Kampen und nicht stattdessen in dem prächtigen Kurort Westerland ein Hotel gekauft hatte. Ingeborg seufzte. Wie gerne würde sie das ganze Jahr über in einer kleinen, lebendigen Stadt wie dieser hier leben!

Während sie sich ausmalte, wie es wohl sein mochte, in Westerland ein Hotel zu haben, nahm sie aus den Augenwinkeln plötzlich ein Pferdefuhrwerk wahr, das um die nächste Ecke kam. Sie musste einen kleinen Moment unaufmerksam gewesen sein, denn sie hatte den mit Milchkannen beladenen Karren nicht rechtzeitig bemerkt. Der Wagen befand sich auf ihrer Seite der ungepflasterten Straße, er kam ihr genau entgegen. Ingeborg wollte bremsen, doch die Handbremse sprach nicht an. Sie riss den Lenker ihres Fahrrads zur Seite, um dem Fuhrwerk auszuweichen, verhedderte sich in den Stoffbahnen ihres Rockes und geriet dabei ins Schlingern. Das Fahrrad kippelte, der Mann auf dem Kutschbock schrie etwas, was sie nicht verstand, er hatte seine Peitsche erhoben und drohte ihr damit. Ingeborg versuchte noch einmal zu bremsen und ihr Gefährt zur anderen Straßenseite zu lenken, doch dafür war es jetzt zu spät. Sie konnte das schwere Herrenrad nicht mehr halten und kippte damit um. Die Pferde bäumten sich auf, während Ingeborg in den rutschigen Sand der Straße fiel. Obwohl sie versuchte, sich mit den Händen abzustützen, landete sie unsanft auf dem mit Steinen durchsetzten Untergrund. Das Fahrrad ging krachend hinter ihr zu Boden. Ein paar Sekunden lag sie still und wartete darauf, jeden Moment von Hufen zertrampelt zu werden. Sie hörte das Knirschen von Bremsen, die Pferde wieherten, Sand spritzte auf und hüllte sie in eine Wolke aus Staub. Ingeborg barg den Kopf schützend in den Händen, doch nichts geschah. Nachdem sie angsterfüllt noch einen Augenblick gewartet hatte, richtete sie sich vorsichtig auf. Genau vor ihr standen schnaubend die beiden dunklen Pferde mit dem Milchkarren, der Wagen war nur wenig vor ihr zum Stehen gekommen. Etwas benommen saß sie auf der Straße und starrte auf das Gefährt, bis der Kutscher des Milchwagens plötzlich neben ihr auftauchte und sie am Oberarm packte. Er zerrte sie hoch, mit aller Gewalt brachte er sie dazu, sich aufzurichten. Der breite Kerl mit dem rötlich schimmernden Backenbart beschimpfte sie lauthals, doch Ingeborg hörte kaum auf das, was er sagte. Ihre Knie schmerzten, und ganz sicher bluteten sie auch, sie spürte das Pochen und Brennen der offenen Wunden an beiden Beinen. Auf dem Gehweg waren mittlerweile Leute stehen geblieben und starrten sie an. Während der Kutscher noch immer in harschem Tonfall auf sie einredete, überquerte ein älterer Herr die Fahrbahn. Er kam heran und drängte sich zwischen sie und den Kutscher. »Nun lassen Sie es mal gut sein, ja? Sehen Sie denn nicht, dass die junge Dame verletzt ist? Sie hätten ja auch besser aufpassen können.« Der ältere Herr im vornehmen Zweireiher bückte sich und hob das verbogene Etwas auf, das einmal Nicolais Fahrrad gewesen war. Er lehnte es an den nächsten Gartenzaun und kehrte dann zu Ingeborg zurück, die ihn schweigend beobachtet hatte. Der Herr griff in sein Jackett, holte seine Brieftasche heraus und drückte dem Kutscher ein Geldstück in die Hand. Der betrachtete die Münze und schob sie dann in seine Hosentasche. Ärgerlich vor sich hin brummelnd kletterte er wieder auf seinen Kutschbock.

Ingeborg hob den Saum ihres Rockes ein kleines Stück und betrachtete den Schaden. Es war genau das passiert, was sie hatte vermeiden wollen. Ihre Knie waren beide aufgeschrammt, und auch ihre Handflächen bluteten. Während sie ihre Wunden begutachtete, lehnte der ältere Herr sich ein Stück vor und warf einen Blick auf ihre Beine. Ingeborg erschrak, sie ließ den Saum ihres Rockes fallen. Bisher war er ja sehr freundlich gewesen, aber einen Blick unter ihre Röcke wollte sie ihm trotzdem nicht gewähren. Er schien sein Benehmen nicht zu bedauern, keck schmunzelte er sie an. »Sie haben sich verletzt, mein Fräulein. Sie brauchen einen Arzt.«

Ingeborg lächelte tapfer und schüttelte den Kopf. »Ach nein, das ist nichts weiter. Nur ein paar Schrammen, das wird schon wieder.« Energisch klopfte sie sich den Staub von der Kleidung. Der neue Rock hatte auch etwas abbekommen, der Schlitz an der Seite war ein Stück weit aufgerissen.

»Ihre Hände bluten. Erlauben Sie mir, Sie zu einem Arzt zu bringen. Mir wäre wohler, wenn jemand nach Ihnen sieht, bevor Sie weiterfahren.« Der Fremde schaute sich um, als würde er den Arzt, der seiner Meinung nach gebraucht wurde, hier in der Nähe vermuten. Ingeborg betrachtete ihre Hände, die beide mit Blut verschmiert waren. Sicher waren das nur Schürfwunden, mehr nicht, aber vielleicht sollte sie sich trotzdem einen Verband anlegen lassen. Mit den kaputten Händen und den blutenden Knien würde es schwierig werden, nach Kampen zurückzuradeln. In diesem Moment verbeugte sich ihr Gegenüber. »Ich habe mich Ihnen noch gar nicht vorgestellt. Ulf von Benthin ist mein Name, Freiherr von und zu Benthin, um genau zu sein.« Er kam etwas näher heran und senkte die Stimme, als wolle er ihr etwas ganz besonders Vertrauliches mitteilen. »Wenn Sie aus der Sache mit dem Unfall noch etwas machen wollen, mein Sohn ist Anwalt in Husum. Ich gebe Ihnen gern seine Adresse. Dieser Stinkstiefel von einem Kutscher hätte es verdient, dass ihm einmal jemand die Meinung sagt.« Ingeborg schüttelte den Kopf, sie wollte das Angebot ablehnen und Herrn von Benthin erklären, dass sie der kaputten Fahrradbremse die Schuld an dem Unfall gab, doch er wartete nicht auf ihre Antwort. Er richtete sich auf und streckte Ingeborg hilfsbereit die Hand hin. »Kommen Sie, ich kenne hier ganz in der Nähe jemanden, der Sie verarzten wird.« Benthin nahm ihren Arm und führte sie über die Straße. Ingeborg humpelte mit ihm auf die andere Seite hinüber, nur mühsam konnte sie mithalten. Herr von Benthin schlug mit ihr den Weg zu den Villen am Ende der Straße ein, strammen Schrittes marschierte er das Trottoir hinunter. Ingeborg war froh, als er das Gartentor zu einem hohen, weißen Haus mit zwei Lorbeerbäumen vor dem Portal aufstieß. Ihr Begleiter half ihr die Treppe zum Eingang hinauf, öffnete die Tür und durchquerte mit seinem Schützling einen langen Hausflur, dessen Wände mit falschem Marmor und großen Spiegeln verkleidet waren. Er schien sich auszukennen, zielstrebig hielt er auf eine der Wohnungstüren im Erdgeschoss zu. Die von ihm angesteuerte Tür war offen. Gleich nachdem sie eingetreten waren, drängte Herr von Benthin Ingeborg dazu, auf einem Korbstuhl Platz zu nehmen, der in der Diele stand.

»Holla! Niemand daheim?« Benthin marschierte den Flur hinunter, der mit handgemalten Landschaftsansichten in matten Ölfarben geschmückt war. Der abgetretene, einfarbige Teppich und die vergilbte Tapete gaben dem Raum etwas Düsteres, aber immerhin standen hier Stühle, auf denen man sich ausruhen konnte.

Während Ingeborg sich setzte, erschien am anderen Ende der Diele die Gestalt eines jüngeren Mannes in einem weißen Kittel. »Tut mir Leid, aber wir haben heute Nachmittag keine Sprechstunde«, rief er ihnen gleich entgegen. Ingeborg sah sofort, dass es Johannes Lehmann war, der in diesem Haus offenbar praktizierte, er dagegen schien sie nicht auf Anhieb wieder zu erkennen.

Herr von Benthin schüttelte den Kopf, er wollte anscheinend gerade zu einem Protest ansetzen, doch Doktor Lehmann kam ihm zuvor, indem er ein freundliches Lächelte aufsetzte. »Ach, Herr von Benthin, Sie sind es? Guten Tag. Wen haben Sie denn da mitgebracht?« Er ging neben Ingeborgs Stuhl in die Hocke und schaute sie an. »Na sieh mal her, das ist doch meine schöne Reisebegleiterin, nicht wahr? Das Fräulein Ingeborg erscheint in meiner Praxis, das nenne ich eine Überraschung. Ich hatte schon befürchtet, ich würde Sie nicht wieder sehen. Wo haben Sie so lange gesteckt? Ich bin jeden Tag über die Promenade gewandert und habe nach Ihnen Ausschau gehalten.«

Johannes Lehmann streckte die Hand aus. Ingeborg griff danach und schüttelte sie kurz. Sie erwiderte sein Lächeln. »Ja, so sieht man sich wieder, Herr Doktor. Das hier ist also Ihre Praxis? Draußen stand ein ganz anderer Name an der Tür.«

Johannes Lehmann sah sie über den Rand seiner Brille hinweg an. »Das stimmt. Noch gehört die Praxis einem Kollegen, aber der will sich im nächsten Monat zur Ruhe setzen. Dann wird auch das Türschild ausgewechselt.«

»Die Herrschaften kennen sich?« Benthin rückte den Hut gerade und schaute verwundert. »Na gut, umso besser. Sie müssen die junge Dame verarzten, Herr Doktor. Sie ist vom Fahrrad gefallen und wäre fast unter die Räder eines Milchkarrens geraten. Holen Sie Jod und heißes Wasser, und walten Sie Ihres Amtes. Ich kann leider nicht bleiben, weil ich meine Frau vom Kurhaus abholen muss. Wenn ich nicht pünktlich bin, gibt es Ärger.«

Johannes Lehmann stand auf und reichte Ingeborg einen Arm. »Natürlich kümmere ich mich um die junge Dame. Können Sie aufstehen und mich in das Sprechzimmer begleiten, Fräulein Ingeborg?«

»Natürlich kann sie das. Wie sollte sie sonst hierher gekommen sein, wenn nicht zu Fuß?« Benthin stieß mit einem Ruck die Tür zum Behandlungszimmer auf. Ingeborg humpelte zu der Liege hinüber, die dort am Fenster stand. Sie schaute sich um und stellte fest, dass der ganze Raum um sie herum wie frisch gewaschen wirkte. Alles hier war weiß – es gab weiße Schränke, einen Paravent, der mit weißem Stoff bespannt war, zwei weiß gestrichene Stühle und natürlich weiße Gardinen vor den Fenstern. Nur das Linoleum auf dem Fußboden war graubraun und brachte zusammen mit dem grünlichen Lampenschirm der Gasleuchte an der Decke eine Andeutung von Farbe in das Sprechzimmer.

»Vielen Dank, Herr von Benthin. Fräulein Ingeborg und ich kommen jetzt allein zurecht.« Johannes Lehmann nickte dem Freiherrn zu, der etwas unschlüssig an der Tür stand. Der Freiherr zog sich ein Stück zurück. »Also gut, dann gehe ich jetzt. Die Rechnung für die Behandlung der jungen Dame geht an mich, nicht wahr, Herr Doktor?« Von Benthin zückte den Hut zum Gruß.

»Sehr großzügig von Ihnen, aber das wird nicht nötig sein. Das Geld für ein paar Tropfen Jod und eine Mullbinde kann ich noch erübrigen, schätze ich.« Doktor Lehmann nickte dem Freiherrn zu, der sich mit einer knappen Verbeugung entfernte. Kurze Zeit später fiel die Wohnungstür hinter ihm ins Schloss. Johannes Lehmann lächelte. »Ein netter Mensch, der Herr von Benthin. Immer freundlich, immer guter Laune. Seine Frau ist bei mir in Behandlung, sie nimmt hier eine Badekur. Und nun spielt er auch noch die Glücksfee und bringt Sie in meine Praxis. Das ist fast zu gut, um wahr zu sein, oder?« Johannes Lehmann hielt Ingeborg ein kleines Fläschchen mit einer bräunlichen Flüssigkeit unter die Nase. »Jetzt werde ich ein bisschen Jod auf Ihre schönen Knie tun und das Bein danach abtasten. Wenn alles in Ordnung ist, bekommen Sie bloß noch einen netten kleinen Verband angelegt und können dann gehen. Einverstanden?«

»Mir bleibt ja wohl nicht viel anderes übrig, als einverstanden zu sein.« Zögernd hob Ingeborg ihren Rocksaum. »Aber ich gehorche nur, weil Sie Arzt sind.«

»Heißt das, dass Sie sich lieber Ihren Rock ruinieren würden, als mir freiwillig Ihre schönen Beine zu zeigen?« Lehmann lachte. »Das wäre eine bodenlose Dummheit, mein Fräulein. Jetzt brennt es gleich ein bisschen, aber wenn Sie brav sind, dürfen Sie dafür hinterher auf der Promenade eine Tasse Schokolade mit dem Herrn Doktor trinken. Na, was halten Sie davon?«
Anstatt zu antworten, verzog Ingeborg das Gesicht. Das Jod brannte so scheußlich, dass es ihr die Tränen in die Augen trieb. Johannes Lehmann stellte die Flasche beiseite. »Schon geschafft. Jetzt noch ein kleiner Mullverband, und dann wird das schon wieder. Wie ist es, kommen Sie mit mir auf die Promenade?«
»Das würde ich gern, aber leider habe ich keine Zeit. Ich habe heute Nachmittag noch eine wichtige Verabredung, die ich nicht versäumen möchte.«
»Eine wichtige Verabredung? Welche Verabredung könnte wichtiger sein als die, die Sie mit mir haben?« Er beugte sich über Ingeborgs Knie und bewegte es vorsichtig ein wenig.
Ingeborg lächelte, aber sie schwieg.
»Na gut, Sie wollen es mir nicht verraten, also lassen Sie es. Ich komme schon dahinter, warum Sie nicht mir mit ausgehen möchten.«
Johannes Lehmann ließ ihr Knie los und legte eine Hand unter Ingeborgs Kinn, so dass sie ihm genau in die Augen schauen musste. »Lektion Nummer eins: Gehorche immer dem Herrn Doktor, wenn du seine Lieblingspatientin bleiben willst.«
Bevor Ingeborg dazu etwas sagen konnte, half Lehmann ihr von der Liege. »Einen kleinen Moment, ich hole nur mein Jackett.«
»Ihr Jackett? Wozu denn das? Ich habe doch schon gesagt, dass ich keine Zeit habe, um mit Ihnen Kaffee zu trinken.«
»Das habe ich verstanden. Und deshalb werde ich jetzt mein Jackett holen und anspannen lassen. Ich werde Sie nach Hause bringen. Oder glauben Sie ernsthaft, dass ich Sie heute noch einmal Fahrrad fahren lasse? Mit den Knien bestimmt nicht! Sie müssen sich schonen!«
Johannes Lehmann verschwand, und Ingeborg blieb allein zu-

rück. Mit dem Besuch bei der Schneiderin würde es heute wohl nichts mehr werden. Aber das war nicht das Schlimmste, dort konnte sie auch morgen noch hinfahren. Schlimmer war, dass sie offensichtlich einen Verehrer hatte, den sie momentan eigentlich gar nicht brauchen konnte. Andererseits, was konnte es schon schaden, wenn man sich von einem netten Herrn nach Hause bringen ließ, zumal wenn man zwei bandagierte Knie und zwei zerschundene Hände sein Eigen nannte?

Kapitel 13

Hanna strich noch einmal glättend über das blütenweiße Tischtuch, das sie in der guten Stube aufgelegt hatte. Das Mädchen rumorte nebenan in der Küche mit den Pfannen herum. Scholle mit warmem Specksalat sollte es geben, vorweg die berühmte friesische Hochzeitssuppe. Als Nachtisch hatte Hanna eigens die Buttermilchspeise mit Vanillesauce gemacht, die Nicolai so gerne mochte.

Hanna trat einen Schritt zurück und begutachtete ihr Werk. Das silberne Besteck auf dem Tisch funkelte im Kerzenlicht, die Weingläser schimmerten, die gestärkten Servietten lagen akkurat gefaltet neben den Platztellern aus Messing. Durch das geöffnete Fenster strömte die milde Abendluft herein, das Zirpen der Grillen war zu hören. Hanna holte noch einmal tief Luft. Nervös zupfte sie den Stehkragen ihrer Spitzenbluse zurecht. Alles war fertig und sah sehr feierlich aus. Falls das Mädchen draußen in der Küche den Fisch nicht verpatzte, konnte das Festmahl beginnen. Hanna warf einen Blick auf die Standuhr neben der Anrichte. Zwei Minuten vor acht. Es polterte auf der Treppe, Nicolais Stimme war zu hören. Ingeborg lachte im Hintergrund. Im nächsten Moment stießen die beiden auch schon die Tür auf.

Hanna ging ihnen entgegen. »Guten Abend. Kommt herein und setzt euch, ihr zwei. Ich habe mir gedacht, ihr nehmt die Plätze am Fenster. Ich hole schon mal den Wein.«

»Für wen ist denn das vierte Gedeck? Erwartest du noch Besuch?« Nicolai deutete auf den Platz neben Hanna, der vom Mädchen mit eingedeckt worden war.

Hanna, die schon auf halbem Weg zur Küche gewesen war, blieb im Türrahmen stehen und drehte sich zu ihrem Sohn um. Sie lächelte vorsichtig. »Ja, weißt du, ich habe zur Feier des Tages tatsächlich noch jemanden eingeladen. Wo ich doch gerade das Hotel gekauft habe – ich denke, wenn sich so etwas Großes ereignet, dann sollte die Familie den Anlass ruhig miteinander feiern.« Hanna wartete darauf, dass Nicolai weitere Fragen stellen würde, stattdessen war es Ingeborg, die sie misstrauisch musterte. »Die Familie soll miteinander feiern? Wie meinst du das? Du hast doch nicht etwa meine Eltern hierher eingeladen, oder?«

»Aber nein, Liebes. Du hast mich gebeten, niemandem zu verraten, wo du bist – und das habe ich auch nicht getan. Was das anbelangt, respektiere ich deine Entscheidung vollkommen. Von mir erfährt niemand in Jarrelund ein Wort.«

Ingeborg nickte, sie wirkte erleichtert. »Da bin ich beruhigt. Ich danke dir. Aber wer kommt denn sonst zum Abendessen?«

»Ja, also es ist vielleicht etwas überraschend für euch, aber …« Hanna verstummte, weil in diesem Moment der Türklopfer betätigt wurde. Sie wandte sich ab und eilte durch den Flur zur Haustür. War es richtig so, wie sie es jetzt machte? Oder hätte sie diesen Augenblick für alle Beteiligten besser vorbereiten müssen? Eigentlich hatte sie sich vorgenommen, diesen Abend mit Nicolai vorher zu besprechen, aber dann war so vieles dazwischengekommen.

Hanna strich noch einmal ihren Rock glatt.

Sie hatte die Begegnung zwischen Vater und Sohn wiederholt hinausgezögert, so lange wie nur irgend möglich. Einige Male hatte sie sich schon mit Thomas getroffen und ihn dabei, was seine erste Begegnung mit Nicolai anging, immer wieder vertröstet. Noch länger hatte sie ihn aber einfach nicht hinhalten können. Wenn sie das gute Einvernehmen, das mittlerweile zwischen ihnen beiden herrschte, nicht gefährden wollte, dann musste sie Vater und Sohn jetzt zusammenführen.

Hanna holte noch einmal tief Luft und öffnete dann die Tür. Thomas reichte ihr lächelnd die Hand. Er trug einen dreiteiligen, dunkelblauen Kammgarnanzug. Die lindgrüne Krawatte, die er dazu ausgewählt hatte, stand ihm ausgesprochen gut. Er nahm den Hut ab und küsste ihr die Hand, ganz der Mann von Welt, gab er sich formvollendet wie immer.

»Guten Abend, Hanna. Vielen Dank, dass ich kommen durfte.« Thomas nickte ihr zu, er strahlte sie geradezu an. »Die sind für dich.« Er reichte ihr ein üppiges Bouquet aus gelben Lilien,

kunstvoll von weißen Fresien umrahmt. Sprachlos nahm Hanna den großen Strauß entgegen. So herrliche Blumen hatte sie schon seit einer Ewigkeit von niemandem mehr geschenkt bekommen.
»Ich danke dir. Dafür hast du doch ein kleines Vermögen ausgegeben, oder?«
»Und wenn schon. Hauptsache, der Strauß gefällt dir. Ich habe übrigens auch eine Kleinigkeit für meine zukünftige Schwiegertochter mitgebracht. Was meinst du, mag sie Pralinen? Es ist kein besonders einfallsreiches Geschenk, aber ich kenne die Vorlieben der jungen Dame ja auch noch nicht.« Thomas hob eine Schachtel an, auf der eine große Schleife prangte. Hanna erkannte, dass die Süßigkeiten, die er schlicht als Pralinen bezeichnete, allerfeinste Sahnetrüffel von dem Königlich-Kaiserlichen Hoflieferanten Layser und Sohn waren. Der noble Konditormeister hatte vor kurzem sehr zum Stolz der Westerländer ein Geschäft in der Nähe der Strandpromenade eröffnet.
Hanna lächelte. »Diese Pralinen wird Ingeborg sicherlich mögen, Thomas. Was unserem Kaiser schmeckt, wird sie nicht verschmähen. Komm doch rein. Ich mache dich mit deinem Sohn und seiner Verlobten bekannt.«
Hanna führte ihren Gast in die gute Stube, in der Nicolai und Ingeborg schon erwartungsvoll am Tisch saßen. Das junge Paar erhob sich in dem Moment, in dem Thomas Eckermann den Raum betrat. Neugierig standen sie da und warteten darauf, dass Hanna ihnen den Neuankömmling vorstellte. Hanna schwieg jedoch, sie suchte nach den passenden Worten für die Begegnung. Ihr war bewusst, wie sehr es jetzt darauf ankam, den richtigen Ton zu finden. Warum war es nur so schwierig, den jungen Leuten die Wahrheit über Thomas zu sagen? Sie musste sich für das, was vor zwanzig Jahren geschehen war, doch jetzt nicht mehr schämen. In ihrer Jugend hatte sie sich einen Fehltritt geleistet, aber das war lange her. Mittlerweile war sie eine gestandene Frau, sie hatte dem Leben das Beste abgetrotzt und dabei bewiesen, wie tüchtig sie war.
Hanna räusperte sich. Sie versuchte zu lächeln, spürte aber

selbst, dass es ihr nicht recht gelang. Schließlich nahm sie Thomas am Arm und trat mit ihm an den Tisch heran. »Also, ich möchte euch beiden Thomas Eckermann vorstellen. Er ist Rechtsanwalt und kommt aus Flensburg. Thomas und ich sind alte Bekannte.« Hanna verstummte. Es klang seltsam, was sie da erzählte – dabei war sie doch sonst nicht auf den Mund gefallen. Die Situation war aber auch merkwürdig. Ihr halbes Leben lang hatte sie mit einer Lüge zugebracht – mit der Lüge von dem ertrunkenen Seemann, der Nicolais Vater gewesen war und dem ein ungnädiges Schicksal es nicht mehr erlaubt hatte, seine Familienpflichten gegenüber Frau und Sohn zu erfüllen. Mit dieser Lüge jetzt aufräumen zu müssen fiel ihr schwerer, als sie geglaubt hatte.

Einen Moment lang blieb es still. Dann lachte Thomas leise. Er musterte Hanna mit einem kurzen Seitenblick. Offenbar besaß die Situation in seinen Augen etwas Komisches. Hanna schlug den Blick nieder. Thomas hatte sie mit seinem Gelächter endgültig aus dem Konzept gebracht. Jetzt fiel ihr bestimmt nichts mehr ein, was sie vernünftigerweise sagen könnte. Da sie keine Anstalten machte weiterzusprechen, tat Thomas es an ihrer Stelle. Er lächelte Nicolai über den Tisch hinweg an. »Also ich glaube, das Beste ist, wenn ich meine Vorstellung selbst übernehme, nicht wahr, Hanna? Hanna und ich sind nämlich nicht nur alte Bekannte. Ich bin dein Vater, Nicolai.«

Hanna hob den Kopf. Sie sah, wie Nicolais Augen sich vor Überraschung weiteten. Er schien etwas sagen zu wollen, doch Thomas ließ ihn nicht zu Wort kommen, sondern fuhr fort: »Du bist sicher erstaunt, mich hier zu sehen, nachdem ich zwanzig Jahre nichts von mir habe hören lassen. Es tut mir sehr Leid, dass wir uns nicht früher kennen gelernt haben. Ich weiß, es war falsch, mich so lange nicht zu melden. Ich hoffe aber, dass du und deine zukünftige Ehefrau mir trotzdem die Möglichkeit gebt, mich mit euch anzufreunden und Versäumtes nachzuholen.«

Thomas verstummte. Im Raum war es so still, dass man eine Stecknadel hätte zu Boden fallen hören können. Nicolai sah Ingeborg an, aber die wirkte verwirrt und ratlos. Nachdem ein paar Sekunden lang niemand zu sprechen gewagt hatte, schüttelte Nicolai langsam den Kopf. »Sie wollen mein Vater sein? Tut mir Leid, aber das glaube ich Ihnen nicht. Mein Vater ist nämlich tot. Er war Steuermann an Bord eines englischen Viermasters, der bei einem Sturm im Ärmelkanal gekentert ist.«

»Diese Geschichte habe ich dir erzählt, als du noch ein Kind warst, Nicolai.« Hanna versuchte den Blick ihres Sohnes aufzufangen. »Du solltest den Gedanken, ohne einen Vater aufwachsen zu müssen, leichter ertragen. Den Steuermann an Bord eines englischen Schiffes hat es in unserer Familie nie gegeben, den habe ich erfunden. Das Ganze war eine Lüge.« Hanna beobachtete, wie Nicolai wieder den Kopf schüttelte.

»Das glaube ich dir nicht, Mutter. Großvater hat mir dieselbe Geschichte erzählt. Willst du behaupten, dass er auch gelogen hat?«

»Ja, das hat er – schweren Herzens, weil ich ihn darum gebeten habe. Du warst damals noch sehr klein, Nico. Du warst ein Kind. Ich wollte dir nicht das Gefühl geben, dass dein Vater uns nicht hätte haben wollen. Es war bequemer für mich, einfach zu lügen. Ich habe es getan.«

»Ich glaube es einfach nicht.«

»Es stimmt aber. Es ist die Wahrheit, mein Junge.« Hanna trat vor und umklammerte die Rückenlehne ihres Stuhls. Sie fühlte, wie der alte Schmerz wieder in ihr erwachte. Die Trauer über ihre unerfüllte Liebe zu Thomas, der Kummer darüber, dass sie ihrem Sohn keine sorgenfreie Kindheit hatte bieten können – es war nicht gerade angenehm, diese Erinnerungen aufwärmen zu müssen. Sie wünschte sich nichts sehnlicher, als dass sie diesen Teil des Abends bald hinter sich hätten, damit sie im Anschluss daran ein paar Stunden in friedlicher Atmosphäre miteinander verbringen konnten. Noch aber war es offensichtlich nicht so weit. Nicolai wirkte verärgert, er holte tief Luft und betrachtete Thomas Eckermann von Kopf bis Fuß. Er tat so, als sehe er sein Gegenüber gerade jetzt zum ersten Mal.

»Sie wollen also mein Vater sein. Viel weiß ich nicht von Ihnen, aber dass Sie ein Feigling sind, das steht für mich fest. Sie können nicht für einen Groschen Anstand im Leib haben, sonst hätten Sie meine Mutter nicht sitzen lassen, oder? Haben Sie sie nicht geliebt? Oder warum haben Sie sie im Stich gelassen – immerhin zu einem Zeitpunkt, als sie schwanger war? Vor allem möchte ich wissen, warum Sie gerade jetzt hierher kommen. Was wollen Sie von uns?«

Thomas Eckermann öffnete den Mund, er wollte antworten, doch Nicolai hob die Hand und brachte ihn mit dieser Geste zum Schweigen. »Sie brauchen mir nichts zu erklären. Was auch immer Ihre Gründe gewesen sein mögen, meine Mutter nicht geheiratet zu haben – jämmerlich ist das Bild, das Sie abgegeben haben, auf jeden Fall.«

»Nicolai, bitte! Sprich nicht in diesem Ton mit deinem Vater!« Hanna schaute ihren Sohn ärgerlich an. Er war dabei, ihnen allen den Abend zu verderben – doch Nicolai schien das nicht zu stören. Er erwiderte ihren Blick, ohne Reue zu zeigen, er lächelte kühl.

Thomas Eckermann dagegen wirkte ruhig, er schien entweder nicht beleidigt zu sein oder ließ es sich nicht anmerken. Langsam nickte er. »Du hast Recht, mein Junge, ich war feige seinerzeit. Heute weiß ich das. Aber damals, mit einundzwanzig Jahren, hatte ich nicht das Gefühl, mir aussuchen zu können, was ich tun oder lassen wollte. Ich hatte kein eigenes Geld, sondern war vollkommen abhängig von meinen Eltern – und die hatten mir eine Heirat vor Abschluss des Studiums streng untersagt. Ich habe deine Mutter geliebt, aber ich habe den Fehler begangen, diese Liebe kampflos aufzugeben. Dass ich damit viel verloren hatte, wurde mir erst später klar. Mit einundzwanzig Jahren hatte ich noch nicht genug Mut und Verstand, um meine Situation richtig einzuschätzen. Ich will nicht behaupten, dass ich seinerzeit anständig gehandelt habe, das bestimmt nicht. Aber die Lage war für mich damals schwieriger, als du es dir vielleicht vorstellst.«

»Aha, schwierig war sie also für Sie, die Lage. Und was glauben Sie, wie es für meine Mutter war, als Sie sich einfach vor Ihrer

Verantwortung gedrückt haben? Ich würde mein Mädchen bestimmt nicht verlassen, wenn es ein Kind von mir erwartet. Sie haben meine Mutter sitzen gelassen und sich zwanzig Jahre nicht um uns gekümmert. Jetzt tauchen Sie hier auf, entschuldigen sich und denken, damit wäre die Sache erledigt. Das ist sie aber nicht.« Nicolai lehnte sich ein Stück über den Tisch. Er starrte Thomas Eckermann an. »Können Sie sich überhaupt vorstellen, wie das ist, wenn man auf dem Dorf ohne Vater groß wird? Für die Leute hier war ich ein Bastard und meine Mutter ein Flittchen.«

»Nico!« Hanna war blass geworden, sie kämpfte sichtlich um Fassung. Nicolais Worte trafen sie wie Keulenschläge. Meinte er wirklich, was er da sagte? Warum war er so feindselig und so unerbittlich? Darauf, dass die Stimmung zwischen Vater und Sohn zu Beginn des Abends angespannt sein würde, war sie gefasst gewesen – aber dass Nicolai derart aggressiv auf Thomas' Anwesenheit reagieren würde, hatte sie nicht erwartet. Das Ganze ging zu weit, die Art und Weise, wie Nicolai hier seine Abrechnung mit dem plötzlich aufgetauchten Vater vornahm, passte ihr nicht. Am liebsten hätte sie Thomas wieder vor die Tür gesetzt, einzig und allein, um der brisanten Auseinandersetzung zwischen Vater und Sohn ein Ende zu machen. Die letzten Tage waren anstrengend genug gewesen, dieser Abend musste nicht mit einem solchen Eklat enden. Natürlich wusste sie, dass sie den Streit zwischen Vater und Sohn mit einem Rauswurf nicht aus der Welt schaffen konnte, und beschloss deshalb, es noch einmal im Guten zu versuchen.

Hanna setzte ein vorsichtiges Lächeln auf. »Bleibt bitte ruhig, ihr beiden. Vergiss dich nicht, Nicolai. Ich habe dich zu einem anständigen jungen Mann erzogen, also benimm dich gefälligst auch so. Nehmt jetzt Platz und lasst uns in Muße über alles sprechen. Ich werde das Mädchen bitten, uns den Wein zu bringen.«

»Die Mühe kannst du dir sparen, Mutter.« Nicolai trat einen Schritt zurück. »Ich denke nicht im Traum daran, jetzt und hier mit dem Herrn Rechtsanwalt zu Abend zu essen. Von mir aus kann er hingehen, wo der Pfeffer wächst. Seinetwegen habe ich

zwanzig Jahre lang den Spott der Jungen in der Nachbarschaft ertragen. Zwanzig Jahre lang war ich in Kampen und Umgebung der Dorftrottel. Ich war ein Ausgestoßener, derjenige, auf dem immer alle herumhackten. Sämtliche Hänseleien in der Dorfschule galten mir, dem Jungen, den der Esel im Galopp verloren hatte.«
»Nicolai, bitte. Hör auf damit, lass es gut sein. Ich bin sicher, dass Herr Eckermann längst verstanden hat, was du ihm sagen wolltest.« Ingeborg warf Nicolai einen beschwörenden Blick zu. Ihr Gesicht hatte einen gequälten Ausdruck angenommen, es verletzte sie, auf diese Weise mit Nicolais Kindheitserinnerungen konfrontiert zu werden. Nicolai sah sie an, er nahm ihre Hand und drückte sie sanft, doch im nächsten Augenblick wandte er sich schon wieder Thomas Eckermann zu. »Ich bin mir nicht sicher, dass der Herr Rechtsanwalt weiß, wie das ist, wenn man als Außenseiter aufwächst. Zigeunerjunge, haben sie mich gerufen, Matrosenbastard. Weil bei uns zu Hause das Geld knapp war, habe ich sommers wie winters die gleichen Pantinen und zu kurze Hosen getragen, Herr Eckermann. Wenn auf dem Schulhof einer verdroschen wurde, dann war ich das. Wo waren Sie damals, als Ihr Sohn jedermanns Prügelknabe war? Was haben Sie getrieben, als ich Ihren Schutz und Ihre Unterstützung gebraucht hätte? Mittlerweile bin ich zum Glück erwachsen. Ich habe meiner Mutter so gut ich konnte jahrelang zur Seite gestanden. Wir beide haben uns eine Existenz aufgebaut, die uns über Wasser hält. Und ich habe die Frau gefunden, die ich liebe. Jetzt, wo Sie sich endlich an uns erinnert haben, da brauche ich Sie nicht mehr.«
Nicolai nahm Ingeborgs Arm und zog sie mit sich zur Tür. Im ersten Moment fühlte Hanna sich wie betäubt, dann drehte sie sich um – sie wollte ihren Sohn zurückrufen. Thomas hielt sie davon ab, indem er ihr beruhigend eine Hand auf die Schulter legte. Krachend fiel die Tür hinter Nicolai und Ingeborg ins Schloss.
»Lass ihn gehen, Hanna. Er muss sich erst beruhigen. Ich werde eine andere Gelegenheit nutzen, um mit ihm allein zu sprechen. Das Ganze kam für ihn zu plötzlich.«

Hanna seufzte, dann nickte sie zögernd. »Vermutlich hast du Recht. Ich hätte ihn auf diesen Abend besser vorbereiten müssen. Er dachte, wir essen einfach nur gemütlich zu Abend und dann – weißt du, Nicolai ist sehr impulsiv, aber er hat auch sehr viele gute Eigenschaften. Du solltest nicht denken, dass er immer so kalt und abweisend ist.«
»Ich bin weit davon entfernt, so etwas zu denken, Hanna. Der Junge ist entsetzlich wütend, das ist alles. Und ich muss zugeben, dass ich seine Wut verstehen kann. Er hat es schwer gehabt ohne Vater. Dafür, dass ich ihn so allein gelassen habe als Kind, hat er es weit gebracht, finde ich. Geben wir ihm einfach etwas Zeit, um sich an die neue Lage zu gewöhnen – was meinst du?«
»Ja. Das wird wohl das Beste sein.«
Es klopfte. Das Mädchen trat ein und brachte den Wein. Obwohl es Hanna nicht leicht fiel, jetzt die Gastgeberin zu spielen, setzte sie sich gegenüber Thomas an den gedeckten Tisch und ließ sich einschenken. Sie hob ihr Glas. Ein Trinkspruch wäre jetzt fällig gewesen, doch worauf sie mit ihrem Gast trinken sollte, wusste sie nicht. Das Wiedersehen zwischen Vater und Sohn war ein Reinfall gewesen. Dem Land stand möglicherweise ein Krieg ins Haus, der alle ihre Zukunftspläne gefährden konnte. Auf die Vergangenheit zu trinken, die für sie selbst alles andere als rosig gewesen war, brachte sie auch nicht fertig. Deshalb prostete Hanna Thomas einfach nur schweigend zu.
Thomas sah sie über den Rand seines Glases hinweg an. »Darf ich mir vielleicht etwas wünschen?«
»Was denn?«
»Ich wünsche mir, dass wir beim nächsten Mal alle vier miteinander anstoßen. Vielleicht lässt sich aus uns ja doch noch so etwas Ähnliches wie ein Familie machen.«
Hanna wusste nicht, was sie dazu sagen sollte, deshalb lächelte sie nur. Sie mochte es Thomas nicht sagen, aber dass sein Wunsch in Erfüllung gehen würde, bezweifelte sie insgeheim.
»Wirst wenigstens du mir noch ein bisschen Gesellschaft leisten, Hanna?« Thomas warf ihr einen fragenden Blick zu. »Oder

wirfst du mich nach diesem gescheiterten Versöhnungsversuch hinaus?«

»Nein, das werde ich bestimmt nicht tun. Schon allein deshalb nicht, weil ich das köstliche Abendessen, das draußen in der Küche auf uns wartet, niemals alleine schaffen würde.«

»Na dann – machen wir das Beste aus unserer Zweisamkeit, nicht wahr? Auf dich, Hanna, die du von deinen Reizen und deiner Anmut in all den Jahren nichts verloren hast.«

Hanna nickte Thomas zu, spürte aber im gleichen Moment, dass sein Kompliment sie erröten ließ. Ob er es wirklich ernst meinte mit dem, was er da sagte? Gefiel sie ihm tatsächlich noch immer? Hanna musste zugeben, dass sie nichts dagegen gehabt hätte, von Thomas noch einmal umworben zu werden. Er hatte seine Fehler, aber er war ein gebildeter Mann mit viel Charme, der es verstand, einer Frau den Hof zu machen. Verstohlen musterte sie ihn aus den Augenwinkeln. Natürlich konnte aus ihnen kein Paar mehr werden, schließlich war er verheiratet. Aber andererseits, was konnte schon passieren, wenn sie heute Abend ein wenig mit ihrer ehemals großen Liebe flirtete? Sie war eine unabhängige Frau, die niemandem Rechenschaft schuldig war. Viele Jahre hatte sie ohne männliche Gesellschaft gelebt. Warum sollte sie nicht ein bisschen von den Versäumnissen der Vergangenheit nachholen dürfen – zum Beispiel heute an diesem Abend, der ihnen wider Erwarten ein so trautes Miteinander bescherte?

Ingeborg erwachte von einem ungeheuren Krachen. Unter der Wucht des Schlages schien das Haus für einen Moment zu erbeben. Ein Blitz zuckte durch den Raum und tauchte die Vorhänge am Alkoven für Sekunden in ein entsetzlich grelles, unwirkliches Licht. Ingeborg setzte sich auf und schaute zum Fenster hinüber, hinter dem sich das nächtliche Unwetter austobte. Der Regen trommelte mit voller Wucht an das Glas, während ein stürmischer Wind um das Haus pfiff.

Ingeborg schaute sich um. Wie spät mochte es sein? Sie hatte sich früh schlafen gelegt, der Kopfschmerzen wegen, die sie tags-

über gequält hatten. Eine schwüle Hitze hatte sich am Nachmittag über die Insel gelegt. Alle Welt hatte darüber geklagt und sich nach Abkühlung gesehnt – und nun war sie also da, diese Abkühlung. Ein solches Unwetter war allerdings deutlich mehr, als Ingeborg sich gewünscht hatte.
Sie rutschte aus dem Bett und angelte mit den Füßen nach ihren Pantoffeln, die auf dem Boden lagen. Am besten holte sie sich aus der Küche ein Glas Wasser, das würde sie bestimmt ein bisschen ablenken und beruhigen. Vielleicht traf sie unterwegs sogar auf Hanna oder Nicolai – sicherlich konnten die beiden bei diesem Lärm auch nicht schlafen.
Ingeborg tastete sich am Wandschrank vorbei und zur Tür hinüber. Dabei mied sie die leere Gaststube, die hinter der Tür zu ihrer Linken lag, und schlug den kürzeren Weg zum Flur ein. Wieder erhellte ein zuckender Blitz für einen kurzen Augenblick den Raum, dann folgte gleich darauf das tosende Krachen des Donners. Ingeborgs Herz klopfte heftig, eilig griff sie nach der Türklinke und drückte sie hinunter. Sie hatte gehört, dass die Friesenhäuser ihrer Reetdächer wegen bei Gewitter schnell Feuer fingen – insbesondere, wenn es lange nicht geregnet hatte, und das Stroh auf dem Dach brannte wie Zunder. Himmel, jetzt nur nicht so viel nachdenken. Das Haus hier stand schon hundert Jahre, da würde es diese eine Nacht auch noch standhalten. Mit einem Satz war Ingeborg draußen auf dem Gang, der zur Küche führte.
Um sie herum war alles still, nichts regte sich. Sie wollte gerade weitergehen, als das weiße Licht eines Blitzes durch das Oberlicht der Haustür flackerte und schlagartig den Flur in eine gespenstische Helligkeit tauchte. Ingeborg wich einen Schritt zurück. Das Krachen des darauf folgenden Donners war so laut, dass sie für einen Moment meinte, die Mauern um sie herum müssten einstürzen. Sie presste die Hände auf die Ohren und schloss die Augen, bis der Lärm etwas verebbt zu sein schien. Als sie die Augen wieder aufschlug, zitterte sie am ganzen Körper. Mein Gott noch mal, warum kam denn niemand die Treppe herunter? Draußen tobten die entfesselten Gewalten, und hier drin-

nen im Haus war es geradezu unheimlich still. Wenn sich über Jarrelund ein Unwetter entlud, dann versammelte sich jedes Mal die Dienerschaft am Kamin in der Küche. Es wurde Tee gekocht, ein Feuer entfacht und dann gemeinsam darauf gewartet, dass der Sturm nachließ. Entweder fürchtete sich in diesem Haus außer ihr niemand vor einem Gewitter – oder es war niemand außer ihr im Haus.

Ingeborg blieb stehen und überlegte. Diese Möglichkeit machte ihr Angst. Konnte es sein, dass außer ihr vielleicht wirklich niemand hier war? Nein, die anderen schliefen bestimmt bloß, obwohl sie sich nicht vorstellen konnte, wie man bei diesem Lärm einfach ruhig weiterschlafen konnte.

Ein neuer Donner rollte aus der Ferne heran. Ingeborg begann zu laufen, sie fürchtete sich, sie wollte zu Nicolai. Immer zwei Stufen auf einmal nehmend, stürmte sie die Treppe hinauf. Ohne anzuklopfen, stieß sie die Tür zu seinem Zimmer auf – doch das Bett war leer, das sah sie auf den ersten Blick.

»Nicolai!«

Ingeborg horchte, aber es kam keine Antwort. Sie lief auf den Gang zurück und zu Hannas Schlafzimmer hinüber, dessen Tür sie mit einem Ruck öffnete. Doch auch hier war alles dunkel und verlassen, der Raum war genauso leer wie der zuvor. Sie spürte, wie ihr die Tränen kamen. Das konnte doch nicht wahr sein! Warum hatten die beiden sie denn hier ganz allein gelassen? Wieso waren sie einfach weggegangen, ohne ihr ein Wort zu sagen?

Ingeborg spürte, dass sie zitterte. Sie begriff nicht, was passiert war, sie hatte keine Erklärung für das, was sich hier abspielte. Träumte sie das alles vielleicht nur? Heute Abend, als sie zu Bett gegangen war, hatte Nicolai doch noch im Garten gesessen und an einer alten Petroleumlampe herumgebastelt, deren Glaszylinder zerbrochen war. Er hatte nichts davon gesagt, dass er noch einmal fortwollte. Wohin mochte er so spät noch gegangen sein?

Es donnerte wieder. Ingeborg tastete sich zum Treppenabsatz zurück und blieb dann stehen. Sie lauschte. Von draußen kamen

Geräusche, die mit dem Gewitter nichts zu tun hatten. Da war ein Scharren an der Eingangstür, es klang, als ob jemand von außen am Holz der Doppeltür kratzte. Ingeborg schluckte, die Angst packte sie mit aller Macht. Was hatte das nun wieder zu bedeuten? Wenn Nicolai und Hanna jetzt erst nach Hause zurückkamen, dann konnten sie die Tür doch ganz einfach öffnen und eintreten.

Langsam tastete Ingeborg sich die Treppe hinunter. Trotz der Finsternis konnte sie erkennen, dass der Riegel der Haustür von innen nicht vorgelegt war. Gleich darauf war es wieder zu hören, dieses seltsame Scharren – und dann war da noch etwas, ein merkwürdiger Laut, der beinahe wie ein Stöhnen oder Jammern klang. Ingeborg fror vor Angst und Kälte, sie zitterte immer heftiger. Wer in Gottes Namen mochte sich da draußen am Haus zu schaffen machen? Kurz entschlossen griff sie nach einem der Stockschirme, die Hanna auf dem Flur in einer alten Milchkanne aufbewahrte. Sie drehte am Türgriff. Die Tür gab sofort nach und öffnete sich. Der Wind fegte einen Schwall von Regen in ihr Gesicht, bevor gleich darauf eine dunkle Gestalt auf sie zuwankte und ihr in die Arme fiel. Ingeborg ließ den Schirm fallen und schrie auf. Sie hatte Mühe, mit der Last in ihren Armen aufrecht stehen zu bleiben. Erst als ein Blitz über den Himmel zuckte und sein grelles Licht in den Hausflur warf, erkannte sie, wen sie da festhielt.

»Nicolai!« Ingeborg konnte seinen Körper kaum halten, bleischwer hing er in ihren Armen. Mit aller Kraft zog sie die leblose Gestalt ein Stück weiter in den Hausflur hinein. Draußen krachte wieder der Donner, eine Windböe schlug die Eingangstür zu. Ingeborg hätte Nicolai gern in die Küche gebracht, doch allein konnte sie ihn nicht dorthin schaffen. Behutsam legte sie ihn auf die Holzdielen im Flur, bevor sie sich neben ihn kniete.

»Nicolai, was ist los mit dir? Was ist passiert?«

Er schlug die Augen auf und schaute sie an. Ein neuer Blitz erhellte den Raum für ein paar Sekunden. Ingeborg sah, dass Blut an Nicolais Stirn klebte. Mit heiserer Stimme begann er zu sprechen.

»Ich war – oben in List, bei den Austernbecken, in der Zuchtstation. Ich wollte noch – ein paar Muscheln holen, bevor es damit vorbei ist. Der Krieg, weißt du, da leistet sich keiner Austern. Die werden ihre Zuchtbecken noch einmal leer machen, und dann ist Schluss damit.« Nicolai drehte den Kopf beiseite, er hustete kurz.
Ingeborg griff nach seiner Hand und drückte sie. »Du wolltest Austern klauen?«
Nicolai lächelte schwach. »Ja. Wir brauchen das Geld für Mutters Hotel. Es war die letzte Gelegenheit, verstehst du? Wenn der Krieg erst mal so richtig in Gang kommt, ist es vorbei mit der Austernzucht.«
Ingeborg seufzte. Sie strich Nicolai vorsichtig die Haare aus der mit angetrocknetem Blut verklebten Stirn. »Du bist verletzt. Wo tut es dir weh? Sie haben dich niedergeschlagen, nicht wahr?«
»Einer der Wächter hat mich erwischt und mir eins mit seinem Knüppel übergezogen. Er hat sogar auf mich geschossen, der Idiot.«
»Er hat was?« Ingeborg spürte, wie ihr Herz laut zu hämmern begann. »Hat er dich getroffen?«
»Nicht richtig. Ich glaube, es ist nur ein Streifschuss am rechten Arm, mehr nicht.«
Ingeborg richtete sich hastig auf. Mit zitternden Händen betastete sie Nicolais Arm. In seiner Jacke war ein Loch, darunter war es feucht, warm und klebrig. Sie betrachtete ihre Finger. Blut, alles war voller Blut, es sickerte durch Nicolais Kleidung, es kam durch das Hemd und die Jacke, die er trug. Selbst auf dem Fußboden hatte sich schon eine kleine Lache gebildet. Was sollte sie jetzt tun? Reichte es aus, wenn sie die Wunde einfach nur mit einem frischen Leinentuch verband? Nein, das reichte sicher nicht. Fleischwunden mussten gereinigt werden, wenn sie sich nicht entzünden sollten, das hatte Doktor Lehmann ihr gerade erst vor ein paar Tagen nach ihrem Fahrradunfall erklärt. Und dabei war die Schramme an ihrem Knie wirklich nichts weiter als eine Schramme gewesen. Eine Schusswunde konnte mit Sicher-

heit gefährlicher werden als eine Schürfwunde – zumal sie nicht wusste, ob die Kugel nicht vielleicht doch noch irgendwo in Nicolais Oberarm steckte. Hanna war nicht da, um ihr zu helfen, also musste sie selbst einen Arzt holen. Aber wie sollte sie das tun, jetzt, mitten in der Nacht und bei diesem furchtbaren Wetter?
Ingeborg beugte sich zu Nicolai hinunter, sie nahm sein Gesicht vorsichtig in beide Hände. »Nicolai, wir müssen zu einem Arzt, hörst du? Eine Schusswunde muss richtig versorgt werden, das kann ich nicht alleine. Hörst du mich?«
»Keinen Arzt. Hol heißes Wasser und Leinen.« Nicolais Stimme war nur ein Flüstern. »Mutter hat Jod in dem großen Küchenschrank.«
Ingeborg schüttelte den Kopf. Jod und heißes Wasser, das würde bestimmt nicht reichen. Sie hatte erlebt, wie auf Jarrelund einer der Knechte an Wundbrand gestorben war, nachdem er sich beim Mähen aus Unachtsamkeit die angerostete Sichel in den Fuß gerammt hatte. So etwas durfte Nicolai nicht passieren. Ingeborg sprang auf, sie riss Hannas Regenmantel vom Haken neben der Tür und schlüpfte hinein. Als Nächstes griff sie sich die Holzpantinen, die daneben auf dem Fußboden standen. Keine besonders gute Ausrüstung für eine Fahrt durch den nächtlichen Sturm, aber sie konnte sich jetzt nicht um ihre Garderobe kümmern. Dazu hatte sie es zu eilig.
»Ich hole Hilfe, Nico. Ich komme gleich wieder.« Ohne eine Antwort abzuwarten, riss sie die Haustür auf. Draußen regnete es noch immer, aber das Gewitter schien allmählich abzuziehen. Nur weit hinten im Osten zuckten von Zeit zu Zeit noch ein paar Blitze über den Himmel. Ingeborg lief zum Schuppen hinter dem Haus, holte Nicolais Herrenfahrrad heraus und schob es rennend zum Tor. Dieses Vehikel hatte sie hassen gelernt, doch das war jetzt egal. Nicolai hatte es repariert, sogar die Bremsen funktionierten. Sie brauchte das scheußliche Herrenrad, sie musste Hilfe holen, und das ganz schnell. Lars Brodersen, der Dorfkrämer in Braderup, besaß ein Telefon. Von dort aus würde sie mit Johannes Lehmann telefonieren können. Hauptsache, die beiden wachten auf, Hauptsache, sie konnte

Doktor Lehmann dazu bewegen, ihr mitten in der Nacht zu helfen.
Ingeborg schwang sich auf den Sattel des Fahrrades. Schon nach den ersten paar Metern froren ihr die Füße, die Feuchtigkeit kroch ihr die nackten Beine hinauf. Der Wind zerrte an ihren offenen Haaren. Obwohl sie den Regenmantel übergezogen hatte, war ihr furchtbar kalt. Jede Windböe fasste unter den Saum ihres Mantels und hob ihn ein Stück an. Ingeborg biss die Zähne zusammen und radelte weiter den Weg hinunter. Bis nach Braderup war es nicht so weit, bis dorthin musste sie es schaffen. Johannes Lehmann konnte mit dem Landauer kommen, doch wie lange würde er von Westerland nach Kampen brauchen? Zwanzig Minuten, eine halbe Stunde? Als er sie nach ihrem kleinen Fahrradunfall nach Hause gebracht hatte, hatte sie nicht auf die Uhr gesehen. Ob es auch in Braderup oder Wenningstedt einen Arzt gab? Einen mit Telefon? Brodersen würde es ihr sagen können, der musste ihr helfen.
Ingeborg duckte sich unter der nächsten Windböe, sie strampelte so kräftig sie konnte dagegen an. Vor ihr lagen der kleine Hügel und dahinter die weite Rechtskurve, welche der Weg an dieser Stelle beschrieb. Ingeborg kämpfte, sie trat in die Pedale, aber der Gegenwind war heftig. Er rauschte in den Büschen, die in der sie umgebenden Finsternis schwankten. Ingeborg war außer Atem, sie überlegte, ob sie absteigen und das Rad ein kleines Stück schieben sollte, es fuhr sich sowieso mit einem Mal so schwer. Sie schaute zum Vorderrad hinunter, blieb schließlich stehen und stieg ab. Der Vorderreifen war platt, die Luft war raus. Sie musste im Dunkeln über einen Nagel oder eine Glasscherbe gefahren sein, ohne es bemerkt zu haben.
Ingeborg schluckte, schon rollten ihr die ersten Tränen über das Gesicht. Was, wenn Nicolai jetzt verblutete? Er lag allein zu Hause in der Diele und konnte sich nicht rühren. Und sie war hier draußen in der Nacht unterwegs, um Hilfe zu holen, und kam trotz aller Mühe nicht voran. Wie weit mochte es noch sein bis Brodersens Dorfladen? In der Dunkelheit war ihr die Strecke dorthin nicht so vertraut, sie konnte nur schwer einschätzen,

wie weit sie noch zu laufen hatte, um endlich ans Ziel zu kommen. Warum musste sich gerade heute Nacht alles gegen sie verschwören?
Mit einer Mischung aus Wut und Verzweiflung packte Ingeborg den Lenker des Fahrrades. Sie wollte gerade weitergehen, als sie ein Klappern hörte. Da kam ein Pferdewagen – jetzt, mitten in der Nacht? Wer mochte bei dem Unwetter noch unterwegs sein? Egal, sie brauchte Hilfe, gleichgültig, woher sie kam und wer sie brachte. Ingeborg ließ das Fahrrad an der Böschung liegen und stellte sich in die Mitte des Wegs auf die Grasnarbe. Das war gefährlich, sie wusste das. Was, wenn der Mann auf dem Kutschbock sie in der Dunkelheit und bei dem Regen übersah? Gerade vor ein paar Tagen hatte sie die Kollision mit dem Milchwagen in Westerland nur knapp überstanden. Sich mitten in der Nacht hier auf den Weg zu stellen war ein Risiko, zumal der Regenmantel, den sie trug, genauso grau war wie die Nacht um sie herum. Trotzdem, sie musste versuchen, den Wagen anzuhalten, es ging nicht anders.
In einiger Entfernung wurden erste Schemen sichtbar, ein Zweisitzer bewegte sich durch die Dunkelheit auf Ingeborg zu. Sie hob die Arme und begann zu winken. Noch schien der Wagen die Fahrt nicht zu verlangsamen. Ingeborg riss die Arme hoch, sie schrie, doch der Sturm übertönte sie. Noch einen Moment, dann würde sie beiseite springen müssen, um den Hufen der Pferde zu entkommen, die mit unverminderter Geschwindigkeit auf sie zuhielten. Ingeborg konnte fühlen, wie die Angst in ihr mächtiger wurde – sie dachte an Flucht, aber sie blieb trotzdem, wo sie war. Sie konnte nicht aufgeben, jetzt nicht. Vielleicht ging es um Nicolais Leben. Sie musste ihn retten – und wenn es das Letzte war, was sie tat. Der Landauer rollte heran, er war jetzt zum Greifen nahe. Ingeborg konnte erkennen, dass unter dem hochgeklappten Verdeck zwei Personen in seinem Inneren saßen. Der Wind rauschte, irgendwo schrie eine Eule. Ingeborg atmete tief ein und machte sich zum Sprung bereit. Gerade in dem Augenblick, als sie einen großen Satz zur Seite machte, wurde die Kutsche langsamer. Sand wirbelte auf. Ingeborg landete auf

allen vieren neben dem Wagen auf dem grünen Seitenstreifen. Sie hörte Stimmen, im nächsten Moment beugte sich auch schon ein Mann über sie und half ihr auf. Ihr Knie schmerzte, in ihrem Kopf hämmerte es. Das Gesicht des Mannes kam Ingeborg bekannt vor, doch erst als sie Hanna sah, fiel ihr ein, dass der Fremde an ihrer Seite Nicolais Vater war. Der Rechtsanwalt und Hanna, sie waren beide hier. Jetzt würde alles gut werden. »Ingeborg, Mädchen! Was machst du hier draußen?« Hanna nahm sie bei der Hand und zog sie zum Landauer, der mitten auf dem Weg stand. Sie drängte Ingeborg in das Innere der Kutsche. Ingeborg ließ sich auf den Sitz sinken. Ihre Zähne klapperten vor Kälte und Aufregung. Sie musste sich zwingen, ruhiger zu werden, um sprechen zu können. Ingeborg presste die Hände zu Fäusten zusammen. »Nicolai – er braucht Hilfe. Er ist angeschossen worden, er liegt zu Hause. Er blutet ganz stark. Ein Arzt muss kommen. Ihr müsst Doktor Lehmann aus Westerland holen, er hat Telefon. Ihr müsst ihn anrufen, sofort.« Ingeborg warf sich nach vorn, schluchzend ließ sie sich in Hannas Arme sinken. Sie war so endlos erschöpft und müde. Aus der Ferne hörte sie noch, wie Hanna sich mit Thomas Eckermann beriet. Jetzt wird alles gut – das war alles, was sie noch denken konnte, bevor die Dunkelheit einer herannahenden Ohnmacht sie gefangen nahm.

Richard stand in seinem Ankleidezimmer und suchte nach dem blauen Seidenbinder, der so gut zu den meisten seiner Sommerhemden passte. Er konnte ihn nicht finden. Wer hatte da bloß wieder in seinem Schrank herumgewühlt? Die Krawatte konnte doch nicht einfach verschwunden sein. Er warf noch einmal einen Blick in den geöffneten Koffer, der auf dem Stuhl neben dem Fenster stand. Einen Satz frischer Hemden, den Panamahut, Socken, Unterwäsche, Zahnputzzeug und Seife, das alles hatte er inzwischen eingepackt, es fehlte nur noch eine Krawatte. Vielleicht war es das Einfachste, wenn er die dunkelblaue aus der letzten Saison mitnahm. Er fuhr ja nicht nach Sylt, um an einer Modenschau teilzunehmen, sondern um Ingeborg zurückzuholen. Insgeheim hatte er die Hoffnung darauf, dass er das Mädchen unversehrt zurückbekam, noch nicht ganz aufgegeben. Die Unschuld vor der Ehe zu verlieren war eine gefährliche Dummheit, für die junge Frauen oft einen hohen Preis zahlen mussten. Kein anständiger Bräutigam aus gutem Haus heiratete eine Frau, die das Kind eines anderen trug. Richard hatte bisher geglaubt, dass Luise wenigstens in diesem Punkt ihrer Pflicht als Mutter nachgekommen war und Ingeborg deutlich genug vor den Folgen einer vorehelichen Affäre gewarnt hatte. Doch seitdem er wusste, dass Luise jahrelang tatenlos dabei zugesehen hatte, wie das Mädchen und dieser Fischerjunge aus Kampen einander irgendwelche Briefe schrieben, zweifelte er insgeheim an Luises Fähigkeiten als Mutter. Wenn sie selber sich schon – vermutlich aus sentimentalen Gründen – nicht hatte entschließen können, dagegen einzuschreiten, warum hatte sie ihn dann nicht darum gebeten, der Sache auf vernünftige Art ein Ende zu bereiten?

Richard schüttelte den Kopf. Die Unvernunft der Frauen war grenzenlos. Wenn er daran dachte, dass ein paar wild gewordene Sozis im Reichstag sich allen Ernstes für das allgemeine Frauenwahlrecht stark machten, dann wurde er geradezu ärgerlich.

Er ging zum großen Kleiderschrank aus Eichenholz, öffnete ihn und zog die dunkelblaue Krawatte von einem der Bügel. Dann verschloss er seinen Koffer und ging damit zur Tür. Es war Zeit zum Aufbruch. Wenn er in Kiel noch den Vormittagszug bekommen wollte, durfte er nicht länger herumtrödeln. Er wurde mittags zu einer Besprechung in Schleswig erwartet und würde die Nacht dort verbringen, um am nächsten Tag nach Hoyerschleuse weiterzufahren.

Langsam stieg er die Treppe ins Erdgeschoss hinunter und fragte sich dabei insgeheim, ob die Köchin wohl diesmal daran gedacht hatte, ihm einen kleinen Imbiss für die Fahrt bereitzumachen. Er hasste es, unterwegs in zugigen, zweitklassigen Kaschemmen hastig irgendeine kalte, lieblos zusammengestellte Mahlzeit herunterschlingen zu müssen, die ihm danach für gewöhnlich noch stundenlang quer im Magen lag. Eigentlich wussten sowohl Luise als auch die Köchin das ganz genau. Auf Luise war allerdings kein Verlass mehr, die kümmerte sich immer weniger um seine Bedürfnisse. Und die Köchin war neuerdings auch renitent, wahrscheinlich weil man ihr seit einiger Zeit den Lohn nicht pünktlich hatte zahlen können.

Richard wanderte durch die Halle, sah aber nichts, was wie ein Proviantkorb aussah. Er spürte, wie seine Laune merklich sank. Im ersten Moment dachte er daran, Luise zu rufen und sie zur Rede zu stellen, doch ein Blick auf seine Taschenuhr belehrte ihn eines Besseren. Für lästige Streitereien mit seiner Frau war jetzt keine Zeit mehr. Wenn er den Zug noch bekommen wollte, musste er sich beeilen. Richard betrat die Freitreppe vor dem Haus und stellte fest, dass sein Fahrer sich zu allem Überfluss verspätete. Er hatte dem Mann gestern Abend noch fernmündlich die Weisung überbringen lassen, sich pünktlich heute Morgen hier auf Jarrelund einzufinden – aber entweder der Kerl hatte verschlafen, oder aber das Automobil streikte mal wieder. Mit dem Landauer war die Fahrt nach Kiel natürlich nicht mehr zu schaffen. Es war im wahrsten Sinne des Wortes höchste Eisenbahn für ihn.

Richard sah auf. Vorn am Tor war ein Motorengeräusch zu hören. Endlich, der Wagen kam. Er verließ die Freitreppe. Doch statt des erhofften Dienstwagens sah er den klapprigen Opel die Auffahrt heraufkommen, den Gastwirt Böhnke vom »Plöner Hof« für Kurierfahrten aller Art zu nutzen pflegte.

Richard runzelte die Stirn. Am Steuer des Gefährts saß – mit neuer Lederkappe und Handschuhen – Böhnke höchstselbst. Im Fond des Wagens kauerte hinter dem Fahrer eine einzelne Person. Richard biss sich auf die Unterlippe. Vermutlich hatte wieder einmal einer seiner Gläubiger den Weg hierher gefunden, um ihm die Hölle wegen irgendwelcher Schulden heiß zu machen, die er aus dem Stand sowieso nicht würde bezahlen können. Er überlegte, ob die Zeit noch reichte, um in eines der Wirtschaftsgebäude auf dem Hof zu flüchten. Mochte doch Luise zusehen, wie sie diesen Aasgeier von Gläubiger verscheuchte, er hatte jetzt Wichtigeres zu tun. Richard wollte gerade verschwinden, als Böhnke sein Gefährt auch schon mit kreischenden Bremsen neben ihm zum Stehen brachte. Im selben Moment entdeckte Richard auf dem Rücksitz des Wagens die Gestalt eines Mannes, den er hier jetzt wirklich nicht erwartet hatte.

»Richard, mein Lieber!« Mit ausgestreckter Hand kletterte Konrad von Waltersporn aus dem Automobil. Er strahlte eine Begeisterung aus, die er unmöglich empfinden konnte. Richard blieb stehen und starrte Konrad voll ungläubigem Staunen an. Der Mann hatte sich reichlich verändert. Er war jetzt ein ergrauter, hagerer älterer Herr in einem fadenscheinigen, blassgelben Jackett, das sackartig um seine Schultern hing. Konrad hielt sich schlecht, er ging leicht nach vorn gebeugt, sein Haar war schütter, das Gesicht schien von Falten durchzogen wie ein leerer alter Blasebalg. War er selbst in den letzten Jahren auch so rapide gealtert?

»Schön, dich zu sehen, Richard. Du hast dich gut gehalten, mein Bester.« Konrad schüttelte Richard die Hand. Er warf einen Blick auf das Gutshaus, bevor er zu lächeln begann. »Imposant, mein Lieber, imposant. Ich hätte nicht gedacht, dass du so prachtvoll residierst. Alle Achtung, Herr Landrat.«

»Konrad – ich bin offen gestanden etwas überrascht, dich zu sehen. Hattest du deinen Besuch angekündigt?«

»Nein, mein Bester, nein. Ich gebe zu, es ist ein wenig unhöflich, hier einfach so hereinzuschneien. Aber ich war gerade in der Nähe, und da dachte ich, ich schaue mal, wie es dir so geht nach all den Jahren. Viel von dir hören lassen hast du ja nicht in den letzten Monaten.« Konrad runzelte die Stirn, sein Gesicht hatte einen beleidigt wirkenden Ausdruck angenommen. Um ihm den Wind aus den Segeln zu nehmen, nickte Richard schnell. Jetzt nur nicht widersprechen, nur keinen Streit vom Zaun brechen. Er war entschlossen, sich einsichtig und reuevoll zu geben. Eine Auseinandersetzung mit Konrad war das Letzte, was er jetzt brauchen konnte. Also lächelte Richard und versuchte so zu tun, als freue er sich über das Wiedersehen mit dem alten Bekannten.

»Nein, ich habe nicht viel von mir hören lassen, das stimmt. Herr Böhnke, was bekommen Sie für die Fahrt hier heraus?« Richard trat an den Wagen und zückte sein Portemonnaie. Der Böhnke hatte gelauscht, er zuckte zusammen wie ein Schuljunge, den man beim Mogeln erwischt hatte. Richard klappte seine Geldbörse auf und warf ihm einen auffordernden Blick zu. Den Böhnke musste er schnellstens loswerden. Das alte Lästermaul durfte nicht dabeistehen und zuhören, wie Konrad mit ihm alte und zweifellos schmutzige Wäsche aus dem Berliner Sommer vor drei Jahren wusch.
Böhnke schüttelte den Kopf. »Ach das – die Fahrt meinen Sie. Nein, lassen Sie man, Herr Landrat. Der Herr ist bei mir in Logis, ich setze es auf seine Rechnung. Also dann – auf bald, meine Herren!« Böhnke tippte sich an den Rand seiner Kappe, ließ den Motor aufjaulen und ratterte die Auffahrt hinunter. Richard sah der bläulich grauen Rauchwolke hinterher, die sein Wagen zurückließ.
Was nun? Ausgerechnet heute Morgen hatte er Konrad auf dem Hals – und dabei hatte er es doch wirklich eilig, nach Sylt zu kommen. Die Fahrt noch länger hinauszuschieben würde ein unkalkulierbares Risiko bedeuten. Die Nachrichten aus dem Ausland klangen zunehmend beunruhigend, die weltpolitische Lage wurde mit jedem Tag prekärer. Der Krieg konnte stündlich ausbrechen, man rechnete mit dem Schlimmsten. Nachdem Österreich und Serbien in ihrem Streit auf diplomatischem Weg bisher nicht zu einer Einigung hatten finden können und Russland sich eingemischt hatte, wurde für Deutschland eine baldige Mobilmachung erwartet. Im Grunde traf ein militärisches Vorgehen auf Richards Zustimmung. Es war bestimmt richtig, wenn Deutschland in der momentanen Situation etwas unternahm. Die deutsche Armee war eine der besten überhaupt, sie musste sich vor niemandem verstecken – schon gar nicht vor den degenerierten Engländern und Franzosen, die es seit einiger Zeit geradezu darauf angelegt hatten, Deutschland zu provozieren. Wenn es auf dem Kontinent zum Schlagabtausch kam, so war dagegen im Prinzip nichts einzuwenden – nur gerade jetzt

passte ein Feldzug Richard nicht in sein privates Konzept. Er hatte andere Dinge zu erledigen, als auf dem Landratsamt für den Krieg zu rüsten.

Nervös griff er sich an den Kragen seines Oberhemds und lockerte ihn mit einem Griff. Was sollte er jetzt mit Konrad anfangen? Er konnte den Mann unmöglich mehrere Tage hier mit Luise allein lassen – aber noch viel weniger konnte er selbst auf Jarrelund bleiben und sich um seinen ungebetenen Gast kümmern. Richard wandte sich von Waltersporn zu, der dastand und ihn scheinbar kritisch musterte. Richard lächelte.

»Ich freue mich sehr, dass du gekommen bist, Konrad, wirklich. Nur ist es so, dass ich mich gerade im Aufbruch befinde – ich muss leider für ein paar Tage dienstlich fort. Ich darf den Zug nicht verpassen, weißt du?« Er zog die Taschenuhr aus seiner Weste und warf einen Blick auf das Zifferblatt. Ohne wahrzunehmen, wie spät es tatsächlich gerade war, schob er die Uhr in die Tasche zurück und setzte dazu ein Lächeln auf, das bedauernd wirken sollte. »Bleibst du ein paar Tage in der Gegend? Wenn ich zurück bin, würde ich mich natürlich gern ausführlich mit dir unterhalten.«

»Ob ich ein paar Tage bleibe? Das hängt davon ab, wie lange mein Geld noch reicht, alter Junge.« Konrad kam langsam näher, der Kies knirschte unter jedem seiner Schritte. Richard warf einen kurzen Blick auf Konrads Schuhe und erschrak. Konrad trug Gamaschen, doch die waren so rissig und alt, dass sie jeden Moment aus dem Leim zu gehen drohten. Konrad war doch früher immer so ausgesprochen nobel gekleidet gewesen. Warum ließ der Mann sich jetzt so gehen? War er so weit heruntergekommen, dass er sich vernünftige Kleidung nicht mehr leisten konnte?

»Ich bin derzeit ein bisschen knapp bei Kasse, weißt du?« Konrad war seinen Blicken gefolgt und schien seine Gedanken erraten zu haben. Er blieb stehen und zog eine Packung Zigaretten aus seiner Anzugtasche. Mit einer nachlässig wirkenden Geste hielt er sie Richard unter die Nase, doch der schüttelte bloß den Kopf. Früher hatte Konrad Zigarillos geraucht, das Stück zu ei-

ner Mark. Er musste wirklich sehr knapp bei Kasse sein, wenn er jetzt auf billige Glimmstängel zurückgriff.
»Du wunderst dich über mich, nicht wahr? Gib es ruhig zu, ich sehe es dir an. Ja, zwei Jahre Zuchthaus, das ist nichts, was man einfach so wegsteckt, mein Bester. Zwei Jahre als politischer Häftling in der Festung Spandau, das merkst du dir. Das ist eine Zeit, die Spuren hinterlässt. Sieh mich an, Richard. Inzwischen bin ich ein Zuchthäusler durch und durch. Dieser Gefängnisgeruch, der klebt wie Pech an mir, der geht nicht mehr ab. Mit mir ist nicht mehr viel los. Meine Frau hat sich scheiden lassen nach meiner Verurteilung. Das Ministerium hat mich unehrenhaft entlassen, unter Aberkennung des Titels und ohne Ruhestandsbezüge. Meine Wohnung am Potsdamer Platz musste ich verkaufen, um meinen Rechtsanwalt zu bezahlen, desgleichen die Möbel und meine Münzsammlung. Die Bilder, das Geschirr und die Gardinen hat Therese bei ihrem Auszug mitgehen lassen. Erinnerst du dich noch an die schöne Therese? Ich war sogar mal hier in Plön mit ihr, damals vor drei Jahren.«
Richard nickte. »Und was ist aus Jekaterina geworden?«
»Jekaterina? Die fesche Majorin, ach die. Sie hat mich immerhin noch zweimal in Spandau besucht, so viel Anstand hatte sie. Aber dann verstarb der alte von Ertelschwing. War ja vorher schon etwas vergreist, der Gute. Und eines schönen Tages kam dann irgendein reicher russischer Exilfürst daher und hat Jekaterina kurzerhand zu seiner Konkubine gemacht. Soweit ich weiß, lebt sie inzwischen in Baden-Baden. Ein wenig unmoralisch vielleicht, ihre Beziehung, aber die gute Jekaterina hat wenigstens ein Dach über dem Kopf. Das kann derzeit nicht jeder von sich sagen.«
Richard trat unruhig von einem Bein auf das andere. Der Gedanke an Jekaterinas Schicksal verstörte ihn, doch Konrads Art, ihm davon zu erzählen, verstörte ihn beinahe noch mehr. Die schöne Jekaterina hatte sicherlich etwas Besseres verdient als ein Leben an der Seite eines russischen Exilanten. Eine Spur von echtem Bedauern streifte Richard. Wenn damals nur alles nach Wunsch gegangen wäre, dann würde er jetzt mit Jekaterina

in Berlin leben und ihr all das bieten können, was sie zu ihrem Glück brauchte.
Er sah auf. Konrad lächelte ihn an, sein Lächeln wirkte spöttisch. Der Mann war ein Ekel, seine Art besaß etwas Vulgäres. Richard wunderte sich, dass ihm das früher nie aufgefallen war. Konrad stand vor ihm und lächelte weiter in sich hinein, doch der Rest seines Gesichts bewegte sich kaum dabei – es wirkte wie versteinert. »Tja, mein lieber Freund, so ist es um mich bestellt, jetzt weißt du Bescheid. Wenn von Gerstetten mich jetzt sehen könnte, müsste er doch zufrieden sein, oder? Ich habe meine Schuld ihm gegenüber abbezahlt. Wenn du einmal im Zuchthaus gesessen hast, ist das Leben in Freiheit danach nicht mehr viel wert, mein Junge. Es sei denn, du findest doch noch jemanden, der dir zumindest ein bisschen unter die Arme greift.«
Richard schluckte. Jetzt würde sie kommen, die Abrechnung. Anklagen und Vorwürfe und zu guter Letzt irgendwelche Geldforderungen. Richard fuhr sich mit einer Hand durch das Haar. »Ich verstehe deine Verbitterung, Konrad. Wir haben in jenem Sommer alle etwas übereilt gehandelt. Vielleicht hätte ich nicht einfach bei Nacht und Nebel die Stadt verlassen sollen.«
Konrad winkte ab. »Was hätte es mir genützt, wenn du dageblieben wärst? Mich hätten sie sowieso gekriegt. Ich war der Kopf der Bewegung. Der Wenzel, dieser perverse kleine Mistkerl, hat mich verpfiffen. Ich hätte so oder so dran glauben müssen, Richard.« Konrad zog an seiner Zigarette und blies den Rauch in die Luft. »Egal, vorbei ist vorbei. Ich bin durch mit der Geschichte. Obwohl – eine Kleinigkeit ist da noch. Ich brauche jetzt natürlich ein bisschen Unterstützung für den Neuanfang, das leuchtet dir sicher ein. Wenn ich mich hier so umschaue, stelle ich fest, dass es dir ziemlich gut zu gehen scheint. Du solltest mich ein wenig teilhaben lassen an deinem Wohlstand. Ein paar Tausender sollte dir mein Unglück von damals schon wert sein, finde ich. Immerhin habe ich auch für dich mit in Haft gesessen.«
Richard holte tief Luft. »Mein Wohlstand ist nur Fassade, Konrad. In Wirklichkeit stehen mir die Schulden bis zum Hals. Je-

den Tag kommt mindestens ein neuer Gläubiger, der damit droht, mir das Haus wegzunehmen.« Richard trat näher. Konrad sollte ruhig glauben, dass er ihm ein Geheimnis anvertraute. Er beugte sich ein Stück vor und senkte die Stimme. »Wenn ich jetzt Zeit hätte, könnte ich dir die Mahnbefehle zeigen, die sich auf meinem Schreibtisch stapeln. Für nächste Woche bin ich zum Regierungspräsidenten nach Schleswig bestellt. Sie werden mir womöglich meinen Posten wegnehmen. Ich bin finanziell am Ende, ob du es glaubst oder nicht. Jarrelund ist bis an die Oberkante mit Hypotheken belastet. Noch einen Winter hier draußen überstehen wir nicht. Ich kann uns nicht einmal die Kohlen kaufen, die wir zum Beheizen des Hauses brauchen würden.«

»Und deine Frau? Keine reiche Verwandtschaft, die aushelfen kann, bis es wieder etwas besser geht? Leute wie du fallen doch immer auf die Füße, Richard. So ehrgeizig wie du bist, wirst du doch nicht einfach kampflos aufgeben wollen, oder?«

Richard verzog das Gesicht. Konrads spöttischer Unterton gefiel ihm nicht. Beleidigen lassen musste er sich von einem ehemaligen Zuchthäusler nicht. Er wollte gerade zu einer heftigen Erwiderung ansetzen, doch dann überlegte er es sich anders. Konrad zu reizen war sicher nicht klug. Er wollte den Mann loswerden und nicht mit ihm streiten. Richard schaute zur Auffahrt hinüber. In diesem Moment kam endlich sein Chauffeur mit dem Dienstwagen. Erleichtert drehte Richard sich zu dem Automobil um, dessen Reifen sich knirschend durch den Kies wühlten.

Richard griff nach seinem Koffer. »Tut mir Leid, ich muss wirklich los, Konrad. Ich bleibe ja nur ein paar Tage fort. Vielleicht können wir die Angelegenheit in Ruhe besprechen, wenn ich wieder hier bin?«

»Ehrlich gesagt wäre mir an einem zügigen Arrangement sehr gelegen, Richard. Ich habe ja schon erwähnt, dass ich derzeit ein wenig knapp bei Kasse bin.«

Richard nickte. Er öffnete die Tür des Wagens, der vor ihm angehalten hatte. »Wie ich dir schon sagte, wird das alles sehr schwierig. Der Gerichtsvollzieher geht auf Jarrelund ein und aus. Die zweitausend Mark, die ich dir damals in Berlin gegeben habe, haben das Fass zum Überlaufen gebracht. Seitdem kämpfe ich nur noch gegen einen Berg Schulden. Hier ist nichts mehr zu holen.«

»So ist das also? Aha.« Konrad ließ seine Zigarette fallen und trat sie im Kies aus. »Weiß deine Frau eigentlich, womit du dich seinerzeit in Berlin beschäftigt hast, Richard? Weiß die Gnädigste, dass ihr Ehemann im Milieu der Perversen herumgewühlt hat, um den Aufstieg ins Ministerium zu schaffen?«

Die Vordertür des Automobils öffnete sich, der Chauffeur stieg aus und eilte Richard entgegen. »Guten Morgen, Herr Landrat. Entschuldigen Sie bitte die Verspätung, aber ich hatte Schwierigkeiten mit den Zündkerzen.«

Richard winkte ab. Er spürte, dass er bei Konrads letzten Worten errötet war. Er drehte sich zu seinem Fahrer um. »Es ist schon gut, keine langen Reden jetzt. Nehmen Sie mein Gepäck, wir haben es eilig.« Richard reichte dem Chauffeur seinen kleinen Reisekoffer. Er wollte einsteigen, doch Konrad stand noch immer da und wartete auf eine Antwort. Er musterte Richard mit zusammengekniffenen Augen. Zu allem Überfluss wurde jetzt auch noch die Eingangstür des Portals hinter ihm geöffnet. Luise betrat die Freitreppe vor dem Gutshaus, sie hielt einen Korb unter dem Arm. Ihre Blicke glitten zwischen ihm und Konrad hin und her.

»Du bist also noch da, Richard. Die Köchin hat dir etwas Verpflegung eingepackt. Das Essen unterwegs verträgst du doch immer so schlecht.«

»Nett von dir. Danke.« Richard eilte die Treppe hinauf, er nahm Luise den Korb ab und drückte ihr einen flüchtigen Kuss auf die Wange. Sie warf ihm einen erstaunten Blick zu, sagte jedoch nichts. Richard lief die Freitreppe wieder hinunter, griff im Vorübergehen nach Konrads Arm und zog ihn mit sich zum Wagen.

»Wir müssen jetzt wirklich los. Auf bald, Luise. Ich melde mich, wenn ich angekommen bin.« Richard riss die Tür des Automobils auf und drängte Konrad auf die Rückbank des Wagens.

»Ich nehme dich mit nach Plön, Konrad. Dann musst du nicht bis dorthin laufen.«
Wagentüren klappten. Erleichtert ließ Richard sich auf den Rücksitz sinken. Draußen auf der Freitreppe stand noch immer Luise, ihrem Gesichtsausdruck nach zu urteilen, war sie einigermaßen verblüfft über das, was sich hier abspielte, aber darum konnte er sich jetzt nicht kümmern. Wichtig war, dass sie nicht mit Konrad allein blieb. Richard winkte Luise kurz zu, bevor das Automobil die Einfahrt hinunterrollte. Konrad saß auf dem Sitz neben ihm. Er schlug langsam die Beine übereinander.
»Weißt du was, Richard? Ich habe eben beschlossen, noch ein paar Tage hier zu bleiben. Es ist doch wunderschön, euer Schleswig-Holstein im Sommer, nicht wahr?« Konrad sah zum Fenster hinaus. Richard erwiderte nichts, er schwieg eisern.
»In Berlin wartet sowieso niemand auf mich. Außerdem ist die Hitze in der Großstadt auch alles andere als angenehm. Falls du nach deiner Rückkehr von wo auch immer noch einmal mit mir sprechen möchtest – du findest mich im »Plöner Hof«, das weißt du ja. Vielleicht möchtest du doch verhindern, dass jeder in Plön erfährt, was du damals in Berlin getrieben hast, nicht wahr?«
Richard warf seinem Fahrer hinter dem Steuer einen ängstlichen Blick zu, doch Konrad gab vor, das nicht zu bemerken. Er plauderte einfach weiter. »So lange ist das alles doch gar nicht her, finde ich. Es gibt bestimmt Menschen, die es noch interessiert, was du seinerzeit in der Hauptstadt getan hast. Deine Frau zum Beispiel dürfte es interessieren. Und deine Vorgesetzten auch.«
»Ich bitte dich, Konrad, lass uns das besprechen, wenn ich wieder da bin. Hier ist ja nun wirklich nicht der geeignete Ort dafür.« Richard fuhr sich nervös mit einer Hand über die Stirn. Konrad saß da und lächelte. Es war ein hämisches Lächeln, eines, für das Richard ihn gern geohrfeigt hätte. Stattdessen beherrschte er sich mit aller Macht und wandte sich dem Fenster zu. Er sah hinaus auf die sattgrünen Weiden und die sommerlich gelben Felder, die draußen im Sonnenschein lagen. Man konnte

nur hoffen, dass Konrad sich zusammennahm und nicht mit seiner Geschichte hausieren ging, bevor er von seiner Reise zurück war.

Mein Gott, musste das Leben so anstrengend sein? Gab es denn gar keine Atempause im Kampf um das kleine bisschen Glück, das er doch nun wahrhaftig verdient hatte?

Kapitel 14

»Die Generalmobilmachung! Deutschland erklärt Russland den Krieg!« Der schwitzende Zeitungsverkäufer, der gerade eben die Stube von Pörksens Gastwirtschaft betreten hatte, drängte sich zwischen den Tischen und Stühlen hindurch. Im Vorübergehen reichte er den Gästen seine Zeitungen, von denen er immer neue Exemplare aus der schwarzen Leinentasche zog, die über seiner Schulter hing. »Die Generalmobilmachung ist da! Der Kaiser erklärt Russland den Krieg!«

Richard schaute schweigend in seine beinahe leere Kaffeetasse. Er beachtete den schreienden Mann nicht, obwohl der kurz mit einer Zeitung vor seiner Nase herumwedelte, bevor er weiterging. Dass es Krieg mit Russland gab, überraschte Richard nicht mehr. Seitdem der Zar für Serbien und gegen Österreich Partei ergriffen hatte, war nichts anderes mehr zu erwarten gewesen. Nur dass er ausgerechnet jetzt kam, der notwendige Akt der Vaterlandsverteidigung gegen die Russen, das war ihm nicht recht. Er war unterwegs in einer wichtigen Angelegenheit und deshalb darauf angewiesen, dass das tägliche Leben reibungslos funktionierte. Leider schien genau diese Reibungslosigkeit jetzt nicht mehr gewährleistet zu sein. Die Leute um ihn herum verloren mit Eintreffen der Nachricht über den Kriegsausbruch augenblicklich die Nerven. Bevor es überhaupt richtig losgegangen war dort draußen auf den Schlachtfeldern, gerieten die schon in Panik. Aus lauter Angst, nicht mehr nach Hause zurückkehren zu können, sprangen die Reisenden um ihn herum auf, sie kramten in ihren Taschen herum und rafften ihre Koffer zusammen. Ganze Heerscharen von Menschen versuchten auf einmal, aus dem Raum zu kommen. Sie drängelten, gestikulierten und schimpften. Der Wirt konnte gar nicht so schnell kassieren, wie die Leute bezahlen wollten. Männer kommandierten ihre Frauen herum, Frauen ihre Kinder, Gepäck, Spielzeug und Hüte wurden hastig eingesammelt. Das Stimmengewirr in der verräucherten Gaststube übertönte jedes andere Geräusch. Alle, die vor kurzem noch geduldig auf die Ankunft der Fähre aus Munkmarsch gewartet hatten, brachen jetzt hektisch auf und strömten zum Bahnhof zurück, um nur ja den nächsten Zug landeinwärts nicht zu verpassen.

Dann legte sich der Aufruhr, in der Stube der Gastwirtschaft wurde es ruhig.

Richard saß allein an seinem Tisch, nur ein einziger Fahrgast war außer ihm für den Dampfer nach Sylt übrig geblieben. Seinem Aussehen nach war der andere ein Einheimischer. Mit dem geringelten Pullover und der dunklen Drillichhose sah er aus wie ein echter Friese, der nach einem Festlandsaufenthalt in die Heimat zurückkehrte.

»Und Sie? Nicht zahlen, der Herr?« Der Wirt stand neben ihm, die Tasche mit dem Wechselgeld unter den Oberarm geklemmt. Richard holte ein paar Münzen aus seinem Portemonnaie und legte sie wortlos auf den Tisch. Dann nahm er seinen Koffer und ging damit hinaus auf den Vorplatz, wo er stehen blieb und sich einen Zigarillo ansteckte. Unsinnigerweise hatte er wieder zu Rauchen begonnen, und das nach all den Jahren. Als ganz junger Mann hatte er mal eine Weile geraucht und war dann wieder davon abgekommen, weil sein Hausarzt meinte, es täte ihm nicht gut -- seine dauernde Bronchitis im Winter würde schlimmer davon. Das mochte stimmen, aber seit er am Tag zuvor Konrad von Waltersporn wieder gesehen hatte, war ihm seine Bronchitis vollständig egal. Die Erinnerung an die Begegnung mit dem Freund von einst setzte ihm zu, auch hier noch, in der Ferne, wo er nicht befürchten musste, auf ihn zu treffen. Diese Sache würde er ausstehen müssen, wenn er wieder zu Hause war. Aber nicht nur die Sorge um Konrad beschäftigte ihn jetzt, da der Krieg ausgebrochen war, würde er vielleicht zu allem Überfluss auch noch einrücken müssen. Wenn sie ihn tatsächlich an die Front schickten, konnte ihm alles andere allerdings gleichgültig sein. Natürlich zweifelte er nicht wirklich daran, dass Deutschland einen Krieg mit Russland siegreich beenden würde. Aber ob er selbst heil und gesund vom Feld der Ehre zurückkehren würde, da war er sich

nicht sicher. Erwischen konnte es einen schließlich immer, davor war keiner gefeit.
Plötzlich musste Richard an seinen Vater denken. Der Mann war ein Despot gewesen, ein Patriarch, wie er im Buche stand – und dabei seltsamerweise doch ein Kriegsgegner, ein echter Pazifist. Er hatte die Feldzüge von 1871 mitgemacht und war danach fest davon überzeugt gewesen, dass niemals etwas Gutes dabei herauskam, wenn die Nationen gegeneinander zu Felde zogen. Hungersnöte, Krankheiten und Inflation – das waren die Kinder des Krieges, hatte sein Vater immer wieder behauptet. Was das anging, vertraute Richard der kaiserlichen Regierung, in der man die Dinge mit Sicherheit besser im Griff hatte als damals vor vierzig Jahren. Die Zeiten hatten sich geändert – zum Glück hatten sie das. Deutschland war inzwischen eine große Nation, ein Land, dem die Zukunft gehörte. Der Krieg gegen die Russen war notwendig, das Kaiserreich musste sich Respekt verschaffen im Kreis der Großen. Da ging es ohne ein Kräftemessen nicht ab.
Richard lächelte in sich hinein. Vielleicht würde sich der Krieg ja sogar noch zu einem echten Glücksfall für ihn erweisen. Wenn im Ministerium kriegsbedingt gute Männer fehlten – es konnte doch sein, dass man sich dann endlich mal seiner erinnerte. Doch was auch immer die Zukunft beruflich für ihn bereithalten mochte, zuerst einmal musste er Ingeborg zurückholen. Das Mädchen hatte einen anständigen Verehrer zu Hause, und der würde nicht ewig warten wollen. Die hübsche Erbschaft, die ihre verstorbenen Eltern ihr hinterlassen hatten und die jetzt noch unter Verschluss bei einem Notar in Flensburg war, wurde in Jarrelund dringend gebraucht – jetzt im Krieg noch dringender denn je. Wenn das Mädchen erst einundzwanzig war, konnte es über das Geld verfügen. Richard wollte sich lieber nicht ausmalen, was Ingeborg damit anstellen würde, wenn man sie gewähren ließe. Er musste sie zur Vernunft bringen, damit die Dinge endlich wieder halbwegs ins Lot kamen.
Richard griff nach seinem Koffer und schlenderte damit zur Mole hinüber. Am Horizont zeichnete sich die dunkle Rauch-

wolke ab, die der Raddampfer »Freya« hinter sich herzog. Langsam näherte sich das Schiff dem Kanal, der in den Hafen von Hoyerschleuse mündete. Das Wasser lag spiegelglatt und graublau da, die Küste mit ihren grünen Marschwiesen wirkte friedlich und still. Ein paar einsame Brachvögel zogen schreiend ihre Kreise über dem menschenleeren Hafen. Richard schaute zu, wie das Fährschiff der Sylter Dampfschifffahrtsgesellschaft sich langsam näherte. An Bord schien das gleiche Gewühl zu herrschen, das er soeben in der Gaststätte erlebt hatte. Die Passagiere mussten noch vor der Abfahrt in Munkmarsch vom Kriegsausbruch gehört haben – zumindest benahmen sie sich genauso hysterisch wie die Meute, mit der er bis eben im Gasthaus gesessen hatte. Männer und Frauen liefen auf dem Deck hin und her und sammelten ihr Gepäck zusammen. Obwohl das Schiff noch gar nicht am Ziel war, schien schon alles von Bord drängen zu wollen.

Schweigend sah Richard zu, wie der Dampfer an Fahrt verlor und schließlich anlegte. Die »Freya« hatte kaum festgemacht, als die Menschen auch schon an Land strömten, jeder wollte offenbar als Erster das Festland betreten.

Richard wartete gelassen ab, bis die Flut von Passagieren um ihn herum verebbt war. Erst als der letzte Fahrgast in Richtung Bahnhof verschwunden war, stieg er die kleine Holztreppe hinauf, die an Bord führte. Oben an Deck stand ein Mann in der Uniform seiner Reederei und musterte ihn von Kopf bis Fuß. Richard ließ sich nicht beirren, er trat näher und nickte ihm freundlich zu.

»Sie fahren heute noch nach Munkmarsch zurück, Herr Kapitän?« Richard setzte sein schönstes Lächeln auf. Er hatte keine Ahnung, ob er es hier wirklich mit dem Kapitän in Person zu tun hatte, aber das spielte keine Rolle. Wichtig war ihm nur, die Passage nach Sylt zu bekommen – und dafür hieß es, sich bei jedem Uniformierten an Bord einzuschmeicheln. Der Mann in seiner goldbetressten Jacke verschränkte die Hände auf dem Rücken.

»Das hängt ganz davon ab, welche Order ich hier von meiner Reederei vorfinde.«

»Können Sie mich nicht in jedem Fall auf die Insel bringen? Ich bezahle die Passage natürlich.«

»Wozu? Ich meine – was wollen Sie auf Sylt? Haben Sie nicht gehört, dass es Krieg gibt? In ein paar Tagen werden die Seebäder geschlossen sein – der strategischen Lage wegen, Sie verstehen. Als Badeinsel wird es Sylt eine Weile nicht mehr geben.«

»Das mag sein – aber noch ist es doch nicht ganz so weit, oder?« Richard zog das Etui mit den Zigarillos hervor, öffnete es und bot dem Mann daraus an. Der schüttelte aber den Kopf. »Danke nein, ich rauche nur Pfeife. Sie haben Recht, noch sind die Seebäder nicht geschlossen. Aber die Anordnung zur Schließung wird kommen, das ist nur noch eine Frage der Zeit. Sylt ist einfach zu dicht dran am Feind.«

»Der Feind liegt im Osten.« Richard klappte sein Zigarilloetui zu.

»Tatsächlich? Und die Engländer? Sie glauben doch nicht im Ernst, dass die sich raushalten werden. Die können uns Deutsche nicht ausstehen, das haben sie oft genug bewiesen. Deutschland wird sich an zwei Fronten bewähren müssen. Jetzt ist nicht die richtige Zeit, um Urlaub zu machen, glauben Sie mir.«

Richard nickte. Der Mann hatte Recht mit dem, was er über den Krieg sagte. Es würde nicht bei einer Front bleiben. Man würde Deutschland von zwei Seiten in die Zange nehmen. Schweigend schaute Richard den Uniformierten an. Der legte ihm im nächsten Moment eine Hand auf die Schulter und beugte sich vor, als wolle er einem guten, alten Freund einen Rat erteilen. »Fahren Sie nach Hause, und vergessen Sie vorerst Ihren Urlaub. Da wird nichts mehr draus. Die Seebäder werden dichtgemacht, das steht fest wie das Amen in der Kirche.«

»Ich würde gern nach Hause fahren, aber das geht leider nicht.« Richard schüttelte den Kopf. »Tatsächlich habe gar nicht vor, auf Sylt Urlaub zu machen. Für mich gibt es etwas Dringendes auf der Insel zu erledigen, und dafür brauche ich – na, sagen wir – zwei bis drei Tage. Dann kehre ich sofort freiwillig auf das Festland zurück.« Richard griff in sein Jackett und zog seine

Brieftasche daraus hervor. »Wie wäre es – könnte ich Sie mit einer kleinen Entschädigung dazu bewegen, mich mitzunehmen? Noch ist es doch nicht offiziell verboten, Passagiere nach Sylt zu bringen, oder? Ich bin durchaus bereit, unter diesen besonderen Umständen einen besonderen Preis für die Fahrt zu zahlen.«
»So, sind Sie das.« Der Mann in Uniform musterte ihn noch einmal mit einem durchdringenden Blick – geringschätzig, wie es Richard schien. Er schien ihm längst nicht mehr so wohlgesonnen zu sein wie zu Beginn des Gesprächs. Vielleicht hielt er Richard für einen Drückeberger, für jemanden, der sich vor dem Dienst für das Vaterland auf eine abgelegene Insel flüchten wollte. Sah er so aus? Ein gestandener Mann wie er ergriff nicht die Flucht – schon gar nicht jetzt, wo der Feind noch nicht einmal an den Grenzen des Landes stand.
Richard runzelte die Stirn, er wollte etwas sagen, doch sein Gegenüber kam ihm zuvor, indem er die Hand hob und mit dem Zeigefinger auf Richards Oberkörper tippte. »Sie haben wohl nicht ein Stück Vaterlandsliebe im Leib, was? Auf dem Festland wird jetzt jede Hand gebraucht, das dürfte doch wohl klar sein. Jeder wehrfähige Mann ist ein Schild gegen den Feind. Je mehr Freiwillige zu den Waffen greifen, desto größer sind unsere Aussichten gegen die Übermacht im Osten. Einer solchen Verantwortung entzieht man sich nicht einfach, indem man in der Weltgeschichte herumreist.«
Richard schob die Brieftasche in die Innentasche des Jacketts zurück. Dem Mann war mit Geld offenbar nicht beizukommen. Dieses sinnlose Geplänkel kostete nur Zeit und brachte nichts ein. Richard schaute einen Augenblick lang schweigend zu, wie einer der Matrosen daranging, das Vorderdeck aufzuräumen. Er sammelte Papiertüten, alte Zeitungen und weggeworfene Fahrkarten ein und stopfte dann alles in einen Eimer, dessen Henkel er über seinen Arm geschoben hatte. Richard wandte sich ab, noch einmal warf er dem anderen einen prüfenden Blick zu. »Ich werde keinen Badeurlaub machen, das können Sie mir glauben. In zwei bis drei Tagen werde ich Sylt wieder verlassen haben. Ich muss einer wichtigen Privatangelegenheit wegen

dorthin, doch sobald die erledigt ist, kehre ich auf das Festland zurück. Sie haben mein Wort darauf. Also, was ist? Nehmen Sie mich nun mit oder nicht?«

Der Seemann lächelte plötzlich, aber er wirkte alles andere als freundlich dabei. Ein hämischer Ausdruck lag auf seinem Gesicht, als er sich Richard zuwandte und dabei eine Hand hob. Für den Bruchteil einer Sekunde fürchtete Richard, sein Gegenüber werde ihn angreifen, doch nichts dergleichen passierte. Der Mann ließ die Hand einfach wieder sinken. »Wissen Sie, ich habe prinzipiell etwas gegen Feiglinge.«

Richard nickte. »Ich auch. Aber ich bin kein Feigling. Mein Name ist Richard von Lassen. Ich bin Landrat in Plön. Sobald ich meine Geschäfte auf Sylt erledigt habe, kehre ich zurück in meinen Landkreis.«

»Und ich bin Seine Majestät der Kaiser persönlich. Gehen Sie, sehen Sie zu, dass Sie nach Hause kommen wie alle anderen auch. Putzen Sie Ihre Stiefel, und warten Sie auf Ihren Einberufungsbescheid.« Der Seemann wandte sich ab. Richard spürte, wie der kalte Zorn ihn packte. Was bildete er sich eigentlich ein, dieser alberne Operettenkapitän? Wer war er denn schon? Er hatte einen kleinen Passagierdampfer zu dirigieren – nicht viel mehr als eine Nussschale im Vergleich zu den riesigen Pötten aus Stahl und Eisen, die heutzutage die Ozeane überquerten. Dieser Mann und sein Hochmut waren unerträglich – das Dumme war nur, dass er auf gerade diesen Menschen angewiesen war. Wenn dieser eingebildete Stinkstiefel ihn nicht mitnahm, dann würde er eine ganze Nacht hier an Land verbringen und den nächsten Morgen abwarten müssen – allerdings ohne Garantie darauf, dass man ihn dann endlich zur Insel übersetzen würde.

Richard griff noch einmal in sein Jackett und holte einen Fünfzigmarkschein hervor, ein ganz neues Exemplar, das noch druckfrisch und unbenutzt wirkte. Er setzte dem Mann nach und hielt ihm den Schein von hinten unter die Nase, so dicht, dass er das Papier gar nicht übersehen konnte.

»Was ist? Wollen Sie es sich nicht noch einmal überlegen? Fünfzig Mark für Sie allein, wenn Sie mich mitfahren lassen.«

Der Mann blieb stehen, er drehte sich um. Mit zusammengekniffenen Augen sah er Richard wortlos an. Auf seinem Gesicht spiegelte sich deutlich der Widerwillen, den er empfand. Einen Moment lang war es völlig still, dann reckte er den Hals, er sah sich um. Das Vorderdeck war menschenleer, weit und breit war niemand zu sehen. Er machte ein paar Schritte und blieb dann vor einer Kiste stehen, auf der in weißer Schrift das Wort »Rettungswesten« stand. Er nahm das Vorhängeschloss der Kiste ab und öffnete sie.
»Hier rein.«
Richard schluckte. »Was denn? Ich soll da reinklettern? Warum denn das?«
»Ich will keinen Ärger haben, verstanden? Klettern Sie rein, und halten Sie den Mund, bis ich Sie rauslasse. Nicht dass es heißt, ich hätte gegen die Vorschriften verstoßen. Wer garantiert mir denn, dass Sie kein Spion sind? Weiß ich, was Sie da drüben vorhaben? Also, rein in die Kiste, oder Sie bleiben an Land. Mir ist es egal. Überlegen Sie sich, was Sie wollen, aber schnell.«
Richard kam zögernd näher. Er blickte hinunter auf das Durcheinander von Schwimmwesten, die in der länglichen Kiste lagen. Schweigend reichte er dem Seemann seinen Geldschein, bevor er mit seinem kleinen Handkoffer in die Kiste kletterte. Er hatte sich kaum hingelegt, als der Deckel über ihm auch schon krachend zugeworfen wurde. Schlagartig herrschte absolute Finsternis. In dem Kasten stank es nach Tran und feuchtem Moder. Trotz der Wärme draußen war es in seinem Gefängnis eng, dunkel und klamm. Richard hörte den Uniformierten mit dem Vorhängeschloss hantieren. Es überlief ihn kalt. So weit war es also gekommen. Er war der Gefangene dieses seltsamen Menschen, der den Dampfer hier befehligte und sich nebenbei gebärdete wie Napoleon auf See. Dieser Kerl da draußen hatte ihn in der Hand. Was, wenn er die Kiste drüben in Munkmarsch einfach nicht wieder öffnete? Wenn er wollte, konnte dieser Mensch ihn doch hier verschimmeln lassen.
Richard versuchte, seine Beine etwas weiter auszustrecken. Er stieß sich das Knie und seufzte leise. Wenn man ihn nicht wie-

der rausließ, würde er sich schon bemerkbar machen, er würde schreien und klopfen. Irgendwer würde ihn dann schon hören – oder?

»Ich glaube, es war ein Fehler.« Hanna warf Thiess Meinert, der ihr in der leeren Hotelhalle gegenüberstand, einen fragenden Blick zu, doch der blieb stumm. Sie rollte die Bauzeichnung zusammen, die der Architekt vom Festland ihr heute Morgen kurz vor seiner Abreise in die Hand gedrückt hatte. »Wir kommen wieder, wenn der Krieg vorbei ist«, hatte der Herr Architekt zum Abschied gesagt. »Ein bis höchstens zwei Wochen, und dann sind wir wieder bei Ihnen – zusammen mit den Maurern, den Stuckateuren und den Anstreichern vom Festland. Sie werden sehen, in ein bis zwei Wochen spricht niemand mehr von diesem Krieg. In spätestens einem Monat ist dieses kleine Geplänkel mit den Serben da unten auf dem Balkan schon Geschichte.«

Von wegen.

Hanna hatte den Herrn Architekten am Bahnhof von Kampen stehen und mit dem Hut winken sehen, als die Inselbahn einrollte. Ob der Krieg nun ein bis zwei Wochen oder auch ein halbes Jahr dauerte, war egal, diese Saison war nicht mehr zu retten, so oder so. Es war August, in einem Monat würde der Sommer vorbei sein. Im September kehrte keiner mehr vom Festland auf die Insel zurück, um noch ein paar schöne Tage am Meer zu verbringen. Das Geld, das sie in den letzten vier Wochen der ausstehenden Saison mit dem Friesencafé noch hatte erwirtschaften wollen, würde in ihrer Kasse fehlen. Und wenn der Krieg doch länger dauerte, als jetzt prophezeit wurde, dann würde auch im nächsten Jahr keiner kommen. Vielleicht nicht einmal im übernächsten. Sie würde ihr Hotel nicht renovieren und schon gar nicht abbezahlen können. Monatelang würde stattdessen in der Geldbörse der frisch gebackenen Hotelbesitzerin Hanna Boysen Ebbe herrschen. Hanna schüttelte den Kopf. Dieser Hotelkauf war ein einziger Fehler gewesen, vielleicht ihr größter überhaupt.

»Das läuft sich schon zurecht, Frau Boysen. Jetzt man nicht die Flinte zu früh ins Korn werfen. Der Krieg kann ja nicht ewig dauern, der geht doch vorbei. Alles hat seine Zeit – so sagt man doch, nicht wahr? Die Leute werden wiederkommen. Unsere Insel hat nichts von ihrer Schönheit verloren. Dieser ganze Schlamassel mit den Russen, der wird mit ein bisschen Getöse an uns vorbeiziehen. Viel Lärm um nichts. Warten Sie mal ab, das wird schon.« Thiess Meinert setzte seinen Hut auf. »Ich werd mal nach Wenningstedt rüberwandern und mir die Zeitung von heute holen. Mal hören, was es Neues auf dem Festland gibt. Bis dann also.«

Hanna sah schweigend zu, wie Meinert durch die Halle davonstapfte. Der Mann hatte gut reden, er war ja erst einmal aus dem Schneider. Befreit von seinen Schulden und in Lohn und Brot bei ihr – da konnte er getrost abwarten, was geschah.

Hanna schob die Papierrolle mit der Bauzeichnung unter ihren Arm. Vermutlich konnte sie die jetzt ins Feuer stecken. Nur gut, dass sie den Handwerkern vom Festland noch keine Vorschüsse gezahlt hatte. Nicht einmal zwei Tage waren die hier gewesen, bevor sie sich wieder nach Hoyerschleuse eingeschifft hatten. Nicolai hatte darauf gedrungen, Leute von der Insel zu beschäftigen – und er hatte Recht gehabt damit. Die Handwerker hier waren zuverlässiger und leichter verfügbar. Aber nein, sie hatte ja für ihr Hotel nur das Allerneueste und Allerschönste haben wollen und deshalb Firmen aus Flensburg und Schleswig angeheuert. Was für ein Aufstand war das gewesen mit diesem hochnäsigen Architekten aus der Stadt, der hier an allem und jedem etwas auszusetzen gehabt hatte. Und nun? Nun lag die ganze Sache auf Eis. Vor Kriegsende würde auf ihrer Baustelle niemand freiwillig auch nur einen Finger rühren, da war sie sich sicher.

Hanna griff nach ihrer Handtasche und drehte sich um. Sie ging auf das Portal zu, ihre Schritte hallten über das Parkett. In diesem Moment tauchte am Eingang eine Gestalt auf, die ihr bekannt vorkam. Thomas stand auf der Schwelle und musterte den Hauseingang, dessen breite Doppeltüren die Handwerker schon ausgehängt und an der Treppe abgestellt hatten. Er trat

auf sie zu und zückte den Hut zur Begrüßung. »Hallo, Hanna. Weit sind sie ja nicht gekommen, deine Handwerker.«
Er deutete auf die Wände, von denen die Maler ein paar Tapeten abgerissen und dann achtlos auf dem Fußboden liegen gelassen hatten. Von den jetzt nackt wirkenden Wänden bröckelte an einigen Stellen der Putz. Fleckig und kahl wirkte der Raum, die Halle sah wüst und öde aus.
Hanna schüttelte den Kopf. »Nein, weit sind sie nicht gekommen, meine Handwerker vom Festland. Ich glaube, ich hätte mich niemals auf die ganze Sache einlassen sollen. Es war ein Fehler.«
»Dass der Krieg ausbricht, konnte niemand ahnen, Hanna.«
»So, das konnte niemand ahnen. Dabei warst du es doch, der mich gewarnt hat. Erinnerst du dich nicht mehr an unser Gespräch auf der Terrasse des Café Raoul?«
»Doch, sicher erinnere ich mich. Aber das waren Vermutungen damals, reine Mutmaßungen. Es hätte genauso gut anders kommen können.«
»Ist es aber nicht. Ich hätte besser auf dich hören sollen. Gerade jetzt, wo alles so gut zu laufen schien, bricht ein Krieg aus – und die Leute haben nichts Besseres zu tun, als allesamt davonzulaufen wie eine Horde kopfloser Hühner. Meine Handwerker marschieren an die Front, meine Gäste flüchten zurück in die Heimat. Dem Friesencafé werden die Einnahmen für zwei ganze Monate fehlen. Ich weiß nicht, wovon ich die Raten für ›Kliffende‹ zahlen soll.«
»Du könntest zum Beispiel die Bank um einen Zahlungsaufschub bitten – des Krieges wegen. Bei der politischen Weltlage werden sie so schnell niemanden finden, der das Hotel hier an deiner Stelle übernimmt. Kein Mensch bindet sich jetzt freiwillig ein solches Haus ans Bein. Von daher haben die Herren von der Bank gar keine Alternative. Die können gar nichts anderes tun, als dir dein Darlehen zu stunden und gemeinsam mit dir auf bessere Zeiten zu warten.«
»Du meinst wirklich, das funktioniert? Die Bank könnte mir einen Zahlungsaufschub gewähren?« Hanna warf Thomas einen

ungläubigen Blick zu. Sie konnte sich kaum vorstellen, dass ein großes Geldinstitut wie die Gewerbebank in Schleswig ihr zuliebe Konzessionen machte und zurücksteckte.
Thomas lachte. »Ich kann dir nicht versprechen, dass es gelingt, aber versuchen kann man es auf jeden Fall. Was haben die Herren im Vorstand davon, wenn sie dich zwingen, jetzt zu verkaufen? Wenn du ihren Kredit nicht mehr bedienen kannst, haben sie eine Menge Ärger und Spesen am Hals. Glaubst du, es ist einfach, einen Geschäftsmann zu finden, der jetzt investiert? Lass mich das mal machen. Übergib mit den Schriftwechsel, den du bisher mit der Bank geführt hast. Ich werde den Herren in deinem Namen schreiben. Mal sehen, was sich machen lässt, einverstanden?«
»Das würdest du für mich tun? Einfach so? Ohne mir hinterher eine Rechnung dafür zu schicken? Und das, obwohl ich dir das Geschäft mit dem Hotel hier vermasselt habe?«
Thomas nickte. Sachte schob er seinen Arm unter den von Hanna. »Nur deinetwegen mache ich das. Einfach so. Ich habe ja auch dir zuliebe meinen Klienten überredet, von dem Kaufangebot für das Hotel zurückzutreten.«
Hanna runzelte die Stirn. »Du hast was?«
»Ich habe dir ›Kliffende‹ überlassen, ganz bewusst. Die Schwindelei, die Thiess Meinert mir da aufgetischt hat über bröckelnden Putz im Keller und verrottete Wasserleitungen auf allen Etagen, war leicht zu durchschauen. Ich habe mein Angebot an die Bank mit Absicht zurückgezogen. Ich wollte etwas gutmachen bei dir.«
»Das sieht dir gar nicht ähnlich, Thomas.«
Thomas Eckermann lächelte. »Nimm es als Freundschaftsbeweis.«
»Oh, das sind aber große Worte. Und warum bist du noch hier? Warum bist du noch nicht auf das Festland zurückgekehrt wie alle anderen?« Hanna schaute fragend. Schwer vorstellbar, dass es für ihn nach Kriegsausbruch daheim nichts zu tun gab. Thomas zuckte mit den Schultern. Er wirkte, als könne ihm dieser Krieg nichts anhaben. Behutsam legte er Hanna beide Hände

um die Taille. »Ach weißt du, für eine Weile können meine Kollegen ohne mich die Stellung in Flensburg halten. Ich betreibe die Kanzlei ja nicht allein, da sind immerhin noch drei weitere Anwälte dabei. Der jüngste unter ihnen ist enorm fleißig und ehrgeizig. Der kann jetzt mal so richtig zeigen, was in ihm steckt.«

»Und deine Frau? Jetzt, wo der Krieg ausgebrochen ist, wird sie sich doch fragen, wo du eigentlich so lange bleibst. Sie wird sich Sorgen um dich machen, meinst du nicht?«

Thomas wandte den Blick ab, er seufzte leise. Hanna hatte den Eindruck, als sei es ihm unangenehm, über seine Frau zu sprechen. Nach einer kurzen Pause sah er sie wieder an. »Ich denke – nun, ich werde ihr schreiben, dass meine Rückkehr sich verzögert. Ich glaube kaum, dass sie mich vermissen wird.«

Hanna trat einen Schritt zurück. Sie hatte das Gefühl, die Geschichte mit der seltsamen Ehe, die Thomas anscheinend führte, ein für alle Mal klären zu müssen. Sie musterte ihn. »Ich begreife ehrlich gesagt nicht so ganz, was für eine Art von Ehe das eigentlich ist. Ihr lebt in verschiedenen Wohnungen, habt euch offenbar nichts mehr zu sagen und bedeutet einander auch nichts mehr. Wieso lasst ihr euch nicht scheiden?«

»Vielleicht sollten wir das tun? Womöglich wäre es wirklich an der Zeit dafür. Gerade jetzt, wo ich dich wieder gefunden habe, sollten sich vielleicht ein paar Dinge verändern, was meinst du?« Thomas beugte sich zu Hanna hinunter. Sein Gesicht war dem ihren ganz nah. Der Duft seines Rasierwassers stieg ihr in die Nase – es war ganz genau derselbe Duft, den er damals vor zwanzig Jahren schon benutzt hatte. Das Blau seiner Augen schien Hanna unendlich intensiv. Sie spürte, wie ihr Herzschlag sich beschleunigte. Sie atmete tief durch. Was hatte er sie eben gefragt? Ob sie etwas verändern sollten, das war seine Frage gewesen. Sie nickte vorsichtig. »Vielleicht solltest du etwas verändern. Es kommt darauf an, woran du dabei denkst.«

»Ich möchte dich für mich haben, Hanna, das ist mein Ernst. Du sollst die Meine werden. Ich verlasse meine Frau für dich, wenn du es willst. Du warst die Richtige damals – und du bist es noch,

das weiß ich inzwischen. Ich habe keine so sehr geliebt wie dich. Das ist die Wahrheit, bitte glaube mir.« Thomas zog sie an sich. In schweigendem Einverständnis ließ sie es zu. Er legte eine Hand unter ihr Kinn und zwang sie so, ihn anzusehen. »Lass es uns beide noch einmal miteinander versuchen. Was ist, gibst du mir die Möglichkeit, dir meine Liebe zu beweisen?«
Sie wollte etwas antworten, wusste aber nicht, was genau sie eigentlich sagen sollte. Also schloss sie nur wortlos die Augen, und dann dauerte es kaum ein paar Sekunden, bis Thomas sie küsste. In dieser Berührung fand sie die Geborgenheit und Wärme, die sie so lange vermisst hatte. Dass Thomas sie vor so vielen Jahren verlassen hatte, spielte in diesem Augenblick keine Rolle mehr. Ihr Körper sehnte sich nach der Zuwendung, die dieser Mann ihr zu geben bereit war. Seine Lippen liebkosten ihren Mund, ihre Wangen und schließlich den Hals. Hanna spürte längst vergessene Gefühle in sich aufsteigen. Wie eine Flutwelle erfassten sie Sehnsucht und Begehren, die all ihre Sinne zum Leben erweckten. Überdeutlich hörte Hanna von draußen das Rauschen des Meeres und die Schreie der Silbermöwen, die in der Mittagssonne über das Rote Kliff hinwegsegelten. Insgeheim wünschte sie sich, für immer hier stehen zu bleiben und die Augen nie wieder öffnen zu müssen.

Kapitel 15

Luise sass in der Sonne auf der Terrasse des Gutshauses und betrachtete die Titelseite der *Plöner Zeitung*, die vor ihr auf dem Gartentisch lag. Nun war das Unfassbare also doch Wirklichkeit geworden – der Krieg war ausgebrochen, Deutschland machte mobil. Schon allein der Gedanke daran, dass von jetzt an junge Männer aus dem ganzen Land zusammengerufen, mit Gewehren behängt und dann an irgendeine Front im Osten geschickt werden würden, um gegen die Russen zu marschieren, verursachte Luise Unbehagen. In ihrer Vorstellung war Russland ein dunkles, unwegsames Land voller Gefahren. In den russischen Wäldern gab es Wölfe und Bären, und in den Städten herrschten Schmutz und unsägliche Armut. Der Kaiser war überaus stolz auf sein Militär und dessen Leistungen. Aber wie sollte sich eine noch so gut ausgebildete Armee in dem riesigen Reich wie dem des Zaren auf Dauer bewähren?

Luise zuckte zusammen. Ein Geräusch in ihrer unmittelbaren Nähe hatte sie aufgeschreckt. Am Fuße der kleinen, steinernen Treppe, die von der erhöht liegenden Terrasse hinunter in den Garten führte, stand ein Mann. Hastig legte sie die Zeitung beiseite. Vermutlich wollte er zu Richard, denn zu ihr kam schließlich so gut wie niemals jemand – von den wenigen, kurzen Stippvisiten, die die Ehefrau des Bürgermeisters ihr gelegentlich abstattete, einmal abgesehen.

Luise stand auf und ging dem Fremden entgegen.

»Guten Tag, gnädige Frau.« Der Unbekannte verbeugte sich. »Entschuldigen Sie die Störung, ich hoffe, ich habe Sie nicht erschreckt. Ich würde gern mit Ihrem Mann sprechen. Ist der Herr Landrat schon zurück von seiner Reise?«

Luise schüttelte den Kopf. Sie hatte keine Ahnung, mit wem sie es zu tun hatte. »Sie sind – es tut mir Leid, ich fürchte, ich habe Ihren Namen vergessen.«

»Mein Name ist von Waltersporn, Konrad von Waltersporn. Ich bin ein Freund Ihres Mannes, ein ehemaliger Kollege aus Berlin,

um genau zu sein. Ich war neulich schon einmal da, Sie erinnern sich vielleicht an mich.«
Er kam die Treppe herauf und blieb vor ihr stehen. Luise nickte ihm zu, sie erinnerte sich tatsächlich. »Ja, ich weiß. Wir haben uns vor dem Haus gesehen, kurz bevor Richard abfuhr. Kommen Sie, Herr von Waltersporn, setzen Sie sich. Darf ich Ihnen ein Glas Limonade anbieten?« Luise ging zu dem kleinen runden Tisch zurück und deutete auf einen der Korbsessel ihr gegenüber, in den ihr Gast sich auch sofort sinken ließ.
»Danke, sehr freundlich von Ihnen, gnädige Frau. Ein Glas Limonade würde mir bestimmt gut tun. Ich bin den ganzen Weg von Plön hierher gelaufen. Ich hätte nicht gedacht, dass es so weit bis Jarrelund ist. Und dann bei dem herrlichen Sommerwetter, da kommt man schon ein wenig ins Schwitzen.« Konrad von Waltersporn holte ein fleckig wirkendes Leinentuch aus seiner Hosentasche und wischte sich damit über die Stirn. Während sie ihm von der selbst gemachten Zitronenlimonade eingoss, auf die sich die Köchin so gut verstand, warf Luise ihrem Gegenüber einen prüfenden Blick zu. Er wirkte nicht besonders elegant, dieser angebliche Freund aus Richards Berliner Zeit. Was konnte er hier wollen? Obwohl er leichte Kleidung trug, machte er nicht den Eindruck, ein typischer Sommerfrischler zu sein. Er wirkte eher etwas heruntergekommen. Was konnte Richard mit einem wie dem hier zu schaffen haben?
Luise stellte die Karaffe mit der Limonade beiseite und sah zu, wie von Waltersporn in gierigen, großen Schlucken den Inhalt seines Glases hinunterstürzte. Er wischte sich mit dem Handrücken über die feuchten Lippen, dann stellte er das leere Glas auf den Tisch zurück.
»Schön haben Sie es hier, Frau von Lassen. So ruhig und beschaulich. Ein schönes Plätzchen. Kein Vergleich zu dem Lärm und dem Gestank, den man in der Großstadt aushalten muss.«
»Ja, Jarrelund ist ein herrlicher Flecken Erde. Das Gut gehört den von Lassens schon seit langer Zeit. Ein dänischstämmiger Zweig der Familie hat das Besitztum erworben und ihm seinen

Namen gegeben. Ich lebe sehr gern hier draußen.« Luise lächelte und legte die Hände in den Schoß. Hoffentlich ging dieser Mensch bald wieder. Seine Anwesenheit wirkte störend, zumal er ganz vergeblich hier herausgekommen war. Was sollte sie bloß reden mit ihm?

»Das Wetter ist prächtig, finden Sie nicht? Die Ernte wird in diesem Jahr gut ausfallen, schätze ich. Bei dem Sommer, den wir haben.«

Luise lächelte höflich. »Das mag sein. Von Landwirtschaft verstehe ich leider nur wenig, Herr von Waltersporn. Über solche Dinge müssen Sie sich mit meinem Mann unterhalten.«

»Erwarten Sie ihn denn bald zurück?«

»Ich weiß es nicht.« Luise zuckte mit den Achseln. »Richard wollte nach Sylt. Ich könnte mir vorstellen, dass es im Moment etwas schwierig ist, die Insel zu erreichen. Ich habe in der Zeitung gelesen, dass die Seebäder alle geschlossen werden sollen. Man will sie zum militärischen Sperrgebiet erklären. Für einen Zivilisten dürfte es wahrscheinlich nicht mehr so einfach sein, dorthin zu reisen.«

»Nach Sylt wollte Richard? Ach, sieh an. Wozu denn das?« Konrad von Waltersporn runzelte die Stirn.

»Eine private Angelegenheit, soweit ich weiß.« Luise hatte nicht vor, Konrad von Waltersporn über die Schwierigkeiten aufzuklären, in die die Familie aufgrund von Ingeborgs Flucht geraten war. Für derart vertrauliche Details wirkte der Mann ihr gegenüber einfach nicht anständig genug.

»Eine private Angelegenheit, so.« Von Waltersporn kniff die Augen zusammen und musterte sie. In seinem Gesicht lag ein misstrauischer Ausdruck, den zu verbergen er sich nicht die Mühe machte. Er beugte sich vor. »Komisch, mir hatte Richard gesagt, er müsse in dienstlicher Mission verreisen.«

»Vielleicht hat er unterwegs den Regierungspräsidenten in Schleswig besucht – das ist durchaus möglich, so genau weiß ich es nicht. Jedenfalls gehe ich nicht davon aus, dass Richard schon heute oder morgen wieder zurück sein wird.« Luise warf einen Blick auf den Glaskrug, der auf dem Tisch stand. Konnte sie sich selbst noch Limonade nehmen, ohne ihrem Gast auch noch ein Glas davon anzubieten? Sie hatte keine Lust, von Waltersporn länger als nötig zu ertragen. Irgendetwas an dem Mann stimmte nicht, er wirkte durch und durch unsympathisch auf sie.

»So, aha. Nach Schleswig und Sylt ist er also. Dann bin ich ja wohl etwas zu früh dran mit meinem Besuch.« Von Waltersporn rutschte auf seiner Sitzgelegenheit ein Stück nach vorn. Er schien die lange Goldkette mit dem Bernsteinanhänger zu taxieren, die Luise trug. Etwas befremdet umfasste Luise mit einer Hand den tropfenförmigen Bernstein. Was für ein Mensch war dieser von Waltersporn? Hatte er es etwa auf ihren Schmuck abgesehen? Allmählich wurde der Mann ihr unheimlich.

Ihr Gast räusperte sich. »Es fällt mir schwer, darüber zu sprechen, gnädige Frau, aber – nun, da ich schon einmal hier bin, kann ich Sie ja auch mit der Sache befassen. Um ehrlich zu sein, bin ich gekommen, um Rückstände einzutreiben. Ihr werter Gemahl schuldet mir eine gewisse Summe. Ich hatte gehofft, das Geld baldmöglichst zu erhalten. Schließlich habe ich auch Auslagen und Verbindlichkeiten zu tragen, nicht wahr?«

Von Waltersporn lächelte, doch sein Gesicht wirkte dabei undurchdringlich und maskenhaft. Luise wartete darauf, dass er weitersprach, obwohl sie sich kaum vorstellen konnte, dass sie von dem, was er noch zu sagen haben würde, irgendetwas wirklich hören wollte. Richards Geldgeschichten waren ebenso unerfreulich wie undurchschaubar. Er hatte jede Menge Schulden, jeden Tag stand mindestens ein neuer Gläubiger vor der Tür und präsentierte ihr offene Rechnungen, von deren Existenz sie bis dahin nichts geahnt hatte. Es konnte durchaus sein, dass Richard auch diesem vermeintlichen Kollegen aus Berlin Geld schuldete. Wenn etwas gegen von Waltersporns Aussage sprach, dann nicht der Inhalt seiner Behauptung, sondern sein Erscheinungsbild. Richard war zwar hoch verschuldet, aber dass er ausgerechnet bei einer zwielichtigen Kreatur wie dieser hier in der Kreide stehen sollte, schien Luise denn doch unwahrscheinlich. Der Mann wirkte einfach nicht wie jemand, der in Berlin im Ministerium saß. Er sah auch nicht aus wie einer, der Geld hatte,

das er verleihen konnte. Womöglich war seine ganze Geschichte frei erfunden.
Luise versuchte zu lächeln. »Entschuldigen Sie, aber ich weiß nicht, was ich von der Sache halten soll. Mein Mann war seit Jahren nicht in Berlin. Es muss sich um eine ältere Forderung handeln, die Sie mir da präsentieren.«
»Gar nicht mal. Das Ganze geht auf eine Angelegenheit zurück, die aus dem Sommer 1911 datiert. Damals war Ihr Gatte doch in Berlin, nicht wahr?«
Luise nickte. Erinnerungen an den Sommer vor drei Jahren wurden in ihr wach. Die Tage, die sie mit Ingeborg auf Sylt verbracht hatte. Die Briefe einer gewissen Jekaterina, die aus dieser Zeit stammten und die sie später in Richards Kommode gefunden hatte. Ihr Entschluss, Richard zu verlassen, den sie mit Rücksicht auf Ingeborg bis heute nicht in die Tat umgesetzt hatte.
»Wissen Sie eigentlich, warum Ihr Mann sich damals in der Hauptstadt aufgehalten hat?«
»Nein.« Luise spürte, wie sich etwas in ihr zusammenkrampfte. Allmählich schwante ihr, was jetzt kommen würde. Eine Geschichte über Liebe und Verrat, die Einzelheiten des Ehebruchs, den Richard seinerzeit begangen hatte – kurzum alles, was mit dieser Jekaterina von Ertelschwing zu tun hatte. Musste sie sich das antun? Luise wollte aufstehen. Sie dachte daran, von Waltersporn fortzuschicken, doch der ließ sich nicht mehr aufhalten. Ohne sie eines Blickes zu würdigen, sprach er einfach weiter. »Richard und ich waren im Sommer 1911 an einer Intrige gegen einen Vertrauten des Kaisers beteiligt, gnädige Frau. Leider schlug die Sache fehl. Richard konnte rechtzeitig aus Berlin fliehen, ich nicht. Mich hat man zu drei Jahren Zuchthaus verurteilt. Er schuldet mir aus jenem Sommer noch eine runde Summe. Sehen Sie sich in der Lage, seine Schulden zu begleichen?«
»Er schuldet Ihnen eine runde Summe? Warum denn bloß? Sie waren beide an einem Komplott beteiligt, na und?« Luise schüttelte den Kopf. »Selbst wenn die Geschichte stimmt, muss

mein Mann Ihnen doch deshalb heute nicht mehr verpflichtet sein.«
»O doch, das ist er.« Von Waltersporn nickte. »Er hat eine Art Haftentschädigung an mich zu zahlen. Ich war es, der ihn vor der Polizei gedeckt hat. Die Sache hätte auch ganz anders ausgehen können, wenn ich nicht geschwiegen hätte. Was ist, können Sie das Geld für Ihren Mann auslegen?«
»Ich soll für Richard etwas auslegen? Nein, ganz sicher nicht. Ich habe bereits einen großen Teil meines Schmucks verkauft, um meinem Mann finanziell zur Seite stehen zu können. Ich wüsste nicht, woher ich jetzt noch mehr Geld nehmen sollte.«
»Dann denken Sie mal darüber nach. Oder möchten Sie, dass man in Plön erfährt, was damals vor drei Jahren in Berlin passierte? Wie ich hörte, steckt Ihr werter Herr Gatte bereits in Schwierigkeiten, was seine Schulden angeht. Es wird seine Vorgesetzten nicht begeistern, wenn sie hören, was er noch alles auf dem Kerbholz hat.«
Luise lächelte kühl. So nicht, auf diese Weise ließ sie sich nicht erpressen – nicht von einer zwielichtigen Gestalt wie diesem Konrad von Waltersporn. Sie warf ihm einen flüchtigen Blick zu. »Es mag die Vorgesetzten meines Mannes vielleicht verstören, wenn Sie Ihre Geschichte hören, aber das ändert nichts an meiner Situation, Herr von Waltersporn. Ich habe kein Geld und kann Ihnen deshalb auch keines geben. Ich weiß nicht einmal, wovon ich die Lebensmittel für die nächsten Tage bezahlen kann, geschweige denn, woher ich den Lohn für unser Personal nehmen soll.«
Von Waltersporn ließ sich gegen die Rückenlehne seines Stuhls sinken. »Das Komplott, um das es seinerzeit ging, war durchaus heikel, gnädige Frau. Die Intrige spielte sich nämlich in einem gewissen Milieu ab. Ihr Gemahl hatte Verbindungen zu bestimmten Herrschaften – ich möchte nicht allzu deutlich werden, aber es ging um die so genannten Perversen. Männer, die Männer lieben. Homophile. Sie verstehen, was ich meine?«
Luise schluckte. Sie spürte, wie sie errötete. Von Waltersporn lächelte. Sie konnte ihm ansehen, dass es ihm Freude bereitete,

sie zu quälen. »Ja, manchmal muss man viele Kunstgriffe anwenden, um zum Erfolg zu gelangen, gnädige Frau. Und manchmal nützt alle Kunstfertigkeit nichts. So lag es leider in unserem Fall. Alle Bemühungen Ihres Gatten blieben –«, von Waltersporns schmaler Mund verzog sich zu einem boshaften Grinsen, »nun, sagen wir, sie blieben fruchtlos.«
Von Walterspsorn beugte sich vor. Er schaute Luise direkt in die Augen. »Vielleicht ist es ja auch gut, dass Ihr Herr Gemahl sich an dieses Milieu nicht gewöhnt hat. Bedeutende Ärzte vertreten die Auffassung, es mache süchtig, wenn man sich mit Homophilen abgibt. Die Schwindsucht soll unter diesen Leuten besonders weit verbreitet sein. Und auch dieses Anfallsleiden, das sie Epilepsie nennen, kommt aus den bewussten Kreisen. Das ist alles wissenschaftlich erwiesen. Schlimm, nicht wahr?«
Luise stand auf. Ihr Knie stieß gegen die Tischkante, die Karaffe auf dem Gartentisch schepperte leise. »Gehen Sie, Herr von Waltersporn, gehen Sie sofort. Ich habe kein Geld mehr, das ich Ihnen geben könnte. Aber selbst wenn ich welches hätte, würden Sie es nicht bekommen. So wie die Dinge liegen, habe ich keinen Grund, meinen Mann länger zu schützen. Erzählen Sie in Plön und Schleswig über ihn herum, was Sie wollen, mir ist es egal. Sehen Sie zu, dass Sie fortkommen von hier. Wenn Sie nicht augenblicklich verschwinden, lasse ich den Stallknecht rufen, damit er Sie hinauswirft.«
»Da wäre ich an Ihrer Stelle aber vorsichtiger, gnädige Frau.« Von Waltersporn erhob sich langsam aus dem Korbsessel. »Ich könnte sonst –«
»Es ist mir egal, was Sie könnten! Gehen Sie!« Luise bemerkte, dass ihre Stimme schrill klang. Sie zitterte, als sie die Hand hob und auf den Weg deutete, der zur Einfahrt führte. »Gehen Sie endlich, oder ich rufe um Hilfe!«
Konrad von Waltersporn starrte sie an, er schien zu überlegen, ob er ihre Drohung ernst nehmen sollte. Luise drehte sich um, sie schaute in die Richtung, in der die Ställe lagen. Gleich würde sie schreien – von Waltersporn konnte schließlich nicht

wissen, dass sie den Knecht, der sich jahrelang um ihre Reitpferde gekümmert hatte, längst hatten entlassen müssen.
»Paul!« Luise formte aus ihren Händen einen Trichter und rief dann aus Leibeskräften. »Paul! Komm sofort her und bring die Mistgabel mit!«
Sie wartete noch einen Augenblick. Schritte knirschten auf dem Kiesweg. Als sie sich wieder umdrehte, war von Waltersporn fort. Er war getürmt. Erschöpft schloss Luise für einen Moment die Augen. Sie atmete tief durch und ging dann langsam zur Terrassentür hinüber. Es reichte ein für alle Mal. Sie hatte lange genug durchgehalten. Ingeborg wurde in ein paar Tagen sowieso volljährig. Sie hatte auf Jarrelund getan, was sie nur irgend tun konnte. Von nun an musste das Mädchen eben sehen, wie es allein fertig wurde.
Luise betrat durch die offene Tür den Salon. Im Türrahmen ihr gegenüber stand die Köchin und sah sie an. Die gute Grete musste gehört haben, dass sie nach Paul gerufen hatte. Vermutlich hielt sie ihre Herrin allmählich für ein wenig übergeschnappt, aber was machte das noch? Luise nickte der Köchin freundlich zu. »Grete, gut dass Sie da sind. Tun Sie mir einen Gefallen, und helfen Sie mir beim Packen. Ich reise nach Glücksburg.«
»Heute noch, gnädige Frau?« Die Köchin schaute verblüfft.
»Ja, heute noch. Kommen Sie, wir wollen sehen, wovon ich Ihnen den noch ausstehenden Lohn für die letzten Wochen zahlen kann – und danach dürfen Sie auch gehen. Verlassen Sie das Gut, sehen Sie sich nach einer neuen Stelle um, solange der Krieg Ihnen dazu noch Gelegenheit lässt.«
»Aber – was wird aus Jarrelund, wenn wir beide weggehen, gnädige Frau?«
»Jarrelund? Jarrelund ist am Ende, Grete. Hier gibt es nichts mehr zu retten, glauben Sie mir.« Luise schloss die Terrassentür. Im Vorübergehen nahm sie die Fotografie von der Wand neben dem Kamin, die sie und Richard am Tag ihrer Hochzeit zeigte. Ohne sich noch einmal umzudrehen, verließ sie mit dem Foto in der Hand den Salon.

»Aufgrund des verhängten Kriegszustandes befehle ich: Es ist verboten:

1. *Jegliche Ausfuhr von Pferden, Fahrzeugen einschließlich Seefahrzeugen, Tauben, Kriegs-, Verpflegungs-, Arznei- und Verbandsmitteln und ärztlichen Geräten.*
2. *Die Veröffentlichung von Truppenbewegungen und Verteidigungsmaßnahmen durch öffentliche Blätter oder Privatschreiben.*
3. *Fremde Personen haben sich beim Betreten der Insel beim Inselkommandanten zu melden. Sämtliche Bewohner der Insel sind verpflichtet, die Anwesenheit von Ausländern und fremden Personen den Ortsbehörden anzuzeigen, welche ihrerseits dem Inselkommando Anzeige erstatten. Verdächtige Personen sind der nächsten Militärabteilung zuzuführen.*
4. *Die öffentlichen und privaten Fernsprechabteilungen stehen der Kriegsberichterstattung zur Verfügung.*

Westerland, den 1. August 1914

Der Inselkommandant der Insel Sylt

»Oh, pardon, junge Frau!« Ingeborg fuhr herum. Irgendjemand hatte ihr mit dem Ellbogen einen leichten Stoß zwischen die Rippen versetzt. Als sie sich jetzt umdrehte, blickte sie direkt in die Augen von Johannes Lehmann. Er stand neben ihr, eingezwängt in die Menge aus Neugierigen, die sich vor der Litfaßsäule in Höhe Strandstraße versammelt hatten, um die erste Bekanntmachung der neuen militärischen Inselkommandantur zu lesen.

»Entschuldigen Sie – ich wollte Ihnen nicht zu nahe treten, aber in dem Gewühl hier kann man ja keinen Fuß mehr vor den anderen setzen.« Lehmann nickte ihr zu, dann nahm er ihren Arm und zog sie mit sich. Gemeinsam zwängten sie sich zwischen den Leibern um sie herum hindurch, bis sie einen Platz auf dem Bürgersteig erreichten, an dem es etwas leerer war.

»Himmel noch eins, was für ein Gedränge.« Doktor Lehmann deutete auf die Menschenmenge, die sich hinter ihnen um das Flugblatt scharte. »Dieser Aushang wird seit gestern pausenlos dicht umlagert. Die Leute tun alle so, als würde diese dumme Bekanntmachung morgen und übermorgen nicht mehr dahängen. Fürchterlich.« Lehmann nahm seinen Strohhut ab und fächelte sich damit Luft zu. »Und dann diese Hitze – ich glaube, wir haben uns eine kleine Erfrischung verdient. Darf ich Sie heute vielleicht zu einem Eis einladen? Oder haben Sie wieder andere Verpflichtungen?«

Ingeborg zögerte, sie sah hinunter auf den schweren Bastkorb, in dem Unmengen von Wachskerzen und Schachteln mit Zündhölzern lagen. Hanna hatte sie in die Stadt geschickt, um »hamstern zu gehen«, wie sie es nannte. Weil im Dorfladen in Kampen viele Waren schon wenige Stunden nach der Generalmobilmachung ausverkauft gewesen waren, hatte Ingeborg nach Westerland radeln und dort einige in Hannas Augen sehr wichtige Vorräte besorgen müssen.

»Ihr Korb ist schwer, nicht wahr? Geben Sie ihn mir.« Johannes Lehmann war Ingeborgs Blick gefolgt. Er nahm ihr den Bastkorb ab und hakte sich dann bei ihr unter. »Auf zum Café Raoul, solange es das noch gibt. Schokoladeneis mit Sahne und Eierlikör, das sollte man sich noch einmal gönnen, bevor die Welt untergeht, finden Sie nicht?«

»Glauben Sie das denn? Dass die Welt untergeht, meine ich?«

Johannes Lehmann lächelte. »Nicht unbedingt. Jedenfalls nicht gleich. Aber vorbeugen ist besser, wie schon das Sprichwort sagt. Falls die Welt wider Erwarten doch untergehen sollte, haben wir uns jedenfalls vorher noch einmal ein Schokoladeneis im besten Haus am Platze zu Gemüte geführt.«

»Sie nehmen den Krieg anscheinend nicht besonders ernst.« Ingeborg warf Johannes Lehmann einen kurzen Blick zu, und der lächelte sie an. »Nein, das tue ich nicht. Noch nicht.«

Ingeborg sah zur Promenade hinunter. Die Wandelbahn war fast menschenleer. Den Seebädern an der gesamten Nord- und Ostseeküste drohte für die kommenden Tage die kriegsbedingte

Schließung. Die berühmte Kurmuschel, der Ort, an dem sonst jeden Tag in der Saison das beliebte Kurkonzert stattfand, lag leer und verwaist am Rand der Promenade. Viele Geschäfte und Restaurants waren schon geschlossen, beinahe alle Urlauber waren abgereist. Möwen kreisten über dem leeren Strand, an dem ein paar Leute im Auftrag der Kurverwaltung damit beschäftigt waren, die in dieser Saison nicht mehr benötigten Strandkörbe auf Pferdekarren zu verladen. Westerland wirkte fast wie ausgestorben. Nur auf der Sonnenterrasse des Café Raoul stand noch ein einsamer Kellner im Schatten einer Markise und langweilte sich.
Johannes Lehmann dirigierte Ingeborg zu einem der Tische, von denen man direkt auf das Meer hinaussehen konnte. Sie nahm Platz und schaute zu, wie der junge Herr Doktor zwei Eisbecher bestellte. War es richtig, hier zu sitzen und sich ein Eis zu gönnen, während die Menschen um sie herum sich Sorgen machten um den bevorstehenden Krieg? Tante Hanna war daheim schon seit gestern eifrig dabei, Obst und Gemüse einzukochen. Obwohl sie noch nie einen Krieg erlebt hatte, war sie davon überzeugt, dass als Folge der bevorstehenden Feldzüge als Erstes eine Hungersnot über das Land kommen würde. Alles, was der Garten zu bieten hatte, und alles, was sie sonst noch an Essbarem bekommen konnte, wurde deshalb daheim in ihrer Küche getrocknet, eingelegt oder eingekocht und anschließend in der Speisekammer verstaut. Das Mädchen Lisa, das sonst beim Servieren im Café geholfen hatte, musste jetzt den ganzen Tag am Strand Treibholz sammeln und im Schuppen einlagern. Und Nicolai war losgeschickt worden, um so viel Petroleum wie irgend möglich heranzuschaffen.
»Wie geht es Ihrem Verlobten?« Johannes Lehmann beugte sich über den Tisch ein Stück zu Ingeborg hinüber.
»Nicolai? Dem geht es viel besser, dank Ihrer Hilfe. Ich wollte heute Nachmittag zu Ihnen in die Praxis kommen, um mich noch einmal bei Ihnen zu bedanken. Tante Hanna hat für Sie einen kleinen Korb mit Leckereien zusammengepackt. Kirschmarmelade und Früchtekuchen sind drin, lauter nahrhafte Sachen. Meine Tante ist überzeugt, dass der Feind versuchen wird,

uns auszuhungern, wissen Sie? Deshalb hortet sie Lebensmittel, wo immer sie kann. Wenn Sie von ihren Schätzen etwas abbekommen, ist das eine große Ehre, Herr Doktor. Es zeigt, wie dankbar wir Ihnen sind.« Ingeborg lächelte.

»Ihre Tante Hanna hortet Lebensmittel? Gar nicht schlecht. Sie ist eine kluge Frau, diese Tante Hanna. Ich glaube auch, dass die Versorgung der Insel mit Nahrungsmitteln irgendwann schwierig wird. Wenn England in den Krieg eingreift, kann es heikel für uns werden.«

Ingeborgs Lächeln erlosch. »Meinen Sie etwa, dass der Engländer die Insel angreifen wird?«

»Ich weiß es nicht, aber ich halte es nicht für völlig ausgeschlossen. Unser Verhältnis zu Großbritannien ist schon lange recht angespannt. Wenn die Engländer eine Invasion über die See versuchen sollten, dann wäre Sylt sicherlich als Erstes davon betroffen.«

Ingeborg schluckte. Bisher hatte sie versucht, den Gedanken an den Krieg so gut wie möglich zu verdrängen. Russland war schließlich weit weg. Wenn Deutschland gegen das Reich des Zaren zu Felde zog, dann musste das an ihrem Leben nichts ändern – das hatte sie sich zumindest eingeredet. Schweigend sah Ingeborg zu, wie der Kellner am Tisch erschien und die zwei Eisbecher, beide gekrönt von einem großen Sahnehäubchen, vor ihr und Johannes Lehmann abstellte, bevor er sich wortlos wieder entfernte.

»Heute jedenfalls müssen wir noch nicht verhungern – das ist doch schon mal ein schwacher Trost, nicht wahr?« Johannes Lehmann griff nach dem Löffel, der auf dem Rand der Untertasse vor ihm lag. »Ich hoffe, Sie mögen Schokoladeneis überhaupt.«

»Doch, sehr gern. Danke.«

»Sie wollen auf der Insel bleiben, nicht wahr? Trotz des Krieges, meine ich?« Johannes Lehmann sah sie an.

»Natürlich bleibe ich hier. Nicolai und ich werden in zwei Tagen heiraten. Pastor Christiansen wird uns in Sankt Severin trauen. Daran wird der Krieg nichts ändern.«

Johannes Lehmann seufzte leise. Ohne sein Eis angerührt zu haben, legte er den Löffel beiseite und schaute Ingeborg nachdenklich an. »Wie alt sind Sie, Ingeborg, wenn ich fragen darf? Neunzehn? Oder zwanzig?«

»Ich werde einundzwanzig, falls das für Sie einen Unterschied macht. Viele Frauen heiraten in diesem Alter. Ich kenne Nicolai seit beinahe vier Jahren, und ich denke, ich kenne ihn wirklich gut. Also zerbrechen Sie sich bitte nicht den Kopf meinetwegen, Herr Doktor. Ich weiß, was ich tue.« Ingeborg wandte sich ab und schaute auf das Meer hinaus. Wenn Johannes Lehmann sich wirklich Hoffnungen auf sie gemacht hatte, dann war es besser, ihm jetzt die Wahrheit zu sagen – auch wenn es vielleicht ein bisschen schmerzhaft für ihn war, von ihrer großen Liebe zu Nicolai zu hören. Sie würde Nicolai jedem anderen Mann vorziehen, das stand fest. Außerdem war sie mit einundzwanzig ihrer Meinung nach sehr wohl alt genug, um eine Ehe einzugehen – ganz in Weiß in der Kirche und mit allem, was dazugehörte. Daran würde kein Krieg und kein noch so tüchtiger Arzt dieser Welt etwas ändern. Nicolais Frau zu werden war ein Traum, dessen Erfüllung sie sich von niemandem nehmen lassen würde.

»Ich will Sie nicht ärgern, Ingeborg. Aber in meinen Augen sind Sie beide noch sehr jung – sowohl Sie selbst als auch Ihr zukünftiger Ehemann. Sie sind beide noch recht unerfahren, auch wenn Sie das sicher nicht gerne hören. Nicolai ist Ihre Jugendliebe – dagegen ist im Prinzip nichts einzuwenden, aber vielleicht sollten Sie sich doch noch ein wenig Zeit lassen, um den Jungen besser kennen zu lernen. Was sagen Ihre Eltern denn zu der Verbindung? Sind sie damit einverstanden?«

Ingeborg antwortete nicht. Sie kniff die Augen zusammen. Die Sonne funkelte auf den Wellenkämmen draußen am Horizont, ein gleißendes Licht lag über dem Wasser. Alles wirkte so unerhört friedlich, ganz so, als habe niemand das Wort »Krieg« jemals auch nur in den Mund genommen. Während sie hier saß und auf das Meer hinausschaute, hatte sie nicht die geringste Lust dazu, sich Gedanken über ihre Eltern zu machen. Alles, was der Herr Doktor vermutlich erreichen wollte, war, dass ihr schlechtes Gewissen sich regte und sie verunsicherte.

Johannes Lehmann beugte sich wieder ein Stück zu ihr hinüber. »Wissen Sie eigentlich, wie Ihr Verlobter zu dem Streifschuss gekommen ist, den ich neulich Nacht verarztet habe? Hat er Ihnen davon erzählt?«

»Ja, das hat er. Aber falls Sie glauben, dass ich Ihnen jetzt verrate, wie es passiert ist –«

»Schon gut, das will ich gar nicht wissen. Wenn ich Schusswunden bei Privatpersonen behandle, bin ich eigentlich dazu verpflichtet, das den Behörden zu melden – also sprechen wir besser gar nicht darüber. Was ich nicht weiß, kann ich auch nicht ausplaudern, und sei es aus Versehen. Mir geht es nicht darum, hier über Ihre Liebe zu Gericht zu sitzen.«

»Genau das tun Sie aber gerade. Dabei kennen Sie mich kaum. Und Nicolai kennen Sie noch viel weniger.«

Johannes Lehmann lächelte gezwungen. »Es tut mir Leid, wenn das, was ich zu sagen habe, Ihnen missfällt. Ich möchte lediglich erreichen, dass Sie sich noch einmal die nötige Zeit nehmen und über Ihre Lage in Ruhe nachdenken. Warum warten Sie mit der Heirat nicht, bis der Krieg vorüber ist? In vielerlei Hinsicht dürfte ein Neubeginn dann leichter sein. Was ist zum Beispiel, wenn Ihr Verlobter an die Front muss?«

»Dann werde ich hier sitzen und auf ihn warten, Herr Doktor. Ich werde Nicolai jeden Abend in mein Nachtgebet einschließen und hoffen, dass er eines Tages unverletzt zu mir zurückkehrt. Ob verheiratet oder nicht – wenn Nicolai einrücken muss, werde ich ihm die Treue halten. Daran kann kein Krieg auf der Welt etwas ändern. Warum fragen Sie mich das alles überhaupt? Was geht es Sie an, ob ich Nicolai heirate oder nicht? Wir beide sind nicht miteinander verwandt, wir kennen uns nur flüchtig. Im Grunde kann es Ihnen doch egal sein, was aus mir wird.«

»Das ist es aber nicht, Ingeborg.« Johannes Lehmann griff nach ihrer Hand und drückte sie sacht. »Es ist mir absolut nicht egal, was aus Ihnen wird. Ich habe Sie sehr, sehr gern, und ich möchte, dass Sie glücklich werden.«

»Und Sie glauben tatsächlich, dass ich als die Frau eines anderen glücklicher werden würde als an der Seite von Nicolai, ist es das?« Ingeborg entzog dem Doktor ihre Hand.

»Ich könnte es mir jedenfalls vorstellen.«

»Und warum glauben Sie das?«

»Weil Sie in meinen Augen eine sehr sensible und auch noch sehr junge Frau sind. Sie sind gebildet und liebenswert und auch ein bisschen verwöhnt – so schätze ich Sie jedenfalls ein. Meiner Meinung nach haben Sie etwas Besseres verdient als das Leben einer Gastwirtin irgendwo auf dem Lande. Sie brauchen ein bisschen Wohlstand und Abwechslung, um glücklich zu sein. Theater, Ausflüge, Konzerte, Museen – das mögen Sie doch, nicht wahr? Einmal im Jahr eine hübsche Urlaubsreise in die Berge und vielleicht obendrein eine kleine Familie, die Ihnen Freude macht. Ein Freundeskreis mit Ihresgleichen, ab und an ein Besuch in der Großstadt – ein solches Leben schwebt mir für Sie vor. Ich zum Beispiel könnte Ihnen das alles bieten, und ich würde es auch mit Freuden tun. Wollen Sie mir nicht die Möglichkeit geben, Ihnen zu zeigen, wovon ich spreche? Sie sind wirklich noch sehr jung, Ingeborg. Ich fürchte, Ihnen fehlt die Erfahrung, die Sie brauchen, um den richtigen Mann für das ganze Leben zu finden. Lassen Sie sich Zeit mit der Wahl – das ist alles, was ich will.«

Ingeborg öffnete den Mund, sie wollte protestieren, aber sie konnte es nicht. Wovon Johannes Lehmann da sprach – ein Leben in Wohlstand und ohne große Alltagssorgen, ein Dasein mit allen Vergnügungen, die eine betuchte Bürgersfrau sich leisten konnte – das war verlockend. Als Frau Boysen würde sie nur ausnahmsweise in den Genuss so angenehmer Nebensächlichkeiten wie Urlaubsreisen und Konzertbesuchen kommen, das war ihr selbst klar. Bisher hatte sie immer fest daran geglaubt, dass ihre Liebe zu Nicolai sie für alle Entbehrungen an seiner Seite mehr als entschädigen würde – doch auf einmal war sie sich da nicht mehr ganz so sicher. Was, wenn mit den Jahren die Liebe schwand und die Enttäuschung darüber, unter ihrem Stand geheiratet zu haben, stattdessen immer weiter stieg? Vielleicht hatte der Herr Doktor gar nicht so Unrecht mit dem, was er sagte. Vielleicht war sie für ein Leben als Gastwirtin wirklich nicht geschaffen.

»Gehen Sie noch einmal in sich, Ingeborg.« Johannes Lehmann sah sie an. »Noch ist Zeit dazu. Denken Sie darüber nach, ob Sie wirklich die Ehefrau eines Mannes werden wollen, der des Nachts von seinen Streifzügen mit einer Schusswunde nach Hause kommt.«

Ingeborg schwieg, aber sie spürte, wie unruhig sie während dieses Gespräches geworden war. Alles, was ihr fest gefügt und richtig schien, geriet plötzlich ins Wanken. Sollte sie sich tatsächlich geirrt haben? War sie wirklich im Begriff, einen Fehler zu begehen? Immerhin war das Jawort vor dem Altar etwas Unumstößliches. Bis dass der Tod sie scheide, würde sie danach mit einem Mann zusammenleben – mit einem Mann, zu dem sie vielleicht doch nicht ganz passte?

Ingeborg stand auf, heftig schob sie ihren Stuhl zurück. Tränen stiegen ihr in die Augen, aber weinen wollte sie jetzt auf keinen Fall. Nicht, solange Johannes Lehmann noch in ihrer Nähe war.

»Danke für das Schokoladeneis, Herr Doktor. Ich fahre jetzt nach Hause. Man wartet dort sicher schon auf mich.« Ingeborg griff nach ihrem Korb, der auf dem Fußboden stand.

»Versprechen Sie mir, dass Sie noch einmal nachdenken über das, was ich Ihnen gesagt habe, ja?« Johannes Lehmann schaute sie an, seine tiefblauen Augen waren fest auf die ihren gerichtet.

Ingeborg wandte den Blick ab. Die erste Träne ließ sich nicht mehr aufhalten, sie kullerte ihr über die Wange. »Nun lassen Sie mich doch endlich gehen! Merken Sie denn nicht, dass Sie nur alles durcheinander bringen?«

Ingeborg drehte sich um, sie begann zu laufen. Sie rannte, ohne sich auch nur noch einmal umzuschauen. Weg, nur weg von hier, wo alles, woran sie bis jetzt so fest geglaubt hatte, in sich zusammenzufallen und sich in Tränen aufzulösen drohte.

»Hanna?«

Hanna hörte, dass jemand nach ihr rief, und drehte sich um. Mit dem Handrücken strich sie sich ein paar Strähnen aus dem Gesicht, die sich aus dem Dutt am Hinterkopf gelöst hatten. Die Küche hing voller Dampf, es roch nach Birnen, Gelierzucker und Nelken. Seit dem frühen Vormittag machte sie jetzt schon Birnenmus und Kompott. Sie hatte alles an Fallobst im Garten aufgesammelt, was sie dies- und jenseits des Gartenzauns hatte finden können. Jetzt, wo keine Gäste mehr ins Café kamen, war es das Beste, hart zu arbeiten, um sich abzulenken. Wenn sie zu lange still auf einem Fleck saß, dann kam sie nur auf dumme Gedanken, was die Zukunft anging.

»Hanna?«

Wieder erklang die Stimme eines Mannes im Hausflur. Hanna lief zum Fenster, riss es auf, um den Wasserdampf ins Freie zu lassen, und rückte die geblümte Schürze zurecht, die sie über ihrem hellen Kattunkleid trug.

»Ja, ich bin hier. In der Küche.« Sie griff zu einem der Handtücher, die an der Wand am Haken hingen, und wischte sich die Hände ab. Himmel, sie sah bestimmt ganz fürchterlich aus – gerötet und zerzaust, die Schürze fleckig von der Küchenarbeit. Aber was half es, daran ließ sich jetzt auf die Schnelle auch nichts mehr ändern. Sie legte das Handtuch beiseite und trat in den Hausflur hinaus. Dort wartete Thomas, er stand auf der Türschwelle zur guten Stube und drehte sich um, als er sie kommen hörte.

»Hallo, Liebes. Da bist du ja. Ich habe Post für dich.« Thomas kam näher, er küsste sie zur Begrüßung auf die Wange. Hanna lächelte ihn an. Neuerdings fühlte sie sich ihm sehr nahe, sie war beinahe so verliebt wie damals, in den Tagen ihrer gemeinsamen Jugend. Ihr kam es so vor, als könne nichts ihr neu gewonnenes Glück trüben – wenn man einmal davon absah, dass Nicolai seinem Vater weiter ziemlich skeptisch gegenüberstand. Im Übrigen fühlte Hanna sich aber wie im siebten Himmel, wenn sie an ihre neu erwachte Liebe zu Thomas dachte. Die Stunden, die sie seit dem Kuss in der Hotelhalle von »Kliffende« mit ihm verbracht hatte, waren einfach wunderbar und herrlich unbeschwert gewesen. Sie hatten einander wieder gefunden, und jetzt würde man sie nicht mehr so leicht trennen können.

Hanna befreite sich aus Thomas' Armen und musterte den Umschlag, den er in der Hand hielt. »Du hast Post für mich? Von der Gewerbebank aus Schleswig, nicht wahr? Was schreiben sie? Lies es mir bitte vor.«

»Gut, wenn du möchtest.« Thomas riss das Kuvert auf und überflog den Inhalt des Schreibens. Er seufzte. »Nun ja, die Herren von der Gewerbebank sind immerhin zu einem Kompromiss bereit. Die Raten für den Kredit sollen geringer ausfallen als ursprünglich vereinbart. Du sollst bis zum Ende des Krieges nur zweihundert statt dreihundert Mark jeden Monat zahlen.«

»Ist das alles, was sie vorschlagen? Das hilft mir nicht. Ich habe keine zweihundert Mark pro Monat übrig. Solange das Café nicht läuft, verdiene ich überhaupt nichts. Ich lebe von meinen Ersparnissen.« Hanna wandte sich ab, sie wollte in die Küche zurück, doch Thomas hielt sie auf, indem er eine Hand auf ihren Unterarm legte. »Nun warte doch mal, Hanna, nicht so hastig. Wenn es dir recht ist, werde ich noch einmal mit den Herren in Schleswig verhandeln. Ich denke, das Beste wäre es, wenn ich persönlich in deinem Namen dort vorstellig werden würde. Meistens bringen solche Verhandlungen vor Ort mehr ein als ein Briefwechsel. Wenn du möchtest, kann ich auf dem Rückweg nach Flensburg über Schleswig fahren. Vielleicht ändern die Herren Bankiers ihre Meinung, wenn ich ihnen die Situation hier auf der Insel persönlich erkläre. Ich schätze, die haben gar keine Ahnung, was bei euch hier an der Küste so vor sich geht.«

»Du willst zurück nach Flensburg?« Hanna runzelte die Stirn. »Heißt das, du fährst nach Hause?«

»Ich muss, leider. Meine Kollegen brauchen mich in der Kanzlei. Ein Erbrechtsfall, in den ich eingearbeitet bin, steht zur Verhandlung an. Ich muss den Gerichtstermin wahrnehmen, Hanna, die Pflicht ruft. Es handelt sich um eine ziemlich große Sache, da kann ich nicht mal kurz einen Vertreter hinschicken.«

»Ach so, ich verstehe. Womit das Sommerabenteuer auf Sylt für dich dann ja wohl beendet wäre.«

»Es ist kein Abenteuer, Hanna. Es war dir doch bestimmt klar, dass ich nicht für den Rest meines Lebens einfach hier als Privatier auf Sylt leben kann, oder?« Thomas kam zu ihr, er wollte sie umarmen, doch Hanna machte eilig einen Schnitt nach hinten und entzog sich ihm auf die Weise. »Es ist also kein Abenteuer. Was ist es denn, wenn ich fragen darf?«

»Der Anfang von etwas sehr Schönem, wenn wir Glück haben. Ich würde mich freuen, wenn du mich so bald wie möglich in Flensburg besuchen würdest. Wie wäre es, wenn du das erste Septemberwochenende zu einem Ausflug auf das Festland nutzt? Jetzt, wo das Café nicht in Betrieb ist, hast du doch Zeit, um zu mir nach Flensburg zu kommen. Ich würde dir gern mein Haus zeigen. Und die Kanzlei natürlich auch.«

»Und was wird deine Frau dazu sagen, wenn ich bei euch in Flensburg auftauche? Hast du darüber auch schon mal nachgedacht?«

»Meine Frau?«

»Ja, deine Angetraute. Elfriede ist ihr Name, wenn ich mich recht erinnere. Du kannst dich doch wohl kaum in meiner Gesellschaft sehen lassen, solange du noch mit einer anderen verheiratet bist. Als was willst du mich deinen Freunden in Flensburg denn vorstellen? Als deine Cousine zweiten Grades? Oder als deine dich innig liebende, bisher verschollen geglaubte Schwester?«

Thomas senkte den Kopf. »Das wird nicht nötig sein. Ich werde den Leuten ganz einfach die Wahrheit sagen, schätze ich.«

Hanna lachte. »Du willst deinen Freunden sagen, dass du die Absicht hast, dir eine Geliebte zuzulegen? Na bravo. Vielleicht denkst du dabei auch mal an mich. Vielleicht ist es mir ja gar nicht recht, als dein Liebchen umhergereicht zu werden.«

Thomas seufzte. »Ich würde dich als meine Verlobte vorstellen, Hanna. Ich bin Witwer. Meine Frau ist tot. Sie starb vor zwei Jahren an den Folgen einer Blinddarmoperation. Ich habe es dir nicht gleich gesagt – weil ich erst einmal sehen wollte, ob wir zwei überhaupt noch zueinander passen nach all den Jahren.«

Hanna wurde blass. Fassungslos starrte sie Thomas an. »Du bist

Witwer? Deine Frau ist tot, und du spielst mir den unglücklich verheirateten Ehemann vor? Du hast mich nach Strich und Faden belogen, damit ich nicht auf die Idee komme, von dir geheiratet werden zu wollen – so ist es doch, oder?«

»Aber nein. Ich habe ein bisschen geschummelt, was meine Ehe angeht –«

»Du hast mich belogen. Du wolltest verhindern, dass ich mir ernsthafte Hoffnungen auf dich mache.«

Thomas schüttelte den Kopf. »Nein, darum ging es mir nicht. Ich brauchte einfach eine Pause. Meine Ehe mit Elfriede hat nie besonders gut funktioniert, das weißt du. Ich brauchte etwas Zeit, ich wollte mich nicht sofort wieder in eine neue Verbindung stürzen.« Thomas streckte die Hand aus, aber Hanna wich zurück. »Hanna, bitte! Sei jetzt nicht wieder so verdammt gnadenlos. Ich habe dir eben die volle Wahrheit gesagt. Denkst du, das ist mir leicht gefallen?«

Hanna machte noch einen Schritt zurück. »Du hast mich belogen, weil du mich auf Distanz halten wolltest, Thomas. Du hast mir eine Komödie vorgespielt, damit ich gar nicht erst versuche, Besitzansprüche an dich zu stellen. Das ist das zweite Mal, dass du mich bitter enttäuscht hast. Ich bin wieder auf dich reingefallen.«

»Hanna, jetzt übertreibst du aber wirklich. Ich bitte dich ausdrücklich um Entschuldigung. Es war ein Fehler, ich bereue zutiefst, ihn begangen zu haben. Ich falle vor dir auf die Knie, wenn du willst – was kann ich denn sonst noch tun?«

»Auf dich ist einfach kein Verlass, Thomas, das ist der Punkt. Du bist so standhaft wie ein Fähnchen im Wind. Es hat keinen Zweck mit uns beiden. Ich lasse mich von dir nicht noch einmal hinters Licht führen. Im Übrigen möchte ich, dass du jetzt gehst, und zwar sofort. Ich will dich hier nicht mehr sehen, hast du gehört?«

»Hanna, bitte!« Thomas machte einen Schritt auf Hanna zu, doch sie drehte sich auf dem Absatz um und lief die Treppe hinauf. Sie stürmte den Gang im Obergeschoss hinunter, riss die Tür zu ihrem Schlafzimmer auf und warf sie mit Schwung hinter sich ins Schloss. Hastig schob sie den Riegel vor und lehnte sich dann von innen gegen die Tür.

Jetzt nur niemanden hören und sehen müssen, mit niemandem sprechen müssen über das, was sie eben erfahren hatte. Die absolute Stille war das Einzige, was sie jetzt ertrug.

Kapitel 16

»Was ist das denn? Ist der Herr Pastor etwa schon wieder gegangen?« Nicolai stand auf der Türschwelle zur Stube und zupfte am Knoten seiner Krawatte, die er sich offenbar gerade erst umgebunden hatte. Ohne ihn eines Blickes zu würdigen, begann Ingeborg, das Teegeschirr auf dem Tisch zusammenzuräumen. »Ja, er ist weg. Wir zwei haben hier eine geschlagene Stunde auf dich gewartet. Dann musste Pastor Christiansen weiter – zu einem dringenden Krankenbesuch.«

»Eine Stunde habt ihr auf mich gewartet? Das kann doch gar nicht sein. Wieso kommt der Mensch denn eine Stunde zu früh? Vier Uhr hatten wir doch vereinbart.«

»Drei Uhr hatten wir vereinbart. Tu nicht so, als ob du das vergessen hättest. Dir waren andere Dinge wichtiger als dieses Gespräch. Dabei wollten wir noch einmal die Trauung miteinander durchsprechen.« Ingeborg drehte sich kurz um und warf Nicolai einen bösen Blick zu. »Ein solches Gespräch ohne den Bräutigam – weißt du, wie albern ich mir vorgekommen bin, hier die ganze Zeit allein auf dem Sofa mit dem Herrn Pastor?«

Nicolai nickte, langsam kam er näher. »Das kann ich mir vorstellen. Es tut mir Leid, es war ein Versehen. Ich habe wirklich geglaubt, Christiansen kommt erst um vier Uhr.«

»Das glaube ich dir nicht, Nico.« Ingeborg wandte sich wieder dem Geschirr zu. Laut klirrend setzte sie die leere Teekanne auf das Tablett. »Wo warst du? Sag nichts, ich kann es mir denken. Du warst wieder drüben bei Jörn Ehlers, stimmt's? Was heckt ihr beide nur schon wieder aus? Wollt ihr wieder bei Nacht und Nebel auf Austernfang?«

Nicolai seufzte leise. »Liebes, nun fang bitte nicht wieder damit an. Ich habe dir gesagt, dass mir die Sache mit dem Pastor Leid tut. Ich habe mich nicht absichtlich verspätet. Es war ein Irrtum, wirklich. Wenn du möchtest, können wir ja heute Abend noch einmal nach Keitum fahren und dort mit Christiansen über unsere Hochzeit sprechen.«

»Das können wir, aber es beantwortet meine Frage nicht, Nico. Was hast du dauernd drüben bei Ehlers auf dem Hof zu suchen?« Ingeborg hob das Tablett mit dem Teegeschirr an, ließ es aber gleich darauf wieder sinken und drehte sich zu Nicolai um. Ihr Ärger war ihr deutlich anzusehen. »Du warst gestern schon den ganzen Nachmittag bei Ehlers. Hast du mir nicht versprochen, mit der Austernklauerei Schluss zu machen?«

»Ja, das habe ich dir versprochen.« Nicolai lächelte schwach. »Und ich werde mein Versprechen auch halten. Sobald ich das Geld für das Hotel zusammenhabe, höre ich auf. Zwei bis drei Fischzüge noch im September und Oktober – vorausgesetzt, der Krieg macht uns keinen Strich durch die Rechnung –, und dann können Hanna und ich bis zur nächsten Saison die Raten für ›Kliffende‹ bestimmt zusammenbringen.«

»O Nicolai, das ist nicht dein Ernst! Zwei Monate willst du noch so weitermachen? Das werde ich nicht zulassen!« Ingeborg war versucht, vor Wut über das, was sie eben von Nicolai gehört hatte, die Teetassen zu Boden zu werfen, doch sie hielt sich zurück, weil sie wusste, dass er auf solche Temperamentsausbrüche nicht reagierte. Stattdessen schüttelte sie nur energisch den Kopf. »Das meinst du doch nicht wirklich, oder? Was ist, wenn sie dich erwischen? War dir der Streifschuss beim letzten Mal denn immer noch keine Lehre? Du hast mir auf dem Krankenbett versprochen, dass du Schluss machst mit diesen Geschichten. Der Austernfang auf den Fiskalbänken ist verboten. Es ist keine Kleinigkeit, wenn du da fischen gehst. Sie stecken dich ins Gefängnis, wenn sie dich kriegen!«

»Dafür müssen sie mich erst einmal erwischen. Wir haben Krieg, Ingeborg. Da haben die Leute andere Sorgen als das bisschen Schwarzfischerei draußen vor der Sandbank von Jordsand.«

»Glaubst du das wirklich? Meinst du, dass sie niemanden mehr ins Gefängnis stecken, weil der Kaiser dem Zaren den Krieg erklärt hat? Das ist ein Irrtum, mein Lieber. Die Polizei hat dich doch bereits auf dem Kieker. Du hast mir selbst erzählt, dass euer Dorfpolizist schon hier war und das Haus durchsucht hat.«

Nicolai kam näher. Um Ingeborg zu besänftigen, legte er ihr

beide Hände auf die Schultern. »Beruhige dich erst mal wieder, mein Kleines. Ehlers und ich, wir sind keine Anfänger. Wir wissen, was wir tun. Vor der Polizei habe ich keine Angst, das kannst du mir glauben.«
»Und um mich machst du dir auch keine Sorgen? Wir wollen morgen heiraten, Nicolai. Ich habe deinetwegen mit meinen Eltern gebrochen. Ich habe keine Geschwister und keine Freunde, die mir helfen könnten, wenn dir etwas zustößt. Ich bin ganz und gar auf dich angewiesen, ist dir das klar?«
Nicolai schlang seine Arme um Ingeborgs Taille. »Ich stehe doch auch zu dir, mein Liebling. Ich will nur dich. Zweifelst du etwa an meiner Liebe zu dir?«
»Nein. Aber eben weil wir heiraten wollen, ist es wichtig für mich, dass ich mich auf dich verlassen kann, verstehst du das denn nicht?«
Ingeborg schob Nicolai zur Seite und befreite sich damit aus seiner Umarmung. Ihre Augen funkelten. »Überleg dir doch mal, was du da tust. Was soll denn aus mir werden, wenn du ins Gefängnis musst? Wovon soll ich leben? Ich habe keinen eigenen Beruf, ich bin auf Sylt eine Fremde. Ich wäre hier völlig hilflos ohne dich. Du ruinierst dein Leben mit dieser blöden Schwarzfischerei – und meines gleich mit.« Ingeborg holte tief Atem, sie spürte, wie ihr Herz vor Empörung laut zu klopfen begonnen hatte. Johannes Lehmann fiel ihr ein, sie sah das süffisante Lächeln vor sich, das er aufgesetzt hatte, als er über ihr zukünftiges Leben als Gastwirtin gesprochen hatte. Ingeborg fürchtete sich nicht davor, hinter dem Tresen eines Kaffeehauses oder hinter der Rezeption eines Hotels zu stehen. Was sie fürchtete, war, dass Nicolai mit seiner unersättlichen Gier nach Geld ihre bürgerliche Existenz zerstören würde. Der Ruf der Familie hier auf der Insel wäre auf ewig ruiniert, wenn man Nicolai den Prozess wegen Diebstahls von Staatseigentum machte.
»Ingeborg.« Nicolais Stimme klang sanft. »Du übertreibst, merkst du das nicht? Ich tue das alles doch für uns beide. Das Hotel ist unsere Zukunft. Wenn Deutschland den Krieg gewinnt, haben wir mit ein bisschen Glück im nächsten Jahr eine

große Badesaison vor uns, dann haben die Leute Geld und kommen in Scharen. Wir werden ihnen ein Haus präsentieren, das mit dem neuesten Komfort ausgestattet ist. ›Kliffende‹ wird das vornehmste Hotel in Kampen sein, dafür werden wir sorgen. Das ist doch etwas, wofür es sich zu kämpfen lohnt, oder?«

»Wenn der Kampf mit erlaubten Mitteln geführt wird, dann habe ich nichts dagegen. Ich bin nicht faul, Nico, ich werde dich unterstützen, so gut ich kann – wenn du mir versprichst, dass du nicht mehr rausfährst, um Austern zu stehlen. Dieses verdammte Hotel kann doch nicht alles sein, was für dich zählt. Weißt du, was ich glaube? ›Kliffende‹ ist nur ein Vorwand. Eigentlich geht es dir darum, den Leuten so schnell wie möglich zu zeigen, was in dir steckt. Dein mörderischer Ehrgeiz macht dich blind für alle Gefahren. Der kleine Eseltreiber von ehedem will unbedingt der größte Hotelier im Ort werden. Dafür ist dir jedes Mittel recht – so ist es doch, oder?«

Nicolai zuckte mit den Schultern. Eine leichte Unmutsfalte kräuselte seine Stirn, doch er war sichtlich bemüht, seinen Ärger nicht zu zeigen. Er sah Ingeborg an. »Selbst wenn es so wäre – ich sehe nicht, was an meiner Einstellung falsch sein soll. Ich möchte etwas erreichen, wer will das nicht? Daran ist doch nichts auszusetzen. Es wäre auch zu deinem Besten, wenn ich das Hotel zu einem Erfolg führen würde.«

»Du verstehst mich nicht. Ich habe Angst um dich – und um mich selbst auch. Ich habe Angst um das Leben, das wir uns hier aufbauen wollen. Vielleicht dauert die Abzahlung des Hotels etwas länger, wenn wir auf das Geld verzichten, das du für die gestohlenen Austern bekommen kannst. Dafür sind wir aber auf der sicheren Seite. Ich will nicht in Angst leben müssen, Nico. Und ich will dir vertrauen können, das ist wichtig für mich. Also, was ist – versprichst du mir, ein für alle Mal aufzuhören mit der Austernklauerei? Oder wirst du wieder mit Ehlers rausfahren?« Ingeborg trat einen Schritt zurück, um Nicolai in die Augen zu sehen, doch er wandte den Blick ab.

»Im September und Oktober werden wir noch zwei- bis dreimal draußen fischen. Danach ist Schluss, das verspreche ich dir. Sobald wir die Raten für ›Kliffende‹ im Griff haben, rühre ich die Streicheisen nie wieder an, darauf hast du mein Wort.«

»Das genügt mir nicht. Ich möchte, dass du die Diebstähle sofort aufgibst. Was ist, wenn ich dich heirate, schwanger werde und sie dich dann verhaften und ins Gefängnis bringen? Was wird dann aus mir und dem Kind? Versprich mir, dass du nach unserer Trauung nicht mehr rausfährst, sonst bin ich nicht zufrieden.«

Nicolai schüttelte langsam den Kopf. »Das geht nicht. Unsere Trauung ist schon in ein paar Tagen. Ich muss danach noch einmal raus. Ich bin bei Ehlers im Wort.«

»Dann ist ein Versprechen an mich also weniger wert als eines an Jörn Ehlers?«

Nicolai sah zu Boden, er schwieg. Ingeborg wartete noch einen Augenblick, doch nichts geschah. Sie spürte, wie die ersten Tränen in ihr aufstiegen. Sie empfand Wut und Trauer über das, was sich hier abspielte. Dass Nicolai und sie so kurz vor der Hochzeit eine echte Meinungsverschiedenheit hatten, das störte sie nicht, das kam in den besten Familien vor. Aber dass der Mann, den sie heiraten wollte, offenbar überhaupt nicht bereit war, auf ihre Argumente einzugehen, das machte sie wütend. Nicolai war ein furchtbarer Dickschädel. Wie sollte sie ein ganzes Leben an seiner Seite verbringen, wenn er nicht bereit war, ihr zuliebe einmal auf etwas zu verzichten, was er sich in den Kopf gesetzt hatte?

Ingeborg fuhr sich mit dem Handrücken über beide Wangen, um die Tränen wegzuwischen. »Du bist so entsetzlich stur, Nicolai. Ich weiß nicht, ob ich das aushalte. Du schimpfst auf deinen Vater, weil er deine Mutter verlassen hat, als sie mit dir schwanger war. Aber du bist auch nicht viel besser als er. Ohne Rücksicht auf mich versuchst du deinen Willen durchzusetzen. Deine Ziele sind alles, was wichtig ist. Wo ich bleibe und was ich empfinde, das ist dir ganz egal. Das kannst du nicht machen. Nicht mit mir.«

Ingeborg griff nach ihrer linken Hand und löste den Verlobungsring. Mit einem Ruck zog sie ihn vom Finger. »Hier, nimm ihn

zurück. Einen Mann, dem ich nicht vertrauen kann, den werde ich auch nicht heiraten.«
Nicolai starrte zuerst Ingeborg an, dann den kleinen goldenen Reif, den sie in seine Hand gelegt hatte. Die Perle auf dem Ring glänzte matt im einfallenden Tageslicht. Im selben Moment hatte Ingeborg sich schon abgewandt und lief aus dem Raum. Die Tür fiel mit einem lauten Scheppern hinter ihr ins Schloss. Mit großen Schritten rannte sie in den Flur hinaus und von dort in ihr Schlafzimmer – immer in der Hoffnung, dass ihre Tränen nicht schneller sein würden als sie selbst.

Zur selben Zeit schaute Richard sich auf der menschenleeren Promenade von Westerland um. Trostlos war das, so ein Urlaubsort beinahe ohne Urlauber. In diesem Moment verwünschte er den Krieg und alles, was dazugehörte. Dies war sein erster Besuch auf Sylt, er war noch nie zuvor auf der Insel gewesen. Trotzdem konnte er sich lebhaft vorstellen, wie es hier aussah, wenn Heerscharen von Badegästen den Ort bevölkerten. Er dachte an die unzähligen weißen Sonnenschirme, die sommerlich leichten Kleider der Damen, die im Sonntagsstaat flanierenden Herren und die Kinder, die am Strand in ihren Matrosenanzügen spielten. Und über allem die strahlende Sommersonne, dazu das Rauschen der Meereswellen im Hintergrund – eine Idylle, wie sie perfekter nicht sein konnte.
Ohne seine Badegäste allerdings wirkte Westerland traurig und verlassen. Nur hier und da lustwandelten noch ein paar Sommerfrischler, die meisten von ihnen hatten bereits an den vergangenen beiden Tagen geradezu fluchtartig die Insel verlassen. Dass hier und da ein paar Militärs herumstanden, belebte die Szenerie auch nicht gerade.
Nun gut, was half das alles, er war ohnehin nicht hier, um Urlaub zu machen. Er musste Ingeborg finden. Richard drehte sich um und wandte sich dem Ort zu, der sich in Richtung Osten ins Inselinnere erstreckte. Westerland war eine richtige Stadt, es besaß ein Postamt mit Telegrafenstation und ein imposantes Kurhaus aus massivem Backstein. Richard hatte sich vorgenom-

men, sowohl im Telefonverzeichnis der Insel als auch bei der Kurverwaltung Erkundigungen über Hanna einzuziehen. Luise hatte ihm gesagt, dass sie eine Gaststätte mit dem Namen »Friesencafé« in Kampen betrieb, doch bevor er sich dort sehen ließ, wollte Richard sich vergewissern, dass sich Hannas Aufenthaltsort nicht geändert hatte. Schließlich war es drei Jahre her, seit Luise und Ingeborg ihre verhängnisvollen Ferien hier verbracht hatten. In drei Sommern konnte viel geschehen. Vielleicht hatte Hanna sich ein neues Domizil gesucht – schließlich war sie schon als junges Mädchen reichlich flatterhaft gewesen. Darauf, dass sie treu und brav auf ihrer Scholle blieb, konnte er nach seinen Erfahrungen jedenfalls nicht unbedingt vertrauen.
Richard ging die Friedrichstraße hinunter. Irgendwo auf der linken Seite, so hatte man ihm in seinem Hotel gesagt, sollte die Stephanstraße abgehen, an der das Postamt lag. Er kannte sich noch nicht besonders gut aus, schließlich war er erst gestern angekommen. Den gestrigen Abend hatte er ausnahmslos auf dem Hotelzimmer verbracht, und auch heute war er bis jetzt wegen seiner gesundheitlichen Verfassung einfach nicht im Stande gewesen, das Hotel zu verlassen. Nach der grausamen Überfahrt von Hoyerschleuse nach Munkmarsch hatte er sich ganz furchtbar elend gefühlt. Von der Schaukelei in der Kiste hatten ihm sämtliche Knochen wehgetan, der Geruch nach altem Öl war ihm lange nicht aus der Nase gegangen. Eine Magenverstimmung hatte ihn zusätzlich gequält, wahrscheinlich hatte er unterwegs irgendetwas Unrechtes gegessen. In seinen nächtlichen Träumen hatte ihn das Gefühl, in der dunklen Kiste an Bord der Fähre eingesperrt zu sein, weiterverfolgt. Seit dem frühen Nachmittag ging es ihm zum Glück etwas besser, die Übelkeit und dieser ziehende Schmerz in seiner linken Seite waren fast verschwunden. Er hatte sich aufgerafft, denn er konnte es sich nicht leisten, noch mehr Zeit im Bett zu verbringen. Er wusste nicht, was Ingeborg inzwischen hier auf der Insel angestellt hatte – genauso wenig wie er wusste, was Konrad wohl derweil in Plön trieb. Er musste diese Sache hier erledigen, um dann schleunigst wieder nach Jarrelund zurückzukehren.

Richard blieb stehen. Er wollte sich gerade bei einem jungen Mädchen auf der gegenüberliegenden Straßenseite nach dem Weg zum Postamt erkundigen, als ihm eine Frau auffiel, die in diesem Moment die Straße überquerte. Sie war schlank und blond, trug ein weiß-blaues Mantelkleid mit einem Schalkragen und einen genau dazu passenden hellen Strohhut mit breiter Krempe. Richard sah ihr nach. Die Art, in der die Unbekannte an ihm vorüberging, weckte Erinnerungen in ihm. Ohne lange zu überlegen, nahm er ihre Verfolgung auf. Die Frau war im gleichen Alter wie Hanna, sie besaß deren Statur und hatte auch die gleiche Haarfarbe wie seine Schwester. Natürlich konnte das ein Zufall sein, natürlich war es nicht wahrscheinlich, dass er es wirklich mit Hanna zu tun hatte – aber immerhin, vollkommen ausgeschlossen war es auch nicht. Auf der Insel hielten sich kaum noch Badegäste auf. Bei den Leuten, denen man jetzt auf der Straße begegnete, musste es sich ganz überwiegend um Einheimische handeln. Das Seebad Sylt stand vor seiner Schließung, auf der Insel galt der Befehl eines militärischen Kommandanten. Wer jetzt noch hier war, der gehörte auch hierher – wenn man von ihm selbst einmal absah.
Richard drehte sich um. Die Frau entfernte sich weiter in Richtung Osten. Sie eilte über den Bürgersteig und ließ dabei immer wieder ihre Blicke über die Auslagen der Geschäfte gleiten, was sich allerdings kaum lohnte, da nur wenige Läden geöffnet hatten. Richard folgte der Frau, er blieb in Sichtweite hinter ihr. Er ließ die Fremde nicht aus den Augen, obwohl er selbst nicht genau wusste, was er eigentlich von ihr wollte.
Vor einem weiß verputzten Haus am Ende der Friedrichstraße blieb die Frau stehen. Sie musterte kurz ein Schild mit der Aufschrift »S. Gabriel, Damenschneiderin« und verschwand dann in dem Hauseingang daneben.
Ein Besuch bei der Schneiderin stand also an, das war natürlich eine wichtige Angelegenheit. Hatten Frauen jemals etwas anderes im Kopf als ihre Garderobe? Mochten Kriege ausbrechen und sich schwere Gewitter über den Häuptern eines ganzen Volkes zusammenbrauen – egal, die Frauen brauchten etwas Neues an-

zuziehen, so waren sie nun einmal. Richard überlegte, ob er sofort zum Postamt weitergehen oder erst irgendwo eine Kleinigkeit essen sollte. Jetzt gleich nach Kampen fahren wollte er nicht, er verspürte keine große Lust, in der größten Nachmittagshitze in irgendeinem schlecht gefederten Karren die Schaukelpartie zu einem Dorf am anderen Ende der Insel zu machen. Richard griff zu einem Taschentuch, das in er der Westentasche aufbewahrte, und betupfte sich damit die Stirn. Er wollte sich gerade abwenden, als die Unbekannte das Haus gegenüber schon wieder verließ. Sie trug jetzt ein großes, in weißes Seidenpapier eingeschlagenes Paket über dem Arm – offenbar hatte sie ein Kleid bei ihrer Schneiderin abgeholt. Richard überquerte die Straße. In dem Moment, als er den Bürgersteig auf der anderen Seite erreichte, hob die Fremde ihren Kopf. Richard sah ihr direkt ins Gesicht. Es war Hanna, die vor ihm stand – sie war es tatsächlich, und sie hatte sich kaum verändert. Er spürte, wie ihn beinahe schlagartig Kindheitserinnerungen überfluteten. Plötzlich sah er sein altes Schaukelpferd vor sich – und Hanna als Kleinkind im Rüschenkleid, wie sie auf dem hölzernen Pferd vor Freude juchzend auf und ab wippte. Die ungezählten Stunden, die sie beide als Kinder badend am See von Jarrelund verbracht hatten, kamen ihm in den Sinn. Er dachte an Hannas Konfirmation, an die gemeinsamen Reitausflüge in die nähere Umgebung des Hauses. Damals waren sie doch Freunde gewesen. Warum hatte das eigentlich nicht so bleiben können? Warum hatte das Schicksal ihnen beiden so viele Hindernisse in den Weg gestellt?

»Hanna?« Richard machte einen Schritt auf seine Schwester zu. Er lächelte schwach. »Ich bin es, Richard, dein Bruder.«

Die Frau warf ihm einen irritierten Blick zu, sie antwortete nicht. Schweigend stand sie da und starrte ihn an. Erkannte sie ihn nicht? Hatte er sich so sehr verändert?

Richard lächelte erneut. »Komm, ich weiß doch, dass du es bist. Du erkennst mich doch auch, nicht wahr? Wie geht es Ingeborg? Sie ist bei dir, oder?« Richard wartete einen Moment, doch Hanna schwieg. »Luise hat mir verraten, dass du ein Café in

Kampen betreibst. Alles Leugnen ist zwecklos, Hanna. Ich weiß von der Freundschaft unserer Kinder. Ich habe eigens den langen Weg vom Festland hierher gemacht, um mit Ingeborg zu sprechen. Das wirst du mir nicht abschlagen können. Immerhin ist sie meine Tochter.«

Hanna sagte noch immer nichts, sie stand nur da und betrachtete ihren Bruder wie eine Fundsache, die lange Zeit verloren geglaubt war und jetzt wieder auftauchte. Richard fühlte sich unter diesen kritischen Blicken etwas unbehaglich. Warum sagte sie nicht endlich etwas, und sei es etwas noch so Belangloses? »Komm, Hanna, sei nicht albern, ich weiß doch, wen ich vor mir habe. Tu nicht so, als würdest du mich nicht erkennen. Ingeborg ist noch nicht volljährig, noch habe ich das Recht, etwas über sie zu erfahren. Sie wohnt bei dir, nicht wahr? Soll ich etwa die Polizei bemühen, um mit meiner Tochter sprechen zu dürfen?«

Endlich schien Hanna eine Regung zu zeigen. Sie runzelte die Stirn, als habe sie echte Zweifel an dem, was Richard ihr da erzählte. »Ingeborg ist freiwillig zu mir gekommen, Richard. Und wie du vielleicht weißt, feiert sie morgen ihren einundzwanzigsten Geburtstag. Es dürfte dir also nicht mehr viel einbringen, wenn du dich so energisch auf dein Recht als Vater berufst. Ich denke, Ingeborg hat ihre Wahl getroffen. Das sollten wir respektieren.«

»Sie hat ihre Wahl getroffen? Was meinst du damit?«

»Deine Tochter hat ihr Elternhaus verlassen, das meine ich damit. Soweit ich weiß, hat sie nicht vor, freiwillig zurückzukehren.« Hanna legte das Paket, das sie trug, von ihrem rechten Unterarm auf den linken. Das Seidenpapier raschelte, als sie einen flüchtigen Blick auf die Uhr warf, die an einem Goldkettchen an ihrem Hals hing. »Es tut mir Leid, aber ausgerechnet heute habe ich wenig Zeit. Wenn du möchtest, besuche Ingeborg. Ich habe nichts dagegen, obwohl ich nicht weiß, ob ihr das recht ist. Heute ist es allerdings schon recht spät, und morgen sind wir nicht zu Hause. Wenn du kommen möchtest, dann tue es am besten übermorgen.«

»Morgen seid ihr nicht zu Hause? Was soll das heißen? Morgen ist doch Ingeborgs Geburtstag.« Richard musterte seine Schwester misstrauisch.
»Eben, morgen ist Ingeborgs Geburtstag, und den feiern wir außer Haus. Schließlich wird deine Tochter volljährig.«
»Richtig. Ein großer Tag. Und da möchte ich ja vielleicht auch dabei sein.«
»Ich glaube nicht, dass deine und Ingeborgs Wünsche in diesem Punkt übereinstimmen. Entschuldige mich jetzt bitte. Wie ich schon sagte, habe ich noch einiges zu erledigen.«
Richard schnaufte. »Falls du versuchst, mich von meiner Tochter fern zu halten –«
»Aber das tue ich doch ganz gewiss nicht.«
»Du versuchst aus irgendeinem Grund, Zeit zu schinden, das merke ich sehr wohl. Das Mädchen ist jung und unerfahren. Wenn du ihr irgendwelche Flausen in den Kopf setzt –«
»Was denn für Flausen?« Hanna schüttelte den Kopf. Richard war klar, dass sie die Entrüstete nur spielte, ihre Empörung war nicht echt, aber er wusste nicht, wie er ihr beikommen konnte. Er stand da und fühlte sich hilflos. Der Herr Assessor würde nicht ewig warten wollen, und der Einfluss, den Hanna und ihr Sohn auf das Mädchen ausübten, war sicher nicht der beste.
Hanna warf ihm einen kühlen Blick zu. »Lass uns hier auf der Straße nicht streiten, Richard. Das erregt nur Aufsehen und bringt nichts ein. Ich habe dir gesagt, dass du Ingeborg gern besuchen kannst. Mein Haus in Kampen steht dir offen, was willst du mehr? Natürlich kannst du auch morgen kommen und vor verschlossener Türe stehen. Du hast die Wahl. Also dann – bis übermorgen.« Hanna wandte sich ab und ließ Richard stehen. Mit hoch erhobenem Kopf wanderte sie die Friedrichstraße hinunter. Richard kniff die Augen zusammen und schaute ihr hinterher. Die ruhige Selbstsicherheit, die Hanna ihm gegenüber an den Tag gelegt hatte, störte ihn. Das Treffen mit ihm schien sie längst nicht so aufgeregt zu haben, wie er erwartet hatte. Sie wirkte, als sei sie sich ihrer Sache sehr sicher. Vermutlich führte sie irgendetwas im Schilde, er fragte sich nur, was das sein

konnte. Vielleicht war es das Beste, wenn er sich doch gleich auf den Weg nach Kampen machte? Wenn nur diese elende Hitze nicht wäre, die ihn zunehmend quälte.
Richard spürte, wie erneut eine Welle von Übelkeit in ihm aufstieg. Für einen kurzen Moment wurde ihm schwarz vor Augen, er musste sich gegen die Hauswand hinter ihm lehnen. Dort stand er sekundenlang und rang nach Luft. Die Sonne über ihm brannte von einem wolkenlosen Himmel, weit und breit war kein schattiges Plätzchen in Sichtweite. Dieser verdammte Sommer setzte ihm in diesem Jahr wirklich sehr zu – und er konnte nicht einmal sagen, warum. Früher hatte ihn das Wetter überhaupt nicht gekümmert. Wahrscheinlich war er einfach überarbeitet, ansonsten hatte er keine vernünftige Erklärung für seine immer wiederkehrenden Schwächeanfälle. Vielleicht war es ratsam, in Westerland einen Arzt aufzusuchen. Es war ja nicht auszuschließen, dass er irgendeine Erkrankung mit sich herumtrug, die er nicht rechtzeitig bemerkt und verschleppt hatte. Selbst als Laie wusste man ja, dass solche Sachen oft Böses nach sich zogen.
Mühsam rappelte Richard sich auf. Er beschloss, zu der Apotheke hinüberzugehen, die er auf dem Weg hierher an einer Straßenecke gesehen hatte. Dort würde er sich etwas gegen seine Übelkeit geben lassen und anschließend auf seinem Hotelzimmer ein wenig ausruhen. Wahrscheinlich brauchte er nach der entsetzlichen Überfahrt noch etwas Schonung. Seine Gesundheit ging in jedem Fall allem anderen vor. In diesem Zustand konnte er unmöglich nach Kampen fahren, dazu fühlte er sich einfach nicht in der Lage. Was machte es auch aus, ob er nun heute oder morgen ins Friesencafé kam? Volljährig wurde Ingeborg so oder so, mit ihm und ohne ihn.

Luise bückte sich und zog die Zeitung unter dem Türspalt hervor, in dem sie feststeckte. Vorn auf dem Titel der *Glückstädter Fortuna* prangte in dicken, schwarzen Lettern die Schlagzeile des Tages: »Deutschland erklärt Frankreich den Krieg«. Luise erschrak. Hastig überflog sie die nächsten Zeilen. Frankreich hatte sich geweigert, der deutschen Regierung eine Neutralitätserklärung für den begonnenen Konflikt mit Russland zu geben, und daraufhin hatte Deutschland Frankreich den Krieg erklärt. Langsam ließ Luise die Zeitung in ihren Händen sinken. Der Zweifrontenkrieg, nun war er also da. Hatte ihr Vater nicht gerade gestern Abend noch erklärt, dass im Fall eines Zweifrontenkrieges die Chancen für Deutschland schlecht stünden, den Feldzug zu gewinnen, auf den sich die Deutschen so leichtfertig eingelassen hatten? Frankreich auf der einen und Russland auf der anderen Seite – das, was Vater die »Kneifzange« unserer Gegner genannt hatte, war jetzt schon Realität.

»Luise! Was ist, kommst du? Der Tee wird kalt!«

Die Stimme ihres Vaters kam aus dem Speisezimmer, wo er mit dem Frühstück wartete.

»Ich komme gleich.« Luise sah den Gang hinunter, an dessen Ende das Frühstückszimmer lag. Die Tür zum Garten war offen, von draußen war Vogelgezwitscher zu hören. Wie sollte sie dem alten Herrn diese schlechten Neuigkeiten beibringen? Papa war herzkrank und musste sich schonen. Sich nicht aufzuregen würde ihm schwer fallen, denn er bangte um seine männlichen Angehörigen – es gab da vier Neffen, an denen er sehr hing, alles Söhne seines jüngeren Bruders. Sie hatten ihre Einberufung schon bekommen und waren eingerückt. Vermutlich saßen sie jetzt bereits in irgendeinem Zug, der sie an die Westfront brachte.

Luises Blick glitt noch einmal über die Zeitungsseite. Mehr aus Gewohnheit als aus echtem Interesse überflog sie den Rest der Schlagzeilen und fand dabei weiter unten eine zweite Nachricht – etwas kleiner gedruckt als die Kriegserklärung, aber auch immer noch in dicken Buchstaben. »Mysteriöser Leichenfund in Plön«. Sie runzelte nachdenklich die Stirn. »Unbekannte männliche Leiche mit Schussverletzung in einem Gasthof aufgefunden. Selbstmord oder Mord? Die Polizei tappt im Dunkeln.«

Luise betrachtete die kleine, etwas verschwommene Fotografie, die neben dem Zeitungsartikel zu sehen war. Ein Mann mit einem schmalen, glatt rasierten Gesicht schien sie direkt anzusehen, er lächelte ausgesprochen freundlich. Auf dem Bild wirkte er sympathisch, harmlos geradezu. Es musste ein älteres Foto aus besseren Tagen sein, aber dennoch – die Ähnlichkeit war nicht zu übersehen. Luise las die Bildunterschrift: »Wer kennt diesen Mann und kann Angaben zu seinem letzten Aufenthaltsort machen?«

Sie könnte es. Und Richard auch, wenn er denn wollte. Aber wahrscheinlich würde trotzdem keiner von ihnen beiden freiwillig zur Person des Toten aussagen. Ihre Auskünfte würden neue Fragen der Polizei heraufbeschwören, ärgerliche, lästige Fragen. Wozu sollte das jetzt noch gut sein? Konrad von Waltersporn war tot, polizeiliche Ermittlungen machten ihn nicht wieder lebendig. Luise dachte an die unangenehme Begegnung, die sie mit ihm auf der Terrasse von Jarrelund gehabt hatte. Diese ekelhafte Geschichte, die er ihr aufgetischt hatte, und sein ungeschickter Versuch, sie unter Druck zu setzen und zu erpressen, fielen ihr wieder ein. Jetzt, da alle Stricke gerissen waren, hatte er es offenbar vorgezogen, von der Bühne abzutreten, auf der er am Ende nur noch eine sehr klägliche Rolle gespielt hatte.

Luise faltete die Zeitung zusammen und klemmte sie sich unter den Arm. Was konnte die Welt da draußen ihr noch anhaben? Sie war zurück im Haus ihrer Eltern, an dem Ort, an dem sie die glücklichsten Tage ihres Lebens verbracht hatte. Mochten die Menschen da draußen sich doch zerfleischen und Hand an sich legen, so viel sie wollten. Sie war hier in Sicherheit – und hier würde sie bleiben, wahrscheinlich für immer. Was für ein beruhigendes Gefühl es doch war, ein Zuhause zu haben.

Kapitel 17

Ingeborg sah zum Fenster hinüber. Dort auf dem Stuhl lag es, ihr Hochzeitskleid. Ein Traum aus schneeweißem Seidencrepe. Es war eigens nach ihren Vorstellungen und nur für diesen einzigen Tag angefertigt worden. Es sah bezaubernd aus. Warum nur hatte sie auf einmal so viel Angst davor, es anzuziehen?

»Komm schon, Liebes. Die Leute stehen unten im Flur und warten auf euch. Außerdem ist jemand vor deiner Tür, der unbedingt ein großes Versprechen bei dir loswerden möchte.« Hanna hatte schweigend neben dem Bett gestanden, jetzt kam sie näher. Behutsam legte sie Ingeborg beide Hände auf die Schultern. »Sei nicht so hart zu deinem Zukünftigen, Herzchen. Nicolai weiß, dass er im Unrecht war, ich habe gestern Abend noch sehr lange mit ihm über diese Geschichte gesprochen. Er ist bereit, mit der Austernfischerei aufzuhören – er fährt nicht wieder hinaus. Heute nicht und niemals. Jetzt ist es an dir, ihm zu vertrauen.«

»Hat er das wirklich gesagt? Dass er nicht wieder hinausfährt, meine ich?« Ingeborg drehte sich um. Fertig frisiert für ihre Trauung, aber noch im Unterkleid stand sie da. Obwohl es ein strahlend schöner Tag war, fror sie ein wenig. Die Aufregung über den Streit hatte sie in der letzten Nacht kaum schlafen lassen. Ob es Nicolai wirklich Leid tat? Wollte er wirklich einlenken? Sie warf Hanna einen zweifelnden Blick zu.

»Er hat es gesagt – und ich glaube ihm. Schließlich kenne ich meinen Sohn. Er hat begriffen, dass er mit eurer Eheschließung Verantwortung für euch beide übernimmt. Du kannst ihm vertrauen. Wenn er eines nicht will, dann, dem Vorbild seines Vaters nachzueifern. Er wird dich nicht im Stich lassen. Nicolai wird gut für dich sorgen, glaube mir.« Hanna ging zum Fenster hinüber und hob das matt glänzende Kleid von dem Stuhl, auf dem es lag. »Komm, Liebes. Es wird Zeit.«

Ingeborg schwieg, sie sah zu Boden. Was es richtig, jetzt klein beizugeben und Nicolai einfach zu verzeihen?

Hanna seufzte leise. »Ach, Mädchen. Was geht nur in dir vor?

Warum bist du auf einmal so mutlos? Bisher war doch alles so wunderbar einfach mit euch beiden. Du gehörst doch schon längst zu uns.« Hanna kam langsam näher. »Ich weiß nicht, ob es richtig ist, es dir gerade jetzt zu sagen. Reg dich bitte nicht auf, ja? Dein Vater ist hier auf der Insel. Ich habe ihn gestern in Westerland getroffen.«
Ingeborg erschrak. Ihr Vater war hier. Ob er Mutter mitgebracht hatte? Für den Bruchteil eines Augenblicks stellte Ingeborg sich vor, es könne doch noch alles gut werden, ihre Eltern könnten der Ehe mit Nicolai schließlich doch zustimmen und dabei sein, wenn sie heute mit ihm vor den Altar trat. Aber dann fiel ihr Gregor Timmerland wieder ein und Vaters beharrliche Weigerung, irgendeinen anderen als Schwiegersohn in Betracht zu ziehen als ausgerechnet diesen wohlhabenden Langweiler. Nein, eine rührselige Versöhnung vor dem Altar in Sankt Severin würde es nicht geben, nicht mit Vater. Was der sich einmal in den Kopf gesetzt hatte, das versuchte er auch durchzusetzen. Ingeborg seufzte leise. Es gab keinen Weg zurück. Im Grunde hatte sie sich doch auch längst entschieden. Das Leben hier im Friesencafé war ihr inzwischen so vertraut, dass Jarrelund und ihre Eltern darüber mehr und mehr in Vergessenheit geraten waren. In ihr Elternhaus zurückkehren konnte sie nicht – nicht ohne für den Rest ihrer Tage unglücklich zu sein.
Ingeborg sah Hanna an. »Und? Hast du mit Vater gesprochen? Was hat er gesagt?«
»Ja, ich habe mit ihm gesprochen. Er stand plötzlich vor mir, nachdem ich dein Brautkleid bei der Schneiderin abgeholt hatte. Ich denke, er ist auf die Insel gekommen, um dich nach Hause zurückzuholen.«
»Oh nein. Hat er das wirklich gesagt?« Ingeborg spürte, wie sie unruhig wurde. Wie hatte sie nur so naiv sein können, über eine Versöhnung überhaupt nachzudenken? Versöhnungen waren gewiss nicht Vaters Stärke. Er war ein Kämpfer, er gab niemals freiwillig klein bei. Es lag sehr viel näher, dass er hier erschien und alles Mögliche unternahm, um sie und Nicolai zu entzweien – und gerade das wollte sie auf keinen Fall. Ingeborg

runzelte nachdenklich die Stirn. »Egal, was er sagt oder tut, ich werde nicht mit ihm gehen. Vater weiß doch, dass ich heute volljährig werde. Von heute an bin ich frei.«
»Wahrscheinlich sieht er das anders. Zu mir hat er allerdings zunächst einmal nur gesagt, dass er mit dir sprechen will. Aber letztendlich wird er dich nach Hause zurückholen wollen. Warum sollte er sich sonst die Mühe machen und eigens auf die Insel kommen, noch dazu, wo eben gerade ein Krieg ausgebrochen ist und er sicherlich im Amt gebraucht wird? Er hätte dir schließlich auch einen Brief schreiben können – das hat er aber nicht getan. Also, wenn du nicht zurückwillst nach Jarrelund –«
Ingeborg schüttelte langsam den Kopf. »Nein. Das will ich nicht.«
»Sondern? Was möchtest du denn?« Hannas Stimme wurde sanft. »Du hast ganz einfach ein bisschen Angst vor der Ehe, nicht wahr?«
»Ein bisschen schon. Ich weiß nicht, ob ich das Richtige tue, wenn ich so früh heirate.«
»Aber du liebst Nicolai doch, oder?« Hanna betrachtete Ingeborg prüfend.
»Ja, das tue ich. Ich liebe ihn. Sehr sogar.«
Hanna lächelte. »Aber dann sind die Aussichten für euch beide doch gut – wenn man mal von diesem unseligen Krieg absieht, heißt das, aber der geht auch vorbei. Ansonsten ist doch alles in schönster Ordnung. Ihr zwei habt ein Zuhause und seid dabei, euch eine gemeinsame Existenz aufzubauen. Ich werde euch dabei unterstützen. Da kann doch nicht viel schief gehen – oder gibt es einen anderen, der deiner Ehe mit Nicolai im Wege steht?«
Ingeborg schüttelte den Kopf. Einen anderen? Nein, den hatte es niemals gegeben. Ihre Gedanken wanderten kurz zu Johannes Lehmann, doch sie empfand wenig, wenn sie an ihn dachte. Nein, Hanna hatte Recht. Außer dem albernen Streit über die Austernfischerei gab es nichts, was sie daran hinderte, mit Nico vor den Traualtar zu treten. Und wenn er jetzt dazu bereit war, ihr das Versprechen zu geben, um das sie bisher vergeblich ge-

kämpft hatte, dann wäre es töricht gewesen, ihm noch länger zu grollen.
Ingeborg hob den Kopf und lächelte. Sie hatte sich endgültig entschieden. Im nächsten Moment streckte sie beide Arme nach ihrem Hochzeitskleid aus. Behutsam half Hanna ihr in das lange Kleid, dessen Oberteil ganz aus Brüsseler Spitze bestand. Hanna knöpfte es auf dem Rücken zu, dann glättete sie sorgfältig den bodenlangen Rock, der mit einer perlenbestickten Bordüre endete. Hanna seufzte. »Wunderbar, das Kleid ist eine Pracht. Du siehst aus, als wärst du einem Pariser Modejournal entstiegen.«
Ingeborg blieb stumm. Schweigend ließ sie sich von Hanna bei der Hand nehmen und zu dem großen Spiegel an der Wand neben dem Fenster führen. Hanna schob sie darauf zu und deutete auf ihr Spiegelbild. »Schön, nicht wahr? Du siehst bezaubernd aus.«
Ingeborg nickte. Sprachlos starrte sie auf das schimmernde, glänzende Gewebe, in das Hanna sie gehüllt hatte. Sie konnte kaum glauben, dass sie es sein sollte, die da im Spiegel zu sehen war. Das schimmernde Wesen, das sie mit großen Augen ein wenig scheu anschaute, sah tatsächlich wunderschön aus.
»Und jetzt noch der Schleier. Du bist die eleganteste Braut auf der ganzen Insel, Liebes. Wie gut, dass das Wetter heute mitspielt und wir uns den Landauer ausgeliehen haben. Lisa hat ihn mit Girlanden geschmückt. Das ganze Dorf wird Spalier stehen, wenn wir mit dir zur Kirche fahren.«
Ingeborg lächelte und nahm auf dem Stuhl vor dem Spiegel Platz. Hanna steckte ihr die Krone aus weißen Seidenblumen und Perlen auf, bevor sie gleich darauf den daran befestigten Schleier über Ingeborgs Schultern legte.
»Fertig. Jetzt brauchen wir nur noch die Handschuhe.«
Ingeborg stand auf und ließ sich die langen Glacéhandschuhe über beide Arme streifen. Dann trat Hanna einen Schritt zurück, um ihr Werk noch einmal im Spiegel zu betrachten. »So ist es gut. Und nun warte.«
Sie ging zur Tür hinüber und öffnete sie. Ingeborg drehte sich um. Draußen auf dem Gang stand Nicolai. Er trug einen schwarzen

Anzug mit silbern glänzender Weste. In der Hand hielt er einen Strauß aus gelben Teerosen und Schleierkraut. Als die Tür aufging, hob er den Kopf und schaute Ingeborg an. Sie sah die Bewunderung in seinem Blick, als er sie von Kopf bis Fuß musterte. Während Hanna schweigend den Raum verließ, kam Nicolai langsam näher. Er wirkte beinahe ein wenig schüchtern, so wie er sie stumm, aber mit großen Augen betrachtete. Wortlos legte er ihr den Rosenstrauß in den Arm, bevor er in seine Tasche griff und den Verlobungsring herausholte, den sie ihm im Streit zurückgegeben hatte. Ingeborg streckte die Hand aus und sah zu, wie er den Ring auf ihren Finger schob.

»Ich werde nach unserer Hochzeit nicht wieder zum Austernfischen hinausfahren. Ich weiß jetzt, dass ich dir das nicht zumuten kann. Du brauchst keine Angst davor zu haben, dass ich mich verhalten werde wie mein Vater. Ich werde dich niemals im Stich lassen, das verspreche ich dir bei allem, was mir heilig ist. Willst du meine Frau werden?« Nicolai schaute ihr in die Augen. Ingeborg erkannte die stumme Bitte in seinem Blick und nickte. »Ja, ich will. Ich liebe dich, Nico.«

»Ich liebe dich auch.« Nicolai beugte sich zu ihr hinunter und küsste sie sanft. Als er sich von ihr löste, lächelte er. »Ich habe noch etwas für dich. Es soll mein Hochzeitsgeschenk sein.«

Er öffnete seine Hand. Darin lag eine goldene Kette aus ovalen Gliedern und mit einem zierlichen, runden Medaillon daran. Nicolai lächelte. »Das ist hübsch, nicht wahr? Es hat einmal deiner Mutter gehört. Dein Vater hat ihr die Kette zur Hochzeit geschenkt. Ich bin sicher, Luise hätte nichts dagegen, wenn sie wüsste, dass du sie in Zukunft tragen wirst. Es bleibt ja in der Familie.«

»Diese Kette hat einmal meiner Mutter gehört? Aber – woher hast du sie dann?« Ingeborg nahm den Schmuck auf und betrachtete ihn im Licht. Behutsam öffnete sie das Medaillon. Auf seiner Innenseite fand sich eine Gravur in Schreibschrift: Richard und Luise von Lassen. Plön, den 5. Juni 1891.

Nicolai nahm Ingeborg die Kette aus der Hand und betrachtete die Gravur. Dann gab er sie zurück. »An dem Tag, als meine

Mutter Jarrelund verlassen musste, hat sie das Schmuckstück als Abschiedsgeschenk von deiner Mutter bekommen. Es sollte eine Art Notgroschen sein, verstehst du? Meine Mutter hat die Kette all die Jahre über aufgehoben, und jetzt gehört sie dir.«
Ingeborg schluckte. »Das ist eine wunderschöne Geschichte, finde ich. Leg mir die Kette bitte um, ja? Ich möchte sie in der Kirche tragen.«
Nicolai nickte. Vorsichtig legte er Ingeborg das Schmuckstück um den Hals. Dann reichte er ihr seinen Arm. Ingeborg schaute noch einmal in den Spiegel und holte tief Luft, bevor sie gemeinsam mit Nicolai den Raum verließ. Ihre Kindheit und Jugend waren vorbei.
Das Leben begann.

Hanna saß in kerzengerader Haltung auf dem Rücksitz der offenen Kutsche hinter dem Brautpaar. Sie schaute zu, wie der girlandengeschmückte Landauer mit Nicolai und Ingeborg langsam durch das Dorf rollte. Alles war genau so, wie sie es sich für diesen Tag erträumt hatte. Die Kinder, die von heute an endgültig keine mehr waren, saßen im Wagen vor ihr und hatten nur füreinander Augen. Die Sonne schien auf das junge Paar, eine kaum spürbare Brise wehte vom offenen Meer über das spätsommerlich grüne Land. Vor ihren Friesenhäusern standen die Nachbarn Spalier, kaum einer fehlte, alle wollten sehen, wie das Brautpaar zur Kirche nach Keitum fuhr.
Ingeborg hatte sich gewünscht, in der kleinen Kirche Sankt Severin zu heiraten, die weithin sichtbar inmitten der Felder am Nordrand des Dorfes am Watt stand. Hanna konnte das verstehen, denn Keitum besaß die schönste Kirche auf der ganzen Insel. Dort war Nicolai vor zwanzig Jahren getauft worden. Heute würde er in dieser Kirche den Bund fürs Leben schließen – und das nicht mit irgendeinem Mädchen. Nicolai heiratete eine junge Frau von Adel, die Adoptivtochter der Familie, dessen Oberhaupt Hanna vor zwanzig Jahren aus ihren Reihen verstoßen hatte. Hanna konnte nicht leugnen, dass sie diese Heirat als eine Art Wiedergutmachung empfand. Ihr Leben lang hatte sie

nicht verwunden, dass sie Jarrelund wegen Richards harter Haltung hatte verlassen müssen. Wie anders hätte ihr Leben verlaufen können, wenn ihr Halbbruder sich damals nur ein ganz klein wenig toleranter gezeigt hätte? Heute war der Tag, an dem das Schicksal ihr für die erlittenen Ungerechtigkeiten eine Belohnung zuerkannte. Sie hatte Nicolai zu einem vorzeigbaren jungen Mann erzogen, und Ingeborg hatte ihn zu ihrem Ehemann gewählt. Damit wurde Nicolai wieder in die Familie aufgenommen, der er nach Richards Willen eigentlich niemals hatte angehören sollen.

Hanna spürte, wie ein leiser Schmerz sich in ihre Betrachtung mischte. Sie hatte ihre Schuldigkeit als Mutter getan, von heute an würden die Jungen ihren Weg ohne sie gehen. Rasch wischte sie sich eine Träne von der Wange. Jetzt nur nicht weinen, es gab keinen Grund dafür. Älter wurden alle Menschen, nicht nur sie. Selbstmitleid war nicht angebracht, schließlich machte ihr Sohn eine anständige Partie, jede Mutter wäre stolz auf ihn gewesen. Wenn es ernsthaft etwas zu betrauern gab, dann nur, dass sie allein hier sitzen musste. Gern hätte sie Thomas, Luise oder Richard neben sich gehabt. Dass keiner von ihnen die Eheschließung von Nicolai und Ingeborg miterlebte, schmälerte ihre Freude etwas. Thomas wenigstens hätte dabei sein sollen, immerhin war er Nicolais Vater. Ihre Versöhnung war beinahe perfekt gewesen – es hatte nicht viel gefehlt, und sie hätten diesen besonderen Tag wirklich zusammen feiern können. Leider hatte Thomas auch diesmal wieder versagt. Er hatte sie belogen, er hatte wieder versucht, einer dauerhaften Bindung zu ihr aus dem Weg zu gehen. Warum fürchtete er sich nur so davor? Er liebte sie doch, das hatte sie gespürt. Warum war er so feige, wenn es darum ging, ihre Verbindung zu festigen?

Die Hochzeitskutsche hielt an, die kleine Prozession hatte die Pforten von Sankt Severin erreicht. Pünktlich setzten die Glocken mit ihrem Geläut ein, der Wind trug ihren herrlichen Klang weit in das Land und bis ins Watt hinüber. An der niedrigen Hecke, die den Friedhof neben der Kirche begrenzte, standen etliche Schaulustige und guckten. Hanna sah zu, wie der

Kutscher der Braut aus dem Wagen half, dann stieg sie selbst aus. Sie richtete ihren pflaumenfarbenen Hut mit der großen Straußenfeder, den sie sich eigens zu dem neuen Kleid in derselben Farbe hatte machen lassen. Der kleine Zug aus Hochzeitsgästen formierte sich hinter Ingeborg und Nicolai. Hanna nahm ihren Platz an der Spitze der Prozession ein. An der schmalen Pforte gab es eine kleine Verzögerung, sie mussten warten, denn Pastor Christiansen war zur Begrüßung des Brautpaars vor der Kirche erschienen. Er drückte erst Ingeborg, dann Nicolai die Hand und sprach ein paar Worte mit beiden.

Hanna wusste um die Auszeichnung, die darin lag, vom Pastor am Eingang abgeholt zu werden. Das tat Christiansen nur bei den Bedeutenderen seiner Gemeindemitglieder, und auch für sie erschien er an der Pforte seines Gotteshauses nur bei großen Anlässen. Doch die Familie Boysen befand sich, was ihren Rang in der Dorfgemeinschaft anging, eindeutig im Aufwind, keine Frage. Dass Ingeborg aus gutem Hause stammte und Hanna die kommende Hoteliersfrau in Kampen war, weil sie das große Haus am Roten Kliff erworben hatte, hatte sich bereits herumgesprochen. Die große Feier heute, zu der Hanna beinahe hundert Gäste geladen hatte, würde das ihrige tun, um ihr Ansehen unter den Inselbewohnern zu steigern.

Pastor Christiansen schien mit seiner kleinen Ansprache an das Brautpaar fertig zu sein und trat beiseite. Hanna wollte ihnen folgen, als sich plötzlich jemand an ihre Seite drängte. Sie wandte den Kopf und sah direkt in das Gesicht von Thomas Eckermann. Ganz plötzlich, als wäre er vom Himmel gefallen, stand er neben ihr. Sie hatte ihn nicht kommen sehen, entsprechend verblüfft war sie über seinen Anblick. Im dunklen Zweireiher sah er gut aus; nobel gekleidet wie immer, reichte er ihr lächelnd zur Begrüßung die Hand. »Ich dachte mir, es wäre schöner, wenn wir unseren Sohn gemeinsam in die Ehe begleiten, Hanna. Erlaubst du mir, den Platz an deiner Seite einzunehmen?« Thomas reichte ihr den Arm. Sie zögerte eine Sekunde, doch dann hakte sie sich wortlos bei ihm ein. Hanna wusste, dass sie keine andere Wahl hatte, schließlich wollte sie jetzt kein Aufsehen erregen. Selbst wenn sie nicht damit einverstanden gewesen wäre, neben Thomas die Trauung der Kinder zu erleben, hätte sie ihm das hier nicht sagen können. Sie waren von Hochzeitsgästen umringt, aller Augen waren auf sie gerichtet. Hanna zwang sich zu einem Lächeln. »Ich dachte, du wärst schon abgereist, Thomas.«

»Ich habe die Abreise verschoben. Herzlichen Glückwunsch übrigens. Das Ganze hier ist wirklich perfekt arrangiert. Schöner kann eine kirchliche Trauung kaum sein. Schließlich ist dieses Fest aber auch dein Werk, oder? Sonnenschein, ein vor Glück strahlendes Paar – und eine junge Braut, wie man sie sich hübscher kaum vorstellen kann. Es ist fast wie ein Märchen. Dieses Ereignis ist ein Triumph für dich, nicht wahr?«

»Triumph ist vielleicht ein wenig zu viel gesagt. Ich freue mich für die Kinder, dass alles bisher so gut geklappt hat.« Hanna wandte den Blick ab. Thomas' Anwesenheit verwirrte sie. Warum war er nicht nach Flensburg zurückgefahren, so wie er es beabsichtigt hatte? Eigentlich hatte er es nicht verdient, hier an ihrer Seite zu sein, nach allem, was er ihr angetan hatte. Sie hatte ihm die schmähliche Lügengeschichte von seiner vermeintlichen Ehefrau noch lange nicht verziehen. Oder tat sie es vielleicht doch? War sie nicht vielleicht gerade im Begriff, genau das zu tun? Gerade eben, als sie so allein im Wagen gesessen hatte, da hatte sie sich Thomas doch sogar herbeigewünscht. Erst jetzt, wo er wirklich da war, dachte sie ausschließlich an die Kränkungen, die er ihr mit seiner Lüge über seine angeblich noch existierende Ehe zugefügt hatte.

Hanna hob den Kopf und warf Thomas unter dem Rand ihres Hutes hervor einen prüfenden Blick zu. Wahrscheinlich war es an der Zeit, nicht ausschließlich an sich selbst zu denken. Was auch immer er ihr mit seiner neuerlichen Zurückweisung angetan haben mochte, er war trotz allem Nicolais Vater. Nicolai und Ingeborg hatten zumindest heute, an diesem ganz besonderen Tag, ein Recht darauf, dass die Familie sich zu ihren Ehren versammelte und Frieden untereinander hielt.

Hanna betrat mit Thomas den Vorraum der Kirche. Genau in

diesem Moment drehte sich Ingeborg zu ihr um und blinzelte ihr zu. Sie hielt die Anwesenheit ihres zukünftigen Schwiegervaters wohl für eine gelungene Überraschung. Vielleicht hatte sie ihn selbst gebeten zu kommen?

Ohne Thomas anzusehen, ließ Hanna sich von ihm durch das Kirchenschiff zu den vorderen Plätzen am Altar führen, die für die engsten Familienmitglieder des Brautpaars reserviert waren. Von der Orgel setzte das Te Deum ein, die Musik flutete hinunter in das Kirchenschiff. Hanna nahm auf der Bank in der ersten Reihe neben Thomas Platz, der Pastor erschien am Altar, der Gottesdienst begann. Alles lief so reibungslos, dass Hanna sich fragte, warum diese innere Unruhe, die sie schon seit einiger Zeit in sich spürte, sie nicht endlich verließ. War es die Anwesenheit von Thomas, die sie so verstörte? Das konnte es nicht sein, Thomas benahm sich tadellos, er machte eine gute Figur. Die meisten der Hochzeitsgäste wussten gar nicht, wer er war, so dass es ihr auch nicht peinlich sein musste, ihn neben sich zu haben. Wahrscheinlich hielten die Leute ihn für irgendeinen Verwandten vom Festland, der eigens zu diesem großen Fest angereist war.

Hanna zwang sich ihre Aufmerksamkeit auf den Gottesdienst zu lenken. Sie sah zu, wie das Brautpaar sich von seinen Stühlen vor dem Altar erhob. Beide sprachen das Jawort mit fester Stimme. Der Tausch der Eheringe, der übliche Kuss für die Braut, der Segen des Pastors, alles war genau so, wie es sein sollte. Hanna nickte Nicolai zu, der sich in diesem Moment lächelnd zu ihr umdrehte. Gerade als die Orgel wieder einsetzte, kam ihr der Gedanke, der die Unruhe und die Anspannung erklärte, unter der sie litt.

Richard.

Während der letzten Stunde hatte sie vollkommen vergessen, dass er sich auf der Insel befand. Was machte er wohl in diesem Moment, da aus seiner einzigen Tochter eine Frau Boysen wurde?

Richard erreichte das hübsche Friesenhaus inmitten des großen, von Feldsteinen umgebenen Gartens am frühen Nachmittag. Er

ließ den Kutscher mit der Droschke am Wegesrand warten und stieg aus. Das also war es, das legendäre Friesencafé, das Hanna vor Jahren im Haus ihrer Großeltern eröffnet hatte. Er selbst war niemals zuvor hier gewesen, er hatte Hannas Großeltern mütterlicherseits zu deren Lebzeiten nicht kennen gelernt. Wozu auch, schließlich hatte es sich nur um angeheiratete Verwandte gehandelt, die Eltern seiner Stiefmutter, einfache Leute von bäuerlicher Abstammung.
Richard ging langsam näher heran. Die Restauration schien hier im Dorf eine feste Größe zu sein. Gleich der erstbeste Knabe, den er am Ortseingang danach gefragt hatte, war in der Lage gewesen, ihm den Weg hierher genau zu beschreiben.
Richard wanderte den Weg entlang, der von der steinernen Gartenmauer zum Haus führte. Weiß getüncht, grüne Fensterrahmen mit Butzenscheiben, eine prächtige, grün gestrichene Doppeltür und natürlich das charakteristische Reetdach darüber. Richard war beeindruckt, das konnte er nicht abstreiten. Das Anwesen besaß etwas Stattliches. Kein Wunder, dass es den Badegästen hier gefiel.
Er schob das aufwendig in lila Seidenpapier verpackte Geschenk, das er für Hanna mitgebracht hatte – ein paar teure Pralinen aus einer Konfiserie in Westerland –, unter den Arm und ließ den Türklopfer gegen die Haustür fallen. Drinnen blieb alles ruhig, weder Schritte noch Stimmen waren zu hören. Nun gut, Hanna hatte ihn gewarnt. Er werde vor verschlossener Tür stehen, wenn er einen Tag früher als vereinbart käme, hatte sie gesagt. Man wolle Ingeborgs einundzwanzigsten Geburtstag irgendwo in einem Lokal außerhalb feiern. Wie vornehm man bei Boysens doch war. Es musste der Familie wirklich gut gehen. Und dabei waren sie nichts weiter als einfache Schankwirte.
Richard trat einen Schritt zurück und schaute zum Giebel hinauf. Eigentlich hätte er sofort wieder gehen können, doch wo er nun schon einmal hier war, wollte er sich den Besitz wenigstens gründlich ansehen. Ganz ohne Reiz war es schließlich nicht, was seine Halbschwester sich hier aufgebaut hatte, das musste der Neid ihr lassen.

Richard wanderte über den Kiesweg um die Hausecke herum. Er wollte einen Blick auf das Grundstück hinter dem Haus werfen, um zu sehen, wie groß der Kaffeegarten war, der vorne am Tor auf einem Reklameschild angepriesen wurde. Er umrundete das Haus und stand im nächsten Augenblick plötzlich einem Schäferhund gegenüber, einem schwarzen Tier mit gebleckten Zähnen, das ihn wütend anknurrte. Richard schrak zurück, um ein Haar wäre ihm die Schachtel heruntergefallen, die er unter dem Arm hielt.

»Zurück, Senta. Komm her zu mir und mach Sitz.«

Ein Mädchen stand im Garten neben einem Johannisbeerbusch und schnitt Blumen. Sie trug ein Kattunkleid und eine geblümte Schürze, die Haare hatte sie unter einem schlichten Kopftuch aus grobem Leinen verborgen. Hinter ihr aufgereiht standen Tische und Stühle auf einer Terrasse, alle zusammengeschoben und übereinander getürmt – es sah aus, als sei die Saison schon vorbei. Aber des Krieges wegen war sie das ja tatsächlich, hier würden sich so bald keine Urlauber mehr tummeln.

Der Hund hatte dem Mädchen gehorcht und sich zurückgezogen. Richard wagte sich ein paar Schritte weiter heran. Das Mädchen richtete sich auf und sah ihn an. »Wenn Sie ins Café wollen, das ist heute geschlossen. Und die Hochzeitstafel ist auch nicht hier im Haus. Nach der Kirche fahren alle zum Essen ins Hotel Miramar in Westerland.«

»Hochzeitstafel?« Richard runzelte die Stirn. »Wer heiratet denn?«

»Wer heiratet? Na, der Sohn von der Frau Boysen.« Das Mädchen strich sich das Kopftuch glatt und warf dabei einen skeptischen Blick auf die Schachtel, die er unter dem Arm trug. Richard folgte ihrem Blick. Das Geschenk, sie hatte die Schachtel mit den Pralinen bemerkt, die er bei sich hatte. Vermutlich hatte sie ihn deswegen für einen der Hochzeitsgäste gehalten.

»Gespeist wird also im Hotel Miramar, soso. Und die Trauung? Kannst du mir auch sagen, wo die stattfindet?« Richard lächelte freundlich, schließlich wollte er gern noch ein wenig mehr über das Fest wissen, das hier überraschenderweise gefeiert wurde.

»Die Trauung ist in Keitum. Wenn Sie eingeladen sind, dann sind Sie aber schon spät dran.« Das Mädchen musterte ihn von Kopf bis Fuß. In ihrem Blick lauerte jetzt der Argwohn. Vermutlich war sogar ihr inzwischen aufgefallen, dass er kein Hochzeitsgast sein konnte. Andernfalls hätte er wissen müssen, wo die Feier, um die es ging, stattfand. Richard überlegte kurz, ob es noch irgendetwas Wissenswertes gab, was das scheinbar etwas einfältige Dienstmädchen ihm hätte verraten können, aber er kam zu dem Schluss, dass es klüger war, sie nicht weiter zu befragen. Selbst bei einem unbedarften Wesen wie diesem hier würde er damit nur Misstrauen wecken.
»Na, dann werde ich mal wieder gehen. Schönen Dank auch.« Richard nickte dem Mädchen zu, doch das beachtete ihn schon gar nicht mehr. Es hatte sich wieder den Blumen zugewandt, denen es mit einem spitzen Messer die Stängel abschnitt. Er wandte sich zum Gehen, zügig umrundete er das Haus. Richard hatte es plötzlich eilig, ohne selbst sagen zu können, warum eigentlich. Irgendetwas in seinem Inneren trieb ihn auf einmal zur Eile an. Dass hier etwas nicht stimmte, war offensichtlich. Hanna hatte ihm gesagt, dass sie heute Ingeborgs Geburtstag feiern wollten – mit einem Ausflug ins Blaue, so jedenfalls hatte er sie verstanden. Und nun kam er hierher und musste feststellen, dass Ingeborgs Geburtstag mit einem viel bedeutenderen Ereignis zusammenfiel, von dem Hanna ihm überhaupt nichts erzählt hatte. Hannas einziger Sohn, sein Neffe, heiratete heute – und das, obwohl der junge Mann nicht viel älter als zwanzig Jahre sein konnte.
Richard beschleunigte seine Schritte. Im Laufschritt erreichte er die Kutsche und stieg ein.
»Bringen Sie mich nach Keitum. Gibt es im Ort dort eine Kirche?«
»Jawohl, der Herr, die gibt es. Sankt Severin heißt sie. Möchten Sie dahin?« Der Kutscher wandte sich zu ihm um.
»Allerdings. Und zwar möglichst schnell, wenn ich bitten darf.« Richard ließ sich gegen die Rückenlehne der Sitzbank sinken und erwartete ungeduldig, dass die Droschke ins Rollen kam.

Hatte Luise ihm nicht etwas von heimlichen Briefen erzählt, die jahrelang zwischen Ingeborg und Hannas Sohn gewechselt worden waren? Doch, natürlich war davon die Rede gewesen. Luise hatte Ingeborgs Verhältnis zu diesem Jüngling, der von Gesetzes wegen ihr Cousin war, als sehr innig beschrieben. Und heute heiratete dieser Knabe also, ausgerechnet heute feierte er Hochzeit, noch bevor er volljährig geworden war. Er heiratete mit Zustimmung seiner Mutter, das stand fest, denn ansonsten hätte man ihn als Minderjährigen gar nicht trauen dürfen.

Richard schloss für einen Moment die Augen. Ihm wurde ganz übel, wenn er daran dachte, wen dieser Mensch womöglich gerade zum Altar führte. Es durfte nicht wahr sein, es konnte nicht stimmen. Kein vernünftiger Standesbeamter in diesem Land würde seine Unterschrift unter eine Heiratsurkunde setzen, mit der einem jungen Mann die eigene Cousine ersten Grades zur Ehefrau gegeben wurde.

Richard schlug die Augen auf und schaute auf die lila blühende Heide hinaus, die an ihm vorbeizog. Er wusste es selbst, Ingeborg war nicht seine leibliche Tochter. Sie war eine adoptierte von Lassen und deshalb eben gerade nicht daran gehindert, einen jungen Mann zu heiraten, der nur auf dem Papier, aber nicht der Abstammung nach ihr Cousin ersten Grades war.

Richard legte das Päckchen mit den Pralinen ab und fuhr sich mit dem Handrücken hastig über die verschwitzte Stirn. Diese Geschichte drohte eine unheilvolle Wendung zu nehmen. Aber vielleicht kam er doch noch nicht zu spät, um die Trauung zu verhindern. Schließlich war er bei Assessor Timmerland im Wort. Er hatte dem jungen Mann versprochen, Ingeborg wieder nach Hause zu bringen. Timmerland war geradezu vernarrt in Ingeborg, aber selbst er würde das Interesse verlieren, wenn er erfuhr, dass irgendein ein Fischer von der Insel ihm zuvorgekommen war.

Ungeduldig betrachtete Richard die sommerliche Insellandschaft. Feldlerchen stießen zwitschernd in das Blau eines wolkenlosen Himmels, die gleißende Sonne prallte auf gelb leuchtendes Fingerkraut und tiefblauen Lungenenzian, die in voller Blüte am Wegesrand standen. Richard seufzte. Dieser Tag hätte so schön sein können, wenn da nur nicht dieser Aufruhr in ihm geherrscht hätte. Alles, wofür er so lange gearbeitet hatte, drohte den Orkus hinunterzugehen. Richard spürte, wie das bereits bestens vertraute Gefühl von Beklemmung ihn beschlich. Es war, als umklammere eine eiserne Faust seinen Brustkorb. Sicherlich hatte er sich überanstrengt, er litt an nervösen Störungen. Wie sollte es auch anders sein, bei den Härten, die das Schicksal ihm hier zumutete. Hannas uneheliches Balg als Schwiegersohn, das hätte ihm gerade noch gefehlt. Es konnte einfach nicht wahr sein. Ingeborg musste doch noch einen Funken Verstand im Kopf haben. Sie konnte den Sohn einer Gastwirtin nicht einem Mann wie dem Assessor Timmerland vorgezogen haben. Oder etwa doch?

Richard griff kurz unter sein Jackett, er legte eine Hand auf die Stelle neben dem Brustbein, auf der immer öfter dieser seltsame Druck lastete. Er würde nach seiner Rückkehr sicherheitshalber Doktor Langhans in Plön aufsuchen. Nicht, dass er sich für ernsthaft krank hielt, aber Vorsicht war nun einmal die Mutter der Porzellankiste.

Der Wagen verlangsamte seine Fahrt. Der Kirchturm ragte jetzt unmittelbar vor ihm auf. Vor dem weiß getünchten, lang gestreckten Bau aus Feld- und Backsteinen standen eine Menge Leute herum, abgestellte Pferdefuhrwerke warteten an der Kirchenmauer.

»Halten Sie an der Kirche.« Richard tippte seinem Kutscher auf die Schulter.

»Genau davor?« Der Mann schob seine Mütze in den Nacken.

»So dicht davor wie irgend möglich. Und das auch so schnell wie möglich, wenn ich bitten darf.«

Richard bemerkte den Blick des Kutschers, der ihn kurz streifte, aber er kümmerte sich nicht darum. Sollte der Mann doch denken, was er wollte. Er wurde für seine Dienste bezahlt, über Richards Absichten musste der sich nicht den Kopf zerbrechen, auch wenn er sie insgeheim noch so merkwürdig finden mochte.

Richard gab dem Kutscher die Anweisung, vor der Kirche auf ihn zu warten, kletterte vom Rücksitz der Droschke und betrat den schmalen Kiesweg, der zu einer hölzernen Pforte führte. Ohne nach rechts und links zu schauen, eilte er auf das Kirchenportal zu. Er drängte sich durch die Menge der Schaulustigen hindurch, die sich auf dem kleinen freien Platz vor dem Gotteshaus versammelt hatte. Die Leute steckten die Köpfe zusammen und raunten sich gegenseitig etwas zu, doch er achtete nicht auf sie.

Mit einem Ruck stieß er die breite Kirchentür auf und betrat das Gebäude, in dem eine angenehme Kühle herrschte. Hinter dem schlichten, viereckigen Vorraum lag das Kirchenschiff, in dessen Fenster diffus das Sonnenlicht fiel. Richard näherte sich dem Mittelgang. Am Ende des Ganges, vor dem schönen Flügelaltar, stand das Brautpaar, gerade in diesem Moment drehten die beiden sich zu ihm um. Schlagartig wurde Richard bewusst, das seine schlimmsten Befürchtungen sich bewahrheitet hatten. Dort vorn, unter dem weit ausladenden Kronleuchter aus funkelndem Messing, stand seine einzige Tochter in Brautkleid und mit Schleier. An ihrer Seite befand sich ein Jüngling im dunklen Anzug – nicht sonderlich groß, aber von kräftiger Gestalt, äußerlich ohne Fehl und Tadel. Die beiden schienen ihn bisher nicht bemerkt zu haben. Mit einem stolzen Lächeln zog der Bräutigam Ingeborgs Arm unter den seinen. Diese besitzergreifende Geste war mehr, als Richard ertragen konnte. Das Maß war voll, er hatte genug. Ohne noch lange zu überlegen, stürzte er den Mittelgang hinunter, er rannte auf den Altar zu. Noch war schließlich nicht aller Tage Abend. Er würde die Ehe annullieren lassen, das war es, was er tun würde. Husarenstücke wie dieses durfte er Ingeborg nicht ungestraft durchgehen lassen – und auch Hanna, die ihre Hand dazu geliehen hatte, gehörte ordentlich die Meinung gesagt.

Genau vor Ingeborg blieb Richard stehen. Noch bevor sie etwas sagen konnte, packte er den Unterarm seiner Tochter, er zog sie zu sich heran.

»Vater.« Ingeborgs Stimme klang leise, aber sie wirkte nicht im

Mindesten überrascht. Ob sie geahnt hatte, dass er kommen würde?
»Jawohl, ich bin es, mein Kind. Und du machst jetzt Schluss mit dieser Maskerade und kommst mit in mein Hotel.«
»Maskerade? Ich habe eben geheiratet, Vater. Ich dachte, du würdest mir gratulieren.« Ingeborgs Stimme blieb ruhig.
»Gratulieren? Zu dieser Mesalliance?« Richard schüttelte den Kopf und umklammerte dabei Ingeborgs Unterarm mit festem Griff. Sie sollte durchaus die Entschlossenheit spüren, die er empfand. »Ich weiß, dass du geheiratet hast. Das ist nicht zu übersehen. Aber dabei wird es nicht bleiben. Die Ehe wird nicht vollzogen werden. Ich werde sie annullieren lassen.«
»Mein Herr, bitte – ich weiß nicht, was hier vorgeht, aber dies ist ein Gotteshaus. Hier sollte Frieden herrschen.« Der Pastor legte ihm eine Hand auf die Schulter, aber Richard schüttelte sie ab. Der Mann im Talar bedachte ihn daraufhin mit einem strengen Blick aus tiefgrauen Augen. »Bitte mäßigen Sie sich. Sie sind hier eingedrungen ohne meine Erlaubnis. Vielleicht sind Sie so höflich und setzen Ihre Aussprache draußen fort.«
»Ich will keine Aussprache, daran liegt mir nichts.« Richard sah zum Bräutigam hinüber und hob die Stimme. »Ich werde meine Tochter jetzt ganz einfach mitnehmen, und damit Schluss. Diese Ehe ist ein Unding. Ich werde dafür sorgen, dass sie für nichtig erklärt wird.«
Gemurmel erhob sich im Kirchenschiff.
»Sie werden was?« Zum ersten Mal sprach der junge Mann, der nun sein Schwiegersohn sein sollte – auf dem Papier jedenfalls, für eine gewisse Weile, bis das Gericht die Formalitäten für die Auflösung dieser Verbindung abgewickelt hatte. Richard spürte, wie der Schweiß ihm heftiger auf die Stirn trat. Die Situation war peinlich, das war ihm bewusst. Aber was konnte er dagegen tun? Er musste die Sache jetzt durchstehen. Sein Herz hämmerte mit dumpfen Schlägen. Er rang nach Luft. »Ich werde die Ehe meiner Tochter annullieren lassen, junger Mann. Ingeborg hat ohne mein Einverständnis gehandelt. Sie war bereits einem anderen versprochen.«

»Ingeborg ist volljährig, Herr von Lassen.« Hannas Sohn lächelte ihn an, sein Gesichtsausdruck wirkte geradezu nachsichtig dabei. »Meine Frau ist erwachsen und braucht Ihr Einverständnis nicht mehr. Kommen Sie zur Vernunft. Ingeborg ist von jetzt ab eine Boysen und wird es auch bleiben.«
»Da irren Sie sich.« Richard ballte die rechte Hand zur Faust. »Wer sind Sie denn überhaupt? Ein hergelaufener Bastard, nichts weiter. Einer, zu dem sein Vater sich nicht bekennen wollte. Einer, dessen Mutter aufgrund ihres unsoliden Lebenswandels aus der Familie ausgestoßen wurde.«
Ein Raunen ging durch die Reihen der umstehenden Gäste. Die Leute warfen sich Blicke zu und flüsterten miteinander. Der Bräutigam machte einen Schritt nach vorn. Jetzt wirkte sein Gesicht von Wut verzerrt. Er packte Richard am Kragen seines Anzugs. »Das genügt, ja? Beleidigen lasse ich mich nicht, schon gar nicht von Ihnen.«
Richard hob die Hände und umklammerte die Handgelenke seines Gegenübers, doch der ließ nicht los. Er spürte, wie der Zorn in ihm aufwallte. Was für ein Grobian er war, sein vermeintlicher Schwiegersohn. Genau so hatte er ihn sich vorgestellt – ungebildet, roh und gewalttätig. Richard schnaufte. »Lassen Sie mich gefälligst los, was fällt Ihnen ein? Sie sind genau der Dorftrottel, den ich in Ihnen vermutet habe. Glauben Sie im Ernst, dass ich Ihnen freiwillig meine Tochter zur Frau geben werde? Ingeborg hat etwas Besseres verdient als einen Gastwirt ohne Schulbildung und ohne Geld.«
»Nicolai, Richard, bitte, hört auf!« Es war Hannas Stimme, die erklang, doch weder Richard noch sein Kontrahent achteten darauf.
Der Bräutigam starrte Richard an. »Hören Sie gefälligst auf, so mit mir zu sprechen. Entschuldigen Sie sich bei mir, und dann sehen wir weiter.« Der Bräutigam packte die Revers von Richards Jackett fester. In seinem Griff steckte eine Kraft, die Richard nicht vermutet hatte. Der junge Mann zog ihn ganz einfach zu sich heran, ohne dass er etwas dagegen tun konnte.
»Ich mich bei Ihnen entschuldigen? Ich denke nicht daran.«

Richard versuchte, sich Hannas Sohn entgegenzustemmen, doch der war stärker. Richards Herz klopfte hektisch, er spürte, wie sich sein Gesicht von der ungewohnten Anstrengung rötete. Mit einem Ruck stieß er sich ab, um Abstand zwischen sich und Hannas Sohn zu schaffen. Doch es half nichts, sein Gegenüber ließ ihn nicht los. Der junge Mann hielt ihn fest und schüttelte ihn leicht. »Hören Sie auf, bei meiner Hochzeit den Störenfried zu spielen, ja? Wenn Sie nicht freiwillig zur Vernunft kommen, dann werde ich –«

»Was werden Sie? Sie werden zuschlagen, nicht wahr? Das ist alles, was Sie können, oder? Bastard, verfluchter Bastard!« Richard versagte die Stimme. Er japste nach Luft, der Schweiß perlte ihm von der Stirn und rann ihm in die Augen. Er wollte noch etwas sagen, er wollte diesem jungen Schnösel gehörig Bescheid geben, doch er kam nicht mehr dazu. Seine Knie schienen plötzlich unter ihm wegzusacken, er fiel in sich zusammen. Da war ein rasender Schmerz irgendwo in seinem Brustkorb, doch er konnte ihn nicht mehr benennen. Tiefe Nacht senkte sich auf einmal über ihn. Er hörte Ingeborg rufen, doch er war nicht mehr in der Lage, ihr zu antworten. Etwas Schwarzes zog ihn hinunter, doch merkwürdigerweise fürchtete er sich nicht mehr davor. Plötzlich herrschten Frieden und Ruhe in ihm, sie verdrängten alle anderen Empfindungen und Sorgen. Der Gedanke, dass doch noch alles gut werden würde, war der letzte, den er zu fassen vermochte, bevor sein Bewusstsein ihn endgültig verließ.

»Asche zu Asche. Staub zu Staub.«

Dunkle Erde prasselte auf den mit Rosen geschmückten Eichensarg in der Grube, an deren Rand Pastor Christiansen in vollem Ornat seine Predigt gehalten hatte. Mit unbewegtem Gesicht blickte er hinunter auf den Sarg zu seinen Füßen. »So geben wir die sterbliche Hülle des Landrates Richard Carl Theodor von Lassen in die Obhut unserer Mutter Erde und empfehlen Dir, oh Herr, seine unsterbliche Seele.«

Ingeborg wischte sich ein paar Tränen aus den Augen. Sie sah zu ihrer Mutter hinüber, doch die wirkte gefasst wie selten. Luise verzog hinter ihrem schwarzen Schleier keine Miene. Es war ihr nicht mehr anzumerken, ob sie vielleicht während der Zeremonie geweint hatte. Schon während des Trauergottesdienstes drinnen in Sankt Severin war sie Ingeborg seltsam ruhig erschienen. Ob es ihr wirklich recht war, dass Vaters Grab sich jetzt ausgerechnet auf der Insel befand, mit der er im Leben keine Freundschaft geschlossen hatte? Jedenfalls hatte Luise sich nicht gegen diese Entscheidung gewehrt. Sie war scheinbar mit allem einverstanden gewesen, was Nicolai und Ingeborg ihr vorgeschlagen hatten.

Ingeborg spürte, wie Nicolai ihr einen kurzen und sanften Schubs versetzte. Jetzt war sie an der Reihe. Langsam trat sie vor. Für einen kurzen Moment schaute sie hinunter auf das Meer aus Rosen in der Grube, dann warf sie eine Hand voll von der Erde, die der Kirchendiener ihr in einer Schüssel hinhielt, hinunter auf den Sarg. Sie flüsterte ein kaum hörbares »Adieu, Vater« und ging dann weiter. Ingeborg blieb neben Luise stehen und griff nach ihrer Hand, was die Mutter schweigend mit sich geschehen ließ. Kurz darauf kam Nicolai und legte Ingeborg tröstend einen Arm um die Schulter. Hanna und Thomas erwiesen dem Toten gemeinsam die letzte Ehre, dann nahmen sie neben Ingeborg Aufstellung. Der Pfarrer drückte ihr die Hand und sprach ein paar Worte mit ihr. Gesichter zogen an ihr vorüber, bekannte und unbekannte. Freunde, Verwandte und die Nachbarn aus Kampen, alle kondolierten ihr, ohne dass Ingeborg die Namen der unzähligen Menschen vor ihr hätte nennen können, wenn man sie danach gefragt hätte. Endlos lange stand sie im Nieselregen und schüttelte Hände. In der Ferne grollte Donner unter einem tief verhangenen Himmel, der für Richards Abschied eigens auf seine Art Trauer angelegt zu haben schien. Der Friedhof von Sankt Severin leerte sich nach und nach, die Totengräber gingen an ihre Arbeit. Ingeborg versuchte, nicht daran zu denken, dass sie hier erst vor ein paar Tagen getraut worden war. Von der festlichen Stimmung war nichts mehr übrig, heute trug sie Schwarz. Die Erinnerung an Vaters letzte

Stunde überfiel sie, sein ungehaltener Auftritt in der Kirche, der Herzanfall, sein plötzliches Verlöschen und all die Panik, die danach aufgekommen war, als alles in der Kirche drunter und drüber zu gehen drohte. Pastor Christiansen war es zu verdanken gewesen, dass man schließlich einen Arzt geholt hatte. Hanna hatte dafür gesorgt, dass die Hochzeitsgesellschaft einigermaßen geordnet die Kirche verlassen hatte. An eine Feier war natürlich im Anschluss nicht mehr zu denken gewesen – alles, wozu Ingeborg sich noch hatte entschließen können, war, ein paar Fotografien machen zu lassen von sich und Nicolai im Hochzeitsstaat.

»Komm, Ingeborg, es ist vorbei. Wir gehen.« Es war Nicolais Stimme, die sie in die Gegenwart zurückholte. Sie lehnte sich an ihn. Wie gut es war, Nicolai in der Nähe zu wissen. Er hatte sich so liebevoll um sie gekümmert in den letzten Tagen. Ständig war er um sie gewesen, hatte ihr Laufereien zu den Behörden abgenommen, hatte sich um die Beisetzung gekümmert und dafür gesorgt, dass Luise die Aufenthaltserlaubnis bekam, die sie brauchte, um bei der Beerdigung auf der Insel dabei sein zu können. Ingeborgs Liebe zu ihrem Ehemann hatte sich durch die Ereignisse gefestigt. Sie war froh, dass er da war, fühlte sich trotz des Dramas, das sie erlebt hatten, in seiner Nähe geborgen.

Ingeborg ging weiter, sie stützte sich auf den Arm ihres Mannes. Nur einmal blieb sie an der Pforte des Friedhofs stehen, um auf Luise zu warten, die von Thomas Eckermann eskortiert wurde. Hanna kümmerte sich um den Großvater, der die Mühe nicht gescheut hatte, zur Beerdigung seines Schwiegersohns aus Glücksburg anzureisen. So waren sie also wieder beisammen, die von Lassens und die Boysens, die vorher lange Jahre kein Wort miteinander gewechselt hatten. Für dieses Wiedersehen wenigstens hatte Richards plötzlicher Tod gesorgt.

»Weißt du von deines Vaters Testament?« Luise war auf einmal neben ihr und schaute sie fragend an.

»Nein, ich habe noch nichts vom Notar gehört, Mutter. Warum auch? Viel zu erben gibt es doch nicht, oder?« Ingeborg sprach leise, sie flüsterte beinahe. Hier draußen über die Erbschaft ihres

Vaters zu sprechen behagte ihr nicht. Sie hatte keine Ahnung, warum Luise ausgerechnet jetzt damit anfing, vor aller Leute Ohren. Mit zusammengekniffenen Augen sah Ingeborg dabei zu, wie Hanna Großvater in einen der Wagen half, die an der Einfriedung des Friedhofs gewartet hatten.

»Nein, Richard hat nicht viel hinterlassen. Jarrelund kommt unter den Hammer, um die Schulden zu bezahlen. Drei Hypotheken, stell dir vor! Ich habe nur von einer gewusst.« Luise schüttelte den Kopf, ihr Blick war in die Ferne gerichtet. »Es bleiben höchstens ein paar von Richards persönlichen Dingen zurück. Kleidung, Bücher, seine Schreibutensilien. Ich werde die Sachen mitnehmen nach Glücksburg, wenn es dir recht ist. Du kannst dir etwas davon aussuchen, wenn du mich das nächste Mal auf dem Festland besuchst.«

»Gut.« Ingeborg nickte. Sie wollte nach Luises Arm greifen, um sie zu einem der Wagen zu führen, der sie ins Friesencafé bringen sollte. Hanna hatte dort alles für eine Kaffeetafel hergerichtet. Ingeborg machte einen Schritt vorwärts, doch Luise blieb stehen.

»Was ist? Kommst du nicht mit ins Café?«

Luise schaute zu Boden, sie drehte ein Taschentuch zwischen den Händen. »Du weißt doch vom Erbe deiner Eltern?«

»Wie bitte?« Luise sprach so leise, dass Ingeborg sich ein Stück zu ihr hinüberbeugen musste, um sie zu verstehen.

»Hat Richard dir gesagt, dass deine leiblichen Eltern dir ein Vermögen hinterlassen haben? Über fünfzigtausend Mark waren es bei ihrem Tod. Es liegt alles bei einer Bank in Flensburg und wird von einem Notar dort verwaltet. Jetzt, wo du volljährig bist, hast du Anspruch darauf. Ich dachte, der Mann hätte dir vielleicht schon geschrieben.« Luise schob ihr Taschentuch von einer Hand in die andere. »Zusammen mit den Zinsen dürfte dein Erbe um einiges größer geworden sein in den letzten zwanzig Jahren.« Sie sah auf. Ingeborg starrte ihre Mutter verständnislos an. Sie hatte bis zum heutigen Tag ja nichts über ihre Eltern gewusst, überhaupt nichts – schon gar nicht, dass sie ihr Geld hinterlassen hatten. Die Neuigkeit verblüffte Ingeborg so

sehr, dass es sie sprachlos machte. Fünfzigtausend Mark und mehr, das war eine Summe, die sie sich nicht vorstellen konnte, das war eine Menge Geld, die sie beinahe erschlug.
Ingeborg drehte sich zu Nicolai um, der anscheinend mitgehört hatte. Schweigend legte er ihr eine Hand um die Taille. Fünfzigtausend Mark. Das war weit mehr als ein paar Raten auf »Kliffende«, das war beinahe der komplette Kaufpreis. Nun war der Kauf perfekt, nun würde sie also doch Hoteliersfrau werden. Schlagartig sah Ingeborg es vor sich, das neue Haus in all seinem Glanz. Keine Austernfischerei mehr, kein Gedränge unter dem Reetdach des Friesencafés, das für zwei Paare nun wirklich nicht genug Raum bot. Obwohl – so wie es aussah, würde Hanna vielleicht gar nicht auf Sylt bleiben. Vielleicht würde es sie nach Flensburg zu ihrem Rechtsanwalt ziehen, der Liebe wegen, die nicht hatte rosten wollen in den vielen Jahren. Seit Ingeborgs Hochzeit waren Hanna und Thomas unzertrennlich. Wer konnte wissen, was da noch kommen würde? Vielleicht noch eine zweite Hochzeit in Sankt Severin? Ohne Skandal diesmal hoffentlich. Thomas und Hanna war es zu wünschen.
Ingeborg seufzte. Der Weg in die Zukunft stand ihr offen – wenn nur der Krieg schnell vorüberginge, wenn sie nur Nicolai nicht zur Armee einziehen würden. Aber alle meinten ja, der Krieg würde bald vorbei sein.
»Alles Gute euch beiden. Und Gottes Segen. Wenn man bedenkt, wie alles gekommen ist, könnte man glauben, es war der Wille unseres Herrn, nicht wahr?« Luise schluchzte kurz auf. Ingeborg nickte stumm. Luises Lippen streiften ihre Wange. Sie umarmte die Frau, die trotz allem ihre Mutter war und es bleiben würde. Ja, man konnte denken, dass Gott seine Hand im Spiel gehabt hatte auf dem Weg, der sie bis hierher geführt hatte.
Und nun? Was würde das Schicksal nun für sie bereithalten?

Danksagungen

Ich danke meiner Familie – allen voran meinem Mann – für die Geduld und die Anteilnahme, mit der sie mich auf meinem weiten Weg begleitet hat. Ruth danke ich dafür, dass sie mir in ungezählten Stunden den Kopf und die Hände freihielt, damit ich schreiben konnte. Ich danke Herrn Meynecke und meinen beiden Lektorinnen, Frau Steffen-Reimann und Frau Eigenberz, für ihren Fleiß und ihr Engagement, die meinem Buch zugute kamen.

Insbesondere bedanken möchte ich mich bei Uta, die meiner Phantasie neue Flügel verlieh, wenn sie zu erlahmen drohte.